百家經典

詩經新賞

顏興林　譯注

詩經簡介

　　《詩經》是中國最早的詩歌總集，溯自西元前 11 到前 6 世紀，原本叫《詩》，共有詩歌 305 首（除此之外還有 6 篇有題目無內容，即有目無辭，稱為笙詩六篇，題目分別是南陔、白華、華黍、由庚、崇丘和由儀），又稱《詩三百》。從漢朝起儒家將其奉為經典，遂也稱之謂《詩經》，而正式使用《詩經》一名，應該起於南宋初年。早期詩經版本眾多，其中最為著名也是流傳至今的，是漢朝毛亨、毛萇注釋的《詩經》，因此該版本又稱為《毛詩》。《詩經》中的詩的作者，絕大部分已經無法考證。其所涉及的地域，主要是黃河流域，西起山西和甘肅東部，北到河北省西南，東至山東，向南也遠及江漢流域。

主編簡介

　　顏興林。江蘇高郵人。

　　品紅樓，不求甚解，讀青史，偏愛春秋，性執，不隨波，行止隨心所欲，愛憎分，不苟同，嗜書，偶飲酒。

　　生平不求聞達，但求心安。

前 言

《詩經》是中國文學史上最早的詩歌總集，收入了西周初年到春秋中葉大約五百年間的詩歌。《詩經》共 305 篇，另外還有 6 篇有題目無內容，稱為「笙詩」，所以有「詩三百」之稱。

《詩經》所產生的區域，大約在今天的山東、河南、山西、陝西以及湖北、安徽等地，其作者有民間歌手，也有文人學者。作者的身份有帝王和朝廷重臣，也有宦官、走卒和農夫、農婦。

關於《詩經》的來源，歷代說法眾多，主要有王官采詩說、公卿賦詩說和孔子刪詩說。「王官采詩」，即周朝廷派專門的使者在農閒時到全國各地採集民謠，再由周朝史官彙集整理後給周天子看。天子看這些並不是因為他愛好文學，而是想從這些民謠中瞭解民情。周朝時的交通還不是很發達，主要靠竹簡記錄語言，編一部詩歌集需要耗費大量的人力和財力，所以說《詩經》的收集是由朝廷發起的的一項關乎國計民生的工程，是有道理的。

「公卿賦詩」，即周天子聽政，命公卿列士獻詩，其目的依然是通過詩歌瞭解當時的民生情況。《史記·孔子世家》記載，據說原有古詩 3000 篇，孔子根據禮義的標準編選了其 305 篇，整理出《詩經》，但後世很多學者對此持懷疑態度，通常認為《詩經》是各諸侯國協助周朝朝廷採集，之後由史官和樂師編纂整理而成，孔子很有可能也參與了這個整理的過程。

《詩經》早在春秋時期就已經廣為流傳，是中國幾千年來貴族教育中普遍使用的文化教材，孔子也常用《詩經》來教育自己的弟子。此後，《詩經》與《尚書》《禮記》《周易》《春秋》並稱「五經」，以後的封建朝代，都大力提倡學習《詩經》。雖然秦始皇曾焚書，但《詩經》由於學者的口頭傳誦，得以流傳下來。

孔子曾經用三個字來評價《詩經》，就是「思無邪」，用現

代的話概括就是「不虛假」。的確，《詩經》中所表現的愛恨情仇都是那樣的直接，尤其是關於愛情的作品，充滿了自由開放、天真無邪的浪漫氣息。《詩經》的諸多名篇名句已經傳誦千年，經久而不衰。

《詩經》是中國文學的源頭之一，也是中國韻文的源頭，是中國詩史的光輝起點；它形式多樣，內容豐富，對周代生活的各個方面都有所反映，被譽為「古代社會的人生百科全書」。

《詩經》作為一部文學經典，在歷代都倍受推崇，而對於《詩經》的研究，從《詩經》成書的那個年代就開始了。歷代大儒對《詩經》多有解讀，觀點也是層出不窮，不能盡同，因而同一篇詩歌，經常有多種理解，其相去亦遠矣。本書中儘量論及各派觀點，然終不能盡皆羅列，編者唯有擇其以為是者而詳論之，讀者大可不必局限。

本書為《詩經》全本全注，至於譯文，經過深思熟慮後決定捨去。一來詩歌之含義，本來就未統一；二來古文韻文之美，在其文字本身，不論如何譯，都不能盡得其善。《詩經》這部經典，需要我們靜靜地用心去體會。望讀者明察、謹思而不妄從。

目　錄

頌

周　頌

魯　頌

商　頌

風

「風」的意思是民風、民謠，《詩經》中「風」這一部分主要收錄的就是十五個地方的民歌，經過潤色後叫作「十五國風」。其包括周南、召南、邶風、鄘風、衛風、王風、鄭風、齊風、魏風、唐風、秦風、陳風、鄶風、豳風，它們是《詩經》的精華和核心內容，共161篇。

國風所描寫的內容具有濃厚的生活氣息，其中有對愛情、勞動的歌頌，也有不少思鄉懷人之作，還有不少篇目對統治階級的荒淫無恥給予了有力的諷刺和鞭笞，表現了下層百姓的不滿和憤怒。

周　南

　　先秦時，周朝都城鎬京以南江漢流域的一些小國家被稱為「南國」。《詩經》的編者將采自南方小國的民謠連同受「南音」影響的一些地方采來的歌曲合併，由周公采回的部分便命名為「周南」。

關　雎

關關雎鳩①，在河之洲。窈窕②淑女，君子好逑③。
參差荇菜④，左右流⑤之。窈窕淑女，寤寐⑥求之。
求之不得，寤寐思服⑦。悠哉⑧悠哉，輾轉反側。
參差荇菜，左右采之。窈窕淑女，琴瑟友⑨之。
參差荇菜，左右芼⑩之。窈窕淑女，鐘鼓樂之。

【註釋】

① 關關：雎鳩相和的叫聲。雎鳩：一種水鳥。
② 窈窕：原形容居處幽深，後形容女子外貌美好。
③ 逑：配偶的意思。
④ 參差：指長短不一的樣子。荇菜：水生植物，圓葉細莖，根生水底，葉浮在水面，可供食用。
⑤ 流：尋求。
⑥ 寤寐：指睡夢中。寤：醒著。寐：睡著。
⑦ 思服：思念。
⑧ 悠哉：思念長久。
⑨ 友：友愛，親近。
⑩ 芼（音貌）：一種水草，這裏作動詞，採摘的意思。古代用荇菜覆蓋魚，來祭祀神靈，祈求婚後生子。

【賞析】

　　這是一首經典的愛情詩，寫的是追求愛情的痛苦過程，表現了追求者因沉浸愛河而產生的如夢如幻的美好情境。全詩語言優美，格調純淨清新，高雅熱烈，流露出古代男女的那種爽朗、自由的愛情觀。

　　全詩按內容和韻律分為五章，分別是求愛的五個過程。第一章寫雎鳩的叫聲撥動了男子的心弦，於是他想起了深愛的姑娘。第二章和第三章寫男子對姑娘痛苦的相思過程，情思的火焰一旦燃燒，就再難熄滅了。從此，男子陷入了日思夜想的追求中。後兩章寫男子因極度的思念而進入的幻境，以琴瑟之音親近姑娘，以鐘鼓之聲取悅姑娘都是幻想中的情景。男子夢想成婚後的歡樂場景，進一步突出了其思念之深，也表現了他可愛的性情和對愛情的憧憬。

　　本詩所歌頌的，是一種感情克制、行為謹慎、以婚姻和諧為目標的愛情，所以儒者覺得這是很好的典範，是「正夫婦」並由此來引導廣泛的德行的優秀教材。《毛詩序》曰：「《風》之始也，所以風天下而正夫婦也。故用之鄉人焉，用之邦國焉。」

葛　覃

葛之覃兮①，施于中谷②，維葉萋萋③。
黃鳥于飛④，集於灌木，其鳴喈喈⑤。
葛之覃兮，施于中谷，維葉莫莫⑥。
是刈是濩⑦，為絺為綌⑧，服之無斁⑨。
言告師氏⑩，言告言歸⑪。
薄汙我私⑫，薄浣⑬我衣。
害浣害否⑭，歸寧⑮父母。

【註釋】

① 葛：多年草本植物，花紫紅色，莖可做繩，纖維可織葛布。覃：

　　長延廣被的樣子。

② 施：蔓延。中谷：山谷中。

③ 維：發語助詞，用法同「其」。萋萋：草木繁盛貌。

④ 黃鳥：黃雀，一說黃鸝。于：語氣助詞。

⑤ 喈喈：鳥鳴聲。

⑥ 莫莫：繁茂而成熟。

⑦ 是：乃。刈：本指鐮刀，這裏指用鐮刀收割。濩：本指一種無腳
　　的鍋，這裏指將葛放在水中煮。葛藤割下來以後，要用鍋煮爛，
　　使其皮中纖維以外的有機物自然脫落，纖維就很容易剝落下來。

⑧ 絺（音粗）：細葛布。綌（音細）：粗葛布。

⑨ 服：穿。斁（音肚）：厭。

⑩ 言：第一人稱，指我。一說語氣助詞。師氏：女師。古代的婦女
　　五十歲無子，能以婦德教人者，可為女師，教女子婦德、婦言、
　　婦容、婦功。

⑪ 歸：古指女子出嫁。

⑫ 薄：發語助詞。汙：指灰水、堿水之類的污水。古人常用這類污
　　水清洗油膩。私：貼身內衣。

⑬ 浣：洗。

⑭ 害：通「何」。否：不。

⑮ 歸寧：指出嫁以安父母之心。一說指回家安慰父母。

【賞析】

　　這是一首描寫收葛場面的詩，字面上是讚美葛，但實則是表達了
女主人公含蓄的心緒。全篇的重點在於「歸寧父母」四字。關於本詩
詩旨，歷來說法不一。《毛詩序》認為此詩為讚美「后妃」出嫁前「志
在女工之事，躬儉節用，服澣濯之衣，尊敬師傅」的美德，其出嫁可
以「安父母，化天下以婦道也」；而今人余冠英等則以為，這是抒寫
一貴族女子準備歸寧（回娘家）之情的詩。這兩種觀點雖截然不同，
但在詩意上均可圓通，究竟取「出嫁」說好呢，還是「回娘家」說好，

讀者自品。不過，不管抒情主人公是待嫁女還是新嫁娘，她此刻正處在急切的企盼之中，這點是毫無疑問的。

詩的首章寫春天葛藤長勢之茂。它們蔓延在幽靜山谷間，呈現出一片青翠。然而這幽靜的青碧，又立即為一陣「喈喈」的鳴囀打破，抬眼一看，原來是美麗的黃雀，在灌木叢上啁唧，這使得山谷間生機盎然。第二章寫葛成熟後的情景。女主人公，她不停地忙碌，將葛割下、煮治、紡絲，織成精粗不一的各種布料以及做成各種服裝。最後一句「服之無斁」透露出辛勤勞作後無限的快慰和自豪，讀者彷彿可以看到女主人公在銅鏡前試穿新衣的欣喜模樣。第三章中多了一位慈祥的「師氏」。古代女子在出嫁前要接受婚前教育，這「師氏」就是女子的老師，她不僅傳授「為絺為綌」的技術，還負責婦德的培養。詩中的女主人公對於老師的教導是尊重和樂於接受的，但她的心情明顯又是迫切的，因而她是一位急切待「歸」的新人！這樣勤勞、賢淑、性情活潑的女子，無論是嫁到夫家還是回娘家省親，都是足以令夫家愛憐並帶給父母安慰的。

卷　耳

采采卷耳①，不盈頃筐②。嗟我懷人，寘彼周行③。
陟彼崔嵬④，我馬虺隤⑤。我姑酌彼金罍⑥，維以不永懷⑦。
陟彼高岡，我馬玄黃⑧。我姑酌彼兕觥⑨，維以不永傷。
陟彼砠⑩矣，我馬瘏⑪矣。我僕痡⑫矣，云何吁矣⑬！

【註釋】

① 采采：採摘貌。卷耳：又叫苓耳，一種蔓生植物，嫩苗可食。
② 盈：滿。頃筐：斜口筐。
③ 寘（音志）：擱置，一說指眺望。周行：大道。
④ 陟：升上，登上的意思。崔嵬：山勢高而不平。

⑤ 虺隤（音灰頹）：因疲憊而腿軟無力的樣子。

⑥ 姑：姑且，暫且。酌：飲酒。金罍（音雷）：青銅製的酒器，上有雲雷花紋。

⑦ 維以：希望。一說「維」通「慰」。永懷：長久的思念。

⑧ 玄黃：黑黃色，這裏指馬的毛色因疲憊而變得焦枯。

⑨ 兕觥（音賜弓）：青銅做的牛角形酒器。

⑩ 砠：有土的小石山，或指山中險要之地。

⑪ 瘏（音涂）：馬疲憊到氣力衰竭的樣子。

⑫ 痡（音布）：疲倦至極。

⑬ 云：發語詞。云何：奈何。吁：歎息，憂愁。

【賞析】

　　這是一首抒寫懷人之感的名作，其篇章結構非常絕妙，它不是男對女或者女對男單向的思念，它所表達的思念從雙方展開，彙聚一流，達到了很好的藝術效果。

　　詩的首章是以思念征夫的婦女的口吻來寫的，描寫的是女子思念丈夫的恍惚失意之情狀。她因思念情深，無心採摘卷耳。她失魂落魄，心兒早已飄向了遠方，目光注視著丈夫歸來的方向。其愁苦之深，讓人動容。

　　後三章則是以思家念歸的備受旅途辛勞的男子的口吻來寫的。猶如一場表演著的戲劇，男女主人公各自的內心獨白在同一場景、同一時段中展開。在這三章裏，山路難行，馬也疲憊，連車夫也累倒了，可見團圓之艱難。而這愁苦之狀的描寫也很好地將思念之情形象化了，讓讀者真切地感受到那份思念的艱辛。最後，男子仰望蒼天，發出一聲無可奈何的哀歎，這歎息聲中自然也包括女子揪心般的痛苦。全詩的最後以一種已類化的自問自答體收場：「云何？吁矣！」它既是對前兩章「不永懷」、「不永傷」的承接，也是以「吁」一字對全詩進行的總結，點明「愁」的主題，堪稱詩眼。

樛木

南有樛^①木，葛藟累之^②。樂只^③君子，福履綏之^④。
南有樛木，葛藟荒^⑤之。樂只君子，福履將^⑥之。
南有樛木，葛藟縈^⑦之。樂只君子，福履成^⑧之。

【註釋】

① 樛：樹枝向下彎曲的樹。

② 葛藟（音蕾）：一種葛類植物，蔓如葛，葉像野葡萄。累：攀援，纏繞。

③ 只：語氣助詞。

④ 福履：福祿。履：通「祿」，或以為本指鞋，引申為足跡、腳步。綏：穩定，安定。

⑤ 荒：掩蓋，覆蓋。

⑥ 將：壯大。一說扶持、扶助。

⑦ 縈：縈繞。

⑧ 成：成就。

【賞析】

這是一首祝福的歌。詩中以青藤纏繞大樹比喻人得到上天的福佑，以至他一言一行都福隨身至。或以為所祝福的對象是新婚男子，藤蘿之依附樹木，即指女子出嫁後依附丈夫，同時也象徵了關係的親密無間。

全詩祝福氣氛濃郁，詩人始終讓人們的視線不離開繁茂的葛藟所覆蓋的大樹，讓人們始終籠罩於這一景象所生成的氛圍之中，熱烈的情緒也始終不懈。詩的脈絡也十分清晰：首言「福履綏之」，先穩定下來；繼言「福履將之」，然後不斷發展壯大起來；最後是「福履成之」，終於能成就一番事業。

螽　斯

螽斯①羽，詵詵②兮。宜③爾子孫，振振④兮。
螽斯羽，薨薨⑤兮。宜爾子孫，繩繩⑥兮。
螽斯羽，揖揖⑦兮。宜爾子孫，蟄蟄⑧兮。

【註釋】

① 螽（音鐘）斯：一種蝗蟲類昆蟲。一說為蟈蟈。
② 詵詵：眾多貌。一說為螽斯群飛的聲音。
③ 宜：應當，為祝願之意。
④ 振振：興旺貌。一說振奮貌。
⑤ 薨薨（音烘）：眾多貌。一說螽斯群飛齊鳴聲。
⑥ 繩繩：形容子孫繼世，如繩索連綿不絕。
⑦ 揖揖：會聚貌。一說螽斯群飛的狀聲詞。
⑧ 蟄蟄：形容群集而和諧相處的情形。

【賞析】

　　這是一首祝福多子之歌。「子孫」，是生命的延續，晚年的慰藉，家族的希望。先民多子多福的觀念，在堯舜之世已深入民心。而再三頌祝「宜爾子孫」的《螽斯》，正是先民這一觀念詩意的強烈抒發。

　　詩以螽斯起興。螽斯是一種蝗類昆蟲，繁殖能力很強，以其作為興象，祈頌多生貴子，也就顯得十分貼切了。全詩三章，每章四句，前兩句描寫，後兩句頌祝。而疊詞疊句的疊唱形式，是這首詩藝術表現上最鮮明的特色。如果說「宜爾子孫」的三致其辭使詩旨顯豁明朗，那麼，六組疊詞的巧妙運用，則使全篇韻味無窮。這六組疊詞，錘煉整齊，隔句聯用，音韻鏗鏘，造成了節短韻長的審美效果。同時，詩章結構並列，六詞意有差別，又形成了詩意的層遞：首章側重多子興旺；次章側重世代昌盛；末章側重聚集歡樂。清方玉潤《詩經原始》評曰：「詩只平說，難六字煉得甚新。」

桃 夭

桃之夭夭①，灼灼其華②。之子于歸③，宜其室家④。
桃之夭夭，有蕡⑤其實。之子于歸，宜其家室。
桃之夭夭，其葉蓁蓁⑥。之子于歸，宜其家人。

【註釋】

① 夭夭：花開絢麗茂盛的樣子。
② 灼灼：花朵色彩鮮豔如火的樣子。華：通「花」。
③ 之子：這位姑娘。于歸：指出嫁。
④ 宜：和順，和睦。室家：指丈夫的全家，以下的「家室」、「家人」
　　同此意。
⑤ 蕡：果實累累的樣子。
⑥ 蓁蓁：形容桃葉茂盛。

【賞析】

　　這是一首祝賀嫁女的詩歌，以盛開的桃花興起，表達對出嫁女子
的讚美，並祝福她婚後生活美滿，生子相夫，給丈夫及其家人帶來和
睦與幸福。

　　桃花盛開嬌豔多姿，絢爛明麗，一片生機，這也渲染了出嫁場面
的喜氣。出嫁的新娘和美麗的桃花交相輝映，畫面是那般美麗，氣氛
是那般熱烈。詩中將新娘比作桃花，將兩個形象完美地結合起來，從
桃花到桃子，再寫到桃葉，完整地概括了新娘即將迎來的幸福生活，
表達了美好的祝願。

　　本詩歌語言優美，又極為精練，反覆的一個「宜」字揭示了新娘
與家人和睦相處的美德，也寫出了她給家庭帶來了新血，帶來了歡樂
的氣氛。這個「宜」字，妥帖切合，沒有一個字可以代替。

　　全詩三章，每章都先以桃起興，繼以花、果、葉兼作比喻，極有
層次：由花開到結果，再由果落到葉盛；所喻詩意也漸次變化，與桃

花的生長相適應，自然渾成，融為一體。在這篇詩歌裏，女子第一次被比作了花兒，這給今後的文學史帶來了巨大影響。

兔罝

蕭蕭兔罝①，椓之丁丁②。赳赳③武夫，公侯干城④。
蕭蕭兔罝，施于中逵⑤。赳赳武夫，公侯好仇⑥。
蕭蕭兔罝，施于中林⑦。赳赳武夫，公侯腹心⑧。

【註釋】

① 蕭蕭：網眼細密的樣子。罝（音居）：捕獸的網。兔罝：兔網。一
　　說虎網。
② 椓：捶打木樁於地中，以固定獸網。丁丁：捶打聲。
③ 赳赳：威武的樣子。
④ 干城：禦敵捍衛之城。干：盾牌，這裏是捍衛的意思。
⑤ 中逵：四通八達的大路口。
⑥ 仇：伴侶，幫手。
⑦ 中林：林中，指密林深處。
⑧ 腹心：比喻可信賴的可靠之人。

【賞析】

　　這首詩描寫的是打獵前布網的情景，表達了對優秀武士的讚美。

　　在先秦時期，男子到了一定的年齡都必須服兵役，在無戰事的時候，從軍的士卒常以狩獵來練習排兵佈陣，所以狩獵是一種十分重要的活動。

　　全詩分三段讚美武士對公侯的重要性，對公侯的作用和在公侯心目中的地位。而最重要的是他們的品質，即他們的可靠和忠誠。在古代，下對上的忠是被廣為提倡的，也是廣為歌頌的。

全詩著重描寫的只是打獵前的準備工作，沒有提到實際的狩獵過程，它通過對武士的讚美給讀者留下了無限想像的空間。

芣 苢

采采芣苢①，薄言采之②。采采芣苢，薄言有③之。
采采芣苢，薄言掇④之。采采芣苢，薄言捋⑤之。
采采芣苢，薄言袺⑥之。采采芣苢，薄言襭⑦之。

【註釋】

① 芣苢（音俘以）：即車前草，車前科多年生草本植物，多生長在山野、路旁、河邊等濕地，種子和全草可入藥。一說指薏苡，其植株直立，高約一米，其果實珠狀，俗稱草珠、菩提珠。

② 薄：通「迫」。言：語氣詞，鼓勵加快速度的語氣。

③ 有：多，豐富。這裏指芣苢很多，可供採摘。

④ 掇：拾取。一說為遊戲規則之一，掉在地上的車前草不能不要，要撿起來。

⑤ 捋：以手掌握物而使附著物脫落。

⑥ 袺：用衣襟兜東西。

⑦ 襭：翻轉衣襟插於腰帶以兜東西。

【賞析】

這是一首人們採芣苢時所唱的歌謠，當是兒童或少女們鬥草的遊戲之辭。她們在做一場有規則的遊戲：比賽採芣苢，鬥輸贏。場面熱烈而歡快，充滿了淳真的美感。

《詩經》中的歌謠，有很多用重章疊句的形式，而像這首詩重疊得這麼厲害的卻也是絕無僅有的。全詩三章，「采采」和「薄言」皆出現六次，而每章也只改動兩個字而已。但這種看起來很單調的重

疊，卻又有它特殊的效果。在不斷重疊中，產生了簡單明快、往復回環的音樂感。同時，在六個動詞的變化中，又表現了越采越多直到滿載而歸的過程。詩中完全沒有寫採芣苢的人，讀起來卻能夠令人明顯地感受到她們歡快的心情。

漢　廣

南有喬木①，不可休息②。漢有遊女③，不可求思。
漢之廣矣，不可泳④思。江之永⑤矣，不可方⑥思。
翹翹錯薪⑦，言刈其楚⑧。之子于歸，言秣⑨其馬。
漢之廣矣，不可泳思。江之永矣，不可方思。
翹翹錯薪，言刈其蔞⑩。之子于歸，言秣其駒。
漢之廣矣，不可泳思。江之永矣，不可方思。

【註釋】

① 喬木：高大的樹木。

② 休：息也。樹木太高大就沒有了樹蔭，所以不能在下面休息。
　　息：當作「思」，語氣助詞，和下文「思」相同。

③ 漢：漢水，長江支流之一。遊女：出遊的姑娘，詩中指樵夫暗戀的女子。

④ 泳：指游泳渡河。

⑤ 永：指水流長。

⑥ 方：通「舫」，坐竹筏渡河的意思。

⑦ 翹翹：原指鳥尾上的長羽毛，這裏比喻雜草茂盛。錯薪：叢生的雜草。古代結婚的晚上，一定要有柴草捆成的柴草把子，在中間灌上油，做火把用。同時，舊時也有求婚送束薪的習俗，故《詩經》中嫁娶多以折薪、刈楚為興。

⑧ 言：語助詞，有「於是」、「就」之義。刈：割，砍伐。楚：荊棘。

⑨ 秣：餵馬。

⑩ 蔞：即蔞蒿，嫩時可吃，老時可作薪。

【賞析】

　　這是一首抒寫單戀之情的詩，主人公是一位青年樵夫，他愛上了一位美麗的姑娘，追求她卻難以如願。他朝思暮想，無法解脫，面對浩浩的江水，唱出了這首動人的歌，傾吐了滿懷的惆悵。

　　全詩三章，每章的前兩句為起興之句，傳神地暗示了作為抒情主人公的青年樵夫伐木刈薪的勞動過程。首章細膩地傳達了青年樵夫由希望到失望、由幻想到幻滅這一曲折複雜的情感歷程，四曰「不可」，把追求的無望表達得淋漓盡致，不可逆轉。第二、三兩章一再地描繪了癡情的幻境：有朝「遊女」來嫁我，先把馬兒餵餵飽；「遊女」有朝來嫁我，餵飽駒兒把車拉。但幻境畢竟是幻境，一旦睜開眼睛看現實，便更深地跌落幻滅的深淵。他依然癡情而執著，但二、三兩章對「漢廣」、「江永」的複唱，已是幻境破滅後的長歌當哭，比之首唱，真有「男兒傷心不忍聽」之感。或以為「之子于歸」指青年樵夫心儀的女子嫁於他人，在這種情況下，青年樵夫願意幫她將馬餵好，又體現出一種豁達和純真無私的摯愛。

　　青年樵夫對於意中人的愛，既像那滔滔的江漢之水，永遠不會枯竭，也像那不可逾越的江漢水面，無法逾越，不得實現。刻骨的愛情伴隨著無邊的痛苦，穿越千年，歌吟至今。後世的文人多有以流水比作愁緒的，很明顯就是受到本詩的啟發。

汝　墳

遵彼汝墳①，伐其條枚②，未見君子，惄如調飢③。
遵彼汝墳，伐其條肄④，既見君子，不我遐⑤棄。
魴魚赬尾⑥，王室如燬⑦，雖則如燬，父母孔邇⑧！

【註釋】

① 遵：沿著。汝：汝水，在今河南東南部。墳：指河堤，一說為河岸。

② 伐：砍伐，一說折取。條枚：樹的枝幹，枝曰條，幹曰枚。一說「條」讀為「槄」，即山楸樹。條枚即指山楸樹的枝幹。

③ 惄（音逆）：饑餓貌，這裏形容憂思至極。調饑：即朝饑，早晨腹內空空，比喻男女歡情未能得到滿足。

④ 肄：樹砍後再生的小枝。

⑤ 遐：遠。

⑥ 魴魚：鯿魚，這裏是情侶的象徵。赬（音撐）尾：淺紅色的魚尾，這裏當是用來比喻妻子的迷人。

⑦ 燬：古人以火為燬。如燬：形容王室的危機，如火焚一般。

⑧ 孔：很，甚。邇：近，這裏指瞻養父母是眼前急迫的事情。

【賞析】

這是一首夫妻傷別之作。從夫妻未見時的憂慮和如饑似渴的思念，寫到既見後對即將再次離別的不安、擔心和憂愁，進一步寫到妻子對丈夫的請求。妻子對丈夫的眷念之情宛然如畫。

全詩三章，首章描寫了女主人公孤獨無依的處境以及對丈夫深切的思念。第二章中，久役的丈夫終於歸來，女主人公喜悅之餘又生出憂慮：歸來的丈夫還會不會外出，他是否還會將我拋在家中離去？女主人公的疑慮並非多餘。第三章的前兩句，即以躊躇難決的丈夫的口吻，無情地宣告了他還得棄家遠役：正如勞瘁的鯿魚曳著赤尾而游，在王朝多難、事急如火之秋，她丈夫不可能耽擱、戀家。形象的比喻，將丈夫遠役的事勢渲染得如此窘急，可憐的妻子欣喜之餘，又很快跌落到絕望之中。當然，絕望中的妻子也未放棄最後的掙扎：「雖則如燬，父母孔邇！」這便是她萬般無奈中向丈夫發出的淒淒質問：家庭的夫婦之愛，縱然已被無情的徭役毀滅；但是瀕臨饑餓絕境的父母呢，他們的死活不能不顧。

　　全詩在淒淒的質問中戛然收結，征夫對此質問的回答沒有點明，抑或他根本無法回答。女主人公的質問其實貫串了亙古以來的整部歷史：當殘苛的政令和繁重的徭役危及每一個家庭的生存，將支撐「天下」的民眾逼到「如燬」、「如湯」的絕境時，那大國之下的小家究竟該何處安放！

麟之趾

　　麟①之趾，振振公子②，于嗟麟兮③！
　　麟之定④，振振公姓⑤，于嗟麟兮！
　　麟之角，振振公族⑥，于嗟麟兮！

【註釋】

① 麟：麒麟，傳說中的動物。它有蹄不踏，有額不抵，有角不觸，
　　被古人看作至高至美的神獸，與鳳、龜、龍共稱為「四靈」。一說
　　指大公鹿。

② 振振：誠實仁厚貌。公子：公侯之子。

③ 于：通「吁」，嘆詞。于嗟：歎美聲。

④ 定：通「　」，額。

⑤ 公姓：公侯同姓子孫。

⑥ 公族：公侯同族子孫。

【賞析】

　　這是一首讚美諸侯公子的詩，但這公子究竟是周文王之子還是周公旦之子，抑或是一般貴族公子就不得而知了。麟在古人心目中擁有無比崇高的地位，是仁德的象徵，本詩以麟起興，可見作詩之人對諸侯公子德行的讚賞和尊敬。

　　首章以「麟之趾」引出「振振公子」，正如兩幅美好畫面的化出

和疊印：仁獸麒麟，悠閒地行走在綠野翠林，卻又恍然流動，化作了一位仁厚公子，在麒麟的幻影中微笑走來。仁獸麒麟與仁厚公子，由此交相輝映，令人油然升起一股不可按抑的讚歎之情。於是「于嗟麟兮」的讚語，便帶著全部熱情沖口而出，剎剎那間振響了短短的詩行。二、三兩章各改動二字，其含義並沒有多大變化：由「麟」之趾，贊到「之定」、「之角」，是對仁獸麒麟讚美的複遝；至於「公子」、「公姓」、「公族」的變化，則是「特變文以協韻耳」。如此三章迴旋往復，眼前是麒麟、公子形象的不斷交替閃現，耳際是「于嗟麟兮」讚美之聲的不斷激揚回蕩。視覺意象和聽覺效果的交匯，經疊章的反覆唱歎，所造出的正是這樣一種興奮、熱烈的畫意和詩情。

　　或以為本詩是婚前男方向女方納征獻麟時唱的歌，詩意在祝福對方家族興旺。

召 南

「召南」收錄的民歌都是召公從南方搜集來的，但除了《甘棠》一篇是懷念召公後人召虎外，其他詩篇都與召公完全不相干。

鵲 巢

維鵲有巢^①，維鳩^②居之。之子于歸，百兩御之^③。
維鵲有巢，維鳩方^④之。之子于歸，百兩將^⑤之。
維鵲有巢，維鳩盈^⑥之。之子于歸，百兩成^⑦之。

【註釋】

① 維：發語詞。鵲：即喜鵲善築巢。有巢：比喻男子已造家室。
② 鳩：布穀鳥，傳說布穀鳥自己不築巢，占居其他鳥類的巢。
③ 百兩：即百輛，形容車輛之多，出嫁場面之大。御：迎親。
④ 方：通「房」，以某處為住所的意思。
⑤ 將：送。一說以為「護衛」。
⑥ 盈：充滿，指陪嫁的人很多，或以為新婦多生的象徵。
⑦ 成：迎送成禮，此指結婚禮成。

【賞析】

　　這是一首描寫貴族小姐出嫁的詩，婚禮非常熱鬧喜慶，排場也是非常隆重。全詩以「鳩占鵲巢」代指男子已經為女子準備好了一切，也暗示這位小姐願意到公子家成就這樁婚事。

　　全詩三章，每章只更換兩個字，但將迎親、送親、成婚的熱鬧過程寫得十足，也將轟轟烈烈的場面渲染得十足。反覆地強調「百輛」，足見送迎車輛之盛，也映襯出婚禮在場人員的歡樂。全詩語言平淺，結構緊湊，短短三章，卻讓人回味悠長。

采蘩

于以采蘩①？于沼於沚②。于以用之？公侯之事③。
于以采蘩？于澗④之中。于以用之？公侯之宮⑤。
被之僮僮⑥，夙夜在公⑦。被之祁祁⑧，薄言還歸⑨。

【註釋】

① 于以：疑問詞，指到哪裡去。蘩（音繁）：白蒿。生於澤中，葉似
　嫩艾，莖或赤或白，根莖可食，古代常用來祭祀。
② 沼：沼澤，水池。沚：水中沙洲。一說以為水蓄積的窪地。
③ 事：這裏指祭祀。
④ 澗：山谷中的溪流。
⑤ 宮：指宗廟。
⑥ 被：通「髲」，取他人之髮編結披戴的髮飾，相當於今之假髮。僮
　僮：光潔嚴整貌，一說高而蓬鬆。
⑦ 夙夜：早晚。公：公廟。
⑧ 祁祁：舒緩，這裏指頭髮散亂。
⑨ 薄言：語助詞。一說「薄」為「緊迫」。「言」通「焉」，語氣詞。

【賞析】

　　這是一首反映宮女們為祭祀而勞作的詩。《毛詩序》曰：「采蘩，
夫人不失職也。夫人可以奉祭祀，則不失職矣。」是以為此乃貴族夫
人自詠之辭，說的是盡職「奉祭祀」之事。誠然，古代貴族夫人也確
有主管宗廟祭祀的職責，但並不直接從事採摘、洗煮等勞作。古代設
有女宮，即有罪「從坐」、「沒入縣官」而供「役使」之女，又稱「刑
女」，凡宮中祭祀涉及的「濯溉及粢盛之爨」，均由女宮擔任。而此
詩中的主人公，當是此類無疑。

　　全詩三章。前兩章以一問一答的形式，具體寫採蘩的地點和目
的，連用四個「于以」，將山野溪流與公侯宮室聯繫起來，展開了一

個廣闊的背景，讀者彷彿看見三五成群的宮女在廣闊的原野，在池沼、小島、山間溪流邊採蘩而又奔走於廟堂的情景。第三章是一個跳躍，從繁忙的野外採摘，跳向了忙碌的宗廟供祭。據《周禮》記載，在祭祀「前三日」，女宮人須夜夜「宿」於宮中，以從事洗滌祭器、蒸煮「粢盛」等雜務。由於幹的是供祭事務，還得打扮得漂漂亮亮，戴上光潔黑亮的髮飾。這樣一種「夙夜在公」的勞作，把女宮人折騰得不成樣子。詩中妙在不作鋪陳，只從她們髮飾「僮僮」向「祁祁」的變化上著墨，便入木三分地刻畫了女宮人勞累操作而無暇自顧的情狀。那曳著鬆散的髮辮行走在回家路上的女宮人，此刻帶幾分慶幸、幾分辛酸，似乎已不必再加細辨了，「薄言還歸」的結句，已化作長長的喟歎之聲，對此作出了回答。

草　蟲

　　喓喓草蟲①，趯趯阜螽②。未見君子，憂心忡忡③。
　　亦既見止④，亦既覯⑤止，我心則降⑥。
　　陟⑦彼南山，言采其蕨⑧；未見君子，憂心惙惙⑨。
　　亦既見止，亦既覯止，我心則說⑩。
　　陟彼南山，言采其薇⑪；未見君子，我心傷悲。
　　亦既見止，亦既覯止，我心則夷⑫。

【註釋】

① 喓喓：蟲鳴聲。草蟲：泛指草中有翅能鳴的昆蟲。

② 趯趯：昆蟲跳躍貌。阜螽：即蚱蜢，蝗類昆蟲。

③ 忡忡：心中憂愁不安貌。

④ 亦：若，如。既：已經。止：之。

⑤ 覯：當指男女遇合。

⑥ 降：放下，這裏指精神得到安慰，一切愁苦不安全都消失。

⑦ 陟：升，登。

⑧ 蕨：山中野菜，嫩時可食。

⑨ 惙惙：愁苦貌。

⑩ 說：通「悅」。

⑪ 薇：一種野菜，古人常採以為食。

⑫ 夷：平，這裏指心情平靜。

【賞析】

　　這是一首思婦詩。朱熹《詩集傳》曰：「南國被文王之化，諸侯大夫行役在外，其妻獨居，感時物之變，而思其君子如此。」朱熹言思婦為諸侯大夫之妻，未必確實，然縱觀全詩，思婦的身份其實並不重要，她對於丈夫的思念，不見丈夫時的憂慮，見到丈夫時的喜悅，實為天下女子最尋常不過的情感。

　　詩的首章將思婦置於秋天的背景下。秋景最易勾起離情別緒，怎奈得還有那秋蟲和鳴相隨的撩撥，思婦埋在心底的相思之情一下子被觸動了，激起了心中無限的愁思，不禁「憂心忡忡」。詩之後並沒有循著「憂心忡忡」寫去，而是打破常規，完全撇開離情別緒，卻改用擬想，假設所思者突然出現在自己的面前，那將是如何呢？「覯」與「降」大膽而直接，抒情熱烈。這一章以「既見」、「既覯」與「未見」相對照，情感變化鮮明，歡愉之情可掬。運用以虛襯實，較之直說如何如何痛苦，既新穎、具體，又情味更濃。

　　第二、三章雖是重疊，與第一章相比，不僅轉換了時空，拓寬了內容，情感也有發展。詩人「陟彼南山」，為的是瞻望「君子」。然而從山巔望去，所見最顯眼的就是蕨和薇的嫩苗，女子無聊至極，隨手無心採摘。「惙惙」和「傷悲」進一步描寫了思婦不見丈夫時的苦痛，而「我心則說」和「我心則夷」則更加大膽和率真，更加感人。

采 蘋

于以采蘋①？南澗之濱；于以采藻②？於彼行潦③。
于以盛之？維筐及筥④；于以湘⑤之？維錡及釜⑥。
于以奠⑦之？宗室牖下⑧；誰其尸⑨之？有齊季女⑩。

【註釋】

① 于以：往何處。蘋：即苹草，一種水草，莖橫臥在淺水的泥中，葉柄長，頂端集生四片小葉，全草可入藥。亦稱「大萍」、「四葉菜」、「田字草」。

② 藻：水草名。按《禮記·昏義》言女子「教成之祭」，曰「牲用魚，芼之以藻」。

③ 行潦：即流潦，指路上的流水、積水。這裏指溝中積水。

④ 筥（音莒）：圓形的筐。方稱筐，圓稱筥。

⑤ 湘：烹煮牛羊等以為祭祀之用。

⑥ 錡：三足鍋。釜：無足鍋。

⑦ 奠：擺放祭品。

⑧ 宗室：宗廟。牖（音有）：窗戶。

⑨ 尸：主持。古人祭祀用人充當神尸，以象徵祖先，接受祭拜。

⑩ 有：語首助詞。齊：通「齋」，美好而恭敬。季女：少女。

【賞析】

　　這首詩描寫了女子採摘蘋草、水藻，置辦祭祀祖先等活動，真實地記載了當時女子出嫁前的一種風俗。在古代，貴族之女出嫁前必須到宗廟去祭祀祖先，同時學習婚後的相關禮節。這時，奴隸們就要為主人採辦祭品、整治祭具、設置祭壇，終日勞碌不堪，這首詩就是描寫她們勞動過程的。一說以為本詩描繪的是一位貴族小姐的成年禮。

　　此詩的藝術魅力主要在於問答體的章法。全詩三章，每章四句。首章兩問兩答，點出採蘋、採藻的地點；次章兩問兩答，點出盛放、

烹煮祭品的器皿；末章兩問兩答，點出祭地和主祭之人。詩歌敘事不加修飾，節奏迅捷奔放，氣勢雄偉，通篇不用一個形容詞，而五個「于以」的具體含義又不完全雷同，顯得連綿起伏，搖曳多姿。文末「誰其尸之，有齊季女」戛然收束，奇絕卓特，烘雲托月般地將季女的美好形象展現給讀者。

甘　棠

蔽芾甘棠①，勿翦②勿伐，召伯所茇③。
蔽芾甘棠，勿翦勿敗④，召伯所憩⑤。
蔽芾甘棠，勿翦勿拜⑥，召伯所說⑦。

【註釋】

① 蔽芾（音肺）：樹木高大茂盛貌。甘棠：即棠梨，又稱杜梨，一種落葉喬木，果實圓而小，有白、紅之分。
② 翦：砍伐。
③ 召伯：周宣王時重臣召伯虎。舊說為周初的召公奭。茇（音拔）：原指草舍，這裏指露宿。
④ 敗：損傷，與「伐」同義。
⑤ 憩：休息。
⑥ 拜：攀折。
⑦ 說：通「稅」，休憩的意思。

【賞析】

　　大約在周宣王五年的八九月間，召伯虎率大軍平定淮夷之亂。人民對召伯虎懷念不已，以至對他曾經休息過的甘棠樹都珍惜備至。這首詩通過對甘棠樹的讚美和愛護表達了人民對賢臣的懷念與愛戴，對召公德政教化的衷心感激。

在直白的語言裏，人民的感情質樸而強烈，人民用他們淳樸的情感表達了對清明政治的渴望。全詩三章，由睹物到思人，由思人到愛物，人、物交融為一。其短小精悍，卻一唱三歎，讓人回味無窮。

行　露

厭浥行露①，豈不夙夜②？謂③行多露。

誰謂雀無角④？何以穿我屋？誰謂女無家⑤？何以速我獄⑥？雖速我獄，室家不足⑦！

誰謂鼠無牙？何以穿我墉⑧？誰謂女無家？何以速我訟？雖速我訟，亦不女從⑨！

【註釋】

① 厭：形容露水多。浥：潮濕貌。行露：道路上的露水。

② 夙夜：早晚。這裏指一大早趕路。一說指趁早逃去。

③ 謂：通「畏」，畏懼。一說指無奈。

④ 角：如野獸那樣的犄角。

⑤ 女：汝。家：產業。這裏指此男子有相當的產業，用行賄的手段與女子打官司。一說「家」指成家，有妻室。

⑥ 速：招，致。獄：打官司。一說監獄。

⑦ 室家：夫妻，這裏指結婚。不足：不可。

⑧ 墉：牆。

⑨ 女從：即「從汝」，聽從你。

【賞析】

這首詩是一名女子對一個企圖以打官司為逼迫強娶她的強橫男子的答覆。其中鳥雀之有角無角，鼠之有牙無牙，是女子對男子出乎常情的一種比喻：鳥雀本無角，可這個人卻非比尋常；老鼠本無粗大的

牙，而這個人卻不同一般。那時這位姑娘已經看出他會幹出尋常人幹不出的事情來，同時也暗示著這傢伙是個有些家產、能通官府的無賴之徒。然而女子決不屈服，痛罵男子，表現出非凡的魄力。

首章首句起調氣韻悲慨，使全詩籠罩在一種陰鬱壓抑的氛圍中，暗示這位女性所處的環境極其險惡，抗爭的過程也將相當曲折漫長，次二句文筆稍曲，詩意轉深，婉轉地道出這位女子的堅定意志。次章用比喻方法說明，即使強暴者無中生有，造謠誹謗，用訴訟來脅迫自己，她也決不屈服。末兩句則是正面表態，斬釘截鐵，氣概凜然。第三章句式複遝以重言之，使感染力和說服力進一步加強。

全詩風骨遒勁，格調高昂，從中讀者不難體會到女性為捍衛自己的獨立人格和愛情尊嚴所表現出來的不畏強暴的抗爭精神。在古代，大夫及以上階層擁有政治特權，凡官民之間的官司，民是一定敗訴的。而平民之間的爭執，可以通過行賄取勝。那本是一個無理可講的時代，可詩中的女子卻敢於以理抗爭，為自由發出女性的怒吼，真可謂振聾發聵，巾幗不讓鬚眉！

羔 羊

羔羊之皮①，素絲五紽②。退食自公③，委蛇④委蛇。
羔羊之革⑤，素絲五緎⑥。委蛇委蛇，自公退食。
羔羊之縫⑦，素絲五總⑧。委蛇委蛇，退食自公。

【註釋】

① 羔羊之皮：羔羊皮做的帽子，是大夫按禮制規定所戴的禮帽，古稱「皮弁」。舊說以為羔皮裘。

② 素絲：白色的絲線。五：通「午」，岐出、交錯的意思。這是一種絲線相互交叉縫製的規定的針法。紽（音脫）：兩塊皮的縫合處。五：指縫製細密。一說素絲指束絲，即公侯賞賜的禮品。五是束

絲數。五絲為，四為，四為總。

③ 退食：從宴會退席。公：宮門，諸侯之宮。

④ 委蛇：從容自得的樣子。一說皮弁的纓飾下垂，隨步履的移動而悠然擺動貌。

⑤ 革：皮，獸皮揉製去其毛為革。

⑥ 緎（音域）：通「紽」。一說以為量詞。

⑦ 縫：同皮、革。

⑧ 總：義同「紽」、「緎」。一說以為量詞。

【賞析】

　　這首詩描寫士大夫在宴會散後，走出諸侯公門時自由自在的心情。清人姚際恆《詩經通論》曰：「詩人適見其服羔裘而退食，即其服飾步履之間以歎美之。而大夫之賢不益一字，自可於言外想見。此風人之妙致也。」一說則以為本詩暗含諷刺，揭露了士大夫的無能和無所事事，暗示他們是一群白吃飯的寄生蟲。

　　全詩所描述的是大夫們從公侯賞賜的宴會上退下來的儀容：一個個酒足飯飽，心滿意足，步態從容，緩步而歸。白色絲線縫合的帽子，戴得端端正正，沒有因為是酒後而東倒西歪，這體現出周代社會所崇尚的禮儀。全詩寫皮弁在靜與動兩種狀態下不變的形態，曲折地表現了人物平靜和舒緩自如的心態。

　　《公食大夫禮》中記載諸侯以食禮招待他國來聘的大夫的禮儀，其中寫到來賓用飯畢，有告退之意，公致束帛侑幣以留賓的禮節。故王闓運認為本詩是「記公食禮之異」的，聞一多亦贊成此說。如此說來，詩中所寫的大夫並不是本國大夫，而是他國來聘的大夫，他這般悠然自得，想必是已經完成使命了。

殷其雷

　　殷①其雷，在南山之陽②。何斯違斯③，莫敢或遑④？振振君子⑤，歸⑥哉歸哉！

　　殷其雷，在南山之側。何斯違斯，莫敢遑息⑦？振振君子，歸哉歸哉！

　　殷其雷，在南山之下。何斯違斯，莫或遑處⑧？振振君子，歸哉歸哉！

【註釋】

① 殷：通「磤」，象聲詞，雷聲。一說通「慇」，憂傷。一說喻車聲。

② 陽：山南曰陽。

③ 何斯違斯：前一個「斯」指君子，後一個「斯」指此地。朱熹《詩集傳》釋為：「何此君子獨去此而不敢少暇乎？」一說以為前一個「斯」指此時。嚴粲《詩緝》釋為：「何為此時速去此所乎？」違：離開。

④ 或：有。遑：閒暇。

⑤ 振振：信厚、老實貌。一說振作貌。

⑥ 歸：歸其職守所在的地方。一說以為妻子之盼丈夫速歸。其實，妻子勸丈夫歸其職所，正是希望他早日完成任務，如此即可早日歸家。這樣看來，二說則不矛盾，正如朱熹云「冀其早畢事而還歸也」。

⑦ 息：止息。

⑧ 處：安居，指在家住下去。

【賞析】

　　關於本詩主旨，《毛詩序》曰：「召南之大夫遠行從政，不遑寧處。其室家能閔其勤勞，勸以義也。」對此說，古今學者皆無異議。全詩寫夫妻離別之際，彼此都戀戀不捨，然丈夫公務在身，不得不離去，妻子無可奈何，亦頗為深明大義。

此詩以重章疊唱的形式唱出了妻子對丈夫的思念之情，在反覆詠唱中加深了情感的表達。每章均以雷起興，卻變易雷響的地點，不僅寫出了雷聲飄忽不定的特點，而且還引出對丈夫行蹤無定的漂泊生活的掛念。「遄」、「息」、「居」三字則層層深入地表現了忠於職守、不敢懈怠的態度。詩的每一章雖只寥寥數語，卻轉折跌宕，展示了女主人公抱怨、理解、讚歎、期望等多種情感交織起伏的複雜心態，活現出一位思婦的心理軌跡，堪稱妙筆。

　　本詩之妙，正在於其上下不一的語意轉折，在否定亦複肯定中呈現鮮活的心理。此外，詩的語言簡潔樸素，齊言中又有長短相錯，模擬說話的聲口，在一唱三歎中傾吐衷情，頗為傳神。

摽有梅

　　摽有梅①，其實七兮②！求我庶士③，迨其吉兮④！
　　摽有梅，其實三兮！求我庶士，迨其今⑤兮！
　　摽有梅，頃筐塈之⑥！求我庶士，迨其謂⑦之！

【註釋】

① 摽：打落，敲落。一說拋、擲。一說墜落。有：語氣詞。亦可當指示詞，相當於「那」。梅：薔薇科李屬植物，春初開白色花，花氣清香，花謝葉生，二月結實，五月採集即將成熟的梅子，後世做成烏梅或白梅，先秦則多為了做醬，以為調味品。

② 其實：它的果實，即樹上的梅子。七兮：指樹上未落的梅子還有七成。一說「七」非實數，古人以七到十表示多，三以下表示少。

③ 庶：眾多。士：青年人，未婚男子。

④ 迨：及，趁。吉：好日子。

⑤ 今：今日，現在。一說通「堪」，樂也。

⑥ 頃筐：斜口淺筐。塈：取，指收拾打落在地上的梅子。

⑦ 謂：說，告訴。一說聚會。

【賞析】

　　這是一首待嫁女子唱出的委婉而大膽的求愛詩。女主人公望見梅子落地，引起了青春將逝的傷感，她希望能馬上同人結婚。至於為何以「梅」起興，陳奐《詩毛氏傳疏》曰：「梅由盛而衰，猶男女之年齒也。梅、媒聲同，故詩人見梅而起興。」龔橙《詩本義》說：「《摽有梅》，急婚也。」一個「急」字，抓住了此篇的情感基調，也揭示了全詩的旋律節奏。

　　從抒情主人公的主觀心態看，「急」就急在青春流逝而夫婿無覓。全詩三章，「庶士」三見。「庶士」，意謂眾多的小夥子。可見這位姑娘尚無意中人。她是在向整個男性世界尋覓、催促，呼喚愛情。全詩三章重唱，卻一層緊逼一層，生動有力地表現了主人公情急意迫的心理過程。首章「迨其吉兮」，尚有從容相待之意；次章「迨其今兮」，已見敦促的焦急之情；至末章「迨其謂之」，可謂真情畢露，迫不及待了。三複之下，聞聲如見人。

　　珍惜青春，渴望愛情，是中國詩歌的母題之一。本詩作為思春求愛詩之祖，其原型意義在於構建了一種抒情模式：以花木盛衰比青春流逝，由感慨青春易逝而追求婚戀及時。這給予了後世文人極大的啟示。

小　星

嘒①彼小星，三五②在東。肅肅宵征③，夙夜在公，實命不同④。
嘒彼小星，維參與昴⑤。肅肅宵征，抱衾與裯⑥，實命不猶⑦。

【註釋】

① 嘒：微光閃爍的樣子。

② 三五：言清晨殘星稀少。

③ 肅肅：疾行貌。宵征：天未亮時趕路。

④ 實：這。不同：指命運與人不同，即不如人。

⑤ 參與昴：二十八星宿中的兩顆星名，黎明前出現在東方。

⑥ 抱：通「拋」，捨棄。衾：被子。裯：床單。

⑦ 不猶：不如。

【賞析】

這是一首官職低下的小官吏暗自傷感的詩。

在清冷的黎明，天空掛著幾顆閃著微光的小星，這正好與小吏孤獨蕭索的形象相契合，這也加深了小吏心中的孤獨感和不平衡感。小吏抱怨他起早貪黑、不得休息的現狀，但他又無法擺脫這種現狀，當時的社會等級森嚴分配不均，所以小吏也只能悲歎自己命不如人。

「實命不同」是苦難中的善良者一種心靈的自我安慰，也是他們精神的支撐點，他們心中除了怨恨，也就只有忍耐和等待了，沒有任何的反抗意識。

江 有 汜

江有汜①，之子歸②，不我以③！不我以，其後也悔。
江有渚④，之子歸，不我與⑤！不我與，其後也處⑥。
江有沱⑦，之子歸，不我過⑧！不我過，其嘯也歌⑨。

【註釋】

① 汜：由主流分出而復匯合的河水。

② 之子：古代妻妾對丈夫的一種稱呼。歸：指男子返回家鄉，將女主人公拋棄。一說男子再娶。

③ 以：與，有相處、相好之意。

④ 渚：水中小洲。

⑤ 與：通「以」。

⑥ 處：朱駿聲《說文通訓定聲》曰：「『處』，假借為『癙』，實為『鼠』。」病，憂傷、憂愁的意思。

⑦ 沱：江水支流。

⑧ 過：過問，探望。

⑨ 嘯也歌：即嘯歌，因內心痛苦而邊哭邊唱。

【賞析】

這是一首棄婦詩。女主人公可能是一位商人婦。那商人返回家鄉時將她遺棄了。她滿懷哀怨，唱出了這首悲歌。一說以為這是一首男子失戀之詩，他無法接受心儀女子嫁於他人的慘痛現實，設想總有一天那姑娘會因悔恨而悲傷，甚至痛苦。

全詩三章，棄婦分別用「不我以」、「不我與」、「不我過」來訴說丈夫對她的薄情。而棄婦又是一位自信心極強的女人，她相信自己在丈夫感情生活中的重要地位，因而預言丈夫今日的背棄行為，日後必將在感情上受到懲罰，這就是各章結句所說的「其後也悔」、「其後也處」、「其嘯也歌」。

詩的每一章均以「不我」形式的疊句為轉折，表現棄婦由痛而恨、恨而不捨的複雜的心理活動。其恨意又層層加深：由望其悔而望其憂，由望其憂而更望其悲，這恰是棄婦的痛心處——她因愛成痛，因痛生恨；恨由愛生，愛之愈深，恨之愈烈；恨之愈烈，則痛苦愈深……仔細想來，這首詩的心理表現實在是極巧極工。

棄婦預言薄情郎日後會受到苦痛懲罰，而此時，「悔」、「處」、「嘯歌」者卻恰是她自己，這不僅讓人生出些許哀憐，為棄婦情托非人而歎息。

棄婦之詩，多哀婉淒切，而這首詩卻頗有點長歌當哭的慷慨之氣。其中原因除了棄婦倔強自信的性格，最重要的還是棄婦曾經愛得深沉。為了愛，她付出了太多，故而在失去時會如此歇斯底里。棄婦

因愛生恨，這是她的軟弱，也是她的堅強，這也決定了本詩的風格，既一唱三歎，極盡纏綿，又柔中見剛，沉著痛快。

野有死麕

野有死麕[1]，白茅[2]包之。有女懷春[3]，吉士誘之[4]。
林有樸樕[5]，野有死鹿。白茅純束[6]，有女如玉。
舒而脫脫兮[7]！無感我帨兮[8]！無使尨[9]也吠！

【註釋】

[1] 麕：獐子，形似鹿而較小，無角。

[2] 白茅：多年生野草，葉細長而尖，像矛，故名「茅」。其根長，白色，有韌性，可以捆柴草。古人多用白茅墊熟食以祭祀。

[3] 懷春：思春，男女情欲萌動。

[4] 吉士：美好的青年。一說適婚齡的小夥子。誘：挑逗，示愛。

[5] 樸樕：亦作「樸遬」，叢木、小樹。

[6] 純束：纏束，包裹。指將死鹿與砍下來的樹枝分別用白茅捆在一起，作為聘禮。女方結婚時用柴，這在《詩經》中屢有表現。

[7] 舒：舒緩。一說語氣助詞。而：通「爾」，指「吉士」。脫脫：動作文雅舒緩。

[8] 感：通「撼」，動搖。帨：佩巾。古人衣服以腰帶束縛，配巾搋於腰帶上。所以，動女人的配巾就是解帶脫衣的舉動。

[9] 尨（音盲）：多毛的狗。

【賞析】

　　這是一首純真的情歌，完整地描述了一個發生在郊野的愛情故事。在先秦時代，男子向女子求婚，往往獵取野獸獻給女子，一般是鹿或獐。女子若收下獵物，則表示接受了男子的愛情。詩中所描寫的

正是男子向女子獻獵物求愛的情景。

　　全詩三章，前兩章以敘事者的口吻旁白描繪男女之情，樸實率真。首章以「野」交代曠野的背景，「死麕」、「白茅」點出男主人公的英武俊美，「有女懷春」直寫女子情思綿綿。次章則添了「林有樸樕」，不但給畫面又延伸了深度和廣度，也更進一步點明了此乃男女匹合之事，而「有女如玉」則將鏡頭一推，清晰地特寫姑娘如玉的美麗。末章全錄女子偷情時的言語，活脫生動。側面表現了男子的情熾熱烈和女子的含羞慎微。女子如斯叮嚀，看似莊嚴持重，實則心中激動與期盼，嬌羞與大膽都躍然紙上。

　　先秦時期禮教尚未形成，社會風氣較開放，男女對性的態度不像後世般受禮教禁錮，所以男女表達愛情還是比較大膽、直接的。談情說愛、男歡女愛是人純真性情的流露，不能言其淫豔、不符禮義廉恥。後世儒者，從自身階級出發，斷以己意，如朱熹《詩集傳》云：「此章乃述女子拒之之辭，言姑徐徐而來，毋動我之帨，毋驚我之犬，以甚言其不能相及也。其凜然不可犯之意蓋可見矣！」如此，懷春之女就變成了貞女，吉士也就變成強暴之男，情投意合就變成了無禮劫脅，急迫的要求就變成了凜然不可犯之拒。

何彼襛矣

何彼襛①矣？唐棣②之華。曷不肅雝③？王姬④之車。
何彼襛矣？華如桃李。平王之孫，齊侯之子。
其釣維何⑤？維絲伊緡⑥。齊侯之子，平王之孫。

【註釋】

① 襛：花木繁盛貌。

② 唐棣：木名，似白楊。一說以為郁李。

③ 曷不：豈不。或以為「好不」，感歎之語。肅雝：車容整齊肅穆，

雍容安詳。或以為「肅雍」為稱頌婦德之辭。

④ 王姬：周王室之女。

⑤ 鉤：這裏指釣魚的線。《詩經》中的「魚」多與男女婚姻、伴侶有關。維：語氣詞。

⑥ 維、伊：皆是語氣助詞。緡：合股絲繩，比喻男女合婚，門當戶對，婚姻美滿。

【賞析】

　　王姬下嫁諸侯，人們驚歎送親車輛的貴重華麗，也讚美這位公主無比高貴的身份和她美麗的容貌。高亨《詩經今注》認為本詩是寫「周平王的孫女出嫁於齊襄公或齊桓公」。一說詩中王姬是周平王的外孫女、齊侯的女兒。又袁梅《詩經譯注》認為本詩純是男女求愛之歌，「王姬」、「平王之孫」、「齊侯之子」不過是代稱或詩美之詞。此詩應是為平王之孫女與齊侯之子新婚而作，在讚歎稱美之餘微露諷刺之意。

　　全詩三章，極力鋪寫王姬出嫁時車服的豪華奢侈和結婚場面的氣派排場。首章以唐棣之花起興，鋪陳出嫁車輛的驕奢，「曷不肅雍」二句儼然是路人旁觀、交相讚歎稱美的生動寫照。次章以桃李為比，點出新郎、新娘，刻畫他們的光彩照人。「平王之孫，齊侯之子」二句雖然其所指難以確定，但無非是渲染兩位新人身份的高貴。末章以釣具為興，表明男女雙方門當戶對、婚姻美滿。全詩在詩人的視野中逐漸推移變化，時而正面描繪，時而側面襯托，相得益彰。從結構上說，全詩各章首二句都是一設問、一作答，具有濃郁的民間色彩。

　　　　　　　　騶　虞

　　彼茁者葭①，壹發五豝②，于嗟乎騶虞③！
　　彼茁者蓬④，壹發五豵⑤，于嗟乎騶虞！

風
召
南

四三

【註釋】

① 苗：草初生出地貌。葭：初生的蘆葦。

② 發：驅趕。豝：母野豬。

③ 騶（音周）：天子之囿（養動物的園子）。虞：司獸之官。騶虞：
舊以為瑞獸，這裏指為天子或諸侯管理苑囿的獵官。

④ 蓬：蓬草，葉細如針，根小而植株大，植株呈圓形，至秋乾枯，
形如亂髮。

⑤ 豵（音宗）：小野豬。

【賞析】

　　關於本詩主旨，舊說多以為是歌頌文王教化的詩作。今人高亨、
袁梅則認為是小奴隸為奴隸主放豬，經常受到騶虞的監視和欺凌，有
感而作。但大多數學者都認為此詩是讚美騶虞的詩歌。

　　古代天子或諸侯圍獵，先要派軍隊將獵場包圍起來，逐漸縮小範
圍。一邊緊縮，一邊轟趕，野獸就會逐漸向包圍圈中心集中，以便於
參加狩獵的人射擊。

　　本詩中，一下就能轟趕出一群野豬，大的小的都有，可見苑囿中
生態平衡，而這無疑是騶虞的功勞，正因為他善於管理，所以野獸繁
殖得很快。詩的前兩章都只寫到「葭」和「蓬」，說明包圍圈才剛剛
形成，是在苑囿的邊緣地帶，就已經有了成群的野豬，這是人們一般
情況下預料不到的，即在大家還沒有充分準備好的情況下就突然跑出
了那麼多野豬，所以驚呼之後，就是由衷的讚美。

　　需要補充說明的是，古代打獵要講究生態平衡，一般不會獵殺正
在成長的小動物，如詩中提到的苑囿中的小野豬，應該是不會被獵殺
的，故稱本詩是讚美獵人之作，不合常理。

邶　風

　　邶國是周代一個小諸侯國，位址大約在今天的河南省，具體位置不詳。「邶風」就是指邶（音：倍）地的樂調、民歌，現存的19篇多數是衛國詩篇，只是用邶地的樂調唱出來而已。

柏　舟

泛^①彼柏舟，亦泛其流^②。耿耿^③不寐，如有隱憂^④。
微^⑤我無酒，以敖以遊^⑥。
我心匪鑒^⑦，不可以茹^⑧。亦有兄弟，不可以據^⑨。
薄言往愬^⑩，逢彼之怒。
我心匪石^⑪，不可轉也。我心匪席，不可卷也。
威儀棣棣^⑫，不可選^⑬也。
憂心悄悄^⑭，慍于群小^⑮。覯閔既多^⑯，受侮不少。
靜言思之，寤辟有摽^⑰。
日居月諸^⑱，胡迭而微^⑲？心之憂矣，如匪浣衣^⑳。
靜言思之，不能奮飛。

【註釋】

① 泛：漂浮，隨波逐流。一說「泛彼」通「泛泛」，漂浮貌。

② 亦泛其流：即且泛且流。「亦」與「且」都是連詞。一說以為「亦」通「以」，以其流而泛。

③ 耿耿：形容不安之狀。一說以為作「炯炯」，眼睜難眠貌。

④ 如：為，乃，由於。隱憂：深憂。

⑤ 微：表否定，不是。

⑥ 以敖以遊：即遨遊。

⑦ 匪：通「非」。鑒：鏡子，這裏指如銅鏡一般，不分美醜，都能容

納而照進去。

⑧ 茹：容納。

⑨ 據：依靠。

⑩ 薄言：語氣助詞，姑且，勉強之意。一說以為急迫地。言：通「焉」。愬：通「訴」，告訴。

⑪ 石：舊說大石塊堅硬，但可以轉動。這裏當指農家常用的能轉動的石製工具，如石碾之類。

⑫ 威儀：容貌舉止。棣棣：雍容嫻雅貌。一說以為儀態萬方。

⑬ 選：通「巽」，屈服，退讓。

⑭ 悄悄：憂愁貌。

⑮ 慍：惱怒，怨恨。群小：眾小人。

⑯ 覯：通「逅」，遭逢。閔：痛，憂患。

⑰ 寤：通「午」，交互。辟：通「擗」，拍擊胸口。有：又。摽：捶打，力度要比「擗」重。

⑱ 居、諸：語氣詞。

⑲ 胡：何。迭：更迭，指日月交替。微：晦暗無光。

⑳ 如匪：如彼。浣衣：洗衣服時，要反覆揉搓，心情煩亂不安，就好像被搓洗的衣服。

【賞析】

本詩寫一個在惡劣環境中被迫害者的悲憤，但詩人的身份，歷來說法不一，前人皆各持己見，加以申說，然詩人是男是女至今都未有定論，一般認為本詩是衛國臣子不遇於君之作。

全詩五章。首章寫詩人夜不能寐，原因是懷有深憂，無法排遣。「隱憂」是詩眼，貫穿全篇。第二章表明自己不能容讓的態度和兄弟不可靠。第三章訴其耿介不屈，以「石」、「席」為喻，表明自己意志的堅定，語句凝重，剛直不阿。第四章寫孤立無助，捶胸自傷，原因是被群小侵侮，一再遭禍受辱。第五章寫含垢忍辱，不能擺脫困境，奮起高飛，由此感歎統治者昏聵。

全詩緊扣一個「憂」字，憂之深，無以訴，無以瀉，無以解，環環相扣。五章一氣呵成，娓娓而下，語言凝重而委婉，感情濃烈而深摯。詩人人格之高潔、意志之堅定、性格之孤傲不屈以及對理想的追求，只有屈原的《離騷》可與之比肩。

綠　衣

綠兮衣①兮，綠衣黃裏。心之憂矣，曷維其已②！
綠兮衣兮，綠衣黃裳。心之憂矣，曷維其亡③！
綠兮絲兮，女所治兮④。我思古人⑤，俾無訧兮⑥。
絺兮綌兮⑦，淒其以風⑧。我思古人，實獲⑨我心。

【註釋】

① 衣：上衣。上曰衣，下曰裳；外曰衣，內曰裏。
② 曷：通「何」，何時的意思。已：停止。
③ 亡：通「忘」。一說通「已」。
④ 女：通「汝」。治：縫製。
⑤ 古人：代指主人公去世的妻子。
⑥ 俾：使。訧：通「尤」，過失。
⑦ 絺：細葛布。綌：粗葛布。
⑧ 淒其：通「淒淒」，涼而有寒意。一說指淒然。以：因為。
⑨ 獲：得，中意。這裏有瞭解、深知的意思。

【賞析】

　　這是一首懷念亡妻的悼亡詩。睹物思人，是悼亡懷舊中最常見的一種心理。一個人剛剛從深深的悲痛中擺脫，看到死者的衣物用具或死者所製作的東西，便又喚起剛剛處於抑制狀態的情感，而重新陷入悲痛之中。所以，自古以來從這方面來表現的悼亡詩很多，但第一首

應是《綠衣》。後世潘岳《悼亡詩》中有詩句「幃屏無彷彿，翰墨有餘跡。流芳未及歇，遺掛猶在壁」，元稹《遣悲懷三首》中有詩句「衣裳已施行看盡，針線猶存未忍開」，賀鑄《鷓鴣天》中有詞句「重過閶門萬事非，同來何事不同歸」，無不受到本詩影響。

全詩分三章，第一章寫男主人公將亡妻生前的衣服拿出來翻看，心情是那般憂傷；第二章寫男主人公仔細翻看衣裳，回憶過往，心底生出無限悲涼；第三章寫男主人公徹底陷入回憶中，想起亡妻生前的點滴；第四章是男主人公發出了淒涼哀嚎，亡妻不在，相愛之人陰陽相隔，他的內心是何其痛苦，他覺得人世間的一切彷彿都沒了意義。因為在他心中，只有死去的妻子最瞭解他，最懂他，他的生命早已和亡妻融匯在了一起。

深深的愛蘊含在深深的悲傷之中，整首詩感情真摯，充滿悲傷之情，十分感人。

燕　燕

燕燕于飛[1]，差池其羽[2]。之子於歸，遠送于野。瞻望[3]弗及，泣涕如雨。

燕燕于飛，頡之頏之[4]。之子于歸，遠于將之[5]。瞻望弗及，佇立以泣[6]。

燕燕于飛，下上其音[7]。之子于歸，遠送于南。瞻望弗及，實勞我心[8]。

仲氏任只[9]，其心塞淵[10]。終溫且惠[11]，淑慎其身[12]。先君之思，以勖寡人[14]。

【註釋】
① 燕燕：燕子。于：語氣助詞。
② 差池：通「參差」，不齊貌，燕子飛翔時，尾羽張開如剪刀。

③ 瞻望：展望，遠望。

④ 頡：鳥向上飛。頏：鳥向下飛。

⑤ 遠于：即「遠而」。將：送。

⑥ 以泣：而泣。

⑦ 下上其音：燕子上下翻飛，其鳴聲亦隨之上下。

⑧ 勞我心：使我心傷感悲哀。

⑨ 仲氏：兄弟或姐妹中排行第二者，詩中指二妹。任：善。一說以為「大」，一說以為「大德」，一說以為姓氏。只：語氣詞。

⑩ 塞：實誠。淵：敦厚，深沉。

⑪ 終：既。溫：溫和。惠：和順，慈善。

⑫ 淑：善良。慎：謹慎。

⑬ 先君：已故國君。一說指兄妹倆已經去世的父親。

⑭ 勗：勉勵。寡人：寡德之人，國君對自己的謙稱。

【賞析】

　　這是一首感人至深的送別詩。詩中的送者和被送者究屬何人，歷來眾說紛紜，舊說多以為本詩是衛莊公之妻莊姜送莊公之妾屬媯或戴媯歸陳國時所作。宋代王質則認為本詩當是「兄送其妹出嫁」之作，清代崔述《讀風偶識》申述其說，認為本詩是衛女嫁於南國而其兄送之之詩，頗為精當合理。

　　詩的第四章提到「先君」、「寡人」，由此可推測送別者當是一位國君。送妹出嫁應是一件高興的事，而全詩卻充滿了別離的感傷，可能這次遠嫁是迫於某種政治形式的需要，需要此女做出犧牲，即以此女嫁於南國諸侯為代價，來換取國家的安寧。正因此，這次的送別才如此難捨難分，滿懷悲傷。

　　詩的前三章以飛燕起興，以燕子雙飛的自由歡暢，來反襯同胞別離的愁苦哀傷。這次分別，雙方都非常不捨，故而兄長送行也送得特別遠，直到看不見妹妹的影子了，他還長久地佇立在那裏，以致潸然淚下。三章重章複唱，既易辭申意，又循序漸進，且樂景與哀情相反

襯，從而把送別情境和惜別氣氛，表現得深婉沉痛，不忍卒讀。

　　第四章由虛而實，轉寫被送者。原來妹妹非同一般，她思慮切實而深遠，性情溫和而恭順，為人謹慎又善良，正是自己治國安邦的好幫手。她執手臨別，還不忘贈言勉勵：莫忘先王的囑託，成為百姓的好國君。這一章寫人，體現了上古先民對女性美德的極高評價。在寫法上，先概括描述，再寫人物語言；靜中有動，形象鮮活。這一章看似擺脫了離別之情，但兄長對於妹妹的懷念，心中念著妹妹的賢良淑德，那不捨之情和失去手足的悲痛卻是溢於言外，比起前三章的直抒胸臆，則更加真切感人。

　　這首詩，論其藝術感染力，宋代許《彥周詩話》讚歎為「真可以泣鬼神」。論影響地位，清代王士禛《帶經堂詩話》推舉為「萬古送別之祖」。如此評價可謂實至名歸。《燕燕》之後，「瞻望弗及」和「佇立以泣」成了表現惜別情境的原型意象，反覆出現在歷代送別詩中。

日　月

　　日居月諸①，照臨下土。乃如之人兮②，逝不古處③？胡能有定④？寧不我顧⑤。

　　日居月諸，下土是冒⑥。乃如之人兮，逝不相好⑦。胡能有定？寧不我報⑧。

　　日居月諸，出自東方。乃如之人兮，德音⑨無良。胡能有定？俾也可忘⑩。

　　日居月諸，東方自出。父兮母兮，畜我不卒⑪。胡能有定？報我不述⑫。

【註釋】

① 居、諸：語氣詞。

② 乃如：提示發語詞，相當於「至於那個……」。之人：那個人，指

棄婦之夫。

③ 逝：發語詞。古：讀作「居」，息，生活的意思。古處：一說舊處，和原來一樣相處。一說姑且。

④ 胡：何。定：心定，心安。

⑤ 寧：豈，竟然。一說乃，曾。顧：顧念。

⑥ 冒：覆蓋，照臨。

⑦ 相好：相悅，相愛。

⑧ 報：答理，此處有親昵之義。

⑨ 德音：聲譽，德性。

⑩ 俾：通「婢」，古代女子的自我謙稱。一說以為通「使」。忘：通「望」。

⑪ 畜：通「慉」，喜愛。不卒：不到最後。

⑫ 報：對待。不述：不循義理。

【賞析】

　　這是一首棄婦申訴怨憤的詩。舊說以為本詩是莊姜被衛莊公遺棄後之作，或是衛國公子伋被害後，國人傷之而作，亦有人認為本詩是周初時殷商遺族的懷舊之歌，皆不可取。

　　詩的首章把讀者帶入這樣的境界：在太陽或月亮的光輝照耀下，一位婦人在她的屋旁呼喚日月而申訴：日月能如常地照耀大地，為何我的丈夫不能如以往一樣顧念我！之後各章的第一句以「日居月諸」作為起興，還有一種陪襯的作用。日月出自東方、照臨大地，是有定所，而結為夫婦的「之人」竟心志回惑，「胡能有定」。作者之所以反覆吟詠日月，正是為了陪襯其反覆強調的「胡能有定」。

　　第二、三章承第一章的反覆詠歎，真是「一訴不已，乃再訴之，再訴不已，更三訴之」。第四章沉痛至極，無可奈何，只有自呼父母而歎其生之不辰了，前面感情的迴旋，到此突然一縱，扣人心弦。四章情感逐步轉化而加深，情感的邏輯也十分清晰。

　　詩中沒有具體去描寫棄婦的內心痛苦，而是著重於棄婦的心理刻

畫。女主人公的內心世界是很複雜的，有種被遺棄後的幽憤，指責丈夫無定止。同時她又很懷念她的丈夫，仍希望丈夫能回心轉意，能夠「顧」她，「報」她。理智上，她清醒地認識到丈夫「德音無良」，但情感上，她仍希望丈夫「畜我」以「卒」。朱熹《詩集傳》說：「見棄如此，而猶有望之之意焉。此詩之所為厚也。」這種見棄與有望之間的矛盾，又恰恰是棄婦真實感情的流露。

終　風

終風且暴①，顧我則笑，謔浪笑敖②，中心是悼③。
終風且霾④，惠然肯來⑤，莫往莫來⑥，悠悠我思。
終風且曀⑦，不日有曀⑧，寤言不寐⑨，願言則嚏⑩。
曀曀⑪其陰，虺虺⑫其雷，寤言不寐，願言則懷⑬。

【註釋】

① 終：既。一說終日。暴：急驟，猛烈。
② 謔：戲謔。浪：放蕩。笑：笑鬧。敖：放縱。
③ 中心：心中。是悼：悼是。悼：傷心害怕。
④ 霾：大風揚塵貌。
⑤ 惠：愛。一說順。然：通「也」。一說通「而」。肯：可。此句言如若愛我即可來相會。
⑥ 莫往莫來：不來往。
⑦ 曀：陰雲。一說以為烏雲密佈有風。
⑧ 不日：看不到太陽。有：又。
⑨ 寤：醒著。言：助詞。寐：睡著。
⑩ 嚏：打噴嚏。男女相思，焦慮至極，氣塞則逆而打噴嚏。民間有「打噴嚏，有人想」的諺語。
⑪ 曀曀：天陰暗貌。

⑫ 虺虺：形容雷聲。

⑬ 懷：思念。

【賞析】

　　一位女子被男子玩弄後，心中既恐懼又嚮往，她既希望那男子能夠再來，又擔心他的粗暴給自己帶來傷害。本詩以女子口吻，描寫了她複雜的心情，其感情一轉再轉，把那種既恨又戀，既知無望又難以割捨的矛盾心理真實地傳達了出來。

　　全詩四章。首章寫歡娛，是從男女雙方來寫。「謔浪笑敖」一句，連用四個動詞來摹寫男方的縱情粗暴，立意於當時的歡娛。「中心是悼」是女方擔心將來被棄，著意於對將來的憂懼。第二章承「悼」來寫女子被棄後的心情。「惠然肯來」，疑惑語氣中不無女子的盼望；「莫往莫來」，肯定回答中儘是女子的絕望。「悠悠我思」轉出二層情思，在結構上也轉出下面兩章。第三、四章表現「思」的程度之深。「寤言不寐」是直接來寫，「願言則嚏」、「願言則懷」則是女子設想男子是否想她，是曲折來寫。而歸結到男子，又與第一章寫與男子的歡娛相照應。全詩結構自然而有法度。

　　詩的各章所寫天氣逐步惡劣，既象徵男子行為的粗野，也象徵著女主人公情感的強烈。天氣由「暴」至「霾」，至「曀」，至於「曀曀其陰，虺虺其雷」，人的情緒也由「悼」而至「思」，至「嚏」，至「懷」。在回憶中，似乎那男子越是粗野，她最初惶恐不安的印象就越深刻，又越是激發她對於那男子愛戀的深度。同時，詩中展示出狂風疾走、塵土飛揚、日月無光、雷聲隱隱等悚人心悸的畫面，襯托出女主人公悲涼的命運，有強烈的藝術震撼力。

擊　鼓

擊鼓其鏜①，踴躍用兵②。土國城漕③，我獨南行。

從孫子仲④，平陳與宋。不我以歸⑤，憂心有忡。
爰⑥居爰處，爰喪其馬。于以⑦求之？于林之下。
死生契闊⑧，與子成說⑨。執子之手，與子偕老。
于嗟闊兮⑩，不我活兮⑪。于嗟洵⑫兮，不我信⑬兮。

【註釋】

① 其：襯詞，無意義。鏜：鼓聲。

② 踴躍：跳躍擊刺的練武動作。兵：兵器。

③ 土國：築城。漕：漕邑，衛國地名。

④ 孫子仲：人名，衛國將領，這次軍事行動的主帥。

⑤ 不我以歸：「不以我歸」的倒裝，不讓我歸國。

⑥ 爰：於是。一說以為哪裡。

⑦ 于以：到哪裡。

⑧ 契闊：離合，聚散。

⑨ 子：你。成說：約定誓言。

⑩ 于嗟：嘆詞。闊：離別。

⑪ 不我活：不讓我活。一說以為「活」通「佸」，相會。

⑫ 洵：疏遠。

⑬ 不我信：讓我不能守信，即不能實現「與子偕老」的誓言。一說
以為「信」通「伸」，此句言不能申明自己懇切的誓言。

【賞析】

　　這是一首士卒抒發厭戰情緒和思鄉之情的詩。《毛詩序》認為是
衛國州籲用兵暴亂，使公孫文仲為將，前往平陳與宋。國人怨其勇而
無禮，故作此詩。姚際恒《詩經通論》認為本詩乃《左傳·宣公十二
年》「宋師伐陳，衛人救陳」之事，在衛穆公時。但不管是何時戰事，
於詩歌主旨都無影響。

全詩層次分明，第一章交代事因，抒寫個人憤懣，主人公不幸被選入南征隊伍，又要築城，心中極其不滿；第二章寫主人公的心境，他本來想服完役就回家，可此時卻要奔赴戰場，他內心十分不安；第三章是他內心不安的表現，由於厭戰而心不在焉，他丟失了馬，還好失而復得；第四章是主人公想起了和妻子的誓言，表達了心中的思念；第五章主人公回到現實，他是多麼想履行自己的誓言，和妻子攜手到老，可是如今趕赴戰場，生死未卜，他也只能發出深深的無奈之歎。這首詩堪稱千古軍旅生活悲歌之祖。

凱 風

凱風①自南，吹彼棘心②。棘心夭夭③，母氏劬勞④。
凱風自南，吹彼棘薪⑤。母氏聖善⑥，我無令人⑦。
爰有寒泉⑧，在浚⑨之下。有子七人，母氏勞苦。
睍睆黃鳥⑩，載⑪好其音。有子七人，莫慰母心。

【註釋】

① 凱風：和風，暖風。一說南風，夏天的風。

② 棘：落葉灌木，即酸棗。枝上多刺，開黃綠色小花，實小，味酸。棘心：未長成的小棘樹，喻兒子初生。

③ 夭夭：樹木嫩壯貌。

④ 劬（音渠）勞：過度勞累。

⑤ 棘薪：長成的棘樹。

⑥ 聖善：善良且通情達理。

⑦ 我：我們兒子。令人：善人。

⑧ 寒泉：水名，在浚邑，水冬夏常冷，宜於夏時，人飲而甘之。這裏以寒泉浸潤浚城比喻母親對兒子的愛護和養育。一說以為母親受苦很深。

⑨ 浚：即浚城，春秋時屬衛國。

⑩ 睍睆（音現碗）：清和婉轉的鳥鳴聲。黃鳥：黃雀。黃鳥清和婉轉，鳴於夏木，人聽而賞之。這裏以黃鳥與七子對比，言黃鳥尚能以其音供人賞，而七子卻不能安慰母親的心。是自歎不如禽類之語。

⑪ 載：語氣詞。一說以為作「尚且」解。

【賞析】

　　一位母親含辛茹苦地把七個兒子撫養成人，她既能吃苦，又通情達理，然而孩子們長大後，卻不能安慰母親的心，使母親含恨而終。兒子們對此非常羞愧，甚至痛苦自責到認為鳥獸不如，卻也無可奈何。如此看來，為子者似非全無孝心之人，當是有難以言說的苦衷。真情如何，不得而知。歷代學者多有揣測推說，皆未必確實。究字面解，本詩是一首讚美母愛及孝子自責之歌。

　　詩歌前兩章的前兩句以和風比喻溫暖的母愛，以小棘樹一天天長成比喻子女們的成長。後兩句一方面極言母親撫養兒子的辛勞，另一方面極言兄弟不成材，反躬以自責，以平直的語言傳達出孝子婉曲的心意。後兩章以「寒泉」和「黃鳥」比興，進一步反襯自己兄弟不能安慰母親的心，致使母親辛苦終老，沒有享到一點點福氣。

　　詩中各章前兩句，凱風、棘樹、寒泉、黃鳥等意象構成有聲有色的夏日景色圖。後兩句反覆疊唱的無不是孝子對母親的深情。設喻貼切，用字工穩。鍾惺《評點詩經》評曰：「棘心、棘薪，易一字而意各入妙。用筆之工若此。」劉沅《詩經恒解》評曰：「悱惻哀鳴，如聞其聲，如見其人，與《蓼莪》皆千秋絕調。」全詩充滿悔恨和自責，突出了母愛的偉大和無私，飽含了強烈而深沉的孝子之情。

雄雉

雄雉^①于飛，泄泄^②其羽。我之懷矣，自詒伊阻^③。
雄雉于飛，下上其音。展^④矣君子，實勞我心。
瞻彼日月，悠悠我思。道之云^⑤遠，曷^⑥云能來？
百爾君子^⑦，不知德行？不忮不求^⑧，何用不臧^⑨？

【註釋】

① 雄雉：雄野雞，羽毛美麗，尾長而有紋彩，不善飛。

② 泄泄：鼓翼舒暢貌。

③ 詒：通「貽」，送給。一說通「遺」，遺留。自詒：自己給自己，
自找的。伊：此。阻：阻隔，這裏指憂愁、煩惱。

④ 展：誠，實在。

⑤ 云：與下句中的「云」均為結尾語氣助詞。

⑥ 曷：何時。

⑦ 百：所有的，一眾。爾：你們。君子：指居高位者，統治者。

⑧ 忮：害，嫉妒，忌恨。一說以為希求。求：貪婪，妄求。

⑨ 何用：何以，為何。臧：善，好。

【賞析】

　　這首詩以雄雉起興，抒寫想念、瞻望以及無奈之情態。關於其主
旨，一般認為是夫人思念遠役的丈夫，方玉潤《詩經原始》認為其主
題是「期友不歸，思而共勖」。

　　詩的前兩章都以雄雉起興，不言雙飛，正道出離別，引出下文
「懷」「勞」的情緒。寫雄雉，又是從「飛」這一動態去描寫它的神
情和聲音，突出其反覆不止，意在喻丈夫久役不息，思婦懷想不已。
雄雉為耿介之鳥，其品性可比君子，它雖有美麗的羽毛，但卻不善於
飛翔，這暗示思婦的丈夫品性誠實，不善於保護自己，只知道扎扎實
實執行長官的命令，這就不得不讓思婦擔心了。

首章「自詒伊阻」寫得委婉曲折，表面上看好像說思婦的痛苦完全是自己造成的，是自作自受，但實際上是說她的悲傷實在是因為對丈夫特別的擔心，時時揪著她的心，這揪心的思念完全是不由自主的，放下也是不可能的。次章中，思婦道出了擔心的理由，因為丈夫就像那耿介的雄雉，不知道保護自己，話裏隱藏著對丈夫深厚的愛。第三章以日月的迭來迭往，比喻丈夫久役不歸。同時，以日月久長比擬自己的悠悠思緒。而關河阻隔，悵問丈夫歸來何期，亦可見思婦懷念之切，也透露出她對當時現實的無奈。

詩的最後一章，歷來解說不一。將其理解為思婦對上層社會的譴責，是比較符合全詩情感發展的邏輯的。本章中，思婦強烈地控訴了貴族階層的「不知德行」，他們為了追求政治利益，不惜發動戰爭，用人民的鮮血來換取自己的勳章。階級的不平等是當時的社會現狀，而一介思婦能從自身離別的痛苦中迸發出如此深刻的認識，實在是難能可貴。更為可貴的是，思婦還以自身認識找出了一切的根源，那就是統治者的貪婪。貪婪乃萬惡之本，假如那些貴族老爺們不貪婪不妄求，那麼天下就會一片太平，哪裡還有戰亂，哪裡還有夫妻分離呢！這種想法體現了平民的單純以及普通百姓在亂世中的美好期望。可惜的是，數千年的歷史長河中，能做到「不忮不求」的統治者實在是寥寥無幾，故而思婦之痛能穿越千年，有一種橫渡古今的藝術感染力。

匏有苦葉

匏有苦葉①，濟有深涉②。深則厲③，淺則揭④。
有瀰濟盈⑤，有鷕⑥雉鳴。濟盈不濡軌⑦，雉鳴求其牡⑧。
雍雍⑨鳴雁，旭日始旦⑩。士如歸妻⑪，迨冰未泮⑫。
招招舟子⑬，人涉卬否⑭。人涉卬否，卬須我友⑩。

【註釋】

① 匏（音袍）：葫蘆類，長而瘦上曰瓠，短頸大腹曰匏。古代渡河時，拴於腰上，人則浮在水上，划水而渡，故曰「腰舟」。苦葉：枯葉。匏葉枯萎，則匏已成熟，可以用以渡河。

② 濟：水名。涉：涉水過河。一說渡口。

③ 厲：不解衣渡水。

④ 揭：提起下衣渡水。

⑤ 瀰：水滿貌。盈：滿。

⑥ 鷕（音咬）：雌野雞叫聲。

⑦ 濡：沾濕。軌：車軸出於兩輪外面的部分。

⑧ 牡：雄性動物，這裏指雄野雞。

⑨ 雍雍：大雁合鳴聲。

⑩ 旭日：初生的太陽。旦：天明。

⑪ 歸妻：娶妻。

⑫ 迨：趁。泮：本指分，此處當反訓為「合」，即冰凍滿河。

⑬ 招招：招喚貌。舟子：擺渡的船夫。

⑭ 人涉：他人渡河。卬：我。

⑮ 須：等待。友：代指少女所等之情人。

【賞析】

　　本詩是一首少女期待未婚夫趕快過來迎娶她的絕妙的情詩。字裏行間體現出少女對於愛情的期盼，她的內心充滿了喜悅，而長久的等待又讓她有些焦躁。

　　這等候發生在濟水渡口。少女大抵一早就已來了。詩以「匏有苦葉」起興，即暗示了這等候與婚姻有關。因為古代的婚嫁，正是用剖開的匏瓜，做「合巹」喝的酒器的。匏瓜的葉兒已枯，則正當秋令嫁娶之時。少女等候的渡口，卻水深難涉，因此她深情地叮嚀著：「深則厲，淺則揭。」一連用兩個「則」字，顯出少女的急迫和果決。其潛臺詞就是：趕緊渡河，不要猶豫。

第二章緊扣「深涉」下筆，因為河水已滿，但水雖深，還沒淹到車軸，若真想渡河，也不是不可以。本章又同時寫到雌野雞啼叫，求雄野雞做配偶。兩種狀況，兩層意思交替寫出，顯然是少女在暗示她的未婚夫：馬上過來，正是時候，我已經迫不及待。語句錯落中，急迫之情畢現。

　　第三章點明季節和具體的時間，此時天已經漸漸大亮，空中已有雁行掠過，那「雍雍」鳴叫顯得有多歡快。但對於等候中的少女來說，心中的焦躁非但未被化解，似乎還更深了幾分。要知道雁兒南飛，預告著冬日將要降臨。當濟水冰融化的時候，按古代的規矩便得停辦嫁娶之事了。明白這點，就能懂得女主人公何以對「雍雍鳴雁」特別關注了。連那雁兒都似在催促著姑娘，她就不能不為之著急。於是「士如歸妻，迨冰未泮」二句，讀來正如發自姑娘心底的呼喚，顯得十分熱切。

　　最後一章，渡口來了渡船，船夫大約早就看見了在此苦等的少女，以為她想要渡河，於是連聲招呼她快上船。少女見此，連忙擺手解釋。「人涉卬否」二句之重複，重複得可謂妙極：那似乎是女主人公懷著羞澀，對船夫所作的窘急解釋——我並不是急著要渡河，我是在等我的心上人從河對岸過來呢！以「卬須我友」的答語作結，結得情韻嫋嫋。船夫的會意微笑，姑娘那臉龐緋紅的窘態，以及將情人換作「朋友」的掩飾之辭，所傳達的似怨還愛的微妙心理，均留在了詩外，任讀者自己去體味。

谷　風

習習谷風[①]，以陰以雨[②]。黽勉[③]同心，不宜[④]有怒。
采葑采菲[⑤]，無以下體[⑥]？德音莫違[⑦]，及爾同死[⑧]。
行道遲遲[⑨]，中心有違[⑩]。不遠伊邇[⑪]，薄送我畿[⑫]。
誰謂荼[⑬]苦？其甘如薺[⑭]。宴爾新昏[⑮]，如兄如弟[⑯]。

涇以渭濁⑰，湜湜其沚⑱。宴爾新昏，不我屑以⑲。
毋逝我梁⑳，毋發我笱㉑。我躬不閱㉒，遑恤我後㉓！
就其深矣㉔，方之舟之㉕。就其淺矣，泳㉖之游之。
何有何亡㉗，黽勉求之。凡民有喪㉘，匍匐㉙救之。
能不我慉㉚，反以我為讎，既阻我德㉛，賈用不售㉜。
昔育恐育鞫㉝，及爾顛覆㉞。既生既育㉟，比予于毒㊱。
我有旨蓄㊲，亦以御冬㊳。宴爾新昏，以我御窮㊴。
有洸有潰㊵，既詒我肄㊶。不念昔者，伊余來塈㊷。

【註釋】

① 習習：微風和煦貌。谷風：東風，春風，生長之風。一說習習指風連續不斷貌，風指來自山谷的大風。

② 以：且，又。以陰以雨：指氣候適時陰雨，滋潤萬物。此句與上句一起，比喻夫妻之間當協調和美。一說此句指陰雨連綿，與上句一起，比喻丈夫暴怒不止。

③ 黽勉：勤勉，努力。

④ 不宜：不該。

⑤ 葑：蔓菁，又叫蕪菁，葉、根可食，以食根為主。菲：蕪菁類植物，古書上指蘿蔔一類的菜，與「葑」一樣，都是以食根為主的蔬菜。

⑥ 無以：不用，拋棄。下體：指根部。本句意指棄婦的丈夫要葉不要根，戀新人而棄舊人。一說以為古代以根喻德，以葉喻色，此句比喻男子娶妻重色而不取其德。

⑦ 德音：德心。一說指夫妻感情。違：不正。一說指違背。

⑧ 及爾：與你。同死：同生死。

⑨ 行道：指棄婦離家，走在路上。遲遲：徐行貌。

⑩ 違：怨恨。

⑪ 伊：只。邇：近。此句意為不求你遠送，只求你近送幾步。

⑫ 薄：語氣助詞。畿：門檻。此句指丈夫送她時連大門都不出，可

見其薄情。古禮規定，對於離婚的妻子，一定要送她回去，而且要「接之以賓客之禮」。

⑬ 茶：苦菜。

⑭ 薺：薺菜。一說甜菜。此句指棄婦心中苦甚，以至於苦菜與之相比都覺得甜。

⑮ 宴：和樂貌。昏：通「婚」。

⑯ 如兄如弟：這裏指棄婦的丈夫與新婦恩愛，如兄弟親密無間。古人重血緣關係，常以兄弟比喻夫婦。

⑰ 涇、渭：水名，涇水是渭水的支流。涇以渭濁：指涇水因渭水的流入而變濁，比喻棄婦因新婦的出現而在丈夫眼中變得不順眼，暗示其丈夫喜新厭舊。

⑱ 湜湜：水清貌。沚：水底。言水仍清澈見底，比喻棄婦之清白。

⑲ 屑：潔。不我屑：不認可我的芳潔，言男子對棄婦誹謗。

⑳ 逝：去，往。梁：捕魚的水壩。一種捕魚方法，砌石將水橫截，中間留出空蕩，承以魚笱，魚進入後出不來。

㉑ 發：打開。笱：捕魚的竹器。這裏發笱取魚比喻新婦奪取自己的丈夫。

㉒ 躬：自身。閱：容納。

㉓ 遑：來不及。恤：憂，顧及。後：以後的事情。

㉔ 就其深矣：以水深比喻當年家境困難的時候。

㉕ 方：木筏。這裏作動詞，以木筏渡河，比喻想方設法渡過危機。

㉖ 泳：撲到水裏游泳，比喻盡力解除急難。

㉗ 何有何亡：指往日家中無論有什麼還是沒什麼。亡：無。

㉘ 民：指鄰居。喪：災難，不幸的事情。

㉙ 匍匐：手足伏地而行，此處指盡力。

㉚ 能：乃。一說通「寧」。慉：好，愛惜。此句意為：你竟然不好好愛惜我。

㉛ 阻：拒絕。德：恩愛。一說美德。

㉜ 賈：賣。用：指貨物。不售：賣不出。此句指丈夫拒絕了自己的

情意，就像貨物賣不出去。

㉝ 育：生活。一說為連詞。恐：恐慌。鞫：貧苦。昔育恐育鞫：指
當年和你生活在憂慮和貧困中。

㉞ 顛覆：顛沛，患難與共。

㉟ 既生既育：已經生育了兒女。

㊱ 予：我。于：如。毒：毒蟲，毒物。

㊲ 旨蓄：指甘美的菜食貯藏。

㊳ 亦以：尚且可以。御冬：頂一個冬天的食用。

㊴ 以我御窮：指丈夫與新婦拿棄婦當年的積蓄來抵擋窮困。一說以
為丈夫當年娶她不過是用她來抵擋那段艱難的歲月而已。

㊵ 洸、潰：水流湍急的樣子，此處借喻丈夫動怒。一說水激蕩貌，
形容春水氾濫。

㊶ 既：盡。詒：遺。肆：勞苦。一說指春天新長出來的枝條。連上
句，言當初春水氾濫之時，你曾經折枝相贈，與我結好。

㊷ 伊：唯。余：我。來：是。墍：愛。連上句，意為全然不顧當初
的情意，你曾說過只愛我一人啊！

【賞析】

　　這是一首棄婦詩，通篇以棄婦的口吻陳述被拋棄的痛苦。這位棄
婦勤勞而善良，曾經陪丈夫度過了艱難貧苦的歲月，辛勤努力地支撐
起一個家庭的生活，然而在境遇變化後，丈夫卻全然不顧舊情，有意
尋釁找茬，動輒拳腳相加，最後移情別戀，在迎親再婚之日，將她趕
出了家門。離家之時，棄婦回憶起曾經的點點滴滴，如泣如訴地傾吐
了心中的滿腔冤屈。詩中細緻地訴說了過往生活裏的一系列小事，這
些小事雖然瑣碎，但能讓讀者直觀而深切地感受到棄婦和那個男子曾
經的相濡以沫，他們的生命和諧地融合在一起，這也就凸顯了被拋棄
的出乎常理，也凸顯了人的情感被拋棄的悲哀。

　　這首詩選取了最令人心碎的時刻來抒情，使用了對比的手法，凸
現了丈夫的無情和棄婦的悲涼。這個時刻就是新人進門和舊人離家

時。對於一個用情專一、為美好生活獻出了一切的女子來說，沒有比這一刻更讓人哀怨欲絕的了。而一方面「宴爾新昏，如兄如弟」的熱鬧和親密與「不遠伊邇，薄送我畿」的絕情和冷淡，形成了一種高度鮮明的對比，更突出了棄婦的那種哀怨氣氛，渲染得十分濃烈。

全詩六章，每章都有含蓄不盡的妙喻，具有濃郁的生活氣息。首章開篇便以微風習習、陰雨時來比喻夫妻應該和美，反襯丈夫無故發怒的不應該。以採來蔓菁蘿蔔的根莖被棄，來暗示他丟了根本，視寶為廢；第二章則轉用食茶如薺、以苦為甜，來反襯棄婦在見了丈夫新婚時內心的苦澀程度，遠在茶菜的苦味之上；第三章用涇水因渭水流入表面變濁、其底仍清，來比喻自己儘管被丈夫指責卻依然不改初衷的清白；第四章以河深舟渡、水淺泳渡，喻寫以往生活不論有何困難，都能想方設法予以解決；第五章用「賈用不售」比喻丈夫的嫌棄、「比予于毒」喻對己的憎惡；第六章又把自己往日的辛勞比作防冬的「旨蓄」（貯藏食物），將丈夫的虐待喻為湍急咆哮的水流。這些比喻取喻淺近，無不切合被喻情事的特徵，大大增強了作品的藝術性和表現力。

全詩一唱三歎、反覆吟誦，也是表現棄婦煩亂心緒和一片癡情的一大特色。在反覆的述寫和表白中，淋漓盡致地展示了棄婦沉溺於往事舊情而無法自拔的複雜心理。順著這一感情脈絡的延伸展開，循環往復，人們更能接近和觸摸這個古代女子的善良和多情的心，更能感受到被棄帶給她的精神創痛。本詩雖沒有對負情男子作明確的譴責，然詩中對他最初的信誓旦旦和最終的棄如脫靴作了有力的點示，其諷刺之意不言而喻。

式　微

式微①，式微，胡②不歸？微君之故③，胡為乎中露④！
式微，式微，胡不歸？微君之躬⑤，胡為乎泥中！

【註釋】

① 式：語氣詞。微：指日光衰微，時已黃昏。

② 胡：為何。

③ 微：非。君：國君。一說指你。

④ 中露：指身處露水中。

⑤ 躬：身。

【賞析】

　　關於本詩主旨，余冠英《詩經選》認為「這是苦於勞役的人所發的怨聲」，而孫作雲則認為這是一篇男女幽會時互相戲謔的小詩。《毛詩序》則認為是黎侯為狄所逐，流亡於衛，其臣作此勸他回國。諸觀點皆通，讀者自取。

　　全詩兩章，都以「式微，式微，胡不歸」來起興，緊接著詩人自問自答，明言正是為了君主之事，才不得不晝夜不輟地在露水和泥漿中勞作。寥寥幾句，受奴役者的非人處境以及他們對統治者的滿腔憤懣，給讀者留下了極其深刻的印象。

　　本詩最大的特色就是以設問強化語言效果。從全詩看，「式微，式微，胡不歸」，並不是有疑而問，而是胸中早有定見的故意設問。詩人遭受統治者的壓迫，夜以繼日地在野外幹活，有家不能回，苦不堪言，自然要傾吐心中的牢騷不平，但如果是正言直述，則易窮盡，採用這種雖無疑而故作有疑的設問形式，使詩篇顯得婉轉而有情致，同時也引人注意，啟人以思，所謂不言怨而怨自深矣。

　　如果將本詩視為男女幽會之詩，則情志宛然，饒有風致。兩章中，前兩句是男子發問，後兩句是女子作答，在些微的嘲弄和撒嬌的對話中，將男女之間的燕昵之情、音容笑貌及活潑的神態，細膩微妙地表現出來。似淡而實濃，似粗而實細。

旄丘

旄丘①之葛兮，何誕②之節兮！叔兮伯兮③，何多日也？
何其處④也？必有與⑤也！何其久也？必有以也！
狐裘蒙戎⑥，匪車不東。叔兮伯兮，靡所與同⑦。
瑣兮尾兮⑧，流離之子⑨。叔兮伯兮，褎如充耳⑩。

【註釋】

① 旄丘：衛國地名。

② 誕：通「延」，長。

③ 叔、伯：本為兄弟間排行，這裏是黎臣稱衛國諸臣為叔伯。

④ 處：居留，指大軍不動。

⑤ 與：盟國。一說通「以」，原因。

⑥ 蒙戎：蓬鬆、亂貌。

⑦ 靡：沒有。同：同情。

⑧ 瑣：細小。尾：卑微。一說以為「瑣」、「尾」為鳥鳴叫的聲音。

⑨ 流離：黃鸝，黃留離。這裏是以「流離之子」喻流離的黎國君臣。

⑩ 褎（音袖）如：盛服貌。充耳：古代掛在冠冕兩旁的玉飾，用絲
帶下垂到耳門旁。此句意為男子盛服華飾，耳旁垂有玉飾，好像
被玉飾塞住了耳朵，聽不見自己的呼喚。

【賞析】

　　本詩主旨，舊說多以為是春秋時黎國為狄人所破，其君臣逃到衛
國，盼衛國助其復國時所作。全詩脈絡清晰，情感遞進有序，正所謂
「一章怪之，二章疑之，三章微諷之，四章直責之」。

　　詩一開頭，借物起興。黎臣迫切渴望救援，常常登上旄丘，翹首
等待援兵，但時序變遷，援兵遲遲不至，不免暗自奇怪。那茂密蔓延
的葛藤暗示了黎臣盼望之久和愁苦之深。然而畢竟是有求於他國，黎
臣尚未產生怨恨之意；第二章用寬筆稍加頓挫，通過自問自答的方

式，黎臣設身處地地去考慮衛國出兵緩慢的原因：或者是等待盟軍一同前往，或者是有其他緣故，暫時不能發兵；第三章「狐裘蒙戎」一句緊扣上兩章，說明自己客居已久而「匪車不東」。黎臣已經有所覺悟，知道衛國無意救援，並非是在等盟軍，或者有其他緣故。因幻想破滅，救援無望，故稍加諷諭。第四章用賦法著意對比，黎臣喪亡流離，衣衫破敗，寄居他國，淒涼蕭索，而衛國群臣非但毫無同情心，而且袖手旁觀，趾高氣揚。通過雙方服飾、神情、心態的比較，黎臣徹底痛悟，不禁深感心寒，於是便直斥衛國君臣。

一說以為本詩是一首女子思念愛人之作，全詩細膩而委婉地描述了她複雜的心理狀態。她因思念之深而登上旄丘眺望，因久望不至而心生疑慮，後又陷入愁苦不能自拔，最終歸於對愛人的怨恨，恨其不解其意，不思歸。

全詩結構明晰，藝術手法巧妙，或鋪陳，或對比，情景如畫。從風格上來看，全詩基調優柔敦厚，感情纏綿淒惋，曲折感人，是不可多得的佳作。

簡 兮

簡①兮簡兮，方將萬舞②。日之方中③，在前上處④。
碩人俁俁⑤，公庭⑥萬舞⑥。有力如虎，執轡如組⑦。
左手執籥⑧，右手秉翟⑨。赫如渥赭⑩，公言錫爵⑪。
山有榛⑫，隰有苓⑬。云誰之思？西方美人⑭。
彼美人兮，西方之人兮！

【註釋】

① 簡：鼓聲。一說盛大貌。
② 方將：將要。萬舞：古代舞名。先是武舞，舞者手拿兵器；後是文舞，舞者手拿鳥羽和樂器。亦泛指舞蹈。

③ 日之方中：指紅日當空，時值正午。

④ 在前上處：指舞師站在前庭顯明的位置，指舞臺。一說以為指領隊舞師站在整個舞蹈隊伍的最前頭。

⑤ 碩人：身材高大之人。俁俁：魁梧健美貌。

⑥ 公庭：公侯的廳堂，指宮廷。

⑦ 轡：馬韁繩。組：編織的排排絲線。馬韁繩不是一根，或四根，或六根，故用「組」來形容。

⑧ 籥（音悅）：古樂器，三孔笛。

⑨ 秉：持。翟：野雞的尾羽。

⑩ 赫：大紅色。渥：沾濕，這裏指塗抹。赭：赤土。或以為是一種赤色的礦物顏料。

⑪ 錫：通「賜」。爵：青銅製酒器。

⑫ 榛：落葉灌木，花黃褐色，果實叫榛子，果皮堅硬，果肉可食。

⑬ 隰：低窪而潮濕之地。苓：通「蓮」，即荷花。一說甘草，一說卷耳，一說黃藥，一說地黃。

⑭ 西方美人：指舞師。言「西方」或指其來自西周地區。

【賞析】

　　這首詩以一位衛國宮廷女子的視角，描繪萬舞的盛大場面，同時表達了對舞師的讚美和愛慕之情。

　　全詩四章，首章交代了舞名、時間、地點和領舞者的位置，寫足了舞蹈前造就的聲勢；第二章寫舞師武舞時的雄壯勇猛，突出他高大魁梧的身軀和威武健美的舞姿；第三章寫他文舞時的雍容優雅、風度翩翩。又以公爵的讚美側面表現了舞蹈的魅力；第四章是這位女子情感發展的高潮，傾訴了她對舞師的深切慕悅和刻骨相思。舞師不發一言，純以舞蹈就能撩動一位女子的情思，使她對自己心生愛慕，這又體現了萬舞的藝術感染力。

　　詩的最後一章用朦朧的意象和晦澀的隱語將這位女子綿綿低徊的相思展示無遺，有著動人的藝術魅力。其中以「山有榛，隰有苓」托

興男女情思，引出下文「云誰之思」，後四句自問自答，若斷若連，回環複遝，意味深遠。「彼美人兮，西方之人兮」兩句是「云誰之思？西方美人」兩句的擴展延伸，鍾惺《評點詩經》云：「看他西方美人，美人西方，只倒轉兩字，而意已遠，詞已悲矣。」而後兩句中的兩個「兮」字，與首章首句神韻相應，真可謂「細媚淡遠之筆作結，神韻絕佳」。

泉 水

　　毖①彼泉水，亦流于淇②。有③懷于衛，靡日不思。孌彼諸姬④，聊與之謀。

　　出宿于沛⑤，飲餞⑥于禰。女子有行⑦，遠父母兄弟。問我諸姑，遂及伯姊。

　　出宿于干⑧，飲餞于言。載脂載舝⑨，還車言邁⑩。遄臻于衛⑪，不瑕有害⑫？

　　我思肥泉⑬，茲之永歎⑭。思須與漕⑮，我心悠悠。駕言出遊⑯，以寫⑰我憂。

【註釋】

① 毖：通「泌」，泉水湧流貌。
② 淇：衛國水名。
③ 有：因。
④ 孌：美好，漂亮。諸姬：指衛國的同姓之女，衛君姓姬。
⑤ 宿：停留。「沛」：與下句「禰」皆為地名，或以為即濟水。
⑥ 飲餞：送行的酒宴。
⑦ 有行：指女子出嫁。古代女子出嫁要進行婚前教育，教其為婦之
　　道。「有行」即指女子明白婦道後出嫁。
⑧ 干：「干」與下句「言」皆為地名。

⑨ 載：發語詞。脂：塗車軸的油脂。轄：車軸兩頭的金屬鍵。此處脂、轄皆作動詞。

⑩ 還車：指回衛之車。言邁：乃行。

⑪ 遄：疾速。臻：至。

⑫ 不瑕：不至於。害：禍患。指許穆公夫人逕自回國所帶來的麻煩。一說以為指許穆公夫人遲回衛國所產生的遺憾。

⑬ 肥泉：當指首章所提之泉水。

⑭ 茲：通「滋」，增加。永歎：長歎。

⑮ 須、漕：衛國地名。

⑯ 駕：駕車。言：語氣詞。

⑰ 寫：通「瀉」，抒發，排遣。

【賞析】

　　這是一首已嫁衛女思歸之作。首章提到「孌彼諸姬」，故此女當是衛國宗室之女。而縱觀全詩，此女歸心似箭，心情迫切，非一般女子出嫁後的思鄉之情，結合歷史，當是春秋時許穆公夫人所作。西元前660年，狄人攻衛，破朝歌，衛懿公死，衛人逃至漕邑，立戴公。許穆公夫人乃衛戴公之妹，她心憂故國，不甘袖手旁觀，但迫於禮法，又不能歸去，遂作此詩抒懷。

　　詩的首章以泉水流入淇水起興，委婉道出自己歸寧的念頭。許穆公夫人雖身在許國，但聽聞故國遭難，如何不憂心忡忡！作為一名女性，在這樣的情況下，首先想到的是自己的姐妹，許穆公夫人找她們傾訴苦衷，希望她們能夠為自己出個主意，想條妙計，即便無濟於事，也能夠稍解胸中的鬱悶，聊以慰藉。

　　第二章寫許穆公夫人欲歸不得，便設想自己從許國歸衛國的情景。本來女子出嫁，離開父母兄弟是常理，但因國內變故，她不能不回家。但回家之前，她又找在許國的幾位姑母和大姐商議，畢竟她是有顧慮的。一說以為本章是許穆公夫人設想當年出嫁時與家人訣別的情景。

　　第三章是幻境中再生幻境，是許穆公夫人再次設想歸國途中的場景，車速之快疾與其心情之迫切相互映發襯托。可見經過一番心理掙扎，她歸國心意已決。「不瑕有害」一句含蓄蘊藉，可見她心中顧忌，她終究不能不顧一切禮制約束，即使回國，仍心存憂慮。此句又可理解為許穆公夫人歸國恨晚，她急急忙忙回國，仍擔心會留下什麼遺憾，可見其愛國之切。

　　最後一章回到現實。許穆公夫人思歸不成，唯有長歎，她思念正在漕邑的兄弟和國人，愁緒滿懷。最後，她只好駕著馬車出遊，來派遣憂愁。想是她出遊的方向也定是面向故國的吧。

北　門

　　出自北門，憂心殷殷①。終窶②且貧，莫知我艱。已焉哉③！天實為之，謂之何④哉？

　　王事適我⑤，政事一埤益我⑥。我入自外，室人交遍讁我⑦。已焉哉！天實為之，謂之何哉？

　　王事敦⑧我，政事一埤遺⑨我。我入自外，室人交遍摧⑩我。已焉哉！天實為之，謂之何哉？

【註釋】

① 殷殷：憂傷的樣子。

② 窶（音樓）：房屋簡陋，詩中指貧寒。

③ 已焉哉：感歎句，算了吧的意思。

④ 謂之何：奈之何。

⑤ 王事：泛指外交、朝聘、會盟、征伐之事。適：通「擿」，扔。

⑥ 政事：公家的事。一：全部。埤益：增加，這裏有強加之意。

⑦ 室人：家人。交遍：輪番，全部。讁：指責。

⑧ 敦：堆積。

⑨ 埤遺：通「埤益」。

⑩ 摧：譏諷，挖苦。

【賞析】

　　這是一首小臣感慨自身命運的詩。他能力很強，整天為公事操勞，辛辛苦苦地養家，可是日子仍然過得很貧窮，難以改變自己的命運。不僅如此，家人也瞧不起他，不理解他。他的付出和他得到的待遇成反比，所以他內心憂傷，有苦無處訴說，只能獨嘗悲哀。不過他仍然沒有想到反抗，他認為這是命運。

　　小臣的遭遇揭露了當時的社會現象，一個人有了權有了錢就會被抬舉。相反，如果無錢無權，連自己的妻子兒女都瞧不起自己，可見人心之勢利，人情之冷漠。

北　風

　　北風其涼，雨雪其雱①。惠而好我②，攜手同行③。
　　其虛其邪④？既亟只且⑤！
　　北風其喈⑥，雨雪其霏⑦。惠而好我，攜手同歸。
　　其虛其邪？既亟只且！
　　莫赤匪狐⑧，莫黑匪烏⑨。惠而好我，攜手同車。
　　其虛其邪？既亟只且！

【註釋】

① 雨雪：下雪。雱（音旁）：雪盛貌。

② 惠：愛。一說為語氣助詞，通「維」。好：愛。

③ 同行：與「同歸」、「同車」在《詩經》中多指男女相悅及嫁娶之事。

④ 其：通「豈」。虛、邪：緩慢，舒緩。

⑤ 既：已經。亟：緊急。只且：語氣助詞。

⑥ 喈：迅疾貌。

⑦ 霏：雪大貌。

⑧ 匪：非。狐：狐狸。古人認為狐狸性妖媚，多喻淫蕩之人，這裏比喻多情的男子。一說喻為男性伴侶。

⑨ 烏：烏鴉。

【賞析】

關於本詩主旨，舊說多以為是國君暴虐，百姓和貴族逃亡時所作。一說以為描寫的是北狄破衛後，公子申（衛戴公）帶領衛人逃難的場景。但詩中以寒風、暴雪起興，以狐狸、烏鴉作比喻，結合《詩經》其他詩篇來看，當是一位女子不堪忍受丈夫的暴虐，遂起與第三者出逃之心，且是迫不及待。

詩共三章，前兩章內容基本相同，只改了三個字。把「北風其涼」改為「北風其喈」，意在反覆強調北風的寒涼。而改「雨雪其雾」為「雨雪其霏」，意在極力渲染雪勢的盛大密集。這裏是以自然氣候的變化象徵女子丈夫的暴虐，暗示家庭的矛盾和不幸，那麼女子急於逃離的心情也就顯得十分合理了。相比于女子丈夫的暴虐，這第三者則是「惠而好我」，可見他們是真愛，兩相對比，則為「攜手同行」創造了充分的理由。「其虛其邪」一句形象地表現了同行者委蛇退讓、徘徊不前之狀。「只且」為語氣助詞，語氣較為急促，加強了局勢的緊迫感。兩章末兩句相同，生動地將同行者的猶豫和女子的果決體現了出來。

第三章以狐狸和烏鴉比喻天下男子之暴惡如一，唯有這同行者「惠而好我」，才是最鍾情之人，這突出女子對其丈夫的憎惡和對同行者的摯愛，可見她對於這份感情的珍惜，同時她也更堅定了逃離苦難的決心，她要追求自己的幸福和真愛。詩中並沒有對同行男子作正面描寫，然而他的猶豫不決卻給這份感情蒙上了一層灰，女子這次出逃是否能成功，就算成功了，她今後是否會幸福，則是不得而知了！

靜　女

靜女其姝①，俟我于城隅②。愛③而不見，搔首踟躕④。
靜女其孌⑤，貽我彤管⑥。彤管有煒⑦，說懌女美⑧。
自牧歸荑⑨，洵美且異⑩。匪女之為美⑪，美人之貽。

【註釋】

① 靜女：嫻雅幽靜的姑娘。姝：美好，漂亮。
② 俟：等待。城隅：城角隱蔽處。
③ 愛：通「薆」，隱蔽的樣子。或以為喜愛，調皮之意。
④ 搔首：抓頭。踟躕：徘徊不定。
⑤ 孌：面容姣好。
⑥ 貽：贈送。彤管：一說是紅色的筆，一說是一種樂器，一說與「荑」為一物。
⑦ 煒：光彩照耀的樣子。
⑧ 說懌：心裏喜歡。女：通「汝」，你。
⑨ 牧：野外。歸：通「饋」，贈送的意思。荑：初生的茅草。象徵婚姻。
⑩ 洵：確實。異：不同尋常。
⑪ 匪：非，不是。女：代指「荑」。

【賞析】

　　這首詩是《詩經》中唯一一首只寫男女相會的喜悅而沒有半點痛苦的愛情詩。

　　全詩以清新歡樂的筆調，細緻地描寫了一對青年男女相約、相戲、相見、相贈的過程，他們沒有任何負擔，沒有任何阻礙，沒有任何功利性的目的，是一種純粹的天真無邪的愛。

　　詩中以不同的手法，突出了男女兩種不同的性格。男子是那般的憨厚、單純，女子則是那般的可愛、調皮、美麗，二者鮮明對比，造

成了強烈的藝術效果。

　　詩的第一章是即時的場景，一位嫻雅美麗的姑娘，與小夥子約好在城牆角落相會，可當小夥子趕到約會地點時，卻看不到姑娘，於是他抓耳撓腮，一籌莫展。「愛而不見，搔首踟躕」，雖描寫的是人物外在的動作，卻極具特徵性，很好地刻畫了人物的內在心理，栩栩如生地塑造出一位戀慕至深、如癡如醉的有情人形象。此時的姑娘在何處呢？也許此時她也在尋找著，只是由於樹木房舍之類的東西擋住了視線，暫時還沒有發現小夥子；又或者她在不遠處正看著焦急的小夥子，她想要看看那小呆子找不到自己時的憨厚相。當她看到小夥子「搔首踟躕」時，或許會不覺笑出聲來。

　　第二、三章寫小夥子和姑娘相見後相贈之事。在他們這段感情中，小夥子是那樣的木訥，因而機靈活潑的姑娘始終佔據著主動，她贈送彤管和柔荑給小夥子，大膽地表明瞭心意。小夥子雖不善言辭，可他覺得自己是那樣的幸福，最後終於表白道：「說懌女美。」這真是性情肺腑之語！而姑娘呢？想必會羞澀地咯咯笑吧。「彤管有煒」及「匪女之為美，美人之貽」兩句對戀人贈物的愛屋及烏式的反應，別具率真純樸之美。這次約會之後，小夥子手裏拿著愛人所贈之物，他的臉上微笑著，心裏甜甜的，他的腦海裏儘是愛人的模樣和對他們美好未來的嚮往。這純澈無瑕的愛情是那般美好！

新　臺

新臺有泚①，河水彌彌②。燕婉③之求，籧篨不鮮④。
新臺有灑⑤，河水浼浼⑥。燕婉之求，籧篨不殄⑦。
魚網之設，鴻⑧則離之。燕婉之求，得此戚施⑨。

【註釋】

① 新臺：衛宣公納宣姜所築之臺，故址在今山東鄄城縣黃河北岸。

泚（音紫）：鮮明貌。

② 彌彌：水滿貌。

③ 燕婉：柔和美好。一說以為柔順。

④ 籧篨（音渠除）：本指粗竹席圍成的矮而粗的盛草料器物，這裏指身有殘疾不能俯身的雞胸病。不鮮：不善。

⑤ 灑：高峻貌。

⑥ 浼浼（音美）：水盛貌。

⑦ 不殄（音舔）：意同「不鮮」。

⑧ 鴻：這裏指蛤蟆。一說指大雁。

⑨ 戚施：蟾蜍的別名。一說指駝背。這裏代指醜陋的衛宣公。

【賞析】

　　春秋時，衛宣公為其子公子伋聘娶齊女，只因新娘子是個大美人，便改變主意，在河上高築新臺，把齊女截留下來，霸為己有。齊女即為宣姜。衛國人對國君所行極為不滿，又同情宣姜的不幸遭遇，遂作此詩諷刺。

　　新臺是衛宣公荒淫的見證，也是悲劇的發生之地，故詩的前兩章以新臺起興。大贊新臺的高大壯麗，其興意在於：新臺是美的，但遮不住衛宣公幹的醜事啊。反襯修辭的運用，美愈美，則醜愈醜。「河水彌彌」、「河水浼浼」，亦似有暗喻宣姜淚流不止之意。前兩章後兩句只相差一字，反覆強調了期望與現實的落差，宣姜原以為要嫁的是公子伋那樣的翩翩君子，可最終卻被一個猥瑣的老頭強佔，真可謂「一朵鮮花插在牛糞上」，如何不叫人憤慨和惋惜。

　　最後一章，詩人又作了一個比喻：本來撒下網是想要捕魚，可是那不知廉恥的癩蛤蟆卻主動落網，不僅讓人失望，更是讓人討厭！末兩句再次強調理想與現實的天壤之別，心碎之餘更夾雜著無奈。全詩沒有從正面去描寫宣姜遭此厄運後的傷心之情，然而其痛徹心扉，滿懷悲憤之情卻讓讀者感同身受。

二子乘舟

二子乘舟，泛泛其景①。願②言思子，中心養養③。
二子乘舟，泛泛其逝④。願言思子，不瑕有害。

【註釋】

① 泛泛：船漂流貌。景：通「憬」，遠行貌。一說以為通「迥」，言漂流漸遠。
② 願：思念貌。
③ 養養：憂傷貌。
④ 逝：往，去。

【賞析】

《毛詩序》認為本詩講的是衛宣公之二子，公子伋和公子壽爭相赴死之事，國人傷之，作此詩緬懷。這個故事雖然感人，但體會詩意，這首詩描寫的應該是一次發生在河邊的動情的送別。

兩位年輕人即將告別友人登船離開，剎那間化作了一葉孤舟，在浩淼的河上飄飄遠去。畫境由近而遠，同時融入了送行者久立河岸、騁目遠望的悠長思情。人生的旅途上，也是充滿了浪波與風險。遠去的人啊，能不能順利渡過那令人驚駭的波峰浪谷，而不被意外的風險吞沒——這正是佇立河岸的送行人，所深深為之擔憂的。

詩之二章，採用了疊章易字的寫法，在相似的句式中改換了結句。景象未變，情感則因為詩章的回環複遝，而蘊蓄得更為濃烈、深沉。全詩無一句比興，詩中的意象，只有「二子」和一再重現與消逝的小舟，其餘全為空白，這便為讀者的聯想留下了更多的空間。因為背景全無，甚至也不知道送行者究竟為誰，其表現的情感便突破了特定限制，而適合於「母子」、「男女」、「朋友」，成為一種涵蓋面極廣的「人間之情」。它能夠激發不同身份的讀者之共鳴，而與詩人一起唏噓、一起牽掛，甚至一起暗暗祈禱。

鄘　風

　　鄘（音庸）國在今河南汲縣境內。周武王滅商，將商朝區域分為邶國、鄘國、衛國三國，後來武庚叛亂，周公就將三國全封給衛康叔。所以「鄘風」中的詩歌都是衛國詩歌，只是用鄘地演唱而已。

柏　舟

泛彼柏舟①，在彼中河。髧彼兩髦②，實維我儀③。
之死矢靡它④！母也天只⑤！不諒⑥人只！
泛彼柏舟，在彼河側。髧彼兩髦，實維我特⑦。
之死矢靡慝⑧！母也天只！不諒人只！

【註釋】
① 柏舟：衛國多柏樹，所以多以柏為舟。
② 髧（音旦）：頭髮下垂的樣子。兩髦（音毛）：將齊眉的頭髮向兩
　　邊分開，這是古代男子少年時的一種髮式。
③ 儀：配偶。
④ 之：至。矢：通「誓」，發誓。靡它：沒有二心。
⑤ 母、天：人在痛苦到極點時會呼喊父母、天地。
⑥ 諒：體諒，理解。
⑦ 特：原指公牛，詩中指男性配偶。
⑧ 慝：通「忒」，妥協，變動。

【賞析】
　　一位少女已經有了意中人，可是他們的愛情偏偏受到了阻擾，少女不甘心，發出激憤的呼聲。少女的態度是那麼的堅決，發出了至死都不變心的告白，表現了寧死不從的決心，乾脆、利索且果斷。這首

詩也反映了《詩經》時代民間婚戀的現實狀況：一方面，人們在政令許可的範圍內仍享有一定的戀愛自由；另一方面普遍的情況是嫁娶之事須經父母同意，禮教已經通過婚俗和輿論干預生活。詩中少女所鍾意之人大概是不能使其父母滿意的，他們之間結合的希望渺茫，故而少女發出了如此激烈的呼號。

　　這首詩在形式上屬於典型的兩章疊詠，表現了先秦時期的青年男女為了爭取婚姻自由而產生的反抗意識，中心意思在第一章中已經說完，但只唱一遍不夠味；所以第二章變易韻腳上的字，將同樣的意思再唱一遍，以強化主題。本詩同時也透露出青年男女的無奈之情。少女忠於愛情，至死方休的呼喊所體現出的是對戀愛自由的執著追求。

牆有茨

　　牆有茨①，不可埽②也。中冓③之言，不可道也。所④可道也，言之醜也。

　　牆有茨，不可襄⑤也。中冓之言，不可詳⑥也。所可詳也，言之長⑦也。

　　牆有茨，不可束⑧也。中冓之言，不可讀⑨也。所可讀也，言之辱也。

【註釋】

① 茨（音慈）：即蒺藜，一年生草本植物，果實有刺。一說以為蓋屋的茅草。

② 埽（音少）：通「掃」。

③ 中冓（音構）：內室，宮中齷齪之事。一說以為家內吵鬧之事。

④ 所：何。一說以為倘若。

⑤ 襄：通「攘」，除去。

⑥ 詳：詳說。一說以為通「揚」，傳揚。

⑦ 長：指一言難盡。

⑧ 束：收拾成捆，這裏是消除之意。

⑨ 讀：反覆習誦之意，即絮叨。

【賞析】

春秋時衛國宮廷多出荒淫醜聞，衛宣公先霸佔其後母夷姜，後又強娶其子公子伋之未婚妻宣姜。衛宣公死後，宣姜又與衛宣公庶子昭伯頑亂倫，並生下三子二女。衛國人民對王室的這些敗壞人倫的穢行深惡痛絕，作此詩諷刺。

全詩三章重疊，首兩句起興，以緊貼宮牆的蒺藜清掃不掉，暗示宮闈中淫亂的醜事是掩蓋不住、抹殺不了的。接著詩人便故弄玄虛，大賣關子，宣稱宮中的秘聞「不可道」。至於為何不可道，詩人絕對保密，卻又微露口風，以便吊讀者口味。醜、長、辱三字妙在藏頭露尾，欲言還止，的確起到了欲蓋彌彰的特殊效果。本來，當時衛國宮闈醜聞是婦孺皆知的，用不著明說，詩人特意點到為止，以不言為言，調侃中露譏刺，幽默中見辛辣，比直露　說更有趣。

一說以為這是一首村婦勸架之詩，是有生活閱歷的老嫗對於他人家庭糾紛的勸解，其中心意思即「家醜不可外揚」。詩中連用十二個「也」字，相當今語「呀」，讀來節奏綿延舒緩，直繪出老嫗悠悠道來的語氣、語重心長的神情，於自然之中見奇妙，於反覆中見真情。

君子偕老

君子偕老，副笄六珈①。委委佗佗②，如山如河③，象服是宜④。子之不淑，云如之何？

玼⑤兮玼兮，其之翟⑥也。鬒⑦髮如雲，不屑髢⑧也。玉之瑱⑨也，象之揥⑩也，揚且之皙也⑪。胡然而天也⑫？胡然而帝也？

瑳⑬兮瑳兮，其之展⑭也。蒙彼縐絺⑮，是紲袢⑯也。子之清揚⑰，揚且之顏⑱也。展⑲如之人兮，邦之媛⑳也！

【註釋】

① 副：婦女的首飾。一說以為就是步搖。笄：古人束髮用的簪。六珈：笄飾，用玉做成，垂珠有六顆。

② 委委佗佗：形容舉止雍容華貴，落落大方。

③ 如山如河：形容儀態穩重深沉。一說以為靜如山，行如水。

④ 象服：鑲有珠寶繪有花紋的禮服。宜：合身。

⑤ 玼（音吃，此）：花紋絢爛貌。

⑥ 翟：有野雞紋飾的禮服。

⑦ 鬒（音真）：頭髮密而黑。

⑧ 髢（音替）：裝飾的假髮。

⑨ 瑱：耳瑱，又叫「充耳」，冠冕上垂在兩耳旁的玉。

⑩ 象之揥：用象牙或象骨製成的搔首簪。

⑪ 揚：額色方正。一說以為明亮。且：語氣詞。皙：白淨。

⑫ 胡然：為何這樣。而：如。此句與下句意為為何如此之美，彷彿天仙降世，恍如神女下凡。

⑬ 瑳：鮮明貌。

⑭ 展：古代後妃或命婦的一種禮服。一說曰古代夏天穿的一種紗衣。

⑮ 蒙：罩。絺：精細的葛布。一說為細縐的葛布。

⑯ 紲袢：夏天穿的內衣，白色。

⑰ 清：指眼神清秀。揚：指眉宇寬廣。

⑱ 顏：指容顏美，有光彩。

⑲ 展：誠，確實。一說以為「乃」。

⑳ 媛：美女。

【賞析】

　　關於本詩主旨，舊說多以為是用服飾儀容之美來反襯宣姜人品行為之卑劣，言宣姜有淫逸之行，不能與君偕老。然而衛宣公與宣姜的婚姻起初就飽受非議，若說衛國人為宣公而諷刺宣姜，望他們二人偕老，則未免失實。「子之不淑」為理解本詩的關鍵，舊說多認為是德行不善之意，但《日知錄》說，人死、生離、失德、國亡皆可謂之「不淑」。由此可見，「不淑」有「不幸」之意，本詩中當作此解。

　　宣姜本是春秋時期著名的大美人，本來許配給公子伋，但不幸被公公衛宣公霸佔，世人為之痛惜，對宣姜的遭遇十分同情。詩中極力描寫服飾華美，突出宣姜的美貌，即從反面突出這位美女之遇人不淑。所謂美人配君子，詩人認為像宣姜這樣的絕世美人，嫁給像公子伋那樣的英俊公子才會幸福，如今這般，實在是太不幸了！然不管本詩對宣姜的態度是諷刺、同情，還是讚美，其辭藻之盛美總還是讓讀者賞心悅目的。

　　詩的首章先直言「君子偕老」，反映了人們對美好婚姻的嚮往和祝願。末兩句突然轉折，頓作痛惜之辭，表明了事情的意外，也表現了詩人對宣姜遭遇的同情。次章與末章用賦法反覆詠歎宣姜服飾、容貌之美。末兩句是感慨，也是點睛之筆，突出了宣姜之美絕世無雙。新人越是美麗，她的不幸也來得越是強烈，這正是詩人的用意所在。

桑　中

爰采唐矣①？沬之鄉矣②。云誰之思？美孟姜矣③。
期我乎桑中④，要我乎上宮⑤，送我乎淇⑥之上矣。
爰采麥矣？沬之北矣。云誰之思？美孟弋矣。
期我乎桑中，要我乎上宮，送我乎淇之上矣。
爰采葑⑦矣？沬之東矣。云誰之思？美孟庸矣。
期我乎桑中，要我乎上宮，送我乎淇之上矣。

【註釋】

① 爰：於何，在哪裡。唐：草名，即菟絲子，寄生蔓草，秋初開小花，子實入藥。多喻女性。

② 沬：衛邑名，即朝歌，或以為牧野。鄉：郊外。

③ 孟：兄弟姐妹之長。姜：與下文「弋」、「庸」均為當時貴族大姓，並非實指三位女性，而是男子對自己情人的美稱，三種稱呼指的是同一個人。

④ 期：約。桑中：衛國桑林之社，祭祀土地神的地方，當時青年男女多在此聚會。宋、衛之地，社之周圍多植桑樹，故稱。

⑤ 要：通「邀」。上宮：桑林中的宮室。

⑥ 葑（音對）：蔓菁。

⑦ 淇：淇水即淇河，在華北地區，商殷文化的集中地。

【賞析】

　　先秦時，祭社是民間最為熱鬧的活動。在這一天，國中男女老少都會出動，故成為青年男女戀愛的最好時機。當日桑林之中熱鬧異常，男女歡合之事自不會罕見，以致「桑中」在中國文化中成為野合的代表。然上古時人民認為人間男女交合可以促進萬物的繁殖，故對於祭社時的男女歡合之事並不以為意，甚至會很提倡，今人大可不必視為淫亂。這首詩當是一位男子在祭社時與女子歡聚後所作，一路上他愉快地歌唱著，自問自答，歡喜快樂之情溢於言表。

　　全詩三章，以採摘植物起興，這是《詩經》中吟詠愛情、婚嫁、求子等內容時常用的手法之一。接下來，男子完全沉浸在了狂歡後的甜蜜回憶裏。除每章改換所歡愛者的名稱外，三章竟然完全相同，反覆詠唱在「桑中」、「上宮」裏的銷魂時刻以及相送淇水的纏綿，寫來直露無遺。其句式由四言而五言而七言，正是這種愉悅心態的表露，尤其每章句末的四個「矣」字，儼然是品味、回憶狂歡之情時的感歎口吻。全詩輕快活潑，表現了青年男子的熾熱愛情。

鶉之奔奔

鶉之奔奔①，鵲之彊彊②。人之無良③，我④以為兄。
鵲之彊彊，鶉之奔奔。人之無良，我以為君。

【註釋】

① 鶉（音純）：鳥名，即鵪鶉。奔奔：跳躍奔走。
② 鵲：喜鵲。彊彊：翩翩飛翔。奔奔、彊彊（音強強），都是形容鶉、鵲居有常匹，飛則相隨的樣子。
③ 無良：不善。
④ 我：當作「何」。

【賞析】

　　春秋時，衛宣公霸佔後母夷姜，生下公子伋，後又強娶宣姜，生下公子朔和公子壽。公子朔覬覦君位，屢進讒言誹謗公子伋。於是荒淫的衛宣公先派公子伋出使齊國，然後竟派殺手中途截殺。公子壽與公子伋交好，他事先聞訊，苦勸公子伋逃難，公子伋心灰意冷，執意赴死。公子壽遂灌醉公子伋，代其出使，途中被殺。公子伋酒醒後，傷心不已，去尋公子壽，亦慷慨赴死。公子朔後即位，為衛惠公。衛國人十分敬重公子伋和公子壽兄弟，對衛宣公、衛惠公父子極為怨恨，從本詩中言及「兄」、「君」來看，此詩當是衛國群公子怨刺衛惠公並涉及其父衛宣公之詩。今人從詩意推究，則認為本詩是一首民歌，詩人是一位女子，她唾棄那被她尊重，卻品德敗壞的男人「鶉鵲之不若」。意思是鶉、鵲尚知居則常匹、飛則相隨的道理。而這位被她尊敬的男人，卻敗壞綱常，亂倫無道，肆意妄為，是一個禽獸不如的東西。她一直把他當作兄長、君子，豈知他並非謙謙善良之人，長而不尊，令她感到非常痛心。於是，她作詩斥之，以抒其憤。

　　全詩以比興手法，將「無良」之人與飛禽走獸對待愛情、婚姻的感情與態度，構成了一種強勁的反比，加強了詩歌的批判力量。全詩

雖然只有兩章八句，並沒有直接對男主人公的形象進行任何客觀的描寫，卻能使其形象非常鮮明而且突出。

定之方中

定之方中①，作于楚宮②。揆之以日③，作于楚室。樹之榛栗④，椅桐梓漆⑤，爰伐琴瑟⑥。

升彼虛矣⑦，以望楚矣。望楚與堂⑧，景山與京⑨，降觀于桑⑩。卜云其吉⑪，終然允臧⑫。

靈雨既零⑬，命彼倌人⑭。星言夙駕⑮，說⑯于桑田。匪直也人⑰，秉心塞淵⑱，騋牝三千⑲。

【註釋】

① 定：星名，又叫營室星，二十八星宿之一。方中：當中。每年小雪時（夏曆十月或十一月），定星於黃昏時分出現在正南方，所以叫「方中」，古人認為此時適宜興土木。

② 於：通「為」。作於：即始為，作為。楚宮：地名，即楚丘。

③ 揆：測度。日：日影。

④ 樹：栽種。榛、栗：落葉喬木。

⑤ 椅桐梓漆：皆為樹名，都是做琴瑟的好木料。

⑥ 爰：乃。伐：製作。

⑦ 升：登上。虛：通「墟」，指故城，一說大丘。

⑧ 堂：楚丘附近的一個邑名。一說以為堂山。

⑨ 景山：遠山。京：高山。

⑩ 降：從高處下來。桑：指農桑之事。一說指桑林立社之事。

⑪ 卜：占卜。云：得出結果。

⑫ 允臧：確實好。

⑬ 靈雨：好雨。零：雨徐徐落下的樣子。

⑭ 倌人：駕馬車的小臣。

⑮ 星：天晴。一說以為披星之意。夙：早早地。

⑯ 說：通「稅」，歇息。

⑰ 匪：通「彼」，他。直：正直。

⑱ 秉心：用心，操心。塞淵：踏實，深遠。

⑲ 騋（音來）：七尺以上的馬。牝：母馬。三千：形容牲畜眾多。古代馬匹用於農業生產和以及戰爭腳力，平常也是主要的交通工具，所以馬匹的多少是衡量一個國家綜合國力的重要標準。

【賞析】

西元前660年，狄人攻衛，破朝歌，衛懿公死。衛國遺民不足千人在宋桓公的幫助下渡過黃河，結草廬暫住漕邑，立衛戴公。不久衛戴公去世，又立衛文公。次年，齊桓公率諸侯兵替衛國築城於楚丘。衛文公受命於危亡之際，兢兢業業，勵精圖治，史載他「大布之衣，大帛之冠，務材訓農，通商惠工，敬教勸學，授方任能。元年革車三十乘，季年乃三百乘」。這才使衛國國勢出現了新的氣象。本詩便是歌頌衛文公開始建宮楚丘，經營衛國的情形。

首章寫楚丘營造宮室的初步工作。前四句，季節與日影交錯，建宮與築室並寫，語似兩開，意實直下。寫季節卻直觀天象，定方位又直說日影，起句已天寬地闊，何等壯麗！詩人無限興會，皆在此中。「樹」字一氣連貫六木，彷彿看到了林木森森。「爰伐琴瑟」一句很有意思，立國之初就考慮到將來能歌舞昇平，琴瑟悠揚，可見深謀遠慮與充滿自信，非苟且偷安可比，由此讓人品嘗出詩中隱寓之褒美。

第二章　說衛文公考察、占卜，關注農桑之事，表達了對美好未來的嚮往。這五句從「登」到「降」，從「望」到「觀」，全景掃描，場面在廣闊雄偉的背景上刻畫了既高瞻遠矚又腳踏實地的文公形象。

末章於細微處見精神，寫衛文公躬勤勸農。有一天夜裏春雨綿綿滋潤大地，黎明時分天轉晴朗，文公清晨起身，披星戴月，吩咐車夫套車趕往桑田。這幅具體的細節描寫圖，要傳達的資訊也不言而喻：

文公重視農業生產，親自前往勸耕督種。由小見大，文公平時夙興夜寐、勞瘁國事的情景，都不難想見。

全詩敘事，都用賦的手法，從賦中讓人品味出讚頌的韻味。「匪直也人，秉心塞淵」二句雖然也是賦，卻有更多的抒情色彩。由於文公「秉心塞淵」，崇尚實際，不繁文縟節做表面文章，才使衛國由弱變強。三章的所有敘寫，無不環繞「秉心塞淵」而展開。難怪方玉潤《詩經原始》評此句曰：「是全詩主腦。」

蝃蝀

蝃蝀①在東，莫之敢指②。女子有行，遠父母兄弟。
朝隮③于西，崇朝④其雨。女子有行，遠兄弟父母。
乃如之人⑤也，懷昏姻也⑥。大⑦無信也，不知命⑧也！

【註釋】

① 蝃蝀（音定東）：彩虹，愛情與婚姻的象徵。一說以為婚姻錯亂則虹氣盛。

② 莫之敢指：古代民間多以為彩虹不能指，如用手指點彩虹，指頭上就會長疔。《詩總聞》曰：「今人猶言不可指，指則手生腫也。」

③ 隮（音基）：升。一說虹。

④ 崇朝：終朝，整個早晨。

⑤ 乃如之人：像這樣的女子。

⑥ 懷：通「壞」，敗壞，破壞。昏姻：即婚姻。

⑦ 大：太。

⑧ 命：父母之命。

【賞析】

這是一首「刺淫奔之詩」，詩中譴責了不守婚姻之約而私奔的行

為，詩人想通過反面說教，以規範當時的禮儀制度。《毛詩序》認為本詩的主題是「止奔」，是從正面說教的角度來解說詩的旨要的。

全詩以彩虹起興，象徵婚姻。「莫之敢指」則說明了當時婚姻禮節的不可違逆。舊以為彩虹為淫邪之氣，婚姻錯亂則虹氣盛，以彩虹起興，則有明顯諷意。作此解的話，「莫之敢指」則表現了當時人們對不守禮的婚姻的厭棄和鄙夷。兩種理解皆同，此時取前說。

前兩章是說彩虹出現，陰晴風雨是有規律的，男女之間的結合也應該遵守社會規範，女子嫁了人就該謹守婦道，忠於自己的丈夫。因而遠離了父母兄弟，沒有親人的幫助和教導，則更要牢記父母平日的教誨。

第三章點明主題，以刻薄斥罵的語氣，指責私奔者的「無信」，表明了詩人對私奔行為的憤憤不平。連用四個「也」字，厭惡慨歎之意無窮。

《詩經》之中有歌頌私奔的，亦有痛斥私奔的，作者所處立場不同，觀點自然也迥異；然私奔之行，究竟是對真愛的追求，還是對社會規範的挑戰，我們對其態度究竟是該褒，還是該貶，讀者自察。

相　鼠

相①鼠有皮，人而無儀②。人而無儀，不死何為？
相鼠有齒，人而無止③。人而無止，不死何俟④？
相鼠有體⑤，人而無禮。人而無禮，胡不遄⑥死？

【註釋】
① 相：視。一說以為「相鼠」即黃鼠。
② 儀：威儀。一說以為通「義」，禮義。
③ 止：通「恥」，廉恥。一說以為容止。
④ 俟：等。

⑤ 體：頭與四肢。

⑥ 遄：速，快。

【賞析】

　　這是一首諷刺在位者無禮儀的詩。詩明寫老鼠，實則是統治者用虛偽的禮節以欺騙人民，人民深惡痛絕，比之為鼠，給予辛辣的諷刺。高亨《詩經選注》曰：「《相鼠》一詩就是衛國統治者醜惡行為的總概括，有強烈的現實戰鬥性。」

　　《詩經》中寫到「鼠」的有五首，除了《雨無正》，其他四首都是直接把鼠作為痛斥或驅趕的對象，可見「老鼠過街，人人喊打」，自古而然。而此詩卻有所不同，偏偏選中醜陋、狡黠、偷竊成性的老鼠與衛國「在位者」作對比，公然判定那些長著人形而寡廉鮮恥的在位者連老鼠都不如，詩人不僅痛斥，而且還要他們早早死去，以免玷污「人」這個崇高的字眼。

　　至於所刺的「在位者」是誰，所刺何事，雖曾有過多種說法，但已無法考實，翻開衛國的史冊，在位者卑鄙齷齪的勾當太多，如州籲弒兄桓公自立為衛君；宣公強娶公子伋的未婚妻為婦；宣公與宣姜合謀殺公子伋；惠公與兄黔牟為爭位而開戰；懿公好鶴淫樂奢侈；昭伯與後母宣姜亂倫等。父子反目，兄弟爭立，父淫子妻，子姦父妾，沒有一件不是醜惡至極、無恥至尤。這些在位者確實禽獸不如，禽獸尚且戀群，而他們卻是骨肉相殘。

　　全詩三章重疊，以鼠起興，反覆類比，意思並列，但各有側重，第一章「無儀」，指外表；第二章「無止（恥）」，指內心；第三章「無禮」，指行為。三章詩重章互足，合起來才是一個完整的意思，這是《詩經》重章的一種類型。牛運震《詩志》曰：「此詩盡情怒斥，通篇感情強烈，語言尖刻，所謂『痛呵之詞，幾於裂眥』。」由此可見春秋時期確實是個理性覺醒並高揚的時期。

干 旄

子子干旄①，在浚之郊。素絲紕之②，良馬四之。
彼姝者子③，何以畀之④？
子子干旟⑤，在浚之都⑥。素絲組⑦之，良馬五之。
彼姝者子，何以予之？
子子干旌⑧，在浚之城。素絲祝⑨之，良馬六之。
彼姝者子，何以告⑩之？

【註釋】

① 子子：突出貌。干旄（音毛）：竿頭上飾有犛牛尾的旗，堅於車
後，以壯威儀。旄：通「犛」，犛牛尾。
② 素絲：白絲。一說束帛。紕：疏布之狀，即一捆捆的布帛清晰疏
朗地顯出層次。一說以為連綴，在衣冠或旗幟上鑲邊。
③ 姝者：美麗的姑娘。一說以為賢者。
④ 何：一說以為通「我」。畀（音必）：贈予。
⑤ 干旟（音余）：畫有鳥隼的旗幟。
⑥ 浚：衛國邑名。都：下邑，近城。
⑦ 組：密錯之狀。指隊伍漸近，看車上的東西逐漸清晰，遠看只見
不同顏色的布帛疏疏朗朗，近看則看出一層層地落在車上，再近
就看到了堆滿大車的布匹了。一說以為編織。
⑧ 干旌（音京）：竿頭上以五彩鳥羽為飾的旗幟。
⑨ 祝：通「竺」，厚積之狀。
⑩ 告：通「造」，此處有贈予之意。

【賞析】

關於本詩主旨，《毛詩序》取「美衛文公臣子好善說」，朱熹《詩
集傳》取「衛大夫訪賢說」，而近代學者多認為本詩描述的是一位貴
族求婚納征時的陣勢。所謂「納征」，是婚姻「六禮」中的第四禮，

即男方往女方家送聘禮。經此儀禮後婚約則完全成立。聘禮所送，多以束帛、玉器、良馬為主，聘禮多少，取決於雙方的貧富與身份。

詩一開頭就顯現了富家氣派，場面盛大，熱鬧非凡。「彼姝者子」是全詩中唯一完全重複之句，可見那位「姝者」在全詩中的重要性，干旄、素絲、良馬皆赴此而來。三章反覆歌詠這種氣勢，「在浚之郊」、「在浚之都」、「在浚之城」，由遠而近，讀者彷彿看到了那浩浩蕩蕩的隊伍，也逐漸看清了那無比豐富，五彩繽紛的禮品。「良馬四之」、「良馬五之」、「良馬六之」由少而多，章法是很嚴謹的，而「何以畀之」、「何以予之」、「何以告之」用疑問句代陳述句，搖曳生姿，真覺「躊躇有神」。男子聘禮如此豐厚，卻似乎猶覺禮薄，可見他對於婚姻的重視。縱然婚姻的價值不能靠禮物的多少來衡量，但男子如此轟轟烈烈地納征，足見其對女子的情意，對愛情的鄭重。

載 馳

載馳載驅①，歸唁衛侯②。驅馬悠悠③，言至於漕④。
大夫跋涉，我心則憂。
既不我嘉⑤，不能旋反。視而不臧⑥，我思不遠？
既不我嘉，不能旋濟⑦。視而不臧，我思不閟⑧？
陟彼阿丘⑨，言采其蝱⑩。女子善懷⑪，亦各有行⑫。
許人尤⑬之，眾穉且狂⑭。
我行其野，芃芃⑮其麥。控于大邦⑯，誰因誰極⑰？
大夫君子，無我有尤⑱。百爾所思⑲，不如我所之⑳。

【註釋】

① 載：語氣助詞。馳、驅：快馬加鞭的意思。

② 唁：向死者家屬表示慰問。此處不僅是哀悼衛侯，還有憑弔宗國危亡之意。衛侯：衛戴公。戴公於漕邑即位，不久即去世，衛人

又立文公。

③ 悠悠：道路遙遠之貌。

④ 言：語氣助詞。漕：漕邑。衛國國破後，宋桓公迎衛國遺民渡過黃河，安頓在漕邑。

⑤ 嘉：好，贊許。

⑥ 視：表示比較。而：通「爾」。臧：好，善。

⑦ 濟：指渡河歸衛。

⑧ 閟：深。

⑨ 阿丘：一邊偏高不正的山丘。此處當指地名。

⑩ 蝱：貝母草。採蝱治病，喻設法救國。

⑪ 善懷：多愁善感，這裏指思念父母之邦。

⑫ 行：道理，準則。

⑬ 尤：責怪。

⑭ 眾：通「終」，既。稚：幼稚。

⑮ 芃芃：草茂盛貌。

⑯ 控：赴告。大邦：當指當時的諸侯盟主齊國。

⑰ 因：依靠。極：通「及」，相與，即搭上友好關係，以求得相助。

⑱ 無：通「勿」，不要。尤：罪過。一說以為責備。

⑲ 百爾所思：即使你們有千百個主意。

⑳ 之：去，往，即到衛國。一說以為通「思」，謀慮之意。

【賞析】

本詩乃春秋時許穆公夫人所作，其創作時間當在《泉水》之後。衛國國破後，許穆公夫人思歸而不得，因為春秋時禮法規定：「諸侯夫人父母沒，歸寧使卿。」她內心掙扎，痛苦不堪，只好遣使前往漕邑弔唁衛侯。使者出發後，她內心極為焦慮和感傷，遂作此詩。一說以為許穆公夫人之愛國之情戰勝了理性，她不顧許國大夫們的反對，快馬加鞭，趕赴漕邑。可是剛到漕邑，她的丈夫就派人兼程而至，勸她停止行進。許穆公夫人內心極為憂傷，因作此詩。

詩的首章交代本事，言其心急。開口便言「載馳載驅」，文勢突兀，急切之情躍然紙上。許穆公夫人已經打發走了去漕邑慰問衛國君臣的大夫，想像著他們一路狂奔的情形，是虛擬之景，一面體恤出使大夫的勞苦，一面說自己還是不能放下對衛國的擔心和憂傷，表現出女性詩人細膩的心理特徵。

據史載，當年許穆公夫人及笄時，許國和齊國皆向衛國提親，許穆公夫人願意嫁到齊國，她認為齊國強，將來衛國有難，定能相助，而許國弱小，於衛國無益。但衛侯不聽，執意將其嫁給許穆公。第二、三章中，許穆公夫人反覆說當初衛君不該不同意她嫁到齊國，不然國家也不至於落到如今這個地步，足見其深謀遠慮。這兩種言辭激烈，既是痛恨當年衛君不明，也是為國家失去強援而悲。

第四章中，詩的節奏漸漸放慢，感情也漸漸緩和。許穆公夫人被阻不能適衛，心頭憂思重重，唯有「駕言出遊，以寫我憂」。她身為女子，雖多愁善感，但亦有她的做人準則，那就是關心生她養她的宗國。而許國人對她毫不理解，給予阻撓與責怪，這只能說明他們的愚昧、幼稚和狂妄。這一段寫得委婉深沉，曲折有致，彷彿讓人窺見她那美好而痛苦的心靈。細細玩索，簡直催人淚下。

末章以茂盛的麥浪比喻許穆公夫人煩亂不平的心境。她自知衛國不能自救，於是想到請求齊國幫助，然而她又不知道如何才能請求齊國出兵，而齊國是否靠得住，亦未可知。故而她發出「誰因誰極」的感慨。最後兩句表明了許穆公夫人是一個頗有主張的人，同時她已看透了許穆公的無能和許國群臣的膽小和頑固，她深知許國是萬萬靠不住的，而她的憂傷和痛苦也正在於此，然其救國之志，愛國之心卻始終不渝。全詩至此戛然而止，卻留下無窮的詩意讓讀者去咀嚼回味，真是語盡而意不盡，令人一唱而三歎。

衛 風

　　衛國是春秋時期一個比較活躍的國家，其轄區在今天河南北部的安陽、淇縣、滑縣、濮陽一帶。「衛風」即衛地的樂調和詩歌，其中很多篇章與衛國歷史有關。

淇　奧

　　瞻彼淇奧①，綠竹猗猗②。有匪③君子，如切如磋④，如琢如磨⑤。瑟兮僩兮⑥，赫兮咺兮⑦。有匪君子，終不可諼⑧兮。

　　瞻彼淇奧，綠竹青青。有匪君子，充耳琇瑩⑨，會弁⑩如星。瑟兮僩兮，赫兮咺兮。有匪君子，終不可諼兮。

　　瞻彼淇奧，綠竹如簀⑪。有匪君子，如金如錫⑫，如圭如璧⑬。寬兮綽兮⑭，猗重較兮⑮。善戲謔⑯兮，不為虐⑰兮。

【註釋】

① 瞻：遠望。淇奧：淇水彎曲處。

② 猗猗：美而茂盛貌。

③ 匪：通「斐」，有文采。

④ 切、磋：治獸骨曰切，治象牙曰磋。

⑤ 琢、磨：治玉曰琢，治石曰磨。

⑥ 瑟：莊重，嚴謹。僩：胸襟開闊貌。

⑦ 赫：光明正大貌。咺：通「烜」，顯赫貌。

⑧ 諼：忘。

⑨ 充耳：貴族冠的左右兩旁以絲懸掛至耳的玉瑱。琇：次於玉的寶石。瑩：晶瑩光澤之貌。

⑩ 會弁（音辯）：合縫處以玉裝飾的帽冠。

⑪ 簀（音責）：本指竹席，這裏指叢積之貌，形容茂盛。

⑫ 金、錫：兩種金屬，須鍛煉才能成器，而為裝飾之用。

⑬ 圭：玉製品，長方形，上段尖。璧：圓形玉器，正中有小圓孔。

⑭ 寬、綽：雍容大方貌。寬：寬容。綽：合歡。

⑮ 猗：通「倚」，依靠。重較：指古代卿士所乘車前左右有伸出的彎木（車耳），可供倚攀。

⑯ 戲謔：言談風趣。一說以為與性行為有關。

⑰ 虐：粗暴。

【賞析】

　　這是一首人物讚歌，舊說此詩為讚美衛武公之作，實非。詩以「淇奧」為題，即淇水曲處，此處乃衛國男女聚會之地。《詩經》中言及淇水者，多與愛情有關。末章又提到「戲謔」，這在《詩經》中多指男女相戲。故本詩其實是寫一位女子對其鍾情男子的讚美，表現了她對男子的刻骨思念。而這男子當是一位貴族青年，曾與女子在淇水邊歡聚。

　　詩以淇水曲處的綠竹起興，讓人似乎看到的是君子挺秀清朗的風姿，而聯想到君子內在的「虛心有節」，展示君子的品格和才華。首章望歡樂之地，思相樂之人，無限興會，於「瞻」字後，出許多「如」字，「兮」字，似癡似狂。然後便進入了對情人真切細緻的回憶之中。「切」、「磋」、「琢」、「磨」、「瑟」、「僩」、「赫」、「咺」八個字密而有神。「終不可諼兮」一句，倒補一筆，堅勁有力。第二章「充耳」、「會弁」兩句就君子堂堂正正貌再讚歎一番，只改動數字，意境便新。第三章寫君子德性、風度、氣派、性格，皆有分寸。「戲謔」二句，見雅人風流。末句雖不再重複「終不可諼兮」，然詠歎悠然，終是難忘情懷。

　　本詩運用了大量的比喻，頻頻呼喚君子，是讚美，又是思念，同時筆底還流露出可望而不及的一絲憂傷。從「如切如磋，如琢如磨」到「如金如錫，如圭如璧」又表現了一種變化，一種過程，寓示君子之美在於後天的積學修養，磨礪道德。

這首詩讚美君子，並不是因為他有地位和財勢，也不是因為他有姣好的容貌，本詩所著重讚歎的是君子的德與行，選擇作比的事物，無論是「竹」、「玉」、「金」，都緊扣君子的內秀之美，才華橫溢，光彩耀人。儘管詩中也提到他的服飾和車輛的華貴，但還是強調了他的溫雅，不像其他貴族那般高傲和粗蠻。也正是由於這位君子內外皆美，才會讓女子日思夜想，在思念中讚歎，且又萌生不可高攀之意。文學作品中以竹喻君子，當自此始。

考　槃

考槃①在澗，碩人之寬②。獨寐寤言③，永矢弗諼④。
考槃在阿⑤，碩人之薖⑥。獨寐寤歌，永矢弗過⑦。
考槃在陸⑧，碩人之軸⑨。獨寐寤宿，永矢弗告⑩。

【註釋】

① 考：扣，敲打。槃：通「盤」，一種器皿。考槃：指隱士隱居自得
　　其樂的樣子。

② 碩人：高大的人，詩中指隱士。寬：心寬，悠閒自得貌。

③ 獨寐寤言：形容一個人居住，不與世來往。

④ 矢：通「誓」。諼：改變，忘卻。

⑤ 阿：山陵。一說山的曲隅。

⑥ 薖（音科）：通「和」，和樂。一說以為寬大貌。

⑦ 過：過問。

⑧ 陸：高平之地。一說土丘。

⑨ 軸：通「由」，心情愉悅。一說徘徊往復，自由自在。

⑩ 告：洩露，訴說。弗告：不洩露此間的快樂。

【賞析】

這是一首隱士之歌，描寫了隱士的生存狀態，真切地道出了隱居生活的逍遙和快樂。詩歌採用正面烘托的手法，將隱居的環境寫得幽靜雅致，又反覆地突出隱士的自得其樂，強烈地表達出隱士的隱居是一種高尚而快樂的行為，是應該受到社會尊重讚美的。

全詩三章，變化不大，意思連貫。不論這位隱士是生活在水湄山間，還是他的言辭行動，都顯示出暢快自由的樣子。詩反覆吟詠這些言行形象，用複遝的方式，加深讀者的感受，抒發了對隱士的讚美。

碩　人

碩人其頎①，衣錦絅衣②。齊侯之子，衛侯之妻。東宮之妹，邢侯之姨，譚公維私③。

手如柔荑④，膚如凝脂⑤。領如蝤蠐⑥，齒如瓠犀⑦。螓首蛾眉⑧。巧笑倩⑨兮，美目盼⑩兮。

碩人敖敖⑪，說于農郊⑫。四牡有驕⑬，朱幩鑣鑣⑭，翟茀以朝⑮。大夫夙退⑯，無使君勞。

河水洋洋⑰，北流活活⑱。施罛濊濊⑲，鱣鮪發發⑳，葭菼揭揭㉑，庶姜孽孽㉒，庶士有朅㉓。

【註釋】

① 碩人：這裏指美人。頎：身體修長，形容身材苗條。
② 衣錦：穿著錦衣。絅：女子出嫁時為遮蔽風塵而穿的麻布單衣，即披風。
③ 維：其。私：女子稱呼姊妹之夫。
④ 荑：初生的白茅之芽，詩中形容手光滑嫩白。
⑤ 凝脂：凝結的膏脂，比喻皮膚白而嫩。
⑥ 領：脖頸。蝤蠐（音求其）：天牛的幼蟲，色白身長，詩中形容脖

頸白而長。

⑦ 瓠犀（音戶西）：葫蘆籽，詩中形容牙齒潔白整齊。

⑧ 蝤（音秦）：蟲名，額頭寬廣且正，詩中形容額廣而方正。蛾眉：比喻眉毛細長彎曲。

⑨ 倩：笑起來有兩個酒窩的樣子。一說「將笑則齒見」之義。

⑩ 盼：眼珠黑白分明貌。

⑪ 敖敖：修長而高大。

⑫ 說：通「稅」，舍止。農郊：近郊。

⑬ 四牡：駕車的四匹馬。有驕：強壯的樣子。

⑭ 朱幩（音墳）：馬口銜鐵兩邊的紅綢布。鑣鑣：華美貌。

⑮ 翟茀（音服）：用野雞毛裝飾的車子蔽蓋。朝：朝見國君。

⑯ 夙退：早早退潮。

⑰ 洋洋：水流浩大貌。

⑱ 活活：水流聲。

⑲ 罛（音姑）：漁網。濊（音或）：漁網入水聲。

⑳ 鱣：鰉魚。：鱒魚。發發：魚入網跳動擊水聲。

㉑ 葭菼（音家坦）：蘆荻。揭揭：長勢茂盛貌。

㉒ 庶姜：齊國陪嫁的眾女子。孽孽：盛裝貌。

㉓ 庶士：護送的衛士。揭：勇武貌。

【賞析】

　　本詩是題詠美人文學作品的千古之祖，女主角是齊莊姜，春秋時著名的美女。詩歌細緻地描繪了她的美貌以及出嫁時的盛況。《左傳‧隱公三年傳》云：「衛莊公娶于齊東宮得臣之妹，曰莊薑，美而無子，衛人所為賦《碩人》也。」

　　詩的第一章主要講莊姜的出身，父兄夫婿都是當時有權有勢的人物，突出她身份的高貴。第二章細緻地描寫了莊姜的外貌，從手到皮膚，從脖頸到牙齒，每個部位都給予特寫，以七個生動形象的比喻，猶如電影的特寫鏡頭，猶如纖微畢至的工筆劃，細緻地刻畫了她艷麗

絕倫的肖像——柔軟的纖手，鮮潔的膚色，修美的脖頸，勻整潔白的牙齒，直到豐滿的額角和修宛的眉毛，真是毫無缺憾的人間尤物！第三、四章主要寫婚禮的隆重和盛大，從人世場面到自然景觀，或明或暗、或隱或現地襯托出莊姜的美貌和高貴。

　　全詩的精華就在於「巧笑倩兮，美目盼兮」八個字，尤其傳神，姚際恒《詩經通論》評曰：「千古頌美人者，無出其右，是為絕唱。」

氓

氓之蚩蚩^①，抱布貿^②絲。匪來貿絲，來即我謀^③。
送子涉淇，至于頓丘^④。匪我愆^⑤期，子無良媒。
將^⑥子無怒，秋以為期。
乘彼垝垣^⑦，以望復關^⑧。不見復關，泣涕漣漣。
既見復關，載笑載言。爾卜爾筮^⑨，體無咎言^⑩。
以爾車來，以我賄^⑪遷。
桑之未落，其葉沃若^⑫。于嗟鳩兮^⑬，無食桑葚^⑭！
于嗟女兮，無與士耽^⑮！士之耽兮，猶可說^⑯也。
女之耽兮，不可說也。
桑之落矣，其黃而隕^⑰。自我徂爾^⑱，三歲食貧^⑲。
淇水湯湯^⑳，漸車帷裳^㉑。女也不爽^㉒，士貳^㉓其行。
士也罔極^㉔，二三其德^㉕。
三歲為婦，靡室勞矣^㉖；夙興夜寐，靡有朝矣^㉗。
言既遂矣^㉘，至于暴矣。兄弟不知，咥^㉙其笑矣。
靜言思之，躬自^㉚悼矣。
及爾偕老，老使我怨^㉛。淇則有岸，隰則有泮^㉜。
總角之宴^㉝，言笑晏晏^㉞。信誓旦旦^㉟，不思其反^㊱。
反是不思^㊲，亦已焉哉^㊳！

【註釋】

① 氓：人民。實為野人，即居國城之郊野的人，與「國人」相對，其政治地位、經濟地位要比國人低。詩中的女主人公當為國人。
　 蚩蚩：通「嗤嗤」，笑嘻嘻的樣子。一說憨厚、老實的樣子；一說無知貌；一說戲笑貌。

② 貿：交易。抱布貿絲是以物易物。

③ 即：走近，靠近。這裏有「找」的意思。謀：這裏指商量婚事。

④ 頓丘：地名。

⑤ 愆：原指過失，過錯，這裏指延誤。

⑥ 將：願，請。

⑦ 乘：登上。垝：通「危」，高。一說以為倒塌。垝垣：這裏指高牆，即城垣或城牆。

⑧ 復：返。關：在往來要道所設的關卡。

⑨ 卜：燒灼龜甲的裂紋以判吉凶。筮：用蓍草占卦叫作筮。

⑩ 體：指龜兆和卦兆，即蔔筮的結果。咎：不吉利，災禍。

⑪ 賄：財物。

⑫ 沃若：猶「沃然」，桑葉嫩潤茂盛貌。

⑬ 于嗟：悲歎聲。鳩：斑鳩。傳說斑鳩吃桑葚過多會醉。

⑭ 桑葚：桑樹上結的果實，形似蒼耳子而稍大，味甜微酸，可食。

⑮ 耽：通「妉」，迷戀，沉溺。

⑯ 說：通「脫」，解脫。

⑰ 隕：墜落，掉下。這裏用黃葉落下比喻女子年老色衰。

⑱ 徂：往。徂爾：嫁到你家。

⑲ 食貧：過貧窮的生活。

⑳ 湯湯：水勢浩大貌。

㉑ 漸：浸濕。帷裳：車旁的布幔。此句與上句是說被棄逐後渡淇水而歸。

㉒ 爽：差錯。

㉓ 貳：改變。一說「貳」的誤字，與「爽」同義。

㉔ 罔極：無定準，指反覆無常。

㉕ 二三其德：三心二意，這裏指對愛情不專一，言行前後不一致。

㉖ 靡室勞矣：言所有的家庭勞作一人擔負無餘。

㉗ 靡有朝矣：言沒有一朝不如此。

㉘ 言：語氣助詞。既遂：目的已經達到，這裏當指男子娶妻目標已經達成，或指家庭生活條件已經改善。

㉙ 咥（音碟）：笑貌，這裏有譏諷意。

㉚ 躬自：自身，自己。

㉛ 及爾偕老，老使我怨：言曾說過一起白頭到老，像這樣走到老我只有怨恨無限。

㉜ 淇則有岸，隰則有泮：言淇水再寬也有岸，窪地再大也有個邊，喻凡事都有邊際，而自己愁思無盡。言外之意，如果和這樣的男人偕老，那就苦海無邊了。泮：通「畔」，水邊。

㉝ 總角：男女未成年時頭上結成的髮角。宴：通「晏」，快樂。一說以為作「艸」，總角之貌。

㉞ 晏晏：歡樂、和悅的樣子。

㉟ 旦旦：誠懇貌。

㊱ 不思其反：不曾想到如今他會違背誓言。

㊲ 反是不思：違背誓言不加考慮。

㊳ 亦已焉哉：那就算了吧。無可奈何的語氣。

【賞析】

　　這是一首棄婦自訴婚姻悲劇的長詩。詩中的女主人公以無比沉痛的口氣，回憶了戀愛生活的甜蜜，以及婚後被丈夫虐待和遺棄的痛苦。此詩通過棄婦的自述，表達了她悔恨的心情與決絕的態度，深刻地反映了古代社會婦女在戀愛婚姻問題上倍受壓迫和摧殘。

　　全詩共六章，每章十句。但它並不像《詩經》其他各篇採用複遝的形式，而是依照人物命運發展的順序，自然地加以抒寫。它以賦為主，兼用比興。賦以敘事，興以抒情，比在於加強　事和抒情的色

彩。第一、二兩章是追　男子向女主人公求婚以至結婚的過程，這位男子大概是極其貧窮的，出不起太多的聘禮，也不能找媒人來提親，然而女主人公對他的愛是真摯的，雖有猶豫，但最終還是衝破了媒妁之言的桎梏而與他結婚。「以我賄遷」可見在這場婚姻中，女主人公是毫無保留付出的一方。然婚後的生活如何呢？詩中沒有順著　述，而是接以一章感慨。第三章中，女主人公情緒極度激昂，悲憤與悔恨交並，對年輕少女現身說法，規勸她們不要沉醉於愛情，並指出男女不平等的現象。由此可見，女主人公的婚後生活必定是很不幸福的。第四章言婚後生活之清貧，且男子又三心二意，最終將女子拋棄。第五章用賦的手法　述被棄前後的處境，前六句補敘多年為婦的苦楚，她起早貪黑，辛勤勞作，一旦日子好過一些，丈夫便變得暴戾殘酷。這個「暴」字可使人想像到丈夫的猙獰面目，以及女主人公被虐待的情景。後四句寫她回到娘家以後受到兄弟們的冷笑。女主人公心中的苦無處可說，也無人理解，她唯有自傷不幸。第六章　述幼年彼此的友愛和今日的乖離，斥責氓的虛偽和欺騙，堅決表示和氓在感情上一刀兩斷。然而她果真能做到嗎？方玉潤《詩經原始》認為：「雖然口縱言已，心豈能忘？」

竹　竿

籊籊[1]竹竿，以釣于淇。豈不爾思[2]？遠莫致[3]之。
泉源[4]在左，淇水在右。女子有行，遠兄弟父母。
淇水在右，泉源在左。巧笑之瑳[5]，佩玉之儺[6]。
淇水滺滺[7]，檜楫松舟[8]。駕言出遊，以寫我憂。

【註釋】

① 籊籊（音剔）：長而尖削貌。一說細長、顫悠悠的樣子。

② 爾思：即「思爾」，思念你。

③ 致：達到。

④ 泉源：水名，即百泉，在衛國西北，東南流入淇水。

⑤ 瑳（音皆）：玉色潔白，這裏指露齒巧笑貌。

⑥ 儺：通「娜」，婀娜。一說行有節度。

⑦ 瀰瀰：河水蕩漾貌。

⑧ 檜：木名，柏葉松身。楫：船槳。

【賞析】

這首詩寫一位遠嫁的衛國女子思念家鄉的情懷。一說以為本詩是一位青年男子對意中人的思念之歌。

開頭兩章，是遠嫁姑娘的回憶，都是關於婚前家鄉與親人的事。首章回憶當姑娘時在淇水釣魚的樂事，可惜眼下身在異鄉，再也不能回淇水去釣魚了。次章回憶離別父母兄弟遠嫁時的情形。前兩章共八句，重點在回憶，強調的是思鄉懷親之情。

回憶激起的情懷，化作熱情的企望，女子眼下遠嫁，但她仍希望有一天能重歸故鄉。第三、四兩章，便是想像回鄉時的情景。淇水、泉水依然如故，「淇水在右，泉源在左」，與第二章兩句一樣，只是句子位置變化一下，實際上是用複遝的手法，表示重來舊地。這時候，出嫁女已不再是姑娘家時持竹竿釣魚那樣天真了，而是「巧笑之瑳，佩玉之儺」，一副成熟少婦從容而喜悅的樣子。為了重新找回少女時代的感覺，這位少婦又到淇水。不過，這次不是釣魚了，而是「檜楫松舟」，乘船遊賞。不過，舊地重遊，也不能排解遠嫁多時的離愁。三、四兩章想像回鄉的場景，正是遠嫁歸不得的少婦幻想的場景。想像得越真切越具體，現實中遠離故鄉不得歸的思念之情就越強烈。所以，駕船遊賞故鄉的想像，根本不能解決思鄉懷親的愁思。

全詩從回憶與推想兩個角度，寫一位遠嫁女子思鄉懷親的感情。這種感情雖然不是大悲大痛，卻纏綿往復，深沉地蘊藉於心懷之間，像悠悠的淇水，不斷地流過讀者的心頭。

芄　蘭

芄蘭之支①，童子佩觿②。雖則佩觿，能不我知③？
容兮遂兮④，垂帶悸⑤兮。
芄蘭之葉，童子佩韘⑥。雖則佩韘，能不我甲⑦？
容兮遂兮，垂帶悸兮。

【註釋】

① 芄（音玩）蘭：草名，蔓生，亦名蘿藦，莖頂末結莢實，倒垂如
　錐形。支：通「枝」。

② 觿（音西）：骨製的解結用具，形同錐，似羊角，成人佩飾。

③ 能：寧，豈。知：通「接」。一說嬉戲。

④ 容：佩刀。遂：佩玉。一說容、遂是指舒緩悠閒之貌。

⑤ 悸：形容帶下垂，搖擺貌。

⑥ 韘（音涉）：用骨或玉製成的扳指，著於右手拇指，射箭時用於鈎
　弓弦。

⑦ 甲：通「狎」，嬉戲。

【賞析】

　　這首詩的大意是一位剛成年的男子，佩上了成人所戴的觿和，青
春期的心理變化，使他羞於與異性夥伴隨便言談，故其曾經的女玩伴
作此詩相戲，在嘲訕、戲弄的背後，隱藏著一種微妙的感情。

　　詩人即景起興，因為芄蘭的莢實與觿都是錐形，很相像，故詩人
觸景生情，產生聯想。這位女詩人與詩中的「童子」，可能是青梅竹
馬，兩小無猜，關係非常親密。可是，自從「童子」佩帶觿、套上以
來，對自己的態度卻冷淡了。觿本是解結的用具，男子佩觿並沒有嚴
格的年齡限制，與行冠禮不同。據《禮記·內則》記載：子事父母，
左佩小觿，右佩大觿。《說苑·修文篇》也說「能治煩決亂者佩觿」，
故毛傳謂觿是「成人之佩」。佩則表示「能射御」。當時，貴族男子

佩觿佩韘標誌著對內已有能力主家，侍奉父母；對外已有能力從政，治事習武。正因為如此，所以詩中的「童子」一旦佩觿佩韘，便覺得自己是真正的男子漢了，一下子穩重老成了許多。這本來是很正常的，可是這一變化，在那多情的女詩人眼裏，不過是裝模作樣假正經罷了，實際他還是以前那個「頑童」。最使她惱怒的是，本來他們在一起無拘無束，親昵得很，而現在他卻對自己疏遠了，冷落了。因而「童子」的日常言行舉止乃至垂下的腰帶，無一不惹她生氣，看了極不順眼，甚而覺得這一切都是故意做給她看的。儘管他「容兮遂兮」，處處顯示出一副成熟男子的模樣，而她偏要口口聲聲喚他「童子」。「童子」的稱呼，正包含著她似嬌還嗔的情態，從這一嘲諷揶揄中不難察覺她「怨」中寓「愛」的綿綿情意。

　　全詩兩章重疊，反覆詠唱，模擬神情十足，寥寥數語，就把「童子」的變化和姑娘的惱怒心理描摹了出來。牛運震《詩志》曰：「『能不我知』、『能不我甲』，諷刺之旨已自點明矣。末二句只就童子容儀詠歎一番，而諷意更自深長。詩情妙甚。」

河　廣

　　誰謂河①廣？一葦杭之②。誰謂宋遠？跂予望之③。
　　誰謂河廣？曾不容刀④。誰謂宋遠？曾不崇朝⑤。

【註釋】

① 河：黃河。
② 葦：蘆葦編成的木筏。杭：通「航」。
③ 跂（音奇）：通「企」，踮起腳尖。予：而。
④ 曾：乃，竟。刀：通「舠」，小船。
⑤ 崇朝：終朝。形容時間之短。

【賞析】

　　這首詩運用了誇張的修辭手法，描寫黃河之「不廣」，極言宋國之「近」，頃刻可至。詩的思想感情背景已無所知曉，歷來猜測紛紛。舊說當是歸於衛國的衛文公之妹宋襄公之母，因為思念兒子，又不可違禮往見，故有此作；今人多以為是客旅在衛的宋人，急於歸返父母之邦的思鄉之作。

　　從衛國至宋國，中間隔著壯闊無涯的黃河。對於黃河，發出否定式的「誰謂河廣」之問，簡直無知得可笑。但是，詩中的主人公非但不以此問為忤，而且斷然作出了傲視曠古的回答：「一葦杭之！」他竟要駕著一支葦筏，就將這橫無際涯的大河飛越——想像之大膽，因了「一葦」之誇張，而具有了石破天驚之力。

　　詩人為何會有如此奇想呢？那是因為在他的內心，此刻正升騰著無可按抑的歸國之情。接著的「誰謂宋遠？跂予望之」，正以急不可耐的思鄉奇情，推湧出又一石破天驚的奇思。為滔滔黃河橫隔的遙遠宋國，居然在跂腳企頸中即可「望」見，可見主人公的歸國之心，已急切得再無任何障礙可阻隔。強烈的思情，竟然以超乎尋常的想像力，縮小了衛、宋之間的客觀空間距離。眼前的小小黃河，竟可以靠一葦之筏超越。所以當詩之第二章，竟又以「誰謂河廣，曾不容刀」的誇張複疊時，讀者便不再感到吃驚或可笑，反倒覺得這「奇蹟」出現得完全合乎情理。

　　以突兀而來的發問和奇特誇張的答語構成全詩，來抒寫客旅之人不可遏制的思鄉奇情，是本詩藝術表現上的最大特色。否定式的發問，問得如一瀉汪洋的黃河怒浪之逆折；石破天驚的誇張，應答得如砥柱中流的峰巒之聳峙。其間所激蕩著的，便是人類所共有的最深切的思鄉之情，它不能不令千古讀者為之動容。

詩經新賞

伯兮

伯兮朅兮①，邦之桀②兮。伯也執殳③，為王前驅④。
自伯之⑤東，首如飛蓬⑥。豈無膏沐⑦，誰適為容⑧？
其雨其⑨雨，杲杲⑩出日。願言⑪思伯，甘心首疾。
焉得諼草⑫，言樹之背⑬。願言思伯，使我心痗⑭。

【註釋】

① 伯：古代女子對丈夫的親昵之稱。朅（音刧）：勇武貌。

② 桀：通「傑」，傑出的人才。

③ 殳（音矢）：兵器名，杖類。

④ 前驅：先鋒。

⑤ 之：到，往。

⑥ 首：頭髮。蓬：蓬草，根細身大而枝葉疏散，秋天遇風則拔起，隨風狂飛。飛蓬比喻頭髮蓬亂。

⑦ 膏沐：古代婦女洗頭潤髮用的頭油之類。

⑧ 適：悅。容：打扮。

⑨ 其：期待。其雨比喻期盼丈夫歸來。

⑩ 杲杲（音稿）：日光高照貌。

⑪ 願言：思念貌。

⑫ 諼草：即萱草，又稱忘憂草。

⑬ 言：乃。樹：插，栽。背：指北面。

⑭ 痗（音妹）：病。

【賞析】

　　戰爭從來都是殘酷的，它奪走無數人的性命，也使得多少夫妻親人忍受離別相思之苦。這首詩表達的就是婦女對出征在外的丈夫的思念，可它又不是單純的思念。思婦的心情是曲折複雜的，她既為丈夫作為國家的英傑而驕傲，希望丈夫在外建功立業，可她又殷切地盼望

著丈夫歸來，擔心丈夫的安危，心裏充滿不安和憂慮。女子的深明大義實在是讓人欽佩，而女子對丈夫那般動情的思念也著實讓人感動。

全詩四章。首章是女子用自豪的口吻描述他的丈夫。次章寫女子丈夫出征，妻子在家就不再打扮自己。所謂「女為悅己者容」，這裏是以對女性的美麗的暫時性的毀壞，表明她對異性的封閉，也表明了她對丈夫的忠貞。第三、四章寫女子對丈夫難以排解的思念，那久久的盼待和一次次落空給她帶來巨大的痛苦。

由於此詩所涉及的那種社會背景在中國歷史上是長期存在的，所以它的感情表現也就成為後世同類型詩歌的典範。

有　狐

有狐綏綏①，在彼淇梁②。心之憂矣，之子無裳。
有狐綏綏，在彼淇厲③。心之憂矣，之子無帶④。
有狐綏綏，在彼淇側⑤。心之憂矣，之子無服⑥。

【註釋】

① 狐：此處喻男子。綏綏：朱熹《詩集傳》訓為獨行求匹（求偶）貌。一說毛色散舒貌。

② 梁：河梁。河中壘石而成，可以過人，可用於攔魚。一說石橋。梁為石不沾水之處，在梁則可以穿好下裳。

③ 厲：水深及腰，可以涉過之處。一說流水的沙灘。涉過深水，需要用衣帶束衣。

④ 帶：束衣的帶子。

⑤ 側：水邊。既已在淇側，可見已經渡過淇水，可以穿好衣服了。

⑥ 服：衣服。

【賞析】

這是一首言情詩。一位姑娘愛上了一位青年，但那個青年可能很貧窮，或者家中無母親照顧，身上衣服殘破，所以她日夜憂慮，希望早日嫁給他，給他縫裳做衣。姑娘沒有直接表白求愛之意，只是在內心中有強烈的活動。故詩人托為此婦之言，以有隻狐在狸在淇水上踽踽獨行，思得匹偶，表白這位姑娘對其所愛慕之人的愛心。

詩從衣服穿戴著眼，可見姑娘之愛多麼純潔而深厚，而從衣服穿戴著眼，亦見得姑娘細膩體貼之女性心理特徵。只說那人「無裳」、「無帶」、「無服」，卻不明言願意為他做裳、做帶、做服。其語壓頭藏尾，含蓄有致。清代高朝纓曰：「此詩偶逢瞥見，便爾鍾情，有急於求匹之意。遍體所需，種種縈念，所謂痛癢相關。」

木　瓜

投我以木瓜①，報之以瓊琚②。匪③報也，永以為好④也。
投我以木桃⑤，報之以瓊瑤⑥。匪報也，永以為好也。
投我以木李⑦，報之以瓊玖⑧。匪報也，永以為好也。

【註釋】

① 投：投贈，給予。木瓜：一種落葉灌木的果實，長橢圓形，淡黃色，有芳香味，可以食用。

② 報：回贈，報答。瓊：美玉。琚：佩玉的一種。

③ 匪：通「非」，不只是。

④ 好：結好。

⑤ 木桃：果名，即楂子，比木瓜小。

⑥ 瑤：佩玉名。

⑦ 木李：果名，又名木梨，和木瓜、木桃是同類植物。

⑧ 玖：佩玉名。

【賞析】

　　這是一首描寫青年男女兩情相悅後相互贈答的詩，其中保存了非常珍貴的民俗價值。在先秦時代，女子把自己採集的果實投給她中意的男子以示愛意，如果男子也喜歡她，就會回贈玉佩以定情，這樣就可以確定婚姻關係了。這種風俗目前仍保存於少數民族類似的活動中。一說以為本詩所敘的只是朋友之間的相贈相惜之情。你贈給我果子，我回贈你美玉，回報的東西價值要比受贈的東西大得多，這體現了一種人類的高尚情感（包括愛情，也包括友情）。這種情感重的是心心相印，是精神上的契合，因而回贈的東西及其價值的高低在此實際上也只具有象徵性的意義，表現的是對他人對自己的情意的珍視，所以說「匪報也」。

　　男子之所以要報之以玉類飾物，大概是因為：一則，玉乃男子隨身佩帶之物，有象徵男子的意義；二則，古人認為玉有靈性，可以辟邪，保佑平安，有吉祥之意；三則，玉有象徵德行的意義。男子贈玉於女子，意味著將自己的心交給了女方，也意味著對女方的良好祝願和對自己品格的肯定。

　　全詩簡潔易懂，讚美了愛情的美好，詩人用重複的句式造成一種跌宕有致的韻味，在歌唱時會取得聲情並茂的效果。

王 風

「王」指的是東周王城洛邑一帶。「王風」即這一帶的樂調和歌謠。「王風」詩歌題材比較深廣，多悲怨之音。

黍 離

彼黍離離①，彼稷之苗②。行邁靡靡③，中心搖搖④。
知我者，謂我心憂；不知我者，謂我何求。
悠悠蒼天，此何人哉⑤？
彼黍離離，彼稷之穗⑥。行邁靡靡，中心如醉⑦。
知我者，謂我心憂；不知我者，謂我何求。
悠悠蒼天，此何人哉？
彼黍離離，彼稷之實⑧。行邁靡靡，中心如噎⑨。
知我者，謂我心憂；不知我者，謂我何求。
悠悠蒼天，此何人哉？

【註釋】

① 黍：黃米。離離：形容黍的莖葉披散之貌。
② 稷：穀子，古代一種糧食作物。苗：發苗。
③ 邁：遠行。靡靡：步履緩慢貌。
④ 中心：內心。搖搖：憂傷無處訴說貌。
⑤ 此何人哉：這是什麼人呀？指自己活得不像人樣。一說意為致此顛覆者是什麼人？
⑥ 穗：抽穗。
⑦ 如醉：形容內心因憂傷而混亂。
⑧ 實：已經成熟。
⑨ 噎：比喻因憂傷而呼吸不暢。

【賞析】

這首詩據說是東周大夫重遊西周故土,看到當年王城一片破敗,滿心傷感,觸景生情而作。也有說這是一個因故逃亡的貴族訴說他憂苦的詩歌,總之,這是一首流浪者的悲歌。

全詩共三章,每章十句。三章間結構相同,取同一物象不同時間的表現形式完成時間流逝、情景轉換、心緒壓抑三個方面的發展,在迂迴往復之間表現出主人公不勝憂鬱之狀,方玉潤《詩經原始》曰:「三章只換六字,而一往情深,低回無限。」

詩首章寫詩人行至宗周,過訪故宗廟宮室時,所見一片蔥綠,當年的繁盛不見了,昔日的奢華也不見了,就連剛剛經歷的戰火也難覓印痕了。那綠油油的一片是黍在盛長,還有那稷苗萋萋。「一切景語皆情語也」,黍稷之苗本無情意,但在詩人眼中,卻是勾起無限愁思的引子,於是他緩步行走在荒涼的小路上,不禁心旌搖搖,充滿悵惘。悵惘尚能承受,令人不堪的是這種憂思不能被理解。「知我者謂我心憂,不知我者謂我何求」,這是眾人皆醉我獨醒的尷尬,這是心智高於常人者的悲哀。這種大悲哀訴諸人間是難得回應的,只能質之於天:「悠悠蒼天,此何人哉?」蒼天自然也無回應,此時詩人鬱懣和憂思便又加深一層。

第二章和第三章,基本場景未變,但「稷苗」已成「稷穗」和「稷實」。稷黍成長的過程頗有象徵意味,與此相隨的是詩人從「中心搖搖」到「如醉」、「如噎」的深化。而每章後半部分的感歎和呼號雖然在形式上完全一樣,但在一次次反覆中加深了沉鬱之氣,這是歌唱,更是痛定思痛之後的長歌當哭。難怪此後歷次朝代更迭過程中都有人吟唱著《黍離》詩而淚水漣漣:從曹植唱《情詩》到向秀賦《思舊》,從劉禹錫的《烏衣巷》到姜夔的《揚州慢》,無不體現這種興象風神。

全詩以淒婉哀傷的語調,以黍穀起興,描寫了一個長期流亡者的孤寂形象和其悲涼的心境。詩中包含的感情十分豐富,有物是人非之感,有知音難覓之感,也有世事滄桑之歎。

君子于役

君子于役^①，不知其期^②，曷至哉^③？雞棲于塒^④，日之夕矣，羊牛下來^⑤。君子于役，如之何勿思？

君子于役，不日不月^⑥，曷其有佸^⑦？雞棲于桀^⑧，日之夕矣，羊牛下括^⑨。君子于役，苟^⑩無饑渴。

【註釋】

① 君子：妻子對丈夫的敬稱。于役：去服勞役。
② 期：歸期。
③ 曷（音何）：何時。至：到達，歸家。一說「曷至」言至於何地，即不知漂泊何方之意。
④ 塒（音時）：鑿牆做成的雞窩。
⑤ 下來：指牛羊走下山坡回圈欄。
⑥ 不日不月：沒法以日月來計算時間，形容外出時間已久。一說意同「不知其期」。
⑦ 佸（音活）：相會。
⑧ 桀：通「榤」，立在地上讓雞在上面棲息的木椿。
⑨ 括：至。一說會集。
⑩ 苟：且，或。帶有期望的語氣。

【賞析】

這是一首妻子懷念遠處服役的丈夫的詩。黃昏時分，雞都進窩了，牛羊下山了，落日也漸漸西沉，這正是家家團聚的時候，可主人公的丈夫還在遠方，所以她此時的思念比往常要更加強烈，心中更加憂傷。

全詩兩章相重，只有很少的變化。每章開頭，是女主人公用簡單的語言說出的內心獨白。等待親人歸來，最令人心煩的就是這種歸期不定的情形，好像每天都有希望，結果每天都是失望。如果只是外出

時間長但歸期是確定的，反而不是這樣煩人。正是在這樣的心理中，女主人公歎息著問出了「曷至哉」：到底什麼時候才能回來呢？接下來，詩不再正面寫妻子思念丈夫的哀愁乃至憤怨，而是淡淡地描繪出一幅鄉村晚景的畫面：在夕陽餘暉下，雞兒歸了窠，牛羊從村落外的山坡上緩緩地走下來。這裏的筆觸好像完全是不用力的，甚至連一個形容詞都沒有，然而這畫面卻很感動人，因為它是有情緒的。讀者好像能看到那凝視著雞兒、牛兒、羊兒，凝視著村落外蜿蜒延伸、通向遠方的道路的婦人，是她在感動讀者。這之後再接上「君子于役，如之何勿思」，讀者分明地感受到女主人公的愁思濃重了許多。倘若試著把中間「雞棲於塒，日之夕矣，羊牛下來」三句抽掉，將最後兩句直接接繼在「曷至哉」之後，感覺會完全不同。這裏有抒情表達的節奏問題——節奏太快，沒有起伏，抒情效果出不來。同時，這畫面本身有其特別的情味。

第二章與第一章幾乎重章疊唱，但末句卻是完全變化了的。它把妻子的盼待轉變為對丈夫的牽掛和祝願：不歸來也就罷了，但願他在外不要忍饑受渴吧。這是一個妻子最淳樸的期望，其中又包含了無盡的真摯的愛意。

一個可憐的妻子思念丈夫，卻不知道丈夫身在何方，也不知道丈夫何時歸來，這種沒有結果的等待充滿了苦楚，也從側面揭示了那個時代勞役的沉重，暗含著對統治者的不滿。

君子陽陽

君子陽陽①，左執簧②，右招我由房③。其樂只且④！
君子陶陶⑤，左執翿⑥，右招我由敖⑦。其樂只且！

【註釋】
① 陽陽：喜氣洋洋貌。

② 簧：古樂器名，竹製，似笙而大。

③ 由房：為一種房中樂。古時國君有房中之樂，相對廟朝言之，是燕息時所奏之樂，非廟朝之樂，故名。此句意為右手招我一起演奏房中之樂。一說右手招我跳與房中樂章相應的舞蹈。

④ 只且：語氣助詞。

⑤ 陶陶：和樂舒暢貌。

⑥ 翿（音到）：歌舞所用道具，用五彩野雞羽毛做成，扇形。

⑦ 由敖：當為舞曲名。朱熹《詩集傳》：「敖，舞位也。」此句意為右手招我一起跳由敖舞。一說右手招我進入我應該在的舞蹈位置，跟他一起跳舞。

【賞析】

　　這首詩描寫樂工和舞師共同歌舞的歡快場面，就詩中所見二人的親密程度，當為情侶。本詩由女子唱出來，表現了她心目中的男子那自得、自樂、無比歡暢的情緒，同時也表現了她自己內心的快樂。

　　全詩共二章，攝取了兩組歌舞的畫面，一是奏「由房」，一是舞「由敖」。今已不知兩首舞曲的內容，但從君子「陽陽」、「陶陶」等神情上看，當是兩支歡快的舞樂。「其樂只且」恰恰說明其樂之甚。值得一提的是，首章中君子為樂，女子起舞，次章中則君子起舞，女子為樂。每章最後，二人皆同樂共舞，交錯分工之中，可見其相悅忘情之甚，自樂於其中。

　　牛運震《詩志》評此詩曰：「讀之有逸宕不群之概。」這與《王風》其他篇章那種蒼涼的風格迥然不同。

揚 之 水

揚①之水，不流束薪②。彼其之子③，不與我戍申④。
懷⑤哉懷哉！曷月予還歸哉⑥？

揚之水，不流束楚⑦。彼其之子，不與我戍甫⑧。
懷哉懷哉！曷月予還歸哉？
揚之水，不流束蒲⑨。彼其之子，不與我戍許⑩。
懷哉懷哉！曷月予還歸哉？

【註釋】

① 揚：悠揚，緩慢無力貌。一說揚為地名。

② 不流：流不動，浮不起。束薪：成捆的柴薪。

③ 彼其之子：那個人，即詩人的妻子。

④ 申：申國，姜姓諸侯國，周平王母舅家。

⑤ 懷：思念。

⑥ 曷：何。予：我。

⑦ 束楚：成捆的荊條。

⑧ 甫：甫國，即呂國。

⑨ 蒲：蒲柳，枝細長而柔。

⑩ 許：許國。

【賞析】

　　西周末年，申侯聯合犬戎攻滅周幽王，助其外孫姬宜臼登上王位，是為周平王。平王東遷後，王室衰微，申國又常受南方大國楚國的侵擾。一來申國有功於周室，二來申國是周平王母親的故國，於是平王就從周朝抽調部分軍隊，到申國戰略要地屯墾駐守。周朝士兵遠離故鄉，去守衛並非自己國家的土地，心中的不滿和淒苦，當然有所流露，形成詩歌，就是這首《揚之水》。甫國、許國及申國皆是姜姓諸侯，周平王雖然沒有派士兵去戍守甫、許，但詩中也牽連及之。

　　本詩以一位遠戍戰士的口吻，抒寫了不能與妻子團聚的思念、怨恨之情。全詩三章，各章基本相同。不同的是：「束薪」、「束楚」和「束蒲」，「戍申」、「戍甫」和「戍許」。薪、楚、蒲都是農家日常燃燒的柴草；申、甫、許是三個姜姓的諸侯小國。因此，全詩實際上把

一個相同的內容，反覆吟誦三次，用重複強調的手法，突出遠戍戰士的思家情懷。每章頭兩句，用流動的河水與不動的柴草對比，先讓人視覺上有特殊印象：那河溝的水嘩嘩地流動，彷彿歲月一天天過去，不再回來；那一捆捆的柴草又大又沉，小小的河水根本飄浮不起，無法流動，彷彿戰士思家的沉重心緒，永不改變。有了這兩句自然物象的起興，很自然引出三、四兩句「彼其之子，不與我戍申（甫、許）」，守著家園的妻子，當然無法與遠戍的士兵一起。如果說士兵如遠離泉源的河水，越流越遠；那麼，妻子如堅定不移的柴草，不飄不流。如果說日月如流水不斷流失，思家情懷就如沉重的柴草，不動不移。分離的日子越久，遠戍的時間越長，思念妻子也越強烈。終於，士兵喊出了自己心裏的話：「懷哉懷哉！曷月予還歸哉？」夫妻之情，故園之思，遠戍之苦，不平之鳴，都融化在這兩句問話之中，而士兵回家的渴望，強烈地震撼著讀者。

中谷有蓷

中谷有蓷①，暵②其乾矣。有女仳離③，嘅其④嘆矣。
嘅其嘆矣，遇人之艱難矣！
中谷有蓷，暵其脩⑤矣。有女仳離，條其嘯矣⑥。
條其嘯矣，遇人之不淑⑦矣！
中谷有蓷，暵其濕⑧矣。有女仳離，啜⑨其泣矣。
啜其泣矣，何嗟及⑩矣！

【註釋】
① 中谷：山谷之中。蓷（音推）：益母草，白花，高尺餘，莖葉俱瘦，至夏果枯，故又名夏枯草。
② 暵（音旱）：枯萎之貌。
③ 仳離：婦女被夫家拋棄逐出，後世亦作離婚講。

④ 嘅其：即「慨然」，歎息之貌。

⑤ 脩：本指乾肉脯，這裏引申為乾枯。

⑥ 條：長。一說指失意之貌。嘯（本作歗）：吹氣出聲，是古人發洩情感的一種方式。

⑦ 不淑：不善。

⑧ 濕：將要曬乾之貌。

⑨ 啜：泣貌。

⑩ 何嗟及：追悔莫及，無人可相告。一說以為無力改變絲毫。

【賞析】

　　關於本詩主旨，舊說多以為這是荒年中一位棄婦的哀歎之詩，但詩中似乎看不出荒年的意思，益母草乾枯不過是起興而已。這當是一位擇偶不慎的女子被丈夫遺棄後所作，她自怨自艾，悲傷萬分，因作此詩。一說以為本詩的主旨是詩人看到一位流離失所的女子，感傷於她的遭遇，而又無力幫助她改變現狀，於是萬分難過，表現了詩人深厚的仁愛同情之心。

　　全詩三章，每章皆以山谷中的益母草起興。益母草是中草藥，有益於婦女養生育子。詩歌以益母草起興，作用有二：一是這種植物與婦女關係密切，提起益母草，可以使人聯想到婦女的婚戀、生育、家庭、夫妻，由草及人，充分發揮詩歌的聯想作用；二是將促進夫妻感情和有益於生兒育女的藥草與被離棄的婦女擺在一塊，對比強烈，突出這位婦女命運的悲慘。因此，「中谷有蓷」一句，是起了隱喻、感情引導和啟發聯想的作用。

　　每章最後一句，都是婦女自身覺悟的感歎。被薄幸的丈夫拋棄，她不再是一味怨天尤人，而是痛定思痛，得出了「遇人之艱難」、「遇人之不淑」和「何嗟及矣」的結論。這是對自己過去生活的小結，也是對今後生活的警誡。吟唱出來，當然是對更多已婚未婚婦女的提醒和勸告。在這位被拋棄的婦女身上，仍然保留著婦女自重自覺的品格，這正是她靈魂中清醒而堅強的一面。

兔 爰

　　有兔爰爰①，雉離于羅②。我生之初，尚無為③；我生之後，逢此百罹④。尚寐無吪⑤！

　　有兔爰爰，雉離于罦⑥。我生之初，尚無造；我生之後，逢此百憂。尚寐無覺！

　　有兔爰爰，雉離于罿⑦。我生之初，尚無庸⑧；我生之後，逢此百凶。尚寐無聰⑨！

【註釋】

① 爰爰：舒緩之貌。

② 雉：野雞。離：通「罹」，遭難。羅：羅網。

③ 為：指徭役，下文「造」同此。一說通「偽」，指詐偽之事。

④ 百罹：多種憂患。

⑤ 吪（音鵝）：行動。

⑥ 罦（音浮）：一種裝設機關的網，能自動捕鳥獸，又名覆車網。

⑦ 罿（音聰）：捕鳥獸的網。

⑧ 庸：指勞役。

⑨ 聰：聽覺。

【賞析】

　　這是一首沒落貴族的傷亂之作。詩的時代，舊說多以為在東周初年。一位沒落貴族處在動亂的時代，生活狀態大不如從前，於是感慨自己生不逢時，恨不得一覺睡去，從此不再醒來。詩將「我生之初」與「我生之後」進行對比，並認為「初」是平安的，其「後」是充滿災難的，可見詩人懷念過去的時代，只有沒落的貴族才會有如此的感情，全詩抒發了他毫無指望的悲觀情緒。

　　全詩共三章，各章首二句都以兔、雉作比。兔性狡猾，用來比喻小人；雉性耿介，用以比喻君子。羅、罦、罿，都是捕鳥獸的網，既

可以捕雉，也可以捉兔。但詩中只說網雉縱兔，意在指小人可以逍遙自在，而君子無故遭難。通過這一形象而貼切的比喻，揭示出當時社會的黑暗。

各章中間四句，是以「我生之初」與「我生之後」作對比，表現出對過去的懷戀和對現在的厭惡：在過去，沒有徭役，沒有勞役，沒有兵役，而現在，遇到各種災凶，讓人煩憂。從這一對比中可以體會出時代變遷中人民的深重苦難。各章最後一句，詩人發出沉重的哀歎：生活在這樣的年代裏，不如長睡不醒。憤慨之情溢於言表。

全詩風格悲涼，反覆吟唱詩人的憂思，也正是《王風》中的黍離之悲，屬亂世之音、亡國之音，方玉潤《詩經原始》評曰：「詞意悽愴，聲情激越，阮步兵（阮籍）專學此種。」

葛藟

綿綿葛藟①，在河之滸②。終③遠兄弟，謂他人父。
謂他人父，亦莫我顧④。
綿綿葛藟，在河之涘⑤。終遠兄弟，謂他人母。
謂他人母，亦莫我有⑥。
綿綿葛藟，在河之漘⑦。終遠兄弟，謂他人昆⑧。
謂他人昆，亦莫我聞⑨。

【註釋】

① 葛藟（音磊）：一種葛類植物，蔓如葛，葉像野葡萄。

② 滸：水邊。

③ 終：既已。

④ 莫我顧：即「莫顧我」。顧：照顧，此處有親愛之意。

⑤ 涘：水邊。

⑥ 有：此處有相親之意。

⑦ 漘（音純）：水邊。

⑧ 昆：兄。

⑨ 聞：通「問」，相恤，亦有親愛之意。

【賞析】

關於本詩主旨，《毛詩序》曰：「《葛藟》，刺平王也。周室道衰，棄其九族焉。」這未免有點太過牽強附會。今人以為本詩所反映的是入贅者認他人作父母而仍得不到憐愛的悲苦，此說甚通。又朱熹《詩集傳》云：「世衰民散，有去其鄉里家族，而流離失所者，作此詩以自歎。」縱觀全詩，此說最得詩旨。

全詩三章，每章六句。每章前二句寫眼前景物。詩人流落到黃河邊上，見到河邊葛藤茂盛，綿綿不斷，不禁觸景傷情，聯想到自己遠離兄弟、飄泊異鄉的身世，感到人不如物。他流落他鄉，六親無靠，生活無著，不得不乞求於人，甚至顏「謂他人父」。處境之艱難，地位之卑下，可見一斑。但是即便如此，也未博得人家的一絲憐憫。「謂他人父，亦莫我顧」，直書其事，包含許多屈辱，許多痛楚。第二、三章詩意略同首章，僅更換數字，豐富了詩的內涵，反覆詠歎中稍有變化。

此詩兩句表達一層意思，六句有三層意思，兩層轉折。由綿綿不絕的葛藟對照兄弟的離散，是一折，由「謂他人父」、「謂他人母」、「謂他人昆」而竟不獲憐憫，又是一折。每一轉折，均含無限酸楚。詩人直抒情事，語句簡質，卻很感人，表現了飄零的身世淒苦的生活和世情的冷漠。

牛運震《詩志》評曰：「乞兒聲，孤兒淚，不可多讀。」方玉潤《詩經原始》評曰：「沉痛語，不忍卒讀。」

采 葛

彼采葛①兮，一日不見，如三月兮。
彼采蕭②兮，一日不見，如三秋③兮。
彼采艾④兮，一日不見，如三歲兮。

【註釋】

① 葛：一種蔓草，皮可織布。
② 蕭：即香蒿，又名艾蒿，可做燭，有香氣。
③ 秋：三個月為一秋。
④ 艾：草本植物，可用於針灸。

【賞析】

　　熱戀中的情人無不希望朝夕廝守，所以分離對他們來說是極大的痛苦，即使是短暫的分別，在他們的感覺中也是非常漫長，以至於難以忍耐。這首詩就是熱戀中的情人思念愛人時所作。書中反覆吟唱一日如「三月」、「三秋」、「三歲」那般漫長，可見其心情之迫切，情感之強烈。「一日不見，如隔三秋」是對戀愛中男女心理描寫的一個典範。

　　全詩三章，抓住人人都能理解的最普通而又最折磨人的相思之情，反覆吟誦，重疊中只換了幾個字，就把懷念情人愈來愈強烈的情感生動地展現出來了，彷彿能觸摸到詩人激烈跳動的脈搏，聽到他那發自心底的呼喚。全詩既沒有卿卿我我一類愛的囈語，更無具體的愛的內容敘述，只是直露地表白自己思念的情緒，卻能撥動千古之後讀者的心弦，並將這一情感濃縮為「一日三秋」的成語，審美價值永不消退，至今仍活泛在人們口頭。

大　車

大車檻檻①，毳衣如菼②。豈不爾思？畏子不敢。
大車啍啍③，毳衣如璊④。豈不爾思？畏子不奔。
穀則異室⑤，死則同穴。謂予不信，有如皦⑥日！

【註釋】

① 檻檻：車輪的響聲。

② 毳（音翠）衣：車上遮蔽風雨的帷帳，以獸類細毛製成。菼（音
　坦）：蘆葦的一種，也叫荻，莖較細而中間充實，顏色青綠。此處
　以之比喻毳的顏色青綠。

③ 啍啍：重滯徐緩的樣子。

④ 璊（音門）：紅色美玉，此處喻紅色車篷。

⑤ 穀：有進食五穀之意，引申為生活，活著。異室：兩地分居。

⑥ 皦：白，光明。

【賞析】

　　這是一首情感熱烈的愛情詩。一位趕大車的小夥子愛上了一位姑
娘，然而或許是身份懸殊，抑或是姑娘的家人不同意，他們的愛情出
現了阻礙，於是小夥子要求姑娘與他私奔。姑娘雖深愛小夥子，但也
有點猶豫，小夥子指天發誓，一定要和姑娘結合，生不能同床，死也
要同穴。愛情的強烈、堅定、至死不渝，希望能感動姑娘。一說以為
本詩是女子所述。

　　全詩三章，首章寫小夥子趕著大車奔馳，他心愛的姑娘此時或許
就在車裏。在隆隆的車聲裏，小夥子心潮澎湃，他大膽表達了對姑娘
的愛。次章以沉重的車輪聲，襯托小夥子內心的苦惱。最終小夥子提
出了私奔的想法，可見其追求愛的大膽。末章寫誓不相離，進一步表
現小夥子對愛的執著和堅定。古人指天發誓是十分慎重的行為，這是
自然崇拜與祖先崇拜時代極為莊嚴的儀式。因為他們相信，違反了諾

言是要受到天譴的。小夥子慎重的發誓，從意蘊而言，已是圓滿地消除了姑娘的疑慮，使姑娘放心大膽地投向戀人的懷抱；從情節而言，詩歌卻不再描述其最後結局了。人們可以從詩意延續中推想：這一對戀人，一定高高興興地駕著大車，奔向相愛相伴的幸福生活了。

　　本詩將環境氣氛與人物心情相結合相襯托，把故事按情節發展而安排詩章，以心理推想取代完整故事結局，頗具特色。

丘中有麻

丘中有麻①，彼留子嗟②。彼留子嗟，將其來施施③。
丘中有麥，彼留子國。彼留子國，將其來食④。
丘中有李，彼留之子。彼留之子，貽我佩玖⑤。

【註釋】

① 麻：草本植物，古時種植以其皮織布做衣。
② 留：姓氏，當為「劉」之借字。一說以為挽留。子嗟：與子國皆為人名。留子嗟、留子國、留之子實為同一人，與《桑中》所言孟姜、孟弋、孟庸同一手法。
③ 將：有希望請求之意。施施：恩惠，惠與之意。
④ 食：隱指男女性行為。
⑤ 佩玖：佩玉名。玖：次於玉的黑石。

【賞析】

　　朱熹認為，這是一首「女子盼望與所私者相會的情詩」，甚通。在先秦時代，男女之間的情愛關係，比較寬鬆自由。特別是農村，男女青年自由交往，野外幽會，乃至交合，都相當普遍。這並不是後來儒家君子所指斥的淫亂，而是青年男女擇偶的一種正常方式。本詩大膽且奔放，是後代理學先生們所不能正視的。

詩歌是以一個女子的口吻來寫的。全詩三章，每章開頭點出女子與情郎幽會的地點，那一蓬蓬高與肩齊的大麻地，那一片片密密的麥田壟間，那一棵棵綠蔭濃郁的李子樹下，都是姑娘與情郎情愛激發的地方。由此可見，女子與情郎的幽會不僅僅是一次，而是多次，他們付出了整個身心，他們的情愛是真實的，也是牢固的。他們並沒有追求一次性的瘋狂，而是讓純真的愛掀起一層又一層的熱浪，永久地持續。第三章的最後，男子贈佩玉給女子，用物質的形式（佩玉），把非物質的關係（情愛）確定下來，以玉的堅貞、純潔、牢固，表示兩人愛情的永恆。由此可見，男女雙方對待感情都是專一而鄭重的，他們所追求的是長久的愛情，而非粗淺的男女之欲求滿足。可以想像，接下去，姑娘將與情郎共結連理，成家育子，延續生命。一個新的家庭，將延續那一段熱烈純真的愛情。這就是姑娘在歌唱愛情時寄託的熱望。

　　這首詩情緒熱烈大膽，既顯示了姑娘的純樸天真，又表達了倆人的情深意綿。敢愛，敢於歌唱愛，這本身就是可敬的。

鄭　風

春秋時期鄭國統治區域包括今天河南的鄭州、滎陽、登封、新密、新鄭一帶，「鄭風」就是鄭國當地的樂調和民歌。

緇　衣

緇衣①之宜兮，敝②，予又改為③兮。
適子之館④兮，還，予授子之粲⑤兮。
緇衣之好兮，敝，予又改造兮。
適子之館兮，還，予授子之粲兮。
緇衣之席⑥兮，敝，予又改作兮。
適子之館兮，還，予授子之粲兮。

【註釋】

① 緇衣：黑色的衣服。古代卿大夫到官署理事，要穿上黑色朝服。

② 敝：破，壞。

③ 改為：意同下文的「改造」、「改作」，指另做新衣。

④ 館：官署。

⑤ 粲：新衣鮮明之貌。一說通「餐」與「食」同，隱指男女性行為。

⑥ 席：寬大、舒適。

【賞析】

鄭國一位卿大夫將到官府理事，其妻服侍他穿上親自為他縫製的黑色朝服。正所謂「情人眼中出西施」，加上這衣服凝聚了自己的濃濃愛意，故妻極力稱讚丈夫穿上朝服是如何合體，如何稱身，稱頌之詞無以復加。她又一而再，再而三地表示：如果這件朝服破舊了，我將再為你做新的。還再三叮囑：你去官署辦完公事回來，我就給你試

穿剛做好的新衣，真是一往情深。表面上看來，詩中寫的只是普普通通的贈衣，而骨子裏卻唱出了一位妻子深深摯愛自己丈夫的心聲。

全詩共三章，直敘其事，屬賦體。採用的是《詩經》中常見的複遝聯章形式。詩中形容緇衣之合身，雖用了三個形容詞：「宜」、「好」、「席」，實際上都是一個意思，無非是說，好得不能再好。準備為丈夫改製新的朝衣，也用了三個動詞：「改為」、「改造」、「改作」，實際上也都是一個意思，只是變換語氣而已。每章的最後兩句都是相同的。全詩用的是夫妻之間日常所說的話語，一唱三歎，把抒情主人公對丈夫無微不至的體貼之情刻畫得淋漓盡致。

將仲子兮①，無逾我里②，無折我樹杞③。豈敢愛④之？畏我父母。仲可懷也，父母之言，亦可畏也。

將仲子兮，無逾我牆⑤，無折我樹桑。豈敢愛之？畏我諸兄。仲可懷也，諸兄之言，亦可畏也。

將仲子兮，無逾我園⑥，無折我樹檀⑦。豈敢愛之？畏人之多言。仲可懷也，人之多言，亦可畏也。

【註釋】

① 將：願，請。仲子：人名，女子的情人。一說以為此男子在家族中排行第二。

② 里：里牆。周代農村組織五家為鄰，五鄰為里，里外有牆。牆內外皆種樹。

③ 杞：木名，落葉喬木，樹如柳葉，木質堅實。

④ 愛：吝惜。

⑤ 牆：院牆，與「里牆」有別。

⑥ 園：園牆。

⑦ 檀：木名。

【賞析】

　　本詩表現了一位女子在家庭和社會的壓力下，既想戀愛，又懼於輿論壓力的矛盾心理。這位女子與一位男子相愛，然而由於外界的壓力，她不敢大膽追求理想和幸福，她在愛的邊界上徘徊著，呻吟著。但男子卻是執著追求幸福的強者，他勇敢地攀樹越牆，與情人相會。他蔑視世人的非議，由逾里而逾牆、逾園，越來越大膽，對此，女子卻越來越驚懼不安。詩所表現的中心乃是社會規範與個體行為的矛盾，愛情與理性的矛盾。

　　全詩三章，首章開篇即是突兀而發的呼告之語。情郎突然來到，竟提出了要翻牆過園前來相會的方案。這可把女子嚇壞了，須知「鑽穴隙相窺，逾牆相從」，是要遭父母、國人輕賤和斥 的。她的呼告是溫婉的，一個「將」字，正傳達著女子心間的幾多情意。但她又是堅決的，那兩個「無」字，簡直沒有商量的餘地。在此情況下，熱戀中的男子難免會情急和失望吧。女子可能也感覺到了情郎的失落，詩中由此跳出了一節絕妙的內心表白：「豈敢愛之？畏我父母。仲可懷也，父母之言，亦可畏也。」這番對心上人作解釋的自白，一個「畏」字，吐露著她對父母的斥責，竟是如何的膽戰心驚。這樣一來，男子卻也不是完全絕望。話語絮絮、口角傳情，似乎是安慰，又似乎是求助，活脫脫刻畫出了熱戀中少女那既癡情，又擔憂的情態。

　　第二、三章初看只是對首章的重複，其實卻是情意抒寫上的層層遞進。從女主人公呼告的「無逾我里」，到「無逾我牆」、「無逾我園」，可推測她那熱戀中的「仲子」，已怎樣不顧一切地翻牆逾園，越來越近。但男子可以魯莽行動，女子卻受不了為人輕賤的閒話。所以女子的畏懼也隨之擴展，由「畏我父母」至於「畏我諸兄」，最後「畏」到左鄰右舍的「人之多言」，使你覺得，那似乎是一張無形的大網，從家庭一直布向社會，誰也無法掙脫它。這就是不准青年男女戀愛、私會的禮法之網，它經受「父母」、「諸兄」和「人之多言」

的重重圍裹，已變得多麼森嚴和可怕。由此品味女子的呼告之語，也難怪一次比一次顯得急切和焦灼了——她實在孤立無助，難於面對這眾口囂囂的輿論壓力啊！

全詩字面上只見女子的告求和疑懼，詩行中卻歷歷可見「仲子」的神情音容：那試圖逾牆來會的魯莽，那被勸止引發的不快，以及唯恐驚動父母、兄弟、鄰居的猶豫，連同女子既愛又怕的情態，俱可於詩中得之。全詩純為內心獨白式的情語構成。但由於女主人公的抒情，聯繫著自家住處的裏園牆樹展開，並用了向對方呼告、勸慰的口吻，使詩境帶有了絮絮對語的獨特韻致。

叔于田

叔于田①，巷無居人。豈無居人？不如叔也，洵美且仁②。
叔于狩③，巷無飲酒④。豈無飲酒？不如叔也，洵美且好⑤。
叔適野，巷無服馬⑥。豈無服馬？不如叔也，洵美且武⑦。

【註釋】

① 叔：少女對所愛男子的愛稱。于：去。田：打獵。

② 洵：的確。仁：溫良敦厚。

③ 狩：冬獵為「狩」，此處為田獵的統稱。

④ 飲酒：詩中指豪飲。

⑤ 好：豪邁。

⑥ 服馬：騎馬。一說用馬駕車。

⑦ 武：英武。

【賞析】

這是讚美青年獵手的詩歌，歌唱者應該是一位傾心於青年獵手的少女。

詩沒有從狩獵技藝上去讚美青年，而是以他走後造成的空虛意境，再追想他平素的英武氣魄，側面烘托他的豪邁灑脫。詩分三部分，分別讚美了青年獵手的才能舉世無雙、酒量大和能馴服烈馬，這些都是從男子漢所具備的氣概上著眼的。這位青年獵手在姑娘的心目中，一切都是最好的，別人無法比擬的。詩的末句在「不如叔也」一句已將主要內容交代完畢之後逸出一筆，不僅使主題更為充實，也使對「叔」的誇張描寫顯得有據可信。

全詩三章，純用賦法，但流暢諧美中有起伏轉折，人物形象呼之欲出，其成功之處，除了運用《詩經》中常見的章段複遝的佈局外，還在於運用設問自答、對比、誇張的藝術手法。

大叔于田

　　叔于田①，乘乘馬②。執轡如組③，兩驂④如舞。叔在藪⑤，火烈具舉⑥。襢裼暴虎⑦，獻于公所。將叔勿狃⑧，戒其傷女⑨。

　　叔于田，乘乘黃⑩。兩服上襄⑪，兩驂雁行⑫。叔在藪，火烈具揚。叔善射忌⑬，又良御忌。抑磬控忌⑭，抑縱送忌⑮。

　　叔于田，乘乘鴇⑯。兩服齊首⑰，兩驂如手⑱。叔在藪，火烈具阜⑲。叔馬慢忌，叔發罕忌⑳。抑釋掤忌㉑，抑鬯㉒弓忌。

【註釋】

① 叔：此處指鄭莊公之弟共叔段，因受封於京城，故又稱京城大叔、大叔段。田：通「畋」，打獵。

② 乘馬：駟馬，馬四匹為乘。

③ 轡：馬韁繩。組：絲織的絲線。

④ 驂：駕車的四馬中外側兩邊的馬。

⑤ 藪（音守）：低濕多草木的沼澤地帶，野獸藏身處。

⑥ 烈：通「迾」。火烈：打獵時放火燒草，使野獸驚走，並遮斷其逃

路。具：通「俱」。舉：起。

⑦ 禮裼（音袒錫）：脫衣袒身。禮：通「袒」。暴虎：搏虎。

⑧ 將：希望。狃：重複。這裏指再次冒險與虎相搏。

⑨ 戒：警戒。女：通「汝」。

⑩ 黃：黃馬。

⑪ 服：駕車的四馬中間的兩匹。裹：通「驤」，奔馬頭高昂。

⑫ 雁行：如雁之並排飛行。

⑬ 忌：語氣助詞。

⑭ 抑：發語詞。磬控：彎腰如磬，勒馬使緩行或停步。

⑮ 縱送：縱馬奔跑。一說騁馬曰磬，止馬曰控，發矢曰縱，從禽曰送。皆言禦者馳逐之貌。

⑯ 鴇：有黑白雜毛的馬。其色如鴇，故以鳥名馬。

⑰ 齊首：齊頭並進。

⑱ 如手：指駕馭兩驂技術嫻熟，如雙手左右自如。

⑲ 阜：旺盛。

⑳ 發：射箭。罕：稀少。

㉑ 釋：打開。掤：箭筒蓋。

㉒ 鬯（音暢）：弓囊，此處用作動詞，指將弓放入弓囊。

【賞析】

　　春秋時，鄭莊公之母武姜偏愛幼子段，助其奪位，事敗後，段死。正史多將段描繪成一個貪得無厭的叛亂者，然亦有史家認為鄭莊公是特設機關，立假案，置段於死地。歷史種種，難有定論。本詩所描述的主人公就是鄭莊公之弟段，詩中對其充滿讚美之意，詩讚美了段在狩獵中的表現：他駕御車馬、射箭的精湛技藝，他勇敢搏虎的勇氣和無與倫比的武功，同時也使讀者瞭解古代大規模狩獵的場面。

　　全詩三章。首章寫叔段之好勇及觀者的驚懼。「叔于田」點明狩獵之事，「乘乘馬」表現出其隨公畋獵時的氣勢，三、四句則描繪他駕車的姿態，「如舞」將叔段駕車的動作寫得同圖畫、音樂、舞蹈一

樣，到了出神入化的地步。下面「叔在藪，火烈具舉」，將叔段放在一個十分壯觀的背景之中。周圍大火熊熊燃燒，猛虎被堵在深草之地，唯叔段在其中與虎較量。叔脫去了上衣，火光照亮了他的臉和身，也照亮了將要拼死的困獸。其緊張的情況，同鬥獸場中驚心動魄的搏鬥一樣。結果是「襢裼暴虎，獻於公所」。叔段不但打死了猛虎，而且扛起來獻到了君王面前，像沒有事一樣，一個英雄勇士的形象活生生顯示了出來。詩人詩讚叔段，為他而自豪，又替他擔心，希望他不要掉以輕心，這個感情，是複雜的。

第二章寫叔段繼續打獵的情形，說叔「善射」、「良御」，特別用了「磬控」一詞，刻畫最為傳神。「控」即在馬行進中騎手忽然將它勒住不使前進，這時馬便會頭朝後，前腿抬起，人則彎曲腰身如上古時的石磬。第三章寫打獵結束時從容地收了弓箭，以及在空手打虎和追射之後的悠閒之態，顯示了他的英雄風度。全詩有張有弛，如一首樂曲，在高潮之後又是一段舒緩的抒情，成抑揚之勢，最有情致。

本詩實為西漢揚雄《長楊賦》《羽獵賦》等專寫畋獵的辭賦的濫觴，姚際恒《詩經通論》評曰：「描摹工艷，鋪張亦複淋漓盡致，便為《長楊》《羽獵》之祖。」

清　人

清人在彭①，駟介旁旁②。二矛重英③，河上乎翱翔④。
清人在消，駟介麃麃⑤。二矛重喬⑥，河上乎逍遙。
清人在軸，駟介陶陶⑦。左旋右抽⑧，中軍作好⑨。

【註釋】

① 彭：與消、軸皆為鄭國地名，在黃河邊上。

② 駟介：披甲的駟馬。旁旁：馬強壯有力貌。

③ 二矛：插在車子兩邊的矛。一說以為即酋矛和夷矛。重英：二矛

上的纓飾遙遙相對,重疊相見。

④ 翱翔:閒散無事貌。與下文「逍遙」同。

⑤ 麃麃(音標):英勇威武貌。

⑥ 喬:通「鷮」,長尾野雞,此指以羽為矛纓。

⑦ 陶陶:驅馳之貌。

⑧ 左旋右抽:御者在車左,執轡御馬;勇士在車右,執兵擊刺。
旋:轉車。抽:拔刀。一說士兵閒得無聊,在營地閒逛。

⑨ 中軍:指鄭國主帥高克。作好:神采奕奕的樣子。

【賞析】

　　本詩所敘,確有本事可考。《左傳·閔公二年》記載:「鄭人惡高克,使帥師次於河上,久而弗召,師潰而歸,高克奔陳。鄭人為之賦《清人》。」西元前660年,狄人攻衛。衛國在黃河以北,鄭國在黃河以南,鄭文公怕狄人渡過黃河侵入鄭國,就派他所討厭的大臣高克帶領清邑的士兵到河上去防禦狄人。時間久了,鄭文公也不把高克的軍隊召回,而是任其在駐地無所事事,整天遊逛。最後軍隊潰散而歸,高克也逃到陳國去了。由此來看,這顯然是一個政治謀害案,是鄭文公放棄了救衛的軍事行動,把高克置於兩難的境地。然而高克作為軍事統帥,也並沒有認真練兵,所以詩中表現了對他的諷刺。

　　詩表面是諷刺高克,而最終是深深斥責鄭文公的昏庸。至於為何說諷刺的矛盾最終對準鄭文公,古代有論者曰:「人君擅一國之名寵,生殺予奪,唯我所制耳。使高克不臣之罪已著,按而誅之可也。情狀未明,黜而退之可也。愛惜其才,以禮馭之亦可也。烏可假以兵權,委諸竟上(邊境),坐視其離散而莫之恤乎!《春秋》書曰:『鄭棄其師。』其責之深矣!」總之,鄭文公在抵禦外敵之時,卻因個人好惡而派高克帶領清邑士兵去黃河邊駐防,這個決策是極其荒唐和錯誤的,假使高克擁兵反戈,那為禍則大矣。

　　全詩三章,寫清邑士兵在黃河邊上的彭地、消地、軸地駐防時的種種表現。表面上是在稱頌他們,說他們的披甲戰馬如何強壯,賓士

起來又如何威風。戰車上裝飾著漂亮的矛,是如何的壯盛。軍中的武士也好,主帥也好,武藝又是如何高強。而實際上他們卻是在河上閒散遊逛。每章的最後一句如畫龍點睛,用「翱翔」、「逍遙」、「作好」等詞來揭示真相,其諷刺的手法是較為含蓄的。從詩的章法上說,三個章節的結構和用詞變化都不甚大,只有第三章與前兩章不同處較多。作者採用反覆詠歎的手法,以加強對讀者的印象,從而達到其諷刺的效果。

羔　裘

羔裘如濡①,洵直且侯②。彼其之子,捨命不渝③。
羔裘豹飾④,孔⑤武有力。彼其之子,邦之司直⑥。
羔裘晏⑦兮,三英粲兮⑧。彼其之子,邦之彥⑨兮。

【註釋】

① 羔裘:羊羔皮製的皮裘。濡:柔而有光澤。

② 洵:信,確實。直:正直。侯:美。

③ 渝:改變。

④ 豹飾:用豹皮裝飾皮襖的袖口。

⑤ 孔:甚,很。

⑥ 司直:主持正直,負責正人過失。古有司直之官。

⑦ 晏:鮮盛貌。

⑧ 三英:裝飾袖口的三道豹皮鑲邊。一說三德。粲:光耀,鮮明。

⑨ 彥:才德出眾之士。

【賞析】

　　關於本詩的主旨,舊說多以為是讚古喻今之作,以讚美古代君子來諷喻當世的官員。羔裘是古代卿大夫上朝時穿的官服,古人常因衣

裳聯想到人品,故詩中以羔裘來刻畫官員形象。從表現手法說,本詩屬賦體,詩人以衣喻人,具體而細微地描寫了羔裘的皮毛質地是如何的潤澤光滑,羔裘上的豹皮裝飾是如何的鮮豔漂亮,其目的是通過對羔裘的仔細形容,和對其中寓意的深刻揭示,藉以讚美穿羔裘的官員有正直美好能捨命為公的氣節,有威武勇毅能支持正義的品格。

詩中出現「彼其之子」,這在《詩經》中其他詩篇中多次出現,多指鍾情之人,故有學者以為這是一首女子讚美自己的情人或丈夫的詩。然不管詩人作此詩的真意為何,就詩本身來看,這確是一首絕佳的君子讚歌。

全詩三章,首章贊君子之忠,次章贊其勇武,末章贊其賢能,三用「兮」字作變調,體現出詩人仰慕讚歎之情意,神致翩翩,使人遐想無限。

遵 大 路

遵①大路兮,摻執子之袪兮②,無我惡③兮,不寁故也④!
遵大路兮,摻執子之手兮,無我魗⑤兮,不寁好也!

【註釋】

① 遵:沿著。
② 摻執:牽,拉。袪:衣袖。
③ 無我惡:不要以我為惡,即不要記恨我。
④ 寁(音沾):迅速,這裏指丟棄,忘記。故:舊情。
⑤ 魗(音丑):通「醜」。

【賞析】

這是一首送別詩。明代戴君恩《讀風臆評》以為是妻子送別丈夫之詩。清代郝懿行《詩問》曰:「民間夫婦反目,夫怒欲去,婦懼而

挽之。」的確，從詩中哭訴的語氣來看，男女之間當是發生了不愉快的事，因而男子執意要走，女子則苦苦挽留。詩中男女關係，不一定是夫妻，亦有可能是情人。

　　全詩以第二人稱呼號的語氣反覆哭訴。詩中既沒有點明男子離家出走的原因，也沒有交代他們之間是什麼關係，然而詩人描繪的這幅平常的畫面，卻是活靈活現的，給人留下的印象難以磨滅。讀者讀著讀著，彷彿在眼底浮現出一對男女在大路上追逐，女的追上男的，在路邊拉扯糾纏的生動情景，在耳際還似乎傳來女子悲愴的哭訴聲，她呼喚著男子，不斷重複地說著「不寁故也」、「不寁好也」，除此，她已經沒有別的話要說，彷彿自己的一切辛酸、痛苦、掙扎、希望都凝聚在這兩句話中了。她多麼渴望在自己的哀求下，他能回心轉意，兩人重歸於好，相親相愛過日子。這是女主人公唯一的祈求，也是好心讀者的共同心願。但是，詩至此卻戛然而止，不了了之，留下了一大片畫面空白，容讀者根據自己的生活經驗與審美情趣去創造，去豐富，可能有多種不同的設想，繪出不同結果的精彩畫面。所以此詩這幅片斷性的畫面儘管是一目了然，卻是極具有包孕性。牛運震《詩志》評曰：「恩怨纏綿，意態中千回百折。」又曰：「相送還成泣，只三四語抵過江淹一篇《別賦》。」

女曰雞鳴

女曰雞鳴，士曰昧旦[1]。子興視夜[2]，明星有爛[3]。
將翱將翔[4]，弋鳧與雁[5]。
弋言加之[6]，與子宜[7]之。宜言飲酒，與子偕老。
琴瑟在御[8]，莫不靜好[9]。
知子之來[10]之，雜佩以贈之。知子之順[11]之，雜佩以問[12]之。
知子之好.之，雜佩以報之。

【註釋】

① 昧旦：天色將明未明之際。

② 興：起身。視夜：察看夜色。

③ 明星：啟明星，天將亮時，見於東方，故曰「啟明」。有爛：明亮貌。啟明星明亮證明天還未大亮。

④ 將：請。一說釋為「且」。翱、翔：徘徊，這裏指優劣。一說指天亮以後，鳥開始飛翔，獵雁就比較困難了。

⑤ 弋：用帶絲繩的箭射鳥。鳧：野鴨。雁：鴻雁，雁是古時訂婚時納採用的禮。

⑥ 言：通「焉」，語氣助詞。加：通「嘉」，嘉禮。一說射中。一說婚禮。

⑦ 宜：匹配。

⑧ 御：用，彈奏。

⑨ 靜好：和睦安好。靜：通「靖」，善。

⑩ 來：殷勤體貼。

⑪ 順：和順。

⑫ 問：贈送，慰問。

⑬ 好：愛戀。

【賞析】

　　關於本詩主旨，舊說以為是讚美青年夫婦和睦的生活、誠篤的感情和美好的人生心願的詩作。全詩賦體，恰似一幕生活短劇，通過士、女之間的對話，展示了三個情意融融的特寫鏡頭。但今人，將其視為一篇描寫男女在婚前幽會情景的情詩，則更為恰當。一對兩情相悅的青年男女在野外偷情過夜，次日清晨，女子催促男子射雁納采，早早迎娶自己。男子雖顯慵懶，但其情亦真，贈佩玉以表情，以慰女子之心。詩中關於人物心理的描寫異常生動，堪稱妙絕。

　　首章是男女偷情的背景，他們真心相愛，私相合歡。雞鳴聲驚破了他們的美夢，姑娘警惕地叫了一聲，小夥子卻說天還沒亮。這樣的

對白是按照情感邏輯而來，不露痕跡。女子膽小，偷情自怕人知，故而聽到雞鳴，急催男去。男子膽大，戀睡不起，故推說天未明。接下來女子再借射雁備禮催之，意在以愛情的力量激勵男子奮進。由此也可見男女之間早有婚姻的約定，他們早定終身，對於愛情是慎重的。

第二章是女子幻想中的情事。女子想像男子射到了雁，送來了彩禮，他們結合了，非常美滿。首句咬定上章末句，以虛逆實，以實生虛，由「弋」字生出許多聯想，別是一番情味。

末章是男子表露情意，他深感女子對自己的「來之」、「順之」與「好之」，便解下雜佩「贈之」、「問之」與「報之」。一唱之不足而三歎之，易詞申意而長言之。在管弦之中洋溢著恩酣愛暢之情。

全詩三章，第一章驚懼，第二章甜蜜，第三章熱烈，變化自然，虛實結合，不見痕跡，確是一篇難得的佳作。

有女同車

有女同車①，顏如舜華②。將翱將翔③，佩玉瓊琚。
彼美孟姜④，洵美且都⑤。
有女同行⑥，顏如舜英。將翱將翔，佩玉將將⑦。
彼美孟姜，德音⑧不忘。

【註釋】

① 同車：依古代禮制，迎親時，婿、婦各自有車，唯女子始登車時，婿須御輪三周，而後御者代之，「同車」當即指此。

② 舜華：木槿花。

③ 將翱將翔：形容體態輕盈的女子隨車飛馳時衣袂飄飄的樣子。一說形容車子行駛速度飛快。

④ 孟姜：姜姓長女。先秦時齊國為大國，其王族為姜姓，後世孟姜也作為美女的通稱。

⑤ 都：嫻雅。

⑥ 行：大路。一說以為「同行」指出嫁。

⑦ 將將：通「鏘鏘」，佩玉相撞發出的聲音。

⑧ 德音：美好的品德聲譽。

【賞析】

歷代學者分析這首詩時，總要關聯到鄭莊公長子公子忽身上，究其原因，是詩中提到了「孟姜」。春秋時，公子忽曾率鄭師助齊國抵禦北戎，齊僖公有意將長女許配給公子忽，但被公子忽以「齊大非偶」的理由拒絕了。鄭國人認為公子忽如同意這門親事，將來即位，得齊國相助，地位定會十分穩固，故對公子忽的決定十分惋惜。後公子忽即位，為鄭昭公，在位不久即被逐，國人作此詩諷刺。

本詩表現了在迎親的過程中，貴族青年見到了他夢寐以求的姑娘，在與姑娘同車的那一刻，他看到了她美麗的容顏、俊美的風姿、精緻的配飾，又聯想到女子高貴的門第和賢良的品德，青年覺得幸福不已。詩人以無比的熱情，從容顏、行動、穿戴以及內在品質諸方面，描寫了這位女子的形象，她不但外貌美麗，而且品德高尚，風度嫻雅。與這樣的佳偶同車，乃至今後相伴一生，青年心中的喜悅甜蜜之情自是不言而喻。全詩都透著愛慕和喜悅之情，帶著對未來的嚮往和對愛人最誠摯的表白。一說以為本詩是貴族青年夫妻在夏秋之際，木槿花盛開的時節，一起乘車出遊時所作。他們一會兒趕著車子，在鄉間道路上飛快地奔馳；一會兒又下車行走，健步如飛。詩中洋溢著歡樂的情緒，明快的節奏，讀之讓人心曠神怡。

山有扶蘇

山有扶蘇①，隰有荷華②。不見子都③，乃見狂且④。
山有喬松⑤，隰有游龍⑥。不見子充⑦，乃見狡童⑧。

【註釋】

① 扶：與「喬松」之「喬」對仗，指枝葉四布。蘇：即桑樹。舊以為扶蘇為小木。

② 隰：窪地。華：通「花」。

③ 子都：春秋時鄭國公族，著名的美男子，後成為美男子的通稱。

④ 狂且：比喻狂妄笨拙的人。猶今言「傻瓜」。

⑤ 喬松：高大的松樹。

⑥ 游龍：水草名。即蕦草、水葒、紅蓼。

⑦ 子充：與「子都」同為當時美男子的代稱。

⑧ 狡童：狂童。猶今言「傻小子」。

【賞析】

　　這是一首淺顯易懂的愛情詩，寫的是一位女子在與戀人約會時，懷著無限驚喜的心情對自己戀人的俏罵。然歷代多有學者在解讀時刻意求深，使本詩蒙上重重煙霧，彷彿詩中真有什麼深意，此處不提。

　　詩中以「子都」、「子充」與「狂徒」、「狡童」對比，戲謔男子不成器，其實這當中並沒有半點諷刺之意，相反這裏面飽含情意。因為熱戀中的男女通常都是口是心非的，罵中往往帶著愛。戲謔的女子言語中充滿著含蓄的愛以及約會相見的激動，而被戲謔的男子心中也應該是非常甜蜜幸福的。

　　至於詩中「山有扶蘇，隰有荷華」和「山有喬松，隰有游龍」這四句，讀者大可不必當真，以為是戀人約會環境的真實寫照。以山、隰起興，《詩經》屢見，如《邶風·簡兮》：「山有榛，隰有苓。」《秦風·晨風》：「山有苞櫟，隰有六駮。」這些詩所言皆男女之事，而山與隰乃是具有象徵意義的傳統說法。《淮南子·地形訓》云：「山氣多男，澤氣多女。」故古人以山澤分別象徵男女。

　　本詩以山、隰起興，正有象徵男女交歡的意義在內。其次山前隰畔，也是古代男女集會之地，其與桑社、淇水之會一樣，帶有擇配偶、合婚姻的意義。此外，從景物描寫本身來看，無論是高山上長的

扶蘇、松樹，還是水窪裏盛開的荷花、紅蓼，這些美好的形象，從烘托詩的意境的角度看，還是很有作用的。

蘀 兮

蘀①兮蘀兮，風其吹女②。叔兮伯兮，倡③，予和④女。
蘀兮蘀兮，風其漂⑤女。叔兮伯兮，倡，予要⑥女。

【註釋】

① 蘀（音擇）：脫落的木葉。

② 女：通「汝」，指落葉。

③ 倡：通「唱」。一說宣導。

④ 和：和唱。

⑤ 漂：通「飄」，吹動。

⑥ 要：成也，和也，指歌的收腔。

【賞析】

　　由於本詩文辭極為簡單，感情太集中，也太抽象，因而關於此詩歧說非常多，有人以為是大臣相約以謀國難之詩，或以為大夫倡亂謀篡，相互回應之作，或以為是避禍逃難或及時行樂的詩，或以為詩人看見枯葉被風吹落，心中自然而湧發出歲月流逝不再，繁華光景倏忽便已憔悴的傷感情緒，因此感懷作詩。然從詩的本意來看，這其實是一篇男女選擇情人或配偶時相約唱和的詩。

　　詩出自女子之口，猶如現在少數民族青年男女的對歌。全詩兩章，每章前兩句寫落葉秋風，是言景，後兩句是言情，言自己的請求。此詩可能是男女對唱情歌的一個引子，女子先開口唱這首歌，下邊才對唱。其時節當在秋天，或在果園，或在月下，草木衰落，樹木隨風飄動，故女子即興而作，類似於高山族男女的中秋月下之歌。

本詩兩章，以風吹落葉起興，一來營造了蕭瑟寂寥的意境，二來以「風」代「情」，以「葉」代「人」。風吹（飄）落葉，象徵著女子對男子含蓄的情感告白。男子之有情無情，則在於「倡」與「不倡」。他若有情，其情亦如風，與葉（女子）相和，在空中飛舞。本詩雖短，卻極富感情，值得仔細玩味。

狡　童

彼狡童^①兮，不與我言兮。維^②子之故，使我不能餐兮。
彼狡童兮，不與我食^③兮。維子之故，使我不能息^④兮。

【註釋】

① 狡童：狂童。猶今言「傻小子」。一說指狡黠的少年。

② 維：因為。

③ 食：指男女交合。一說同桌共食。

④ 息：安穩寢息。

【賞析】

　　戀愛中的男女，其情感熱烈而波瀾起伏，尤其是姑娘，總是要反覆證實情郎對自己的愛情是否執著專一，因而其永遠沒有心神的安寧。情郎的一個異常的表情和舉動，都有可能激起她心中的波瀾，對方一個失愛的舉動，更會令她寢食難安。本詩中的姑娘即如此。或許是一次口角，或許是一個誤會，姑娘覺得情郎不再愛自己，於是她心神不寧，直言痛呼，痛訴怨恨。

　　全詩兩章，通過循序漸進的結構方式，有層次地表現了這對戀人之間已經出現的疏離過程。第一章曰「不與我言」，第二章承之曰「不與我食」，這不是同時並舉，而是逐步發展。大概在矛盾剛起時，姑娘期望情郎主動妥協求饒，可事與願違，情郎心中亦有氣，竟

一言不發。以姑娘之性情，定會更增恨意，如此則兩人之間矛盾加深，姑娘的痛苦也步步加深。起初她只是三餐不寧，到最後竟寢不安席了。可以想見，她心中諸味雜陳，對她那又愛又恨的情郎，定是有千萬句話要說，但又不願說。人皆言愛情使人憔悴，果不其然。

本詩通過直言痛呼的人物語言，刻畫了一個初遭失戀而情感纏綿，對戀人仍一往情深的少女形象。《詩經》中刻畫了許多遭遇情變的女子形象，情變程度有別，痛苦感受不同，這首詩中女子的痛苦卻給人一種溫馨甜蜜之感，畢竟戀愛中的男女，無論打情罵俏，都滿是情意。他們之間的小小波折，不過是幸福生活的「調味劑」罷了。

褰　裳

　　子惠①思我，褰裳涉溱②。子不我思③，豈無他人？狂童之狂也且④！

　　子惠思我，褰裳涉洧⑤。子不我思，豈無他士？狂童之狂也且！

【註釋】

① 惠：語氣助詞。舊以為愛。

② 褰（音牽）：用手提起。溱：鄭國水名。

③ 不我思：不思念我。

④ 狂童：謔稱，猶今言「傻小子」。狂：癡。也且：語氣助詞。

⑤ 洧（音委）：鄭國水名。溱、洧二水匯合於今河南密縣。

【賞析】

　　這是一首女子戲謔情人的詩歌，男子不來找姑娘，姑娘就說出了賭氣的話，正所謂「多情反作無情語」。

　　一個女子，正處於熱戀之中，她的情郎，在溱、洧之水的對岸，

所以也免不了等待相會的焦躁和疑慮。女子心思情郎，恨不得自己渡過溱、洧，去和情郎朝夕相伴，然而女性特有的矜持又使她將話反說。她說道：你倘要思念我，就提起衣襟渡溱水來！如此直白的快人快語，毫不拖泥帶水，可見女子在矜持之餘亦頗為潑辣和爽朗。

然而現實情況是，男子未能及時來會，這不免使女子有點傷心了。只是傷心中的吐語也毫不示弱：你若不想我，我豈沒有他人愛！這話說得也真痛快，這態度又是很曠達的。愛情本就是男女相悅、兩廂情願的事，倘若對方不愛，就不必強拉硬扯放不開。較之於《狡童》中那「彼狡童兮，不與我言兮。維子之故，使我不能餐兮」的嗚咽吞聲，此詩的女子，又顯得通達和堅強多了。但若因此以為女子真的不把情郎放在心上，那就大錯特錯了，其實那不過是女子的氣話罷了，而且還帶有假設的意味，這從「狂童之狂也且」的戲謔語氣，即可推知。女子的心裏，實在是很看重這份愛情的，但在外表，卻又故意裝出不在意的樣子，無非是要激得心上人更疼她、愛她而已。

全詩只短短兩章，用的是富於個性的口語描摹，故涵泳之際，只覺女主人公潑辣、爽朗的音容笑貌，如接於眉睫之間，堪稱抒情小詩中的精品。雖說女主人公並未看輕愛情，倘若她真的被心上人拋棄，也未必能做到詩中所說的那樣曠達，但這種建立在自信、自強上的愛情觀，以及縱遭挫折也不頹喪的意氣，卻是頗能令溺於情者警醒，而給天下弱女子以鼓舞的。

丰

子之丰①兮，俟我乎巷兮②。悔予不送③兮。
子之昌④兮，俟我乎堂⑤兮。悔予不將⑥兮。
衣錦絅衣⑦，裳錦絅裳。叔兮伯兮，駕予與行⑧。
裳錦絅裳，衣錦絅衣。叔兮伯兮，駕予與歸⑨。

【註釋】

① 丰：豐滿，美好。

② 俟：等候。巷：裏中道，即今所謂的胡同。

③ 送：從行。致女曰「送」，親迎曰「逆」。

④ 昌：健壯，魁梧。

⑤ 堂：古二十五家為裏，裏中有巷，巷道有門，門邊有堂。

⑥ 將：出嫁時的迎送。

⑦ 衣綿（音審）：動詞，穿。下句「裳」亦同。綿：婦女出嫁時御風
　　塵用的麻布罩衣，即披風。

⑧ 行：往。

⑨ 歸：指嫁於男子之家，古時嫁女曰「歸」。

【賞析】

　　這首詩寫一位女子當初由於某種原因未能與相愛的人結婚，感到非常悔恨。如今，她迫切希望男方來人駕車接她去，以便和心上人成婚。究竟是什麼原因導致婚姻未成，陳子展《詩經直解》曰：「《豐》篇，蓋男親迎而女不得行，父母變志，女自悔恨之詩。」也就是說，當男子去女子家中親迎時，女方家裏突然變了卦，遂使喜事成了鬧劇。在此過程中，女子當是十分無奈的，她心裏是深愛未婚夫的。

　　雖然女子未能與心上人結合，但她對心上人的摯愛之情卻絲毫沒有被時間沖淡，反而更加深切了。在她的腦海裏，愛人的容貌是那樣的美好，體魄是那樣的健壯魁偉。想起這些，她的心中充滿了無法消解的悔恨之情！當年的情景歷歷在目：那時候愛人在巷口、在堂上等她去成親，幸福生活彷彿在向她招手。卻因父母的變卦，最終她沒能跟他走。如今悔恨之餘，她要作最後的努力，呼喚愛人重申舊盟。她幻想自己穿上了盛裝，打扮得漂漂亮亮的，迫不及待地呼喚男家快來人駕車迎接她過門去成親。這種由滿腹悔恨引起的對幸福生活無限嚮往的強烈感情，在詩中表現得可謂淋漓盡致。

　　全詩四章，前兩章抒發未能與心上人結合的悔恨之情。後兩章抒

發了迫切想與心上人結合的嚮往之情。全詩由悔而思，因思而更悔，由思、悔而焦心，恨不得立刻就成親。

　　詩中女子雖然對幸福生活有著強烈嚮往，然而她並沒有找到越過急流險灘通向幸福彼岸的渡船，她雖對父母的變卦充滿怨恨，然而亦沒有辦法再使父母改變主意，再續當年婚約。而她的心上人，在經此變故之後，是否對其用心如初，也未可知。故而女子的嚮往在現實中只是一種無望的追求，等待她的依然是無法改變的悲慘命運。

東門之墠

　　東門之墠①，茹藘在阪②。其室則邇，其人甚遠。
　　東門之栗③，有踐④家室。豈不爾思？子不我即⑤。

【註釋】

① 墠（音善）：郊外平坦之地。
② 茹藘（音驢）：草名，即茜草。莖方中空有逆刺，初秋開淡綠色花。果如豌豆呈紅色，可食。根色黃赤，可作紅色染料。阪：小山坡。
③ 栗：落葉喬木。
④ 踐：寧靜。這裏表面上說他有個完好穩定的屋子（家室），實際上是說他應該有個穩定的家室，委婉地表明她想成為他的家室。
⑤ 即：就，接近。

【賞析】

　　關於本詩主旨，舊說以為是「男女有不待禮而相奔」之作，鄭箋則更明確地說此是「女欲奔男之辭」。今人多以為是戀歌，其中有男詞、女詞或男女唱答之分。此處從「女詞」之說，視本詩為女子的單相思。

全詩兩章，每章前兩句寫女子熱戀男子的住處及周圍環境。詩人愛屋及烏，在她的心目中這兒是非常優美、非常迷人的。隨著她那深情的目光，可以看到城東那塊開闊的土坪，緊挨著土坪有座小山坡，沿著山坡長滿了茜草，附近還有茂密成蔭的栗樹，她那朝思暮想的心上人的小屋就坐落其中。她凝望著，癡想著。茜草的根是染大紅色嫁衣最好的材料，而栗樹薪也是人們嫁娶要用的東西，這一下不免觸動了她敏感的神經，忍不住要和盤托出自己的心事，這就是兩章詩的後兩句的内心傾訴。

首章後兩句是女子埋怨所戀者「其室則邇，其人甚遠」。頭句是實寫，講的是實際的空間距離長度，後句則著眼於情感體驗，講的是詩人潛意識驅動下形成的心理距離長度。這裏第一次強調了人對空間的「内感覺」。從下章兩句可知，造成這一心理距離長度的原因是：「豈不爾思，子不我即。」詩人是單相思，她雖想念著他，他卻無情於她，故覺得咫尺天涯。從「室邇人遠」的反差中，展現了詩人感情虛擲的委屈，愛情失落的痛苦，較之直說，顯得有簡約委婉之趣。

風　雨

風雨淒淒[1]，雞鳴喈喈[2]。既見君子，云胡不夷[3]。
風雨瀟瀟[4]，雞鳴膠膠[5]。既見君子，云胡不瘳[6]。
風雨如晦[7]，雞鳴不已。既見君子，云胡不喜。

【註釋】

[1] 淒淒：風雨淒冷貌。

[2] 喈喈（音階）：群雞齊鳴聲。

[3] 云：語氣助詞。胡：何。夷：指心中平靜。

[4] 瀟瀟：風雨交加貌。

[5] 膠膠：群雞亂鳴聲。

⑥ 瘳（音抽）：病癒。

⑦ 晦：昏暗。

【賞析】

這首詩表現的是夫妻重逢時的喜悅。在一個風雨交加的黎明，相思成疾的妻子終於盼到了歸來的丈夫。她的心情是那麼的激動，喜出望外之情溢於言表，難以形容。狂風暴雨就好比她內心的情緒，不停的雞鳴聲彷彿也在為他們重逢歡喜叫好。

全詩以哀景寫樂情，倍增其情。每章首二句，都以風雨、雞鳴起興，重筆描繪出一種寒冷陰暗、雞聲四起的背景。當此之時，最易勾起離情別緒。然而，正在這幾乎絕望的淒風苦雨之時，懷人的女子竟意外地「既見」了久別的情郎。驟見之喜，歡欣之情，自可想見。而此時淒風苦雨中的群雞亂鳴，也似成了煦風春雨時的群雞歡唱了。這種情景反襯之法，恰如王夫之在《薑齋詩話》中所說：「以樂景寫哀，以哀景寫樂，一倍增其哀樂。」

詩的結構單純，三章疊詠。詩人的易詞寫景是極講究的，它細膩地表現出了人的不同感受。淒淒，是女子對風雨寒涼的感覺；瀟瀟，則從聽覺見出夜雨驟急；如晦，又從視覺展現眼前景象。詩篇在易詞申意的同時，對時態的運動和情態的發展，又有循序漸進的微妙表現。關於時態的漸進，姚際恒《詩經通論》曰：「『喈喈』為眾聲和，初鳴聲尚微，但覺其眾和耳。『膠膠』，同聲高大也。三號以後，天將曉，相續不已矣。」隨著時態的發展，懷人女子「既見君子」時的心態也漸次有進。「云胡不夷」，以反詰句式，語氣熱烈，言其心情大悅；「云胡不瘳」，言積思之病，至此而愈，語氣至深；末章「云胡不喜」，則是喜悅之情，難以掩飾，以至大聲疾呼了。天氣由夜晦而至晨晦，雞鳴由聲微而至聲高，情感的變化則由乍見驚疑而至確信高呼。方玉潤《詩經原始》曰：「此詩人善於言情，又善於即景以抒懷，故為千秋絕調。」

讀者從相逢時的巨大快樂中不難聯想到這位妻子曾經的相思之

苦。在多少個孤獨清冷的夜裏，妻子苦思丈夫，夫妻不能團圓。正因為受夠了離別之苦，所以才會對相逢如此喜悅，如此珍惜。

子　衿

青青子衿①，悠悠我心。縱②我不往，子寧不嗣音③？
青青子佩④，悠悠我思。縱我不往，子寧不來？
挑兮達兮⑤，在城闕⑥兮。一日不見，如三月兮。

【註釋】

① 衿：佩衿，繫在玉佩上的帶子。舊以為衣領，青領是學子之服。

② 縱：縱使，即使。

③ 寧不：何不，竟然不。嗣音：寄信。嗣：通「詒」，寄。

④ 佩：這裏指繫佩玉的綬帶。

⑤ 挑、達：往來貌。

⑥ 城闕：城上的觀樓。

【賞析】

　　這是一首描寫相思之情的經典之作，熱戀中的姑娘相思難耐，她看著情人送給她的「佩衿」，思緒萬千。

　　全詩三章，採用倒敘手法。前兩章是女子自敘思念之情。她拿著戀人送她的信物，這信物是戀人原先隨身佩戴的配飾，上面繫著青色佩帶。她看到這個愛情的信物，腦海裏全是戀人的音容笑貌，然戀人不在身邊，故倍加思念。在以往，這對青年男女應該是每日相會的，可這一次女子因受阻不能赴約，只好等戀人過來相會，可望穿秋水，不見影兒，濃濃的愛意不由轉化為惆悵與幽怨：「縱然我沒有去找你，你為何就不能捎個音信？縱然我沒有去找你，你為何就不能主動前來？」第三章寫女子在城樓上因久候戀人而心煩意亂，來來回回走

個不停。女子生氣埋怨，心中不安，可是她並不悲傷，因為他們離別時間並不長，只有一天。對於熱戀中的人來說，真想每分每秒都廝守在一起啊！

本詩運用了大量的心理描寫，詩中表現這個女子的動作行為僅用「挑」、「達」二字，主要筆墨都用在刻畫她的心理活動上，如前兩章對戀人既全無音訊、又不見影兒的埋怨，末章「一日不見，如三月兮」的獨白。兩段埋怨之辭，以「縱我」與「子寧」對舉，急盼之情中不無矜持之態，令人生出無限想像，可謂字少而意多。末尾的內心獨白，則通過誇張修辭技巧，造成主觀時間與客觀時間的反差，從而將其強烈的情緒和心理形象地表現了出來，可謂因誇以成狀，沿飾而得奇。吳闓生《詩義會通》評曰：「前二章回環入妙，纏綿婉曲。末章變調。」

揚 之 水

揚①之水，不流束楚②。終鮮兄弟③，維予與女。
無信人之言④，人實迂⑤女。
揚之水，不流束薪。終鮮兄弟，維予二人。
無信人之言，人實不信⑥。

【註釋】

① 揚：悠揚，緩慢無力貌。一說揚為地名。

② 不流：流不動，浮不起。束楚：成捆的荊條。

③ 終：既。鮮：少。

④ 言：留言。

⑤ 迂（音框）：通「誑」，欺騙。

⑥ 信：可信，可靠。

【賞析】

古代實行一夫一妻多妾制，男子除正妻外，可以納妾，妻妾一多，難免爭寵，亦必有相互誹謗之事。此外，禮教上對婦女的貞節看得很重，若是丈夫聽到妻妾的什麼閒言碎語，定會非常苦惱，乃至暴怒。此詩以女子口吻敘出，她定是受了流言蜚語的中傷，因而作此詩向丈夫表白，勸他防備別人的離間。

《詩經》之中，凡「束楚」、「束薪」，都暗示夫妻關係。《王風·揚之水》分別以「揚之水，不流束薪」、「不流束楚」、「不流束蒲」來起興，表現在外服役者對妻子的思念。本詩起興語與之相同，表現了夫妻之間因流言而生隙，感情出現危機的狀況。起興之後，是女子自述孤苦的情狀，她因為娘家缺少兄弟，丈夫便是她一生的倚靠，其言外之意是：我只會毫無保留地愛你，又怎麼會背叛你呢？這樣主動示弱的辯訴比直言辯解要更容易讓丈夫接受，繼而產生愛憐之心，由此可見此女子之善解人意，心思細膩。末兩句是女子直言勸慰，苦口婆心，口吻親切，其中亦飽含著對誹謗者的怨恨之情。

從這首詩中可見古代女子在父系宗法制社會中的弱者地位，她們蒙受了委屈，別無他法，唯有一再解釋辯訴而已。她們一旦遠嫁，遠離父母兄弟，若是遇到負心的丈夫，則一生誤矣。

出其東門

出其東門，有女如雲。雖則如雲，匪我思存①。縞衣綦巾②，聊樂我員③。

出其闉闍④，有女如荼⑤。雖則如荼，匪我思且⑥。縞衣茹藘⑦，聊可與娛⑧。

【註釋】

① 思存：思念所屬。存：在。

② 縞衣：白紗衣。綦巾：青綠色的佩巾。
③ 聊：姑且，暫且。員：通「雲」，語氣助詞。
④ 闉闍（音殷都）：泛指城門。
⑤ 荼：茅花，開時一片潔白。如荼：形容女子眾多。
⑥ 且：通「徂」，存。
⑦ 茹藘（音驢）：即茜草，可做絳紅色染料。
⑧ 娛：幸福，快樂。

【賞析】

　　這是一首苦戀之歌，一位男青年來到鄭國都城東門外，看到千百女子，但他心中所想的只有那位「縞衣綦巾」的女子。

　　古人認為春天是隨著東風從東方來的，所以每逢立春，天子都會親率三公九卿迎春於東郊，所以高禖祭祀以及有關春天的一些集會，多在城東舉行。本詩所描寫的就是春天鄭國東門外男女盛會的情景。

　　全詩抒情看似平淡，實則濃烈，情到深處，越顯得質樸。開頭寫熱鬧耀眼的場景，但又用「雖則」轉折，輕輕撇開，足見男子用心專一。兩個「聊」字，寧靜，淡泊，識得破，守得定。男子在千百女子中無動於衷並不是因為他高傲，而是他已心有所屬。他的心裏儘是對所愛女子的深切思念，再無其他。此外，「縞衣綦巾」、「縞衣茹藘」均為「女服之貧賤者」，如此，原來男子所情有獨鍾的，竟是一位素衣綠巾的貧賤之女！只要兩心相知，何論貴賤貧富，這便是彌足珍惜的真摯愛情。男子以斷然的語氣，否定了對「如雲」、「如荼」的美女的選擇，而以喜悅和自豪的結句，獨許那「縞衣茹藘」的心上人，足見他對伊人的相愛之深。

　　男子至深至真的愛情是投入詩中的最動人的光彩，在它的照耀下，貧賤之戀獲得了超越任何勢利的價值和美感。

野有蔓草

　　野有蔓①草，零露溥兮②。有美一人，清揚婉兮③。邂逅④相遇，適我願兮。

　　野有蔓草，零露瀼瀼⑤。有美一人，婉如清揚。邂逅相遇，與子偕臧⑥。

【註釋】

① 蔓：蔓延，茂盛。

② 零：降落。溥（音團）：形容露水多。

③ 清揚：目光明亮貌。婉：美好貌。

④ 邂逅：不期而遇。

⑤ 瀼瀼（音嚷）：形容露水濃。

⑥ 臧：善。

【賞析】

　　先秦時候，戰爭頻繁，人口稀少。統治者為了繁育人口，允許超齡未婚的男女在仲春時候自由相會，自由同居。本詩描寫的就是發生在男女盛會時的一見鍾情的愛情故事。一對青年男女，在一個露水灑滿草地的田野，清晨或者黃昏，他們不期而遇，一見而彼此傾心，定下終生相伴之誓，這是多麼的浪漫而富有自由氣息的愛情啊！

　　清麗的環境和美麗的姑娘，從小夥子的視角見出，楚楚有致，格外動人。春晨的郊野，春草葳蕤，枝葉蔓延，綠成一片。嫩綠的春草，綴滿露珠，在初日的照耀下，明澈晶瑩。在這清麗、幽靜的春晨郊野。一位美麗的姑娘含情不語，飄然而至，那露水般晶瑩的美目，顧盼流轉，嫵媚動人。先寫景，後寫人，詩中有畫，畫中有人，四句詩儼然一幅春郊麗人圖。而在修長的蔓草、晶瑩的露珠與少女的形象之間，有著微妙的隱喻，能引發豐富的聯想。「清揚婉兮」的點睛之筆，表現了姑娘驚人的美麗。小夥子見到這一切，愛悅之情怎能不噴

湧而出。「邂逅相遇，適我願兮」兩句，有對姑娘的驚歎，有對不期而遇的驚喜，更有對愛神突然降臨的幸福感和滿足感。

　　兩章之間的空白，可理解為小夥與姑娘相對凝視之時，此時無聲勝有聲的靜場。次章前五句的重疊複唱，可理解為小夥子心情略為平靜後，向姑娘傾訴的愛慕之意和殷殷之情。然而，在這人性純樸的時代，又值仲春歡會之時，無需絮絮長談，更不必繁文縟節。「邂逅相遇，與子偕臧。」只要兩情相悅，便結百年之好。毋須父母之命、媒妁之言，自可永結同心，真是自由浪漫又怡人自在的戀曲。

溱洧

溱與洧，方渙渙兮①。士與女，方秉蕑②兮。
女曰：「觀乎？①士曰：「既且③。①且④往觀乎！
洧之外，洵訏且樂⑤。維士與女，伊其相謔⑥，贈之以勺藥⑦。
溱與洧，瀏⑧其清矣。士與女，殷其盈矣⑨。
女曰：①觀乎？①士曰：①既且。①且往觀乎！
洧之外，洵訏且樂。維士與女，伊其將⑩謔，贈之以勺藥。

【註釋】

① 溱洧（音珍尾）：溱水和洧水。方：正。渙渙：河水解凍後奔騰貌。

② 蕑（音間）：一種蘭草。又名大澤蘭，與山蘭有別。

③ 既：已經。一說以為「息」。且：通「徂」，去，往。一說以為語氣助詞。

④ 且：再。

⑤ 訏：廣闊。樂：本指快樂，詩中引申為熱鬧。

⑥ 伊：發語詞。相謔：互相調笑。

⑦ 勺藥：即「芍藥」，一種香草，與今之木芍藥不同。鄭箋：「其別

則送女以勺藥，結恩情也。」馬瑞辰《毛詩傳箋通釋》云：「又云『結恩情』者，以勺與約同聲，故假借為結約也。」

⑧ 瀏：水深而清之狀。

⑨ 殷：眾多。盈：滿。

⑩ 將：即「相」。

【賞析】

　　這是一篇具有很高民俗學價值的詩歌，也是記載上古時代春日男女水邊盛況最為詳備的詩。《藝文類聚》四引《韓詩》曰：「三月桃花水之時，鄭國之俗，三月上巳，於溱、洧兩水之上，執蘭招魂續魄，拂除不祥。」《漢書·地理志》引此詩，顏師古注曰：「謂仲春之月，二水流盛，而士與女執芳草於其間，以相贈遺，信大樂也，惟以戲謔也。」其實，韓、顏都是以漢唐以後的習俗說詩的，在《詩經》時代，這種習俗的主要目的就是「合男女」，即《周禮》所謂：「仲春之月，令會男女之無夫家者。」因此這是青年人的狂歡節。

　　全詩二章，僅換數字。各章皆可分為兩層，前四句是一層，落腳在「蘭」。後八句為一層，落腳在「勺藥」。前一層內部其實還包含一個小轉換，即自然向人的轉換，風景向風俗的轉換。詩人以寥寥四句描繪了一幅風景畫，也描繪了一幅風俗畫。「渙渙」二字十分傳神，令人想起冰化雪消，想起桃花春汛，想起春風怡蕩。在這幅春意盎然的風景畫中，人出現了：「士與女，方秉蕑兮。」人們經過一個冬天嚴寒的困擾，冰雪的封鎖，從蟄伏般的生活狀態中蘇醒過來，到野外，到水濱，去歡迎春天的光臨。而人手一束的嫩綠蘭草，便是這次春遊的收穫，是春的象徵。「招魂續魄，拂除不詳」，似乎有點神秘，其實其精神內核應是對蕭殺的冬氣的告別，對新春萬事吉祥如意的祈盼。任何虛幻的宗教意識，都生自現實生活的真切願望。在這裏，從自然到人、風景到風俗的轉換，是通過「溱與洧」和「士與女」兩個結構相同的句式的轉換實現的。結構相同的東西可以使人產生由此及彼的對照、聯想，因而這裏的轉換令人覺得順理成章，毫不突然。

如果說對於成年的「士與女」，他們對新春的祈願只是風調雨順，萬事如意，那麼對於年青的「士與女」，他們的祈願則更加上一個重要內容——愛情，因為他們不僅擁有大自然的春天，還擁有生命的春天——青春。於是作品便從風俗轉向愛情，從「」轉向「勺藥」。這裏從風俗到愛情的大轉折，巧妙地利用了「士」、「女」的相同字面：前層的「士與女」是泛指，後層的「士」、「女」則是特指，指人群中某一對青年男女。字面雖同，對象則異。這就使轉折完成於不知不覺之間，變換實現於了無痕跡之中。詩意一經轉折，詩人便一氣直下，一改前面的宏觀掃描，將「鏡頭」對準了這對青年男女，記錄下他們的呢喃私語，俏皮調笑，更凸現出他們手中的芍藥，這愛的信物，情的象徵。總之，蘭草「淡出」，芍藥「淡入」，情節實現了「蒙太奇」式的轉換。於是，從溱水、洧水之濱踏青歸來的人群，有的身佩蘭草，有的手捧芍藥，撒一路芬芳，播一春詩意。千載而下的讀者，也分明可以聽到他們的歡歌笑語。

來自民間的歌手滿懷愛心和激情，謳歌了這個春天的節日，記下了人們的歡娛，肯定和讚美了純真的愛情，詩意明朗、歡快、清新，沒有一絲「邪思」。

齊　風

　　周武王滅商，封功臣姜太公于齊，建立齊國。齊國是先秦時期的大國，在今天山東臨淄一帶。「齊風」即齊地的樂調和民歌，其中內容多涉及春秋齊國史事。

雞　鳴

　　雞既鳴矣，朝^①既盈矣。匪雞則^②鳴，蒼蠅之聲。
　　東方明矣，朝既昌^③矣。匪東方則明，月出之光。
　　蟲飛薨薨^④，甘與子同夢^⑤。會且歸矣^⑥，無庶予子憎^⑦。

【註釋】

① 朝：朝堂。一說早晨。

② 則：之。

③ 昌：人多貌。一說指日光。

④ 薨薨（音烘烘）：飛蟲的振翅聲。

⑤ 甘：願。同夢：同入夢鄉。

⑥ 會：會朝，早上上朝。一說男女之幽會。且：將要。一說姑且。
　　歸：散。

⑦ 無：通「毋」，不要。庶：眾人。予子：我們。本句意為不要讓眾
　　人厭憎我們。

【賞析】

　　關於本詩主旨，朱熹認為是讚美賢妃之作，謂其「言古之賢妃禦於君所，至於將旦之時，必告君曰：雞既鳴矣，會朝之臣既已盈矣，欲令君早起而視朝也」，「故詩人敘其事而美之也」。清方玉潤《詩經原始》延伸其說，以為是「賢婦警夫早朝」之作。一說以為這是一首

情人幽會時的情歌，寫出了清晨時男女雙方不同的心理狀態。種種說法皆通，讀者自察，此處取前說。

全詩以夫婦間的對話展開，構思新穎，在《詩經》中是別開生面的。首章寫女子聞雞鳴而催丈夫早起上朝，丈夫則皆蠅聲敷衍。兩個「既」字微妙地表現了女子的心理狀態，有眼睛剛剛閉上而又忽然警覺的光景。枕席之上必先有一段似聞非聞的情景，故一觸其聲，便蹶然而起，慼然而告，女子警惕、緊張、重視的心態真實如畫。把雞鳴聲說成蒼蠅聲顯然是違背生活常識的，當然「無理」。但如果換一角度理解，看作是丈夫夢中被妻子喚醒，聽見妻子以「雞鳴」相催促，便故意逗弄妻子說：不是雞叫，是蒼蠅的聲音，表現了他們夫婦間的生活情趣，也是別有滋味。次章寫女子見東方發亮，再次急催丈夫，丈夫再次以月光敷衍，貪戀衾枕，纏綿難捨，竟還想與妻子同入夢鄉。末章之中，女子不再催促，她表明心跡，並非自己不想與君同夢，而是朝事要緊，她身為內助，不能以溫柔鄉拖累丈夫，致其貽誤政事。一時的溫存固然可貴，但她卻很有可能因此而背負媚惑之名，詩至「無庶予子憎」，女子明顯已微有嗔意了。

從本詩中，讀者可見一位深明大義的賢女形象，然亦可見在古代，女子總是易背負惑政罵名的尷尬處境。故她們在日常生活中，亦是誠惶誠恐。從詩本身來看，一驚一答，詼諧幽默，足見伉儷情深。

還

子之還①兮，遭我乎峱之間兮②。並驅從兩肩兮③，揖我謂我儇兮④。

子之茂⑤兮，遭我乎峱之道兮。並驅從兩牡⑥兮，揖我謂我好兮。

子之昌⑦兮，遭我乎峱之陽⑧兮。並驅從兩狼兮，揖我謂我臧⑨兮。

【註釋】

① 還：通「旋」，輕捷貌。

② 遭：偶遇。猺（音鐃）：齊國山名。

③ 並驅：並馬馳騁。從：追逐。肩：通「豜」，詩中指大野獸。

④ 揖：拱手作揖行禮。儇：輕快便捷。

⑤ 茂：才能出眾，這裏指善獵。

⑥ 牡：雄性野獸。

⑦ 昌：強壯有力。

⑧ 陽：山之南。

⑨ 臧：善。這裏指健壯。

【賞析】

　　這是一首獵人相互讚美的詩歌，三章詩全用「賦」，不用比興，以獵人自敘的口吻，真切地抒發了獵後暗自得意的情懷。

　　首句開口就是讚譽，起得突兀，真實地表達了由衷的仰慕之情。詩人在猺山與獵人偶然碰面，眼見對方逐獵是那樣敏捷、嫻熟而有力，佩服之至，不禁脫口而出「子之還（茂、昌）兮」，這是發自心底的讚歎。次句點明他們相遇的地點在猺山南面的道路上。「遭」字表明他們並非事先約定，只是邂逅相遇罷了。正因為如此，詩人才會那樣驚喜不已，十分激動。第三句說他們由相遇而合作，共同奮力追殺兩隻大公狼。這裏詩人雖然沒有告訴讀者逐獵的結果如何，但是從他那異常興奮的敘述中，可以猜想到那兩隻公狼已成為他們的捕獲物，讀者從中也似乎分享到了詩人的喜悅。最後一句是獵後合作者對詩人的稱譽。這裏詩人特別點明「揖我」這一示敬的動作，聯繫首句，因為詩人對他的合作者十分敬佩，所以他才為自己能得到對方的讚譽而引以自豪。

　　三章內容分別誇讚彼此的身手、本領和氣勢。通篇十二個「兮」字，九個「我」字，表現了獵者的豪放與自信。那追趕猛獸豺狼的行為是多麼的英勇，那相互讚譽的豪情是那般意氣昂揚。全詩透著一種

英雄惺惺相惜之情，讀罷讓人血脈賁張。

著

俟我于著乎而^①。充耳以素乎而^②，尚之以瓊華乎而^③。
俟我于庭乎而。充耳以青乎而，尚之以瓊瑩乎而。
俟我于堂乎而。充耳以黃乎而，尚之以瓊英乎而。

【註釋】

① 俟：迎候。著：通「佇」。古代富貴人家正門內有屏風，正門與屏
風之間叫「著」。古代婚娶在此處親迎。乎而：齊方言，作語尾助
詞。

② 充耳：古代男子冠帽兩側各繫一條絲帶，在耳邊打個圓結，圓結
中穿上一塊玉飾，絲帶稱紞（音膽），飾玉稱瑱（音填），因上圓
結與瑱正好塞著兩耳，故稱「充耳」。素：白色。

③ 尚：加上。瓊：赤玉。華：與下文「瑩」、「英」皆形容玉瑱的光
彩，因協韻而換字。

【賞析】

　　這是一首描寫婚禮的詩歌。古代婚禮的最後一個程式就是親迎，
即新郎親自到女方家中迎親，本詩即作於當時。詩沒有著重描寫婚禮
的盛大場面，而是從新娘眼中所見來寫，將新娘的細膩情思展現得極
為詳致動人。新娘心中的喜悅，對夫婿的讚賞，乃至對未來幸福生活
的滿心期望，皆不言而喻。

　　全詩三章九句，九句詩中全不用主語，而且突如其來。這一獨特
的句法，恰切而傳神地表現了新娘此時的心理活動。當新郎率著迎親
的隊伍來到新娘家中時，其熱鬧的場面是可想而知的，然而新娘對著
這稠密湧動的人叢，似乎漠不關心，視而不見，映進她眼簾的唯有恭

候在屏風前的夫婿——「俟我於著」。少女的靦腆，使她羞於說出
「他」字，但從「俟我」二字卻能品味出她對他的綿綿情意和感受到
的幸福。下兩句更妙在見物不見人。從新娘的心理揣測，她的注意力
本來全集中在新郎身上，非常想把新郎端詳一番，然而在這眾目睽睽
之下，她不敢抬頭仔細瞧。實際上，她只是低頭用眼角瞟了一下，根
本沒看清他的臉龐，所見到的只是他帽沿垂下的彩色的「充耳」和發
光的玉瑱。這兩句極普通的敘述語，放在這一特定的人物身上，在這
特殊的時刻和環境中，便覺得妙趣橫生、餘味無窮了，給人以豐富聯
想和審美的愉悅。

　　詩三章全用賦體，句句用韻，六言、七言交錯，但每句用「乎
而」雙語氣詞收句，又與《還》每句用常見的「兮」字收句不同，使
全詩音節輕緩，讀來有餘音嫋嫋的感覺。

東方之日

東方之日兮，彼姝①者子，在我室兮。在我室兮，履我即兮②。
東方之月兮，彼姝者子，在我闥③兮。在我闥兮，履我發④兮。

【註釋】

① 姝：貌美。

② 履：踩。即：這裏指膝蓋。

③ 闥（音踏）：內室。

④ 發：這裏指腳上。

【賞析】

　　這也是一首描寫婚禮的詩歌，與上篇《著》互為表裏，《著》是
女方贊婿之歌，本詩則是男方贊新婦之歌。詩中所描寫的是婚禮過後
在新房裏的情景。一說以為這是一首男子回憶與女子幽會的情詩。

全詩兩章，每章首句以「東方之日」、「東方之月」象徵女子的美貌，其似興、似賦，亦似比，可謂頗具特色。接下來詩中並沒有對女子的美貌進行詳細的描寫，而以「彼姝之子」概括，因為本詩重在寫情，而非寫貌。後半部分描寫了一個細節，即初入新房的新婦一不小心碰到了丈夫的膝蓋和踩到丈夫的腳。這是一個極其生活化的場景，絕無半點斧鑿之跡，讀者讀來，極易在腦海中勾勒出那鮮活而生動的場景。新婦為何有此失誤呢？不用說，自然是因為羞怯。新婦初至夫家，初入新房，看見自己鍾愛的情郎，心緒如何能平復？她心不在焉而踩到丈夫的腳，自是再正常不過的了。如此細節描寫比千萬句正面　述更能體現出新婦的心緒，亦饒有趣味，使得詩歌畫面感極強。被踩之後的新郎是怎樣的反應呢？本詩以新郎口吻道出，「履我即兮」、「履我發兮」，從中可以體會到他的　述是帶著頗為得意的幸福感的，讀者能觸摸到他那顆被愛情撩撥得激烈跳動的心。正因如此，所以十句詩中竟有六句有「我」字，自我矜喜之情溢於言表。

　　此詩格調粗獷而不輕薄，俏皮而不油滑，體現了古代情歌質樸的本色。

東方未明

東方未明，顛倒衣裳。顛之倒之，自公①召之。
東方未晞②，顛倒裳衣。倒之顛之，自公令之。
折柳樊圃③，狂夫瞿瞿④。不能辰夜⑤，不夙則莫⑥。

【註釋】

① 公：公室，指國君。一說指公家，奴隸主。

② 晞：破曉，天剛亮。

③ 折柳樊圃：言折圃圃之柳為漏箭之用。古人計時，以銅壺盛水，底穿一孔，壺中立箭，上刻百刻。壺中水因漏漸減，箭上刻度亦

依次顯露，百度既盡，為一晝夜。朝中有官員專司其職。一說指奴隸主強迫人民，為其用柳編藩籬。

④ 狂夫：司時官員。一說又凶又狠的監工。瞿瞿：驚顧之貌。一說瞪眼怒視之貌。

⑤ 不能辰夜：言司時官員失職，不能準確地守時辰報點。一說奴隸主不分白天黑夜地壓迫人民。

⑥ 不夙則莫：言司時官員報時，不是提前就是太晚。一說奴隸主壓迫甚重，不是出工太早，就是收工太晚。莫：通「暮」。

【賞析】

　　本詩諷刺了司時官員不能準確報告時間，以致國君召見群臣上朝的時間混亂，官員們手忙腳亂，黑暗之中連衣服都穿錯了。古代沒有精確的日曆和鐘錶，因此司時掌曆的官員能否盡職，對於以農業為基礎的民族而言是十分重要的。歷代史書都十分重視曆法，而曆法是否準確，是從每日每時每分每秒累積計算的。如果司時官員每天搞錯一點點，積年累月，經過一定時間，就可能出現巨大誤差，那就會使農業生產受到根本性的破壞。

　　首章第一句言時，第二、三句言倉皇狀態，第四句指出根由，為點睛之筆。寥寥數語，生動地表現了慌亂光景。三個「之」字，讀來有倉促之感。次章與首章相差數字，再言黎明前一片忙亂光景。末章寫守夜不時，是詩人對司時官員不盡職所發出的質疑和不滿。

　　今人多以為本詩是反映勞動者對繁重勞役的怨恨。詩中的「公」指的是領主、莊園主或農奴主。全詩三章，詩人並沒有用很多筆墨去鋪　具體的勞動場面，或者訴說勞動如何艱辛，而是巧妙地抓住一瞬間出現的難堪而苦澀的場面來寫：當一批勞累的人們正酣睡之際，突然響起了公家監工的吆喝聲，催促著他們去上工。這時東方還沒有一絲亮光，原來寂靜的夜空，一下子被這叫喊聲打破，勞工們一個個驚醒過來，黑暗中東抓西摸，手忙腳亂，有的抓著褲管套上胳膊，有的撐開衣袖伸進雙腿。一時間，亂作一堆，急成一團。為何監工的一聲

叫喊，勞工們就如此手腳失措呢？不消說，這是長久以來他們受到殘酷壓迫的結果，日常只要稍不留意就會遭到公家處罰，受皮肉之苦乃是尋常之事。因此儘管還在黑夜，監工的一聲吆喝，誰還敢怠慢一步！詩人正是抓住了這一特殊的時刻，突出「顛倒衣裳」這一在特定環境下發生的典型細節，在兩章詩中反覆敘寫，一再渲染。通過這一強化，既刻畫出了這些苦力懾於淫威的懼怕心理，又寫出了他們所受的非人待遇，像牲口一樣被驅使，沒日沒夜為主人勞作，卻得不到絲毫人身自由。兩章末句「自公召之」、「自公令之」，正透露出這些被勞役者已開始意識到——他們受苦受難的根源來自「公」。末章寫辛苦勞作以及狗仗人勢的監工的跋扈氣焰，後兩句分明表露出怨恨的情緒，這是被壓迫階級自由意識的覺醒，反抗壓迫的火苗已在他們心中燃起，總有一天會爆發，毀滅一切的不平等！

南　山

　　南山崔崔①，雄狐綏綏②。魯道有蕩③，齊子由歸④。既曰歸止⑤，曷又懷⑥止？

　　葛屨五兩⑦，冠緌雙止⑧。魯道有蕩，齊子庸⑨止。既曰庸止，曷又從⑩止？？

　　藝⑪麻如之何？衡從⑫其畝。取妻如之何？必告父母。既曰告止，曷又鞠⑬止？

　　析⑭薪如之何？匪斧不克。取妻如之何？匪媒不得。既曰得止，曷又極⑮止？

【註釋】

① 南山：齊國山名。一說以為即牛山。崔崔：山勢高峻狀。

② 綏綏：緩緩行走貌。一說曰求匹之貌。

③ 魯道：通往魯國的大道。有蕩：平坦。

④ 齊子：齊侯之子，這裏指文姜。由歸：從這裏出嫁魯國。
⑤ 止：語氣詞。
⑥ 曷（音河）：什麼時候。懷：回來。一說懷念。
⑦ 葛屨：葛麻編織成的鞋。五：通「伍」，並列。兩：指鞋一雙。此
　處言穿鞋必穿一雙，比喻凡事有常數、常理，人亦有常偶。此句
　與下句歷來歧義頗多，或以為「五兩」指交叉的鞋帶，下文「雙止」
　指交叉的帽帶，以此隱喻文姜與齊襄公私通已久。
⑧ 緌：帽子上的纓帶。雙止：成雙。
⑨ 庸：用，這裏指文姜嫁給魯桓公。
⑩ 從：指文姜相從魯桓公歸齊。
⑪ 藝：種植。
⑫ 衡從：即「縱橫」。這裏指耕治田地。
⑬ 鞠：窮，放任無束。
⑭ 析：砍伐。
⑮ 極：窮極，放縱無束。

【賞析】

　　春秋時，齊僖公之子齊襄公與其異母妹文姜私通。後文姜出嫁為
魯桓公夫人。西元前694年，魯桓公因國事出訪齊國，文姜竟也借此
還鄉，這本與禮不合，然魯桓公卻不加制止。文姜歸齊，與齊襄公再
度私通。發現倆人關係曖昧的魯桓公非常惱怒，譴責文姜。文姜告之
齊襄公，齊襄公竟因此謀殺作為國賓的魯桓公。

　　魯桓公之死，世人皆知其中因由，但無奈齊國強大，魯國亦不敢
言。文姜子姬同繼位為魯國國君，是為魯莊公。魯莊公繼位後，文姜
卻不願歸魯，最終在齊、魯邊境築別墅而居。此後文姜與齊襄公依然
私通，經常前往齊都臨淄與齊襄公相會，齊襄公亦常去文姜別墅，二
人冒天下之大不韙，荒淫無度。對於此事，齊、魯兩國國民雖不能左
右君主之行，但皆以為恥辱，尤其是齊國貴族，覺得國家聲譽大損，
於是作此詩諷刺。詩的前兩章諷刺齊襄公兄妹荒淫無恥，詩人對他們

婚前的私通行為並沒有過多的譴責，其諷刺的關鍵是在於文姜既然已經成為魯國夫人，不該再貿然違禮隨夫尋兄，不該再與其兄私通。後兩者諷刺的是魯桓公，諷刺的關鍵在於其有禮而不循，對妻子管教不嚴，一味縱容，最終自食惡果。

　　首章用雄狐獨行求偶影射齊襄公覬覦妹妹的美色，譴責他不該有非分之想。第二章用麻鞋和帽子比喻人有常偶，罵文姜探親回國中和齊襄公再度苟合，太不要臉。三、四章借種麻、劈柴比喻婚姻家庭處理事宜，諷刺魯桓公放縱妻子，夫道無能。

　　詩人言語之中所表露出的是對婚姻禮法制度的維護，由此可見春秋雖亂，然禮儀法度自在人心。本詩也佐證了春秋時期，婚姻要遵循「父母之命、媒妁之言」的原則是整個社會的規矩和慣例。

甫　田

無田甫田①，維莠驕驕②。無思遠人，勞心忉忉③。
無田甫田，維莠桀桀④。無思遠人，勞心怛怛⑤。
婉兮孌兮⑥，總角丱兮⑦。未幾⑧見兮，突而弁⑨兮。

【註釋】

① 田：耕種。甫田：大塊的田。

② 莠：雜草，狗尾草。驕驕：猶「喬喬」，高大貌。

③ 忉忉（音刀刀）：憂思不定之貌。

④ 桀桀：猶「揭揭」，特出高標之貌。

⑤ 怛怛（音達達）：悲痛貌。

⑥ 婉、孌：言少年之美好。

⑦ 總角：古代男孩未成年時，將頭髮梳成兩個髻。丱（音貫）：總角翹起來的樣子。

⑧ 未幾：沒幾日，言時間不久。

⑨ 弁：成人的帽子。古代男子二十而冠，表示已經成年。

【賞析】

關於本詩主旨，歷代學者分歧尤其多，今人說法有：初耕種時的禱神歌、勸慰離人不須徒勞多思的詩、婦人思念征夫的詩、少女戀慕少男的詩，等等。不過從詩的末章來看，本詩當是一首母親思念兒子的詩歌。中國古代有成年禮，每位男子都必須經歷，關於其具體過程，中國古籍中沒有具體記載，但根據人類學考察資料可知，這個過程是很嚴酷的，故而母親才會對兒子十分擔憂，而當其戴著成年人的冠帽出現在自己面前時，自然會異常開心。

詩的前兩章寫實，採用重疊形式，只換了四個字，表達的意思完全相同。首兩句直賦其事，意在引出下兩句。因兒子參加成年禮，母親憂心忡忡，無心耕治田地，任由野草在田間長得茂盛。母親思念至極，卻說不要想念遠方的親人，這其實是思極的反語、傷心語，說「無思」，恰是刻骨相思。末章寫母親與參加完成年禮的兒子相見，在經歷了難挨的等待後，母子重逢，其喜悅之情溢於言表。兒子臨走時，還是個結著髮角的孩童，如今已是一個戴著冠帽的成年男子了，面對兒子的巨大變化，母親喜不自勝。詩中「未幾見兮」言母子分別時間之短，讀者或許會有疑問：母親思子心切，當覺時間漫長，何如此言？其實，正因為母子情深，母親才會覺得兒子好像時刻都在自己身邊，才會在「漫長」的等待之後又忽覺時間之短暫。等待之後的喜悅和等待之時的痛苦比起來，自是無關輕重的了。然而無論漫長還是短暫，都是人們對時間的感性認知罷了，貫穿其中的，就是那份深深的情意。

盧　令

盧令令①，其人美且仁②。
盧重環③，其人美且鬈④。
盧重鋂⑤，其人美且偲⑥。

【註釋】

① 盧：黑毛獵犬。令令：即「鈴鈴」，獵犬頸下套環發出的響聲。
② 其人：指獵人。仁：溫厚和善。
③ 重環：大環套小環，又稱子母環。
④ 鬈：形容髮柔長捲曲之貌。一說勇壯。
⑤ 重鋂（音梅）：一個大環套兩個小環。
⑥ 偲：多鬚鬢貌。一說多才多智。

【賞析】

　　這是一首讚美獵者的詩歌。一位姑娘偶遇一位青年獵人，她被他那威武雄壯的相貌所吸引，於是從心底裏發出讚歎。詩人以羨慕的眼光，採用了由犬及人、由實到虛的寫法，對獵人的外在英姿和內在美德進行謳讚。舊說以為本詩是諷刺齊襄公好獵之作，然縱觀全詩，實在看不出有諷刺之意。

　　古人認為，國家要強盛，離不開文治武功。體魄強健，好勇善戰，體現了國人的尚武精神。仁愛慈善，足智多謀，體現了國人的文明精神。因此，文武並崇，剛柔兼濟，在古代形成一種風尚，一種共識。在這種風氣影響下，人們往往把是否能文能武作為衡量一個人是否有出息的重要標準。在日常生活中，人們也常常以這種標準與眼光來衡量和觀察各種人物，一旦有這樣的人物出現，就倍加讚賞，此詩中的獵者就是其中一例。

　　本詩採用了由犬及人、由實到虛的寫法。全詩三章，每章的第一句均以實寫手法寫犬，每章的第二句均以虛寫手法寫人。「令令」、

「重環」、「重」是寫犬，不僅描繪其貌，而且描摹其聲。由此可以想見當時的情景：黑犬在獵人跟前的受寵貌和興奮貌，獵犬在跑動中套環發出的響聲等，這就從一個側面烘托出狩獵時的氣氛。「美且仁」、「美且鬈」、「美且偲」，則是寫人，在誇讚獵人英姿的同時，又誇讚獵人的善良、勇敢和才幹。這樣看來，詩中所讚美的獵人，是個文武雙全、才貌出眾的人物，以至引起旁觀者的羨慕、敬仰和愛戴。從感情的角度看是真實的，從當時所崇尚的民風看，也是可信的。

敝 笱

敝笱在梁[①]，其魚魴鰥[②]。齊子歸止[③]，其從如雲。
敝笱在梁，其魚魴鱮[④]。齊子歸止，其從如雨。
敝笱在梁，其魚唯唯[⑤]。齊子歸止，其從如水[⑥]。

【註釋】

① 敝：破。笱（音狗）：捕魚的魚簍。梁：捕魚的水壩，河中築堤，中間留缺口，放入魚簍，使魚能進不能出。
② 魴（音防）：鯿魚的古稱。鰥（音官）：即鯇鯤，又名鱤魚。一說大魚。
③ 歸止：回娘家。一說出嫁。
④ 鱮：古指鰱魚。
⑤ 唯唯：形容魚兒出入自如。一說形容魚之多。
⑥ 如水：形容隨從人眾多，如水流不斷。

【賞析】

西元前694年，魯桓公受邀去齊國為齊襄公和周王姬主婚，魯桓公夫人文姜是齊女，曾與其兄齊襄公私通，借此機會，她也請求隨同魯桓公一起赴齊。魯國大臣申因而向桓公婉言進諫道：「女有夫家，男有妻室，不可混淆。否則必然遭致災殃。」桓公沒有理會，帶著文

姜，大批隨從車騎簇擁著，浩浩蕩蕩前往齊國。在齊國他發覺文姜與齊襄公通姦，就責備文姜。文姜把這事告訴了齊襄公，齊襄公在酒宴後趁魯桓公乘車將要回國時，派公子彭生將魯桓公害死在車中。本詩所描寫的就是魯桓公與文姜帶著大隊人馬赴齊的情景，詩既諷刺文姜之荒淫無恥，又諷刺了魯桓公之昏昧不察。

全詩三章，內容基本相同，為了協韻，也為了逐層意思有所遞進。「敝笱在梁」作為各章的起興，意味實在很深。「法網恢恢，疏而不漏」，才能治理好一個國家。要捕魚也需有嚴密的漁具。魚簍擺在魚梁上，本意是要捕魚，可是簍是如此敝破，小魚、大魚，各種各樣的魚都能輕鬆自如地遊過，那形同虛設的「敝笱」就沒有什麼價值。這一比興的運用，除了諷刺魯桓公的無能無用，也形象地揭示了魯國禮制、法紀的敝壞，不落俗套而又耐人尋味。另外，「魚」在《詩經》中常隱射兩性關係，「敝笱」對制止魚兒自由來往無能為力，也是兼指「齊子」即文姜的不守禮法和魯桓公的愚昧縱容。

文姜與齊襄公私通之事，當時已是臭名遠揚，此番文姜歸齊，可謂「司馬昭之心，路人皆知」。且禮法又規定，諸侯夫人的父母如果已經去世了的話，就不能親自回國探親了，只能派遣卿士。故文姜執意赴齊，於情於理都不合，齊、魯兩國人民都深以為恥。可是，這種厭惡之情，在詩中並未直接表露，而僅僅描寫了她出行場面的宏大，隨從眾多「如雲」、「如雨」、「如水」。寫得她風光旖旎，萬眾矚目。如果她賢慧，這種描寫就有褒揚意味。反之，她就是招搖過市，因而這種風光、排場、聲勢描寫得越鋪張揚厲，在讀者想像中與她的醜行掛上鉤，地位的崇高與行為的卑污立即形成強烈反差，諷刺與揭露也就越入木三分。

「其從如雲」、「其從如雨」、「其從如水」表面是寫僕從隊伍之盛，然置辦如此排場的人是誰呢？自然是魯桓公。魯桓公軟弱無能，妻子私通而不察，在一片非議聲中攜妻赴齊，竟還如此張揚，不也很可笑、可歎嗎？觀他後來身死齊國的結局，更是可悲、可憐！故本詩對魯桓公的諷刺也是極深的。

載　驅

載驅薄薄①，簟朱鞹鞹②。魯道有蕩，齊子發夕③。
四驪濟濟④，垂轡濔濔⑤。魯道有蕩，齊子豈弟⑥。
汶水湯湯⑦，行人彭彭⑧。魯道有蕩，齊子翱翔⑨。
汶水滔滔，行人儦儦⑩，魯道有蕩，齊子游敖⑪。

【註釋】

① 載：發語詞，相當於「乃」。驅：車馬疾馳貌。薄薄：象聲詞，馬蹄及車輪轉動聲。

② 簟朱（音彈服）：遮蔽車子的竹席，遮在車後。鞹（音潤）：光滑的皮革。用漆上紅色的獸皮蒙在車廂前面，是周代諸侯所用的車飾，這種規格的車子稱為「路車」。

③ 齊子：即文姜。發夕：即「婆娑」，有逍遙、彷徨之意。

④ 驪：黑馬。濟濟：言馬行齊步調一致。一說美好貌。

⑤ 垂轡：指馬韁繩鬆弛，彎曲下垂。濔濔：眾多。一說彎垂貌。

⑥ 豈弟：快樂而心不在焉貌。一說天剛亮。

⑦ 汶水：流經齊魯兩國的水名，在今山東中部，又名大汶河。湯湯：水勢浩大貌。

⑧ 彭彭：眾多貌。

⑨ 翱翔：遨遊，自由自在、無所忌憚之貌。

⑩ 儦儦：行人往來貌。

⑪ 游敖：即「遨遊」，嬉戲，遊樂。

【賞析】

　　這也是一首諷刺文姜與齊襄公私通的詩歌。魯桓公死後，文姜不願歸魯，她居住在齊、魯邊境的禚地，仍時常與齊襄公縱淫。當時文姜經常肆無忌憚地公然以盛裝車服前往齊都臨淄與齊襄公私會，引起百姓唾罵。本詩描寫的就是文姜往返齊都的情景。

全詩四章，首章先寫耳朵聽到的「薄薄」急驅之聲，再寫眼睛看到的車飾堂皇之狀。次章言車馬之盛。後兩章寫從人之眾。詩人只寫其所見、所聞，字面上卻無一字觸及「通淫」之事，只以「魯道」、「齊子」四字暗中埋針伏線，而把厭惡之情隱藏於客觀敘事之中，可謂婉而多諷，韻味濃厚。

本詩一個突出的特點就是使用許多疊詞、形容詞，如首章用「薄薄」來描述在大路上疾馳的豪華馬車，字裏行間透露出那高踞在車廂裏的主人公是那樣地趾高氣揚卻又急切無恥。次章以「濟濟」形容四匹純黑的駿馬高大雄壯，以「濔濔」描寫上下有節律地晃動著的柔韌韁繩，更襯托出乘車者的身份非同一般。三、四兩章用河水的「湯湯」、「滔滔」與行人的「彭彭」、「儦儦」相呼應，借水之滔滔不絕說明大路上行人的熙熙攘攘，往來不斷，他們都對文姜的馬車駐足而觀，側目而視，從而反襯出文姜的膽大妄為，目中無人。這一系列的疊詞在烘托詩中人與物的形、神、聲方面起了很關鍵的作用。另外，多用疊詞，對加強詩歌的音樂性、節奏感也有幫助，可起到便於人們反覆詠歎吟誦的作用。

猗　嗟

猗嗟昌兮①，頎而長兮②。抑若揚兮③，美目揚④兮。
巧趨蹌兮⑤。射則臧⑥兮。
猗嗟名⑦兮，美目清⑧兮。儀既成兮⑨，終日射侯⑩。
不出正⑪兮，展我甥兮⑫。
猗嗟孌⑬兮，清揚婉兮⑭。舞則選兮⑮，射則貫⑯兮。
四矢反兮⑰，以禦亂⑱兮。

【註釋】
① 猗嗟：讚歎聲。昌：壯盛之貌。

② 頎：身材修長。長：高大。

③ 抑：通「懿」，美好。揚：前額開闊。

④ 揚：飛揚，形容目光炯炯有神。

⑤ 巧趨：靈巧地行走。蹌：步伐矯健。

⑥ 臧：好。射箭中靶心，圍觀的人都會叫好，所以「臧」指射中。

⑦ 名：通「明」，形容容貌之盛。

⑧ 清：眼睛清澈。

⑨ 儀：威儀。一說以為井儀之禮。「井儀」是「五射」之一。成：具備。一說完畢。

⑩ 侯：箭靶。

⑪ 正：靶心。

⑫ 展：誠然，真是。甥：外甥。

⑬ 孌：健壯而美好。

⑭ 清揚：上文「揚兮」、「清兮」並稱。婉：美好。

⑮ 舞：舞蹈。射禮中的一道程式。選：通「旋」，舞姿優雅曼妙，動作十分俐落。

⑯ 貫：指穿透箭靶的獸皮，形容臂力之大。

⑰ 四矢：四支箭。古代有「四矢貫侯」的射法，即把四支箭分別射在箭靶的四角，形成「井」字形，也稱「井儀」。這是考驗射箭準確度的一種方式。反：把箭靶上的箭收回來。

⑱ 禦亂：防禦叛亂。

【賞析】

關於本詩主旨，《毛詩序》認為是齊人諷刺魯莊公的作品。魯莊公之母（即文姜）與齊襄公私通，他不能以禮阻止其母，可謂失子之道。且又據史載，魯莊公曾不顧殺父之仇，與齊襄公多次會獵，古代學者多以為本詩所描寫的就是他們會獵的場景，其中暗含諷刺意。詩中提到「甥」，而魯莊公與齊襄公又恰是甥舅關係，這樣來看，似乎是本詩主旨無疑了。然縱觀全詩，皆是讚美語，實在看不出有諷刺

意。且詩中除了「甥」字能勉強扯上齊襄公和魯莊公外，其餘內容則與故事毫不相涉。即使「甥」字，古人解釋亦多歧義。《詩經稗疏》云：「古者蓋呼妹婿為甥。」孔疏則云：「凡異族之親皆稱甥。」故今人多不贊成諷刺魯莊公說，以為本詩是一首全面讚美一位貴族青年射手的詩歌。歌頌青年形象主要從兩個方面：一是其外表之美，二是其射術之高超。

詩篇一開始就突出了青年身材的高大健壯，接下來又寫到他的氣質和容貌。因為眼力是一個射手必備的條件，所以詩中又著力寫了青年的眼睛。「清」、「揚」、「婉」刻畫了他目光清澈明亮，炯炯有神的儀態。

全詩三章，每一章對青年的射技都有描寫。第一章寫青年百發百中；第二章寫青年終日苦練；第三章讚美了青年射箭時的儀態和連射技術。最後取回四支箭的動作彷彿在說：看天下誰敢作亂！這四支箭所射的就是他的榜樣。

詩篇連用十七個「兮」字，表現了詩人讚歎不已的深情。

魏　風

　　魏地在今天山西芮城、運城一帶，這裏是堯和禹建都的地方，所以多說此地有先王遺風。「魏風」就是魏地的樂調和民歌，就其情調而言，比其他國風要黯淡許多。

葛　屨

　　糾糾葛屨^①，可以履霜^②？摻摻女手^③，可以縫裳？要之襋之^④，好人服之^⑤。

　　好人提提^⑥，宛然左辟^⑦，佩其象揥^⑧。維是褊心^⑨，是以為刺^⑩。

【註釋】

① 糾糾：通「繚繚」，繩索纏結貌。葛屨：葛麻編織成的草鞋。

② 可以：何以。履：踐踏。葛屨是夏天穿的鞋子，不能禦寒，所以詩人要反問。

③ 摻摻：手忙繁亂、勞累貌。

④ 要、襋（音及）：衣裳的腰部和衣領，詩中作動詞，即縫製衣服的腰部和領子的部分。要：通「腰」。

⑤ 好人：指女奴的主人。服：穿。

⑥ 提提：通「媞媞」，安詳美好貌。

⑦ 宛然：鮮明漂亮。辟：通「襞」，指衣服上下兩扇扣合處。古人衣服，扣子在衣之側而不在中。衣服襞縫朝哪一邊，是古人審美所特別關注之處。

⑧ 揥（音剔）：古首飾，可以搔頭，類似髮篦。

⑨ 維：因。是：其。褊心：狹隘的心。

⑩ 是以：所以。刺：諷刺。

【賞析】

這是《詩經》中唯一描寫女奴生活的詩歌，是一首控訴詩。詩採用對比的手法，以女奴不辭辛勞地工作和主人大模大樣作對比，以女奴穿著之破陋和主人的衣著華美作對比，一窮一富，一奴一主，形成鮮明的對照和強烈的諷刺效果，給人留下了十分強烈的印象。

全詩共兩章，前章先著力描寫縫衣女之窮困：天氣已轉寒冷，但她腳上仍然穿著夏天的涼鞋。因平時女主人對她的虐待和吝嗇，故她不僅受凍，而且挨餓，雙手纖細，瘦弱無力。儘管如此，她還是必須為女主人縫製新衣。自己受凍，所做新衣非但不能穿，還要服侍他人試穿，這非常淒慘。

因前章末尾有「好人服之」句，已引出「好人」，故後章作者筆鋒一轉，著力描寫女主人之富有和傲慢。她穿上了縫衣女辛苦製成的新衣，連看都不看她一眼，還故作姿態地拿起簪子自顧梳妝打扮起來。這種舉動自然是令縫衣女更為憤慨和難以容忍的。

本詩的細節描寫也極為出色。由於此詩有兩個女性人物，所以作者也進行了細節描寫，如寫縫衣女只寫她的腳和手，腳穿涼鞋，極表其受凍之狀；手兒瘦弱，極表其挨餓之狀。這兩個細節一經描摹，一個饑寒交迫的縫衣女形象便躍然紙上。再如寫女主人，作者並沒有描摹她的容貌，只是寫了她試穿新衣時的傲慢神態和扭腰轉身的動作，以及自顧佩簪梳妝的動態，便刻畫出了一個自私吝嗇、無情無義的女貴人形象。

詩的最後兩句點題。如果沒有這兩句，僅以前面的描寫和對比論，很難說出它有多少諷刺意義，只有當讀者讀至末二句，方知這詩具有諷刺意味，是一首諷刺詩。這便是點題的妙用。有此兩句，全詩的題意便立刻加深；無此二句，全詩便顯得平淡。

汾沮洳

彼汾沮洳①，言采其莫②。彼其之子，美無度③。
美無度，殊異乎公路④。
彼汾一方，言采其桑。彼其之子，美如英⑤。
美如英，殊異乎公行⑥。
彼汾一曲⑦，言采其藚⑧。彼其之子，美如玉。
美如玉，殊異乎公族⑨。

【註釋】

① 汾（音分）：汾水，在今山西省中部，西南匯入黃河。沮洳（音巨
入）：水邊低濕的地方。

② 言：乃。莫：草名，即酸模，又名羊蹄菜，多年生草本，嫩葉可
食，有酸味。

③ 美無度：無限美，極言其美之甚。

④ 殊異：特別不同。公路：掌管國君車馬之官，由貴族子弟擔任，
又稱公車都尉。路：通「輅」。

⑤ 英：花。一說以為通「瑛」，玉的光彩。

⑥ 公行：掌管國君兵車的官。

⑦ 曲：河道彎曲之處。

⑧ 藚（音蓄）：舊以為即澤瀉草，多年生沼生草本，具地下球莖，可
作蔬菜。一說以為狀似麻黃，亦謂之「續斷」。一說以為「牛
膝」，亦是野菜。

⑨ 公族：掌管國君宗族事務的官，由貴族子弟擔任。

【賞析】

　　這是一首讚歌，所讚美的對象一說以為賢者隱士，一說以為是所
慕情人。詩中所言地點是在汾水邊，在先秦時，水邊常為男女聚會戀
愛之地，而在《詩經》詩篇中，言在水邊，多與愛情相關。「采」字

又多有求愛、相思的含義。「彼其之子」一句，這在《詩經》中又常是對情人的稱呼，故認為本詩是一首女子思慕男子的詩，是比較確切的。

全詩三章，起興語相似，只改動數字。「沮洳」、「一方」、「一曲」詞語的變換，不僅顯示這位女子勞動內容的不同，還表示空間和時間的變換。也就是說，不論這位癡情女子不管幹什麼活兒，也不論是什麼時間和什麼地點。她總是思念著自己的意中人，足見其鍾情的程度了。這樣就把這位女子思慕情人的癡情之狀描摹得栩栩如生。接著又用「美無度」、「美如英」、「美如玉」來讚美男子的儀容。在女子的眼中，情人就像一塊完美無瑕的玉，又像一朵灼灼閃光的花，是那樣的出類拔萃。

詩的最後，詩人將情人與公族子弟作比，並以極其肯定的語氣讚揚了情人之優秀，遠勝過那些公族子弟。言語之中，似乎還充滿了對貴族子弟的輕蔑之意。全詩沒有對女子的情人有正面描寫，但通過這種對比、烘托的藝術手法，把這位未露面的男子描寫得如見其人了。

本詩在篇章結構上運用的是《詩經》中常見的疊句重章、反覆吟詠的藝術形式。三章字句變化不多，而詩意卻層層遞進。「美無度」是對所思男子之美的概括描寫；「美如英」是對所思男子的儀表之讚美；「美如玉」是對所思男子人品的讚美。而又以「公路」、「公行」、「公族」加以具體映襯，這就更加凸顯了「彼其之子」美的形象。

園 有 桃

園有桃，其實之殽①。心之憂矣，我歌且謠②。
不知我者，謂我士③也驕。彼人是④哉，子曰何其⑤？
心之憂矣，其誰知之？其誰知之，蓋⑥亦勿思！
園有棘⑦，其實之食。心之憂矣，聊以行國⑧。
不知我者，謂我士也罔極⑨。彼人是哉，子曰何其？

心之憂矣，其誰知之？其誰知之，蓋亦勿思！

【註釋】

① 之：是。殽：通「肴」，吃。其實之殽：即「殽其實」。

② 歌、謠：曲合樂曰歌，徒歌曰謠，此處泛指歌唱。

③ 士：統治階級人士。一說能治其事者。

④ 是：對。

⑤ 何其：奈何，如何。

⑥ 蓋：通「盍」，何不。

⑦ 棘：本指酸棗樹，這裏當指紅棗。酸棗、紅棗為同類植物，但酸棗非園中生長之物。

⑧ 行國：離開城邑。一說周遊於國中。國：與「野」相對，指城邑。

⑨ 罔：無。極：中，標準。罔極：妄想，沒有準則。

【賞析】

　　這是一首士大夫憂時傷己的詩。他的主張，他對國家的憂慮，都無人理解，而且還指責他高傲和反覆無常，他既無法改變現實，也不能改變自己的主張，只能長歌當哭，自慰自解。最後在無可奈何中，他表示「聊以行國」，置一切不顧了。從詩中不難看出詩人的處境。感情，與後世屈原有諸多相同之處——忠誠正直而人皆以為「驕」，陳說利害而人皆以為其「罔極」；滿腔忠憤，至於國中無人理解，孤獨淒苦，可謂「舉世混濁他獨清，眾人皆醉他獨醒」。本詩可說是一篇北國的《離騷》。

　　詩以桃樹和棗樹起興，詩人有感於它們所結的果實尚可供人食用，味美又可飽腹，而自己卻無所可用，不能把自己的「才」貢獻出來，做一個有用之人。因而引起了詩人心中的郁憤不平，所以三、四句言其無法解脫心中憂悶，只得放聲高歌，聊以自慰。而在次章中，高歌亦不足以泄憂，故詩人決定「聊以行國」，離開他生活的城邑，到別處看一看。這只是為了排憂，還是想另謀出路，無法測知。五、

六句言其心無人理解，不但不理解，還誤解，人們將他出自愛國愛君之心而表現出來的言行，把他有時高歌，有時行遊的放浪行動，視為「驕」，視為「罔極」。詩人為此感到委屈、憂悶，他為無法表白自己的心跡而無可奈何，所以七、八兩句問道：「彼人是哉？子曰何其？」這兩句實際是自問自答，展現了他的內心無人理解的痛苦和矛盾。最後四句，詩人以有識之士自居，自信所思慮與所作為是正確的，因而悲傷的只是世無知己而已，故一再申說「其誰知之」，表現了他深深的孤獨感。他的期望值並不高，只是要求世人「理解」罷了，然而這一丁點的希望，在當時來說也是不可能的，因此他只得以不去想來自慰自解。詩人告誡自己「勿思」，可他心裏又如何能不思！

　　全詩給人以「欲說還休」的感覺，風格沉鬱頓挫。陳繼揆《詩經臆補》認為：「是篇一氣六折。自己心事，全在一『憂』字。喚醒群迷，全在一『思』字。至其所憂之事，所思之故，則俱在筆墨之外，托興之中。」牛運震《詩志》云：「哀思繚繞，較《黍離》更慘一倍。兩『蓋亦勿思』，低頭看聲，多少嗚咽摧挫。」

陟 岵

　　陟彼岵兮①，瞻望父兮。父曰：嗟！予子行役，夙夜無已②。
　　上慎旃哉③！猶來無止④！
　　陟彼屺⑤兮，瞻望母兮。母曰：嗟！予季⑥行役，夙夜無寐⑦。
　　上慎旃哉！猶來無棄⑧！
　　陟彼岡兮，瞻望兄兮。兄曰：嗟！予弟行役，夙夜必偕⑨。
　　上慎旃哉！猶來無死！

【註釋】
① 陟：登上。岵：有草木的山。
② 無已：停止。

③ 上：通「尚」，希望。慎：謹慎。旃（音沾）：這裡是「之焉」的
合音，作語氣助詞。
④ 來：歸來。無止：不要停留不歸。一說為敵所獲曰「止」。
⑤ 屺（音起）：無草木的山。
⑥ 季：兄弟中排行第四或最小。
⑦ 無寐：不能好好休息。一說「寐」通「沫」，沫即已，無沫即無
已，與上章「無已」意同。
⑧ 棄：指拋棄家人而不歸。
⑨ 偕：俱，一樣。

【賞析】

這是一首行役者思家之作。喬億《劍溪說詩又編》推其為「千古
羈旅行役詩之祖」。這並非是說它最早表現了征人思親的主題，而在
於它開創了中國古代思鄉詩一種獨特的抒情模式。它不像一般征夫詩
那樣，直接述寫勞役者的痛苦和懷念親人的心緒，而是從行役者的想
像中寫出親人的懷念。這樣就大大擴展了詩篇的容量，它反映的不僅
是行役的苦，而是全家的苦，也代表著勞役重壓下人們共同的苦難。
沈德潛《說詩晬語》云：「三段但念父母兄之思己，而不言己之思父
母兄。蓋一說出，情便淺也。」

本詩的敘述極有層次。牛運震《詩志》引《詩弋》云：「初陟岵，
於草木中隱隱若有見，尚朦朧不明。故次陟屺，於無草木處望個親
切。次又陟岡，於山最高處，再望個仔細，詩之敘也。」

親人的懷念之語，體現出鮮明的個性。父親言「猶來無止」，囑
咐他不要永遠滯留他鄉，這語氣純從兒子出發而不失父親的曠達；母
親言「猶來無棄」，叮囑這個小兒子不要拋棄親娘，這更多地從母親
這邊出發，表現出難以割捨的母子之情，以及「娘憐少子」的深情；
兄長言「猶來無死」，直言祈願他不要埋骨他鄉，這脫口而出的「猶
來無死」，強烈表現了手足深情，表現了對青春生命的愛惜和珍視。
「死」字凶慘，父母斷不會說出，是老年人心細處，兄長最後道出，

是年輕人心情激動處，摹擬入神。然詩篇由望家起，以「死」終，更覺弦外有嗚咽之聲。在篇幅如此短小的詩篇中，寫出人物的個性，極為不易，而能從設想的幻境中寫出人物的特點，更為難能習慣。

全詩三章，雖是重章疊唱，然三章之中，每句都有字改動，只有「上慎旃哉」一句未動。可見父母之念子，兄長之念弟，皆在一個敬謹。陳繼揆云：「遊子生還，高堂重聚，全在一『慎』字。自古忠臣孝子，無不以謹慎立身者。」今人學者陳僅亦云：「慎之一字是家人臨別丁寧口角，是孝子在途中保重心腸，詩人可謂體貼入微者。」

本詩情感細膩而深厚，在這一聲聲親人念己的設想語中，包含了多少嗟歎、多少叮嚀、多少希冀、多少盼望、多少愛憐、多少慰藉，千載後讀之，仍足以使羈旅之人望白雲而起思親之念。

十畝之間

　　十畝①之間兮，桑者閑閑兮②。行，與子還③兮。
　　十畝之外兮，桑者泄泄④兮。行，與子逝⑤兮。

【註釋】

① 十畝：言桑林之面積，是虛數，並非實數。
② 桑者：採桑的人。一說採桑女。閑閑：寬閑、悠閒貌。
③ 還：一作「旋」，即盤旋、盤桓之意，猶今「轉轉」。一說還家。
④ 泄泄：和樂貌。一說多人之貌。
⑤ 逝：往。

【賞析】

　　先秦時，桑林之地是男女經常相會的地方。本詩可能是調皮的小夥子相約姑娘到桑林遊玩的詩。一說以為本詩無關情愛，描寫的是採桑女勞動的場景，勾畫了一派清新恬淡的田園風光，抒寫了採桑女輕

鬆愉快的勞動心情。而詩的最後不是言男女同行，而是採桑女呼伴同歸。此說亦通。

　　全詩以輕鬆的旋律，表達了愉悅的心情。全詩兩章，每章六句，重章複唱。每句後面都用了語氣詞「兮」字，這就很自然地拖長了語調，表現出一種舒緩而輕鬆的情緒。「閑閑」、「泄泄」寫春日桑田間，採桑女三三兩兩，悠閒愉快的採桑景況。「行」字作獨字句，讀來口吻情態方能逼真如畫。最後言「與子還」、「與子逝」，包含了綿延不絕的情意，更使得畫面無盡延伸，詩盡而意不盡，給讀者留下無限的想像空間。

伐　檀

　　坎坎伐檀兮[1]，寘之河之干兮[2]，河水清且漣猗[3]。不稼不穡[4]，胡取禾三百廛兮[5]？不狩不獵，胡瞻爾庭有縣貆兮[6]？彼君子[7]兮，不素餐[8]兮！

　　坎坎伐輻兮[9]，寘之河之側兮，河水清且直[10]猗。不稼不穡，胡取禾三百億[11]兮？不狩不獵，胡瞻爾庭有縣特[12]兮？彼君子兮，不素食兮！

　　坎坎伐輪兮，寘之河之漘[13]兮，河水清且淪[14]猗。不稼不穡，胡取禾三百囷[15]兮？不狩不獵，胡瞻爾庭有縣鶉[16]兮？彼君子兮，不素飧[17]兮！

【賞析】

① 坎坎：象聲詞，伐木聲。檀：木名，木質堅硬，宜於作車。

② 寘（音至）：通「置」，放。干：通「岸」，河岸，水邊。木經浸水，可使木質堅實耐用，故造車伐木要置於水畔。

③ 漣：被風吹起的水面的波紋。猗：意同「兮」，語氣助詞。

④ 稼：播種。穡：收穫。

⑤ 胡:為何。三百:極言其多,非實數。廛:通「纏」,即捆。一說以為一家所耕之地曰一廛。

⑥ 瞻:向前或向上看。縣:通「懸」。貆(音環):哺乳動物,形似豬而小,穴居山野。一說豪豬。一說幼貉。

⑦ 君子:指上層統治階級。

⑧ 素餐:無功而食,白吃飯,不勞而獲。

⑨ 伐:此處有製作之意。輻:車輪上的輻條。

⑩ 直:水流的直波。

⑪ 億:束。

⑫ 特:大獸。毛傳:「獸三歲曰特。」

⑬ 漘(音純):水邊。

⑭ 淪:水中小波紋。

⑮ 囷(音君):通「稇」,捆,束。一說圓形糧倉。

⑯ 鶉:雕。一說鵪鶉。

⑰ 飧:熟食,此泛指吃飯。

【賞析】

　　本詩是古代伐木工人勞動時所唱之歌,他們歌唱自己的勞動,熱情而豪邁,但也對上層人物作出了自己的評價。關於其評價的觀點,歷代分歧尤大。一說以為是「專美君子不素餐」,一說以為是諷刺上層階級不勞而獲,一說以為是勞動者反對剝削壓迫。仔細閱讀本詩,雖然在樂觀愉快的情調中也蘊含著怨憤的意識,然而詩人並沒有用激烈的口吻去怒斥剝削者,也沒有表現出與這種不合理制度抗爭的思想,而只是諷刺幾聲,牢騷幾句,使自己不平的心情得到安慰,然後又繼續勞動,愉快歌唱。由此可見,詩中所敘,只是伐木工對現實的一種直白,並不包含太過強烈的感情色彩,對於現狀,他們並不排斥。至於為何不排斥,或因為是對等級制度的逆來順受,亦或者是對「勞心」與「勞力」的正確認可。古往今來,社會永遠有「勞心」與「勞力」之分工,這二者雖然待遇和處境不同,然而從本質上都是付

出勞動的，並無可厚非。

　　全詩三章重疊，意思相同。首兩句直敘其事，寫伐檀木的艱苦勞動。第三句轉到描寫抒情，這在《詩經》中是少見的。當伐木者把親手砍下的檀樹運到河邊的時候，面對微波蕩漾的清澈水流，不由得讚歎不已，大自然的美令人賞心悅目，也給這些伐木者帶來了暫時的輕鬆與歡愉。這裏可見伐木者雖然辛苦勞累，但他們的心境依然開朗樂觀，他們極善於苦中作樂。接下來四句是對「君子」境況的描寫，他們從不下田耕作，卻能擁有大量的糧食；他們從不狩獵，卻能享用野味和獸皮。這裏用疑問的語氣，隱隱透露出不滿之意。然而末兩句語氣又一轉，伐木者似乎是在自問自答：那些君子啊，也不白吃飯啊！言下之意，君子們也是付出勞動的。這是自慰之言，也是對君子的肯定之語。

　　仔細分析詩中伐木者的情緒，若要說一點不滿情緒都沒有，是不可能的。人類在遭受不平等的待遇時會流露出自然的反抗情緒，這本是人之常情，但若說詩中伐木者想到反抗，則純粹是臆測了。其實，伐木者的不滿之中也夾雜著羨慕的情緒，他們打心底裏是羨慕君子的生活和待遇的，自然對於君子們的地位和能力，則更是豔羨，然他們又深知自己的身份和能力，故而只能自苦自笑，高歌一曲，然後繼續勞作！

碩　鼠

碩鼠[①]碩鼠，無食我黍[②]。三歲貫女[③]，莫我肯顧[④]。
逝將去女[⑤]，適彼樂土[⑥]。樂土樂土，爰得我所[⑦]！
碩鼠碩鼠，無食我麥。三歲貫女，莫我肯德[⑧]。
逝將去女，適彼樂國[⑨]。樂國樂國，爰得我直[⑩]。
碩鼠碩鼠，無食我苗。三歲貫女，莫我肯勞[⑪]。
逝將去女，適彼樂郊。樂郊樂郊，誰之永號[⑫]！

【註釋】

① 碩鼠：大田鼠。一說以為螻蛄。螻蛄是為農業四大害蟲之一。

② 無：不要。黍：黍米，一種糧食作物。

③ 三歲：多年。貫：通「宦」，侍奉。女：通「汝」，你，下同。

④ 顧：照顧，關照。莫我肯顧：不肯關照我。

⑤ 逝：通「誓」，發誓。去：離開。

⑥ 適：到。樂土：令人歡樂的國土。

⑦ 爰：乃，於是。所：處所。

⑧ 德：恩惠。

⑨ 國：區域，地方。

⑩ 直：通「值」，實現自身價值。一說通「職」，職位。

⑪ 勞：慰勞。

⑫ 號：呼喊。

【賞析】

　　這是一首古代人民反對壓迫，嚮往樂土的詩歌，也有說法認為這首詩唱出了一位賢臣對國君不公平待遇的不滿。

　　全詩三章，意義相同，感情逐步加深。開篇就以「碩鼠」直呼剝削者，並發出呼號，請不要再吃我的莊稼！老鼠形象醜陋狡點，性喜竊食，用來比喻剝削者十分恰當，也表現了詩人對其的痛恨。詩中的「汝」代表剝削者，「我」代表被剝削的百姓，二者是對立關係。三、四句進一步揭露剝削者貪得無厭而寡恩：「我」多年辛辛苦苦養活了「汝」，而「汝」卻不肯給「我」半點回報，甚至是一點安慰都沒有。所以「我」決定要去尋找樂土。一個「逝」字表現了詩人決絕的態度和堅定的決心。可惜的是「我」尋找的樂土在現實中是不存在的，那只是被剝削者在長期生活中所產生的一種幻想。即使是幻想，但它也給苦難中的人們帶來了希望，是人們的精神支柱。

唐　風

　　唐地在今天山西臨汾一帶，「唐風」就是唐地樂調和民歌。周成王時，封弟弟叔虞在唐地建國，因唐地有晉水，改國名為晉國。「唐風」中詩歌都是晉國的詩歌，情調多憂傷苦澀。

蟋　蟀

　　蟋蟀在堂[①]，歲聿其莫[②]。今我不樂，日月其除[③]。
　　無已大康[④]，職思其居[⑤]。好樂無荒[⑥]，良士瞿瞿[⑦]。
　　蟋蟀在堂，歲聿其逝。今我不樂，日月其邁[⑧]。
　　無已大康，職思其外[⑨]。好樂無荒，良士蹶蹶[⑩]。
　　蟋蟀在堂，役車其休[⑪]。今我不樂，日月其慆[⑫]。
　　無已大康，職思其憂，好樂無荒，良士休休[⑬]。

【註釋】

① 蟋蟀：蟲名，一般在夏秋之際鳴叫，預示天氣將寒。蟋蟀始在野地鳴叫，隨著天冷，漸移居室內。堂：廳堂。

② 歲：歲時。聿（音裕）：語氣助詞。其：將。莫：這裡通「暮」，指歲暮。

③ 日月：指時間，光陰。除：過去。

④ 無：勿，不可。已：甚。大康：過分享樂。

⑤ 職：通「直」，應該。其居：所處的職位。

⑥ 荒：荒淫，廢弛。

⑦ 良士：賢士。瞿瞿：警惕瞻顧貌。

⑧ 邁：行，言光陰逝去。

⑨ 外：指份外事務。一說意外之事。

⑩ 蹶蹶：勤奮貌。

⑪ 役車：服役出差的車子。休：休閒不用。

⑫ 慆（音掏）：過，逝去。

⑬ 休休：勤勞之貌。一說安閒自得，樂而有節貌。

【賞析】

　　這是一首感物傷時之作，詩人有感於歲月流逝，萌生及時享樂之心，但從理性上思考，他又深知人之存於世應該努力實現自己的價值，履行自己的社會職責，故而他又勸誡自己和別人要勤勉，不要過分享樂，以致荒廢正業。這首詩從本質上揭示了如何處理人的本性需求與社會規範及社會責任之間的矛盾。

　　全詩三章，意思相同。首兩句渲染環境，詩人由蟋蟀進入屋內，天氣轉冷而頓感秋氣蕭殺，心底淒涼，由此產生了時光飛逝，人生易老之感慨。古人常用候蟲對氣候變化的反應來表示時序更易。第三、四句順著感慨，詩人宣稱要抓緊時間好好行樂，方不負此生。這本是傳統積習。第五、六句話鋒一轉，以「無已大康」攔腰截住，遂翻出「職思其居」一語，點明主題。詩人勸人不要過分追求享樂，應該好好想想自己所承擔的責任，對份外事務也不能漠不關心。尤其是不能只顧眼前，還要考慮到今後可能出現的憂患。詩的末兩句是詩人的總結語，他肯定了「好樂」，但又勸勉自己和別人要節制在限度內，喜歡玩樂，可不要荒廢事業，要時刻提醒自己，要勤奮向上。這一告誡，至今仍有意義，它包含了詩人寶貴的人生經驗，實際也蘊含了中華文化的中庸精神。

　　全詩是有感脫口而出，直吐心曲，坦率真摯，以重章反覆抒發，語言自然中節，不加修飾，是一首上佳的勸誡詩。

山 有 樞

山有樞①，隰有榆②。子有衣裳，弗曳弗婁③。
子有車馬，弗馳弗驅。宛其④死矣，他人是愉⑤。
山有栲⑥，隰有杻⑦。子有廷內⑧，弗灑弗掃。
子有鐘鼓，弗鼓弗考⑨。宛其死矣，他人是保⑩。
山有漆⑪，隰有栗⑫。子有酒食，何不日鼓瑟？
且以喜樂，且以永日⑬。宛其死矣，他人入室。

【註釋】

① 樞：木名，即刺榆，耐乾旱，各種土質易於生長。
② 榆：落葉喬木，樹幹直立，枝多開展，樹冠近球形或卵圓形。
③ 弗：不。一說作「何不」，則此句成疑問句，詩顯得活潑，不死
　板。曳：拖，指長衣拖地。婁：通「摟」，用腰帶將衣服束在腰
　間。一說用手把衣服攏著提起來。
④ 宛其：即宛然，形容委頓倒下貌。
⑤ 愉：樂，即享樂，享受。一說通「偷」。
⑥ 栲：木名，即山樗。
⑦ 杻：木名，即檍樹。
⑧ 廷內：庭院與堂室。
⑨ 考：敲。
⑩ 保：佔有。
⑪ 漆：木名，汁液可作塗料。
⑫ 栗：栗子樹。
⑬ 永日：終日，指整天行樂。

【賞析】

　　關於本詩主題，《毛詩序》認為是諷刺晉昭侯「不能修道以正其
國，有財不能用，有鐘鼓不能以自樂，有朝廷不能灑掃，政荒民散，

將以危亡，四鄰謀取其國家而不知，國人作詩以刺之也」，然縱觀全詩，實在看不出與晉昭侯有關。從詩歌本身來考察，這是一首諷刺一位守財奴式的貴族的詩歌，詩人借反語諷刺了剝削者守財至死的可笑心理。

全詩三章，前兩句起興，但本詩的起興與與所詠的對象則沒有什麼必然聯繫。三章詩句文字基本相近，只改換個別辭彙。一章言衣裳、車馬，二章言廷內、鐘鼓，三章言酒食、樂器，概括了貴族的生活起居、吃喝玩樂。詩歌諷刺的對象熱衷於聚斂財富，卻捨不得耗費使用，可能是個慳吝成性的守財奴，一心想將家產留傳給子孫後代。所以詩人予以辛辣的諷刺。

一說以為這是一首沒落貴族宣揚及時行樂的歌，詩中表現了他對末日即將來臨的恐懼和無可奈何的痛苦。在轟轟烈烈的春秋大動亂時代，舊貴族逐漸垮臺，新貴族一個個躍上政治舞臺，並獵取了舊貴族的財富。面對這種局面，行將沒落的舊貴族，也就不寒而慄，唱出了這首內心獨白。此說亦通。

揚 之 水

揚①之水，白石鑿鑿②。素衣朱襮③，從子于沃④。
既見君子，云何⑤不樂？揚之水，白石皓皓⑥。
素衣朱繡，從子于鵠⑦。既見君子，云何其憂？
揚之水，白石粼粼⑧。我聞有命⑨，不敢以告人。

【註釋】

① 揚：激揚。一說為地名。

② 鑿鑿：鮮明貌。

③ 襮（音脖）：衣領。一說繡有黼形花紋的衣領。一說衣袖。

④ 沃：澤地。一說曲沃，晉國的大城市，其規模建制與晉都邑不相

上下。

⑤ 云何：如何。

⑥ 皓皓：潔白貌。

⑦ 鵠：澤畔。一說亦指曲沃。

⑧ 粼粼：清澈貌。

⑨ 命：指示，約定。一說國之大命，政令。

【賞析】

　　春秋早期，晉昭侯封其叔父成師於曲沃，號為桓叔。曲沃桓叔有奪晉正宗之野心，他佔據大邑曲沃後，廣施仁德，頗得民心，實力迅速強大，很多晉國人都歸順了他。七年後，晉大臣潘父殺死了晉昭侯，而欲迎立桓叔。當桓叔想入晉都時，晉人發兵進攻桓叔。桓叔抵擋不住，只得敗回曲沃，潘父也被殺。一說以為本詩描寫的就是晉國潘父之流將叛晉而秘會曲沃桓叔的情景，詩人在政治上顯然是傾向於曲沃桓叔的。朱熹《詩集傳》曰：「昭侯封其叔父成師于曲沃，是為桓叔。後沃盛強而晉微弱，國人將叛而歸之，故作此詩。」

　　之所以有此說，是因為古來多將「沃」理解為曲沃，將「素衣朱襮」理解為諸侯之服，然「沃」亦可以解釋為澤地，「素衣朱襮」亦可以解釋為白衣紅領，這樣就是尋常著裝了。如此看來，本詩其實是一首女子赴情人約會的詩歌，這樣理解，則更顯情趣和生活氣息，而詩的情感基調則顯生動活潑。

　　全詩三章，起興語近同。「揚之水」象徵女子那激動而充滿期待的心情。白石鮮明晶瑩則顯出這份感情的純潔無瑕。首章言相見後的快樂，「從」字寫出女子癡情的心理狀態。次章言既見之後，心中解除了憂愁。末章以玩笑的口吻講述應約而來時的情形，表現了小兒女如願以償的歡樂。

　　本詩主政治還是主兒女之私情，見山見水，讀者自察。

椒 聊

　　椒聊之實①，蕃衍盈升②。彼其之子，碩大無朋③。椒聊且④，
遠條⑤且。

　　椒聊之實，蕃衍盈匊⑥。彼其之子，碩大且篤⑦。椒聊且，
遠條且。

【註釋】

① 椒：花椒。椒似茱萸，有刺，其實味香烈，能作調料。聊：通
　「梂」（音求），亦作「朻」（音機）、「梂」（音求），草木結成的
　一串串果實。聞一多《風詩類鈔》：「草木實聚生成叢，古語叫作
　聊，今語叫作嘟嚕。」
② 蕃衍：生長繁多。盈：滿。升：量器名。花椒的果實小於豌豆
　粒，結子繁多，可整升整地收穫。
③ 碩：狀貌姣好。大：德美廣博。無朋：無比。
④ 且：語氣助詞，猶「哉」。
⑤ 遠條：指香氣遠揚。
⑥ 匊：雙手合捧為一匊。
⑦ 篤：忠厚。一說形容人體豐滿高大。

【賞析】

　　關於本詩主旨，舊說多以為是諷諫晉昭侯，讚美曲沃桓叔勢力盛
大子孫眾多的詩作。今人解說此詩，多不涉政事，認為是一首讚歌，
但所讚對象是女子還是男子，則不能確定。詩以花椒起興，花椒結果
排列，籽粒眾多，故有學者認為本詩在讚美女子多子，興旺家室。然
而，「碩大無朋」、「碩大且篤」，又實在不是描繪婦女的詞語，於是
聞一多以為這是讚揚婦人碩大豐腴，健康而多子，雖亦能通，但未免
有些牽強。這裏認為本詩是讚美男子之作。詩中確有讚美多子之意，
似乎與讚美男子的主題不符，然而在古代父系社會，男子早已享有無

上的權威，這時期的生殖崇拜是以男性為主題的，稱讚子孫眾多，也可視為是對男性生殖能力的頌揚。把生育單純地歸之於婦女，囿於現代的認識習慣，不免惑於事物的表像了。

　　全詩兩章，只改動數字，皆以長勢繁茂的花椒起興，讚美高大健壯的男子，人丁興旺，子孫就像花椒樹上結滿的果實那樣眾多。比喻新奇、妥帖，增強了詩歌的表現力和感染力。末兩句又回到了對花椒的抒寫上，但因有了中間比喻部分的過渡，已不同於前兩句的單純起興，而是比興合一，人椒互化，前後呼應，對人物的讚美進一步深化，含蘊雋永，有餘音嫋嫋之感。而語尾助詞「且」的連用，更是增強了情感的抒發，企慕之意，可謂一往情深。

綢　繆

　　綢繆束薪①，三星②在天。今夕何夕，見此良人③？子兮④子兮，如此良人何？

　　綢繆束芻⑤，三星在隅⑥。今夕何夕，見此邂逅⑦？子兮子兮，如此邂逅何？

　　綢繆束楚⑧，三星在戶⑨。今夕何夕，見此粲者⑩？子兮子兮，如此粲者何？

【註釋】

① 綢繆：纏繞精密之貌。束薪：捆紮的柴草。這裏喻夫妻同心，情意纏綿。《詩經》中凡言「薪」，多與婚戀有關。

② 三星：即參星，二十八星宿之一。

③ 良人：指新郎。

④ 子兮：你呀。

⑤ 芻：餵牲口的青草。

⑥ 隅：指東南角。

⑦ 邂逅：不期而會，這裏引申為難得之喜。

⑧ 楚：荊條。

⑨ 戶：門。

⑩ 粲者：美人，指新娘。

【賞析】

　　這是一首賀新婚時鬧新房之歌。詩的主題十分明確，以鬧新房的青年的對唱展開對新人的挑逗，首章是對新娘而言，次章是對一對新人而言，末章是對新郎而言。

　　全詩三章，重章疊唱。首兩句是起興，當是詩人所見，又點明婚事及婚禮時間。「在天」與下兩章「在隅」、「在戶」是以參星移動表示時間推移。「隅」指東南角，「在隅」表示「夜久矣」，「在戶」則指「至夜半」，三章合起來可知婚禮進行時間——即從黃昏至半夜。後四句是以玩笑的話來調侃這對新婚夫婦。問他或她在這千金一刻的良宵，見著自己的心上人，將是如何親昵對方，盡情享受這幸福的初婚的歡樂。語言活脫風趣，極富有生活氣息。其中特別是「今夕何夕」之問，含蓄而俏皮，表現出由於一時驚喜，竟至忘乎所以，連日子也記不起的極興奮的心理狀態，對後世影響頗大。

　　此詩後四句頗值得玩味，詩人以平淡之語，寫常見之事，抒普通之情，卻使人感到神情逼真，似乎身臨其境，親見其人，領受到鬧新房的歡樂滋味，見到了無法用語言形容的美麗的新娘，以及陶醉於幸福之中幾至忘乎所以的新郎。這充分顯示了民間詩人的創造力。戴君恩《讀風臆評》評曰：「淡淡語，卻有無限情境。」牛運震《詩志》亦云：「淡婉纏綿，真有解說不出光景。」

杕　杜

　　有杕之杜①，其葉湑湑②。獨行踽踽③。豈無他人？不如我同父④。嗟行之人，胡不比⑤焉？人無兄弟，胡不佽⑥焉？

　　有杕之杜，其葉菁菁⑦。獨行睘睘⑧。豈無他人？不如我同姓⑨。嗟行之人，胡不比焉？人無兄弟，胡不佽焉？

【註釋】

① 有杕（音第）：孤立生長貌。杜：木名，杜梨，棠梨，亦稱豆梨。
② 湑湑：潤澤而茂盛。
③ 踽踽：單身獨行、孤獨無依貌。
④ 同父：指同胞兄弟。一說同祖父的族昆弟。
⑤ 比：親近。
⑥ 佽（音次）：資助，幫助。
⑦ 菁菁：樹葉茂盛貌。
⑧ 睘睘（音瓊）：通「煢煢」，孤獨行走貌。
⑨ 同姓：一母所生的兄弟。一說同族兄弟。

【賞析】

　　這是一首孤獨的流浪者之歌。詩人一歎獨生子的孤苦無依，二歎人情之冷漠，可謂字字血淚，讓人唏噓不已。

　　全詩二章，兩章內容除用韻換字外基本相同。首兩句用孤孤單單的一株棠梨樹起興，與同樣是孤孤單單的流浪漢相對照，既相映成趣，又相對生愁。棠梨雖孤單，還有繁茂樹葉做伴，詩人卻是孤獨一人，相比之下樹要比人幸運得多。所以這「興」又是「反興」。詩人看到孤樹，佇足流連，忽而覺得同病相憐，忽而歎人不如樹，感觸紛紜。這種獨特心理感受與流浪者身份相切合，很有典型意義。

　　第三句「獨行踽踽」是全章的靈魂。整首詩就是描寫一個「尋尋覓覓，冷冷清清，淒淒慘慘戚戚」的踽踽流浪者的苦悶歎息。此句獨

立鎖住，不加鋪敘，以少馭多，濃縮了許多顛沛流離的苦境，給人無限想像空間。此句點出了流浪者，成為前後內容的分水嶺，前是流浪者所見，後是流浪者所思。由第四、五句讀者可以得知，路上風塵僕僕的行人還是有的，但心為形役，各有各沉重的精神枷鎖與自顧不暇的物質煩惱，沒有人肯去對一個陌路人施以援手。這時，流浪者想到了同胞手足的兄弟親情，是「他人」無法比擬和替代的。正如《小雅·常棣》所說：「凡今之人，莫如兄弟。」然兄弟雖好，畢竟在虛無縹緲中，現實終究是現實，詩人不禁發出一聲長長的歎息。「嗟」字直貫最末副歌式複唱四句。

歎息的內容很平實淺近，也正是流浪者的最基本需要：行人為什麼不來親近我？我沒有兄弟在旁，為什麼不來幫助我？孤獨寂寞，呼天搶地，兩個激問中蘊藏著濃重的絕望和憂傷。由此推想，這首詩創作的時代背景，或是戰亂，或是饑荒。不管哪種情況，這首抒寫心靈感受的流浪者之歌，通過一個人的命運，向後世真實地展示了一幅古代難民的流亡圖，其藝術視角很獨特，給人以啟迪。

羔裘

羔裘豹袪①，自我人居居②！豈無他人？維子之故③。
羔裘豹褎④，自我人究究⑤！豈無他人？維子之好。

【註釋】

① 羔裘：羊皮襖。袪：袖口。豹袪即鑲著豹皮的袖口。羔裘豹袪，是當時卿大夫的服飾。

② 自：對待。我人：我，我們。居居：通「倨倨」，傲慢無禮。

③ 維：惟，只。故：舊情。

④ 褎（音袖）：通「袖」。

⑤ 究究：通「仇仇」，倨傲，態度傲慢。

【賞析】

本詩從一個為官志得意滿之人的衣飾和待人的態度寫起，諷刺了那些穿著羔羊皮襖豹袖、拋棄故舊的人。突出了官員傲慢的態度和虛偽的高貴之下，實則淺薄的德行。至於詩人的身份，當是得志官員的情人或妻子。詩中的口氣可作輕重兩種解釋：輕——則是男女之間鬥氣玩笑；重——則是薄情男子顯貴後拋棄舊愛。兩種解釋，哀怨程度不同，詩味亦自有別。這裏取後者之說。一說詩人是得志官員的故友，他不滿舊友恃權傲物，趾高氣揚，盛氣凌人，作此詩諷刺。

全詩兩章，脈絡極清晰，每章的前兩句極寫卿大夫的服飾之威和那不可一世的傲慢態度。後兩句則通過自問自答，表現了女子怨憤不平的情緒。女子雖然怨恨，但仍念舊情，這表達了一種深沉的愛情，也反映了古代婦女純真善良的特性，而詩句的語氣顯得「怨而不怒」，很能體現「溫柔敦厚」的詩教。

詩的結構比較簡單，兩章疊唱，反覆吟詠、反覆唱歎，有著民歌民謠的風味。此外，詩中所用的設問和作答的形式，作為諷刺或表現一種強烈的情緒是很合適的。

鴇　羽

蕭蕭鴇羽①，集於苞栩②。王事靡盬③，不能藝稷黍④。父母何怙⑤？悠悠蒼天！曷其有所⑥？

蕭蕭鴇翼，集於苞棘。王事靡盬，不能藝黍稷。父母何食？悠悠蒼天！曷其有極⑦？

蕭蕭鴇行⑧，集于苞桑。王事靡盬，不能藝稻粱⑨。父母何嘗⑩？悠悠蒼天！曷其有常⑪？

【註釋】

① 蕭蕭：鳥翅扇動的響聲。鴇（音飽）：鳥名，似雁而大，群居水草

地區，不善飛，性不善棲木。

② 苞：草木叢生。栩：柞樹。一說櫟樹。

③ 靡：無。盬（音鼓）：休止。

④ 藝：種植。稷：農作物，與黍屬同類的兩個品種。黍：黃米。

⑤ 怙：依靠，憑恃。

⑥ 所：止。

⑦ 極：終了，盡頭。

⑧ 行：鳥的羽翼。一說指行列。

⑨ 粱：農作物，古稱稷、粟，亦稱小米。

⑩ 嘗：食，吃。

⑪ 常：正常。

【賞析】

　　這是一首服役者的悲憤之詩。春秋時晉國政治黑暗，沒完沒了的徭役使農民終年在外疲於奔命，根本無法安居樂業，贍養父母妻子，因而發出呼天怨地的聲音，強烈抗議統治者的深重壓迫。

　　全詩三章，均以鴇鳥反常地停集在樹上比喻成群的農民反常的生活，即長期在外服役而不能在家安居務農、養家糊口。因為鴇鳥生性只能浮水，奔走於沼澤草地，不能抓握枝條在樹上棲息。而今鴇鳥居然飛集在樹上，猶如讓農民拋棄務農的本業，常年從事徭役而無法過正常的生活。這是一種隱喻的手法，正是詩人獨具匠心之處。王室的差事沒完沒了，回家的日子遙遙無期，大量的田地荒蕪失種。老弱婦孺挨餓受凍，這正是春秋戰國時期各國紛爭、戰亂頻仍的現實反映，所以詩人以極其怨憤的口吻對統治者提出強烈的抗議與控訴，甚至呼天搶地，表現出人民心中正燃燒著熊熊的怒火。

　　首章先言王事之無休，再言農事之荒廢，三言父母之無靠，足見罪孽全在「王事」二字。詩人先平平敘事，中間折向切己至痛的「父母何怙」，「悠悠蒼天」句又一筆揚起，音響節奏俱妙，見得其內心之憂傷而無可奈何。在吞吐伸縮之間，表現了十分憂憤至極。次章言

父母無食，末章言父母無物可嘗。不獨表明了「父母何怙」的關鍵，且層層深化，則對蒼天的呼喊，也就更能體現詩人慘痛的心境。陳繼揆《讀風臆補》評曰：「一呼父母，再呼蒼天，愈質愈悲。讀之令人酸痛摧肝。」

無　衣

豈曰無衣？七①兮。不如子②之衣，安且吉兮③？
豈曰無衣？六兮。不如子之衣，安且燠④兮？

【註釋】

① 七：與「六」俱為數詞，也可以看作虛數，極言衣裳之多。
② 子：第二人稱的尊稱，指詩人縫製衣裳的妻子。一說贈衣之人。
③ 安：舒適。吉：美，善。
④ 燠：暖。

【賞析】

　　本詩篇幅簡短，句法奇特，其意難測。因詩有「七」字，遂有人想到侯伯七命；因有「六」字，遂又想到「天子卿六命」。故《毛詩序》認為本詩是曲沃武公（晉武公）奪得晉國正宗後，派使者向周天子請求冊封時所作之詩。朱熹《詩集傳》則云：「曲沃桓叔之孫武公伐晉，滅之，盡以其寶器賂周釐王。王以武公為晉君，列于諸侯。此詩蓋述其請命之意。」今人多以為此說附會。從詩意來看，本詩似為覽衣感舊或傷逝之作。詩人本來有一位心靈手巧的妻子，家庭生活十分美滿溫馨。不幸妻子早亡，一日他拿起衣裳欲穿，不禁睹物思人，悲從中來。一說以為這是一首答謝贈衣的詩。

　　全詩兩章，前兩句在自問自答中，抒寫了一腔哀思，後兩句盛讚亡妻的手藝，其中飽含了對亡妻的思念。兩章字句大體相同，唯兩起

變動一個字：「七」易為「六」；兩結也變動一字：「吉」易為「燠」。這主要是押韻的需要。從全篇來說，相同的句式重複一遍，有回環往復、一唱三歎、迴腸盪氣之妙。詩的篇幅雖短，但語言自然流暢，酷肖人物聲口，感情真摯，讀之令人淒然傷懷。本詩可與《邶風·綠衣》參看。

有杕之杜

　　有杕之杜，生於道左①。彼君子兮，噬肯適我②？中心好之，曷飲食③之？
　　有杕之杜，生於道周④。彼君子兮，噬肯來遊⑤？中心好之，曷飲食之？

【註釋】

① 道左：道路左邊，古人以東為左。
② 噬：發語詞。一說通「曷」，即何時。適：到，往。一說為悅。
③ 飲食：男女性愛的象徵隱語。
④ 周：道路拐彎處。
⑤ 遊：遊樂。一說探望。

【賞析】

　　這是一首情歌。一位女子不知何因，與其所愛之人分離，或是因為彼此間的小矛盾，或是她被男子拋棄。孤獨的女子心中淒苦，不能忘懷她所愛的男子，因而發出聲聲悲歎。一說以為這是一首求賢歌，一說以為這是一首孤獨盼友之歌。

　　全詩兩章，以生於道邊的孤獨（有杕）棠梨（杜）起興，比喻女子孤獨淒涼的處境。聞一多認為前兩句是女子給對方的一個暗號，報導自己身處何處，則未必然。詩以詩人的心理活動為主線，以期待的

眼光，誠摯的態度，殷勤款待的方式，頻頻召喚「君子」來看望自己。詩人從自己強烈的盼望君子的願望出發，步步設想對方的心態和行為。詩人對「君子」「中心好之」，然而他「噬肯適我」、「噬肯來遊」嗎？只恐「求之不得」的心理活動躍然紙上。朱守亮《詩經評釋》曰：「『肯』字落筆妙，心冀其來，然未敢期其中心肯之而必來也。」「中心好之」是全詩關鍵語，正是因為女子對於「君子」那不盡的愛，才導致她如今這番失落淒苦之態。「飲食」二字，是女子心中所急，而實難言明之意。

　　讀罷此詩，讀者眼前呈現出一幅生動的畫面：荒野古道旁，立著一株孤零零的棠梨，女子站在那裏翹首苦盼「君子」來訪的神態，殷勤款待「君子」時的情景，歷歷在目。女子的願望有沒有實現，詩中沒有交代，不過有一點是可以肯定的，即原先「我」的孤獨感，通過詩歌已有所宣洩，得到了一定的緩解。

葛　生

　　葛生蒙楚^①，蘞^②蔓于野。予美亡此^③，誰與？獨處！
　　葛生蒙棘，蘞蔓于域^④。予美亡此，誰與？獨息^⑤！
　　角枕粲兮^⑥，錦衾爛兮^⑦。予美亡此，誰與？獨旦^⑧！
　　夏之日^⑨，冬之夜^⑩。百歲之後^⑪，歸于其居^⑫。
　　冬之夜，夏之日。百歲之後，歸于其室。

【註釋】

① 葛：蔓生植物。蒙：覆蓋。楚：荊條。

② 蘞（音練）：攀緣性多年生草本植物，有白蘞、赤蘞、烏蘞等。

③ 予美：我的愛人。亡此：死在這裏，詩中指死後埋在這裏。

④ 域：墓地。

⑤ 息：寢息。

⑥ 角枕：方而有角的枕頭。粲：鮮豔。

⑦ 錦衾：錦被。爛：燦爛。

⑧ 獨旦：獨處至旦。旦：天亮。一說指安。

⑨ 夏之日：夏天白晝漫長，詩中代指度日如年之情。

⑩ 冬之夜：冬天黑夜漫長，詩中代指度日如年之情。

⑪ 百歲之後：百年之後，即死後。

⑫ 其居：死者的墳墓。下文「其室」同。

【賞析】

　　這是一首感人至深，催人淚下的悼亡詩，詩人從墓地憑弔歸家，一路淒涼，痛徹心肝。這首詩的背景，大概是春秋時，晉獻公好戰，多興征伐之事，致使國人多喪。詩人的丈夫，也死於戰場。

　　詩的前兩章描寫原野和墳墓是那樣的荒涼悲切，詩人自述心愛的人已經去世，無限悲情浸在紙上。首兩句言所見野外荒涼境況，蔓生的葛藤蘞莖纏繞覆蓋著荊樹叢，就像愛人那樣相依相偎，而詩中主人公卻是形單影隻，孤獨寂寞，好不悲涼。「美」字係「亡」字，慘痛至極。「誰與？獨處！」分為兩截，有嗚咽不忍之狀，令讀者想見其聲淚俱下的情景。第二章較第一章意更疊一層，心情更為淒慘。

　　第三章言入室所見所思。枕頭和被子是愛人所用之物，而如今物在人亡，怎麼不叫人神傷！牛運震《詩志》曰：「角枕、錦衾，殉葬之物也。極慘苦事，忽插極鮮豔語，更難堪。」「獨旦」之意義又較「獨處」、「獨息」有所發展，通宵達旦，輾轉難眠，其思念之深，悲哀之重，令人有無以復加之歎。

　　第四、五章言一人獨居生活之難熬。「冬夜」、「夏日」換句極妙，有時光流轉、物轉星移之慨。兩章不露「思」字，更見憂愁難以消遣之情狀。詩人憂愁難消，淒苦異常，他甚至想到了自己死後的事，可見其心灰意冷。這種日復一日、年復一年的永無終竭的思念之情，閃爍著一種追求愛的永恆的光輝。愛人一死，詩人便喪失了全部生活的希望，悲之深，可見愛之深切。劉沅《詩經恒解》評此詩曰：

「婦哭之詞，後世不少，然務求漫遠，轉少情文。此但就初處恒情反覆嗟詠，而意已懇到，乃至淺至深之文也。」

采 苓

采苓①采苓，首陽②之巔。人之為言③，苟亦無信④。
舍旃⑤舍旃，苟亦無然⑥。人之為言，胡得⑦焉？
采苦⑧采苦，首陽之下。人之為言，苟亦無與⑨。
舍旃舍旃，苟亦無然。人之為言，胡得焉？
采葑⑩采葑，首陽之東。人之為言，苟亦無從⑪。
舍旃舍旃，苟亦無然。人之為言，胡得焉？

【註釋】

① 苓：一種藥草，即大苦。沈括《夢溪筆談》：「此乃黃藥也。其味極苦，謂之大苦。」

② 首陽：山名，在今山西永濟縣南，又名雷首山。

③ 為言：偽言，讒言。

④ 苟：實，誠。無信：不要輕信。

⑤ 旃（音沾）這裡是：「之焉」的合聲。

⑥ 無然：不要以為然。然：是，對。一說指讒言沒什麼價值。

⑦ 胡得：言眾人皆不聽讒言，讒言沒了市場。

⑧ 苦：苦菜，即敗醬草。

⑨ 無與：不要認同贊許。

⑩ 葑（音封）：即蔓菁。

⑪ 無從：不要隨讒言而行事。

【賞析】

這是一首勸人不要聽信讒言的詩。一般論家都以為是諷刺晉獻公

的。晉獻公聽讒之事，莫過於聽信驪姬讒言，殺太子申生，逐公子重耳、夷吾，終致晉國大亂。

全詩三章，分別以大苦、苦菜和蔓菁起興，這三種植物，都是先秦時代人們生活中的必需品，與人們生活息息相關，詩人以這三種常見之物起興，表示讒言之無處不在，讓人防不勝防，同時也告誡世人不應從俗從眾而誤聽。此外，大苦多生於河谷，苦菜生於窪地，蔓菁生於圃，這三種植物都不是首陽山之所宜有，但詩中說「采于首陽」，這是詩人故意設為不可信之情況，以證明讒言之不可聽。

首章勸說讒言不可聽信，次章勸說讒言不可贊同，末章勸說讒言不可服從。「無信」，是強調讒言內容的虛假；「無與」，是強調讒言蠱惑的不可置理；「無從」，是強調讒言的教唆不可信從。語意層層遞進。接著詩人又用「舍旃舍旃」這個疊句，反覆叮嚀，進一步申述讒言全不可靠。至此，詩人所要申述的「人之為言」之「無信」、「無與」、「無從」的理念已經闡述得淋漓盡致，無須再說了。假若世人都能做到「無信」、「無與」、「無從」，那麼讒言也就沒有市場，製造讒言的人也無立足之地了。故此詩人在每章的結尾用「人之為言，胡得焉」以收束全詩，表明造謠者徒勞無功。

戴君恩《讀風臆評》評此詩曰：「各章上四句，如春水池塘，籠煙浣月，汪汪有致。下四句乃如風氣浪生，龍驚鳥瀾，莫可控御。」

秦 風

秦本東方部族，周初被迫遷徙到今甘肅境內，周孝王時居於今甘肅天水地區。「秦風」即秦地的樂調和民歌，其中詩歌大多慷慨悲涼，有強武奮發之氣，在《詩經》中別具一格。

車 鄰

有車鄰鄰[1]，有馬白顛[2]。未見君子，寺人[3]之令。

阪[4]有漆，隰有栗。既見君子，並坐鼓瑟。今者[5]不樂，逝者其耋[6]。

阪有桑，隰有楊。既見君子，並坐鼓簧。今者不樂，逝者其亡。

【註釋】

① 鄰鄰：通「轔轔」，車行聲。

② 白顛：白額，即戴星馬。

③ 寺人：宦者。本指宮中侍御之宦官，後通稱王公貴族的近侍。

④ 阪：山坡。

⑤ 今者：現在，今天。

⑥ 逝者：往後。耋（音碟）：八十歲，此處指衰老。

【賞析】

這是一首描寫訪友相見之樂的詩歌，詩人和友人的身份，應該是貴族之流的人士。

全詩三章皆為自述，表現了友人歡聚作樂的情景。首章從拜會友人途中寫起，詩人說自己乘著馬車前去，車聲「鄰鄰」，如音樂般好聽，他彷彿在欣賞著一支美妙的曲子。正因為他有好心情，才覺得車

聲特別悅耳。最叫他得意的還是拉車的馬，額頭間長著清一色白毛，好似堆著一團白雪。白額的馬，舊名戴星馬，俗稱玉頂馬，是古代珍貴的名馬之一。他特地點明馬「白額」的特徵，當然是要突出它的珍貴，更重要的則是借此襯托自己的尊貴。因而從開頭兩句敘述中，可以察覺到詩人的自豪與歡愉的情懷。緊接著三、四句便說自己已安抵朋友之家。這是一個王公貴族，非一般平民小戶可比，未見主人之前，必須等待侍者的通報、傳令。詩人如此說，無非是要突出友人門第高貴，突出友人的高貴，目的則在暗示自己也是有身份的。首章後兩句是「言在此而意在彼」，自我標榜，可謂含而不露。

第二、三章意思相同，說自己受到朋友的熱情款待。「並坐」表示親熱，他們是一對情投意合的朋友，一見面，就在一起彈奏吹打，親密無間。主人一再勸告著：今日會面要盡情歡樂，轉眼間我們就會衰老，說不定哪一天會死去。這裏表現出及時行樂的思想。末兩句儘管情調有點消極，但放在朋友間相互勸樂的場合，坦露襟懷，以誠待友，在酒席上流露出的人生短促的感傷，本可以理解，非要斥之為腐朽沒落，則未免太過較真。

駟　驖

駟驖孔阜①，六轡②在手。公之媚子③，從公於狩。
奉時辰牡④，辰牡孔碩⑤。公曰左之⑥，舍拔則獲⑦。
遊于北園，四馬既閑。輶車鸞鑣⑧，載獫歇驕⑨。

【註釋】

① 駟：四馬。驖（音鐵）：毛色似赤黑的馬。孔阜：肥碩。

② 轡：馬韁。四馬應有八條韁繩，由於中間兩匹馬的內側兩條轡繩繫在御者前面的車杠上，所以只有六轡在手。一說中間兩匹馬各一條韁繩，旁邊兩匹馬各兩條韁繩。

③ 媚子：秦襄公所寵倖的臣子。一說愛子，即秦襄公寵愛的兒子。
④ 奉：指管理皇家苑圉的官員驅趕出群獸，以供國君狩獵。時：
　　是，此。辰牡：五歲的雄獸，是獸之最大者。牡：雄獸。
⑤ 碩：肥大。
⑥ 左之：向左追趕。
⑦ 舍：放、發。拔：箭的尾部。獲：射中野獸，獲得獵物。
⑧ 輶（音猶）：用於驅趕堵截野獸的輕便車。鑾：通「鑾」，馬嚼子
　　兩頭繫的小鈴。鑣：馬嚼子。
⑨ 載：指以車載犬。獫：長嘴的獵狗。歇：短嘴的獵狗。一說犬驕
　　逸之態。

【賞析】

　　這是一首描寫秦襄公狩獵場面的詩歌，表現出秦人的尚武精神。
東周初年，秦襄公派兵護送周平王遷都洛邑，被周天子始封為諸侯，
後又逐犬戎，遂有岐、豐八百里之地，為秦國日益強盛奠定了基礎，
故本詩洋溢著對秦襄公的讚美和敬仰之情。

　　全詩三章，首章寫將獵之場景。取景從四匹高頭大馬切入，嚴整
肅穆，蓄勢待發，充滿凝重的力度感。四馬端端正正地站著，只待一
聲令下，便拔蹄飛馳。鏡頭接著由馬轉移至控制著六根馬韁繩的人。
「六轡在手」，顯得那樣胸有成竹，從容不迫，充滿自信。然而趕車
人還不是主角，他只是隨秦襄公狩獵的「媚子」，僕從如此英武，秦
襄公之氣度則不言而喻。本章雖只擷取一輛狩獵車的情景，而聲勢浩
大又紀律嚴明的場面已可聯想得之。

　　次章寫正式狩獵之場景。管山林苑圉的狩獵官，接到開獵的命令
後，急忙打開牢圈樊籠，將一群群養得肥肥的專供王家狩獵作靶子用
的時令禽獸驅出，於是乎轟轟烈烈的圍獵場面就自然映現在讀者腦
海。這雖然只是個鋪墊，但角度很巧妙，令人從被獵對象想像狩獵盛
況，避實就虛，別具一格。在紛紜的圍場中，詩作的鏡頭緊緊跟隨著
秦襄公，只聽他對駕馭者吆喝一聲：「調轉車頭向左！」然後放出一

箭，果然那肥獸應弦而倒。這足見襄公武藝不俗。這裏詩人沒有全盤描寫狩獵之盛大場景，想來一言兩語也是描繪不盡，詩只寫秦襄公之一言一射，可謂抓住了牛鼻子，其餘留下空白，讓讀者去自行想像補充。對於秦襄公形象的所造，也只是攝取了一個剎那間的特寫鏡頭，而略去其他枝節，敘事中有描寫，筆法老練簡潔。

末章寫獵後之情景。首句寫場景的轉化，寫秦襄公離開獵場，「遊於北園」，突出了王家苑囿之廣大，也是氛圍的轉折，由張而弛。一個「遊」字意脈直貫篇末。前「狩」後「遊」，互為補充，整個過程相當完整。次句又著眼於「駟」，與首章相呼應，而神態則迥異，此處的駟不再是筋脈怒張，高度緊張，而是馬蹄得得，輕鬆悠閒。一個「閑」字語意雙關，馬是如此，人也如此。後兩句又對「閑」字著意渲染。車是一種用於圍驅獵物的輕便車，然此時已不用急駛飛趕，因而馬嚼上鈴兒叮噹，聲韻悠揚，從聽覺上給人悠閒愉悅之感。最妙的是末句的特寫，那些獵時奮勇追捕獵物的各種獵狗都乘在車上休息保持體力。這一寵物受寵的鏡頭很有趣味，也很耐人尋味，將先前的緊張與現時的休閒形成鮮明對照，使末章的「閑」趣表現得淋漓盡致。

全詩敘事取景高度濃縮，突出典型場景和人物，抓住富於表現力的瞬間和細節，因而雖只窺豹一斑，卻能使人想見全豹，其藝術概括力很值得借鑒。

小　戎

小戎俴收①，五楘梁輈②。游環脅驅③，陰靷鋈續④。文茵暢轂⑤，駕我騏⑥。言⑦念君子，溫其如玉⑧。在其板屋⑨，亂我心曲⑩。

四牡孔阜，六轡在手。騏騮是中⑪，騧驪是驂⑫。龍盾之合⑬，鋈以觼軜⑭。言念君子，溫其在邑。方何為期⑮？胡然⑯我

念之！

　　俴駟孔群[17]，厹矛鋈錞[18]。蒙伐有苑[19]，虎韔鏤膺[20]。交韔二弓[21]，竹閉緄縢[22]。言念君子，載寢載興[23]。厭厭[24]良人，秩秩德音[25]。

【註釋】

① 小戎：小兵車。因車廂較小，故稱小戎。俴（音劍）收：淺的車廂。：淺。收：軫。四面束輿之木謂之軫。一說即「棧車」，用竹木散材製成的不用皮革的車子。

② 五：交互。楘（音木）：纏繞。梁輈（音舟）：車上用以駕馬的曲轅，因其如車之梁，故稱。古代戰車，都會用皮革纏在車轅成「Ｘ」形，起加固和修飾作用。

③ 遊環：收束馬韁繩的銅環，因其在馬背後方前後遊動，故稱。脅驅：中間兩服馬外的繩索，前繫於衡，後繫於軫，限制驂馬內入。因在服馬外脅（傍），故稱。

④ 靷（音引）：引車前行的皮革。前端繫在馬頸皮套上，後端繫於車軸或陰板上。鋈（音務）續：扣住皮帶的白銅環。鋈：白銅。續：連續，環。

⑤ 文茵：有紋飾的坐具。暢轂：長轂。轂：車輪中心的圓木，中有圓孔，用以插軸。

⑥ 騏：青黑色紋的馬。：左後蹄白或四蹄皆白的馬。

⑦ 言：乃。

⑧ 溫其如玉：形容女子的丈夫性情溫潤如玉。

⑨ 板屋：用木板建造的房屋。秦國多林，故以木房為多。這裏是女子想像其丈夫在外居住的情形。

⑩ 心曲：心靈深處。

⑪ 騮（音流）：赤身黑鬣的馬，即棗騮馬。是中：為中。中即中間駕轅的兩馬，又稱「服馬」。

⑫ 騧（音刮）：身上淺黃色而嘴黑的馬。驪：黑馬。驂：車轅外側二

馬。

⑬ 龍盾：畫有龍紋的盾牌。之：是。合：兩隻盾並排豎立在車上，以防禦敵人射來的箭。

⑭ 觼（音玦）：有舌的環。軜：通「枘」，榫頭，用以插入另一部分的榫眼，使兩部分連接起來。一說「觼」是車軾前拴轡繩的裝飾，行軍中有部分轡繩可以不用，就拴在觼上，以歇手力。

⑮ 邑：秦國的城市。方：將。期：歸期。

⑯ 胡然：為何。

⑰ 駟：披薄金甲的駟馬。一說不著甲的駟馬。孔群：群馬很協調。

⑱ 厹（音求）矛：頭有三棱鋒刀的長矛。錞：矛柄末段的平底金屬套。

⑲ 蒙伐：大盾。苑：花紋。

⑳ 虎韔（音暢）：虎皮弓囊。鏤膺：在弓囊前刻花紋。

㉑ 交韔二弓：兩張弓，一弓向左，一弓向右，交錯插於中。

㉒ 閉：弓檠。竹制，弓卸弦後縛在弓裏防損傷的用具。緄：繩。縢：纏束。

㉓ 載寢載興：又寢又興，起臥不寧。

㉔ 厭厭：安靜柔和貌。

㉕ 秩秩：有禮節。一說聰明多智貌。一說愛情引起的思念積累之多。德音：好聲譽。

【賞析】

　　東周初年，西戎騷擾不斷，連周室都遷往了中原洛邑。秦襄公奉周平王之命，討伐西戎，奪地數百里，不但解除了西戎的威脅，也大大增強了秦國的勢力範圍。故而在春秋早期，秦國戰事頻繁，此當為本詩的歷史背景。

　　這是一首妻子懷念出征丈夫的詩。妻子思念丈夫，回憶起當時丈夫出征時的壯觀場面，進而聯想到丈夫離家後的情景，回味丈夫給她留下的美好形象。本詩與同題材的其他詩極為不同，詩中的女子似乎對戰車兵器十分熟悉，由此可見秦人的尚武精神。詩的主題雖是思念

丈夫，但絲毫沒有哀怨憂傷之氣，除了對丈夫的思念，妻子對丈夫還充滿了仰慕之心，希望他建功立業，博得好名聲，凱旋歸來，這又體現出秦人豁達樂觀的人生態度以及那拳拳報國之心。女子如此，男子當更為剽悍，後文《無衣》則可為證。

全詩三章，每章十句，前六句讚美秦師兵車陣容的壯觀，後四句抒發女子思君情意。前六句狀物，重在客觀事物的描述；後四句言情，重在個人情感的抒發。從各章所寫的具體內容看，各有側重，少有雷同。

先看各章的前六句：第一章寫車制，第二章寫駕車，第三章寫兵器。再看各章的後四句，雖然都有「言念君子」之意，但在表情達意方面仍有變化。如寫女子對征夫的印象：第一章是「溫其如玉」，形容其夫的性情猶如美玉一般溫潤；第二章是「溫其在邑」，言其征夫為人溫厚，從軍邊防；第三章是「厭厭良人」，言其征夫安靜柔順。又如寫女子的思念心理，第一章是「亂我心曲」，意思是：想他時使我心煩意亂。第二章是「方何為期」，問他何時才能歸來。盼夫歸來的心情非常迫切。第三章是「載寢載興」，輾轉難眠，忽睡忽起，表明她日夜思念之情難以排除。詩人這樣安排內容，既不雷同，又能一氣貫通。格式雖同，內涵有別。狀物言情，各盡其妙。這就使得全詩的章法結構井然有序，又不顯呆板。

本詩誇耀秦師如何強大，裝備如何精良，陣容如何壯觀，舉國崇尚軍事，炫耀武力，突出體現了「秦風」的特點，也從側面體現了秦人尚武的剽悍民風，那是一個時代的烙印，極具特色。

蒹 葭

蒹葭蒼蒼①，白露為霜。所謂伊人②，在水一方。
溯洄從之③，道阻且長④。溯游⑤從之，宛⑥在水中央。
蒹葭萋萋⑦，白露未晞⑧。所謂伊人，在水之湄⑨。

溯洄從之，道阻且躋⑩。溯游從之，宛在水中坻⑪。
蒹葭采采⑫，白露未已。所謂伊人，在水之涘⑬。
溯洄從之，道阻且右⑭。溯游從之，宛在水中沚⑮。

【註釋】

① 蒹（音兼）：沒長穗的蘆葦。葭（音家）：初生的蘆葦。蒼蒼：深
　青色，形容茂盛。

② 伊人：那人，指思慕的對象。

③ 溯洄：逆流而上。從：接近，追尋。

④ 阻：艱難。長：遙遠。

⑤ 溯遊：順流而下。

⑥ 宛：宛然，好像。

⑦ 萋萋：茂盛的樣子。

⑧ 晞（音西）：曬乾。

⑨ 湄：水岸。

⑩ 躋：原意是升高，詩中指道路陡高。

⑪ 坻（音底）：水中的沙灘。

⑫ 采采：茂盛的樣子。

⑬ 涘：水邊。

⑭ 右：通「周」，迂回曲折。

⑮ 沚：水中的沙洲。

【賞析】

　　本詩是《詩經》中最富影響力的篇章之一，也是一首含蓄淒婉的
情歌，表達的是對朝思暮想的人的讚美和思念。全詩風格纏綿，朦朧
淒美，如夢如幻。

　　開篇寫秋光滿目，一片淒涼之景，「白露為霜」給讀者傳達出節
序已是深秋了，而天才破曉，因為蘆葦葉片上還存留著夜間露水凝成
的霜花。在這樣的情景中，詩人來到了河邊，追尋思慕的人。「所謂

伊人」就是詩人思慕的對象。可是從下文看，詩人根本就不清楚伊人的居處。「在水一方」寫出了雲煙飄渺，茫茫無際的景象，暗含可望而不可即（及）之感。「溯洄」和「溯游」可見詩人以往的追尋，表明詩人思慕時間之久。而「阻」、「長」、「中央」又表明總是求而不得。「宛」字繪出了若隱若現的情景，表明了伊人的身影的隱約飄渺，或許這根本就是詩人癡迷心境下生出的幻覺。詩人苦苦尋覓，淒淒慘慘，可最終卻一無所得，他的眼前看不到伊人，仍是一片淒涼秋景，心中失落可想而知。這種淳樸而深刻的情感也尤其動人。牛運震《詩志》評價此詩曰：「《國風》中第一飄渺文字……純是情，不是景；純是窈遠，不是悲壯。感慨情深，在悲秋懷人之外，可思不可言。」此詩之妙，妙在其意境的空靈幽紗上。蒹葭、白露、秋水、伊人，構成了一種虛幻的意境。彷彿可見，秋色茫茫，水波渺渺，天地空曠，人影恍然的景象，筆下淒涼，心底愴然。

　　也有人認為這不是一首愛情詩，而是一首抒情詩。詩中的伊人並無具體所指，而是詩人某種可望而不可即的抱負和理想，它抒發的是壯志難酬，前途渺茫的惆悵之情。此詩曾被認為是用來譏刺秦襄公不能用周禮來鞏固他的國家，或惋惜招引隱居的賢士而不可得，然證據不足，不能確實。

終　南

　　終南①何有？有條②有梅。君子至止③，錦衣狐裘。顏如渥丹④，其君也哉⑤！

　　終南何有？有紀有堂⑥。君子至止，黻衣繡裳⑦。佩玉將將⑧，壽考不亡⑨！

【註釋】

① 終南：終南山，在今陝西西安市南，是秦嶺主峰之一。

② 條：樹名，即山楸，材質好，可製車板。

③ 至止：來到這裏。

④ 渥：塗。丹：赤石製造的紅色顏料，今名朱砂。此句形容臉色光
　　彩紅潤。

⑤ 其君也哉：他是我們的新國君啊！

⑥ 紀：杞樹。一說山角。堂：即棠，甘棠樹。一說山之寬平處。

⑦ 黻（音服）衣：黑色、青色花紋相間的上衣。繡裳：五彩繡成的
　　下裳。當時都是貴族服裝。

⑧ 將將：通「鏘鏘」，佩玉相擊撞發出的響聲。

⑨ 壽考：長壽。不亡：不已。一說「亡」通「忘」。

【賞析】

　　東周初年，周平王始封秦襄公為諸侯，賜之岐以西之地。其子秦
文公，征伐犬戎，佔有西土，遂收周遺民有之。周族遺民原受治於戎
人，此番得以擺脫異族壓迫，十分高興，因作此詩讚美秦君。一說以
為是秦國大夫讚美秦襄公之歌。一說以為無關政治，只是秦國貴族相
見祝壽的樂歌。三種說法皆可。

　　詩最主要是讚頌秦君的容顏、服飾和儀態。兩章詩都對「君子」
的到來表示出敬仰和讚歎的態度。那君子的臉紅潤豐澤，大有福相。
那諸侯的禮服，內裏狐白裘，外罩織錦衣，還有青黑相間斧形上裝和
五色斑斕的下裳，無不顯得精美華貴，熠熠生輝。詩中對秦君的衣著
有著一種新鮮感，不像是司空見慣習以為常的感覺，秦君也似在炫耀
華服，恰恰證明這確是秦君始據西土，視察各地時穿上顯服的情景。
對秦君外貌的讚美，實則體現周族遺民對秦君德行的稱讚，詩以巍峨
險峻的終南山起興，即可見對秦君的崇敬之意，他們渴望秦君的統治
能使他們過上幸福美滿的生活，這也體現出先民的淳樸和對生活的美
好期望。今有學者從詩中品出對秦君的戒飭之意，亦聊備一說。

黃　鳥

交交黃鳥^①，止于棘。誰從穆公^②？子車奄息^③。
維此奄息，百夫之特^④。臨其穴^⑤，惴惴^⑥其栗。
彼蒼者天，殲我良人^⑦！如可贖兮，人百其身^⑧！
交交黃鳥，止于桑。誰從穆公？子車仲行。
維此仲行，百夫之防^⑨。臨其穴，惴惴其栗。
彼蒼者天，殲我良人！如可贖兮，人百其身！
交交黃鳥，止于楚。誰從穆公？子車鍼虎。
維此鍼虎，百夫之禦^⑩。臨其穴，惴惴其栗。
彼蒼者天，殲我良人！如可贖兮，人百其身！

【註釋】

① 交交：鳥鳴聲。黃鳥：即黃雀。

② 從：從死，即殉葬。穆公：春秋時秦國國君，姓嬴，名任好，春
　　秋五霸之一。

③ 子車：複姓。奄息：人名。下文子車仲行、子車鍼虎同此。

④ 特：匹，言一人抵百人。一說傑出的人才。

⑤ 臨其穴：親人哀「子車三良」之死，臨其墓穴而視。

⑥ 惴惴：恐懼戰慄貌。

⑦ 殲：滅，殺。良人：好人。

⑧ 人百其身：言用一百人贖其一命。

⑨ 防：當，比得上。

⑩ 禦：意同「特」、「防」。

【賞析】

　　這是一首諷刺秦穆公以人殉葬，痛悼「三良」的挽詩。《左傳·文
公六年》載：「秦伯任好（秦穆公）卒，以子車氏之三子奄息、仲行、
鍼虎為殉，皆秦之良也。國人哀之，為之賦《黃鳥》。」

全詩三章。第一章悼惜奄息，分為三層來寫。首二句用「交交黃鳥，止於棘」起興，以黃鳥的悲鳴興起子車奄息被殉之事。「棘」之言「急」，與下文「桑」之言「喪」，「楚」之言「痛楚」，皆是語音相諧的雙關語，給此詩渲染出一種緊迫、悲哀、淒苦的氛圍，為全詩的主旨定下了哀傷的基調。中間四句，點明要以子車奄息殉葬穆公之事，並指出當權者所殉的是一位才智超群的「百夫之特」，從而表現秦人對奄息遭殉的無比悼惜。詩的後六句寫秦人為奄息臨穴送殉的悲慘惶恐的情狀。「惴惴其慄」一語，就充分描寫了秦人目睹活埋慘像的惶恐情景。這慘絕人寰的景象，滅絕人性的行為，使目睹者發出憤怒的呼號，質問蒼天為什麼要「殲我良人」。這是對當權者的譴責，也是對時代的質詢。如果可以贖回奄息的性命，即使用百人相代也是心甘情願的啊！由此可見，秦人對「百夫之特」的奄息的悼惜之情了。第二章悼惜仲行，第三章悼惜鍼虎，重章疊句，結構與首章一樣，只是更改數字而已。

據史載，秦穆公以177人殉葬，而詩人只痛悼「三良」，那174個奴隸之死卻隻字未提，則此詩人的身份地位不言而喻。全詩哀婉沉鬱，然更多的是出於對三位賢才慘死的惋惜，而非對活人殉葬制度的強烈不滿。活人殉葬制度自古有之，慘絕人寰，到了秦穆公時代，人們已清醒地認識到人殉制度的殘暴，本詩即是明證。本詩雖僅為「三良」惋惜，但對人殉制度已微露諷刺意，可算歷史的一大進步。陳繼揆《讀風臆補》評此詩為「惻愴悲號，哀辭之祖」。

晨　風

鴥彼晨風[①]，鬱[②]彼北林。未見君子，憂心欽欽[③]。
如何如何，忘我實多[④]！
山有苞櫟[⑤]，隰有六駁[⑥]。未見君子，憂心靡樂[⑦]。
如何如何，忘我實多！

山有苞棣⑧，隰有樹檖⑨。未見君子，憂心如醉。
如何如何，忘我實多！

【註釋】

① 鴥（音預）：鳥疾飛的樣子。晨風：鳥名，即鸇鳥，屬於鷂鷹一類的猛禽。一說早晨之風。

② 鬱：鬱鬱蔥蔥，樹木茂盛。

③ 欽欽：憂而不忘之貌。

④ 忘我實多：多半已經把我忘了吧。

⑤ 苞：叢生貌。櫟：樹名

⑥ 六駁：木名，梓榆之屬，因其樹皮青白如駁而得名。

⑦ 靡樂：不樂。

⑧ 棣：唐棣，也叫郁李，果實色紅，如梨。

⑨ 樹：樹直立貌。檖：山梨。

【賞析】

　　這是一首女子癡心等待情人的歌，大約他們之前有約定，在樹林見面，然而約定的時間已過，男子還遲遲未到，女子因而心中充滿憂慮，以致心碎神傷，最後懷疑情人已經將她遺忘。這體現的是戀愛中的女子多愁善感的特色，並無揶揄男子「二三其德」的意思。朱熹《詩集傳記》則認為此詩寫婦女擔心外出的丈夫已將她遺忘和拋棄，亦通。

　　全詩三章，首章用鸇鳥歸林起興，也兼有賦的成分。鳥倦飛而知返，還會回到自己的窩裏，而人卻失了約，遲遲未來。從眼前景切入心中情，又是暮色蒼茫的黃昏，仍瞅不到意中的「君子」，女子心底不免憂傷苦澀。再細細思量，越想越怕。她想：怎麼辦呵怎麼辦？那人怕已忘了我！不假雕琢，明白如話的質樸語言，表達出真摯感情，使人如聞其聲，如窺其心。

　　當情人熱戀時，最怕被對方冷落，也最多疑，只怕被人奪去所

愛，所以一時未見，便憂愁不已，再盼不見，則更加胡思亂想，終陷於悲觀的情緒中。這是小女子在戀愛中的正常表現，她所思的男子則未必就真如她所想，已薄情到不見她的地步，因而本詩不能與棄婦怨婦之詩歸於一論。

詩三章換了兩種樹，棣和檖。之所以換，其主要作用在於換韻腳。三章在表達「憂心」上是層層遞進的。「欽欽」形容憂而不忘；「靡樂」，不再有往事和現實的歡樂；「如醉」，如癡如醉精神恍惚。再發展下去，恐怕就要精神崩潰了。全詩各章感情的遞進軌跡相當清晰且真實可信，讀者眼前彷彿可見那苦苦等待情人的焦急女子的形象，她對於愛情的鄭重和失愛即失魂的執著在詩中表現得尤為動人。

無　衣

豈曰無衣？與子同袍①。王于興師②，修我戈矛，與子同仇③！
豈曰無衣？與子同澤④。王于興師，修我矛戟，與子偕作⑤！
豈曰無衣？與子同裳。王于興師，修我甲兵，與子偕行⑥！

【註釋】

① 袍：古代男子外穿的長衣。
② 王：秦王。一說周王。于：如果。
③ 同仇：共同對敵。
④ 澤：通「襗」，貼身的內衣。
⑤ 偕作：共同起來戰鬥。
⑥ 偕行：同行，一起上陣殺敵。

【賞析】

這是一首壯懷激烈的戰歌，意氣風發，豪情滿懷，在「秦風」中最能表現秦人的尚武精神。全詩以一種慷慨激昂的情調，表現了戰士

們枕戈以待，隨時共赴戰場為國捐軀的精神，敘述了將士們在大敵當前、兵臨城下之際，以大局為重，共同殺敵的英雄主義氣概。

全詩三章，每章開頭都採用問答式的句法，似自責，似反問，洋溢著不可遏止的憤慨，彷彿在戰士們復仇的心靈上點燃了一把火，表現同心戮力、奮發激昂的情狀。陳繼揆《讀風臆補》說：「開口便有吞吐六國之氣，其筆鋒凌厲，亦正如岳將軍直搗黃龍。」「與子同袍」、「與子同澤」、「與子同裳」三句在語言上富有強烈的動作性，也表現了戰士們平日同心、戰時齊力的精神。而「修我戈矛」、「修我矛戟」、「修我甲兵」三句則使人想像到戰士們在磨刀擦槍、舞戈揮戟的熱烈場面。

詩採用了重疊複遝的形式，但結構並不機械地重複，而是不斷遞進，有所發展的。如首章結句「與子同仇」，是情緒方面的，說的是他們有共同的敵人。二章結句「與子偕作」，這才是行動的開始。三章結句「與子偕行」，表明詩中的戰士們將奔赴前線共同殺敵了。

本詩悲壯慷慨，開唐代邊塞詩之先河。

渭　陽

我送舅氏①，曰至渭陽②。何以贈之？路車乘黃③。
我送舅氏，悠悠我思。何以贈之？瓊瑰④玉佩。

【註釋】

① 舅氏：這裏指晉文公重耳。

② 曰：發語詞。渭陽：渭水北岸。

③ 路車：諸侯乘坐的車子。路：大。乘黃：指駕車的四匹黃馬。

④ 瓊瑰：珠玉之類。

這首詩主題鮮明，簡單易懂，是春秋時秦國太子（秦康公）送重耳歸晉時所作的送別詩，表達了甥舅之間的深厚情意。

秦康公的生母是晉獻公之女，晉文公重耳是晉獻公的兒子，論輩分，晉文公確為秦康公的舅舅。重耳遭驪姬之亂而流亡諸國，還沒有回到晉國時，康公之母就去世了。秦穆公接納重耳時，康公為太子，當重耳被秦穆公以武力送回晉國時，康公一直將其送到渭水之陽。即將分別，似有千言萬語可說，但又無法盡說，最後贈上「路車乘黃」和「瓊瑰玉佩」，這裏有送舅氏快快回國之意，也有無限祝福寄寓其間，更深一層的是，這表明了秦晉兩國政治上的親密關係。

康公對舅舅重耳的情意除了政治上的原因，更多的還是因為血緣上的親情。當時其母已死，思之而不得見，如今親舅在側，焉能不珍重再三，此可謂「愛母而及舅」。對舅舅的情意體現出康公對母親的無限思念之情。「悠悠我思」四字蘊意頗豐，給讀者留下無限的想像空間。

不過，秦國曾扶持過重耳的弟弟夷吾（晉惠公）。夷吾論輩分，也算是秦康公的舅舅，但未見康公對其有鄭重的表示。究其原因，大概是因為夷吾之為人狹隘卑鄙，而重耳則磊落豪邁，秦康公對重耳的態度也體現了他對重耳人品的肯定。

本詩言甥舅之情，頗為後人賞識，如魏明帝為母築館，名為「渭陽」，而今陝西部分地區，仍有以「渭陽」呼舅者。

權　輿

於我乎^①，夏屋渠渠^②，今也每食無餘。于嗟乎，不承權輿^③。
於我乎，每食四簋^④，今也每食不飽。于嗟乎，不承權輿。

【註釋】

① 於：嘆詞。我：一說通「何」。

② 夏屋：大的食器，即盛饌。夏：大。屋：通「握」，《爾雅》：「握，
　具也。」一說大宮室。渠渠：豐盛貌。一說廣敞貌。

③ 承：繼承。權輿：本指草木初發，引申為起始，當初。

④ 簋（音軌）：古代青銅或陶製圓形食器，兩側有耳。

【賞析】

　　春秋秦穆公在位時，招賢納士，待之甚厚。可當秦康公在位時，
慢待先君之舊臣，與賢者有始而無終，那些士人的生活便一落千丈，
甚至不能飽餐。士人悲觀無奈，因作此詩。一說以為這是一首沒落貴
族對今不如昔生活的歎息。

　　全詩兩章，結構相同，在反覆詠歎中見「低徊無限」之情，感慨
秦康公不能禮待賢者。詩首句即以慨歎發語，使聽者有慘不忍言的心
理預設，詩人以下提及的今昔強烈對比就顯得自然而不突兀。過去的
日子是大碗吃飯、大碗吃肉，而如今是每頓供應的飯菜都非常簡約，
幾乎到了吃不飽的程度，前後待遇懸殊，讓人難以承受。其實，飲食
上的一點變化並不是最重要的，重要的是由此反映出的賢者在國君心
目中的位置。

　　詩兩章相近，在數位變化中顯示出詩人前後待遇落差之大，連連
的嗟歎聲中充滿了失望和希望：對遭受冷遇的現實的失望和對康公恢
復先王禮賢下士之風的希望。慨歎之後，詩人今後的待遇如何，是否
能得到改變，則不得而知。

陳　風

春秋陳國在今河南淮陽、柘城和安徽亳州一帶,「陳風」即陳地的樂調和民歌。陳國人性格平緩,少北方剛烈之氣,「陳風」中的詩歌多半是婚戀習俗和歌舞之作。

宛　丘

子之湯①兮,宛丘②之上兮。洵有情兮③,而無望兮。
坎④其擊鼓,宛丘之下。無⑤冬無夏,值其鷺羽⑥。
坎其擊缶⑦,宛丘之道。無冬無夏,值其鷺翿⑧。

【註釋】

① 湯:通「蕩」,翩翩起舞貌。一說遊蕩。
② 宛丘:四周高中間平坦的土山。
③ 洵:確實。有情:對其有愛慕之情。一說盡情歡樂。
④ 坎:擊鼓聲。
⑤ 無:不論。
⑥ 值:持。鷺羽:用白鷺羽毛做成的舞蹈道具。
⑦ 缶(音否):瓦盆,古歌舞時擊之以節樂。
⑧ 翿(音到):傘形舞蹈道具。聚鳥羽於柄頭,下垂如蓋。

【賞析】

關於本詩主旨,舊說以為刺陳幽公之荒淫好色,遊蕩無度,或說是諷刺陳國臣民好巫之陋俗。今人多以為這是一首情詩,表達了詩人對一位巫女舞蹈家的愛慕之情。這裏取此說。一說以為本詩描寫的是宛丘之下的舞者對宛丘之上無憂無慮遊玩的少女的愛慕之情,亦通。不管愛慕的對象是誰,詩中表現的是一種單戀之情,這點是可以肯定

的,「宛丘之上」與「宛丘之下」則體現出愛情之中難以企及的幽怨和朦朧的美感。

　　全詩三章。首章感情濃烈,開篇兩句寫詩人被巫女優美奔放的舞姿所陶醉,情隨舞起,兩個「兮」字,看似尋常,實深具歎美之意,流露出詩人不能自禁的愛戀之情。而巫女徑直歡舞,似乎沒有察覺那位觀賞者心中湧動的情愫,這使詩人惆悵地發出了「洵有情兮,而無望兮」的慨歎。同是兩個「兮」字,又可品味出他單相思難成好事而徒喚奈何的幽怨之意。

　　第二、三章全用白描手法,無一句情語,但所描繪的巫舞場景,仍處處可感受到詩人情之所繫。在歡騰熱鬧的鼓聲、缶聲中,巫女不斷地旋舞著,從宛丘山上坡頂舞到山下道口,從寒冬舞到炎夏;空間改變了,時間改變了,她的舞蹈卻沒有什麼改變,仍是那麼神采飛揚,仍是那麼熱烈奔放。而同時,詩人也一直在用滿含深情的目光看著她歡舞。他在對自己的愛情不可能成功有清醒認識的同時,仍然對她戀戀不捨,那份刻骨銘心的情感實在令人慨歎。

東門之枌

東門之枌①,宛丘之栩②。子仲③之子,婆娑④其下。
穀旦于差⑤,南方之原⑥。不績⑦其麻,市⑧也婆娑。
穀旦于逝⑨,越以鬷邁⑩。視爾如荍⑪,貽我握椒⑫。

【註釋】

① 枌(音墳):白榆。

② 栩(音許):柞樹。一說櫟樹。

③ 子仲:陳國的姓氏。

④ 婆娑:舞蹈貌。一說徘徊,翔翔。

⑤ 穀旦:吉日,良辰。差:通「徂」,往。一說選擇。

⑥ 南方之原：南方高平之原。

⑦ 績：紡，把麻纖維披開接續起來搓成線。

⑧ 市：人雜聚的地方。

⑨ 逝：往。

⑩ 越以：與以，語氣助詞。譏（音蹤）：會聚，聚集。一說為古代的
　　一種釜。帶著鍋灶參加集會，大概是為了設攤賣飯，與今之廟會
　　風俗相似。

⑪ 菽（音喬）：草名，即錦葵，似蕪菁，花色多種，一般為粉紅的或
　　紫綠色。

⑫ 握：一把。椒：花椒。

【賞析】

　　春秋時陳國「好樂巫覡（音習）歌舞之事」，其占風可以說是保
存得比較好的，因此就有很多這樣的「穀旦」，即祭祀活動。本詩描
寫了秋日祭社的盛會，從詩篇「績麻」、「握椒」等詞語中，可以得
知此聚會是在秋後，當與秋社有一定的聯繫，秋天祭社，一是報豐
收，二是卜來歲。據《禮記》記載，祭社的時候，全村男女老少都得
參加，在這歡會之期，青年男女歡欣鼓舞，相互贈答，充分享受著生
活的樂趣，本詩就描繪了一對男女相悅而贈答的場景。朱熹《詩集
傳》曰：「此男女聚會歌舞，而賦其事以相樂也。」

　　詩是以小夥子為第一人稱口吻寫的，姑娘是子仲家的女兒。首章
寫東門與宛丘的情景，點出在眾多的青年男女中，最為引人矚目的是
「子仲之子」。「婆娑」二字，繪出翩翩風姿。次章寫在這吉日裏，「南
方之原」也是異常熱鬧，婦女們都放下了手中的農活來到這裏，盡情
地歡舞。末章寫青年男女相互贈答的歡樂。詩通篇洋溢著歡快活潑的
氣氛。

　　本詩如同一幅色彩鮮明的社會風俗畫，而青年男女那淳真動人的
愛情更如錦上添花，使得這歡快的日子更具魅力。

衡　門

衡門①之下，可以棲遲②。泌③之洋洋，可以樂④饑。
豈⑤其食魚，必河之魴⑥？豈其取妻，必齊之姜⑦？
豈其食魚，必河之鯉？豈其取妻，必宋之子⑧？

風
陳
風

【註釋】

① 衡門：橫木為門，言淺陋也。一說陳國城門名。

② 可以：一說何以。棲遲：棲息，安身，此指幽會。

③ 泌：當為水名。一說與「密」同，均為男女幽約之地，在山邊曰
　　密，在水邊曰泌，故泌水為一般的河流，而非確指哪裡。

④ 樂：通「療」，治的意思。

⑤ 豈：難道。

⑥ 魴：鯿魚。與「鯉魚」皆是魚之美者，這裏喻異性。

⑦ 齊之姜：齊國的姜姓美女。姜姓在齊國為貴族。

⑧ 宋之子：宋國的子姓女子。子姓在宋國為貴族。

【賞析】

　　關於本詩主旨，舊說以為是隱士表達安貧樂道之詩，此說明顯帶
有儒道雜糅的思想痕跡，太過酸腐。聞一多從民俗角度考證，認為此
詩當屬情詩。衡門，乃男女幽會之所。泌水之岸，乃男歡女愛之地。
「饑」亦非指腹饑，而是性之饑渴；更關鍵的是，「魚」在上古是「匹
偶」、「情侶」的隱語，「食魚」所暗示的恰是男女的「合歡或結配」。
如此，則詩意已明。

　　本詩描寫的是水邊盛會之日，一對青年男女來到衡門幽會，一番
廝磨之後，他們又來到郊外河邊，伴著嘩嘩的流水，極盡男歡女愛。
或許小夥兒被這難忘良宵所陶醉，竟發表了一段富有哲理的愛情名
言：吃魚何必一定要黃河中的魴鯉，娶妻又何必非齊姜、宋子（宋國
女子，鄭穆公的妾）不可？只要是兩情相悅，誰人不可以共度韶光？

言外之意是，他與眼前的女子情感甚篤，非常滿意，希望娶她為妻。一說以為本詩描寫的是一位情感空白的男子求偶而無獲，當他看到其他男女結伴時，心中失落而痛苦。他渴望愛情，自歎自己的求偶要求並不高，為何還不如願。此說亦通。

東門之池

東門之池①，可以漚麻②。彼美淑③姬，可與晤歌④。
東門之池，可以漚紵⑤。彼美淑姬，可與晤語。
東門之池，可以漚菅⑥。彼美淑姬，可與晤言。

【註釋】

① 池：護城河。一說水池。
② 漚麻：將新割的麻在水中浸泡，使其軟。漚：浸泡。
③ 淑：善，美。
④ 晤歌：用歌聲相互唱和，即對歌。
⑤ 紵：通「苧」，苧麻，多年生草本植物，莖皮含纖維質，可做繩，
　　織夏布。
⑥ 菅：菅草，茅屬，多年生草本植物，葉子細長，可做索。

【賞析】

　　這是一首勞動之時唱出的情歌。一群青年男女，在護城河裏浸麻、洗麻、漂麻。他們一起勞作，有說有笑，小夥子豪興大發，對著愛戀的姑娘，大聲地唱出這首情歌，表達對姑娘的情意。漚麻的水，是有相當強烈的臭味的。長久浸泡的麻，從水中撈出，洗去泡出的漿液，剝離麻皮，是一種相當繁冗辛苦的勞動。但是，在這艱苦的勞動中，能和自己鍾愛的姑娘在一起，又說又唱，心情就大不同了。艱苦的勞動變成溫馨的相聚，歌聲充滿歡樂之情。

全詩三章，意思相同，反覆吟唱，既表現青年感情的純樸，又以複遝的手段加強詩歌的主題。清代高朝纓評價此詩曰：「通詩只是一個愛慕不已之意。而反覆道之，以地可泊物，興人可快心。」

東門之楊

東門之楊，其葉牂牂①。昏以為期②，明星煌煌③。
東門之楊，其葉肺肺④。昏以為期，明星晢晢⑤。

【註釋】

① 牂牂（音章）：風吹樹林，樹葉摩擦的聲音。
② 昏：黃昏。期：約定的時間。
③ 煌煌：明亮的樣子。
④ 肺肺：風吹樹葉的響聲。
⑤ 晢晢（音哲）：星光燦爛貌。

【賞析】

　　這是一首寫男女約會的詩歌。

　　全詩從夏夜中的白楊寫起，表現了一種如夢如幻的化境，加上「牂牂」、「肺肺」的樹聲，聽來簡直就是心兒的淺唱低回，可見主人公起初的心情是喜悅的。可是當他久等而不見對方赴約後，他的心情便出現了轉折，詩情也出現了巨大的逆轉。詩中寫明亮的啟明星高高升起於青碧如洗的夜空，靜謐的世界被這燦爛的星辰照耀了。字面的景象似乎很美，但這也暗中交代時間已經過去很久很久，那久待的焦灼和失望的懊惱，分明已充斥於字裏行間。那曾經唱著歌兒的白楊樹聲，也化成了一片噓唏和歎息，無限孤獨落寞之感也油然而生。

　　朱熹《詩集傳》評價此詩說：「此亦男女期會而有負約不至者，故因其所見以起興也。」其實此詩運用的並非「興」語，而是情景如

畫的「賦」法描摹。在終夜難耐的等待之中，借白楊樹聲和「煌煌」明星之景的點染，來烘托不見伊人的焦灼和惆悵，無一句情語，而懊惱、哀傷之情自現。焦琳《詩蠲》評價此詩曰：「此詩之妙，在於傳出人未來而久待神情。原不必泥於誰等誰也。特以東門，雖系通衢，楊林實乃幽僻，又昏以為期，亦有不欲多人共見之意。故知所待當是奔女。然讀之者，但當領其久待之情，不貴考其所待也。」

墓　門

墓門①有棘，斧以斯②之。夫③也不良，國人知之。
知而不已④，誰昔然矣⑤。
墓門有梅⑥，有鴞萃止⑦。夫也不良，歌以訊⑧之。
訊予不顧，顛倒⑨思予。

【註釋】

① 墓門：通向墓地的門。一說墓道之門。一說陳國城名。
② 斯：析，劈砍。
③ 夫：那個人，指陳佗。
④ 已：制止。
⑤ 誰昔：往昔，從前。然：如此。
⑥ 梅：梅樹。一說梅即棘，梅古文作「楳」，與棘形近，遂致誤。
⑦ 鴞：貓頭鷹，古人認為是惡鳥。萃：集，棲息。
⑧ 訊：通「誶」，斥責，告誡。
⑨ 顛倒：跌倒，指事敗。一說反覆。

【賞析】

　　這是一首諷刺陳廢公陳佗的詩。春秋時，陳佗在陳桓公病中殺太子免，桓公死後他又自立為君，陳國由此大亂。後來蔡國為陳國平

亂，終於誅殺陳佗。陳國百姓對陳佗之行徑極其憤慨，因作此詩。一說以為詩中的「夫」指丈夫，如此，本詩則是妻子痛斥丈夫不良的詩，此說亦通。

本詩短小精悍，四字齊言的詩句斬截頓挫，傳達出指斥告誡的口吻。兩章的開頭以動墓門的植物起興，其象徵意義耐人尋味，表現出詩人對惡勢力的鄙夷、痛斥。但國家依然壞人當道，多行不義，故每章的四、五兩句以「頂真」手法將詩意推進一層，轉為感歎，憂國之意可感。此詩可謂在率直指斥中不乏含蓄深沉。詩人斥國賊至憤，可見其對國家之至愛。

防①有鵲巢，邛有旨苕②。誰俾予美③？心焉忉忉④。
中唐有甓⑤，邛有旨鷊⑥。誰俾予美？心焉惕惕⑦。

【註釋】

① 防：堤岸，水壩。

② 邛（音瓊）：山丘。旨：味美的。苕（音條）：豆科植物，即紫雲英，嫩葉可食。一說凌霄花。一說葦花。

③ 俾：謊言欺騙。美：指詩人所愛的人。

④ 忉忉（音刀）：憂慮不安貌。

⑤ 唐：朝堂前和宗廟門內的大路。中唐：泛指庭院中的主要道路。甓：瓦片。

⑥ 鷊（音益）：本來是鳥名，不過古書上也作草名。綬草，因其色像彩色的綬帶，故名之。一般生長在陰濕處。

⑦ 惕惕：提心吊膽貌。

【賞析】

　　朱熹《詩集傳》認為本詩是「男女之有私而憂或間（離間）之詞」。此說基本可信。詩人暗戀著一位姑娘，然而第三者悄然而至，於是詩人暗自焦急：自己的愛人就要被搶去了啊！那怎麼可以！我們才是完美的一對。但是，詩人之焦急憤慨都是在暗中進行的，他暗戀著姑娘，故只有暗暗地擔憂，暗暗地感歎，於是他唱出這首情歌。

　　從情緒上說，這首歌以猜測、推想、幻覺等不平常的心理活動，表達平常的愛慕之情。正因為詩人愛之愈深，所以他也憂之愈切。至於有沒有第三者來矇騙所愛者的感情，這並無實指，或者乾脆沒有。然而，詩人不管有沒有第三者，都公開了他的擔憂，這正是愛得深也疑得廣。這一微妙的愛情心理，通過詩人第一人稱手法的歌吟，表達得淋漓盡致。

　　大量比喻的運用也是本詩的一大特色。比喻中採用的是自然界不可能發生的現象，來比喻人世間也不可能出現的情變。喜鵲搭巢在樹上，不可能搭到河堤上；紫雲英是低濕植物，長不到高高的山坡上；鋪路的是泥土、地磚，決不是瓦片；綬草生長在水邊，山坡上是栽不活的。這些自然現象本是常識，可是詩人偏偏違反常識地湊在一起，使不可能的事情發生了。不過，自然規律不可違反，河堤上的喜鵲窩，山坡上的紫雲英等，都是不長久的。這裏，顯示了比喻運用中的感情傾向性，意味著詩人的擔心也許是多餘的。其實誰也不能橫刀奪愛，因為真正的愛情是堅貞不移的。這就是詩人在懸念中的信念。

月　出

　　月出皎①兮，佼人僚兮②。舒窈糾兮③，勞心悄兮④。
　　月出皓⑤兮，佼人懰⑥兮。舒憂受⑦兮，勞心慅⑧兮。
　　月出照⑨兮，佼人燎⑩兮。舒夭紹⑪兮，勞心慘⑫兮。

【註釋】

① 皎：月光潔白明亮。

② 佼：通「姣」，姣好。佼人：美人。僚：通「嫽」，嬌美。

③ 舒：舒緩，文靜。窈糾：形容體態之美。

④ 勞心：憂心。悄：憂愁貌。

⑤ 皓：指月光明亮。

⑥ 懰（音劉）：義好，嫵媚。

⑦ 憂受：步履優雅貌。

⑧ 慅（音草）：憂思不安貌。

⑨ 照：通「昭」，光明。

⑩ 燎：光彩照人。

⑪ 夭紹：指身材婀娜。

⑫ 慘：憂愁焦躁貌。

【賞析】

　　這是一首望月懷人詩，詩人面對一輪明月，想到了自己的意中人，想到她的美，想到她的好，可不能團圓的現實又讓詩人憂傷不已。方玉潤《詩經原始》評曰：「從男意虛想，活現出一月下美人。」

　　詩共三章，每章前三句都以月光比意中人容貌之美，一片癡情由此全部生發出來。末句以「勞心」收束，有綿綿不盡的相思之情。全詩情調惆悵，意境迷茫，語言柔婉纏綿，通篇各句都以感歎詞「兮」收尾，這在《詩經》中並不多見。「兮」的聲調柔婉、平和，連續運用，正與無邊的月色、無盡的愁思相協調，使人覺得一唱三歎，餘味無窮。另外，形容月色的「皎」、「皓」、「照」，形容容貌的「僚」、「懰」、「燎」，形容體態的「窈糾」、「憂受」、「夭紹」，形容心情的「悄」、「慅」、「慘」，在古音韻中或屬宵部韻或屬幽部韻，而宵、幽韻可通，則此詩可謂一韻到底，猶如通篇的月色一樣和諧。其中「窈糾」、「憂受」、「夭紹」俱為疊韻詞，尤顯纏綿婉約。

株　林

胡為乎株林①？從夏南②！匪適株林？從夏南！
駕我乘馬③，說于株野④。乘我乘駒⑤，朝食⑥于株！

【註釋】

① 胡為：為什麼。一說「為」指治，言陳靈公在株林築台。株林：
陳國大夫夏御叔的封邑，夏御叔死後，其子夏征舒繼承。一說株
為邑名，邑外有林。

② 夏南：夏征舒，字子南。

③ 乘馬：四匹馬。

④ 說：通「稅」，停車解馬。一說通「悅」。株野：株邑之郊野。

⑤ 駒：馬高五尺以上、六尺以下稱「駒」，大夫所乘。這裡乘駒者指
陳靈公之臣孔寧、儀行父。

⑥ 朝食：早餐，這裡是指早上行淫的隱語。

【賞析】

　　這是一首諷刺統治者荒淫腐敗的詩歌。春秋時，陳國大夫夏御叔
的妻子夏姬極為妖豔，陳靈公與大臣孔寧、儀行父垂涎其美色，均與
之私通，而且肆無忌憚，毫不避諱。有一次，三人到夏御叔的封邑株
林，即夏姬家中飲酒，見到夏姬之子夏征舒，陳靈公當著夏征舒的面
嘲弄儀行父：「他長得真像你！」儀行父也反唇相譏：「還是更像君
王您啊！」惹得夏征舒羞怒難忍，終於設伏於廄，將陳靈公射殺，釀
成了一場臭名遠揚的內亂。本詩所描寫的就是陳靈公前往株林的情
景，以含蓄之筆諷刺了陳靈公的禽獸行徑。

　　詩的首章，大抵是陳靈公君臣三人出行之際，車馬馳向夏姬所居
的株林，路邊的百姓早已知陳靈公君臣的隱秘，卻故作不知地大聲問
道：「君王為何到株林去啊？」另一些百姓立即心領神會，卻又故作
神秘地應道：「是去找夏南吧！」問者即裝作尚未領會其中奧妙，又

逼問一句:「不是到株林去?」應者笑在心裏,卻又像煞有介事地堅持道:「只是去找夏南!」明明知道陳靈公君臣所幹的醜事,卻佯裝不知接連探問,問得也未免太過仔細。明明知道他們此去找的是夏姬,卻故為掩飾說找的是「夏南」,答得也未免欲蓋彌彰。發問即不知好歹,表現著一種似信還疑的狡黠;應對則極力掙扎,摹擬著做賊心虛的難堪。這樣的諷刺筆墨,實在勝於義憤填膺的直揭。它的鋒芒,簡直能透入這班衣冠禽獸的靈魂。陳繼揆曰:「首章兩株林,兩夏南,轉換七個問子,將當時車馬簇擁,鄉民聚觀、囁嚅附耳,道旁指摘,無不一一勾出。」

第二章的前兩句是摹擬陳靈公的口吻,他到了株野,不再需要「從夏南」的偽裝,想到馬上就有美貌的夏姬相陪,於是眉飛色舞地高唱:「說於株野!」這傳達這位放蕩之君隱秘不宣的喜悅。後兩句是孔寧、儀行父的口吻。對於陳靈公的隱秘之喜,兩位大夫更是心領神會,所以馬上笑眯眯湊趣道:「到株野還趕得上朝食解饑呢!」寥寥四句,恰與首章的矢口否認遙相對應,使這椿欲蓋彌彰的醜事,一下變得昭然若揭。

《毛詩序》評價此詩曰:「刺靈公也。淫乎夏姬,驅馳而往,朝夕不休息焉。」朝夕不休息,可謂將陳靈公的荒淫無度之態展現得淋漓盡致。

澤　陂

彼澤之陂[①],有蒲[②]與荷。有美一人,傷[③]如之何?
寤寐無為,涕泗滂沱[④]。
彼澤之陂,有蒲與蕳[⑤]。有美一人,碩大且卷[⑥]。
寤寐無為,中心悁悁[⑦]。
彼澤之陂,有蒲菡萏[⑧]。有美一人,碩大且儼[⑨]。
寤寐無為,輾轉伏枕。

風
陳
風

二三三

【註釋】

① 澤之陂：池塘堤岸。一說古代澤間有宮，是古代習射選士之處，故詩人所思戀的男子是在澤宮習射的美男子。

② 蒲：多年生草本植物，多生在河灘，葉可織席、扇、蓑衣。

③ 傷：因思念而憂傷。一說通「陽」，即「我」。

④ 涕泗：眼淚鼻涕。滂沱：本為大雨貌，這裏形容泣涕之狀。

⑤ 蕑（音間）：蘭草。一說蓮。

⑥ 卷：鬢髮之美。

⑦ 悁悁（音娟）：憂傷愁悶貌。

⑧ 菡萏（音娟）：荷花。

⑨ 儼：莊重威嚴。一說通「靨」，即臉上的酒窩。

【賞析】

　　這是一首女子思戀男子的情歌，詩人見景生情，直率坦誠，全詩彌漫著一股清新的氣息。

　　全詩三章，每章意思基本相同，都用生於水澤邊的植物香蒲、蘭草、蓮花起興。蓬蓬勃勃的植物，波光瀲灩的池水，呼喚著生命的旺盛發展，女子目睹心感，自然而然地想起所思戀的男子了。在她眼中心裏，男子「碩大且卷」、「碩大且儼」。愛是感性的行為，男子身材高大強壯，神態莊重有威儀，這些可以捉摸的外形和品格，就成了女子擇愛的具體條件。思念中的男子，與女子心目中的愛人是那樣一致，所以女子自然真誠地讚美起男子來。然而，從接下來女子的表現看，似乎女子還沒有得到男子愛的允諾，抑或她曾示愛卻慘遭拒絕，因此她寢食難安，流淚傷心，希冀等待。細節的描述，把內心真摯的愛，襯托得十分強烈。

檜　風

西周時有諸侯國檜國，又稱鄶國，在河南密縣一帶，春秋初期為鄭國所滅。「檜風」即檜地的樂調和民歌，情調都很低沉憂傷。

羔　裘

羔裘逍遙^①，狐裘以朝^②。豈不爾思^③？勞心忉忉^④。
羔裘翱翔^⑤，狐裘在堂。豈不爾思？我心憂傷。
羔裘如膏^⑥，日出有曜^⑦。豈不爾思？中心是悼。

【註釋】

① 逍遙：悠閒遊蕩之貌。

② 朝：上朝。

③ 不爾思：即「不思爾」。

④ 忉忉：憂愁不安貌。

⑤ 翱翔：悠閒自得地遨遊。

⑥ 膏：油脂。這裏作動詞，塗上油脂。形容皮裘光潔貌。

⑦ 曜：光彩閃耀。

【賞析】

東周初年，鄶國弱小而不能自強，國君治國無道，好潔其衣，逍遙遊宴，其臣子被迫離去，臨別時作此詩。

全詩三章，首章前兩句看似敘述國君的服飾，但言語間充滿感情色彩。按古代禮制，狐裘是遊宴之服，而羔裘是視朝之服，那鄶君呢？恰恰顛倒了過來，他逍遙取樂時穿著羔裘，上朝時卻穿著狐裘，可見其行事之輕佻，對國事之懈怠。此外，詩先言「逍遙」，次言「以朝」，可見在鄶君心目中，逍遙是第一位的，國事只能排第二。

即便是大國之君，身處盛世，不以儀禮視朝，不以國事為務，猶為不可，更何況當時國「國小而迫」，周邊大國正虎視眈眈，存亡生死危在旦夕，處境如此而不自知，不能不讓人心存焦慮。「豈不爾思，勞心切切」，這是身處末世的臣子深切而無奈的心痛感覺。次章與首章意思相同，在回環往復中更讓人感受到詩人對國之將亡而檜君仍以逍遙遊宴為急務的昏庸行為的幽遠綿長之恨。

末章選取羔裘在日光照耀下柔潤發亮猶如膏脂的細節性情景，擴展了讀者的視覺感受空間，使詩人的心理感受有了感染讀者的物象基礎。在通常情況下，面對如此純淨而富有光澤的羔裘，人們會讚歎它的雍容華美和富麗堂皇之氣，但在詩人為讀者提供的獨特的情景上下文中，如膏脂一樣在日光下熠熠發亮的羔裘是這樣的刺眼，令人過目之後便難以忘懷，這難以忘懷之中又無法抹去那份為國之將亡而產生的憂憤之情。作為國之大夫的詩人，無法選擇國之君主，只能「以道去其君」，但身可離去，思緒卻無法一刀兩斷，這便是整首詩充滿「勞心切切」、「我心憂傷」、「中心是悼」層層推進式的憂傷和愁苦的歷史原因。

一說以為本詩表現的是女子對男子的相思之苦。這位男子當是一位貴族男子，羔裘和狐裘是男子平居與上朝時所穿的兩種不同的衣著，也是女子腦海中反覆浮動的形象。這位男子可能是她的丈夫，也可能是她的情人，他們或許是生離，又或許是死別，於是她痛苦、悲傷。此說亦可通。

素　冠

庶①見素冠兮，棘人欒欒兮②。勞心慱慱③兮。
庶見素衣兮，我心傷悲兮。聊與子同歸兮④。
庶見素韠⑤兮，我心蘊結⑥兮。聊與子如一⑦兮。

【註釋】

① 庶：欣幸。

② 棘人：瘠瘦的人。一說服罪之人。欒欒：身體瘦瘠貌。

③ 慱（音團）：憂苦不安貌。

④ 聊：願意。同歸：指嫁於彼人，與之同歸於家。一說同行。

⑤ 韠（音畢）：即蔽膝，古代裝飾。

⑥ 蘊結：鬱結。

⑦ 如一：結而為一體，即成一家。

【賞析】

　　這是一首情人相憐之作，一位姑娘看到自己的情人枯瘦如柴的樣子，甚為憐惜，傷心之餘，想要嫁給他，共渡難關，給他更直接的關懷。素衣素冠在古代雖是常服，但凶服、喪服亦是白色，由此並不能排除女子的情人是服罪或者服喪的可能。從詩中描述來看，大抵是男子居喪，他因悲傷而顏色憔悴，女子見此，不禁潸然淚下，竟至於傷悲、蘊結，可見她對情人用情至深，而言「與子同歸」、「與子如一」，是何等的親切！這樣一位願與愛人同甘共苦的美好女子，如何不讓人動容，為之感慨，讚歎。

　　正因為素衣素冠可能指凶服和喪服，故有人認為詩中主角是遭受迫害被斥逐的賢臣，詩人見其瘦削羸弱，因作此詩，明確表示自己的同情心和與之同歸的態度。一說以為這是一首讚美孝子的歌，春秋時禮樂崩壞，為人子者多不能守三年之喪期，詩人忽見一位素衣素冠、為親服喪的孝子，心生讚歎，作詩表示讚賞，並表明與其志同道合之意。這兩種說法亦通。

　　首章言見面而心有所思。「庶」字為全篇的詩眼，無限憐惜，無限疼愛與痛苦皆在其中，傳神無限。後兩章寫自己心事，「聊」字不可輕看，女子彷彿在說：「我不要那麼多講究，我不要那麼多俗套，我要立刻跟你在一起，和你組成家庭，我們的心連結在一起，共同承擔生活中的苦難。」若非至愛，則無此心；若非真愛，斷無此言。

隰有萇楚

隰有萇楚①，猗儺②其枝。夭之沃沃③，樂子之無知④。
隰有萇楚，猗儺其華。夭之沃沃，樂子之無家⑤。
隰有萇楚，猗儺其實。夭之沃沃，樂子之無室。

【註釋】

① 萇（音長）楚：植物名，又叫羊桃。
② 猗儺：音意皆同「婀娜」，柔媚貌。
③ 夭：柔嫩而和舒之貌。沃沃：肥美有光澤。
④ 樂：羨慕。子：代指萇楚。知：知覺。
⑤ 無家：沒有家室之累。下文「無室」亦同。

【賞析】

　　這是一首情緒悲觀的厭世之詩，表現了詩人對生活沉重的煩惱。詩人悲歎的原因有二：一是生存之煩惱；二是家庭之拖累。所以他羨慕草木無知，羨慕草木無家。朱熹《詩集傳》云：「政煩賦重，人不堪其苦，歎其不如草木之無知而無憂也。」對於詩人的身份，郭沫若以為是破落貴族，但亦有學者稱是勞動人民。

　　全詩三章，每章二、四句各換一字，重複訴述著一個意思，這是其感念之深的反映。首兩句起興，把羊桃的枝、花、實分解，各屬一章。詩人眼見窪地上羊桃藤婀娜多姿，葉色光潤，開花結果，生機蓬勃，不覺心有所動，聯想到自己的遭際，心情一下子沉重起來。隨之在詩人心中拉近了與羊桃的距離，人與物的界線彷彿突然消失了，三、四句脫口而出，既似是自語，又像是與羊桃對話。第三句讚歎羊桃充滿生機，滲透了主觀情感；第四句更變換了人稱，直呼羊桃為「子」，以物為人，以人為物，人與物對話，人與物對比。羊桃不僅在詩人心中活了起來，而且詩人還自歎活得不如羊桃！不如在哪裡？就在「知」與「家」上。人作為萬物之靈長全在於有「知」。男女室

家，夫婦之道，本是人倫之始，能享受天倫之樂，更是人生的一大幸事，而詩人卻恰在這兩方面作了徹底否定。所以第四句寥寥五個字中「真不知包含著詩人多少痛苦與憤慨」。詩人為何有這樣的苦惱詩中沒有說明，可能來自社會，也可能來自家庭。總之這是在苦悶現實中生活著、掙扎著的人們的共同心理狀態。它不是一個人的聲音，而是無數為生活所折磨的人的共同怨苦之聲。

匪　風

匪風發兮①，匪車偈②兮。顧瞻周道③，中心怛④兮。
匪風飄⑤兮，匪車嘌⑥兮。顧瞻周道，中心吊⑦兮。
誰能亨魚⑧，溉之釜鬵⑨。誰將西歸，懷之好音⑩。

【註釋】

① 匪：通「彼」。發：起，指起風。

② 偈：通「揭」，指車揭起軔木開始起行。

③ 周道：大道。

④ 怛：痛苦，悲傷。

⑤ 飄：風吹之貌。

⑥ 嘌：疾馳貌。

⑦ 吊：悲傷。

⑧ 誰：通「儔」，即伴侶，這裏指丈夫。亨：通「烹」。漢樂府《飲馬長城窟行》：「客從遠方來，遺我雙鯉魚。呼童烹鯉魚，中有尺素書。」其中「烹魚」有得信之寓意，當自此詩始。

⑨ 溉：釋洗。一說給予。釜：鍋。鬵（音贈）：大鍋。一說以為釜鬵有男女合歡之意。

⑩ 好音：好消息。一說愛情。

【賞析】

關於本詩主旨，《毛詩序》以為鄶國「國小政亂，憂及禍難，而思周道焉」，所謂國道，即周之政令。孔疏則認為：「上二章言周道之滅，念之而怛傷；下章思得賢人輔周興道，皆是思周道之事。」這兩種觀點都是將「周」理解成周朝了，然「周道」亦可理解為大道。從詩中「魚」、「釜鬵」等意象來看，這當是一首描寫男女之情的詩，是一首妻子送丈夫行役的送別詩。

詩中送別的地點是周道。周道是周京通向各國的大道，也是周人的軍用公路。《詩經》中言及周道者，多與行役有關。首章寫分手之情景，「風發」、「車偈」，牽動著婦人之心，其依依不捨悲痛欲絕之情，全由「發」、「偈」二字牽出。「風發」寫別時天氣，「車偈」寫征人已起步別去。「顧瞻」寫出婦人惆悵神情，末句寫出內心痛苦。次章寫望車遠去情景，「嘌」字寫出遠去之貌，役車飄然遠逝，只剩下大道茫茫，而婦人佇立久望，不忍離去。末章是從望中所思。人已離去，她不敢指望其速歸，只希望能得到何時歸來的消息，表現了思婦的一片深情。

曹　風

　　春秋曹國在今山東菏澤、定陶、曹州一帶，春秋末年為宋國所滅。「曹風」即曹地的樂調和民歌。

蜉　蝣

蜉蝣①之羽，衣裳楚楚②。心之憂矣，于我③歸處？
蜉蝣之翼，采采衣服④。心之憂矣，于我歸息？
蜉蝣掘閱⑤，麻衣⑥如雪。心之憂矣，于我歸說⑦？

【註釋】

① 蜉蝣：昆蟲名，身體細長柔軟，非常微小。而且相傳它早晨出
　　生，日暮就會死，壽命僅一天而已。正因為蜉蝣的這個特徵，歷
　　代文人多喜歡以蜉蝣來寄託人生苦短之情和超然塵世之志。

② 楚楚：鮮明整潔貌。

③ 于我：於何。我：通「何」。

④ 采采：光潔鮮豔貌。

⑤ 掘閱：指蜉蝣從洞穴裏鑽出來。閱：通「穴」。

⑥ 麻衣：白布衣，詩中指蜉蝣的白羽翼。

⑦ 說：通「稅」，止息，居住。

【賞析】

　　這是一首詠物詩，詩人借吟詠蜉蝣消亡前的短暫美麗對生命的短暫發出悲歎。而在有限的人生中如何自處，詩人似乎有些不知所措。從詩中表現的情緒來看，詩人當是曹國貴族，曹國在春秋時國力單薄，處於大國的威逼之下，士大夫對人生產生憂懼和傷感也就不足為奇了。

全詩內容簡單，結構更是單純，卻有很強的表現力。詩人對蜉蝣的羽翼描寫十分細膩，甚至用上了華麗的辭藻，這使蜉蝣的一生竟帶上了鋪張的華麗。但詩人對美的讚歎始終伴隨著對小生命消亡的無奈，所以那種曇花一現、浮生如夢的感覺就分外強烈。再華麗的事物終究還是要歸於塵土，每個人總會死去，是否應該在有生之年展現自己的美和價值？這是詩人自己的困惑，也是留給讀者的疑問。

這首詩的情調是有點消沉的。但人一旦追問自己：「你是誰？你的歸宿在哪裡？」深入骨髓的憂傷根本上是無法避免的。特別是在缺乏強有力的宗教信仰的古代中國，由於不能對生死的問題給出令人心安的解答，人心格外容易被憂傷籠罩。但從另一個角度說，對死的憂傷、困惑、追問，歸根結底是表現著對生的眷戀，這也是人心中最自然的要求。

候　人

彼候人①兮，何戈與祋②。彼其之子，三百赤芾③。
維鵜在梁④，不濡⑤其翼。彼其之子，不稱其服。
維鵜在梁，不濡其咮⑥。彼其之子，不遂其媾⑦。
薈兮蔚兮⑧，南山朝隮⑨。婉兮孌兮⑩，季女斯饑⑪。

【註釋】

① 候人：官名，掌管治安和邊境出入的官吏。

② 何：通「荷」，扛著。祋（音隊）：武器，殳（音舒）的一種，有棱而無刃。

③ 三百：言國君所賜之多，恩寵之甚。芾（音肺）：祭祀服飾，即用皮革製的蔽膝。赤芾乘軒是大夫以上官爵的待遇。

④ 鵜：即鵜鶘，水禽，體型較大，喉下有囊，食魚為生。梁：用於捕魚的堤壩。

⑤ 濡：沾濕。

⑥ 咮：禽鳥的喙。

⑦ 遂：稱。媾：婚配，婚姻。

⑧ 薈、蔚：本指草木盛多之貌，這裏形容雲氣盛貌。一說雲氣鮮明多彩。

⑨ 隮：虹。一說升雲。一說通「躋」，升，登。

⑩ 婉、孌：柔順美好貌。

⑪ 季女：少女。斯：如此。饑：指情欲濃厚。

【賞析】

關於本詩主旨，《毛詩序》認為是諷刺曹共公遠君子而近小人之作，詩中運用鮮明的對比，對賢才沉下僚，庸才居高位的社會現象進行了強烈抨擊。然而詩中「彼其之子」、「維鵜」、「朝」、「饑」卻是《詩經》中經常用來表現男女之情的意象和辭藻，故這裏認為本詩是一首調情詩。一位姑娘愛上一位貴族小夥子，但小夥子不敢向姑娘求愛，於是姑娘唱出了這首歌諷刺他，當然也是鼓勵他。

全詩三章，首章中姑娘看到扛戈執殳的侯人，因而聯想到她的意中人也是一樣的威武形象，不但英武，他還多次受到國君的嘉獎。姑娘在聯想之時如數家珍，心中飽含對情郎的甜蜜愛意。中間兩章，詩人以鵜鶘站在魚梁上卻不下水捕魚起興，譏諷小夥子在愛情上的怯弱，不夠大膽，姑娘戲謔他說：「你不配穿那身官服。」言語之中，帶著小女子的嬌嗔和迫切之情。第三章中女子責怪的話語則非常直接，她說：「你為什麼不主動和我婚配。」如此直白大膽的告白，真是比男子還要豪放。末章以南山鮮豔的彩虹起興，姑娘再次表達了自己急於得到愛情的迫切心情。那始終畏畏縮縮的貴族小夥子若能瞭解到姑娘的這番心思，想必定會拋開羞澀，為愛大膽向前衝了吧。

鳲　鳩

鳲鳩[1]在桑，其子七[2]兮。淑人君子[3]，其儀一兮[4]。
其儀一兮，心如結[5]兮。
鳲鳩在桑，其子在梅。淑人君子，其帶伊絲[6]。
其帶伊絲，其弁伊騏[7]。
鳲鳩在桑，其子在棘。淑人君子，其儀不忒[8]。
其儀不忒，正[9]是四國。
鳲鳩在桑，其子在榛[10]。淑人君子，正是國人。
正是國人，胡[11]不萬年？

【註釋】

① 鳲鳩（音師糾）：即布穀鳥。

② 其子七：舊說布穀鳥有七子。

③ 淑人君子：指賢慧善良、正直公正、品格高尚的人。淑：善良。

④ 儀：威儀，風度。一：始終如一。

⑤ 結：凝結，言心之堅定專一。朱熹《詩集傳》云：「如物之固結而不散也。」

⑥ 帶：大帶，纏在腰間，兩頭垂下。伊：語氣助詞。

⑦ 弁（音辯）：皮帽。騏：青黑色的馬。這裏指皮毛的顏色為青黑色，當即綦弁。一說指皮帽上的玉制飾品。

⑧ 忒（音呵）：差錯。

⑨ 正：聞一多《風詩類鈔》：「正，法也，則也。正是四國，為此四國之法則。」

⑩ 榛：木名，樺木科。一說指叢生的樹，樹叢。

⑪ 胡：何。朱熹《詩集傳》：「胡不萬年，願其壽考之辭也。」

【賞析】

　　關於本詩主旨，朱熹《詩集傳》云：「詩人美君子之用心平均專

詩經新賞

一。」此說基本可信。本詩以鳲鳩養子起興，讚美貴族君子對家庭專
一。一說以為詩是讚美國君與夫人感情專一，善撫子女，家庭關係和
諧。但由於春秋時曹國鮮有明君，故亦有學者認為本詩是諷刺在位君
子用心不一，亦聊備一說。

全詩四章，都以鳲鳩及其子起興，實包含兩層意思。一是鳲鳩仁
慈，「布穀處處催春耕」，裨益人間。又餵養眾多小鳥，無偏無私，
平均如一；二是「鳲鳩在桑」，始終如一，操守不變，正以興下文
「淑人君子」「其儀一兮」、「其儀不忒」的美德，與那些小鳥忽而在
梅樹，忽而在酸棗樹，忽而在各種樹上的遊移不定形成鮮明對照。小
鳥尚未成熟，故行動尚無一定之規。因此，各章的起興既切題旨又含
義深長。起興之後，即轉入對「淑人君子」的頌揚。首章就儀錶而
言，「如一」謂始終如一的威儀棣棣，包括莊重、整飭等，而不是指
老是同一單調服飾。儀表雖是人的外包裝，其實質則是人的心靈世界
的外露，由表及裏，首章也讚美了「淑人君子」充實堅貞、穩如磐石
的內心世界。次章舉「儀」之一端，絲帶、綴滿五彩珠玉的皮帽，將
「儀」之美具體形象化，讓人舉一反三，想像出「淑人君子」的風采。

如果說一、二章是頌「儀」之體，則三、四章是頌「儀」之用，
即內修外美的「淑人君子」對於安邦治國佑民睦鄰的重要作用。三章
的「其儀不忒」句起到承上啟下的轉折作用，文情可謂細密。四章的
末句「胡不萬年」，則將整篇的頌揚推至巔峰，意謂：這樣賢明的君
王，怎不祝他萬壽無疆？如是暴君昏主，人們是不會如此祝頌的。

下　泉

冽彼下泉①，浸彼苞稂②。愾我寤歎③，念彼周京④。
冽彼下泉，浸彼苞蕭⑤。愾我寤歎，念彼京周。
冽彼下泉，浸彼苞蓍⑥。愾我寤歎，念彼京師。
芃芃⑦黍苗，陰雨膏⑧之。四國有王⑨，郇伯勞之⑩。

【註釋】

① 冽：寒冷。下泉：地下湧出的泉水。

② 苞：叢生。稂：莠一類的野草。毛傳：「稂，童粱。非溉草，得水而病也。」一說稂是長穗而不飽實的禾。

③ 愾：歎息。我：一說猶「哉」。寤：醒。一說通「吾」，我。

④ 周京：周朝的京都，天子所居，與下文「京周」、「京師」同。

⑤ 蕭：蒿類野生植物，即艾蒿。

⑥ 蓍（音失）：一種用於占卦的草，蒿屬。

⑦ 芃芃：茂盛貌。

⑧ 膏：滋潤，潤澤。

⑨ 有王：指諸侯朝見天子。

⑩ 郇（音旬）伯：郇侯，文王之子，為州伯，有治諸侯之功。一說指晉大夫荀躒。蓋郇、荀音同相通假。《左傳》記載，魯昭公二十二年（前），周景王死，王子猛立，是為悼王，王子朝因未被立為王而起兵，周王室遂發生內亂。於是晉文公派大夫荀躒率軍迎悼王，攻王子朝。不久悼王死，王子匄被擁立即位，是為敬王。荀躒于周室有大功。勞之：為之辛勞。

【賞析】

　　關於本詩主旨，影響最大的是「思治說」，《毛詩序》曰：「曹人疾共公侵刻下民，不得其所，憂而思明王賢伯也。」此外還有「傷周衰說」，劉沅《詩經恒解》云：「周衰，大國侵陵，小國日削，王綱解而方伯無人，賢者傷之而作。」另又有「美晉大夫荀躒說」。這裏綜合以上三種觀點，認為是曹國人懷念周王朝，同時又慨歎周室的戰亂衰落，因作此詩。

　　詩的前三章，是典型的重章疊句結構，各章僅第二句末字「稂」、「蕭」、「蓍」不同，第四句末二字「周京」、「京周」、「京師」不同，而這又恰好在換韻的位置，易字目的只是通過韻腳的變化使反覆的詠唱不至過於單調，而三章的意思則是完全重複的，不存在遞

進、對比之類句法關係。

　　第四章在最後忽然一轉，這種轉折不僅在語句意義上，而且在語句結構上都顯得很突兀。因此古往今來，不乏對此特加注意的評論分析。有人大加讚賞，如牛運震《詩志》說：「末章忽說到京周盛時，正有無限愾想，筆意俯仰抑揚，甚妙。」也有人極表疑惑，認為是殘詩錯簡衍入，如宋代王柏《詩疑》說：「《下泉》四章，其末章全與上三章不類，乃與《小雅》中《黍苗》相似（《黍苗》首章句云：芃芃黍苗，陰雨膏之。悠悠南行，召伯勞之。），疑錯簡也。」持懷疑論者有一定道理，但除非今後在出土文物中發現錯簡之前的原有文句，否則這種懷疑本身仍受人懷疑。

　　觀《風》一百六十篇，就會發現雖然三章複遝疊詠的有不少，但三章複遝疊詠之後再加上句式不同的一章那樣的結構並非一無所見，語句部分重複在《風》《雅》《頌》中也可以找出一些，更不能據此遝自說某句是某詩的錯簡。並且，此詩第四章的前兩句與前三章的前兩句相比較，清代陳繼揆《讀風臆補》曰：「昔時苗黍，今則苞稂；昔時陰雨，今則冽泉。」此可謂「字字對照，直以神行」，且在內容上也是互有關聯的。正是因為以寒泉浸野草喻周室內亂勢衰的比興加上慨歎緬懷周京直陳其事的賦法本身已具有很強烈的悲劇感，而三章複遝疊詠使這種悲劇感加強到了極點，所以末章雨過天晴般的突然轉折，就令人產生非常興奮的欣慰之情，這樣的藝術效果當然是獨具魅力的。

豳 風

豳（音賓）地在今陝西彬縣、旬邑一帶，本是周朝先人活動過的地方。「豳風」即豳地的樂調和民歌，其中有幾篇和東方有關，有可能是周人東征時將東方的歌辭也帶了回來。

七 月

七月流火①，九月授衣②。一之日觱發③，二之日栗烈④。無衣無褐⑤，何以卒歲⑥。三之日于耜⑦，四之日舉趾⑧。同我婦子，饁彼南畝⑨，田畯⑩至喜。

七月流火，九月授衣。春日載陽⑪，有鳴倉庚⑫。女執懿⑬筐，遵彼微行⑭，爰求柔桑⑮。春日遲遲⑯，采蘩祁祁⑰。女心傷悲，殆及公子同歸⑱。

七月流火，八月萑葦⑲。蠶月條桑⑳，取彼斧斨㉑，以伐遠揚㉒，猗彼女桑㉓。七月鳴鵙㉔，八月載績㉕。載玄載黃㉖，我朱孔陽㉗，為公子裳㉘。

四月秀葽㉙，五月鳴蜩㉚。八月其獲㉛，十月隕蘀㉜。一之日于貉㉝，取彼狐狸，為公子裘。二之日其同㉞，載纘武功㉟，言私其㊱，獻豜㊲于公。

五月斯螽㊳動股，六月莎雞振羽㊴，七月在野，八月在宇㊵，九月在戶㊶，十月蟋蟀入我床下。穹窒熏鼠㊷，塞向墐戶㊸。嗟我婦子，曰為改歲㊹，入此室處㊺。

六月食郁及薁㊻，七月亨葵及菽㊼，八月剝棗㊽，十月獲稻，為此春酒㊾，以介眉壽㊿。七月食瓜，八月斷壺�51，九月叔苴52，采荼薪樗53，食54我農夫。

九月築場圃55，十月納禾稼56。黍稷重穋57，禾58麻菽麥。嗟我農夫，我稼既同59，上入執宮功60。晝爾于茅61，宵爾索綯

⑥²。亟其乘屋⑥³，其始⑥⁴播百穀。

二之日鑿冰沖沖⑥⁵，三之日納于凌陰⑥⁶。四之日其蚤⑥⁷，獻羔祭韭⑥⁸。九月肅霜⑥⁹，十月滌場⑦⁰。朋酒斯饗⑦¹，曰殺羔羊。躋彼公堂⑦²，稱彼兕觥⑦³，萬壽無疆⑦⁴。

【註釋】

① 流：向下沉。火：星宿名，即心宿，又名「大火」。據記載，在周時，大火六月黃昏出現在正南方，七月則開始西沉，天氣轉涼。

② 授衣：將裁製冬衣的工作交給女工。九月絲麻等事結束，所以在這時開始做冬衣。

③ 一之日：一月之日。周曆的一月即夏曆的十一月，故下文「二之日」即夏曆十二月，「三之日」即夏曆一月。本詩有兩種曆法，言七月、九月，是夏曆，言一之日、二之日，是周曆。觱（音畢）發：大風觸物聲。

④ 栗烈：或作「凜冽」，形容氣候寒冷。

⑤ 褐：粗布衣。

⑥ 卒歲：終歲，過冬。

⑦ 於：猶「為」，修理。耜（音賜）：翻土的農具。「于耜」下地耕作。

⑧ 舉趾：指下種後用鋤平土，覆蓋種子。一說鋤草。一說耕田。

⑨ 饁（音葉）：送地頭飯。畝：指田身。田耕成若干壟，高處為畝，低處為畎。田壟東西向的叫作「東畝」，南北向的叫作「南畝」。南畝是當時公田的別稱。

⑩ 田畯（音軍）：農官名，又稱農正或田大夫。

⑪ 載：乃。一說開始。陽：指天氣暖和。

⑫ 倉庚：鳥名，即黃鶯，好春日鳴。

⑬ 懿：深。

⑭ 遵：沿著。微行：小路，指桑間小路。

⑮ 爰：語氣助詞。求：采。柔桑：初生的桑葉。

⑯ 遲遲：指春日白晝漸長。

⑰ 蘩：即白蒿。古人用於祭祀。祁祁：眾多貌。一說行動舒緩貌。

⑱ 殆：害怕。一說將與。公子：奴隸主之子。一說國君之子。同歸：指嫁與公子或被帶去陪嫁。

⑲ 萑葦：這裏指八月蘆葦成熟。一說收割蘆葦。

⑳ 蠶月：指三月。條桑：修剪桑樹。

㉑ 斧斨：伐木工具，柄孔圓者為斧，方者為斨。

㉒ 遠揚：指長得高大而高揚的枝條。桑樹的大枝被砍掉後，才會長出茂盛的新枝，新枝葉子粉嫩，更好養蠶。

㉓ 猗：通「掎」，牽引。掎桑：用手拉著桑枝來採葉。女桑：小桑。一說指柔嫩的桑樹枝。

㉔ 七：一說以為「五」字之偽。鵙（音局）：鳥名，即伯勞。

㉕ 績：績織。

㉖ 玄、黃：指黑紅色和黃色的絲織品。

㉗ 我：指示代詞，其。朱：紅色。孔陽：非常鮮豔。

㉘ 為公子裳：為公子縫製衣裳。

㉙ 秀：不開花而結實。葽（音腰）：植物名，今名遠志。一說「秀」指遠志結實。

㉚ 蜩：蟬。

㉛ 其穫：指開始收穫農作物。

㉜ 隕蘀：落葉。

㉝ 貉：通「禡」，狩獵前的一種祭祀。於貉：言舉行貉祭。一說指往取貉而以自為裘。

㉞ 同：聚合，言狩獵之前聚合眾人。

㉟ 纘：繼續。武功：指田獵。

㊱ 言：以。一說釋「我」。私：個人佔有。豵：一歲小豬，這裏指比較小的獸。私其：言小獸歸獵者私有。

㊲ 豜（音間）：三歲的豬，代表大獸。

㊳ 斯螽：蟲名，蝗類，即蚱蜢、螞蚱。動股言其發出鳴聲。舊說斯螽以兩股相切發聲。

㊴ 莎雞：蟲名，今名紡織娘。振羽：言鼓翅發聲。

㊵ 宇：簷下。

㊶ 戶：門口。一說室內。以上三句舊說以為是蟋蟀的活動。一說以為指農人。

㊷ 穹：窮盡，清除。窒：堵塞。穹窒：言將室內滿塞的角落搬空，搬空了才便於熏鼠。一說「穹」通「烘」，「窒」為「室」之形誤，「穹窒」即指用火烘屋子。

㊸ 塞：堵塞。向：朝北的窗戶。墐：用泥塗抹。貧家門扇用柴竹編成，塗泥使它不通風。

㊹ 曰：通「聿」，乃。改歲：指舊年將盡，新年快到。

㊺ 處：居。據《漢書·食貨志》記載，古時鄉中之民，春天到田野廬中居住，以便生產；冬天則進「邑」中。此句所謂「室」，當指邑中之室。

㊻ 郁：郁李，味甜。薁：植物名，果實大如桂圓。一說為野葡萄。

㊼ 亨：烹。葵：菜名，有冬葵、春葵、秋葵等。菽：豆的總名。

㊽ 剝棗：打棗，收棗。

㊾ 春酒：冬天釀酒經春始成，叫「春酒」。棗和稻都是釀酒原料。

㊿ 介：祈求。眉壽：長壽，人老眉間有豪毛，叫秀眉，所以長壽稱眉壽。

(51) 斷：摘。壺：葫蘆，嫩時可食。

(52) 叔：拾。苴：秋麻之籽，可以吃。

(53) 荼：苦菜。采荼：言以苦菜為菜。樗：木名，臭椿。薪樗：言采樗木為薪。

(54) 食：養活。「我」與「農夫」或為同身份之人，或為不同身份之人。

(55) 場：打穀場。圃：菜園。春夏耕種做菜園，秋冬築為場以堆放收穫的穀物，故稱「場圃」。

(56) 納：收進穀倉。禾稼：穀類通稱。

(57) 黍：米黍，黃米。稷：穀子的一種。重：先種而後熟的農作物。穋：通「稑」，後種而先熟的農作物。

㊽ 禾:此處專指一種穀,即今之小米。

㊾ 同:聚集,指糧食已入倉。

⑥ 上:尚,則。執:事,做。宮功:指建築宮室,或指室內的事。

㉖ 爾:語氣詞。於:取。茅:茅草。

㉖ 宵:夜晚。索:搓繩。綯:繩子。

㉖ 亟:急。其:語氣助詞。乘屋:蓋屋。

㉖ 其始:將要開始。

㉖ 衝衝:鑿冰之聲。

㉖ 凌陰:冰室。

㉖ 蚤:通「早」。一說當讀為「爪」,通「抓」,即覆手取物,這裏指從冰室取食物。

㉖ 獻羔祭韭:用羔羊和韭菜祭祀。

㉖ 肅霜:指霜降之後,萬物收斂,天地之氣為之清肅。

㉗ 滌場:清掃場地。十月農事完全結束,將場地打掃乾淨。一說「滌場」即「滌蕩」,「十月滌蕩」指到了十月草木搖落無餘,天地澄淨。

㉗ 朋酒:兩樽酒。饗:會餐。

㉗ 躋:登。公堂:國公之堂,即主人家的正堂。一說公共場所。

㉗ 稱:舉。兕觥(音賜公):角爵,古代用獸角做的酒器。

㉗ 萬壽無疆:互相祝壽之辭。

【賞析】

　　本詩是《詩經》中篇幅最長的詩,是豳人的「月令歌」,記錄了圍繞農事節令的廣闊生活的畫面,從各個側面展示了當時社會的風俗畫,同時也展現了奴隸社會的階級壓迫,奴隸們一年到頭辛苦勞動,幾乎沒有休息的時候,可勞動成果都被奴隸主剝削得一乾二淨。

　　詩從七月寫起,按農事活動的順序,以平鋪直　的手法,逐月展開各個畫面。首章以鳥瞰式的手法,概括了勞動者全年的生活,一下子把讀者帶進那個淒苦艱辛的歲月。同時它也為以後各章奠定了基

調，提示了總綱。朱熹《詩集傳》云：「此章前段言衣之始，後段言食之始。二章至五章，終前段之意。六章至八章，終後段之意。」在結構上如此安排，確是相當嚴謹。所謂「衣之始」、「食之始」，實際上指農業社會中耕與織兩大主要事項。這兩項是貫穿全篇的主線。首章是說九月裏婦女「桑麻之事已畢，始可為衣」。十一月以後便進入朔風凜冽的冬天，農夫們連粗布衣衫也沒有，怎麼能度過年關，故而發出「何以卒歲」的哀歎。可是春天一到，他們又整理農具到田裏耕作。老婆孩子則到田頭送飯，田官見他們勞動很賣力，不由得面露喜色。民間詩人以粗線條勾勒了一個框架，當時社會生活的整體風貌已呈現在讀者面前。以後各章便從各個側面、各個局部進行較為細緻的刻畫。

第二、三章情調逐漸昂揚，色調逐漸鮮明。明媚的春光照著田野，鶯聲喔喔。背著深筐的婦女，結伴沿著田間小路去採桑。她們的勞動似乎很愉快，但心中不免懷有隱憂，她們害怕被貴族公子看中，被擄去而遭凌辱。「殆及公子同歸」，反映了當時貴族蠻橫的真實狀況。首章「田畯至喜」，只是以輕輕的一筆點到了當時社會的階級關係，這裏便慢慢地加以展開。奴隸主佔有大批土地和農奴，他的兒子們對農家美貌女子也享有與其「同歸」的特權。姑娘們的美貌使她們擔心人身的不自由；姑娘們的靈巧和智慧，也使她們擔心勞動果實為他人所佔有：「八月載績，載玄載黃，我朱孔陽，為公子裳。」她們織出五顏六色的絲綢，都成了公子身上的衣裳。這又使讀者想起了宋人張俞的《蠶婦》詩：「遍身羅綺者，不是養蠶人。」

第四、五兩章雖從「衣之始」一條線發展而來，但亦有發展變化。「秀葽」、「鳴蜩」，帶有起興之意，下文重點寫狩獵。他們打下的狐狸，要「為公子裘」；他們打下的大豬，要貢獻給老爺，自己只能留下小的吃。這裏再一次描寫了當時的階級關係。第五章著重寫昆蟲以反映季節的變化，由蟋蟀依人寫到寒之將至，筆墨工細，繪影繪聲，饒有詩意。詠物之作，如此細膩，令人驚歎。「穹室熏鼠」以下四句，寫農家打掃室內，準備過冬，在結構上「亦以終首章前段禦寒

之意」。

第六、七、八章，承「食之始」一條線而來，好像一組連續的電影鏡頭，表現了農家樸素而安詳的生活：六、七月裏他們「食鬱及薁」、「亨葵及菽」；七、八月裏，他們採水果，打棗子，割葫蘆。十月裏收下稻穀，釀造春酒，給老人祝壽。可是糧食剛剛進倉，又得給老爺們營造公房，與上面所寫的自己的居室的破爛簡陋形成鮮明對比。「築場圃」、「納禾稼」，寫一年農事的最後完成。正如《詩集傳》所云：「此章（第七章）終始農事，以極憂勤艱難之意。」

第八章，詩人用較愉快的筆調描寫了這個村落宴飲稱觴的盛況。一般論者以為農夫既這麼辛苦，上頭又有田官監督、公子剝削，到了年終，不可能有條件有資格「躋彼公堂，稱彼兕觥」。其實社會是複雜的，即使在封建社會的中期，農民年終時也會相互邀飲，本詩所寫上古社會的西周村落生活，農閒之時，舉酒慶賀，也是情理中事。

從詩中「我」、「爾」兩種不同的人稱，和「公子」、「田畯」、「農夫」的稱呼，我們可以認為詩人當是農村中一位直接領導農業生產的小官，他作此詩的目的是為了掌握節令，更好地領導農民生產，至於階級壓迫，雖在詩中有多處體現，但表現壓迫並不是詩人的初衷。詩篇通過對農村季節性生產勞動和動植物活動及作物生長狀況的描寫，展示出古代農村生活的廣闊畫面，可以說是一幅真實生動的古代田園的風物圖。

鴟 鴞

鴟鴞①鴟鴞，既取我子，無毀我室。恩斯勤斯②，鬻子之閔斯③。

迨④天之未陰雨，徹彼桑土⑤，綢繆牖戶⑥。今女下民⑦，或敢侮予⑧？

予手拮据⑨，予所捋荼⑩。予所蓄租⑪，予口卒瘏⑫，曰予

未有室家⑬。

予羽譙譙⑭，予尾翛翛⑮，予室翹翹⑯。風雨所漂搖，予維音曉曉⑰！

【註釋】

① 鴟鴞（音吃消）：鴟類，以小動物鼠兔為食的猛禽類。一說即貓頭鷹。詩中喻殷商頑民。

② 恩：通「殷」，盡心之意。斯：語氣助詞。

③ 鬻：養育。閔：憂患，勞神。一說憐恤。一說通「勉」。

④ 迨：趁，及。

⑤ 徹：通「撤」，摘取。土：通「杜」，即根。桑土：即桑根。

⑥ 綢繆：密密纏繞。牖：窗。

⑦ 下民：樹下之人。一說低賤之民。詩中喻殷人。周滅殷商而立國，殷民多有不服，紂王子武庚借此發動叛亂。

⑧ 或：有誰。侮：凌辱，不敬。

⑨ 拮据：手足因勞累而發僵之貌。

⑩ 捋：成把地摘取。荼：茅草花。一說蘆葦花。

⑪ 蓄租：蓄積。一說「租」指茅藉，這裏指墊窩的草。

⑫ 卒：通「悴」。卒瘏：患病。這裏指疲勞之貌。

⑬ 曰：語氣助詞。未有室家：指還沒築好新巢。

⑭ 譙譙：羽毛疏落貌。

⑮ 翛翛：羽毛枯敝無澤貌。

⑯ 翹翹：危而不穩貌。

⑰ 曉曉：驚恐的叫聲。

【賞析】

關於本詩創作背景，《尚書·金滕》記載：「武王既喪，管叔及其群弟，乃流言於國曰：『公（周公）將不利於孺子（周成王）。』周公乃告二公（召公奭、太公望）曰：『我之弗避，我無以告我先王。

周公居東二年，則罪人乃得。於後公乃為詩貽王，名之曰《鴟鴞》。」這是關於本詩的最早記載，當是較為可靠的。這是周公自述其為挽救周王室和保護王室子弟日夜操勞、憂慮的詩，詩以鳥擬人，用動物寓言故事以寄託人生感慨，這種表現方式在《詩經》中屬鳳毛麟角。

詩中「鴟鴞」和「下民」指周初發動叛亂的殷商頑民，「我子」指被殷人引誘參與叛亂的管叔、蔡叔及其群弟，而所挽救的家室當然就是周王朝。周公為何用這種方式來表現他的孤獨、勞苦、憂慮和悲傷？大約還是怕人們不理解，尤其是怕年輕的周成王不理解。在那種情況下，周公確實是百口莫辯，只有以行動來證明自己的忠貞。周公平定叛亂以後，從沒有想過自我表功，在他心裏，自己所有的委屈和辛勞都是為了這個「家」。同時，他對殷商頑民誘使管、蔡等群弟並最終受到懲罰表現了無限的痛心。周公之至誠至愛，完全出於天性，就好比老鳥對於幼雛和鳥巢的捨命保護，本詩之沉痛感人也在此。

詩的主角，是一隻孤弱無助的母鳥。當它在詩中出場的時候，惡鳥「鴟鴞」剛剛洗劫了它的危巢，擾去了雛鳥，還在高空得意盤旋。詩之開筆「鴟鴞鴟鴞，既取我子，無毀我室」，即以突發的呼號，表現了母鳥目睹「飛」來橫禍時的極度驚恐和哀傷。人們常說：「畫為無聲詩，詩為有聲畫。」此章的展開正是未見其影先聞其「聲」，在充斥詩行的愴然呼號中，幻化出母鳥飛歸、子去巢破的悲慘畫境。當母鳥仰對高天，發出淒厲呼號之際，人們能體會到它此刻該是怎樣毛羽憤豎、哀怒交集。本章暗示周公所面臨的慘痛現實，即為流言所傷，管、蔡等群弟在武庚的引誘下一起發動叛亂，威脅周王朝的統治。

面對無情的災難，詩中母鳥看似孤弱，卻富於生存的勇氣和毅力，剛還沉浸在喪子破巢的哀傷之中，即又於哀傷中抬起了剛毅的頭顱，它要趁著天晴之際，趕快修復破巢。第二章仍以母鳥自述的口吻展開，但因為帶有敘事和描摹，讀者所讀見的，便恍如鏡頭搖轉式的特寫畫面：哀傷的母鳥急急忙忙，忽而飛落在桑樹林間，啄剝著桑皮根須；忽而飛返樹頂，口銜著韌須細細纏縛窠巢。「徹彼」敘其取物

之不易，「綢繆」狀其縛結之緊密。再配上「啾啾」啼鳴的幾聲「畫外音」，讀者便又聽到了母鳥忙碌之後，所發出的既警惕又自豪的宣言：「今女下民，或敢侮予！」那是對飽經騷擾的下民往事的痛憤回顧，更是對縛紮緊密的鳥巢的驕傲自許，當然也包含著對欺凌鳥兒的「下民」的嚴正警告。本章暗示周公之東征，辛苦平定叛亂，並嚴厲懲罰叛亂諸酋，宣揚大周國威。

第三、四兩章是母鳥辛勤勞作後的痛定思痛，更是對無法把握自身命運的處境的淒淒泣訴，遭受奇禍的母鳥終於重建了自己的窠巢，充滿勇氣地活了下來。但是，這堅強的生存，對於孤弱的母鳥來說，是付出了無比巨大的代價。它的鳥爪拘攣了，它的喙角折彎了，至於羽毛、羽尾，也全失去了往日的細密和柔潤，而變得稀疏、枯槁。這些愴楚的自憐之語，發之於面臨奇災大禍，而掙扎著修復鳥巢的萬般艱辛之後，正如潮水之洶湧，表現著一種悲從中來的極大傷痛。然而更令母鳥恐懼的，還是挾帶著自然威力的「風雨」。鴟鴞的進犯縱然可以憑非凡的勇氣抵禦，但對這天地間之烈風疾雨，小小的母鳥卻無回天之力了。詩之結句，正以一聲聲「嘵嘵」的鳴叫，穿透搖撼天地的風雨，喊出了不能掌握自身命運的母鳥之哀傷。這兩章是周公自傷之語，為了穩定王室，他已心力交瘁，而兄弟相鬥，最終各有死傷，也讓他痛心不已，對於未來，周公誠惶誠恐。

這首詩模仿老鳥的口吻，十分貼切自然，它的描寫既合於鳥的生活和習性，又合於一個與周王室血肉相連、承擔國家危亡於一身的老臣的思想，故姚際恒連聲誇讚：「奇文！奇文！」

東 山

　　我徂東山①，慆慆②不歸。我來自東，零雨其濛③。我東曰④歸，我心西悲⑤。制彼裳衣，勿士行枚⑥。蜎蜎者蠋⑦，烝在桑野⑧。敦⑨彼獨宿，亦在車下。

　　我徂東山，慆慆不歸。我來自東，零雨其濛。果臝⑩之實，亦施于宇⑪。伊威在室⑫，蠨蛸⑬在戶。町畽⑭鹿場，熠耀宵行⑮。不可畏也，伊可懷也⑯！

　　我徂東山，慆慆不歸。我來自東，零雨其濛。鸛鳴于垤⑰，婦歎于室。灑掃穹窒⑱，我征聿至⑲。有敦瓜苦⑳，烝在栗薪㉑。自我不見㉒，於今三年！

　　我徂東山，慆慆不歸。我來自東，零雨其濛。倉庚㉓于飛，熠耀其羽。之子于歸，皇駁㉔其馬。親結其縭㉕，九十㉖其儀。其新孔嘉，其舊如之㉗？

【註釋】

① 徂（音粗）：去，到。東山：出征之地。

② 慆慆：通「滔滔」，形容時間很久。

③ 零雨：下雨。濛：細雨彌漫之貌。

④ 曰：語氣助詞。

⑤ 我心西悲：向西而悲。一說「悲」通「飛」，言心已飛向西方故鄉。

⑥ 士：通「事」。行枚：古代軍服上的標誌，類似於徽章。一說指行軍時銜在口中以噤聲的竹片。本句言不再從事行軍打仗的事。

⑦ 蜎蜎：幼蟲蜷曲貌。蠋：蠶。

⑧ 烝：久。桑野：野外的桑樹。

⑨ 敦：臥居之貌。

⑩ 果臝（音裸）：即「栝樓」，一種蔓生植物。

⑪ 施：蔓延。宇：屋簷。

⑫ 伊威：蟲名，俗稱土虱，多生於潮濕之地。

⑬ 蠨蛸（音消燒）：長腿蜘蛛古為吉兆，故亦稱「蟢子」。

⑭ 町畽：野獸走過的痕跡。一說舍旁隙地。

⑮ 熠耀：明滅不定貌。宵行：夜行。一說指螢火蟲。

⑯ 伊：維。懷：傷心。以上兩句言所見景象不覺得害怕，只覺得萬分傷心。

⑰ 垤：小土丘。

⑱ 穹窒：清理堵塞。一說烘室。參照《七月》注。

⑲ 聿：將要。至：回家。

⑳ 敦：瓜一個一個的樣子。瓜苦：即瓠瓜，一種葫蘆。古俗在婚禮上剖瓠瓜成兩張瓢，夫婦各執一瓢盛酒漱口，是謂「合卺」。

㉑ 栗薪：用木頭搭起的木架。

㉒ 自我不見：言自從我出征沒見這景象。

㉓ 倉庚：黃鶯。

㉔ 皇駁：淡黃色的馬。

㉕ 縭：女子的佩巾，出嫁時由母親親自給女兒繫在腰間。

㉖ 九十：概指禮儀之多。

㉗ 其新孔嘉，其舊如之何：言一對對新人固然很幸福，那麼久別重逢的舊人又如何。言外之意，他們不是更幸福嗎？孔嘉：非常美好。舊：士兵歸來，夫妻重聚者。

【賞析】

　　關於本詩的創作背景，《毛詩序》曰：「周公東征三年而歸，勞歸士。大夫美之，故作是詩也。」此說無確據。朱熹《詩集傳》則認為「此周公勞歸士詞，非大夫美之而作」。說「非大夫美之而作」為是，但說「周公勞士之作」則未必然。從詩的內容來看，這實是一首征人卸甲還鄉途中抒發思鄉之情的詩，詩中寫出了回家路上和回家之後的所見、所聞、所感，以及悲喜交集的複雜心情。

　　第一章回憶剛踏上歸程時的情景。首四句貫穿全篇，一切的悲與喜都從這裏發出。「徂」字一揚，「來」字一收，三年艱辛，輕輕略

過，不言之中，有無限悲傷。此刻還鄉，詩人的心情是喜悅勝過悲傷的，他厭惡戰爭，可是當離開戰場時，他的心情是相當複雜的，他回憶起從軍野處，車下露宿的情景，似乎對軍旅中的艱苦生活還有一絲眷戀。

第二章寫歸來途中所見，寫荒涼景象，讓人睹目傷神。詩中所寫雜草叢生，野獸出沒的景象，可見詩人的家鄉當時也發生過大規模的戰亂。

第三章寫剛回家時情景。妻子心中是高興的，可是表現出來的卻是一歎，側面表現出夫婦相思之苦。也可見妻子三年之內生活之艱辛，困頓的生活已經讓她麻木。

第四章是寫歸家後所見。退伍的軍人紛紛結婚，離別的人紛紛團聚，眼前一片祥和景象。欣慰之情，躍然紙上。「其新孔嘉，其舊如之何」表現出詩人對患難妻子的無限深情，同時也暗示他曾經有過新婚離別的悲痛的經歷。別人新婚夫婦那般開心，而詩人與妻子患難後重逢的喜悅明顯要更勝一籌。以問句作結，留下懸念，也留下了一片廣闊的審美空間。

破　斧

既破我斧，又缺我斨。周公東征，四國是皇[1]。
哀我人斯[2]，亦孔之將[3]。
既破我斧，又缺我錡[4]。周公東征，四國是吪[5]。
哀我人斯，亦孔之嘉[6]。
既破我斧，又缺我銶[7]。周公東征，四國是遒[8]。
哀我人斯，亦孔之休[9]。

【註釋】

① 斨（音槍）：方孔的斧頭。四國：管、蔡、商、奄四國，即周公東

征平定的四國。一說四方之國。皇：通「匡」，匡正，治理。一說
通「惶」，惶恐。

② 哀：可憐。一說哀傷。一說憐愛。我人：我們這些人。斯：語氣
助詞。

③ 孔：甚，很。將：美。

④ 錡：兵器，齊刃如鑿。一說鑿子。

⑤ 吪（音哦）：教化。

⑥ 嘉：善，美。

⑦ 錡：獨頭斧。一說鑿子。

⑧ 道：團結，安和。一說臣服。

⑨ 休：美好。

【賞析】

　　本詩的創作背景與《東山》相同，是東征戰士的凱旋之歌。雖然
三年的軍旅生活是痛苦的，艱辛的，能活著回來就是萬幸，但他們看
到天下太平的景象，看到四國安定的局勢，便感到欣慰，因為自己曾
為這眼前的和平流過血汗。這些戰士雖然是可憐的，而他們所享受的
榮譽卻是美好的，從這裏表現了他們對和平的熱愛和甘願為和平作出
犧牲的精神。

　　全詩三章，採用複遝形式，各章僅異數位。每章前兩句言三年戰
爭之慘烈，詩人沒有細緻描寫戰爭的全過程，只是以堅鐵利剛的武器
被摧毀殘破，側面表現了戰爭的慘烈，給讀者留下巨大的想像空間。
中間兩句言周公東征之功績，言語之中充滿了對周公的頌揚，同時，
士兵們作為這場偉大戰爭中的一員，也頗為自豪。末兩句是士卒感慨
之語，他們為戰後得生而慶幸，同時對所享受的榮譽感到滿足，士卒
們的心中，儘是對未來的美好憧憬。

　　一說以為本詩是管、蔡、殷、奄四國之民對周公的讚歌，他們感
謝周公平定四國，恢復他們平定安詳的生活。此說亦通。前兩句以生
產工具的殘缺來反映四國之君長年累月勞民之深，為周公東征埋下伏

筆。末兩句是對周公哀憐體恤四國之民的讚美，是人民以自身的感受，從內心發出的歌讚聲，是直接的讚頌。

伐　柯

伐柯如何^①？匪斧不克^②。取妻如何？匪媒不得。
伐柯伐柯，其則^③不遠。我覯^④之子，籩豆有踐^⑤。

【註釋】

① 柯：斧頭柄。伐柯：採伐作斧頭柄的木料。

② 克：辦到，可以。

③ 則：原則，規格。

④ 覯（音構）：通「媾」，結婚。一說以為即本意，遇見。

⑤ 籩（音邊）：古代盛果脯的竹器。豆：古代盛肉食的食具。有踐：
　　排列整齊的樣子。古時家庭舉辦盛大喜慶活動時，用籩豆等器皿
　　放滿食品，整齊排列在現場。

【賞析】

　　這是一首新婚宴會上的詩歌，新郎感謝媒人的功勞，為他們成就了這樁婚事，作詩答謝，同時也表現了他心中的喜悅之情。全詩以一支合適的斧頭柄子作比喻，說男子想要找到心目中的妻子，就如同斧頭找到一把柄子一般，要有一定的方法程式，要有媒人、迎親禮等基本的安排。

　　在古代詩歌中，常以諧音示意。「斧」字諧「夫」字，柄配斧頭，喻妻子配丈夫。「匪媒不得」、「籩豆有踐」，具體地寫出古時娶妻的過程：媒人介紹牽線兩家，最後雙方同意，辦了隆重的迎親禮儀，妻子過門來。這是中國古代喜慶民俗的場景，也表示中國人對婚姻大事的嚴肅重視。「伐柯」後來也成為媒人的代稱。

從引申意義上來看，這首詩也暗示無論做什麼事都要按一定的原則來協調。《毛詩序》即從本詩的引申義上理解詩旨，認為本詩是讚美周公的，詩不是真的寫娶妻的事，而是藉以泛指軍國大事的原則性和協調性。

九 罭

九罭之魚鱒魴①。我觀②之子，袞衣繡裳③。
鴻飛遵渚④，公歸無所⑤，于女信處⑥。
鴻飛遵陸⑦，公歸不復⑧，于女信宿。
是以有袞衣兮⑨，無以⑩我公歸兮，無使我心悲兮！

【註釋】

① 九罭（音域）：網眼較小的漁網，一般用來網小魚。魚：捕魚。鱒、魴：皆為肉味鮮美的大魚。
② 觀：遇合。這裏有交媾、婚覯之意。
③ 袞衣：繡有龍紋的禮服，一般為王公所穿。繡裳：彩色下服，為官服。
④ 遵：沿著。渚：沙洲。
⑤ 無所：無定處。
⑥ 信處：再住一夜，兩宿稱信。
⑦ 陸：水邊的陸地。
⑧ 不復：不再返回。
⑨ 是以：因此。有：藏。
⑩ 無以：勿使，不要讓。

【賞析】

關於本詩主旨，《毛詩序》認為是讚美周公之作。周公遭流言非

議時，被迫避處，周朝大夫作此詩為其鳴不平，諷刺朝廷不辨忠良。朱熹《詩集傳》認為本詩描寫的是周公居於東方時，東方之民喜得見之而不忍其離去的愛戴之情。這兩種說法雖通，但根據詩的文本，並不能落實到時、地、人，所以並不能令人信服。聞一多《風詩類鈔》認為「這是燕飲時主人所賦留客的詩」。然而留宿和藏衣的舉動實在不像主客之間所為，故這裏認為本詩是一首女子挽留男子的情詩。從穿著來看，這名男子應是當時的一位貴族，可能他是在流亡途中遇到了一位平民女子，二人交合定情，然而男子最終要歸去，女子苦苦挽留，內心傷悲。

全詩四章，首章首句「九罭之魚鱒魴」言細眼小網捕得大鱒魴。該女子是貴族流浪途中所結的配偶，地位當較低，故以小魚之網作喻。小魚之網網住了大魚，比喻低賤女子得遇貴人。後兩句介紹男子的衣著，點出其身份、地位。人之美惡，本不在於衣裳之貴賤，但在中國古代這是個傳統，人之美寫不出，就只能寫他華貴的衣服，以此來側面寫其人之美。

第二、三章寫貴族男子與女子相遇並留宿。鴻雁留宿沙洲水邊，第二天就飛走了，不會在原地住兩夜的。詩人用這個自然現象，比喻那位貴族男子只是在此暫住，不可能久留。但是，人與鴻雁不同。難得一聚，不必匆匆而別。「于女信處」、「於女信宿」兩句，挽留的誠意與巧妙的比喻結合，情見乎辭。

最後一章由緩和之音忽轉入急調，詩人直抒胸臆，表達強留之意，足見其用情之深。藏衣的舉動表現出女子的單純和固執，飽含不捨之意。可以想見，臨別之時，女子定是眼含淚水，拉著男子的衣袖，苦苦哀憐挽留。其情可敬，也實可歎！

狼　跋

狼跋其胡①，載疐其尾②。公孫碩膚③，赤舄幾幾④。
狼疐其尾，載跋其胡。公孫碩膚，德音不瑕⑤？

【註釋】

① 跋：踩。胡：頸下垂肉。
② 載：則。疐（音至）：通「躓」，跌倒。
③ 碩膚：大腹便便貌。
④ 赤舄（音夕）：赤色鞋，一種皮質、絲飾、底中襯有木頭的屨，形狀與翹首的草鞋相仿，貴族所穿。幾幾：鮮明貌。一說絢貌。一說安重貌。一說鞋尖翹起挺直貌。
⑤ 瑕：瑕疵，過失。

【賞析】

　　這首詩的主題難以捉摸，每章前兩句是諷刺的口吻，而後兩句卻是讚美的語氣，故自古以來有人認為是讚美詩，也有人認為是諷刺詩。古代學者多認為本詩是讚美周公之作，即詩中「公孫」，詩以狼之進退兩難，喻周公攝政「雖遭譏謗，然所以處之不失其常」，近代學者多認為本詩是對貴族醜態的諷刺。我們從詩的文本來看，以狼之進退形容公孫之態，雖非善比，然亦未必含有憎惡、挖苦之意，故這裏同意聞一多先生的觀點，認為本詩對於公孫，是取著一種善意的調弄的態度的。

　　全詩兩章，入筆均從老狼進退的可笑之態寫起。但體味詩意，卻須先得注意那位「公孫」的體態。詩中一再點示「公孫碩膚」，可見其身材確實肥胖。一位肥碩的公孫，穿著色彩鮮明的彎翹「赤舄」走路，那樣子一定是非常可笑的。據聞一多考證，周人的衣、冠、裳、履，在顏色搭配上有一定的規矩。公孫既蹬「赤舄」，則其帶以上的衣、冠必為玄青，帶以下的、裳則為橙紅，還有耳旁的「瑱」、腰間

的「佩」，多為玉白。公孫裹著這套行頭，挺著過重的累贅的肚子，一步一步搖過來，其雅態令人見了實在是忍俊不禁，而生發一種調侃、揶揄的喻比欲望。

然後再體味「狼跋其胡，載疐其尾」的比喻，便會為此喻之維妙維肖絕倒了。古人大抵常與校獵、御射中的獵物打交道，對於肥壯老狼的奔突之態早就熟稔。所以《易林‧震之恒》即有對此形態的絕妙描摹：「老狼白，長尾大胡，前顛從躓，岐人悅喜。」此詩對公孫的體態，即取了這樣一隻腹白肥大、「前顛從躓」的老狼作喻比物。聞一多對此二句亦有精彩的闡發：「一隻肥大的狼，走起路來，身子作跳板狀，前後更迭的一起一伏──往前傾時，前腳差點踩著頸下垂著的胡，往後坐時，後腳又像要踏上拖地的尾巴，這樣形容一個胖子走路時，笨重，艱難，身體搖動得厲害，而進展並未為之加速的一副模樣，可謂得其神似了。」

本來，這樣的調笑，對於公孫來說，也確有頗為不恭之嫌。但此詩的分寸把握得也好，一邊大笑著比畫老狼前顛後躓的體態，一邊即又收起笑容補上一句：「您那德性倒也沒什麼不好！」「德音不瑕」句的跳出，由此化解了老狼之喻的揶揄份量，使之向著「開玩笑」的一端傾斜，而不至於被誤解為譏刺。所以其所造成的整首詩的氛圍，便有了一種特有的幽默感。

雅

《雅》即正聲雅樂，是貴族宴會或諸侯朝會時的樂歌，一般認為「雅」是產生于周王畿一帶的樂調。「雅」有大小之分，分為《小雅》和《大雅》，大約是與表演場合與官方、民間規模的不同有關。《小雅》有74篇，《大雅》有31篇，總計105篇，合稱「二雅」。

《雅》中詩歌大部分來自于奴隸主貴族上層，其思想性不如《風》，但它卻從另一個角度比較真實地反映了周代社會生活的某些側面，具有一定的社會意義和認識價值。

小　雅

　　「小雅」詩歌共74篇，其中大多為西周宣王、幽王時期的作品，也有部分產生於東周，其作者有上層貴族，也有下層平民。除了貴族之樂，「小雅」也有不少表現下層人民生活的詩歌。西周晚期社會很不安定，外有戎人入侵，內有幽王暴虐無道，所以「小雅」中多怨誹之辭。

鹿　鳴

　　呦呦①鹿鳴，食野之苹②。我有嘉賓，鼓瑟吹笙。
　　吹笙鼓簧③，承筐是將④。人之好我⑤，示我周行⑥。
　　呦呦鹿鳴，食野之蒿。我有嘉賓，德音孔昭⑦。
　　視民不恌⑧，君子是則是效⑨。我有旨⑩酒，嘉賓式燕以敖⑪。
　　呦呦鹿鳴，食野之芩⑫。我有嘉賓，鼓瑟鼓琴。
　　鼓瑟鼓琴，和樂且湛⑬。我有旨酒，以燕樂嘉賓之心。

【註釋】

① 呦呦：鹿鳴聲。

② 苹：蒿的一種，葉纖細嫩，人畜皆可食。

③ 簧：笙上的簧片。

④ 承：捧上。筐：盛放進獻幣帛的竹器。將：送。

⑤ 好我：對我友好，真誠。

⑥ 示：告訴，指示。周行：大道。

⑦ 德音：美好的品德聲譽。孔：很。昭：明。

⑧ 恌：通「佻」，輕佻，輕薄。

⑨ 則：法則。效：效法。

⑩ 旨：甘美。

⑪ 式：語氣詞。燕：通「宴」。敖：歡樂。

⑫ 芩：蒿的一種，生長於沼澤。

⑬ 和：和諧。湛：形容程度很深。

【賞析】

　　這是一首周天子宴樂群臣賓客的詩歌，全詩洋溢著一派歡樂氣氛，有太平盛世景象。席間主客同樂，主人之樂在於擁有天下賢才，而賓客之樂在於主人的真誠和熱情。主客關係和諧，從而營造了一種上下無猜、彼此無間的和諧氛圍。這種氛圍也是古代君臣之間最為珍貴的關係，君主志在天下，對臣子信任重用，而臣子盡心盡力，為國為君。君臣齊心，國家必定繁榮昌盛。詩歌中所描寫的君主和諧場景是幾千年來知識份子所夢寐以求的。

四　牡

四牡騑騑①，周道倭遲②。豈不懷歸？王事靡盬③，我心傷悲。
四牡騑騑，嘽嘽駱馬④。豈不懷歸？王事靡盬，不遑啟處⑤。
翩翩者鵻⑥，載飛載下，集于苞栩。王事靡盬，不遑將⑦父。
翩翩者鵻，載飛載止，集于苞杞。王事靡盬，不遑將母。
駕彼四駱，載驟駸駸⑧。豈不懷歸？是用⑨作歌，將母來諗⑩。

【註釋】

① 牡：雄馬。騑（音飛）：馬行走不止而顯疲貌。

② 周道：大路。倭遲：亦作「逶迤」，道路迂迴遙遠貌。

③ 靡盬（音鼓）：沒有止息。

④ 嘽嘽（音貪）：馬疲憊喘息貌。駱：黑鬣的白馬。

⑤ 不遑：無暇。啟：即危坐，相當於今之小跪。處：即安坐，古代所謂「安坐」，是先跪下來，再將臀部坐於自己腳後跟上。這裏

「啟處」指在家安居休息。

⑥　翩翩：飛行貌。鵻（音椎）：鵓鳩，即斑鳩。

⑦　將：奉養。

⑧　驟：疾馳貌。駸駸：馬奔馳貌。

⑨　是用：是以，所以。

⑩　諗：想念。

【賞析】

　　本詩是某個為公務纏身的小官吏所作，他操勞公事，駕駛駟馬快車奔波在路上，他思念家鄉，思念父母，卻仍然不能回家，唯有作此詩以抒懷。

　　全詩五章，基本上都採用賦的手法。首章為全詩定下了基調，在「王事靡盬」與「豈不懷歸」一對矛盾中展現了人物「我心傷悲」的感情世界。前兩章主要訴說奔波之苦，第三、四章訴說久在外而不能盡孝之痛，末章重申懷歸之願和念母之情，並表白作此詩的初衷。全詩層次井然，滲透著一種傷感色彩。

　　詩人心中思歸，卻又用「豈不懷歸」那樣吞吐含蓄的反問句來表達，表現了豐富細膩、一言難盡的思想感情，非常耐人尋味。這「周道倭遲」，也正象徵著漫長的人生旅途。多少人南轅北轍地行走在人生旅途中而有懷歸之想，而「王事靡盬」無情地鞭笞著他們無奈而又違心地前進著。除了陶淵明式的人物能毅然「歸去來兮」，誰也免不了會有「心中傷悲」的陰影掠過。詩的抒情韻味相當悠長。

皇皇者華

皇皇者華①，于彼原隰②。駪駪征夫③，每懷靡及④。
我馬維駒，六轡如濡⑤。載馳載驅，周爰咨諏⑥。
我馬維騏⑦，六轡如絲⑧。載馳載驅，周爰咨謀。

我馬維駱，六轡沃若⑨。載馳載驅，周爰咨度⑩。
我馬維駰⑪，六轡既均⑫。載馳載驅，周爰諮詢。

【註釋】

① 皇皇：煌煌，形容光彩甚盛。華：花。

② 原隰：原野上高平之處為原，低濕之處為隰。

③ 駪（音伸）：眾多疾行貌。征夫：這裏指使臣及其屬從。

④ 每：常。懷：顧慮。靡及：不及，無及。

⑤ 六轡：古代一車四馬，馬各二轡，其中兩驂馬的內轡，繫在軾前
不用，故稱「六轡」。如濡：新鮮有光澤貌。

⑥ 周：廣泛，全面。爰：於。咨：訪問。諏：聚集多人商量謀劃。

⑦ 騏：與「駒」、「駱」、「駰」皆形容馬雄峻貌。一說青黑色的馬。

⑧ 如絲：指轡韁有絲的光彩和韌度。

⑨ 沃若：光澤盛貌。

⑩ 度：斟酌，謀劃。

⑪ 駰（音因）：一說毛色黑白相間的馬。

⑫ 均：協調。

【賞析】

　　本詩是一位使臣自述之作。使臣秉承國君之明命，重任在身，所
以在出使時，必須咨周善道，廣詢博訪。上以宣國家之明德，下以輔
助己之不足，以期達成使命，因而「咨訪」實為使臣之大務。詩中的
這位使臣工作盡心盡責，不辭勞苦，他不忘自己的使命，還時常凜凜
於心，懷有「靡及」之感，可見其忠厚賢良。

　　詩以景物描寫開篇，只見路邊高高低低地開滿各色鮮豔的鮮花，
然而使臣卻不及細看欣賞，匆匆而過，究其原因，一是由於身負王
命，時間有限；二是「每懷靡及」，心中實憂。「皇皇」與「惶惶」
諧音，頗能表現使者的情緒。

　　以下四章，意義相同，僅易數字，「駒」、「騏」、「駱」、「駰」

的變換透露出使臣所在地點的不斷變化，可謂片刻不敢耽誤，絲毫不敢懈怠。「載馳載驅」強調出使臣之急切忙碌，他不忘自己的使命，周全地謀劃和訪問，為王事殫精竭慮。使臣為何如此迫切用命，皆是因為「每懷靡及」，他有報君之心而又擔心做事不夠圓滿，故時刻不忘君之所教，時時以忠貞自守。三章反覆吟詠之後，一位忙碌的賢臣形象頓時躍然紙上。這位使臣與《四牡》中的官吏一樣不得休息，然後他卻是主動的、積極的，表現出截然不同的情緒。

常　棣

常棣^①之華，鄂不韡韡^②。凡今之人，莫如兄弟。
死喪之威^③，兄弟孔懷^④。原隰裒矣^⑤，兄弟求矣。
脊令^⑥在原，兄弟急難^⑦。每^⑧有良朋，況^⑨也永歎。
兄弟鬩于牆^⑩，外禦其務^⑪。每有良朋，烝也無戎^⑫。
喪亂既平，既安且寧。雖有兄弟，不如友生。
儐爾籩豆^⑬，飲酒之飫^⑭。兄弟既具^⑮，和樂且孺^⑯。
妻子好合，如鼓琴瑟。兄弟既翕^⑰，和樂且湛^⑱。
宜^⑲爾室家，樂爾妻帑^⑳。是究是圖^㉑，亶其然乎^㉒！

【註釋】
① 常棣：通常作棠棣，木名，即郁李。
② 鄂：通「萼」，花萼。不：一說通「丕」，大。韡（音偉）：光明美麗貌。
③ 威：通「畏」，此句言死喪可畏之事。
④ 孔懷：十分掛念。
⑤ 原隰：原野。裒（音掊）：倒斃，喪命。一說聚。
⑥ 脊令：即鶺鴒，一種水鳥。
⑦ 急難：救急於難。

⑧ 每：雖。

⑨ 況：通「貺」，賜予。

⑩ 鬩：爭鬥。牆：家中。

⑪ 禦：抵抗。務：通「侮」，敵人。

⑫ 烝：多。戎：說明。

⑬ 儐：陳列。籩（音邊）豆：祭祀或宴享時用來盛食物的器具。

⑭ 之：是。飲：私宴，家宴。一說滿足。

⑮ 具：聚集，這裏指兄弟全部到齊。

⑯ 孺：通「愉」，相親。

⑰ 翕：會聚，和睦。

⑱ 湛：深，這裏指歡樂之甚。

⑲ 宜：和順。

⑳ 帑：通「孥」，兒女。

㉑ 究：深思。圖：考慮。

㉒ 亶（音旦）：確實。然：如此。

【賞析】

　　這是一首講述兄弟關係的詩歌，詩人意在提醒人們，同胞兄弟是至親骨肉，比任何朋友關係都要親近，兄弟之間一定要和睦相處。不過詩篇對這一主題的闡發是多層次的，既有對「莫如兄弟」的歌唱，也有對「不如友生」的感歎，更有對「和樂且湛」的推崇和期望。

　　全詩八章，可分五層。首章為第一層，先興比，後議論，開門見山，倡明主題。詩人以棠棣花比兄弟，是因為棠棣花開只兩三朵，而且彼此相依。「凡今之人，莫如兄弟」，這寓議論於抒情的點題之筆，既是詩人對兄弟親情的頌贊，也表現了華夏先民傳統的人倫觀念。

　　第二、三、四章為第二層，詩人通過三個典型情境，對「莫如兄弟」之旨作了具體深入的申發，即遭死喪則兄弟相收，遇急難則兄弟相救，禦外侮則兄弟相助。

　　第五章自成一層，則由正面理想反觀當時的現實狀況，即由讚歎

「喪亂」時的「莫如兄弟」，轉而嘆惜「安寧」時的「不如友生」。「雖有兄弟，不如友生」，這嘆惜是沉痛的，也是有史實根據的。西周初年，出現過周公的兄弟管叔和蔡叔的叛亂。西周末年，統治階級內部骨肉相殘、手足相害的事更頻頻發生。

第六、七章為第三層，在短暫的低沉後，曲調又轉為歡快熱烈。這一層直接描寫了舉家宴飲時兄弟齊集，妻子好合，親情和睦，琴瑟和諧的歡樂場面。詩人似明確表示，兄弟之情勝過夫婦之情。兄弟和，則室家安；兄弟和，則妻孥樂。

末章承上而來，卒章顯志。詩人直接告誡人們，要深思熟慮，牢記此理：只有「兄弟既翕」，方能「宜爾室家，樂爾妻帑」。兄弟和睦是家族和睦、家庭幸福的基礎。規勸之意，更為明顯。

伐　木

伐木丁丁①，鳥鳴嚶嚶②。出自幽谷，遷于喬木。嚶③其鳴矣，求其友聲。相④彼鳥矣，猶求友聲。矧伊人矣⑤，不求友生？神⑥之聽之，終和且平。

伐木許許⑦，釃酒有藇⑧。既有肥羜⑨，以速諸父⑩。寧適不來⑪，微我弗顧。於粲灑掃⑫，陳饋八簋⑬。既有肥牡⑭，以速諸舅。寧適不來，微我有咎。

伐木于阪⑮，釃酒有衍⑯。籩豆有踐⑰，兄弟無遠⑱。民之失德，乾餱以愆⑲。有酒湑我⑳，無酒酤㉑我。坎坎㉒鼓我，蹲蹲㉓舞我。迨㉔我暇矣，飲此湑矣。

【註釋】

① 丁丁：伐木聲。

② 嚶嚶：鳥鳴聲。

③ 嚶：一說指黃鶯。

④ 相：審視，察看。

⑤ 矧（音審）：何況。伊：你。一說語氣詞。

⑥ 神：通「慎」。

⑦ 許許：鋸木聲。

⑧ 釃（音離）：濾去酒糟。有：即「藇藇」，酒清澈透明貌。

⑨ 羜（音住）：小羊羔。

⑩ 速：邀請。諸父：同姓長輩。下文「諸舅」則指異姓長輩。

⑪ 寧：或。適：恰巧，偶爾。

⑫ 於：發語詞。粲：鮮明貌。這裏指乾淨整潔。

⑬ 陳：陳列。饋：食物。簋：盛放食物用的圓形器皿。

⑭ 牡：雄畜，詩中指公羊。

⑮ 阪：山坡。

⑯ 有衍：即「衍衍」，滿溢之貌。

⑰ 踐：陳列。

⑱ 無遠：不疏遠，皆在場。

⑲ 乾餱（音候）：乾糧。愆：過錯。

⑳ 湑（音許）：用茅草濾酒。我：語氣助詞。

㉑ 酤：買酒。

㉒ 坎坎：鼓樂聲。

㉓ 蹲蹲：舞蹈貌。

㉔ 迨：及，趁。

【賞析】

　　這是一首歌頌友情的詩，是宴樂朋友故舊的樂歌。朋友在傳統的人際關係中屬於「五倫」之一。朋友對於人生的重要意義，是古今人盡皆知的，《毛詩序》亦云：「至天子至於庶人，未有不須友以成者。親親以睦，友賢不棄，不遺故舊，則民德歸厚矣。」

　　全詩三章，首章言人不可無友。詩人以一個出谷遷喬去尋找知音的鳥兒起興，表明天地間萬物皆然，友情乃天地之通義也。第二章由

朋友而及於族親，「諸父」和「諸舅」包括了所有同姓和異姓親屬。酒肉之豐盛，足見其至誠。兩言「寧適不來」，足見其渴望其來。而「微我」之想，又極盡謙恭厚道之情。一說以為此章是詩人批評了不顧情誼、互相猜忌的不良現象。末章重在表現宴會上的親友之樂，情感率真，友情厚重。最後一個「迨」字，真是時時不忘，刻刻掛懷。

　　本詩既生動地表達了詩人順人心、篤友情的願望，又營造了詩歌虛實相生的意境美。還給讀者提供了一種以意境的營造為手段的構思方法。此詩對友情的歌頌給後世留下了極為深遠的影響，以至「嚶鳴」一詞常被人用作朋友間同氣相求或意氣相投的比喻。

天　保

　　天保定爾①，亦孔之固②。俾爾單厚③，何福不除④？俾爾多益，以莫不庶⑤。

　　天保定爾，俾爾戩穀⑥。罄⑦無不宜，受天百祿⑧。降爾遐福⑨，維日不足⑩。

　　天保定爾，以莫不興。如山如阜，如岡如陵，如川之方至，以莫不增。

　　吉蠲為饎⑪，是用孝享⑫。禴祠烝嘗⑬，于公先王⑭。君曰卜爾⑮，萬壽無疆。

　　神之吊⑯矣，詒⑰爾多福。民之質⑱矣，日用飲食⑲。群黎百姓⑳，遍為㉑爾德。

　　如月之恒㉒，如日之升。如南山之壽，不騫㉓不崩。如松柏之茂，無不爾或承㉔。

【註釋】
① 保：保佑。定：安定。
② 孔：很。固：穩固。

③ 俾：使。單：通「亶」，誠然，確實。

④ 除：通「予」，賜予。

⑤ 庶：眾多。

⑥ 戩（音撿）穀：盡善，幸福。

⑦ 罄：盡，所有。

⑧ 百祿：百福。百：言其多。

⑨ 遐福：遠福，即長久、遠大之福。

⑩ 維：通「雖」。此句言福之多而廣遠，日日享福也享受不完。一說
　　「維」通「唯」，唯恐之意。

⑪ 吉：吉日。蠲（音捐）：祭祀前沐浴齋戒使清潔。為：準備，置
　　辦。饎：祭祀用的酒食。

⑫ 是用：即用是，用此。孝享：獻祭。

⑬ 禴祠烝嘗：一年四季在宗廟裏舉行的祭祀的名稱、春祠、夏禴、
　　秋嘗、冬烝。

⑭ 于公先王：指獻祭於先公先王。

⑮ 君：祭祀中扮演先王的神屍。卜：給予。

⑯ 吊：降臨。

⑰ 詒：通「貽」，送給。

⑱ 質：質樸。

⑲ 日用飲食：以日月飲食為事，形容人民質樸之狀態。

⑳ 群黎：民眾。百姓：貴族，即百官諸姓。

㉑ 為：通「化」，這裏指受感化。

㉒ 恒：指月到上弦。一說永恆。

㉓ 騫：虧損。

㉔ 或承：即「是承」。承：繼承，承受。

【賞析】

　　這是一首臣下對君王的祝福之辭。一說以為本詩是西周末年周宣
王親征時召伯所作，詩歌表達了對新王的熱情鼓勵及殷切期望，即期

望宣王登位後能勵精圖治，完成中興大業，重振先祖雄風。同時也表達了召伯虎作為一個具有遠見卓識的政治家的政治理想。

　　全詩六章，首章是說宣王受天命即位，地位穩固長久，讓宣王消除疑慮，樹立起建功立業的信心。第二章又祝願說王即位後，上天將竭盡所能保佑王室，使王一切順遂，賜給王眾多的福分。第三章祝願說王即位後，天也要保佑國家百業興旺。此章中作者連用五個「如」字，極申上天對王的佑護與偏愛。詩從第四章起，先寫選擇吉利的日子，為王舉行祭祀祖先的儀式，以期周之先公先王保佑新王；次寫祖先受祭而降臨，將會帶來國泰民安、天下歸心的興國之運。末章又以四「如」字祝頌之，說王將長壽，國將強盛。全詩處處都滲透著對年輕君王的熱情鼓勵和殷殷期望，以及隱藏著的深沉的愛心。

采　薇

采薇①采薇，薇亦作止②。曰歸曰歸，歲亦莫止③。
靡室靡家，玁狁④之故。不遑啟居⑤，玁狁之故。
采薇采薇，薇亦柔⑥止。曰歸曰歸，心亦憂止。
憂心烈烈⑦，載飢載渴。我戍⑧未定，靡使歸聘⑨。
采薇采薇，薇亦剛⑩止。曰歸曰歸，歲亦陽⑪止。
王事靡盬，不遑啟處。憂心孔疚⑫，我行不來⑬。
彼爾維何⑭？維常之華⑮。彼路⑯斯何？君子之車。
戎車既駕，四牡業業⑰。豈敢定居？一月三捷。
駕彼四牡，四牡騤騤⑱。君子所依，小人所腓⑲。
四牡翼翼⑳，象弭魚服㉑。豈不日戒㉒？玁狁孔棘㉓。
昔我往矣，楊柳依依。今我來思㉔，雨雪霏霏。
行道遲遲，載飢載渴。我心傷悲，莫知我哀！

【註釋】

① 薇：野菜名，又稱野豌豆。

② 作：指薇菜新長出來。止：語氣助詞。

③ 莫：通「暮」。歲亦莫：一年將盡之時。

④ 獫狁（音撿允）：周朝北方遊牧民族。

⑤ 不遑：無暇。啟居：這裏指安穩地休息。

⑥ 柔：指薇菜初生時的柔嫩狀態。

⑦ 烈烈：形容憂心如焚。

⑧ 戍：這裏指戍守的地方。

⑨ 使：遣人。聘：指回家問候。

⑩ 剛：指薇菜由嫩到老，變得粗硬。

⑪ 陽：指天暖。

⑫ 疚：痛苦。

⑬ 來：止，定。一說回家。一說慰問。

⑭ 爾：通「薾」，花盛開貌。維：語氣助詞。

⑮ 常之華：棠梨之花。

⑯ 路：車高大貌。

⑰ 業業：馬高大雄壯貌。

⑱ 騤騤（音葵）：馬強壯貌。

⑲ 小人：指士兵。腓：隱蔽。古代戰法，一輛戰車後面，步兵若干
　　人。車衝鋒在前，步卒在戰車的掩護下前進。

⑳ 翼翼：整齊貌。謂馬訓練有素。

㉑ 象弭：兩端用象骨裝飾的弓。魚服：有魚紋裝飾的箭袋。

㉒ 日戒：日日警惕戒備。

㉓ 棘：指軍情緊急。

㉔ 思：句末語氣詞。

㉕ 霏霏：雪花紛落貌。

【賞析】

這首詩寫的是抗擊北方玁狁入侵的士兵在戰爭結束後的歸途景象，抒發了他在整個戰爭期間思鄉的悲傷情緒。它將征人的思鄉放在對景物的描寫以及軍旅生活的述說中，流露出一種人世滄桑之感。

詩的前三章以薇草起興，寫薇草由初生到柔嫩到衰老，反映了時間之長，戍邊征戰之久，其思鄉情緒層層推進。第四、五章寫軍旅生活之苦，戰事之多，流露出期待和平的情緒和對家的思念。第六章是全詩精華，它以痛定思痛的抒情結束全詩，以今昔情景之對比抒寫離家之久，人世變化之大。詩人心中的哀情，真可謂一言難盡！王夫之《薑齋詩話》評曰：「『昔我往矣，楊柳依依。今我來思，雨雪霏霏。』以樂景寫哀，以哀景寫樂，一倍增其哀樂。」方玉潤《詩經原始》亦云：「此詩之佳，全在末章，真情實景，感時傷事，別有深意，不可言喻，故曰『莫知我哀』。不然凱旋生還，樂矣，何哀之有耶？」

出　車

我出我車，于彼牧①矣。自天子所②，謂③我來矣。
召彼僕夫，謂之載矣。王事多難，維其棘矣④。
我出我車，于彼郊矣。設此旐⑤矣，建彼旄矣⑥。
彼旟⑦旐斯，胡不旆旆⑧？憂心悄悄⑨，僕夫況瘁⑩。
王命南仲⑪，往城于方⑫。出車彭彭⑬，旂旐央央⑭。
天子命我，城彼朔方⑮。赫赫南仲，玁狁于襄⑯。
昔我往矣，黍稷方華⑰。今我來思，雨雪載途。
王事多難，不遑啟居。豈不懷歸？畏此簡書⑱。
喓喓草蟲⑲，趯趯阜螽⑳。未見君子，憂心忡忡。
既見君子，我心則降。赫赫南仲，薄㉑伐西戎。
春日遲遲，卉木萋萋㉒。倉庚喈喈㉓，采蘩祁祁㉔。
執訊獲醜㉕，薄言還㉖歸。赫赫南仲，玁狁于夷㉗。

二八〇

詩經新賞

① 牧：郊外可放牧之地。

② 天子所：指朝廷。一說周京。

③ 謂：使，派遣。

④ 維：發語詞。其：指王事。棘：指情勢緊急。

⑤ 旐（音兆）：畫有龜蛇圖案的旗。

⑥ 建：豎立。旄（音毛）：旗竿上裝飾犛牛尾的旗子。

⑦ 旟（音余）：畫有鷹隼圖案的旗幟。

⑧ 胡不：豈不。旆旆：旗幟飄揚之貌。

⑨ 悄悄：憂思貌。

⑩ 況瘁（音翠）：辛苦憔悴貌。

⑪ 南仲：周宣王時大將。

⑫ 城：築城。于方：當是地名，與下文「朔方」相對成文。

⑬ 彭彭：車馬眾盛貌。

⑭ 旂（音旗）：繪蛟龍圖案並帶鈴的旗幟。央央：鮮明貌。

⑮ 朔方：北方。北方寒氣稱朔氣，故稱北方為朔方。

⑯ 襄：即「攘」攘除。

⑰ 華：開花，這裏指黍稷抽穗。

⑱ 簡書：周王傳令出征的文書。

⑲ 喓喓：蟲鳴聲。草蟲：泛指草中有翅能鳴的昆蟲。

⑳ 趯趯（音剔）：昆蟲跳躍貌。阜螽：即蚱蜢，蝗類昆蟲。

㉑ 薄：通「搏」，猛擊，討伐。

㉒ 卉木：草木。萋萋：草木茂盛貌。

㉓ 倉庚：黃鶯的別名。喈喈：鳥鳴聲。

㉔ 祁祁：眾多貌。

㉕ 執訊：對所獲敵人加以訊問。獲醜：俘獲敵眾。

㉖ 還：通「旋」，凱旋。

㉗ 夷：消滅，平定。

【賞析】

　　這是一首歌頌出征凱旋的詩，詩人當是一位將軍，他與南仲是同時在不同地方率軍征伐獫狁的。因他與南仲有相同的經歷和感受，故其對南仲熱情讚美，其實也是在肯定自己。詩中同時也抒發了詩人在戰爭中複雜的情緒。從有關金文材料來看，本詩當產生於西周末年的周宣王時。

　　本詩描寫戰爭，卻沒有正面描寫戰鬥的場面，而是緊緊抓住了戰前準備和凱旋而歸這兩個關鍵性的典型場景，高度概括地把一場歷時較長、空間地點的轉換較為頻繁的戰爭濃縮在一首短短的詩裏。

　　詩的首章言受命出征，寫出師戒嚴光景，以「出車」、「到牧」、「傳令」、「集合」四個在時空上逼近，時間上極具連貫性的動作，烘托出一個戰前緊急動員的氛圍。末二句又以「多難」和「棘」二詞暗示出主帥和士卒們心理上的凝重和壓抑。第二章寫出師行色，以蒼穹下林立的「旐」、「旄」、「旂」、「旟」之「旆旆」，寫軍行至「郊」的凜然氣勢。末了又以「悄悄」、「況瘁」寫在開赴前線的急行軍中士兵們焦急緊張的心理。第三章言南仲與自己同時受命出征、築城的具體任務。「赫赫」及「襄」暗示出詩人對贏得這場戰爭的自信。第四章寫班師歸途情景，詩人運用類似現代電影「蒙太奇」的手法，進而通過今昔對比所產生的時空錯位，引導著讀者用想像去填補對戰事的漫長與艱苦之認識。第五章忽插入室家之情，婉媚有情。家人從「未見君子」之「憂心忡忡」到「既見」之喜悦安心的轉變，從另一側面寫出了人們對戰事的關注與飽受其苦的心態。末章言班師。前六句以明媚美好的春色來襯托歸來將士的心境。末兩句是誇讚南仲平定獫狁大功，這個結尾照應主題，頗得要領。牛運震《詩志》評價此詩曰：「前三章意思肅重，後三章風致委婉，以整以暇，各有其妙。」

杕　杜

有杕之杜，有睍其實①。王事靡盬，繼嗣我日②。日月陽止③，女心傷止，征夫遑④止！

有杕之杜，其葉萋萋。王事靡盬，我心傷悲。卉木萋止，女心悲止，征夫歸止！

陟彼北山，言采其杞⑤。王事靡盬，憂我父母。檀車幝幝⑥，四牡痯痯⑦，征夫不遠！

匪載匪來⑧，憂心孔疚。期逝不至⑨，而多為恤⑩。卜筮偕止⑪，會言⑫近止，征夫邇⑬止！

【註釋】

① 有杕（音弟）之杜：孤零的棠梨。睍：果實圓渾貌。實：果實。

② 繼嗣：繼續，延續。我日：指孤獨相思的日子。

③ 陽：指氣候漸暖。一說農曆十月。止：句尾語氣詞。

④ 遑：有空閒。一說忙。一說歸。

⑤ 言：語氣助詞。杞：即枸杞，落葉灌木。

⑥ 檀車：役車，一般是用檀木做的。一說是只有車輪部分是用檀木做的。幝幝：破敗貌。

⑦ 痯痯：疲勞貌。

⑧ 匪載匪來：猶「彼載不來」，言不見其戰車歸來。載：指車。

⑨ 期：預先約定的歸來時間。逝：過去。

⑩ 恤：憂慮。

⑪ 卜：以龜甲占吉凶。筮：以蓍草算卦。偕：合。這裏指卜筮齊舉，用多種方法占卜。

⑫ 會言：合言，占卜的結果。

⑬ 邇：近。

這是一首妻子思念在外服役的丈夫的詩，她的思念從秋到春，從春到秋，似乎永無盡頭。

全詩四章。首章前兩句以孤立的棠梨起興，象徵著夫妻分處，彼此孤零。但孤立的棠梨尚能結出圓滾滾的果實，而分離的夫妻卻不能盡其天性，故不能不睹物而興感。後五句賦敘其事，丈夫因王事而不能回家，她的孤獨還要延續下去，歲月匆匆流逝，她的心中充滿憂傷。次章與首章結構相似，意義相近。第三章改用賦體，前兩句開頭兩句寫登北山、采枸杞。孔穎達疏云：「杞木本非食菜，而升北山以采之者，是托有事以望汝也。」故此兩句並非游離中心之句，而是深含懷親望夫之情。本章後三句全是揣想之辭。婦人揣想：戍役時間那麼久，所乘役車早已破舊，拉車的四馬也已疲困，再也不能繼續役使了，如此，則征夫回家的日子不遠了。這揣想，看似突兀，然承思念而來，正是水到渠成，極為符合情理。末章寫久待而不見丈夫歸來的心情。「憂心孔疚」是前三章傷、悲、憂的心情的發展，傷得、悲得、憂得成了大病。此時之所以如此急切傷悲，是因為預定歸來的日期已經過了，這樣婦人心中難免會產生悲觀的遐想：丈夫是戰死了呢，還是拋棄她了呢？無論哪一種結局，都不是她能承受的。接下來婦人去占卜，結果是吉利，這又給失望枯乾的心靈注入了一絲滋潤。然而直到最後，丈夫都沒有歸來，這又給本詩留下綿綿不盡之意。

全詩感情真摯、深切，愛意專一恒久，體現古代婦女高尚的人格和純潔的情愛，當然也反映出長期的戍役給下民帶來的痛苦。

魚　麗

魚麗於罶[1]，鱨鯊[2]。君子有酒，旨[3]且多。
魚麗於罶，魴鱧[4]。君子有酒，多且旨。
魚麗於罶，鰋[5]鯉。君子有酒，旨且有[6]。

物其多矣，維其嘉矣！
物其旨矣，維其偕⑦矣！
物其有矣，維其時⑧矣！

【註釋】

① 麗：成群結隊，這裏言魚數量之多。罶（音留）：捕魚的竹簍子。

② 鱨（音長）：黃頰魚。鯊：亦稱「鯊鮀」、「鮀」，一種生活在溪澗
的小魚。

③ 旨：味美。

④ 魴：鯿魚。鱧：黑魚。

⑤ 鰋（音演）：鯰魚。

⑥ 有：充足。

⑦ 偕：齊備。

⑧ 時：時鮮，即食物新鮮。

【賞析】

　　古代祭祀宗廟之後，君主要招待群臣宴飲，本詩就是在祭祀宗廟
獻魚後，君臣宴飲的樂歌。詩中盛讚酒肴之甘美豐盛，尤其讚美魚的
品種豐富，以見豐年多稼，君臣同樂的場景，同時又表達了對豐年的
歌贊，以及對來年豐收的祈禱。

　　全詩六章，顯示歡樂的氣氛，在讚美酒肴豐富的同時，並於後三
章讚美年豐物阜，故而在宴會當中，賓主得以盡情享受。詩的前三
章，每章四句，皆以「魚麗」起興，具體地歌贊酒宴的豐盛，禮遇的
周到，可以說是全詩的主體部分。詩人從魚和酒兩方面著筆，並沒有
寫宴會的全部情景。以魚的品種眾多，暗示其他肴饌的豐盛。以酒的
既「多且旨」，表明宴席上賓主盡情歡樂的盛況。詩的後三章，詩人
緊扣前三章中三個重要詞語「多、旨、有」，進而讚美在豐年之後，
不僅燕饗中酒肴既多且美，更推廣到「美萬物盛多」這一更有普遍意
義的主題。就詩的本身來說，這三章可稱為副歌。有了這三章，歌贊

豐年的詩意，乃更為深摯。

南有嘉魚

南有嘉魚①，烝然罩罩②。君子有酒，嘉賓式③燕以樂。
南有嘉魚，烝然汕汕④。君子有酒，嘉賓式燕以衎⑤。
南有樛⑥木，甘瓠纍之⑦。君子有酒，嘉賓式燕綏⑧之。
翩翩者鵻⑨，烝然來思。君子有酒，嘉賓式燕又⑩思。

【註釋】

① 南：泛指南方。嘉魚：肥美的魚。
② 烝然：眾多貌。罩罩：游魚水中擺動貌。
③ 式：語氣助詞。
④ 汕汕：眾魚游水之貌。
⑤ 衎（音看）：和樂。
⑥ 樛：樹枝向下彎曲的樹。
⑦ 甘瓠：甜葫蘆。纍：纏繞。
⑧ 綏：安。
⑨ 鵻：鳥名，即斑鳩。
⑩ 又：通「侑」，勸酒。

【賞析】

　　本詩與《魚麗》大體相同，都是以魚酒宴饗賓客的歌，但《魚麗》注重鋪排酒食之美，以見主人之熱情，本詩則重在表現賓主的關係，正如方玉潤《詩經原始》云：「彼專言肴酒之美，此兼敘綢繆之意。」

　　全詩四章，每章四句。前兩章均以遊魚起興，用魚、水象徵賓主之間融洽的關係，宛轉地表達出主人的深情厚意，使全詩處於和睦、歡愉的氣氛中。若僅用一種事物來形容賓主無間的感情，讀起來不免

單調，也不厚重。故第三章中，詩人在濃濃的酒香中，筆鋒一揚，將讀者的視線從水中引向陸地，為讀者描繪了另一場景：枝葉扶疏的樹木上纏繞著青青的葫蘆藤，藤上綴滿了大大小小的葫蘆，風過處，宛如無數隻鈴鐸在顫動。這裏的樹木象徵著主人高貴的地位，端莊的氣度。藤蔓緊緊纏繞著高大的樹木，頗似親朋摯友久別重逢後親密無間、難捨難分的情態。末章詩人用了「推鏡頭」的手法，緩緩地將一群翩飛的斑鳩送入讀者的眼簾，也把讀者從神游的境界拉回酒席。嘉賓在祥和歡樂的氣氛中酒興愈濃，情致愈高，你斟我飲言笑晏晏。望著那群鵓鳩，聽著咕咕的鳴叫聲，也許有的客人已開始商量打獵的事情了。這就隱含著宴飲後的射禮。本詩用筆曲折，別具匠心，情寓景中，淋漓盡致地表達了賓主之間和樂美好的感情。

南山有台

南山有台①，北山有萊②。樂只③君子，邦家之基。
樂只君子，萬壽無期。
南山有桑，北山有楊。樂只君子，邦家之光④。
樂只君子，萬壽無疆。
南山有杞，北山有李。樂只君子，民之父母。
樂只君子，德音不已。
南山有栲⑤，北山有杻⑥。樂只君子，遐不眉壽⑦。
樂只君子，德音是茂⑧。
南山有枸⑨，北山有楰⑩。樂只君子，遐不黃耇⑪。
樂只君子，保艾⑫爾後。

【註釋】

① 台：莎草，又名蓑衣草，可製蓑衣。
② 萊：藜草，嫩葉可食。

③ 只：語氣助詞。

④ 光：榮耀。

⑤ 栲：樹名，山樗，俗稱鴨椿。

⑥ 杻：樹名，檍樹，俗稱菩提樹。

⑦ 遐：何。眉壽：高壽。

⑧ 茂：美盛。

⑨ 枸：樹名，即枳椇。

⑩ 楰：樹名，即苦楸。

⑪ 黃耇（音苟）：高壽。

⑫ 保：安。艾：養。

【賞析】

　　這是一首貴族宴飲聚會時頌德祝壽的樂歌。

　　全詩五章，每章開頭均以南山、北山的草木起興，引起人們的想像，象徵主人的美好聲譽和長壽，頗能表現其歡快活潑的情緒，創造一派歡樂的氣氛。詩的前三章言簡意賅，以極節省的筆墨為被頌者畫像，分別稱頌其地位之重、聲望之高和德行之美，可謂從大處落筆，字字千金，為祝壽張本。表功不僅是頌德祝壽之所本，而且本身也是其中的必要部分。功表得是否得體，直接關係到詩的主旨。正因為前面的功表得得體而成功，後面的祝壽才顯得有理而有力。詩歌後兩章用「遐不眉壽」、「遐不黃耇」兩個反詰句表達祝願，這又是以前三章的表功祝壽為基礎的。末了，頌者仍不忘加「保艾爾後」一句。重子嗣、多子多孫，是國人的傳統，由祝福先輩而連及其後裔，是詩歌的高潮之處。

　　各章起興之草木與所歌頌的內容也有密切的聯繫，錢天錫《詩牖》曰：「此詩五章舉草木各有輪累。台也萊也，附地者也，故曰『邦家之基』；桑也楊也，葉之沃若者也，故曰『邦家之光』；杞也李也，多子者也，故曰『民之父母』；栲杻也，枸楰也，耐久者也，故曰『眉壽黃耇』。其取材之相當，非直葉韻而已。」

蓼 蕭

蓼彼蕭斯①，零露湑兮②。既見君子，我心寫③兮。
燕笑語兮，是以有譽處兮④。
蓼彼蕭斯，零露瀼瀼⑤。既見君子，為龍為光⑥。
其德不爽⑦，壽考不忘⑧。
蓼彼蕭斯，零露泥泥⑨。既見君子，孔燕豈弟⑩。
宜兄宜弟⑪，令德壽豈⑫。
蓼彼蕭斯，零露濃濃。既見君子，鞗革忡忡⑬。
和鸞雍雍⑭，萬福攸同⑮。

【註釋】

① 蓼：長而大貌。蕭：艾蒿，一種有香氣的植物。

② 零：滴落。湑：露濃貌。一說清瑩貌。

③ 寫：舒暢，放心。

④ 是以：因為。譽：安樂，愉悅。處：同處。

⑤ 瀼瀼：露水多貌。

⑥ 為龍為光：為被天子恩寵而榮幸。龍：通「寵」。

⑦ 爽：差錯。

⑧ 不忘：不亡，不止。

⑨ 泥泥：露水多貌。

⑩ 孔燕：非常快樂。豈弟：即「愷悌」，和樂平易。

⑪ 宜兄宜弟：形容關係和睦，猶如兄弟。

⑫ 令德壽豈：言美德者壽且樂。令德：美德。豈：快樂。

⑬ 鞗（音逃）革：指轡首與籠頭相連處以銅為飾而下垂的裝飾。忡
忡：下垂貌。

⑭ 和鸞：鸞通「鑾」，即鸞在君王車馬上的鈴鐺。雍雍：銅鈴聲。

⑮ 攸同：所聚。

【賞析】

本詩是諸侯朝見周天子時所作，表達其尊崇、歌頌之意。一說以為抒情主人公和所見者是情人關係。一說以為是朋友關係，皆通。

全詩四章，皆以蕭艾含露起興。蕭艾，一種可供祭祀用的香草，諸侯朝見天子，「有與助祭祀之禮」，故蕭艾以喻諸侯。露水，常被用來比喻承受的恩澤。故此詩起興以含蓄、形象的筆法巧妙地點明瞭詩旨所在：天子恩及四海，諸侯有幸承寵。如此，也奠定了全詩的情感基調，完全是一副諸侯感恩戴德、極盡頌贊的景仰口吻。

首章寫初見天子的情景及感受。一個「寫」字，形象地描畫出諸侯無比興奮、誠惶誠恐、激動得難以言表的感受。因此，當他們與天子共用宴樂之時，便爭相傾吐心中的敬祝之情，完全沉浸在聖潔的朝聖之樂中。第二、三兩章進一步描寫君臣之誼，分別從諸侯與天子兩方面落筆。對諸侯而言，無疑應感謝天子聖寵，故最後祝天子「壽考不忘」；對天子而言，則是描寫其和樂安詳的聖容及與臣下如兄弟般的深情。可以說抓住了兩個最有代表性的方面，恰如其分地刻畫出了天子的風儀和修養。這樣可親可愛的天子，不可能不受到臣下的擁戴與崇敬。末章借寫天子離宴時車馬的威儀進一步展示天子的不凡氣度。看那威風凜凜的高頭大馬，聽那叮噹悅耳的鈴聲和鳴，威而不濫，樂而不亂，恰恰表明天子不僅能夠澤及四海，而且可以威加四夷，因此，他才能夠集萬福於一身，不愧為受命於天的真命天子。

全詩層次分明，抒寫有致，章章推展，於敘事中雜以抒情，並帶有明顯的臣下語氣，所以，無論內容或是形式，均體現出雅詩的典型風格。

湛　露

湛湛露斯[①]，匪陽不晞[②]。厭厭[③]夜飲，不醉無歸。
湛湛露斯，在彼豐草[④]。厭厭夜飲，在宗載考[⑤]。

湛湛露斯，在彼杞棘。顯允⑥君子，莫不令德。
其桐其椅⑦，其實離離⑧。豈弟⑨君子，莫不令儀⑩。

【註釋】

① 湛湛：露清瑩盛多。斯：語氣詞。

② 匪：通「非」。晞：乾、乾燥。

③ 厭厭：形容夜宴之盛。

④ 豐草：豐茂之草。

⑤ 宗：宗廟。考：祭祀宴享。

⑥ 顯允：光明磊落而誠信忠厚。

⑦ 桐、椅：皆木名。

⑧ 離離：猶「累累」，果實多而下垂貌。

⑨ 豈弟：即「愷悌」，和樂平易。

⑩ 令儀：美好的儀容、風範。

【賞析】

　　周天子設夜宴招待諸侯及朝中大臣，歌者讚美天子和與會者的美德。至於所宴飲之諸侯為同姓還是兼有異姓，前人尚有爭議。據《左傳·文公四年》：「昔諸侯朝正于王，王宴樂之，於是乎賦《湛露》，則天子當陽，諸侯用命也。」由是觀之，似乎並無異姓、同姓之別。

　　詩的前三章均以露水起興，點明當時的氣候氛圍。宴飲是在夜間舉行的，而大宴必至夜深，夜深則戶外露濃，而從夜露甚濃又可知天氣晴朗，或明月當空，或繁星滿天，戶廳之外，彌漫著祥和的靜謐之氣。此外，露水也象徵天子之恩德，遍施恩澤於下臣。第四章以高大的喬木比喻天子的威儀，梧桐和椅樹是做樂器的好材料，自然與禮樂聯繫起來，以象徵天子處處以禮樂規範自己的行為，足以作為諸侯的典範。

彤 弓

彤弓弨兮①，受言②藏之。我有嘉賓，中心貺③之。
鐘鼓既設，一朝饗之④。
彤弓弨兮，受言載⑤之。我有嘉賓，中心喜之。
鐘鼓既設，一朝右⑥之。
彤弓弨兮，受言櫜⑦之。我有嘉賓，中心好之。
鐘鼓既設，一朝酬⑧之。

【註釋】

① 彤弓：漆成紅色的弓。弨（音操）：弓弦鬆弛貌。

② 受言：接受王命。

③ 貺（音況）：喜，善。一說賜予。

④ 一朝：終朝。饗：猶「獻」，用酒食款待賓客。

⑤ 載：載之以歸。

⑥ 右：通「侑」，又稱為「酢」，指客人陪主人喝酒，勸主人喝酒。

⑦ 櫜（音高）：弓櫜，裝弓箭的袋子。這裏用作動詞。

⑧ 酬：相互敬酒。

【賞析】

　　先秦時，周天子常賜彤弓於有功的諸侯，以示其有代天子征伐之權。在頒賜典禮結束後，天子要設宴會招待受賜諸侯和與會的諸侯，禮節非常隆重，本詩就是對這種禮儀制度的形象反映。

　　詩一開頭沒有從熱烈而歡樂的宴會場面入手，而是直接切入有功諸侯接受賞賜的隆重儀式，將讀者的注意力一下就集中在詩人所要突出描寫的環節上。「彤弓弨兮，受言藏之。」短短兩句既寫出所賜彤弓的形狀和受賞者對弓矢的珍惜，又間接表達了受賞者的無限感激之情。「我有嘉賓，中心貺之」的「我」代指周天子，他把自己的臣下稱為「嘉賓」，對有功的諸侯的寵愛之情溢於言表。「中心」二字含

有真心誠意的意思，賞賜諸侯出於真心，可見天子的情真意切。「鐘鼓既設，一朝饗之」，從字面就可以看出宴會場面充滿了熱烈歡樂的氣氛，表面看是周天子為有功的諸侯慶功，實際上是歌頌周天子的文治武功。第二、三章與首章意思基本相同，只是在個別字詞上做了一下調整，反覆吟唱，給讀者造成一種一唱三歎的感覺，不斷加強對讀者情緒的感染。輔廣《詩童子問》云：「大抵此詩首章已盡其意，下兩章只是詠歎以加重耳。」

菁菁者莪

菁菁者莪[①]，在彼中阿[②]。既見君子，樂且有儀[③]。
菁菁者莪，在彼中沚[④]。既見君子，我心則喜。
菁菁者莪，在彼中陵[⑤]。既見君子，錫我百朋[⑥]。
泛泛楊舟[⑦]，載沉載浮。既見君子，我心則休[⑧]。

【註釋】

① 菁菁：茂盛。莪（音鵝）：莪蒿又名蘿蒿，一種可食的野草。
② 中阿：即阿中。阿：山坳，山之曲折處。
③ 儀：儀容，氣度。一說匹配。
④ 沚：水中小洲。
⑤ 陵：山丘。
⑥ 錫：通「賜」，贈送。朋：古代以貝殼為貨幣，五個貝殼為一串，兩串貝殼為一「朋」。百朋：代指很多的錢。
⑦ 泛泛：漂流之貌。楊舟：用楊木做成的舟。
⑧ 休：開心，安心。

【賞析】

　　這是一首情歌，寫的是女子終於見到了心儀的男子，並且男子向

她表白了愛意，因而她心中充滿了快樂。全詩只有短短十六句，卻把一個美妙動人的愛情故事表現得引人入勝。

詩的首章以「菁菁者莪」起興，寫男女相見，通過寫男子的外表體現出女子對男子的愛意。第二章寫女子的心情，一個「喜」字寫出了少女又驚又喜的微妙心理。第三章中，兩人所處的地點從綠蔭覆蓋的山坳、水光縈繞的小洲轉到陽光明媚的山丘上，這暗示兩人關係的親近。男子贈物表達愛意，彼此情投意合，自然是無限甜蜜。第四章筆鋒一轉，以「泛泛楊舟」起興，象徵兩人在今後的人生中同舟共濟、同甘共苦的誓願。至此，這個甜蜜的愛情故事也完美落幕了。

本詩常拿來與《秦風·蒹葭》相比。《蒹葭》在水鄉澤國的氛圍中有一縷渺遠空靈、柔婉纏綿的哀怨之情，把一腔執著、艱難尋求但始終無法實現的惆悵之情，寄託於一派清虛曠遠、煙水濛濛的淒清秋色之中。而本詩則處處烘托著清朗明麗的山光和靈秀迷人的水色，青幽的山坡，靜謐的水洲，另是一番情致。兩首詩可謂珠聯璧合，各有千秋。如此絕妙的天地裏，一對有情人相遇相識、相偎相依，此情此景，真令人如飲醇醪，心神俱醉。

六　月

六月棲棲①，戎車既飭②。四牡騤騤③，載是常服④。
獫狁孔熾⑤，我是用急。王于⑥出征，以匡王國。
比物四驪⑦，閑之維則⑧。維此六月，既成我服。
我服既成，于三十里⑨。王于出征，以佐天子。
四牡修廣⑩，其大有顒⑪。薄⑫伐獫狁，以奏膚公⑬。
有嚴有翼⑭，共武之服⑮。共武之服，以定王國。
獫狁匪茹⑯，整居焦穫⑰。侵鎬及方⑱，至於涇陽⑲。
織文鳥章⑳，白旆央央㉑。元戎㉒十乘，以先啟行㉓。
戎車既安，如輊如軒㉔。四牡既佶㉕，既佶且閑。

薄伐玁狁，至于大原㉖。文武吉甫㉗，萬邦為憲㉘。
吉甫燕喜㉙，既多受祉㉚。來歸自鎬，我行永久㉛。
飲御諸友，炰鱉膾鯉㉜。侯㉝誰在矣？張仲孝友㉞。

【註釋】

① 六月：指夏曆六月。棲棲：忙碌緊急之貌。

② 戎車：兵車。飭：整頓，準備。

③ 騤騤：馬強壯貌。

④ 常服：指出征時的裝備。

⑤ 孔：很。熾：本指火烈，這裏指氣焰囂張。

⑥ 於：號令。一說往。據《兮甲盤銘》載：「宣王五年，尹吉甫從王
　　北伐玁狁。」

⑦ 比物：把力氣和毛色一致的馬套在一起。比：齊同，這裏指挑
　　選，使統一。物：指馬。驪：純黑色的馬。

⑧ 閑：嫻習，熟練。則：規則，法度。

⑨ 于三十里：指前往城郊三十里的地方操練，接受檢閱。

⑩ 修廣：指馬體態高大。修：長。廣：大。

⑪ 有顒：大頭貌，這裏形容馬頭高大。

⑫ 薄：通「搏」，猛擊，討伐。

⑬ 奏：建立。膚功：大功。

⑭ 嚴：威嚴，嚴整。一說指神靈。翼：整齊，肅穆。一說指保佑。

⑮ 共：通「恭」，恭謹對待。武之服：打仗的事。

⑯ 匪：通「非」。茹：柔弱。

⑰ 整：整頓師旅。焦穫：澤名，在今陝西涇陽縣北。

⑱ 鎬：地名，即鎬京。一說通「鄗」，不是周朝的都城鎬京。方：地
　　名。一說通「豐」，即豐京。鎬京、豐京皆周之中心。

⑲ 涇陽：涇水北岸。一說以為是地名。

⑳ 織文鳥章：指繪有鳳鳥圖案的旗幟。

㉑ 白：一說通「帛」。旆：旒旗末端形如燕尾的垂旒飄帶。央央：鮮

明貌。

㉒ 元戎：大的戰車。

㉓ 啟行：開路。

㉔ 如輊如軒：車前重向下曰「輊」，後重向上曰「軒」，「輊軒」這
裏形容車在起伏不平的道路上行走的狀態。

㉕ 佶：整齊貌。一說健壯貌。

㉖ 大原：地名，在今甘肅之平涼。

㉗ 文武：言尹吉甫文韜武略。吉甫：周宣王時中興名臣尹吉甫。

㉘ 憲：榜樣。

㉙ 燕喜：歡喜，高興。

㉚ 既：終。祉：福。

㉛ 我行永久：言出征很久。

㉜ 炰（音袍）：蒸煮。膾鯉：切成細條的鯉魚。

㉝ 侯：語氣助詞。

㉞ 張仲：周宣王卿士。孝友：本指孝於親，友於弟，這裏是稱頌張
仲之品格。

【賞析】

　　這是一首歌頌抗擊玁狁入侵勝利歸來的詩，通過對這次戰爭勝利
的描寫，讚美主帥尹吉甫文韜武略、指揮若定的出眾才能和堪為萬邦
之憲的風範，同時也表達了對軍威的讚美以及勝利後的無限喜悅。姚
際恒《詩經通論》曰：「此篇則係吉甫有功而歸，燕飲諸友，詩人美
之而作也。」

　　全詩六章，前四章主要　述這次戰爭的起因、時間，以及周軍在
主帥指揮下所做的迅速勇猛的應急反應。詩一開頭，詩人就以追述的
口吻，鋪寫在忙於農事的六月裏戰報傳來時，刀出鞘、箭上弦、人喊
馬嘶的緊急氣氛。第二、三章詩人轉向對周軍訓練有素、應變迅速的
讚歎，從側面烘托出主將的治軍有方。第四章詩人以對比之法，先寫
玁狁的兇猛來勢；次寫車堅馬快、旌旗招展的周軍先頭部隊的軍威。

一場惡戰即將開始，至此，緊張的氣氛達到了頂峰。第五章詩人並沒有被時空邏輯的局限所束縛，凌空縱筆，接連使用了三個「既」字，描寫己方軍隊以無堅不摧之凜然氣勢將來犯之敵擊退至靠近邊界的大原。很自然地從戰果輝煌的喜悅之中流露出對主帥的讚美和嘆服。從緊張的戰鬥過渡到享受勝利的平和喜悅，文勢為之一變，如飛瀑落山，又如河過險灘，浩蕩而雄闊。最後一章，詩人由對記憶的描繪轉向眼前共慶凱旋的歡宴。「來歸自鎬」是將記憶與眼前之事聯繫起來，而「我行永久」說明詩人也曾隨軍遠征，定國安邦，與有榮焉。然而自己的光榮之獲得，又與主帥的領導有關，可謂自豪與讚揚俱在其中。吳闓生《詩義會通》引舊評云：「通篇俱摹寫『文武』二字，至末始行點出。『吉甫燕喜』以下，余霞成綺，變卓犖為紆徐。末贊張仲，正為吉甫添豪。」分析可謂鞭辟入裏。

采　芑

　　薄言采芑①，于彼新田②，于此菑畝。方叔涖止③，其車三千。師干之試④，方叔率⑤止。乘其四騏，四騏翼翼⑥。路車有奭⑦，簟笰魚服⑧，鉤膺鞗革⑨。

　　薄言采芑，于彼新田，於此中鄉⑩。方叔涖止，其車三千。旂旐央央，方叔率止。約軧錯衡⑪，八鸞瑲瑲⑫。服其命服⑬，朱芾斯皇⑭，有瑲蔥珩⑮。

　　鴥彼飛隼⑯，其飛戾⑰天，亦集爰止⑱。方叔涖止，其車三千。師干之試，方叔率止。鉦人伐鼓⑲，陳師鞠旅⑳。顯允方叔，伐鼓淵淵㉑，振旅闐闐㉒。

　　蠢爾蠻荊㉓，大邦為讎㉔。方叔元老，克壯其猶㉕。方叔率止，執訊獲醜。戎車嘽嘽㉖，嘽嘽焞焞㉗，如霆如雷。顯允方叔，征伐獫狁，蠻荊來威㉘。

【註釋】

① 薄言：句首語氣詞。芑（音起）：苦菜之屬，非野菜。一說為粱、黍一類的農作物。

② 新田：田一歲曰菑，二歲曰新田，三歲曰畬。

③ 方叔：西周宣王時賢臣。涖：臨，來到。止：語氣助詞。

④ 師干：猶兵甲。試：一說以為演習。

⑤ 率：言統率大軍出師。

⑥ 翼翼：整齊嚴謹貌。

⑦ 路車：將帥乘坐的大車。有奭（音是）：顯赫貌。一說紅色貌。

⑧ 簟茀：遮擋戰車後部的竹席子。一說矯正弓弩之器。魚服：鯊魚皮裝飾的車箱。一說魚皮制的箭袋。

⑨ 鉤膺：帶有銅製鉤飾的馬胸帶。鞗革：馬絡頭的下垂裝飾。一說皮革製成的馬韁繩。

⑩ 中鄉：即鄉中。

⑪ 約軝（音抵）：用皮革套住車軸露出車輪的部分。錯衡：在戰車扶手的橫木上飾以花紋。

⑫ 鸞：鸞鈴。瑲瑲：鸞鈴聲。

⑬ 服：穿。命服：古代官員按其官銜等級所穿著的禮服。

⑭ 芾：通「韍」，皮製的蔽膝。皇：通「煌」，光輝貌。

⑮ 有瑲：即「瑲瑲」，金玉撞擊聲。蔥珩：蔥綠色的佩玉。

⑯ 鴥：疾飛貌。隼：鶻鷹之類的猛禽。

⑰ 戾：到達。

⑱ 爰：而。止：止息。

⑲ 鉦人：掌管擊鉦的官員。鉦：古樂器，形似鐘而口向上。古代行軍擊鉦則止，擊鼓則進。

⑳ 陳：陳列。鞠：訓告，指誓師。

㉑ 淵淵：象聲詞，擊鼓聲。

㉒ 振旅：整頓隊伍。闐闐：軍隊齊步行進聲。一說擊鼓聲。

㉓ 蠢：動而無知之貌。蠻荊：指南方部落。一說指楚國。

㉔ 大邦為讎：言與大國作對為仇。大邦：即周。

㉕ 克：能。壯：光大。猶：通「猷」，謀略。此句言方叔謀略遠大。

㉖ 嘽嘽：兵車行走聲。

㉗ 焞焞（音純）：車馬眾多貌，形容聲勢之盛。

㉘ 來：語氣助詞。威：威服。

【賞析】

　　本詩記載了周宣王時大臣方叔南征的史事，詩中只言方叔軍勢之盛，幾乎不言戰事，最後言方叔曾征伐獫狁，荊蠻只聞其名便畏服，可能這場戰爭並沒有打起來，又或者方叔只是進行一場軍事演習，以威懾荊蠻。

　　全詩四章，前三章為第一層，著重表現方叔大軍的規模與聲勢，同時盛讚方叔治軍的卓越才能。第四章為第二層，猶如一紙討伐荊蠻的檄文，表達了以此眾戰，無城不破、無堅不摧的自信心和威懾力，也點明了這次軍事行動的目的和用意。

　　詩開篇以「采芑」起興，很自然地引出這次演習的地點，緊接著一支浩浩蕩蕩的大軍出現在曠野上，蕭穆嚴整，殺氣騰騰。在這裏，詩人以「三千」極言周軍猛將如雲、戰車如潮的強大陣容，進而又將「鏡頭的焦距」拉近至隊伍的前方，精心安排了一個主將出場的赫赫威儀。只見他，乘坐一輛顯赫的戰車，竹席為簾、鮫皮為服，四匹馬訓練有素、銅鉤鐵彎，在整個隊伍裏坐鎮中央，高大威武而與眾不同。真是未謀其面卻已威猛懾人。第二章與上大體相同，以互文見義之法，主要通過色彩刻畫，繼續加強對演習隊伍聲勢之描繪。在對方叔形象的刻畫上則更逼近一步，突出其氣度非凡，同時也點明他為王卿士的重要身份。第三章格調為之一變，以鷹隼的一飛沖天暗比方叔所率周軍勇猛無敵和鬥志昂揚。接下來詩人又具體地描繪了周師在主帥的指揮下演習陣法的情形。第四章辭色俱厲，以雄壯的氣概直斥無端滋亂之荊蠻。

　　本詩從頭至尾層層推進，專事渲染，純以氣勢取勝，正如方玉潤

《詩經原始》所評：「振筆揮灑，詞色俱厲，有泰山壓卵之勢。」

車　攻

我車既攻①，我馬既同②。四牡龐龐③，駕言徂東④。
田車⑤既好，四牡孔阜。東有甫⑥草，駕言行狩。
之子于苗⑦，選徒囂囂⑧。建旐設旄，搏獸于敖⑨。
駕彼四牡，四牡奕奕⑩。赤芾金舄⑪，會同有繹⑫。
決拾既佽⑬，弓矢既調⑭。射夫既同⑮，助我舉柴⑯。
四黃⑰既駕，兩驂不猗⑱。不失其馳⑲，舍矢如破⑳。
蕭蕭馬鳴，悠悠㉑旆旌。徒御不警㉒，大庖不盈㉓。
之子于征，有聞無聲㉔。允㉕矣君子，展㉖也大成。

【註釋】

① 攻：修繕。

② 同：齊，指選備了毛色、體力、速度齊同的駟馬。

③ 龐龐：馬高大強壯貌。

④ 言：語氣詞。東：東都洛邑。

⑤ 田車：用於田獵的車。

⑥ 甫：通「圃」，即圃田，澤名，在今河南中牟西。一說甫草，指廣大的茂草。

⑦ 之子：那人，這裏指周宣王。苗：指夏獵。

⑧ 選徒：猶今之點名、報數。囂囂：聲音嘈雜，聲勢浩大。

⑨ 敖：山名，在今河南滎陽東北。

⑩ 奕奕：馬從容而迅捷貌。

⑪ 赤芾：紅色的蔽膝。金舄：用金屬裝飾的鞋。

⑫ 會同：會合諸侯，是諸侯朝見天子的專稱，此處指諸侯參加天子的狩獵活動。有繹：繹繹，連續不斷而有次序之貌。

⑬ 決：用象牙和獸骨製成的扳指，射箭拉弦所用。拾：皮製的護臂，射箭時縛在左臂上。伏（音次）：通「齊」，齊備之意。一說指便利、幫助、資助。

⑭ 調：調和，指弓之強弱與箭之輕重都已協調。

⑮ 射夫：弓箭手。同：會合。一說協同。一說找到對手。

⑯ 舉：取。柴：通「胔」，指射死的禽獸。一說舉柴指舉火把以遮擋野獸逃去。

⑰ 四黃：駕車的四匹黃馬。

⑱ 兩驂：四匹馬駕車時兩邊的馬叫驂。猗：通「倚」，偏差。

⑲ 馳：驅馳之法。

⑳ 如：而。破：指射中目標。

㉑ 悠悠：旌旗輕輕飄動貌。

㉒ 徒御：步卒與車夫。不：語氣助詞。警：警戒。

㉓ 大庖：天子的廚房。盈：滿，堆滿了獵物，言狩獵收穫頗豐。

㉔ 有聞無聲：能聽見車馬行進，但無喧嘩之聲。

㉕ 允：信，確實。一說指偉大，傑出。

㉖ 展：意同「允」，此句言這次會同確實取得了巨大成功。

【賞析】

　　本詩描寫的是周宣王在東都會同諸侯舉行田獵的盛況。古代天子舉行田獵活動，常有軍事訓練和軍事演習的作用，此番周宣王會同諸侯狩獵，也有政治、軍事的特殊目的：一則和合諸侯，聯絡感情，二則向諸侯顯示武力。方玉潤《詩經原始》曰：「蓋此舉重在會諸侯，而不重在事田獵。不過籍田獵以會諸侯，修復先王舊典耳。昔周公相成王，營洛邑為東都以朝諸侯。周室既衰，久廢其禮。迨宣王始舉行古制，非假狩獵不足以懾服列邦。故詩前後雖言獵事，其實歸重『會同有繹』及『展也大成』二句。」此說可謂精闢。

　　全詩八章，藝術地再現了舉行田獵會同諸侯的整個過程。首章是全詩的總冒，寫車馬盛備，將往東方狩獵。戰馬精良，獵車牢固，隊

伍強壯，字裏行間流露出自豪與自信。第二、三章點明狩獵地點是圃田和敖山。在那裏人歡馬叫，旌旗蔽日，顯示了周王朝的強大聲威。第四章專寫諸侯來會。個個車馬齊整，服飾華美，顯示了宣王中興、平定外患、消除內憂後國內穩定的政治狀況。第五、六兩章描述射獵的場面。諸侯及隨從士卒均逞強獻藝，駕車不失法度，射箭百發百中，暗示周王朝軍隊無堅不摧、所向披靡。第七章寫田獵結束，碩果累累，大獲成功，氣氛由緊張而緩和。第八章寫射獵結束整隊收兵，稱頌軍紀嚴明。讚語作結，喜悅之情溢於言表。

全詩結構完整，層次分明，按田獵過程依次道來，有條不紊，紋絲不亂。運用具有高度概括性和極富表現力的語言，生動傳神地描寫了射獵的場面及各種不同的景象，使讀者如見其人，如聞其聲。

吉　日

吉日維戊①，既伯既禱②。田車既好，四牡孔阜。
升彼大阜③，從其群醜④。
吉日庚午，既差⑤我馬。獸之所同，麀鹿麌麌⑥。
漆沮之從⑦，天子之所。
瞻彼中原⑧，其祁孔有⑨。儦儦俟俟⑩，或群或友⑪。
悉率左右⑫，以燕⑬天子。
既張我弓，既挾我矢⑭。發彼小豝⑮，殪此大兕⑯。
以御賓客，且以酌醴⑰。

【註釋】

① 維：是。戊：這裏指戊辰日。

② 伯：通「禡」。禡：出師時祭祀名。禱：通「禂」，指馬祭。

③ 阜：山岡。

④ 從：追逐。群醜：指群獸。

⑤ 差：選擇。

⑥ 麀（音歐）：母鹿，這裏泛指母獸。麌麌（音禹）：眾多貌。

⑦ 漆沮：古代二水名，在今陝西境內。從：驅趕。

⑧ 中原：即原野之中。

⑨ 祁：遼闊。有：多，指野獸多。

⑩ 儦儦（音包）：疾行貌。俟俟：緩行貌。

⑪ 群：獸三隻在一起為群。友：獸兩隻在一起為友。

⑫ 悉：盡，全。率：驅逐。

⑬ 燕：樂。一說通「宴」。

⑭ 挾我矢：言用手指挾持搭上弓的箭，準備發射。

⑮ 豝：母豬。

⑯ 殪：射死。兕：野牛。

⑰ 醴：甜酒。

　　這也是一首描寫周宣王狩獵盛況的詩，與《車攻》不同的是，這次狩獵的地點不在東都，而在西都鎬京。全詩再現了周宣王田獵時選擇吉日祭祀馬祖、野外田獵、滿載而歸、宴飲群臣的整個過程。

　　全詩四章，首章寫打獵前的準備情況。古代天子打獵是如同祭祀、會盟、宴享一樣莊重而神聖的大事，是尚武精神的一種表現，儀式非常隆重。因此，事先要選擇良辰吉日祭祀馬祖、整治田車。「升彼大阜，從其群醜」表明一切業已準備就緒，只等在正式打獵時登上大丘陵，追逐群獸。第二章寫選擇了良馬正式出獵。祭祀馬祖後的第三天是庚午日，依據占卜這天也是良辰吉日。選擇了良馬之後，周天子率領公卿來到打獵之地。那裏群鹿聚集，虞人沿著漆、沮二水的岸邊設圍，將鹿群趕向天子守候的地方。第三章寫隨從驅趕群獸供天子射獵。眺望原野，廣袤無垠，水草豐茂，野獸出入，三五成群，或跑或行。隨從再次驅趕獸群供天子射獵取樂。第四章寫天子射獵得勝返朝宴饗群臣。隨從將獸群趕到周天子的附近，周天子張弓挾矢，大顯

身手，一箭射中了一頭豬，再一箭一頭野牛，表現出英姿勃發、勇武豪健的君主形象，實是對宣王形象化的頌揚。打獵結束，獵獲物很多，天子高高興興用野味宴饗群臣，全詩在歡快的氣氛中結束。

全詩大部分章節記□田獵活動的準備過程以及隨從驅趕野獸供天子射獵的情景，間及群獸的各種狀態，以作烘托，具體寫天子射獵只有末章中的前四句。這種點面結合的寫法，既□述了田獵的過程，描寫了田獵的場面，渲染了輕鬆的氣氛，更突出了天子的形象，增強了天子的威嚴，使全詩有很強的感染力。

鴻　雁

鴻雁于飛，肅肅①其羽。之子于征，劬勞②于野。
爰及矜人③，哀此鰥寡④。
鴻雁于飛，集于中澤。之子于垣⑤，百堵皆作⑥。
雖則劬勞，其究安宅⑦。
鴻雁于飛，哀鳴嗷嗷⑧。維此哲人⑨，謂我劬勞。
維彼愚人，謂我宣驕⑩。

【註釋】

① 肅肅：羽翼扇動聲。
② 劬勞：勞苦。
③ 爰及：以及。矜人：窮苦可憐的人。此句言將恩惠及於每個人。
④ 鰥寡：老而無妻曰「鰥」，喪夫曰「寡」。
⑤ 于垣：築牆。
⑥ 堵：長、高各一丈的牆叫作「一堵」。作：築起。
⑦ 究：終究。宅：居住。此句言大家終究住得安定。一說言究竟何處能安身。
⑧ 嗷嗷：鴻雁哀鳴聲。

⑨ 哲人：通達事理的人。

⑩ 宣驕：驕奢。

【賞析】

　　這首詩感情深沉，語言質樸，雖是一首抒情詩，但也兼有敘事、議論的成分。詩歌寫的是一位朝廷使者為安頓流民和服役者所付出的辛勞，表現了他對流民的同情，還有對自己辛苦工作卻不被理解的煩惱。正如方玉潤《詩經原始》所云：「使者承命安集流民，費盡辛苦，民不能知，頗有煩言，感而作此。」朱熹《詩集傳》則曰：「流民以鴻雁哀鳴自比而作此歌也。」亦通。

　　鴻雁是一種候鳥，秋天南遷，春天北遷，這與流民四處漂泊、居無定處的情況相似。鴻雁的鳴叫聲淒厲悲涼，聽起來十分悲苦，使人平添愁緒，所以全詩以鴻雁起興，象徵流民的痛苦，也象徵詩人的艱辛。第一章寫流民無家可歸，跋涉奔勞，含有詩人同情之意；第二章寫流民築牆的辛苦；第三章寫流民不理解詩人的苦衷和煩惱，詩人因此而傷神，滿含哀怨，以鴻雁自比內心的孤獨。「鴻雁哀鳴」、「哀鴻遍野」，後成為描寫社會動亂、百姓流亡的成語。

庭　燎

夜如何其①？夜未央②。庭燎之光③。君子至止，鸞聲將將④。
夜如何其？夜未艾⑤。庭燎晣晣⑥。君子至止，鸞聲噦噦⑦。
夜如何其？夜鄉⑧晨。庭燎有輝⑨。君子至止，言觀其旂⑩。

【註釋】

① 夜如何：夜到了什麼時分。其：語尾助詞。

② 未央：未盡。

③ 庭燎：宮廷裏照亮的火炬。光：言火燒得明亮。

④ 鸞：鸞鈴。將將：即「鏘鏘」，鈴聲。

⑤ 艾：盡。

⑥ 晢晢（音析）：同「晢」字，明亮貌。

⑦ 噦噦：鸞鈴聲。

⑧ 鄉：通「向」，接近。

⑨ 有輝：指火光黯淡。

⑩ 旂（音旗）：古代九旗之一，旗上繪有蛟龍，竿頭有鈴鐺，是諸侯
的儀仗。

【賞析】

　　這首詩寫的是君臣早朝前後的情景，主要表現了君王勤於朝政、體貼臣下之心和臣子不敢懈怠、嚴肅敬畏之情。詩中君王當指西周宣王，他勤政愛民，朝野上下振作，使周朝有了中興氣象。詩三章中俱言「庭燎之光」，則應是居於朝廷者所作，一般以為是周宣王本人所作。詩以問答開始，形象地表達了時間的推移，透露出問答後面人的性格，突出庭燎的煙光，暗示勤政，而含蓄有味。

　　全詩以庭中燃燒的火炬為線索，暗指時間，寫了早朝前後的三個場景。第一章寫夜半之時，宣王睡不著，急於上朝，而百官們有的也已經來到；第二章時間稍後，但天還沒亮，此時百官已經陸續到來了；第三章寫晨曦時分正式上朝的情景。只見龍旗飄揚，一片威嚴雄壯之象。君臣如此勤政，國家如何能不興盛呢？

　　一說以為本詩是天子第二天早晨要接待一位諸侯一類身份的重要人物，所以徹夜未眠。一說以為是管禮賓的朝臣等待諸侯來朝見天子的詩，亦通。

沔　水

沔①彼流水，朝宗②于海。鴥彼飛隼③，載飛載止。

嗟我兄弟，邦人諸友。莫肯念④亂，誰無父母？
沔彼流水，其流湯湯⑤。鴥彼飛隼，載飛載揚。
念彼不跡⑥，載起載行⑦。心之憂矣，不可弭⑧忘。
鴥彼飛隼，率彼中陵⑨。民之訛言，寧莫之懲⑩。
我友敬⑪矣，讒言其興⑫。

【註釋】

① 沔：流水滿溢貌。

② 朝宗：古代諸侯春見天子曰朝，夏見天子曰宗，這裏形容河水流向大海，如朝拜狀。

③ 鴥（音郁）：疾飛貌。隼：鷂鷹之類的猛禽。

④ 念：止。

⑤ 湯湯：通「蕩蕩」，水大流急貌。

⑥ 不跡：不循法度。

⑦ 載起載行：或起或行，形容憂思坐立不安之貌。一說諸侯跋扈。

⑧ 弭：止，消除。

⑨ 率：沿。中陵：陵中。

⑩ 寧：乃。懲：止，指謠言不能止息。

⑪ 敬：通「警」，警戒。

⑫ 讒言其興：此句言種種謠言正興盛，暗示世道之亂。

【賞析】

　　《毛詩序》認為本詩是規勸周宣王之作，但在詩中找不到與周宣王相關的明證。朱熹《詩集傳》認為這是一首憂亂之詩，甚確。高亨《詩經今注》認為本詩似作於東周初年，平王東遷以後，王朝衰弱，諸侯不再擁護。鎬京一帶，危機四伏，故詩人憂之。在詩中可以感受到詩人憂亂畏讒的感歎和沉痛的呼喊。

　　全詩三章，首章寫詩人對當權者不制止禍亂深為歎息，指出禍亂發生，有父母的人會更加憂傷。次章寫詩人看到那些不法之徒為非作

歹，便坐立不安，憂傷不止。末章寫無人止讒息亂，詩人心中憤慨不平，勸告友人應自警自持，防止為讒言所傷。詩中對禍亂沒有加以具體述，而只是反映了一種不安和憂慮的心情。忽而寫喪亂不止，憂及父母，忽而寫憂喪畏讒，忽而勸朋友警戒。透過詩句讀者可以看到詩人的形象。他生當亂世，卻不隨波逐流，具有強烈的憂患意識，關心國事，對喪亂憂心忡忡。動盪的社會讓他不得安寧，與「不肯念亂」的當權者形成強烈的對比。他愛恨分明，既擔心喪亂殃及父母，也擔心兄弟朋友遭讒受害，對作亂之徒充滿了憎恨。

本詩前兩章的開頭四句連用兩組比興句，這在《詩經》中很少見的。首章以流水朝宗於海，飛鳥有所止息暗喻詩人的處境不如水和鳥。次章以流水浩蕩、鳥飛不止寫詩人憂心忡忡而坐立不安。末章以飛鳥沿丘陵高下飛翔寫詩人不如飛鳥自由。詩中比興的運用雖然大同小異，但決非簡單的重複，而是各自有所側重。不僅暗示了詩人所要表達的內容，有較明確的引發思路的作用，而且讓人感到新鮮貼切，增加了詩的藝術表現力。牛運震評此詩曰：「慘悽離亂，沉寂深遠，一部《離騷》神理在內。」

鶴　鳴

鶴鳴于九皋①，聲聞于野。魚潛在淵，或在于渚。
樂彼之園，爰有樹檀②，其下維蘀③。它山之石，可以為錯④。
鶴鳴于九皋，聲聞于天。魚在于渚，或潛在淵。
樂彼之園，爰有樹檀，其下維穀⑤。它山之石，可以攻⑥玉。

【註釋】

① 九皋（音高）：多曲折的沼澤地。一說「九」為虛數，言沼澤之多。

② 爰：在那裏。檀：檀樹。

③ 蘀（音拓）：酸棗一類的灌木。一說指落葉。

④ 錯：礪石，可以打磨玉器。

⑤ 穀：樹木名，又叫楮樹，樹皮可作為造紙原料。

⑥ 攻：治，雕琢，打磨。

【賞析】

　　這是一首描寫山水園林風光的抒情小詩，體現了周朝人的審美觀，除了文學上的價值，它還有極高的園林美學和山水美學的價值。關於本詩主旨，《毛詩序》認為是「誨宣王也」，鄭箋補充說：「誨，教也，教宣王求賢人之未仕者。」今人程俊英對舊說加以發展，認為：「這是一首通篇用借喻的手法，來提出招致人才為國所用的主張的詩，亦可稱為『招隱詩』。」此說較合詩旨。

　　詩中寫景以「鶴鳴」起，以「攻玉」終，鶴和玉都有高潔的象徵，這可見詩人內心追求的高遠。詩中從聽覺寫到視覺，寫到心中所感所思，一條意脈貫穿全篇，結構十分完整，從而形成一幅遠古詩人漫遊荒野的圖畫。這幅圖畫中有色有聲，有情有景，因而也充滿了詩意，讀之不免令人產生思古之幽情。全詩看不到詩人的形象，可詩人的形象又強烈而突出，詩人將他的性情和志向都蘊含在了景物之中，所以整個山水，滿紙雲煙，都是詩人的精神體現。

祈 父

祈父①，予王之爪牙②。胡轉予于恤③，靡所止居？

祈父，予王之爪士。胡轉予于恤，靡所底④止？

祈父，亶⑤不聰。胡轉予于恤？有母之尸饔⑥。

【註釋】

① 祈父：周代掌兵的官員，即大司馬。

② 爪牙：喻指國君的武備之臣。

③ 轉：輾轉。這裏指調動。恤：憂患的境地。

④ 底（音只）：停止。

⑤ 亶：確實。

⑥ 尸：通「失」。饔（音雍）：熟食。尸饔：言不能奉養父母。

【賞析】

　　本詩是周朝的王都衛士抱怨長官調配不合理，抒發心中不滿情緒的詩。按古制，保衛王室和都城的武士只負責都城的防務和治安，在一般情況下是不外調去征戰的。但這裏，掌管王朝軍事的司馬，卻破例調遣王都衛隊去前線作戰，致使衛士們心懷不滿。從另一角度，我們亦能看出當時戰事不斷，兵員嚴重短缺，致使民怨不絕。

　　全詩三章，皆以質問的語氣直抒內心的怨恨。風格上充分體現了武士心直口快、敢怒敢言的性格特徵。詩沒有溫柔含蓄的比或興，一開頭便大呼「祈父！」繼而厲聲質問司馬：「為何不按規定行事，派我離京征戍，使我不得安生。」次章與此同調，但複遝中武士的憤怒情緒似乎在一步步增加，幾乎到了一觸即發的地步。末章中，武士的質問變為對司馬不能體察下情的斥責。武士痛斥司馬愚蠢，認為自己應該擔當更加重要的職務，而不是一般的士卒，由此看來，末章兼有肯定自己的價值之意。末章同時也道出了自己怨恨的原因和他不能毅然從征的苦衷，那就是一旦出征，便不能贍養雙親。如此，武士之怨，正合情合理。

白　駒

皎皎①白駒，食我場②苗。縶之維之③，以永④今朝。
所謂伊人，於焉⑤逍遙？
皎皎白駒，食我場藿⑥。縶之維之，以永今夕。
所謂伊人，於焉嘉客⑦？

皎皎白駒，賁然⑧來思。爾公爾侯⑨，逸豫無期⑩？
慎爾優遊⑪，勉爾遁思⑫。
皎皎白駒，在彼空谷。生芻⑬一束，其人如玉。
毋金玉爾音⑭，而有遐心⑮。

【註釋】

① 皎皎：毛色潔白貌。

② 場：菜園。一說牧場。

③ 縶：用繩子絆住馬足。維：繫馬韁繩於樹樁等物之上。

④ 永：久，這裏有終、盡之意。

⑤ 於焉：於何。一說於此。

⑥ 藿：豆葉。

⑦ 嘉客：猶「逍遙」。一說作客。

⑧ 賁然：馬奔馳貌。

⑨ 爾公爾侯：言客人身份之高貴。一說以為言客人才華橫溢，如輔
　 佐聖王，可位列公侯。

⑩ 逸豫：安樂。無期：沒有終期。

⑪ 慎：慎重。優遊：猶「逍遙」。

⑫ 勉：通「免」，勸止之辭。遁：避世。

⑬ 生芻（音除）：餵牲口的青草。

⑭ 金玉：這裏作意動詞，視為金玉之意，即珍惜。音：音信。

⑮ 遐心：疏遠之心。

【賞析】

　　這是一首留客惜別的詩，詩人抒發了對這位好友高潔品質的嚮往
和深厚的情誼。從詩的內容來看，詩人所挽留的客人，非比尋常，當
是一位賢達之士，又是心繫的親密朋友，他即將遠離塵世，潔身自
好。詩人勸他不該如此，千方百計想留住他，卻不能，最終這位客人
還是決定遠遁山林，過一種逍遙自在的日子。詩人無奈，只好希望他

能經常與自己通音訊，或能往來。《毛詩序》認為本詩是大夫刺宣王不能留用賢者於朝廷。而明清以後，學者多以為是周武王餞送箕子之詩。一說以為是王者欲留賢者不得，因而放歸山林所賜之詩。這些觀點都是比較合理的。

　　全詩四章，可分為兩個層次。前三章為第一層，寫客人未去時主人挽留。主人想方設法地把客人騎的馬拴住，留馬是為了留人，希望客人能在他家多逍遙一段時間，以延長歡樂時光，字裏行間流露了主人殷勤好客的熱情和真誠。主人不僅苦心挽留客人，而且還勸他謹慎考慮出遊，放棄隱遁山林、獨善其身、享樂避世的念頭。在第三章裏詩人採用間接描寫的方法，對客人的形象作了刻畫。客人的才能可以為公為侯，但生逢亂世，既不能匡輔朝廷又不肯依違，只好隱居山林。末章為第二層，寫客人已去而相憶。主人再三挽留客人，得不到允諾，給主人留下了深深的遺憾，於是就希望客人能再回來走走，並和他保持音訊聯繫，不可因隱居就疏遠了朋友。惜別和眷眷思念都溢於言表。

黃　鳥

黃鳥黃鳥，無集于穀①，無啄我粟。此邦之人，不我肯穀②。
言旋言歸③，復④我邦族。
黃鳥黃鳥，無集于桑，無啄我粱。此邦之人，不可與明⑤。
言旋言歸，復我諸兄。
黃鳥黃鳥，無集于栩，無啄我黍。此邦之人，不可與處。
言旋言歸，復我諸父。

【註釋】

① 穀：木名，即楮木。

② 穀：養育。一說善待。一說通「顧」。「不我肯穀」即「不肯穀我」。

③ 言：語氣助詞。旋：還歸。

④ 復：返回。

⑤ 明：通「盟」，講信用。

【賞析】

　　關於本詩主旨，舊說多以為是詩人為苦難人民喊出的悲憤之聲，講述的是背井離鄉的人在異鄉遭受剝削壓迫和欺凌，更增添了對邦族的懷念。然歷來以為本詩與下篇《我行其野》關聯密切，而《我行其野》則明顯與男女婚戀有關。此外「復我邦族」等底氣十足的言辭不似流民之口氣，故這裏認為本詩是一位入贅者自道其苦的詩。視本詩為棄婦詩亦可，然觀詩中語氣，頗具氣節，比較符合男子的性格，故認為詩人是一位入贅者。

　　全詩三章意思相同，內容近似，只改動數位，反覆吟唱，語氣和情感逐步加深。詩人在女方家得不到溫暖，甚至可能受到排擠和壓迫，故生回家之念。三章的末尾提到其有父兄邦族可以依靠，然而如果真的可以依靠，當初他又何至於入贅別家呢？現實的情況恐怕是有家也難回，即使回，也未必可以依靠。故這每章末句皆是故作強詞，這也正是詩人之可憐處。

我行其野

我行其野，蔽芾其樗①。婚姻之故，言就爾居②。
爾不我畜③，復我邦家。
我行其野，言采其蓫④。婚姻之故，言就爾宿。
爾不我畜，言歸斯復⑤。
我行其野，言采其葍⑥。不思舊姻，求爾新特⑦。
成⑧不以富，亦祇以異⑨。

【註釋】

① 蔽芾：樹木枝葉茂盛貌。樗：臭椿樹。

② 言：語氣助詞。就：從。

③ 畜：愛。一說養。

④ 蓫（音逐）：一種野菜，又名羊蹄菜。

⑤ 言、斯：皆是語氣助詞。一說「斯」是「不」的意思。

⑥ 葍（音服）：一種野草，花相連，根白色，可蒸食。

⑦ 特：雄牛。這裏指男配偶。

⑧ 成：誠，確實。

⑨ 祇：只。異：指變心。

【賞析】

　　本詩作者疑與《黃鳥》作者為同一人，故兩詩所抒發的感情也是一致的，皆是抒發入贅者被拋棄之苦情，此時這位可憐的上門女婿似是已經踏上歸途，獨行於野，心中充滿悲涼。

　　全詩三章，每章前兩句為起興，同時似乎也是詩人獨行所見之景。路邊的原野、凝滯不動的樹草和渺小無助而又孤獨的行人，給讀者的是一種自然界的宏大與人類的渺小、原野的寂靜和人心的焦慮的對立感。同時，「樗」與「宇」諧音，有居之意；「蓫」與「逐」諧音，隱被逐之意；「葍」與「逼」諧音，隱被迫離居之意。這些對於表現詩的主題都是至關重要的。

　　詩的前兩章言被棄歸家之情，詩人故作輕鬆地念叨，試圖把痛苦深埋在心底，強自寬解。但到第三章，他情感的火山終於爆發了，這難以平復的傷痛和無人可訴的委屈，和著苦澀的淚水，在這樣一個愛恨交織的時刻，以一種愛恨難分的心理，流淌著怨恨：為何你不念往日婚姻的情意，去追求新歡！末兩句詩人自己給出答案：不是因他比我有錢，只是因為你的心已變。這看似是為薄情人開脫，然「詞益怨而意愈深矣」，一個男人因為妻子變心而被拋棄，這才是最大的悲哀。詩至此指出婚姻的破裂並不一定在於經濟問題，更有喜新厭舊的

因素，而「新」之可喜全在於和「舊」之不同，而其所以「不同」，卻也實在很複雜，即使是當事者也未必能說得清，這就是本詩的可貴之處，否則婚姻的不幸就變得十分簡單了。

斯 干

秩秩斯干^①，幽幽南山^②。如竹苞矣^③，如松茂矣。
兄及弟矣，式相好矣^④，無相猶^⑤矣。
似續妣祖^⑥，築室百堵，西南其戶^⑦。爰居爰處，爰笑爰語。
約之閣閣^⑧，椓之橐橐^⑨。風雨攸^⑩除，鳥鼠攸去，君子攸芋^⑪。
如跂斯翼^⑫，如矢斯棘^⑬，如鳥斯革^⑭，如翬斯飛^⑮，君子攸躋。
殖殖^⑯其庭，有覺其楹^⑰。噲噲其正^⑱，噦噦其冥^⑲，君子攸寧。
下莞上簟^⑳，乃安斯寢。乃寢乃興^㉑，乃占我夢。
吉夢維何？維熊維羆^㉒，維虺^㉓維蛇。
大人占之，維熊維羆，男子之祥。維虺維蛇，女子之祥。
乃生男子，載寢之床。載衣之裳，載弄之璋^㉔。
其泣喤喤^㉕，朱芾斯皇^㉖，室家君王^㉗。
乃生女子，載寢之地。載衣之裼^㉘，載弄之瓦^㉙。
無非無儀^㉚，唯酒食是議^㉛，無父母詒罹^㉜。

【註釋】

① 秩秩：澗水清清流淌貌。一說水岸草木之貌。斯：語氣助詞。干：通「澗」。山間流水。一說水岸。

② 幽幽：深遠貌。南山：即終南山。

③ 如：有。苞：與「茂」同義，草木茂盛貌。

④ 式：語氣助詞，無實義。好：友好和睦。

⑤ 猶：欺詐。

⑥ 似：通「嗣」。嗣續：即繼承。妣祖：先妣、先祖，統指祖先。

⑦ 西南其戶：言門戶有向西開者，有向南開者。形容宮室眾多。

⑧ 約：用繩索捆紮、固定築牆板。閣閣：捆紮築牆板發出的聲音。一說築牆板捆紮牢固貌。

⑨ 椓：用杵搗土，猶今之打夯。橐橐：搗土的聲音。古代築牆為板築法，按照土牆長度和寬度的要求，先在土牆兩側及兩端設立木板，並用繩索捆紮牢固。然後再往木板空槽中填土，並用木夯夯實夯牢。築好一層，木板如法上移，再築第二層、第三層。所用之土，必須是濕潤而具粘性的土質。

⑩ 攸：乃。

⑪ 芋：通「宇」，居住。

⑫ 如跂斯翼：形容宮殿如舉踵而立之沉著端正。跂：踮起腳跟站立。翼：端莊肅敬貌。一說「跂」讀「翅」，翅、翼意思相同。

⑬ 如矢斯棘：宮殿簷角如箭有方棱。棘：棱角。一說指箭羽翎。

⑭ 如鳥斯革：形容宮殿房蓋像飛鳥舒展著翅膀。革：翅膀。這裏作動詞，展翅之意。

⑮ 如翬斯飛：形容宮殿屋簷像錦雞舉翼飛翔。一說形容宮殿色彩輝煌。翬（音揮）：錦雞。一說這裏指錦雞的彩色羽毛。

⑯ 殖殖：平正貌。

⑰ 有：語氣助詞。覺：高大而直立貌。楹：殿堂前大廈下的柱子。

⑱ 噲噲：通「快快」，寬敞明亮貌。正：向陽的正廳。

⑲ 噦噦（音會）：通「煟煟」，光明貌。一說深廣貌。一說幽暗貌。冥：廳後幽深的地方。

⑳ 莞：蒲草，可用來編席，此指蒲席。簟：竹席。

㉑ 興：起床。

㉒ 羆：一種野獸，似熊而大。

㉓ 虺（音悔）：一種毒蛇，頸細頭大，身有花紋。

㉔ 璋：一種玉器，形如半圭。

㉕ 喤喤：形容哭聲宏亮。

㉖ 朱芾：紅色蔽膝，為諸侯、天子的服飾。斯皇：光明貌。

㉗ 室家君王：言這個男孩將來身份高貴，非王即侯。

㉘ 裯：嬰兒用的褓衣。

㉙ 瓦：陶製的紡線錘。

㉚ 無非無儀：言夫人不要管家中的是非。一說此句言教導女子行為
　　端正，不犯錯誤。非：錯誤。儀：讀作「俄」，邪僻。

㉛ 議：謀慮、操持。古人認為女人主內，只負責辦理酒食之事。

㉜ 詒：通「貽」，給與。罹：憂愁。

【賞析】

　　這是一首祝賀周王新建宮殿落成的讚歌，詩中描寫了宮殿建築的
位置、建築過程、居住新宮的美好前景。全詩九章，可分為兩層，前
五章為第一層，主要就宮室本身加以描繪和讚美。六至九章為第二
層，則主要是對宮室主人的祝願和歌頌。

　　首章先寫宮室之形勝和主人兄弟之間的和睦友愛。其中，「如竹
苞矣，如松茂矣」二句，既讚美了環境的優美，又暗喻了主人的品格
高潔，語意雙關，內涵深厚，可見詩人的藝術用心。接著，第二章說
明，主人建築宮室，是為了繼承祖先的功業，因而家人居住此處，就
會更加快樂無間。言下之意，他們的創舉，也會造福於子孫後代。這
是理解此詩旨意的關鍵和綱領，此後各章的詩意，也是基於這種思想
意識而生發出來的。以下三章，皆就建築宮室一事本身描述，或遠
寫，或近寫，皆極狀宮室之壯美。這樣的宮室，主人居於其中自然十
分舒適安寧。

　　詩的後四章是對宮室主人的讚美和祝願。第六章先說主人入居此
室之後將會寢安夢美。第七章先總寫「大人」所占美夢的吉兆，即預
示將有貴男賢女降生。第八章專說喜得貴男，第九章專說幸有賢女，
層次井然有序。當然，這些祝辭未免有些阿諛、有些俗氣，但對宮室
主人說些恭維的吉利話，也是情理中事。

　　從第八、九章所述來看，詩人男尊女卑的思想是很嚴重的。男尊
女卑，對待方式不同，對他們的期望也不一樣。這應該是時代風尚和

時代意識的反映，對後人也有一定的認識價值。

　　總觀全詩，以描述宮室建築為中心，把敘事、寫景、抒情交織在一起，都能做到具體生動，層次分明，在雅頌諸篇中，頗具特色。

無　羊

　　誰謂爾無羊？三百維群。誰謂爾無牛？九十其犉①。爾羊來思，其角濈濈②。爾牛來思，其耳濕濕③。

　　或降于阿④，或飲于池，或寢或訛⑤。爾牧來思，何⑥蓑何笠，或負其餱⑦。三十維物⑧，爾牲則具⑨。

　　爾牧來思，以薪以蒸⑩，以雌以雄⑪。爾羊來思，矜矜兢兢⑫，不騫不崩⑬。麾之以肱⑭，畢來既升⑮。

　　牧人乃夢，眾⑯維魚矣，旐維旟矣⑰。大人占之：眾維魚矣，實維豐年；旐維旟矣，室家溱溱⑱。

【註釋】

① 九十：與「三百」均為虛指，形容牛羊眾多。犉：黃牛黑唇曰犉。
　　一說牛七尺曰犉。

② 濈濈（音集）：群角聚集貌。

③ 濕濕：牛反芻時耳扇動貌。

④ 或：有的。阿：丘陵。

⑤ 訛：通「吪」，動，醒。

⑥ 何：通「荷」，本指擔負，這裏指披戴。

⑦ 餱（音猴）：乾糧。

⑧ 物：指牲畜的毛色。

⑨ 牲：犧牲，用以祭祀的牲畜。具：備。

⑩ 以：取。一說有。薪：粗柴。蒸：細柴。

⑪ 以雌以雄：言獵取禽獸。

⑫ 矜矜兢兢：形容羊群擁擁擠擠、恐失群之狀。

⑬ 騫：損失，此指羊零星走失。崩：指羊群驚散。

⑭ 麾：通「揮」。肱：手臂。

⑮ 畢：全。既：盡。升：登高。

⑯ 眾：蝗蟲。古人以為蝗蟲可化為魚，旱則為蝗，風調雨順則化魚。一說眾多。

⑰ 旐（音造）：畫龜蛇圖案的旗。旟（音余）：畫鷹隼圖案的旗幟。

⑱ 溱溱：即「蓁蓁」，眾盛貌，形容子孫眾多。

【賞析】

　　這是一首歌頌周王室牛羊繁盛的詩，藉以讚美周室之人丁興旺，長盛不衰。詩人大抵是一位熟悉放牧生活的文士，詩中的「爾」，則是為貴族放牧牛羊的勞動者。全詩描述純用「賦」法，卻體物入微，畫圖難足，達到了極高的藝術境界。

　　首章描述所牧牛羊之眾多，開章劈空兩問，問得突兀，卻又詼諧有情，將詩人乍一見到眾多牛羊的驚奇、讚賞之情，表現得極為傳神。方玉潤曰：「詩首章『誰謂』二字，飄忽而來，是前此凋敝、今始蕃盛口氣。」故認為本詩作于周宣王時代。形容牛羊眾多，氣象壯觀，詩人巧妙地選擇了牛羊身上最富特徵的耳、角，以「濈濈」、「濕濕」稍一勾勒，那眾角簇立、群耳聳動的奇妙景象，便逼真地展現在了讀者眼前。這樣一種全不借助比興，而能夠「狀難寫之景如在目前」的直賦筆墨，非常高超。

　　第二、三章集中描摹放牧中牛羊的動靜之態和牧人的嫻熟技藝，堪稱全詩寫得最精工的篇章。第二章前四句寫散佈四處的牛羊自得之態。此刻的牧人正肩披蓑衣、頭頂斗笠，或砍伐著柴薪，或獵取著飛禽。一時間藍天、綠樹、碧草、白雲，山上、池邊、牛羊、牧人，織成了一幅無比清麗的放牧圖。圖景是色彩繽紛的，詩中用的卻純是白描，而且運筆變化無端：先分寫牛羊、牧人，節奏舒徐，輕筆點染，表現著一種悠長的抒情韻味。待到「麾之以肱，畢來既升」兩句，筆

走墨移間，披蓑戴笠的牧人和悠然在野的牛羊，霎時會合在了一起。畫面由靜變動，節奏由緩而驟。牧人的臂肘一揮，滿野滿坡的牛羊，便全都爭先恐後奔聚身邊，緊隨著牧人升登高處。真是物隨人欲、揮斥自如，放牧者那嫻熟的牧技和畜群的訓習有素，只以「麾之」二語盡收筆底。

　　末章撇開牛羊，詩人為放牧者安排了一個出人意料的夢境，接著又寫卜夢，隨著占夢者欣喜的解說，充塞畫面的魚群和旗，即又幻化成漫山遍野的牛羊，這正是放牧者的豐收年景；村村落落，到處傳來嬰兒降生的呱呱喜訊，這正是「室家」添丁的興旺氣象。詩境由實變虛、由近而遠，終於在占夢之語中淡出、定格，只留下牧人夢臥時仰對的空闊藍天，而引發讀者無限遐想。這由實化虛的夢境收束，又正有梅堯臣所說「含不盡之意於言外」之妙。

節　南　山

　　節彼南山①，維石岩岩②。赫赫師尹③，民具爾瞻。憂心如惔④，不敢戲談。國既卒斬⑤，何用不監⑥！

　　節彼南山，有實其猗⑦。赫赫師尹，不平謂何。天方薦瘥⑧，喪亂弘多。民言無嘉，憯莫懲嗟⑨。

　　尹氏大師，維周之氐⑩。秉國之均⑪，四方是維⑫。天子是毗⑬，俾⑭民不迷。不吊昊天⑮，不宜空我師⑯。

　　弗躬弗親，庶民弗信。弗問弗仕⑰，勿罔⑱君子。式夷式已⑲，無小人殆⑳。瑣瑣姻亞㉑，則無膴仕㉒。

　　昊天不傭㉓，降此鞠訩㉔。昊天不惠，降此大戾㉕。君子如屆㉖，俾民心闋㉗。君子如夷㉘，惡怒是違㉙。

　　不吊昊天，亂靡有定。式月斯生㉚，俾民不寧。憂心如酲㉛，誰秉國成㉜？不自為政，卒㉝勞百姓。

　　駕彼四牡，四牡項領㉞。我瞻四方，蹙蹙靡所騁㉟。

方茂爾惡㊱，相爾矛矣㊲。既夷既懌㊳，如相酬㊴矣。
昊天不平，我王不寧。不懲㊵其心，覆怨其正㊶。
家父作誦㊷，以究王訩㊸。式訛㊹爾心，以畜㊺萬邦。

【註釋】

① 節：山高峻貌。南山：即終南山。

② 維：其。岩岩：山石高磊貌。

③ 赫赫：顯赫貌。師：太師，西周掌管軍權的長官，三公之一。
尹：姓氏，即當時身居太師之位的大臣。一說「師尹」為二人，
即太師和師尹。

④ 惔（音淡）：火燒。

⑤ 卒：終，全。斬：國脈被斬斷，形容國家形勢崩潰。

⑥ 何用：何以，何因。監：引以為鑒。

⑦ 實：廣大貌。猗：通「阿」，山阿，大的丘陵。一說指長，指草木
茂長。

⑧ 薦：屢次。瘥：疫病。這裏指降下災難。

⑨ 憯：「曾」一聲之轉，即「何」。懲：警戒。嗟：語氣助詞。

⑩ 氐：通「柢」，根本。

⑪ 均：通「鈞」，製陶器所用的轉輪。此句言尹氏掌握國樞鈞輪。

⑫ 維：維繫。此句言四方國家都靠尹氏維繫。

⑬ 毗：輔助。

⑭ 俾：使。

⑮ 不吊：不淑，不善。昊天：皇天。

⑯ 不宜：不該。空：使窮困。師：眾民。

⑰ 問：諮詢。仕：審察。一說通「事」，指任。

⑱ 勿罔：不要欺罔。一說「勿」通「末」，言最後。一說語首助詞。

⑲ 式：乃。夷：平息。已：制止。言制止以上的行為。

⑳ 殆：危險。一說接近。

㉑ 瑣瑣：互相連結成串。一說卑微淺薄之貌。姻亞：統指襟帶關

係。姻：兒女親家。亞：通「婭」，姐妹之夫的互稱。

㉒ 則無：不應該。膴（音撫）仕：厚任，高官厚祿。此句言無才無能的裙帶關係，不應該委以重任。

㉓ 俻：通「融」，明。一說公平。

㉔ 鞠訩：極亂，極大的災凶。鞠：窮，極。訩：禍亂。

㉕ 戾：暴戾，災難。

㉖ 屆：標準。言為民樹立榜樣。一說通「止」，停止其暴行。

㉗ 闋：息，指平息怨怒之氣。

㉘ 夷：平，指為政公平。

㉙ 違：消除。

㉚ 式月斯生：言每個月都有災難發生，形容災禍之頻繁。

㉛ 酲（音程）：本指酒醉不醒，這裏指憂愁之甚，不能解除。

㉜ 國成：意同「國鈞」，指國家政權。

㉝ 卒：通「悴」，憔悴。

㉞ 項領：本指肥大的脖頸，此言「引頸用力」，求騁不得。

㉟ 蹙蹙：局促貌。此句言不知該向何處。

㊱ 方：正。茂：盛。惡：憎惡。

㊲ 相：看。矛：長矛。此指相互爭鬥，以兵戎相攻。

㊳ 夷：平，指矛盾化解。懌：悅。

㊴ 相酬：相互勸酒言歡。

㊵ 懲：止，該。

㊶ 覆：反。正：指正諫之人。

㊷ 家父：周大夫名，本詩作者。誦：詩歌。

㊸ 究：追求。王：周王。一說指王朝。訩：凶德，不好的行為。

㊹ 訛：改變。

㊺ 蓄：養。這裏有安撫之意。

【賞析】

　　本詩通過直斥權臣誤國，將矛頭間接指向周王，表現出詩人強烈

的憂國憂民之情。關於本詩創作年代，有以為宣王時，有以為幽王時，有以為平王時，有以為桓王時，然詩中既以終南山起興，則當在西周。這裏以為本詩大致作於西、東周之交，詩中所指責的對象則是周幽王及其權臣。

至於詩中「師尹」，自毛傳以來皆解作「大師尹氏」，至王國維始辨析其為二人，即首掌軍職的大師和首掌文職的史尹。對照詩首章，「憂心如惔，不敢戲談」正合於軍國主義背景，偏於責師；而「國既卒斬，何用不監」，乃監察司之失職，偏于斥尹。

全詩十章，可分三部分。首二章為第一部分，以南山起興，以象徵權臣。第一章以山之險要象徵其權之樞要，又以山之不平象徵權臣秉政不平，因而失民望，而致憂愁。二章言天災，暗示天災實人禍所致。尹氏為政不平，上幹天怒。此章語氣憤怒痛苦至極，幾至扼腕頓足。「不平」二字為全篇眼目。

第三章至第六章為第二部分。三章言太師地位之重，正是指責怨望深切處。孫月峰曰：「刺其人，卻頌其職，蓋反意責之，用以起下章意。」四章責尹氏任小人而用私黨。第五章言在上者之行，可消天怒，平人怨。此節作推擋遊漾之筆，文勢寬而不驟。第六章言尹氏非但不能消天變，且生禍亂。「誰秉國成」，作喚醒語，痛極。

第七章至最後為第三部分。第七章言沒有出路，沒有希望之苦惱。「我瞻」二語，沉鬱激昂。第八章寫小人險躁之態，惟妙惟肖。第九章責尹氏拒諫，公然誣天不平，憤甚。第十章責尹氏，而末歸於王，以窮其亂本。通篇怨刺，字字血淚，詩人一片赤誠之心，盡在行間。全詩似一篇檄文，為來者垂誡。

正 月

正月①繁霜，我心憂傷。民之訛言，亦孔之將②。念我獨兮，憂心京京③。哀我小心④，癙憂以痒⑤。

父母生我，胡俾我瘉⑥？不自我先，不自我後⑦。好言自口，莠言⑧自口。憂心愈愈⑨，是以有侮⑩。

憂心惸惸⑪，念我無祿⑫。民之無辜，並其臣僕⑬。哀我人斯，于何從祿？瞻烏爰止？于誰之屋⑭？

瞻彼中林，侯⑮薪侯蒸。民今方殆，視天夢夢⑯。既克有定⑰，靡人弗勝⑱。有皇⑲上帝，伊誰云憎⑳？

謂山蓋卑㉑？為岡為陵。民之訛言，寧莫之懲。召彼故老，訊之占夢㉒。具曰予聖㉓，誰知烏之雌雄㉔！

謂天蓋高㉕，不敢不局㉖。謂地蓋厚，不敢不蹐㉗。維號斯言㉘，有倫有脊㉙。哀今之人，胡為虺蜴㉚！

瞻彼阪田㉛，有菀其特㉜。天之扤㉝我，如不我克㉞。彼求我則㉟，如不我得㊱。執我仇仇㊲，亦不我力㊳。

心之憂矣，如或結㊴之。今茲之正㊵，胡然厲矣㊶？燎之方揚㊷，寧或滅之㊸？赫赫宗周，褒姒威之㊹！

終其永懷㊺，又窘㊻陰雨。其車既載，乃棄爾輔㊼。載輸爾載㊽：「將伯助予㊾。」

無棄爾輔，員于爾輻㊿。屢顧爾僕(51)，不輸爾載。終踰絕險，曾是不意(52)。

魚在于沼，亦匪克(53)樂。潛雖伏矣，亦孔之炤(54)。憂心慘慘(55)，念國之為虐(56)！

彼有旨酒，又有嘉肴。洽比其鄰(57)，昏姻孔云(58)。念我獨兮，憂心殷殷(59)。

佌佌(60)彼有屋，蔌蔌方有穀(61)。民今之無祿，天夭是椓(62)。哿(63)矣富人，哀此惸獨。

【註釋】

① 正月：正陽之月指夏曆四月，此月純陽用事，陰氣未動，降霜是反常現象。一說指周曆正月即夏曆十一月，正是降霜的季節。

② 孔：甚，很。將：大，厲害。

③ 京京：憂愁無法排除之貌。

④ 小心：言沒有闊大的心胸。

⑤ 瘋：幽悶。痒：病。此句言憂鬱成疾。

⑥ 瘉：病，指災禍、患難。

⑦ 不自我先，不自我後：言變故不先不後，正好發生在自己所生的
時代。自：在。

⑧ 莠言：壞話。此兩句言好話壞話皆出自人口，沒有定準。

⑨ 愈愈：憂懼貌。

⑩ 是以：是因為。有侮：遭受了侮詬。

⑪ 惇惇（音瓊）：憂鬱不快貌。

⑫ 無祿：無福氣，不幸。

⑬ 並：皆。臣僕：奴隸。古以有罪之人為臣僕。

⑭ 瞻烏爰止？於誰之屋：看烏鴉將落於誰家屋上。古人認為烏鴉是
吉祥物，常集於富戶人家的屋上。

⑮ 侯：維持，語氣助詞。

⑯ 夢夢：昏昏不明貌。

⑰ 既克有定：指天既然能決定。一說言終能夠止亂。

⑱ 靡人弗勝：言無人能逃其掌握之中。

⑲ 有皇：皇皇，大貌。

⑳ 伊誰云憎：他（天）到底對誰厭憎。

㉑ 謂山蓋卑：有人說山怎麼這樣低平？蓋：通「盍」，何。

㉒ 訊：問。占夢：指占夢之官。

㉓ 具：通「俱」，都。予：自己。聖：聰智。

㉔ 誰知烏之雌雄：誰能知道烏鴉的雌雄。烏鴉雌雄外貌相似，很難
分辨清楚。

㉕ 謂天蓋高：有人說天怎麼這樣高遠？

㉖ 局：彎曲，指佝僂身軀。

㉗ 蹐：輕步走路，擔心會陷下去。

㉘ 號：喊叫。斯言：此言。

㉙ 倫、脊：條理，道理。

㉚ 虺蜴：毒蛇與蜥蜴。

㉛ 阪田：山坡上的田。

㉜ 有菀：菀菀，茂盛貌。特：一說以為特生之苗。一說禾苗高舉。

㉝ 扤：動搖。一說指挫折。

㉞ 如不我克：唯恐不能把我按倒。

㉟ 則：謀劃。一說語氣助詞。

㊱ 如不我得：好像唯恐得不到我的說明。

㊲ 執：執持，指得到。仇仇：慢怠。

㊳ 力：力用，重用。此句言不能用我為國效力。

㊴ 結：指如繩結不能解。

㊵ 茲：此。正：政治。

㊶ 胡：何。然：如此。厲：惡，糟糕。

㊷ 燎：放火焚燒草木。揚：盛。

㊸ 寧：豈。或：有人。一說指一時間。

㊹ 褒姒：周幽王寵妃，後被立為王后。威：即「滅」。

㊺ 終：既。永懷：深憂。

㊻ 窘：受困。

㊼ 輔：輻旁的斜木，是為了加強車子的載重而設的。一說之車廂兩旁的木板。

㊽ 載輸爾載：前一個「載」是虛詞，及至；後一個「載」為名詞，指所載的貨物。輸：墜落，丟失。

㊾ 將：請。伯：這裏指對路人的尊稱，猶今言大哥。一說指長輩。

㊿ 員：加固。輻：輪上的直木，即輻條。言增多或加粗車輻，以使車子堅固耐用。

(51) 僕：車夫，言多次提醒車夫。一說通「轐」，也叫伏兔，即車廂下鉤住車軸的木頭。

(52) 曾：竟。不意：不留意。

(53) 克：能。

(54) 炤：通「昭」，明。

(55) 慘慘：憂愁不安貌。

(56) 為虐：為非作歹。

(57) 洽：通「協」，和好，融洽。比：親近。鄰：近，指親近之人。一說指兄弟。下「昏姻」指異姓諸侯。

(58) 雲：親近，和樂。一說指周旋回護。

(59) 殷殷：憂傷痛苦貌。

(60) 佌佌：比喻小人卑微。此句言卑鄙小人擁有華美的房屋。一說「佌佌」指鮮明貌，形容華屋之引人注目。一說形容屋宇之多，鱗次櫛比之貌。

(61) 蔌蔌：形容小人鄙陋。一說為迅疾貌，形容乘車行走之速。穀：通「轂」，指車。

(62) 天夭：即天降之妖孽。椓：打擊。此句言百姓之不幸，遭此妖孽襲擊。

(63) 哿（音渴）：嘉許。

【賞析】

這是一首政治怨刺詩，表現了詩人對周王朝所面臨危機的深深憂慮和對自己遭遇的無限悲傷，更有巨大的孤獨感。觀詩中內容，詩人當是一個具有政治遠見，也有能力的，憂國憂民卻不見容於世的孤獨士大夫。全詩以詩人憂傷、孤獨、憤懣的情緒為主線，首尾貫穿，一氣呵成，感情充沛。

詩中言「赫赫宗周，褒姒威之」，故認為本詩創作於周室東遷後。一說以為這兩句詩是詩人對當時現狀作出的預料之辭，本詩實為對周幽王的諷刺。方玉潤《詩經原始》曰：「此必天下大亂，鎬京亦亡在旦夕，其君若臣尚縱飲宣淫，不知憂懼，所謂燕雀處堂自以為樂，一朝突決棟焚，而怡然不知禍之將及也。故詩人憤極而為是詩，亦欲救之無可救藥時矣。若乃驪烽舉，故宮黍，明眸皓齒汙遊魂，貴戚權寮歸焦土，尚何昏姻之洽比？尚何富人之獨哿？以此決之，《正

月》之為幽王詩必矣。」此說甚為精闢。

全詩十三章，首章憂謠言之甚。繁霜之寒則陽氣不出，謠言之盛則正氣不張，氣怯情危，開口便嗚咽可憐，孤獨鬱悶使詩人病倒，足見謠言壓力之可怖。第二章進一步申諸言之可懼。詩人憎恨自己所處的現實。第三章自傷無福，後患莫測──經歷災難者非獨詩人而已，國家民眾將受害無窮。第四章言禍自天。第五章言謠言不止，是非莫辯。第六章言處亂世，不得不慎。第七章自傷懷才不被中庸，連用數「我」字，崎嶇兇險之意十足。第八章言周將亡於褒姒，悲甚，憤甚。第九章以車棄輔而輸貨，喻國無輔而必敗。第十章以固車逾險，喻精誠為國。第十一章言自己欲避禍藏身而無所。第十二章言壞人朋比為奸，而己獨憂國事。第十三章歎小人得志，貧富之不公。全詩四言中雜以五言，便於表現激烈的情感，又顯得錯落有致。

有學者認為，詩之前八章每章八句，後五章每章六句，而前八章詩人之意已盡，故後五章當為錯簡。但亦有學者反對此說，認為詩人如此佈局自有其妙，如陳僅《詩誦》曰：「詩至八章『褒姒威之』，意盡語絕矣，九章十章忽借車載一喻，作一反一正，離題起波，從虛勢中托出用賢寶義，筆筆化實為虛，度盡金針矣。」

本詩生動、細緻、準確地記錄了兩千多年前生於亂世的正直的知識份子心靈的顫動，在後世感動過無數人，和《詩經》中的其他一些政治詩一起為知識份子憂國憂民文學的傳統奠定了基礎。

十月之交

十月之交①，朔月辛卯②。日有食之③，亦孔之醜④。彼月而微⑤，此日而微；今此下民，亦孔之哀。

日月告凶，不用其行⑥。四國無政⑦，不用其良。彼月而食，則維其常⑧。此日而食，于何不臧⑨。

爗爗震電⑩，不寧不令⑪。百川沸騰，山冢崒崩⑫。高岸為

谷，深谷為陵。哀今之人，胡憯莫懲⑬？

　　皇父卿士⑭，番維司徒⑮。家伯維宰⑯，仲允膳夫⑰。棸子內史⑱，蹶維趣馬⑲。楀維師氏⑳，豔妻煽方處㉑。

　　抑㉒此皇父，豈曰不時㉓？胡為我作㉔，不即我謀㉕？徹㉖我牆屋，田卒汙萊㉗。曰予不戕㉘，禮則然矣。

　　皇父孔聖，作都于向㉙。擇三有事㉚，亶侯多藏㉛。不憖㉜遺一老，俾守我王。擇有車馬㉝，以居徂向。

　　黽勉㉞從事，不敢告勞。無罪無辜，讒口囂囂㉟。下民之孽，匪降自天。噂沓背憎㊱，職競由人㊲。

　　悠悠我里㊳，亦孔之痗㊴。四方有羨㊵，我獨居憂。民莫不逸，我獨不敢休。天命不徹㊶，我不敢效我友自逸㊷。

【註釋】

① 交：日月交會，指晦朔之間，即九月底十月初。

② 朔月：月朔，指陰曆每月初一。辛卯：古人用干支記時，干支相配，這一天正好是辛卯日。

③ 日有食之：據古曆學家推算，周幽王六年十月初一辛卯日辰時，即西元前年月日早七時至九時曾發生日食。

④ 醜：可惡，可怕。

⑤ 彼：指往日。微：昏暗不明，指月食。

⑥ 行：軌道。此句言日月不以其常道運行。

⑦ 四國：四方諸侯，泛指天下。政：善政。

⑧ 常：平常，指月食為平常之事。

⑨ 於：讀作「籲」，感歎詞。于何：多麼。臧：善。

⑩ 燁燁：雷電閃耀貌。震：打雷。

⑪ 寧：安。令：善。

⑫ 山冢崒崩：此句言地震突發，令高山忽然崩塌。冢：山頂。崒：猝，急。

⑬ 胡憯莫懲：言為何不知警戒。

⑭ 皇父：人名，周幽王時卿士。下文番、家伯、仲允、聚子、蹶、橘皆指具體人。卿士：官名，總管王朝政事，為百官之長。

⑮ 司徒：六卿之一，掌管土地、人口。

⑯ 宰：塚宰，六卿之一，原為掌管王家財務及宮內事務的官。周武王死時，成王年少，周公曾以塚宰之職攝政。

⑰ 膳夫：舊說指掌管周王飲食的官，亦常傳達王命，地位很重要。

⑱ 聚（音周）子：姓聚的人。內史：掌管周王的法令和對諸侯封賞策命的官。

⑲ 蹶：姓。趣馬：養馬的官。

⑳ 橘：姓。師氏：掌管貴族子弟教育的官。

㉑ 豔妻：指周幽王的寵妃褒姒。煽：熾熱。一說通「扇」，扇動。此句言褒姒正炙手可熱，受幽王寵倖。一說褒姒煽動幽王幹壞事。

㉒ 抑：通「噫」，感歎詞。

㉓ 豈：其，乃。不時：指號令不時，奪民農時而勞役。

㉔ 我作：即作我，役使我。

㉕ 即：就，接近。此句言不與我商量。

㉖ 徹：拆毀。一說為治理。

㉗ 卒：盡，都。汙：積水。萊：荒蕪。此句言因皇父奪民農時，使民不能正常耕作，故田地低者變成了污水坑，高者為草所荒蕪。

㉘ 戕：殘害。此句言皇父自我辯解，不是有意戕害民眾。

㉙ 都：邑之大者曰都，這裏指埰地。作都：即建設埰地。向：地名。

㉚ 三有事：三有司，即三卿，為司徒、司馬、司空。周時大小國中都設有三卿。此句言皇父為向都選擇官吏。

㉛ 亶：信，確實。侯：語氣助詞，維。臧：通「藏」，善。此句言皇父所選任三卿皆有才能。

㉜ 懋：願意，肯。

㉝ 有車馬：這裏指有車有馬的富戶。

㉞ 黽勉：勤勉，努力。

㉟ 嚻嚻：眾口讒謗貌。

㊱ 噂：聚語。沓：語多貌。噂沓：聚在一起說話。背憎：背後互相憎恨。王先謙云：「聚則笑語，背則相憎，小人之情狀。」

㊲ 職競由人：此句言紛爭並非降自天，而是由人造成的。

㊳ 里：通「悝」，憂思。

㊴ 瘣：病。此指心中難受、痛苦。

㊵ 羨：余，指富裕。

㊶ 徹：通「轍」，即軌轍。此言天命無常，無軌可循。

㊷ 我友：指詩人之同僚。自逸：自我放逐，縱情享樂。

【賞析】

　　本詩是周幽王時的一個小官，因不滿當局腐敗無能而作的一首政治怨刺詩。詩將日食、地震與人世的政治狀態聯繫起來，表現了詩人對權奸誤國的無限憂慮。據天文學家陳遵嬀的研究，周幽王六年十月辛卯，曾發生日食，與詩中所言正相合。幽王二年，陝西境內發生一次大地震，也與詩中所言相合。詩中把日食、地震與小人當政聯繫起來，正是天人感應哲學思想的早期反映。

　　詩共八章，可分為三部分。前三章為第一部分，詩人將日食、月食、強烈地震同朝廷用人不善聯繫起來，抒發自己深沉的悲痛與憂慮。詩人不理解日食、月食、地震發生的原因，認為它們是上天對人類的警告，所以開篇先說十月初一這天發生了日食。「日者，君象也」，夏末老百姓即以日喻君。日而無光，在古人是以為預示著有關君國的大災殃。詩人將此事放在篇首敘出，使人震驚。第二章將國家政治頹敗、所用非人同日食聯繫起來議論，第三章又連帶敘出前不久發生的強烈地震。詩人對這些極度反常的自然現象的描述，表現了他對於國家前途的無比擔憂和恐懼。

　　第四至第六章為第二部分，回顧與揭露當今執政者的無數罪行。詩中開列了皇父諸黨的清單，把他們釘在歷史的恥辱柱上。這些人從裏到外把持朝政，欺上瞞下。皇父卿士，不想怎樣把國家治理好，而

是強抓丁役，搜刮民財，擾民害民，並且還把這種行為說成是合乎禮法的。他把聰明才智全用在維護自己和家族利益上；他看到國家岌岌可危，毫無悔罪之心，也沒有一點責任感，自己遠遠遷於向邑，而且帶去了許多貴族富豪，甚至不給周王留下一個有用的老臣。用這樣的人當權，國家沒有不亡之理。然而，是誰重用了這些人呢？詩人用「豔妻煽方處」一句含蓄地指出了居於幕後的周幽王。

末二章為第三部分，寫詩人在天災人禍面前的立身態度。他雖然清醒地看到了周朝的嚴重危機，但他不逃身遠害，仍然兢兢業業、盡職盡忠。在詩中，詩人哀歎個人的不幸，哀歎政治的腐敗、黑暗與不公，實際上也就是在哀歎著國家的命運。

這是一首內容充實又情感迸發的政治抒情詩，也是一首紀實詩。詩中把狼狽為奸的朝臣之姓名和職務一一點出，將矛頭直指幽王之妻，也就是直指幽王，把自己置於這些人的對立面上，他似乎已經不顧一切了，但又無可奈何。在無可奈何之中，還要為此無可奈何而憂慮，而傷心，而憤怒，而努力，直至死去，這種悲壯情懷，開屈原「伏清白以死直」精神之先河。

雨 無 正

浩浩昊天①，不駿②其德。降喪饑饉，斬伐四國③。旻天疾威④，弗慮弗圖。舍⑤彼有罪，既伏其辜⑥。若此無罪，淪胥以鋪⑦。

周宗既滅，靡所止戾⑧。正大夫離居⑨，莫知我勩⑩。三事大夫⑪，莫肯夙夜⑫。邦君諸侯，莫肯朝夕⑬。庶曰式臧⑭，覆⑮出為惡。

如何昊天，辟言不信⑯。如彼行邁⑰，則靡所臻⑱。凡百君子，各敬⑲爾身。胡不相畏⑳？不畏于天？

戎成不退㉑，饑成不遂㉒。曾我暬御㉓，憯憯日瘁㉔。凡百

君子，莫肯用訊㉕。聽言則答㉖，譖言則退㉗。

哀哉不能言㉘，匪舌是出㉙，維躬是瘁㉚。哿矣能言㉛，巧言如流，俾躬處休㉜！

維曰予仕㉝，孔棘且殆。云不何使，得罪于天子㉞；亦云可使，怨及朋友。

謂爾遷于王都㉟。曰予未有室家㊱。鼠㊲思泣血，無言不疾㊳。昔爾出居㊴，誰從作爾室㊵？

【註釋】

① 浩浩：廣大貌。昊天：皇天。

② 駿：長，美。言不常賜其德于世人。

③ 斬伐：殘害。四國：四方諸侯之國，泛指天下。

④ 旻天：孔穎達曰：「天有多名，獨言旻天者，旻，湣也。」湣：萬物凋落。疾威：暴虐。此句言一反常態的上天，嚴厲無情，讓人畏懼。

⑤ 舍：赦免，釋放。

⑥ 既：盡。伏：隱匿、隱藏。辜：罪。

⑦ 若此無罪，淪胥以鋪：言無罪之人皆陷於痛苦之中。一說無罪者互相牽連而普遍得罪。鋪：通「痡」，病苦。

⑧ 靡所：沒處。止戾：安定，定居。

⑨ 正大夫：指六官之長，天子六卿，即太宰、司徒、宗伯、司馬、司空、司寇，皆上大夫。離居：離散，因動亂而逃居各處。

⑩ 勩（音益）：勞苦。

⑪ 三事大夫：指三公，即太師、太傅、太保。另有一說是司徒、司空、司馬。

⑫ 莫肯夙夜：言不願為國家早晚奔忙。

⑬ 莫肯朝夕：不肯晨夜朝暮省王也。一說謂朝朝於君而不夕見也。

⑭ 庶：庶幾，表希望。曰、式：皆是語氣詞。臧：善。此句言希望他們改過從善。

⑮ 覆：反。

⑯ 辟言：正言，合乎法度之言。一說指君王之言。此句言皇天不善的原因是周王聽不進去正言。一說是周王說話不講信用。

⑰ 行邁：遠行。一說流浪。

⑱ 臻：至。所臻：所要到達的地方。

⑲ 敬：敬慎。

⑳ 畏：敬畏。一說指愛。

㉑ 戎：指犬戎。戎成：指戎禍成。不退：指犬戎沒有退兵。

㉒ 遂：消亡。

㉓ 曾：則。摯（音屑）御：侍御。國王左右親近之臣。

㉔ 惛惛：憂傷貌。瘁：勞苦，憔悴。

㉕ 訊：當作「誶」，諫諍。

㉖ 聽言：順耳之言。答：應。

㉗ 譖言：詆毀的話，此指批評。退：斥退。

㉘ 不能言：指不會巧言善辯的人。

㉙ 匪：非。一說為彼。出：通「拙」。

㉚ 躬：親身。瘁：病，憔悴。一說謂遭殃。此句聯繫上文，曰：可悲可哀的是我這不會說話的人，並非因為我舌頭笨拙，而是因直言不易出口，說了自己就會遭殃。

㉛ 哿（音可）：嘉許。能言：指能說會道的人。

㉜ 休：美好。此言能言善辯的人，佻巧之言如水之流利且善於變化，使其處於高官厚祿之境地。

㉝ 維：句首助詞。一說為雖。予仕：去做官。

㉞ 云不何使，得罪于天子：此句言不從君言，則得罪於天子。下句言若從君言，就會怨及朋友。

㉟ 爾：即正大夫、三事大夫等人。王都：當指東都洛邑。

㊱ 室家：指房產家業。

㊲ 鼠：通「癙」，憂傷。

㊳ 疾：痛疾。

㊴ 出居：指逃離西京之時。
㊵ 從：隨。作：營造。

【賞析】

　　這是一首憂傷國事的政治抒情詩，詩中寫到對人民遭受天災人禍的同情，對朝廷大臣不關心王朝的不滿，對國家覆滅的痛心，表明自己雖將罹難，但仍忠心耿耿，盡職盡忠。觀詩中所敘，本詩當作於西周為犬戎所滅，貴族逃出京城，平王遷於東都，危機仍存之時。詩人為周王近臣，親身經歷了西周的陷落和東周的建立，看到政事荒怠、社會混亂的現實，滿腔悲憤，而又無可奈何。

　　詩題為《雨無正》，然詩中卻不見此數字。《毛詩序》認為：「雨，自上下也。眾多如雨，而非所以為政也。」有人疑為「雨無止」，有人疑為「周無正」，亦有人以為首章原有「雨無其極，傷我稼穡」二句。眾說紛紜，亦不必強論。

　　全詩七章，首章先以無限感慨、無限憂傷的語氣，埋怨天命靡常，致使喪亂、饑饉和災難都一起降在人間。但是，真正有罪的人，依然逍遙自在，而廣大無罪的人，卻蒙受了無限的苦難。這裏，表面是埋怨昊天，實際上是藉以諷刺幽王。第二章就直接揭示了殘酷的現實問題：「周宗既滅，靡所止戾。」可是在這國家破滅、人民喪亡之際，一些王公大臣、公卿大夫們，逃跑的逃跑，躲避的躲避，不僅不能為扶傾救危效力，反而乘機做出各種惡劣的行徑。因而，第三章詩人就進一步揭示出了造成這次災禍的根本原因：國君「辟言不信」，一天天胡作非為，不知要把國家引向何處；而「凡百君子」又「不畏於天」，反而助紂為虐，做出了一系列既不自重、又肆無忌憚的壞事。第四章中，詩人又以沉痛的語言指出：戰禍不息，饑荒不止，國事日非，不僅百官「莫肯用訊」，國君也只能聽進順耳的話而拒絕批評，只有他這位侍御小臣在為危難當頭的國事而「憯憯日瘁」了。第五章，詩人再次申訴自己處境的艱難。由於國君「聽言則答，譖言則退」，致使自己「哀哉不能言」，而那些能說會道之徒則口若懸河。

自己「維躬是瘁」，而他們卻「俾躬處休」。不是自己拙口笨舌，而是國王是非不分、忠奸不辨的行為使自己無法諫諍了。對比鮮明，感情更加深沉。因此，在第六章裏，詩人又進一步說明了「於仕」的困難和危殆。仕而直道，將得罪天子；仕而枉道，又見怨於朋友。左右為難，憂心如焚。最後一章，詩人指出：要勸那些達官貴人還向王朝的新都吧，他們又以「未有家室」為藉口而加以拒絕，加以嫉恨，致使自己無法說話，而只有「鼠思泣血」。其實，他們在國家危難之際，雖然外地沒有家室，但也照樣紛紛逃離了。

高儕鶴《詩經圖譜慧解》評此詩曰：「此詩總是責離散之人，而情辭悲惋激切，忠厚之意藹然於字句流轉之中。」牛運震《詩志》則曰：「此東遷以後，贄御之臣士招諷離次之臣，而責以忠敬之義。一片篤厚，純以咨嗟怪出之。筆勢起落離奇，極瀏亮頓挫之妙。」

小　旻

旻天疾威，敷于下土①。謀猶回遹②，何日斯沮③？謀臧不從，不臧覆用。我視謀猶，亦孔之邛④。

潝潝訿訿⑤，亦孔之哀。謀之其臧，則具是違⑥。謀之不臧，則具是依。我視謀猶，伊于胡底⑦。

我龜既厭⑧，不我告猶。謀夫⑨孔多，是用不集⑩。發言盈庭，誰敢執其咎⑪？如匪行邁謀⑫，是用不得于道。

哀哉為猶，匪先民是程⑬，匪大猶是經⑭。維邇言是聽⑮，維邇言是爭。如彼築室于道謀⑯，是用不潰⑰于成。

國雖靡止⑱，或聖或否⑲。民雖靡膴⑳，或哲或謀㉑，或肅或艾㉒。如彼泉流，無淪胥以敗㉓。

不敢暴虎㉔，不敢馮河㉕。人知其一㉖，莫知其他㉗。戰戰兢兢，如臨深淵，如履薄冰。

【註釋】

① 敷：布。下土：人間。言上天降下災禍，遍佈於人間。

② 謀猶：策謀。謀、猶為同義詞。回遹（音裕）：邪僻不正。

③ 斯：猶「乃」，才。沮：停止。

④ 邛：弊病，錯誤。

⑤ 潝潝：小人黨同而相和。訿：通「訾訾」，小人伐異而相毀。

⑥ 謀之其臧，則具是違：言好的政策謀劃，君王全部予以否定。下句言那些不好的政策，君王卻全部採納。形容昏庸而沒有原則。

⑦ 伊：推。於：往。胡：何。底：至，指至於亂。此句言如此下去，國家將走向何處？

⑧ 龜：指占卜用的靈龜。厭：厭惡。指占卜次數過多而不再顯靈。

⑨ 謀夫：指朝廷上那些參與謀劃的大臣。

⑩ 是用不集：言就是沒有好的意見。用：猶「以」。集：成就。

⑪ 執其咎：指承擔罪責。

⑫ 如匪行邁謀：言好比像流浪者打聽所行的終點。匪：彼。

⑬ 匪：非。先民：古人，指古賢者。程：效法。

⑭ 大猶：大道，常規。經：經營，遵循。

⑮ 維：通「唯」，只有。邇言：近言，指讒佞近習的膚淺言論。

⑯ 如彼築室於道謀：言好比建造房屋卻與過路人商量，比喻做事沒有主見。

⑰ 潰：通「遂」，順利，成功。

⑱ 靡：沒有。止：禮。一說通「祉」，福祉。

⑲ 或聖或否：言一國之中，有聖智之人也有非聖智之人。

⑳ 膴：肥，富足。一說眾多。

㉑ 哲：明哲。謀：善謀。

㉒ 肅：嚴肅，恭謹。艾：有治國才能。

㉓ 淪胥：相率，牽連。敗：敗亡。此句聯繫上句，曰：不要像流水那樣，滔滔流去，不能複返，相率至於敗亡之境。

㉔ 暴虎：空手搏虎。

㉕ 馮河：徒步涉水渡河。

㉖ 人知其一：言人人都知道這個淺顯的道理。

㉗ 其他：指種種喪國亡家的禍患。

【賞析】

　　西周末年，周王驕奢腐朽，昏憒無道，善惡不辨，是非不分，聽信邪僻之言，重用奸佞之臣，不知覆滅之禍將至，一個小官吏作此詩抒懷，以諷刺的口吻揭露最高統治者重用邪僻而致使「猶謀回遹」為中心，通過揭露、感歎、批判和比喻等表達方式，一氣呵成，詞完意足，鮮明地表達了他憤恨朝政黑暗腐敗而又憂國憂時的思想感情。至於所諷刺的周王，一說以為是周厲王，一說以為是周幽王。

　　全詩六章，首章突兀起句，以怨天的口氣發端，指出當前王朝政治的災難是「謀猶回遹」，昏庸的國王是非不辨、善惡不分，結果「謀臧不從，不臧覆用」，表現出詩人對國家命運的憤慨和憂慮。第二章進一步指出，造成這種政治上的混亂局面，是由於一些掌權者嘰嘰喳喳、黨同伐異。他們「謀之其臧，則具是違；謀之不臧，則具是依」，因而詩人再次發出感歎：這樣下去，不知國家要弄到什麼地步！從而加深了第一章內容的表述。第三章，詩人用「我龜既厭」這一典型的事例再次表示對王朝政治、國家命運的深切憂慮，並指出，朝廷上雖然「謀夫孔多」、「發言盈庭」，但都是矢不中的、不著邊際的空談。接著第四章又進一步說明，當前王朝的政令策謀，上不遵古聖先賢、下不合固有規範，而國君還偏聽偏信、不加考究，就使王朝的策謀更加脫離實際了。第五章詩人又以諫勸的口氣說，國家各種人才都有，國王要擇善而從，不要使他們流散、消亡。這實是對周王發出了警告。最後一章，詩人再次表達了自己憂慮國事的深沉心情，其中「戰戰兢兢」三句，生動形象、寓意鮮明，寫出了自己焦慮萬狀的心態，廣為後世所引用，成為中國古代知識份子為人處世的警句。

小　宛

宛彼鳴鳩[①]，翰飛戾天[②]。我心憂傷，念昔先人。
明發[③]不寐，有懷二人[④]。
人之齊聖[⑤]，飲酒溫克[⑥]。彼昏不知，壹醉日富[⑦]。
各敬爾儀[⑧]，天命不又[⑨]。
中原有菽[⑩]，庶民采之。螟蛉[⑪]有子，蜾蠃負之[⑫]。
教誨爾子，式穀似之[⑬]。
題彼脊令[⑭]，載飛載鳴。我日斯邁[⑮]，而月斯征[⑯]。
夙興夜寐，毋忝爾所生[⑰]。
交交桑扈[⑱]，率場啄粟[⑲]。哀我填寡[⑳]，宜岸宜獄[㉑]。
握粟出卜[㉒]，自何能穀[㉓]？
溫溫恭人[㉔]，如集于木[㉕]。惴惴[㉖]小心，如臨于谷。
戰戰兢兢，如履薄冰。

【註釋】

① 宛：小貌。鳩：鳥名，似山鵲而小，短尾，俗名斑鳩。

② 翰飛：高飛。戾：至。

③ 明發：黎明，平明。

④ 有：通「又」。二人：指父母。

⑤ 齊聖：極其聰明睿智。

⑥ 溫克：蘊藉自持。

⑦ 壹醉：每飲必醉。富：盛、甚。此句言每飲必醉，酗酒之勢一日
　　更甚一日。

⑧ 各敬爾儀：言請各自慎重不失威儀。

⑨ 又：通「佑」，保佑。

⑩ 中原：原中，田野之中。菽：大豆，這裏指豆葉。

⑪ 螟蛉：一種綠色小蟲。一說螟蛾幼蟲。

⑫ 蜾蠃：一種黑色的細腰土蜂，常捕捉螟蛉入巢，以養育其幼蟲，

古人誤以為是代螟蛾哺養幼蟲，故稱養子為螟蛉之子。負：背。此指養育。

⑬ 式：發語詞。一說為「用」。穀：善。似：通「嗣」，繼承。此句與上句言教育你的子孫，好好繼承祖德。

⑭ 題：通「睇」，看。脊令：鳥名，通作「鶺鴒」，常用來比喻兄弟。

⑮ 日：每日。斯：語氣助詞。邁：行，遠行，行役。

⑯ 征：遠行。

⑰ 忝：辱沒。所生：指父母。

⑱ 交交：鳥鳴聲。一說是往來翻飛貌。桑扈：鳥名，似鴿而小，青色，頸有花紋，俗名青雀，好食粟稻。

⑲ 率：循，沿著。場：打穀場。

⑳ 填：通「瘨」，病。寡：貧。

㉑ 宜：猶「乃」。岸：通「犴」，古以為犴、獄是兩種不同級別的牢獄之稱。這裏泛指監獄。

㉒ 握粟出卜：一說以為以粟祀神。一說以為以粟酬謝占卜者。一說以為「卜」通「付」，給予。

㉓ 穀：善，吉利。言抓一把粟祀神，看何時能吉利。一說意謂給一把米，怎能改善生活。

㉔ 溫溫：和柔貌。恭人：謙遜謹慎的人。

㉕ 如集于木：言如鳥之集於樹木，懼怕墜落。

㉖ 惴惴：恐懼而警戒貌。

【賞析】

　　關於本詩主旨，古之學者亦認為是諷刺幽王或厲王之作，然從詩的內容看，實在看不出與二王有什麼聯繫，且詩諷刺的意味也不突出。朱熹《詩集傳》認為這是一首「大夫遭時之亂，而兄弟相戒以免禍之詩」。可細玩詩意，詩中亦無「遭亂」意。純從詩所述內容來看，詩人可能是西周時一個下級官吏，父母在世時，對他有良好的教育，家庭生活似乎還很富裕。可父母去世之後，他的兄弟們違背了父

母的教誨，一個個嗜酒如命、不務正業，致使家道衰敗，甚至連自己的孩子也都棄養了。詩人恪守著父母的教誨，終日為國事或家事操勞奔波，力圖維繫著家門的傳統，但由於受到社會上各種邪惡勢力的威逼和迫害，已力不從心。他貧病交加，並連遭訴訟，所以憂傷滿懷，以至「惴惴小心」、「戰戰兢兢」地生活著，盼望有朝一日時來運轉，家道復興。在他「宜岸宜獄」之時，更是耿耿難眠、百感交集，既懷念死去的父母，又怨恨「壹醉日富」的兄弟，思前想後，感慨萬端，因而寫出了這首憂傷交織的抒情詩。它雖然不是什麼「刺王」之作，卻反映了混亂、黑暗的社會生活的一個側面，還是有其認識意義的。

全詩六章，首章直述懷念祖先、父母之情，這是疾痛慘怛的集中表現，也暗含著今不如昔的深切感慨。第二章感傷兄弟們的縱酒，既有斥責，也有勸戒，暗示他們違背了父母的教育。第三章言代兄弟們扶養幼子，教育他們長大繼承祖業家風。第四章述自己操勞奔波，以慰藉父母在天之靈。第五章說明自己貧病交加，又吃了官司，表現出對命運難卜的焦慮。最後一章，總括了自己誠惶誠恐、艱難度日的心情。各章重點突出，語意懇切。全詩組織嚴密，層次分明。即使從語言的使用上來看，質樸而又整飾，在雅頌作品中是頗為別具一格的。

小　弁

弁彼鸒斯①，歸飛提提②。民莫不穀，我獨於罹③。
何辜於天？我罪伊何？心之憂矣，云④如之何！
踧踧周道⑤，鞫⑥為茂草。我心憂傷，惄焉如搗⑦。
假寐永歎⑧，維憂用老⑨。心之憂矣，疢如疾首⑩。
維桑與梓⑪，必恭敬止⑫。靡瞻匪父⑬，靡依匪母。
不屬於毛⑭，不罹於裏⑮。天之生我，我辰⑯安在？
菀⑰彼柳斯，鳴蜩嘒嘒⑱。有漼者淵⑲，萑葦淠淠⑳。
譬彼舟流㉑，不知所屆㉒，心之憂矣，不遑假寐。

鹿斯之奔㉓，維足伎伎㉔。雉之朝雊㉕，尚求其雌。
譬彼壞木㉖，疾用無枝㉗。心之憂矣，寧㉘莫之知？
相彼投兔㉙，尚或先之㉚。行有死人，尚或墐㉛之。
君子秉心㉜，維其忍之㉝。心之憂矣，涕既隕㉞之。
君子信讒，如或醻之㉟。君子不惠，不舒究之㊱。
伐木掎矣㊲，析薪扡矣㊳。舍彼有罪，予之佗㊴矣。
莫高匪山，莫浚匪泉㊵。君子無易由言㊶，耳屬於垣㊷。
無逝我梁㊸，無發我笱㊹。我躬不閱，遑恤我後㊺！

【註釋】

① 弁彼：即弁弁（音變），喜樂貌。一說翻飛貌。鸒：鳥名，形似烏
鴉，小如鴿，腹下白，喜群飛，又名雅烏。斯：語氣詞。

② 提提：群鳥安閒翻飛貌。

③ 罹：憂愁。

④ 雲：句首語氣詞。

⑤ 踧踧：平坦貌。周道：大道，大路。

⑥ 鞫：阻塞、充塞。言平坦大道為茂草所塞。

⑦ 惄：憂思貌。如擣：即如杵擣之，形容心中忐忑不安。

⑧ 假寐：不脫衣帽而臥。永歎：長歎。

⑨ 維：發語詞。用：而。一說以。

⑩ 疢：病，指內心憂痛煩熱。疾首：頭疼。

⑪ 桑、梓：古代桑、梓多植於住宅附近，後代遂為故鄉的代稱，見
之自然思鄉懷親。

⑫ 止：語氣詞。

⑬ 靡：無。匪：不是。瞻：尊敬，敬仰。「靡……匪……」句，用兩
個否定副詞表示更加肯定的意思。此句言沒人不對父親心存尊敬
仰視。下句言沒人不對母親深深依戀。

⑭ 屬：連屬。毛：猶表，古代裘衣毛在外。

⑮ 罹：通「麗」，附著。裏：裘之裏。此兩句以裘為喻，言自己與父

母不能相附。

⑯ 辰：時運。

⑰ 菀：茂密貌。

⑱ 蜩：蟬。嘒嘒：蟬鳴聲。

⑲ 有漼：漼漼，水深貌。淵：深水潭。

⑳ 萑葦：蘆葦。淠淠：草木茂盛貌。

㉑ 舟流：指舟船漂流水上。

㉒ 屆：到，止。

㉓ 斯：猶「兮」。奔：奔跑，這裏指奔從其群。一說有求偶意。

㉔ 維：猶「其」。伎伎：鹿急跑時四足的姿態。

㉕ 雉：野雞。雊：雉鳴。

㉖ 壞木：萎黃多瘤、無枝葉的病樹。

㉗ 疾：病。用：猶「而」。

㉘ 寧：猶「豈」，竟然，難道。

㉙ 相：看。投兔：被捕入網的兔子。

㉚ 尚：尚且。或：有人。先：開，放。

㉛ 墐：掩埋。

㉜ 秉心：居心，用心。

㉝ 維：猶「何」。忍：殘忍。

㉞ 隕：落。

㉟ 如或醻（酬異體字）之：此言君子喜歡聽信讒言，如同接受別人的敬酒，不加思考地接受。

㊱ 舒：緩慢。究：追究，考察。

㊲ 掎：牽引。此句言伐木要用繩子牽引著，將其慢慢放倒。

㊳ 析薪：劈柴。杝：順著紋理劈開。

㊴ 佗：加。言把有罪的人放過，而把罪責加在我的頭上。

㊵ 莫高匪山，莫浚匪泉：言無高而非山，無浚而非泉，山高泉深，莫能窮測，以喻人心之險猶夫山川。

㊶ 易：輕易。由：於。

㊷ 屬：附著。垣：牆。此句言隔牆有耳。

㊸ 逝：去，往。一說拆毀。梁：攔水捕魚的堤壩，亦稱魚梁。

㊹ 發：打開。笱：捕魚用的竹籠。

㊺ 我躬不閱，遑恤我後：言我自身已無處容，哪有閒暇掛念後事。

【賞析】

　　從詩的內容來看，這是一首為父所棄者所作的哀怨詩，當是詩人的父親聽信了讒言，將其放逐，致使他幽怨哀傷、零淚悲懷，全詩情感委婉曲折，對被棄者的心理曲盡刻畫之能事。

　　舊以為本詩是周幽王太子姬宜臼或其傅所作。西周末年，幽王寵倖褒姒，立褒姒子伯服為太子，驅逐宜臼，宜臼遂作此詩以自怨。一說以為是宣王時名臣尹吉甫之子伯奇所作。尹吉甫娶後妻，生子伯邦，聽信讒言放逐長子伯奇。伯奇自傷無罪見逐，作此詩以抒懷。

　　全詩八章，每章八句。首章以呼天自訴總起，傷己無罪見棄，以發思慕之端。次章先描寫放逐在外的所見景象，平坦大道上生滿了雜亂的茂草，象徵他平靜的生活突然產生了禍端。後六句形象地展示出詩人憂怨交織的心情，極道其憂傷之甚。第三章　述詩人孝敬父母而反被父母放逐的悲哀，語言極其沉痛。第四、五兩章又以在外所見，敘述自己苦無歸依、心灰意懶的痛苦心情。詩人孤苦一身，漂蕩無依，其內心的痛苦憂傷，別人是無法理解的，更見逐子失親的悲痛。第六章埋怨父親殘忍，不念親子之情。第七章指責父親，揭示出了被逐的原因。最後一章，進一步　述自己被逐後的謹慎、小心而警戒的心情。他感到他的災禍背景就像山泉那樣高深難測，因而警惕自己「無易由言」。因為「耳屬於垣」，會隨時讓壞人抓住把柄、進讒陷害。但這四句，又有些痛定思痛的意味，既求告人們不要再去觸犯他，又心灰意懶地感到後事難卜、前途渺茫。

　　本詩以「憂怨」為基調，對被逐後的悲痛心情，反覆傾吐，進行了多角度、多層次的表述和揭示，感情沉重，言詞懇切，致使憂怨哀傷之情充滿紙上，具有較強的藝術感染力。

巧 言

悠悠昊天，曰父母且①。無罪無辜，亂如此幠②。
昊天已威③，予慎④無罪。昊天泰幠⑤，予慎無辜。
亂之初生，僭始既涵⑥。亂之又生，君子信讒。
君子如怒⑦，亂庶遄沮⑧。君子如祉⑨，亂庶遄已。
君子屢盟⑩，亂是用長⑪。君子信盜⑫，亂是用暴⑬。
盜言孔甘⑭，亂是用餤⑮。匪其止共⑯，維王之邛⑰。
奕奕寢廟⑱，君子作之。秩秩大猷⑲，聖人莫⑳之。
他人有心，予忖度之㉑。躍躍毚兔㉒，遇犬㉓獲之。
荏染柔木㉔，君子樹之。往來行言㉕，心焉數㉖之。
蛇蛇碩言㉗，出自口矣。巧言如簧㉘，顏之厚矣。
彼何人斯？居河之麋㉙。無拳㉚無勇，職為亂階㉛。
既微且尰㉜，爾勇伊何？為猶㉝將多，爾居徒幾何㉞？

【註釋】

① 曰父母且：此句與上句是詩人極度悲傷時，呼告天地父母之詞。
　曰、且：皆是語氣詞。

② 幠（音乎）：大。

③ 已：甚，太過。威：暴虐、威怒。

④ 慎：確實。

⑤ 泰：通「太」。幠：怠慢，疏忽。

⑥ 僭：通「譖」，讒言。涵：容納。此句言禍亂之所以能夠萌生，是
　因為讒言產生時被容納，沒有立即被禁止。

⑦ 怒：怒責讒人。

⑧ 庶：庶幾，差不多。遄：迅速。沮：終止，制止。此句言君子如
　果在聽到讒言時就立刻加以怒斥，則大亂可迅速制止。

⑨ 祉：福，此指任用賢人以致福。

⑩ 盟：與讒人結盟。

⑪ 是用：因此。長：滋長。

⑫ 盜：此指進讒之人，即所謂亂臣賊子。

⑬ 暴：急驟，猛烈。

⑭ 孔：很，甚至。甘：中聽。

⑮ 餤：同「啖」字。本指為進食，引申為增多。

⑯ 匪：彼。止：容止。共：通「恭」，忠於職責。此句與下句言小人
進讒時容貌恭順，只會危害偏信的君王。

⑰ 邛（音瓊）：病。

⑱ 奕奕：高大貌。寢：宮室。廟：宗廟。

⑲ 秩秩：眾多貌。一說聰明多智貌。一說按順序，有條理貌。大
猷：大謀劃，謀略。一說典章制度。

⑳ 莫：通「謨」，計議，制定。

㉑ 他人有心，予忖度之：言進讒的小人有什麼圖謀，我會測度他們
的兇險。

㉒ 躍躍：跳躍貌。毚：狡猾。

㉓ 遇犬：兔與犬遇。一說田犬之名。

㉔ 荏染：柔弱貌。柔木：嘉木。馬瑞辰《毛詩傳箋通釋》謂「柔即
善也，非泛言柔弱之木」。一說以柔軟的樹木喻善於逢迎的小人。

㉕ 往來行言：言小人反覆製造謠言。行言：流言，謠言。

㉖ 數：辨。此句言小人心裏計算著迎合君王。

㉗ 蛇蛇：通「訑訑」，欺詐貌。碩言：大話。

㉘ 巧言如簧：讒巧之言，動聽如笙簧之聲。簧：笙類樂器的簧片。

㉙ 麋：通「湄」，水邊。

㉚ 拳：大勇曰拳。

㉛ 職：只，專。亂階：禍亂的臺階，即禍端。

㉜ 微：小腿生瘡。尰：借為「瘇」，腳腫。此句和下句曰：你小腿生
瘡，腳也腫了，有什麼勇力可言？

㉝ 猶：通「猷」，指詭計。

㉞ 居：語氣助詞。徒：黨徒。

【賞析】

這是一首憂讒憂謗，同時揭露了讒言惑國的卑鄙行徑的詩。周王聽信讒言，造成巨大的禍亂，大夫悲傷國家局勢，又無力改變，作此詩抒懷。詩人應是飽受讒言之苦，全詩寫得情感異常激憤，通篇直抒胸臆，毫無遮攔。舊以為本詩是諷刺幽王。

全詩六章，首章起調便是令人痛徹心肺的呼喊，可見傷亂之大。情急憤急之下，詩人竟無法用實情加以洗刷，只是面對蒼天，反覆地空喊，這正是蒙受奇冤而又無處伸雪者的典型表現。第二、三章情緒稍緩，詩人痛定思痛後對讒言所起，亂之所生進行了深刻的反省與揭露。在詩人看來，進讒者固然可怕、可惡，但讒言亂政的根源不在進讒者而在信讒者，這就將矛頭直指周王。此二章句句如刀，刀刀見血，將「君子信讒」的過程及結局解剖得絲絲入扣，筋骨畢現。

第四、五章形同漫畫，刻畫出進讒者陰險、虛偽的醜陋面目。他們總是為一己之利，而置社稷、民眾於不顧，處心積慮，暗使陰謀，欲置賢良之士於死地而後快。但險惡的內心表現出來的卻是花言巧語、卑瑣溫順，在天子面前，或「蛇蛇碩言」，或「巧言如簧」。詩人的描繪入木三分，揭下了進讒者那張賴以立身的畫皮，令人有「顏之厚矣」終不敵筆鋒之利的快感。

末章具體指明進讒者為何人。因指刺對象的明晰而使詩人的情感再次走向強烈，以至於按捺不住，直咒其「既微且尰」，可見詩人對進讒者的恨之入骨。那「居河之麋」的交代，使讀者極易聯想起躲在水邊「含沙射影」的鬼蜮。然而，無論小人如何猖獗，就如上章所言「躍躍毚兔」，最終會「遇犬獲之」。因為小人的鼠目寸光，使他們在獲得個人利益的同時，往往也將自己送上了絕路。從這個角度看，詩人不僅深刻地揭露了進讒者的醜惡，也看到了進讒者的可恥下場。

本詩雖是從個人遭讒入手，但並未落入狹窄的個人恩怨之爭，而是上升到讒言誤國、讒言惑政的高度加以批判，因此，不僅感情充沛，而且帶有了普遍的歷史意義與價值，這正是此詩能引起後人共鳴的關鍵之處。

何 人 斯

彼何人斯？其心孔艱①。胡逝我梁，不入我門②？
伊誰云從③？維暴之云④？
二人從行⑤，誰為此禍？胡逝我梁，不入唁⑥我？
始者不如今，云不我可⑦。
彼何人斯？胡逝我陳⑧？我聞其聲，不見其身。
不愧于人？不畏于天？
彼何人斯？其為飄風⑨。胡不自北⑩？胡不自南⑪？
胡逝我梁？祗⑫攪我心。
爾之安行⑬，亦不遑舍⑭。爾之亟⑮行，遑脂⑯爾車。
壹者之來⑰，云何其盱⑱。
爾還而入，我心易⑲也。還而不入，否難知⑳也。
壹者之來，俾我祗㉑也。
伯氏吹壎㉒，仲氏吹篪㉓。及爾如貫㉔，諒不我知㉕。
出此三物㉖，以詛㉗爾斯。
為鬼為蜮㉘，則不可得。有靦㉙面目，視人罔極㉚。
作此好歌，以極反側㉛。

【註釋】

① 艱：指用心險惡難測。

② 胡逝我梁，不入我門：言為何曾經來到我的魚梁，而今卻不進入
我的家門。這裏的「逝我梁」當是代指詩人和情人曾經相遇相愛，
並非實指。

③ 伊誰云從：言他到底想和誰在一起。伊：其。

④ 維暴之云：言為何要這樣狂暴狠心。

⑤ 二人從行：言詩人與情人曾攜手而行。

⑥ 唁：慰問。

⑦ 云不我可：即「云我不可」，說我不好，看我不如意。可：通

「旮」，嘉，好。

⑧　陳：堂下至院門的甬道。

⑨　飄風：暴起之風，即疾風。

⑩　胡不自北：為何不像北風那樣苦寒？

⑪　胡不自南：為何不像南風那樣溫暖？

⑫　祇：適，正。

⑬　安行：徐行，緩行。

⑭　不遑：無暇。舍：止息。

⑮　亟：急。

⑯　脂：以油脂塗車。一說通「支」，以韌木支車輪使止住。

⑰　壹者之來：指望你來我家看一次。

⑱　盱：憂、病。一說通「籲」。

⑲　易：悅。

⑳　否難知：不難知。言我是怎樣的心情，可想而知。

㉑　祇：通「疧」，病。一說安。

㉒　伯氏：兄。塤：古陶制吹奏樂器，卵形中空，有吹孔。

㉓　仲：弟。篪：古竹制樂器，如笛，有八孔。

㉔　及：與。貫：通「丱」，指總角年少時。說「如貫」言如繩之貫物，表示連屬在一起。

㉕　諒：誠。知：交好，相契。一說匹配。此句與上句言我和你（情人）從小就在一起，竟然不能再愛憐。一說為我與你心相連貫，能不相親又相知？

㉖　三物：盟詛所用的犧牲，即豬、犬、雞。

㉗　詛：盟詛。

㉘　蜮：鬼名，傳說中一種能含沙射人的動物。一說短狐。此言如鬼蜮之類，不可測知。

㉙　靦：露面見人之狀。

㉚　視：示。罔極：沒有準則，指其心多變難測。

㉛　極：窮究，深究。反側：指反覆無常的言行。

【賞析】

這是一首女子痛斥情人變心的詩，揭露了男子的狡獪、暗昧、詭譎和翻雲覆雨的醜態。「無（毋）逝我梁」在《邶風·谷風》和《小雅·小弁》皆有提及，可能是當時慣用之辭，描述在特殊境遇下的複雜心情。前者是棄婦被逐之作，後者是孝子無罪見逐之作，從詩的內容來看，本詩的女主人公當也是被拋棄了。

全詩八章，前兩章詩人直斥情人變心，待她「始者不如今」，他們當初也許有過短暫的幸福生活，但隨著春來秋往，珠黃色衰，「其心孔艱」的丈夫便以粗暴取代了溫柔，最後竟連入門慰問一下的興致都沒有了。絕情至此，怎不叫女子痛絕！第三、四章寫得詭秘，似有鬼氣，言情人之來去匆匆，不肯駐足。「不愧於人？不畏於天？」的反問道盡詩人心中的憤怒和無助。「胡逝我梁」的質問詩中出現四次之多，這是詩人痛極悲憤之語。詩人有此遭遇，心中憤恨，她深恨當初遇見他，受他的挑逗，以致有今時之淒慘處境。恨情人當初之情意，其實是對情人變心的間接諷刺。第五、六章再言情人之忙碌，當是在外已另有新歡，然而詩人卻仍然盼望著他回心轉意，在其返回時，仍期望他來看自己一眼。兩言「壹者之來」，悲極，痛極！可詩人最終的結果還是那樣悲慘，男子一旦變心，又豈會知返。第七章是詩人追憶她與情人兩小無猜之情景，往日的甜蜜回憶與今日慘痛現實相對照，使詩人迸發出強烈的憤怒，她拿出犧牲，詛咒情人之無情。詩人至此決絕，當已徹底看清情人之醜陋面目，已徹底死心。死心之下，亦極為痛心。末章加深語氣，強烈痛斥無情之人：你真是枉然生了一張人臉，心思的險惡莫測，簡直勝過鬼蜮呵！在那個時代，面對男子的「險惡莫測」，女子能做的恐怕也只是如此了，這是那個時代女子的悲哀。

巷 伯

萋兮斐兮①，成是貝錦②。彼譖人③者，亦已大甚④！
哆兮侈兮⑤，成是南箕⑥。彼譖人者，誰適與謀。
緝緝翩翩⑦，謀欲譖人⑧。慎爾言也，謂爾不信⑨。
捷捷幡幡⑩，謀欲譖言。豈不爾受？既其女遷⑪
驕人好好⑫，勞人草草⑬。蒼天蒼天，視彼驕人，矜此勞人。
彼譖人者，誰適與謀？取彼譖人，投畀⑭豺虎！
豺虎不食，投畀有北⑮！有北不受，投畀有昊⑯！
楊園之道，猗於畝丘⑰。寺人孟子⑱，作為此詩。
凡百君子，敬而聽之。

【註釋】

① 萋、斐：皆指文采相錯貌。

② 貝錦：織有貝紋圖案的錦緞。一說形容織物精美，色澤如貝殼。

③ 譖人：進讒言之人。

④ 已大甚：言過分。三字同義，加強語勢，表達詩人的強烈憤慨。

⑤ 哆：張口貌。侈：大。

⑥ 南箕：星宿名，共四星，連接成梯形，如簸箕狀。古人以為箕星主口舌是非，故以之喻讒者。

⑦ 緝緝：附耳私語狀。翩翩：往來迅速貌。

⑧ 謀欲譖人：言譖人圖謀譭謗他人。

⑨ 慎爾言也，謂爾不信：勸你說話謹慎點，不然往後沒人會信你。

⑩ 捷捷：信口雌黃狀。幡幡：反覆進言狀。

⑪ 豈不爾受？既其女遷：並非沒有人會上當，但總有一天會牽連你們自身。

⑫ 驕人：指進讒者。好好：小人得志之貌。

⑬ 勞人：指被讒者。草草：作「慅慅」，煩憂之貌。

⑭ 畀：與。

⑮ 有北：北方苦寒之地。

⑯ 投畀有昊：言交給蒼天來懲罰。有昊：蒼天。

⑰ 楊園之道，猗於畝丘：楊園邊那條小道，緊倚著畝丘曲折。此為起興語，無深意。猗：依，靠著。畝丘：丘名。

⑱ 寺人：古代宮中侍御小臣，即閹人。孟子：寺人之名。

【賞析】

　　這是一首怒斥造謠誣陷者的詩。《毛詩序》云：「《巷伯》，刺幽王也，寺人傷於讒，故作是詩也。巷伯，奄官兮。」詩題中的「巷」字，即宮中永巷。巷伯，即負責永巷事務的內管之長，也是詩中的「寺人孟子」，即後世所稱宦官。宦官每日時刻不離君王，對接觸君王者，對他們與君王的談話最是聽得真切，因此對進讒者也就特別熟悉。聽得多了，與事實加以對比，自然就會產生許多感想。積累既久，憤發於中，遂有此詩作。觀詩中言辭激烈程度，詩人當也遭受過政治誣陷而蒙受冤屈，故能感同身受，言辭懇切。

　　全詩七章，首章以美麗的貝錦來象徵謠言之虛偽外表以及讒人之工巧，極易迷惑人，尤其是沒有主見的國君。而「萋兮斐兮，成是貝錦」亦是「羅織」二字最形象的說明。謠言之可怕，還在於它是背後的動作，是暗箭傷人。當事人無法及時知道，當然也無法一一辯駁。待其知道，為時已晚。詩中第二、三、四章，對造謠者的搖唇鼓舌、喊喊喳喳、上竄下跳、左右輿論的醜惡嘴臉，作了極形象的勾勒。造謠之可恨，在於以口舌殺人，殺了人還不犯死罪。作為受害者的詩人，在第六章中對那些譖人發出強烈的詛咒，祈求上蒼對他們進行正義的懲罰。詩人不僅投以憎恨，而且投以極大的厭惡：「取彼譖人，投畀豺虎！豺虎不食，投畀有北！有北不受，投畀有昊！」這都是對那些罪大惡極，不可救藥者的無情鞭撻，都是快心露骨之語。

　　在詩的結尾處，詩人鄭重地留下了自己的名字，從而使這首詩成為《詩經》中少數有署名的作品之一。這個做法表明，此詩原有極為痛切的本事，是有感而發之作。

谷 風

習習①谷風，維風及雨②。將③恐將懼，維予與女。
將安將樂，女轉④棄予。
習習谷風，維風及頹⑤。將恐將懼，置⑥予於懷。
將安將樂，棄予如遺⑦。
習習谷風，維山崔嵬⑧。無草不死，無木不萎。
忘我大德⑨，思我小怨⑩。

【註釋】

① 習習：大風聲。

② 維：有。此二句以風雨突變喻生活變故。

③ 將：方，正當。

④ 轉：反而。

⑤ 頹：自上而下的旋風。

⑥ 置：詩中指抱著。

⑦ 如遺：像丟棄廢物一般。

⑧ 崔嵬：山高峻貌。

⑨ 大德：美德，好處。

⑩ 小怨：小過錯，缺點。

【賞析】

　　這是一首棄婦詩，與《邶風·谷風》主題一致，但口吻更為緩和而溫厚。

　　詩用風雨起興，是因為在風雨交加的時候最能觸發人的淒苦之情。面對淒風苦雨，被遺棄的女子的心頭更增添無盡愁緒。詩第一、二章言從前患難與共，現在安樂反而相棄。「維予與女」，虛寫白描，語甚深至。末章言丈夫忘恩德而思小怨，心平語厚，不作強烈決絕之辭，似是對其夫之愛始終如一。

全詩語言淒惻而委婉，女子只是敘述被遺棄前後的事實，不加證明的譴責和謾罵，可責備痛恨之意已充分表露，說明主人公是一位性格善良懦弱的婦女，同時詩中也間接地道出了夫妻相處之道：多想想彼此的好，不要對彼此的缺點耿耿於懷。本詩也反映了當時婦女所處的被壓迫的屈辱境地，沒有獨立的人格和地位。

陳子展《詩經直解》引孫鑛語評此詩曰：「道情事實切，以淺境妙。末兩句道出受病根由，正是詩骨。」

蓼　莪

蓼蓼者莪①，匪莪伊②蒿。哀哀父母，生我劬勞！
蓼蓼者莪，匪莪伊蔚③。哀哀父母，生我勞瘁④！
瓶之罄矣⑤，維罍⑥之恥。鮮民之生，不如死之久矣⑦！
無父何怙？無母何恃？出則銜恤⑧，入則靡至⑨。
父兮生我，母兮鞠⑩我。拊我畜我⑪，長我育我⑫，
顧我復我⑬，出入腹⑭我。欲報之德，昊天罔極⑮！
南山烈烈⑯，飄風發發⑰。民莫不穀，我獨何⑱害！
南山律律⑲，飄風弗弗。民莫不穀，我獨不卒⑳！

【註釋】
① 蓼蓼：長大貌。莪（音峨）：即莪蒿。李時珍《本草綱目》：「莪抱根叢生，俗謂之抱娘蒿。」
② 伊：是。
③ 蔚：一種野草，又名馬新蒿。
④ 勞瘁：通「劬勞」，辛苦勞累。
⑤ 瓶：這裏喻父母。罄：空。
⑥ 罍：古代青銅酒器，較瓶為大，這裏喻子。瓶從罍中汲水，瓶空是罍無儲水可汲，是罍之恥。這裏比喻子不能贍養父母，沒有盡

到孝心。

⑦ 鮮民之生，不如死之久矣：言孤孤單單地活著，還不如早早死
掉。此是孤子萬念俱焚之辭。鮮民：指寡民，貧苦孤獨的人。

⑧ 銜恤：含著悲痛。

⑨ 靡：沒有。至：親人。一說指皈依。

⑩ 鞠：養育。

⑪ 拊：通「撫」，撫愛。畜：通「慉」，愛護。

⑫ 長：養育使長大。育：教育。

⑬ 顧：看護，照料。復：反覆，指牽掛、掛念。

⑭ 腹：抱著。

⑮ 罔極：無常。此句言恨不能終養父母而歸咎於天。

⑯ 烈烈：山高險峻貌。

⑰ 飄風：暴起之疾風。發發：疾風之聲。下文「弗弗」義同。

⑱ 何：當作「儋」，遭受。

⑲ 律律：山勢突起貌。

⑳ 卒：終，指養老送終。

【賞析】

　　這是一首悼念父母的祭歌，表達了失去父母的悲痛心情和不能終
養父母的悔恨。

　　全詩六章，每兩章為一層。莪，又名抱娘蒿，故詩人以其興思親
之情。接著詩人就反覆念叨父母之勞苦，養大自己不易，奠定了全詩
情感基調。第二層寫失去親人的悲哀和苦痛，以及父母養育子女之艱
難。語氣非常沉痛，幾乎一字一淚。第三章頭兩句以瓶喻父母，以罍
喻子。以罍無水可供瓶汲取比喻子無以贍養父母，沒有盡到應有的孝
心。為此詩人深以為恥，深深自責。句中設喻是取瓶罍相資之意，非
取大小之義。「鮮民之生」以下六句訴失去父母後的孤身生活與感情
折磨。詩人與父母相依為命，失去父母，沒有了家庭的溫暖，以至於
有家好像無家。第四章前六句——　述父母對「我」的養育撫愛，這

是把首兩章說的「劬勞」、「勞瘁」具體化。詩人一連用了生、鞠、拊、畜、長、育、顧、復、腹九個動詞和九個「我」字，語拙情真，言直意切，絮絮叨叨，不厭其煩，聲促調急，確如哭訴一般。姚際恒《詩經通論》曰：「勾人眼淚全在此無數『我』字。」本章最後兩句，詩人因不得奉養父母，報大恩於萬一，痛極而歸咎於天，責其變化無常，奪去父母生命，致使「我」欲報不能。後兩章第三層以慘痛對比，繼續抒寫遭遇不幸。頭兩句詩人以眼見的南山艱危難越，耳聞的飆風呼嘯撲來起興，創造了困厄危艱、蕭殺悲涼的氣氛，象徵自己遭遇父母雙亡的巨痛與淒涼，也是詩人悲愴傷痛心情的外化。四個入聲字疊詞：烈烈、發發、律律、弗弗，加重了哀思，讀來如嗚咽一般。後兩句是無可奈何的怨嗟，方玉潤《詩經原始》曰：「以眾襯己，見己之抱恨獨深。」

本詩抒寫失親孤子的悲恨之情，具有強烈的藝術感染力，千載後讀之，仍不免讓人動容落淚。朱善曰：「彼父母俱存者，猶為止是詩之悲也。若父母既沒，誦是詩而不三復流涕者，是亦非人子也。」誠然。晉朝王裒隱居教授，以父死於非罪，每「讀至『哀哀父母，生我劬勞』，未嘗不三復流涕，門人受業者，並廢《蓼莪》之篇。」又南齊顧歡在天臺山開館聚徒，「受業者常近百人。歡早孤，每讀詩至『哀哀父母』，輒執書慟泣，學者由是廢《蓼莪》篇不復講」。

大　東

有饛簋飧①，有捄棘匕②。周道如砥③，其直如矢。
君子所履，小人所視④。睠言⑤顧之，潸⑥焉出涕。
小東大東⑦，杼柚其空⑧。糾糾葛屨，可以履霜⑨？
佻佻公子，行彼周行⑩。既往既來，使我心疚⑪。
有洌氿泉⑫，無浸獲薪⑬。契契寤歎⑭，哀我憚人⑮。
薪是獲薪⑯，尚可載也。哀我憚人，亦可息⑰也。

東人之子，職勞不來⑱。西人之子，粲粲⑲衣服。
舟人⑳之子，熊羆是裘㉑。私人㉒之子，百僚是試㉓。
或以其酒，不以其漿㉔。鞙鞙佩璲，不以其長㉕。
維天有漢㉖，監㉗亦有光。跂彼織女㉘，終日七襄㉙。
雖則七襄，不成報章㉚。睆彼牽牛㉛，不以服箱㉜。
東有啟明㉝，西有長庚。有捄天畢㉞，載施之行㉟。
維南有箕㊱，不可以簸揚。維北有斗㊲，不可以挹㊳酒漿。
維南有箕，載翕㊴其舌。維北有斗，西柄之揭㊵。

【註釋】

① 饛（音蒙）：食物滿器貌。簋（音軌）：古代一種圓口、圈足、有蓋、有座的食器，青銅製或陶製。飧（音孫）：熟食。

② 捄（音居）：曲而長貌。棘匕：酸棗木做的勺匙。

③ 周道：通往周京的大道。砥：磨刀石，用以形容道路平坦。

④ 視：注視。此言西周統治者由此道將東方財物搜刮、掠奪而運於西方，東方小民只有眼睜睜看著。

⑤ 睠（音眷）言：通「睠然」，眷戀回顧貌。

⑥ 潸：流淚貌。

⑦ 小東大東：指所有東方諸侯國。西周時以鎬京為中心，統稱東方各諸侯國為東國，以遠近分，近者為小東，遠者為大東。

⑧ 杼：織機之梭。柚：通「軸」，織機之大軸。杼柚合稱指織布機，這裏代指織布機上的布帛。此句言周人搜刮無度，連東人織布機的布帛也被搜掠一空。

⑨ 糾糾葛屨，可以履霜：言寒冷的冬天穿葛麻草鞋，怎麼能夠踏冰霜？糾糾：纏結貌。可：通「何」。

⑩ 佻佻公子，行彼周行：言輕薄佻巧的貴族公子，滿載搜刮的財物，在周道上來來往往。佻佻：豫逸輕狂貌。一說公子在大道上往來是為給客人送糧草。

⑪ 疚：病，憂慮不安。

⑫ 有洌：洌洌，寒涼貌。氿泉：泉流受阻溢而自旁側流出的泉水。

⑬ 穫薪：砍下的薪柴。

⑭ 契契：憂結貌。寤歎：不寐而歎。

⑮ 憚人：疲苦成病的人。憚：通「癉」，病，勞苦。

⑯ 薪是穫薪：第一個「薪」是動詞，即伐薪或使之為薪之意。

⑰ 亦可息：當作「不可息」。

⑱ 職：從事。一說通「只」。來：通「勑」，慰勉。一說通「賚」，賞賜。

⑲ 粲粲：鮮明華麗貌。

⑳ 舟人：舟楫之人，周人中之低賤者。一說即周人。

㉑ 熊羆是裘：穿熊皮、馬熊皮為料製的皮袍。一說「裘」通「求」。此句言狩獵求取熊羆。

㉒ 私人：家奴。

㉓ 百僚：猶云百隸、百僕。試：任用。一說通「侍」。此句言周人家奴的後人，都能為官受任用。一說周人家奴後人，身邊都有眾人服侍。

㉔ 或以其酒，不以其漿：言有的人飲用香醇美酒，可有的人連米湯都喝不上。

㉕ 鞙鞙佩璲，不以其長：言有人用寶玉之佩，而有的人則連離玉長佩也用不上。一說指有的人身佩寶玉，且官居高位，卻不是因為才德有專長。鞙鞙：通「琄琄」，玉美貌。璲：瑞玉。長：離玉長佩。一說專長。

㉖ 漢：銀河。

㉗ 監：通「鑒」，照。

㉘ 跂：通「歧」，分叉狀。織女：三星組成的星座名，呈三角形，位於銀河北側。

㉙ 七襄：七次移易位置。古人一天分十二個時辰，白日分卯時至酉時共七個時辰，織女星座每一個時辰移動一次。

㉚ 報：反覆，指織機的梭子引線往復織作。章：經緯紋理。不成報

章，即織不成布帛。

㉛ 睆：明亮貌。牽牛：三顆星組成的星座名，又名河鼓星，俗名牛郎星，在銀河南側。

㉜ 服：駕。箱：車廂。此指車。

㉝ 啟明：與下文的「長庚」同，即金星，又名太白星，晨在東方，叫啟明，夕在西方，叫長庚。

㉞ 天畢：畢星，八星組成的星座，狀如捕兔的畢網。畢網小而柄長，手持之捕兔。

㉟ 載施之行：此言畢星只能在天空軌道上運行，沒有畢網的功能。

㊱ 箕：俗稱簸箕星，四星聯成的星座，形如簸箕。

㊲ 斗：南斗星座，位置在箕星之北。

㊳ 挹：舀。

㊴ 翕：吸引。箕星底狹口大，好像向內吸舌若吞噬之狀。此句形容西人像張口收舌一樣要吃掉東人的東西。

㊵ 西柄之揭：南斗星座呈鬥形有柄，天體運行，其柄常在西方。此句形容西人高舉斗柄在舀東人酒漿。

【賞析】

　　西周初年，「三監」叛亂，商紂王之子武庚聯合東方諸國起兵反周。周公率軍東征，征戰三年而叛亂定，繼而分封姬姓大國監視東方各小國。為加強控制，又從鎬京到東方各國修築一條戰略公路，即所謂「周道」，或稱「周行」，從西方向東方運輸軍隊和軍用物資，亦將東方的貢賦和征斂的財富運回西方。然而對東方各小國來說，這如同一條「吸血管」。本詩所描寫的，正是西周統治者通過這條「周道」給被征服的東方人民帶來的壓榨、勞役、困苦、怨憤和沉痛的歎息。象徵、隱喻、鮮明的對比，豐富而奇幻的想像交錯運用，是此詩藝術手法的特色。一說以為本詩表現了西周中晚期東方各國及各部族受西周慘重剝削的情景，反映了東方各國的不滿情緒。

　　全詩七章，首章寫「食」。由「有簋飧」聯想到與「如砥如矢」

的周道的關係，從「君子」和「小人」的不同境遇，抒寫了詩人的悲傷。第二章寫「衣」。織布機上的布帛全被征斂一空，寒霜上小民穿著破草鞋，而公子們還在經過那吸血管似的周道來榨取。這樣的揭露相當深刻。第三章寫勞役。以薪柴為喻，通過燒柴不能水浸，隱喻疲病的人民應該休養生息。第四章寫待遇不公平。「東人之子，職勞不來」，而「西人之子，粲粲衣服」。連周人中身份低賤的也「熊羆是裘」，家奴的子弟都「百僚是試」。通過這樣典型的形象對照，反映了西周統治者與被征服的東方人民的社會、經濟、政治地位的懸殊。第五章是全詩前後的過渡，前半章繼續寫不公平的社會現象，後半章就自然地把視野轉向上天。姚際恒《詩經通論》曰：「維天有漢，監亦有光。此二句不必有義。蓋是時方中夜，仰天感歎，適見天河爛然有光，即所取以抒寫其悲哀也。」「跂其織布，終日七襄」，正是呼應第二章的「杼柚其空」，並引出下章的「不成報章」。這一章承前啟後，過渡自然。第六章面向燦燦星空馳騁想像。詩人怨織女織不成布帛，怨牽牛不能拉車運輸，朝啟明，夕長庚，有名無實，譏笑畢星在大路上張網，徒勞無功。整個運轉的天體都不能為小民解決困苦。第七章對星座的意象描寫更深一層。簸箕星不能簸米揚糠，南斗星不能舀酒漿，都是徒具虛名，而且簸箕星張開大口，吐著長舌，斗星由西舉柄向東。這樣的「怨天」，看似強詞奪理，實則正是怨現實，揭露所謂「天」是為周王朝壓榨東方小民的。這個結尾更深化了主題。

　　吳闓生《詩義會通》評此詩曰：「文情傲詭奇幻，不可方物，在《風》《雅》中為別詞，開辭賦之先聲。後半措詞運筆，極似《離騷》，實三代之奇文也。」

四　月

四月維夏，六月徂①暑。先祖匪人，胡寧忍予②？
秋日淒淒，百卉具腓③。亂離瘼矣④，爰⑤其適歸？

冬日烈烈^⑥，飄風發發。民莫不穀，我獨何害？
山有嘉卉^⑦，侯^⑧栗侯梅。廢為殘賊^⑨，莫知其尤^⑩！
相彼泉水，載清載濁。我日構^⑪禍，曷云能穀^⑫？
滔滔江漢，南國之紀^⑬。盡瘁以仕^⑭，寧莫我有^⑮？
匪鶉匪鳶^⑯，翰飛戾天。匪鱣匪鮪^⑰，潛逃于淵。
山有蕨薇^⑱，隰有杞桋^⑲。君子作歌，維以告哀。

【註釋】

① 徂：往，達到。六月為夏季最後一月，暑熱達到極盛，所以曰
徂。一說指盛夏將去。

② 先祖匪人，胡寧忍予：先祖難道對我不仁，為何忍心讓我遭受折
磨？人：通「仁」。一說「匪人」言不是他人。

③ 腓：通「痱」，病，此指草木枯萎。

④ 瘝：病，痛苦。一說「瘝矣」作「斯漠」，指亂離之中，家人離散。

⑤ 爰：於是。

⑥ 烈烈：通「冽冽」，寒冷刺骨貌。

⑦ 嘉卉：好的草木。

⑧ 侯：維。

⑨ 廢：大。一說廢棄。殘賊：殘害。

⑩ 尤：錯。罪過。此句言樹為人所殘害，不知犯了什麼罪。

⑪ 構：通「遘」，遭受。

⑫ 曷：何。云：語氣助詞。穀：善，此指冤屈得以平反。

⑬ 南國之紀：言長江和漢水是南方河流的綱紀。亦暗指南國綱紀有
條不紊，而朝廷卻綱紀廢弛。

⑭ 盡瘁：盡心盡力以致憔悴。仕：任職。

⑮ 寧莫我有：為何對我毫不顧忌。有：通「友」，友愛，相親。

⑯ 匪：彼。鶉：雕。鳶：老鷹。

⑰ 鱣：大鯉魚。鮪：鱘魚。

⑱ 蕨薇：兩種可食的野菜。

⑲ 杞：枸杞。栜：赤楝、赤栜木。

【賞析】

　　這是一首抒發悲憤之情的詩。關於其主旨，方玉潤《詩經原始》道：「此詩明明逐臣南遷之詞，而諸家所解，或主遭亂，或主行役，或主構禍，或主思祭，皆未嘗即全詩而一誦之也。」

　　全詩八章，首章言夏行苦暑，怨先祖不能保佑。次章言秋日觸景傷時，歎有家難歸。第三章言冬日觸景自傷，歎命運不公，使己獨遭此禍亂。此三章是「哀」的內容，詩人顛沛流離，遭貶謫，被竄逐，無家可歸，貧病交加，倉皇狼狽，猶如喪家之犬。再看時間，詩人經歷從「四月維夏」到「冬日烈烈」，整整三個季度。從京城流放到目的地，需長途跋涉九個月，道途之悽愴艱辛，流放地的僻遠蠻荒可想而知。

　　第四章以樹木無罪而見殘，喻己無辜而遭害。第五章以水有時清有時濁，與己何時能得昭雪。第六章先點出放逐的地點在南國，再言己忠於王室卻不被重用。第七章以鳥飛魚潛反喻己之無所容身。此四章是「哀」的原由。前面三章給人遷徙動盪之感，從第四章起季節與地域都已相對靜止，著重抒發詩人的心理活動，這是一種痛定思痛的反思。末章是詩人自述作詩之緣由。

　　本詩脈絡清晰，層次井然。在寫法上，大抵前兩句言景，後兩句抒情，景和情能絲絲入扣，融為一體，把「告哀」的主旨表現得真摯深沉。本詩可視為遷謫詩的鼻祖，屈原、杜甫等大詩人，都在一定程度上受到它的影響。

北　山

陟彼北山，言采其杞。偕偕士子①，朝夕從事。
王事靡盬②，憂我父母。

溥③天之下，莫非王土。率土之濱④，莫非王臣。
大夫不均，我從事獨賢⑤。
四牡彭彭⑥，王事傍傍⑦。嘉我未老，鮮我方將⑧。
旅力方剛⑨，經營⑩四方。
或燕燕居息⑪，或盡瘁事國。或息偃⑫在床，或不已于行⑬。
或不知叫號⑭，或慘慘⑮劬勞。或棲遲偃仰⑯，或王事鞅掌⑰。
或湛樂飲酒，或慘慘畏咎⑱。或出入風議⑲，或靡事不為。

【註釋】

① 偕偕：強壯貌。士：周王朝或諸侯國的低級官員。周時官員分卿、大夫、士三等，士的職級最低，士子是低級官員的通名。

② 靡盬（音鼓）：謂無止息，辛勤於王事。

③ 溥：通「普」。

④ 率：自，從。濱：水邊。古人認為大地四周環海，自四面海濱之內的土地是中國領土。

⑤ 賢：勞。

⑥ 彭彭：馬奔走不息貌。

⑦ 傍傍：人做事不得休息之貌。

⑧ 鮮：稱許，贊許。方將：正強壯之時。

⑨ 旅：通「膂」，指體力。剛：強健。

⑩ 經營：規劃治理，此處指操勞辦事。

⑪ 燕燕：安閒自得貌。居息：居處休息。

⑫ 息偃：躺著休息。

⑬ 不已：不停地奔波。行：道路。

⑭ 不知叫號：言不知人間慘痛的呼號。一說全不顧上有征伐呼召。

⑮ 慘慘：憂慮不安貌。

⑯ 棲遲：棲息遊樂。偃仰：仰臥。

⑰ 鞅掌：事多繁忙貌。

⑱ 畏咎：怕出差錯獲罪招禍。

⑲ 風議：亂發議論。

【賞析】

這是一首怨刺役使不均的詩。周朝時，社會等級森嚴，士階層在統治階級內部處於受役使和被壓迫的地位。這首詩表達的就是下層官吏的辛苦和痛楚，全詩通過對勞役不均的抱怨，抒發了他們的苦悶和不滿，揭露了統治階級上層的腐朽和下層的怨恨。

詩的前三章主要是陳述勞役的繁重，詩人直接表達了心中的不滿，控訴上級指派的不公，可同時也表露出無可奈何之歎。第三章寫上層的誇讚，其實是辛辣的反諷，典型地勾畫了統治者虛偽做作的無恥嘴臉。

後三章廣泛地運用對比，十二句接連鋪陳十二種現象，每兩種現象是一個對比。通過六個對比描寫了上層官員和下層官吏兩個對立的現象。對比之後，全詩戛然而止，沒有評論，也沒有感慨，其中深意讀者讀罷自然可以體會。可謂精妙之筆！姚際恒《詩經通論》評論曰：「『或』字作十二疊，甚奇。末句無收結，尤奇。」

無將大車

無將大車①，祇自塵兮②。無思百憂，祇自疷③兮。
無將大車，維塵冥冥④。無思百憂，不出於熲⑤。
無將大車，維塵雝⑥兮。無思百憂，祇自重⑦兮。

【註釋】

① 將：扶進，此指推車。大車：平地載運之車，此指牛車。
② 祇：只，適。自塵：言自己讓自己蒙塵。
③ 疷（音奇）：病痛。
④ 冥冥：昏暗，此處形容塵土迷蒙之貌。

⑤ 頴（音窘）：憂慮不安。此句言不能擺脫煩躁不安的心境。

⑥ 雍：通「壅」，此指遮蔽。

⑦ 重：通「累」，即負擔。一說通「恫」，病痛，病累。

【賞析】

本詩是感時傷亂者唱出的自我排遣之歌。如方玉潤《詩經原始》所云：「此詩人感時傷亂，搔首茫茫，百憂並集，既又知其徒憂無益，祇以自病，故作此曠達聊以自遣之詞，亦極無聊時也。」一說以為詩人即推引大車的服役者，他辛苦地勞動著，想起自己的憂患，唱出了這首歌。一說以為詩人是已經淪為勞動者的士人。亦通。

全詩三章，每章均以推車起興。這是因為古人以乘輿指天子、諸侯，那麼以推車喻為國效力、服事君王也是情理中之事。

趕車的人想要走出塵土，於是推車前進，然而這只會讓揚起的灰塵灑滿一身，辨不清天地四方。且越是走得快，塵土越大越多。由此，詩人興起了「無思百憂」的感歎：心裏老是想著世上的種種煩惱，只會使自己百病纏身，不得安寧。言外之意就是，人生在世不必勞思焦慮、憂懷百事，聊且曠達逍遙可矣。

詩三章複疊，在反覆詠唱中宣洩內心的情感，語言樸實真切，頗具民歌風味，然三章又非單調的重複，而是通過用詞的變化展現詩意的遞進和情感的加深。如每章的起興用「塵」、「冥」、「雍」三字逐步展現大車揚塵的情景，由掀起塵土到昏昧暗淡，最後達於遮天蔽日，詩人的煩惱也表現得愈加深沉濃烈。詩人以一種否定的口吻規勸世人，同時也是一種自我遣懷，在曠達的背後是追悔和怨嗟，這樣寫比正面的抒憤更深婉。

小　明

明明上天，照臨下土。我征徂西，至于艽野①。二月初吉②，

載離寒暑③。心之憂矣，其毒④大苦。念彼共人⑤，涕零如雨。豈不懷歸？畏此罪罟⑥！

　　昔我往矣，日月方除⑦。曷云其還⑧？歲聿云莫⑨。念我獨兮，我事孔庶⑩。心之憂矣，憚我不暇⑪。念彼共人，睠睠⑫懷顧！豈不懷歸？畏此譴怒⑬。

　　昔我往矣，日月方奧⑭。曷云其還？政事愈蹙。歲聿云莫，采蕭獲菽⑮。心之憂矣，自詒伊戚⑯。念彼共人，興言出宿⑰。豈不懷歸？畏此反覆⑱。

　　嗟爾君子，無恒安處。靖共爾位⑲，正直是與⑳。神之聽之，式穀以女㉑。

　　嗟爾君子，無恒安息。靖共爾位，好是正直。神之聽之，介爾景福㉒。

【註釋】

① 芃（音交）野：極荒遠的邊地。

② 二月：指周曆二月，即夏曆之十二月。周人記載，將一月分為四，即初吉、既生霸、既望、既死霸。初吉：即月初之吉日。

③ 載：乃，則。離：通「罹」，遭。

④ 毒：痛苦，磨難。

⑤ 共人：指敬謹供職的同僚。共：通「恭」。

⑥ 罪罟（音鼓）：指法網。罪：捕魚的竹網。罟：網。

⑦ 除：除舊，指舊歲辭去，新年將到。

⑧ 曷：何，何時。云：語氣助詞。其：將。

⑨ 聿、云：皆為語氣助詞。莫：通「暮」，歲暮即年終。

⑩ 孔庶：很多。

⑪ 憚：通「癉」，勞苦。不暇：不得閒暇。

⑫ 睠睠：即「眷眷」，戀慕貌。

⑬ 譴怒：譴責，惱怒。此指懼怕當權者懲罰。

⑭ 奧：通「燠」，溫暖。

⑮ 蕭：艾蒿。菽：豆類。此句言又是秋季收穫時節。

⑯ 詒：通「貽」，遺留。伊：此，這。戚：憂傷，痛苦。

⑰ 興言：猶「薄言」，語首助詞。一說「興」，意謂起來。「言」即焉。出宿：不能安睡，形容為國事操勞。

⑱ 反覆：指不測之禍。

⑲ 靖：敬。共：通「恭」，奉。位：職位，職責。

⑳ 與：親近，友好。

㉑ 式：乃，則。穀：善，此指福。

㉒ 介：通「匄」，給予。景福：大福。

【賞析】

由於詩中「共人」之解釋眾說紛紜，使古今學者對本詩主旨多有歧義。一說以為「共人」指隱居不仕者，詩人行役久不得歸，於是悔仕，想到歸隱，進退既難，恐不免於禍，念彼不仕之友閒居自樂，欲似之而不得，故涕零如雨也。朱熹則認為「共人」指同僚好友，詩人以二月西征，至於歲暮而未得歸，故呼天而訴之，復念其僚友之處者，且自言其畏罪而不敢歸也。一說以為指詩人的妻子。一說以為指王朝徵集的士兵。這裏取朱熹之說。

詩人當是一位長年在外奔波的大夫，或是因得罪朝廷而被遣放邊境服役，他長年行役，事務纏身，久不得歸，憂心忡忡。值得一提的是，詩人所主要表達的是一種悲情，而怨情則表達得相當含蓄婉轉，他雖久役在外，但仍思國事，可見他心中仍沒有放棄出仕報君的理想。詩人所思歸，不局限於歸家與親人團聚，亦有返回朝廷之意。

全詩五章，分兩層，前三章為一層，其前八句都是自述行役之苦，心懷之憂。他遠征至西陲邊境，長年累月操勞，內心思歸，卻無歸期。「其毒大苦」是其行役生活的集中概括。詩人處江湖之遠，心憂其君，此時他最羨慕的就是身在朝野的那些能為社稷操勞用心的同僚，想到他們不但不用受勞役之苦，亦能為國為君分憂，對比自己的遭遇，詩人怎能不「涕零如雨」！詩人是多麼渴望朝廷命其回歸，久

盼不得，或心裏有生過無數次逃歸的念頭，但終究還是理性戰勝了感性。法網無情，他曾為大夫，不可踐踏逾越！這種堅守既表現了詩人作為一位士大夫的氣節，同時也表明了他心中深深的無奈。

身不能歸，然心早已歸。後兩章為一層，是詩人對身處朝廷的君臣的真誠勸告。「嗟爾君子，無恒安處」實在有著無窮的感喟，在這聲聲敦勸中不難體會到詩人的怨嗟。「無恒安處」的言外無疑意味著這些「君子」的安居逸樂，它和詩人的奔波勞碌、不遑寧處正好形成了鮮明的對比。詩人勸勉這些「君子」勤政盡職，正說明他們未能像「共人」那般一心為社稷黎民操勞。「神之聽之」的聲聲祝願中不能說沒有告誡的弦外之音在迴響。

本詩採用賦體手法，不借助比興，而是直抒胸臆，將　事與抒情融為一體，娓娓道來，真切感人。詩中多側面地表現了詩人的內心世界，又展示了他心理變化的軌跡，縱橫交織，反覆詠唱，細膩婉轉。

鼓　鐘

鼓鐘將將①，淮水湯湯，憂心且傷。淑人君子，懷允不忘②。
鼓鐘喈喈③，淮水湝湝④，憂心且悲。淑人君子，其德不回⑤。
鼓鐘伐鼛⑥，淮有三洲⑦，憂心且妯⑧。淑人君子，其德不猶⑨。
鼓鐘欽欽⑩，鼓瑟鼓琴，笙磬⑪同音。以雅以南⑫，以籥不僭⑬。

【註釋】
① 鼓：敲擊。將將：通「鏘鏘」，象聲詞。
② 允：信，確實。一說為語氣助詞。不忘：一說不已。
③ 喈喈：聲音和諧貌。
④ 湝湝：水流貌。
⑤ 回：邪。
⑥ 伐：敲擊。鼛（音皋）：一種大鼓。

⑦ 三洲：淮水上地名。一說淮河上的三個小島。

⑧ 妯：憂思之甚。

⑨ 猶：已。一說指過錯。

⑩ 欽欽：象聲詞。

⑪ 磬：古樂器名，用玉或美石製成。

⑫ 以：為，作，指演奏。雅：原為樂器名，狀如漆筒，兩頭蒙以羊皮。引申為樂調名，指天子之樂，或周王畿之樂調，即正樂。南：原為樂器名，形似鐘。引申為樂調名。一說指南方江漢地區的樂調。

⑬ 篿（音悅）：樂器名，似排簫。僭：超越本分，此指亂。不僭：即按部就班，和諧合拍。

【賞析】

　　關於本詩主旨，舊說以為是諷刺周幽王會諸侯於淮上，鼓其淫樂以示諸侯，然詩中所寫的音樂皆是雅音正聲，與「淫樂」沾不上邊。又有學者認為好的音樂不應該在野外演奏，幽王於淮上鼓樂即是失禮，故賢者哀傷。其實好的音樂未必不能在外演奏，《莊子·天運》中就寫到「帝張咸池之樂於洞庭之野」。縱觀詩的內容，這其實是一首懷念周王朝音樂盛大即禮樂文明的詩。詩人由音樂而及於西周君王大臣的品德，表現了他撫今追昔，無限嚮往之情。方玉潤《詩經原始》曰：「玩其詞意，極為歎美周樂之盛，不禁有懷在昔淑人君子，德不可忘，而至於憂心且傷也。此非淮徐詩人重觀周樂、以志欣慕之作，而誰作哉？」甚確。

　　全詩四章，前三章寫耳聞鐘鼓鏗鏘，面對滔滔流瀉的淮水，不禁悲從中來，憂思縈懷，於是想到了「淑人君子」。對他們的美德懿行心嚮往之。末章描寫鐘鼓齊鳴、琴瑟和諧的美妙樂境。「雅」、「南」之類的周朝之樂皆與周朝的輝煌歷史聯繫在一起。詩人身處國運衰微的末世，聽到這種盛世之音，自然會感慨今昔，悲從中來，從而會有追慕昔賢之歎。

楚 茨

楚楚者茨①，言抽其棘②，自昔何為③？我藝黍稷。我黍與
與④，我稷翼翼⑤。我倉既盈，我庾維億⑥。以為酒食，以享⑦以
祀，以妥以侑⑧，以介⑨景福。

濟濟蹌蹌⑩，絜⑪爾牛羊，以往烝嘗⑫。或剝或亨⑬，或肆
或將⑭。祝祭于祊⑮，祀事孔明⑯。先祖是皇⑰，神保是饗⑱。孝
孫有慶⑲，報以介福⑳，萬壽無疆！

執爨踖踖㉑，為俎孔碩㉒，或燔或炙㉓。君婦莫莫㉔，為豆
孔庶㉕。為賓為客，獻酬交錯㉖。禮儀卒度㉗，笑語卒獲㉘。神保
是格㉙，報以介福，萬壽攸酢㉚！

我孔熯矣㉛，式禮莫愆㉜。工祝致告㉝，徂賚孝孫㉞。苾芬
孝祀㉟，神嗜飲食。卜㊱爾百福，如幾如式㊲。既齊既稷㊳，既匡
既敕㊴。永錫爾極㊵，時㊶萬時億！

禮儀既備，鐘鼓既戒㊷，孝孫徂位㊸，工祝致告，神具醉止㊹，
皇尸載起㊺。鼓鐘送尸，神保聿㊻歸。諸宰㊼君婦，廢徹不遲㊽。
諸父兄弟㊾，備言燕私㊿。

樂具入奏(51)，以綏後祿(52)。爾殽既將(53)，莫怨具慶(54)。既醉
既飽，小大稽首(55)。神嗜飲食，使君壽考。孔惠孔時(56)，維其盡
之(57)。子子孫孫，勿替引之(58)！

【註釋】

① 楚楚：植物叢生貌。茨：蒺藜，草本植物，有刺。

② 抽：拔除。棘：刺，指蒺藜。

③ 自昔：自古。此句言為何自古以來就這樣耕地。

④ 蓺：通「藝」字。與與：茂盛貌。

⑤ 翼翼：整齊貌。

⑥ 庾：圓形露天糧囷。維：是。一說為已。億：形容多。一說通
「盈」，滿。

⑦ 享：饗，上供，祭獻。

⑧ 妥：安坐。侑：勸進酒食。

⑨ 介：通「丐」，乞求。

⑩ 濟濟：嚴肅恭敬貌。蹌蹌：步趨有節貌。

⑪ 絜：通「潔」，洗清。一說通「挈」，持。

⑫ 烝：冬祭名。嘗：秋祭名。

⑬ 剝：宰割支解。亨：通「烹」，燒煮。

⑭ 肆：陳列，指將祭肉盛於鼎俎中。將：捧著獻上。

⑮ 祝：太祝，司祭禮的人。祊：設祭壇之處，在宗廟門內。

⑯ 孔：很。明：備，指儀式完備。

⑰ 皇：彷徨，言神靈徘徊。

⑱ 神保：神靈，指祖先之靈。饗：享受祭祀。

⑲ 孝孫：主祭之人。慶：福。

⑳ 介福：大福。

㉑ 執爨（音竄）：執掌炊事之人。踖踖：恭謹敏捷貌。

㉒ 俎：祭祀時盛牲肉的銅製禮器。碩：大。

㉓ 燔：燒肉。炙：烤肉。

㉔ 君：通「群」。君婦：即族中諸婦。一說指天子、諸侯之妻。莫莫：恭謹。一說敬勉。

㉕ 豆：食器。庶：眾，多，此指豆內食品繁多。

㉖ 獻：主人勸賓客飲酒。酬：賓客向主人回敬。

㉗ 卒：盡，完全。度：法度。此指符合法度。

㉘ 獲：得其宜，恰到好處。一說通「矱」，規矩，法度。

㉙ 神保：神靈，神的美稱。格：至，來到。

㉚ 攸：是，乃。酢：報。

㉛ 熯（音漢）：敬懼。

㉜ 式：發語詞。愆：過失，差錯。

㉝ 工祝：太祝。致告：代神致詞，以告祭者。

㉞ 徂：通「且」。賚：賜予。

㉟ 苾：濃香。孝祀：享祀，指神享受祭祀。

㊱ 卜：給予，賜予。

㊲ 如：合。幾：通「期」。此句言神靈所賜之福既能遂你所願又符合法度。

㊳ 齊：通「齋」，莊重恭敬貌。稷：敏捷。

㊴ 匡：匡正。敕：通「飭」，嚴整。陳奐云：「齊、稷、匡、敕，皆祭祀肅靜之意，所謂如法也。」

㊵ 錫：賜。極：至，指最大的福氣。

㊶ 時：猶「是」。一說為「或」。

㊷ 戒：告。一說備。

㊸ 徂位：往位，指祭祀完畢主人歸回原位。

㊹ 具：俱。醉：形容神靈酒足飯飽，極為盡興。此為想像之辭。止：語氣詞。

㊺ 皇尸：對神尸的美稱。尸：祭祀時代表先祖受祭的活人。載：乃。

㊻ 聿：乃。

㊼ 宰：膳夫，廚師。

㊽ 廢：去。徹：通「撤」。此句言迅速撤去祭品。

㊾ 諸父：伯父、叔父等長輩。兄弟：同姓之叔伯兄弟。

㊿ 備：盡，完全。言：語中助詞。燕私：祭祀之後在後殿宴飲同姓親屬。

(51) 入奏：進入後殿演奏。祭設在宗廟前殿，祭後到後面的寢殿舉行家族私宴。

(52) 綏：此指安享。後祿：祭後的口福。祭後所餘之酒肉被認為神所賜之福，故稱福酒、胙肉。一說指後日之福祿。

(53) 將：美好。

(54) 莫怨具慶：言大家都很開心，沒有煩惱。

(55) 小大：指尊卑長幼的各種人。稽首：跪拜禮。

(56) 惠：順利。時：善，好。

㊗ 盡之：盡其禮儀，指主人完全遵守祭祀禮節。

㊗ 替：廢。引：延長。此句言長行此祭祀祖先之禮儀。

【賞析】

　　這是一首貴族祭祀祖先神靈的樂歌。它描寫了祭祀的全過程，從耕耘、豐收到做酒食，從各種祭品的擺列到念誦祭辭，從送神到送賓客和祭祀完畢的家宴，寫得井井有條，詳細地展現了周代祭祀的儀制風貌，讓我們瞭解到古代祭祀的全過程，極富民俗學和史料學價值。至於祭祀者的身份，一說以為是卿大夫，一說以為是周王，一說以為是某國諸侯。

　　全詩六章，首章寫祭祀的前奏。人們清除掉田地裏的蒺藜荊棘，種下了黍稷，如今獲得了豐收。豐盛的糧食堆滿了倉囷，釀成了酒，做成了飯，就可用來獻神祭祖、祈求洪福了。第二章進入對祭祀活動的描寫。人們步履整肅，儀態端莊，先將牛羊洌洗乾淨，宰剝烹飪，然後盛在鼎俎中奉獻給神靈。祖宗都來享用祭品，並降福給後人。第三章進一步展示祭祀的場景。掌廚的恭謹敏捷，或燒或烤，主婦們勤勉侍奉，主賓間敬酒酬酢。整個儀式井然有序，笑語融融，恰到好處。第四章寫司儀的「工祝」代表神祇致詞：祭品豐美芬芳，神靈愛嘗。祭祀按期舉行，合乎法度，莊嚴隆重，因而要賜給你們億萬福祿。第五章寫儀式完成，鐘鼓齊奏，主祭人回歸原位，司儀宣告神已有醉意，代神受祭的「皇屍」也起身引退。鐘鼓聲中送走了皇屍和神靈，撤去祭品，同姓之親遂相聚宴飲，共敘天倫之樂。末章寫私宴之歡，作為祭祀的尾聲。在樂隊伴奏下，大家享受祭後的美味佳餚，酒足飯飽之後，老少大小一起叩頭祝福。

　　全詩結構嚴謹，風格典雅，由序曲到樂章的展開，到尾聲，宛如一首莊嚴的交響樂。讀這首詩，可以想見華夏先民在祭祀祖先時的那種熱烈莊嚴的氣氛，祭後家族歡聚宴飲的融洽歡欣的場面。詩人運用細膩詳實的筆觸將這一幅幅畫面描繪出來，使人有身臨其境之感。明代孫月峰評此詩曰：「氣格閎麗，結構嚴密。寫祀事如儀注、莊敬誠

孝之意儼然。有境有態，而精語險句，更層見錯出，極情文條理之妙。讀此便覺三閭《九歌》微疏微佻。」

信 南 山

信①彼南山，維禹甸之②。畇畇原隰③，曾孫田之④。我疆我理⑤，南東其畝⑥。

上天同雲⑦，雨雪雰雰⑧。益之以霡霂⑨，既優既渥⑩，既霑既足⑪，生我百穀。

疆場翼翼⑫，黍稷彧彧⑬。曾孫之穡⑭，以為酒食。畀我尸賓⑮，壽考萬年。

中田有廬⑯，疆場有瓜。是剝是菹⑰，獻之皇祖⑱。曾孫壽考，受天之祜⑲。

祭以清酒，從以騂⑳牡，享于祖考。執其鸞刀㉑，以啟其毛㉒，取其血膋㉓。

是烝是享㉔，苾苾芬芬:。祀事孔明，先祖是皇。報以介福。萬壽無疆。

【註釋】

① 信：通「伸」，延伸。形容山勢連綿不斷之貌。

② 維：是。禹：大禹。甸：治理。一說為田地劃分中的一個等級。

③ 畇畇：土地經墾闢後的平展整齊貌。原隰：泛指全部田地。

④ 曾孫：後代子孫。朱熹《詩集傳》：「曾，重也。自曾祖以至無窮，皆得稱之也。」相當於《楚茨》中所稱「孝孫」，故又作為主祭者之代稱。一說指周王。田：墾治田地。

⑤ 疆：劃定田界。理：劃定溝洫。

⑥ 南東：用作動詞，指將田隴開闢成南北向或東西向。畝：田埂。

⑦ 上天：冬季的天空。同雲：天空佈滿陰雲，渾然一色。

⑧ 雨雪：下雪。霏霏：即「紛紛」，雪花飄落之貌。

⑨ 益：加上。霡霂：小雨。此為豐收之兆。

⑩ 優：充足。渥：潤澤。

⑪ 霑：沾濕，濕潤。足：通「浞」，小濡貌，即雨水把土地潤濕。一說指雨水充足。

⑫ 疆：田邊的大界。場：大田中的小田埂。翼翼：整齊貌。

⑬ 彧彧：通「鬱鬱」，茂盛貌。

⑭ 穡：收穫莊稼。

⑮ 畀（音畢）：給予。屍賓：神屍和賓客。

⑯ 廬：草廬。農人為耕種方便而建于田中，農時居於其中，冬天則回邑中居住。

⑰ 剝：指剝削瓜皮。菹：醃菜。

⑱ 皇祖：先祖之美稱。

⑲ 祜：福。

⑳ 騂：赤黃色的馬或牛。

㉑ 鸞刀：繫鈴的刀。

㉒ 啟：撥開。毛：指毛皮。

㉓ 血膋（音遼）：脂膏。古代祭禮，鮮血表示是新宰殺的犧牲，膏脂則放於艾蒿上焚燒，使香味上升。

㉔ 是烝是享：這些冬祭裏供獻的祭品。

㉕ 苾苾芬芬：指祭品的馨香。

【賞析】

　　這是一首描寫周王室冬季祭祖祈福的樂歌。詩中側重於對農業生產的描繪，表現了周代作為一個農耕社會的文化特色。

　　全詩六章，首章推本原隰之由來，表現了「慎終追遠」的厚德精神。二章述雨澤之豐饒，表現了對上天的感激。三章言黍稷以為酒食，以獻祖先。四章獻瓜。五章獻酒和犧牲。六章總言祭祀事。

　　從全詩的　述次序可以看出周人的邏輯思維，既是祭祖，則必

述祖德：由祖德而及於天意，由天意而及於天時；再敍述主觀的努力，這才敍述祭祀。這個邏輯表明周人既不忘祖，也不全面依靠神靈，正是敬天與保民結合的思想。

　　姚際恒《詩經通論》評此詩曰：「上篇（《楚茨》）鋪敍閎整，事詳密；此篇則稍略而加以跌盪，多閒情別致，格調又自不同。」

甫　田

　　倬彼甫田①，歲取十千②。我取其陳③，食我農人。自古有年④，今適南畝⑤。或耘或耔⑥，黍稷薿薿⑦。攸介攸止⑧，烝我髦士⑨。

　　以我齊明⑩，與我犧⑪羊，以社以方⑫。我田既臧⑬，農夫之慶⑭。琴瑟擊鼓，以御田祖⑮。以祈甘雨，以介⑯我稷黍，以穀我士女⑰。

　　曾孫來止⑱，以其婦子⑲。饁⑳彼南畝，田畯至喜㉑。攘其左右，嘗其旨否㉒。禾易長畝㉓，終善且有㉔。曾孫不怒㉕，農夫克敏㉖。

　　曾孫之稼㉗，如茨如梁㉘。曾孫之庾，如坻如京㉙。乃求千斯倉，乃求萬斯箱㉚。黍稷稻粱，農夫之慶。報以介福，萬壽無疆。

【註釋】

① 倬：廣闊貌。甫田：大田。一說指公田。

② 十千：言其收穫之豐。

③ 陳：指舊糧食。

④ 有年：豐年。此句言這片田地自古以來都是豐收年。一說遇到了自古以來少見的好年成。

⑤ 南畝：向陽之地。

⑥ 耘：鋤草。耔：培土護苗根。

⑦ 薿薿（音你）：茂盛貌。

⑧ 攸：語助詞。介：休息。止：止息。

⑨ 烝：進，召之前來。髦士：英俊人士。此處當指田畯，即農官。

⑩ 齊：指濁酒。明：指玄酒，祭禮用於代替酒的清水。齊、明、犧、羊為四物，齊明指酒水，犧羊指犧牲。

⑪ 犧：獻給神靈的牛羊。一說毛色純一之羊。

⑫ 社：祭土地神。方：祭四方神。

⑬ 臧：好，此指豐收。

⑭ 慶：賜，福。此句言田地獲得豐收是農夫辛勤勞作的結果。

⑮ 御：迎祭。田祖：指神農氏。

⑯ 介：助。指祭神求雨以助豐收。

⑰ 穀：養。士女：貴族男女。一說泛指群黎百姓。

⑱ 曾孫：周王自稱，相對神靈和祖先而言。止：語氣助詞。

⑲ 婦子：指後妃和王子。

⑳ 饁（音葉）：送飯。

㉑ 田畯至喜：言農官見周王前來非常高興。

㉒ 攘其左右，嘗其旨否：言周王向左右農夫讓食，讓他們嚐嚐飯食是否可口。一說農官叫來左右之人，來享用美味的飯食。

㉓ 易：讀為「移」，即倚移，禾盛之貌。長畝：滿田。

㉔ 終：既。有：富足。

㉕ 不怒：言非常滿意。

㉖ 克：能。敏：快捷。當是周王誇讚農夫之辭。

㉗ 稼：收穫莊稼。

㉘ 茨：指屋蓋，形容呈圓形之穀堆如草屋。梁：橋樑。此指長形穀堆起。此句是形容剛收割入場，尚未經過處理的禾穀。

㉙ 坻：小丘。京：高丘。此句是形容穀粒堆積之貌。

㉚ 箱：車箱。此兩句言莊稼收穫甚豐，還需要上千個糧倉，還需要上萬個車箱。當是誇讚之語。

【賞析】

本詩是暮春時節周王祭祀方社田祖祈求豐年的樂歌。

全詩四章。首章述大田農事，極言土地之肥沃，歷年收穫之豐厚，言語之中充滿了自豪感。這天，土地擁有者親自來到田間巡視，向田官詢問農作物生產狀況，可見其對農業生產的重視。這一章鋪述事實，在整首樂歌中為以下幾章的展開祭祀作鋪墊。第二章寫為了祈盼豐收，虔誠地舉行了祭神儀式。從這章的描寫中，可以想見遠古時代的先民，對於土地是懷著怎樣一種崇敬的心情，而那種古老的祭祀儀式，也反映出當時民風的粗獷和熱烈。第三章寫周王在儀式之後的親自督耕。與前章相比，這章的內容頗有生活氣息，周王的饁田，亦為後來歷代帝王勸農所效法，被稱為德政。末章則專記想像中的豐收景象及對周王的美好祝願。這一章充滿了豐收後的喜悅，讓人不覺沉醉在一種滿足和歡樂之中。

從本詩中我們可以看出上古時代先民對於農業的重視，在「民以食為天」的國度裏對與農業相關的神靈的無限崇拜。帝王率領王子、後妃和諸臣來到田間，親自過問，觀察春耕的情況，就是史料本身而言，也是很珍貴的。

大　田

大田多稼①，既種既戒②，既備乃事③。以我覃耜④，俶載南畝⑤。播厥⑥百穀，既庭且碩⑦，曾孫是若⑧。

既方既皂⑨，既堅既好⑩，不稂不莠⑪。去其螟螣⑫，及其蟊賊⑬，無害我田稚⑭。田祖有神，秉畀炎火⑮。

有渰萋萋⑯，興雨祈祈⑰。雨我公田⑱，遂及我私⑲。彼有不獲稚⑳，此有不斂㉑，彼有遺秉㉒，此有滯穗㉓，伊寡婦之利㉔。

曾孫來止，以其婦子。饁彼南畝，田畯至喜。來方禋祀㉔，以其騂黑㉕，與其黍稷。以享以祀，以介景福。

【註釋】

① 大田：指面積廣闊的公田。多稼：言要種的莊稼很多。

② 種：指選種籽。戒：通「械」，此指修理農業器械。

③ 乃事：這些事。

④ 覃：通「剡」，銳利。耜：曲柄起土的農器，即手犁。

⑤ 俶：開始。載：從事。一說將草翻壓土中，使腐化為肥。

⑥ 厥：其。

⑦ 庭：挺拔。碩：大。

⑧ 曾孫：周王對他的祖先和其他的神，都自稱曾孫。若：順。此句言莊稼長勢好，順曾孫之意。

⑨ 方：通「房」，指穀粒已生嫩殼，但還沒有飽滿。皂：指穀殼已經結成，但還未堅實。

⑩ 既堅既好：言谷粒堅實、飽滿、形味具好。

⑪ 稂：指穗粒空癟的禾。莠：田間似禾的雜草，也稱狗尾巴草。

⑫ 螟：吃禾心的害蟲。螣：吃禾葉的害蟲。

⑬ 蟊：吃禾根的蟲。賊：吃禾節的蟲。

⑭ 稚：幼禾。

⑮ 秉：執持。畀：給予，此指投入火中。炎火：大火。此句言把害蟲投入烈火中燒掉，這是古代消滅農業害蟲之法。

⑯ 有渰：即「渰渰」，烏雲密佈貌。一說雨神。萋萋：雲行彌漫貌。

⑰ 祈祈：緩緩貌。一說「興雨」作「興雲」，「祈祈」指雲盛貌。

⑱ 公田：公家的田。古代井田制，井田九區，中間百畝為公田，周圍八區，八家各百畝為私田。八家共養公田。公田收穫歸農奴主所有。

⑲ 私：私田。

⑳ 稚：低小的穗。

㉑ 不斂：已收割而未收起的莊稼。

㉒ 遺秉：漏掉的捆紮成束的禾把。

㉓ 滯穗：丟到地裏的禾穗。

㉔ 伊：是。此句指寡婦拾遺穗以享利。

㉕ 禋祀：古代祭天的一種禮儀。先燔柴升煙再加牲體或玉帛於柴上焚燒。意為讓天帝嗅味以享祭。也泛指祭祀。

㉖ 騂黑：赤色與黑色的犧牲物。

【賞析】

　　本詩與《甫田》是姊妹篇，同是周王祭祀田祖等神祇的樂歌，只是側重點有所不同。姚舜牧曰：「前篇是祈年之祭，故曰『以我其名，與我犧羊』。蓋黍稷猶未成，不用以薦也。此是報成之祭，故云『以其騂黑，與其黍稷』。蓋黍稷既成，始用以薦也。」此說有理。所謂報成，即秋後農事完畢後謝神的祭祀。本詩與《甫田》合起來為後人提供了西周農業生產方式、生產關係等相當真實具體和豐富的歷史資料，是《詩經》中不可多得的重要的農事詩。

　　全詩四章，首章追敘了對春耕的高度重視與精心準備。次章追夏耘，即田間管理，主要寫除雜草與去蟲害。第三章是全詩最精彩的部分，前四句寫風調雨順的情況，陰雲彌漫，細雨綿綿，公田、私田都有充沛的雨水。外界景觀與內心感受打成一片，農夫的喜悅在這四句中表現得淋漓盡致。後四句描寫豐收之景，沒有千倉萬箱之類的話，只從遺穗說起，再細節描寫，側面烘托。詩人不寫收，而寫不收，從不收中反映豐收，構思之妙，令人拍案叫絕。你看，有長得欠壯實故意不割的，有割了來不及捆束的，有已捆束而來不及裝載的，還有許多飄灑散落在各處的穀穗。這些鏡頭讀者閉目想像一下，是豐收還是歉收，不言而喻。也正是因為豐收，所以才有照顧寡婦的行為。末句寫寡婦拾穗，那並不是農夫故意不收割殆盡，而是有良苦用心的。農夫為了讓鰥寡孤獨無依無靠者糊口活命，又免於他們沿街挨戶乞討的窘辱，有意留下一小部分豐收果實讓他們自行去採拾，那種細膩熨貼，那種宅心仁厚，體現了人們自古就有的拯溺幫困的惻隱之心，那是一種寬廣的胸懷和崇高的美德。

　　末章實寫曾孫省斂，與首章春耕時「曾孫是若」相呼應。更與前

篇《甫田》描寫「省耕」時情景密合無間。接著是曾孫祭祀田祖，祭祀四方神，犧牲粢（音姿，汎指穀物）盛恭敬祗奉，肅穆虔誠，為黎民為國祚祈福求佑。

　　全詩主要運用白描手法，勾勒出一幅上古時代農業生產方面的民情風俗畫卷，表現出一派豐收的升平景象。

瞻彼洛矣

瞻彼洛①矣，維水泱泱②。君子至止，福祿如茨③。
韠鞈有奭④，以作六師⑤。
瞻彼洛矣，維水泱泱。君子至止，鞞琫有珌⑥。
君子萬年，保其家室。
瞻彼洛矣，維水泱泱。君子至止，福祿既同⑦。
君子萬年，保其家邦。

【註釋】

① 洛：洛水。古有二洛水，一發源於陝西西北，流入渭水；一發源於陝西南部，經洛陽流入黃河。

② 泱泱：水深廣貌。

③ 茨：積，言多。

④ 韠（音妹）鞈（音踏）：用茜草染成黃赤色的皮製品，即皮蔽膝。奭（音是）：赤色貌。

⑤ 六師：六軍，古時天子六師，每師兩千五百人。

⑥ 鞞（音丙）：刀鞘。琫（音繃）：刀鞘上部的玉飾。珌：刀鞘末端的玉飾。

⑦ 同：會聚。

【賞析】

　　關於本詩主旨，朱熹《詩集傳》曰：「此天子會諸侯于東都以講武事，而諸侯美天子之詩。天子御戎服而起六師也。」此詩當為周宣王時代之詩。一說以為本詩是讚美周宣王到西都洛水之濱檢閱防範獫狁南侵駐軍的詩。涇、洛二水是北方獫狁經常南侵之路，因此西周王朝設六軍駐防於洛濱，以防範獫狁南下，本詩即寫周王到洛水檢閱六軍的情形。兩種說法雖在所述地點上觀點相歧，然與主旨無礙。本詩主題在於讚美周王福德無疆，且稱頌他能整軍經武，保衛邦家，使周室有中興氣象。

　　全詩三章，每章前兩句點明天子會諸侯講武的地點，且以洛水之既深且廣，暗喻天子睿智聖明。「君子至止，福祿如茨」兩句，表明天子之蒞臨洛水，會合諸侯，講習武事，乃天子勤於大政的表現。後兩句補足前意，明示天子此會的目的，在於習武練兵。故天子親御戎服，以示其隆重。第二章美天子之佩刀，意在加深讚美。第三章句型，基本上與第二章相同，但意義有別。「君子至止，福祿既同」兩句，既與首章之「福祿如茨」相應，兼以示天子在講武檢閱六師之後，賞賜有加，使與會的諸侯及軍旅，皆能得到鼓勵，眾心歸向，一片歡欣。緊接著在「君子萬年，保其家邦」的歡呼聲中，結束全詩。而「保其家邦」的意義，較之前章的「保其家室」，更進一層，深刻地表明此次講習武事的主要目的。

　　全詩情調雍容和暢，文字表面上是讚美周王之才德，實則表現了周王檢閱時周王及其將士對武備的信心。

裳裳者華

　　裳裳者華①，其葉湑②兮。我覯之子③，我心寫④兮。
　　我心寫兮，是以有譽處兮⑤。
　　裳裳者華，芸⑥其黃矣。我覯之子，維其有章⑦矣。

維其有章矣，是以有慶⑧矣。
裳裳者華，或黃或白。我覯之子，乘其四駱⑨。
乘其四駱，六轡沃若⑩。
左之左之⑪，君子宜⑫之。右之右之，君子有⑬之。
維其有之，是以似⑭之。

【註釋】

① 裳裳：通「堂堂」，鮮花盛開貌。華：通「花」。

② 湑（音許）：茂盛貌。

③ 覯（音構）：遇見。之子：這個君子，詩中指女子的戀人。

④ 寫：放心，舒暢。

⑤ 譽：通「豫」，安樂。有譽處：從此有安樂之處，即有好歸宿。

⑥ 芸：色彩濃豔。一說盛貌。

⑦ 章：紋章，服飾文采。服飾之美在先秦時期是身份和地位的外在
表現，此言其服「有章」，即指其身份高貴，亦指其有教養。

⑧ 有慶：言今後生活有了幸福的保障。

⑨ 駱：黑鬃白馬。

⑩ 沃若：光澤貌。一說美盛貌。

⑪ 左之：向左行。此章承接上章言，左、右指四馬駕車，或向左
行，或向右行。男子駕馬，左右皆宜，既表現其高超的駕駛技
術，亦暗示男子與女子始終相伴，恩愛幸福，今後他們的生活將
無往而不利。

⑫ 宜：指男子駕馬應付很適宜。一說以為通「儀」，匹配。言君子始
終陪伴在側。

⑬ 有：指男子駕馬發揮有餘地。一說以為通「友」，相親。言君子對
女子之疼愛。

⑭ 似：通「嗣」，繼承祖宗功業。一說為通「怡」，喜樂。

【賞析】

　　所謂「情人眼裏出西施」，在戀愛中的男女眼裏，愛人就是世界上最美最好的人。這就是一首女子讚揚戀人的詩歌，女子心中充滿了愛情的甜蜜，對於戀人她是怎麼看都覺得喜歡。一說以為本詩是天子美諸侯之詩，用以應答《瞻彼洛矣》，此說雖亦可通，但未免有些牽強。從全詩輕快而略帶跳躍感的節奏中可以感知，詩人對所遇對象充滿憐愛和讚美之意，如此，將其視為描寫男女之情之詩則更為合理。

　　首章寫男女相見，彼此兩情相悅，連用兩個「我心寫兮」，可見女子心中之滿足喜悅。第二章是誇男子的氣質。第三章寫車馬之盛，側面烘托男子之威儀。前三章以鮮花起興，節奏變化有致，結構收束得當，毫無阿諛之感。末章從節奏和用韻兩方面都變得舒緩起來，「左之左之，君子宜之。右之右之，君子有之」，從左右兩方面寫君子無所不宜的品性和才能，有了這方面的歌唱，使得前面三章的讚美有了理性依據。這一章寫男女相親相愛的甜蜜，整個場景中都充滿了幸福的氣息，似乎可以看見那深情的女子正深情地看著自己的愛人，臉上的笑容像盛開的鮮花般燦爛。方玉潤《詩經原始》評曰：「末章似歌非歌，似謠非謠，理瑩筆妙，自是名言，足垂不朽。」

　　全詩以花起興，讚頌人物之美，節奏變化有致，結構收束得當，讀來興味盎然，且無阿諛之感，確是一首輕快又不失穩當的雅詩。

桑扈

交交桑扈①，有鶯②其羽。君子樂胥③，受天之祜④。
交交桑扈，有鶯其領⑤。君子樂胥，萬邦之屏⑥。
之屏之翰⑦，百辟為憲⑧。不戢不難⑨，受福不那⑩。
兕觥其觩⑪，旨酒思柔⑫。彼交匪敖⑬，萬福來求⑭。

【註釋】

① 交交：鳥鳴聲。桑扈：鳥名，即青雀。

② 鶯：文采貌。

③ 胥：語氣助詞。

④ 祜：福祿。

⑤ 領：頸。此句言頸部羽毛之美。

⑥ 屏：屏障，起護衛作用，故以此喻重臣。

⑦ 之：是。翰：通「幹」，骨幹，支柱。

⑧ 百辟：各國諸侯。憲：法度，典範。

⑨ 不戢：不聚斂於財。不難：不忌恨於人。一說「不」為語氣助詞。戢：克制。難：通「儺」，行有節度。

⑩ 不那：即不移，言福降於身，不會他移。

⑪ 兕（音賜）觥（音求）：角彎曲貌，形容酒器的形狀。

⑫ 旨酒：美酒。思：語氣助詞。柔：指酒性溫和，口感綿柔。

⑬ 彼：指賢者。匪敖：不傲慢。敖：通「傲」。一說此句作「匪交匪敖」。交：輕侮，或以為通「驕」。

⑭ 求：通「逑」，集聚。

【賞析】

　　這是一首周天子宴請諸侯時助興的樂歌。因此人在天下諸侯間的地位以及對王朝的作用，詩人對其深深地祝福。從詩中「萬邦之屏」、「百辟為憲」等句來看，此諸侯非一般諸侯，故陳子展曰：「非出為方伯，入為卿士之諸侯實不足以當此。」

　　前兩章均以「交交桑扈」起興，從詩中只及於其羽毛的美麗看，這是用來喻其人風采的，或者因桑扈的文采，令人想到其人的文德。此外，歡然鳴叫的青雀，光彩明亮的羽毛，也為之後的宴飲營造了一種明快歡樂的氣氛。首章指出君子的快樂，是來自上天的福祿。次章強調君子對於國家的重要性。

　　後兩章在前面讚賞的基礎上向君子提出「不戢不難」和「彼交匪

敖」的要求。應該說這種勸說是很尖銳也很嚴厲的，但由於前面「之
屏之翰，百辟為憲」的鋪墊，和後面「萬福來求」的激勵，使之顯得
從容不迫、合情合理，所以也就更具有理性和感性的說服力。「旨酒
思柔」對以下「匪敖」，似乎也起著一種隱約的暗示：正如性柔能使
酒美一樣，人不傲才能福祿不斷。這種隱喻，是很有深意的。

鴛　鴦

鴛鴦①于飛，畢之羅之②。君子萬年，福祿宜③之。
鴛鴦在梁，戢④其左翼。君子萬年，宜其遐福⑤。
乘馬⑥在廄，摧之秣之⑦。君子萬年，福祿艾⑧之。
乘馬在廄，秣之摧之。君子萬年，福祿綏⑨之。

【註釋】

① 鴛鴦：鴨科水鳥名。古人因此鳥雌雄雙居，永不分離，故稱之為
　「匹鳥」。此處以鴛鴦象徵福祿。

② 畢：長柄的小網。羅：無柄的捕鳥網。畢、羅此處作動詞，用網
　捕。

③ 宜：安，享。一說指多。

④ 戢（音緝）：戢斂，即絆縛之意。鳥之左翼比右翼力氣小，不容易
　掙脫，故先縛左翼。

⑤ 遐福：遠福。一說大福。

⑥ 乘馬：駕車的馬匹。一說四匹馬。

⑦ 摧：通「莝」，鍘碎的草，此處作動詞，指鍘草餵馬。秣：餵牲口
　的糧食，此指以穀物餵馬。

⑧ 艾：養，輔助。

⑨ 綏：安。

【賞析】

　　因「鴛鴦」在中國文化裏常作為夫妻的象徵，很多學者便把此詩與夫妻聯繫起來，認為這是一首以鴛鴦匹鳥興夫妻愛慕之情的詩，是對新婚男女的祝願。然觀全詩，並不能找到與婚姻相關的內容。這確是一首祝福詩，所祝的對象當是君子個人，而不是一對夫妻。

　　詩的首章以捕得鴛鴦象徵得到福祿，次章以絆縛鴛鴦象徵留得福祿。後兩章以馬在廄食草料，象徵安然得福，也反映著生活的富足。全詩言簡意賅，四章反覆吟誦「君子萬年」，表現了詩人對君子的衷心祝願和深深的愛戴。

頍　弁

　　有頍者弁①，實維伊何②？爾酒既旨，爾肴既嘉。豈伊異人③？兄弟匪他。蔦④與女蘿，施⑤于松柏。未見君子，憂心奕奕⑥。既見君子，庶幾說懌⑦。

　　有頍者弁，實維何期⑧？爾酒既旨，爾肴既時⑨。豈伊異人？兄弟具來。蔦與女蘿，施於松上。未見君子，憂心怲怲⑩。既見君子，庶幾有臧⑪。

　　有頍者弁，實維在首。爾酒既旨，爾肴既阜⑫。豈伊異人？兄弟甥舅。如彼雨雪，先集維霰⑬。死喪無日，無幾⑭相見。樂酒今夕，君子維宴⑮。

【註釋】

① 頍（音傀）：皮弁頂尖而有隅之貌。一說戴弁貌。弁：皮弁，用白鹿皮製成的圓頂禮帽。

② 實：猶「是」。維：語氣助詞。伊何：為何。

③ 伊：是。異人：外人。

④ 蔦：蔦蘿，善於攀緣的蔓生植物。

⑤ 施：延伸，攀附。

⑥ 奕奕：心神不安貌。

⑦ 說懌：歡欣喜悅。說：通「悅」。

⑧ 何期：猶「伊何」。期：通「其」，語氣助詞。

⑨ 時：善也，物得其時則善。

⑩ 怲怲：憂愁盛滿貌。

⑪ 臧：善。一說指贈禮。

⑫ 阜：多，指酒肴豐盛。

⑬ 如彼雨雪，先集維霰：言如同下雪，先落一陣雪珠，接著便下雪花。此時西周王朝敗象當已現。霰：雪珠。

⑭ 無幾：無多，言相見之日在即。

⑮ 宴：樂。

【賞析】

　　這是一首諸侯或貴族宴請兄弟親戚的詩。詩以赴宴者的口氣寫成，不僅描寫了宴席的豐盛，也寫出了貴族間彼此依附的關係。詩中又充滿了末日的悲涼和感傷，透露出及時行樂的思想，故認定本詩當作於西周末年國家政治和奴隸主貴族走向衰亡之時。

　　全詩三章，開端都寫貴族們一個個戴著華貴的圓頂皮帽赴宴。詩第一、二章中的「實維伊何」、「實維何期」，用了設問句，使人警醒，渲染了宴會前的盛況和氣氛，而且表現了赴宴者精心打扮、興高采烈的心情。第三章改用「實維在首」，寫出貴族打扮起來後自我欣賞、顧影陶醉的情態。接下來，寫宴會的豐盛：「爾酒既旨，爾肴既嘉」、「爾酒既旨，爾肴既時」、「爾酒既旨，爾肴既阜」，三章中只各變了一個字，反覆陳述美酒佳餚的醇香、豐盛。然後是赴宴者對同主人親密關係的陳述，對主人的讚揚、奉承、討好：來的都是兄弟、甥舅，根本沒有外人。主人是松柏一樣的高樹大枝，而自己只是攀附其上的蔓生植物。沒有見到主人時心裏是如何的憂慮不安，見到主人後心裏是如何的歡欣異常。這樣的敘述，固然有些阿諛奉承，然親友

之間如是說，亦不免親切。

　　第三章後面六句不再是前兩章內容的重複。他們由今日的歡聚，想到了日後的結局。他們覺得人生如霰似雪，不知何時就會消亡。在暫時的歡樂中，不自禁地流露出一種黯淡低落的情緒，表現出一種及時行樂、消極頹廢的心態，充滿悲觀喪氣的音調。從這首詩來看，由於社會的動亂，他們雖然飲酒作樂，但仍感到自己命運的岌岌可危、朝不保夕，正表露出所謂的末世之音。

車　舝

　　間關車之舝兮[1]，思變季女逝兮[2]。匪饑匪渴[3]，德音來括[4]。雖無好友，式燕且喜[5]。

　　依彼平林[6]，有集維鷮[7]。辰彼碩女[8]，令德來教[9]。式燕且譽[10]，好爾無射[11]。

　　雖無旨酒，式飲庶幾[12]。雖無嘉肴，式食庶幾。雖無德與女[13]，式歌且舞。

　　陟彼高岡，析其柞薪。析其柞薪，其葉湑[14]兮。鮮我覯爾[15]，我心寫兮。

　　高山仰止[16]，景行[17]行止。四牡騑騑[18]，六轡如琴[19]。覯爾新昏，以慰我心。

【註釋】

① 間關：車行時發出的聲響。舝（音轄）：通「轄」，車軸頭的鐵鍵，插在軸端孔內，以控制車輪脫出。

② 思：思慕。一說為發語詞。變（音曖）：貌美。一說通「戀」，言思慕。季女：少女。逝：往，指出嫁。

③ 饑、渴：《詩經》多以饑渴隱喻男女性事。

④ 德音：令聞，美譽。括：會。

⑤ 式：發語詞。燕：樂。

⑥ 依：茂盛貌。平林：平原上的樹林。

⑦ 鷮：長尾野雞。

⑧ 辰：美好。一說少女穿著、風度、舉止都很入時。碩女：美女。

⑨ 令德來教：言少女在家受過良好教育。古代貴族女子出嫁前都要
　接受三個月的婚前教育。

⑩ 譽：通「豫」，安樂。

⑪ 無射：不厭。

⑫ 庶幾：希望之辭。此兩句言雖然沒有醇厚的美酒，還是希望你多
　飲一些。

⑬ 德：美德。與：相與。

⑭ 湑：葉茂盛貌。

⑮ 鮮：猶「斯」，此時。一說善。一說難得。覯：遇合。一說通
　「媾」，指婚媾。

⑯ 仰：瞻仰，仰望。止：之。

⑰ 景行：大道。

⑱ 騑：馬行不止貌。

⑲ 六轡如琴：形容六條馬韁繩協調顫動如琴弦。

【賞析】

　　這是一首新婚宴樂之詩。從詩的語氣、心情來看，詩人當為新
郎，全詩表現他娶妻途中的喜樂和對佳偶的思慕之情。

　　首章寫娶妻啟程。詩從娶親的車聲中開始。隨著「間關」的車
聲，朝思暮想的少女就出嫁了。這其中流露出詩人積蓄已久的欣喜若
狂之情。然而詩人又天真地聲明，高興的原因絕非是為性愛的饑渴即
將得以滿足，而是對女子美德的崇慕，真可謂「好德勝於好色」了。
次章寫婚車越過平林。詩人由林莽中成雙成對的野雞，想到了車中的
「碩女」，再加上她美好的教養和品德，更使詩人情懷激蕩，於是信
誓旦旦：我愛你終生不渝！第三章繼續是男子對女子情真意切的傾

訴：我家雖沒有美酒佳餚，我也沒有崇高的品德，卻有一顆與你相親相愛的心。這些樸實無華的語言，衝口而出，感人至深。第四章寫婚車進入高山。詩人由「析薪」想到了娶妻。而柔嫩鮮豔的綠葉，是對美麗可愛新婦的最好比喻。這裏詩人融詠物與比興為一體，巧妙地表現了對新婦的喜愛，最後兩句更是直抒胸臆。末章寫婚車越過高山，進入大路。詩人仰望高山，遠眺大路，面對佳偶，情滿胸懷，詩句自肺腑流出：「高山仰止，景行行止。」這是敘事、寫景，但更多的是比喻。新婦那美麗的形體和堅貞的德行，正像高山大路一樣令人敬仰和嚮往。詩句意蘊豐厚，氣宇軒昂，因而成為表達一種仰慕之情的最好意象，遂成千古名句。「四牡，六轡如琴」，不僅與首章「間關」二句相呼應，形成回環之勢，而且那如琴弦的六轡更是包含著詩人對婚後美好和諧生活的豐富想像。最後兩句，又直抒胸臆，情結全篇。

青　蠅

營營青蠅①，止于樊②。豈弟③君子，無信讒言。
營營青蠅，止于棘。讒人罔極④，交亂四國⑤。
營營青蠅，止于榛。讒人罔極，構⑥我二人。

【註釋】

① 營營：擬聲詞，如「嗡嗡」，蒼蠅的聲音。青蠅：蒼蠅，這裏比喻讒人，即貪吃的人。

② 樊：籬笆。一說指檀木。

③ 豈弟：通「愷悌」，平和有禮。

④ 罔極：行為不軌。

⑤ 交亂：指讒言交錯紛亂。四國：四方之國。

⑥ 構：陷害，離間。

【賞析】

　　這是一首指責讒言和製造謠言、挑撥離間的人的詩歌，詩人意在規勸君子不要聽信讒言，以免遭受禍害。蒼蠅是一種非常令人討厭的昆蟲，它追逐腐臭，散播細菌，嗡嗡亂叫等習性與進讒者的德行如出一轍。詩以蒼蠅起興，象徵那些專進讒言，居心叵測的小人，這是十分生動和貼切的。

　　本詩短小精悍，語氣強烈，在蒼蠅的嗡嗡聲中開始全篇，給人一種緊張不安的情緒，表現了詩人的警覺和厭惡，也起到了很好的藝術效果。全詩三章，第一章直接勸君子不要聽信讒言。第二章直言讒言可以亂國。第三章詩人稱自己為讒言所害，以自己的親身教訓給讀者以警示作用。從詩的邏輯來看，大約是詩人身受讒言之害，使朋友與己疏遠，為了勸誠朋友，便先從大道理講起，先一般地說君子不聽讒言，再講讒言之害甚大，然後再說到自身。

賓之初筵

　　賓之初筵①，左右秩秩②。籩豆有楚③，殽核維旅④。酒既和旨⑤，飲酒孔偕⑥。鐘鼓既設，舉酬逸逸⑦。大侯既抗⑧，弓矢斯張。射夫既同⑧，獻爾發功⑨。發彼有的⑩，以祈爾爵⑪。

　　籥舞笙鼓⑫，樂既和奏。烝衎烈祖⑬，以洽⑭百禮。百禮既至，有壬有林⑮。錫爾純嘏⑯，子孫其湛。其湛曰樂⑰，各奏⑱爾能。賓載手仇⑲，室人入又⑳。酌彼康爵㉑，以奏爾時㉒。

　　賓之初筵，溫溫其恭。其未醉止，威儀反反㉓。曰既醉止，威儀幡幡㉔。舍其坐遷㉕，屢舞仙仙㉖。其未醉止，威儀抑抑㉗。曰既醉止，威儀怭怭㉘。是曰既醉，不知其秩。

　　賓既醉止，載號載呶㉙。亂我籩豆，屢舞僛僛㉚。是曰既醉，不知其郵㉛。側弁之俄㉜，屢舞傞傞㉝。既醉而出，並受其福㉞。醉而不出，是謂伐德㉟。飲酒孔嘉，維其令儀㊱。

　　凡此飲酒，或醉或否。既立之監[37]，或佐之史[38]。彼醉不臧，不醉反恥[39]。式勿從謂[40]，無俾大怠[41]。匪言[42]勿言，匪由[43]勿語。由醉之言，俾出童羖[44]。三爵不識[45]，矧敢多又[46]。

【註釋】

① 初筵：賓客初入席時。筵：鋪在地上的竹席。

② 左右：指筵席左右。秩秩：有序之貌。

③ 籩（音邊）豆：古代食器。有楚：即「楚楚」，陳列之貌。

④ 殽：通「肴」，豆中所裝的魚肉等菜肴。核：籩中所裝的乾果等食品。維：是。旅：陳放。

⑤ 和旨：醇和甜美。

⑥ 孔偕：言賓客舉杯同飲，禮節協調齊一，并然不亂。

⑦ 酬：本指敬酒，此指舉杯勸飲。逸逸：猶「繹繹」，連續不斷貌。此指觥籌交錯，頻頻舉杯。

⑧ 大侯：射箭用的大靶子，用虎、熊、豹三種皮製成。一般的侯也有用布製的。抗：高掛。

⑨ 獻：進獻，展示。發功：發箭射擊的功夫。

⑩ 有：語氣助詞。的：侯的中心，即靶心。

⑪ 祈：求。爵：本指酒器，此作動詞，即以爵飲酒之意。祈爾爵：言讓你飲酒。古代射禮，輸者飲酒，即受罰酒，因而射手們都想著戰勝對手，罰對手飲酒。

⑫ 籥（音悅）舞：執籥而舞。籥：一種竹製管樂器，形如排簫。此句言笙鼓聲啟動執籥的舞容。

⑬ 烝：進，獻。衎：娛樂。此句言把這樂舞獻給顯赫的祖宗。

⑭ 洽：配合。

⑮ 有壬：即「壬壬」，禮大之貌。有林：即「林林」，禮多之貌。此句言禮儀規模宏大，名目繁多。

⑯ 錫：賜。純嘏：大福。

⑰ 其湛曰樂：即「湛樂」。其、曰：皆語氣助詞，湊字成句，並無實

義。湛：樂。

⑱ 奏：進獻，展示。

⑲ 載：則，便。手：取，擇。仇：匹，指對手。此句言賓客選取比賽對手。

⑳ 室人：主人。入又：又入，指主人亦隨賓客入射以耦賓。

㉑ 康爵：大爵。一說空爵。

㉒ 奏：獻給。時：射中者。

㉓ 反反：謹重貌。

㉔ 幡幡：輕浮無威儀之貌。

㉕ 舍其坐遷：按古代飲酒之禮，凡禮盛者坐卒爵，其餘皆立飲。這裏指酒後失禮，當坐飲而不坐，當離席而不離。坐：通「座」，座位。遷：不合禮地亂動。

㉖ 仙仙：通「躚躚」，舞姿輕盈貌。

㉗ 抑抑：慎密貌。

㉘ 怭怭（音必）：輕薄褻慢貌。

㉙ 號：大聲亂叫。呶：喧嘩不止。

㉚ 傞傞（音欺）：醉舞歪斜狀。

㉛ 郵：通「尤」，過失。

㉜ 側弁：歪戴帽子。之：是。俄：歪斜貌。

㉝ 傞傞：醉舞不止貌。

㉞ 既醉而出，並受其福：言已經醉了就應該告退，這樣賓主大家都有好心情。

㉟ 伐德：敗德。

㊱ 飲酒孔嘉，維其令儀：言飲酒本是好事，只是儀態一定要端莊。

㊲ 監：酒監，宴會上監督禮儀的官。

㊳ 佐：助。史：酒史，記錄飲酒時言行的官員。燕飲之禮必設監，不一定設史。

㊴ 彼醉不臧，不醉反恥：言那些喝醉的人本已失態，反說不醉者丟人敗興。

㊵ 式：發語詞。從：跟從。謂：勤也。一說猶「為」。勿從謂：勿從而勸勤之，使更飲也。此句言莫再跟著去勸酒。一說以為不要跟著他們那樣去做。

㊶ 俾：使。大怠：太輕慢失禮。

㊷ 匪言：不該說的話。

㊸ 匪由：不合法理的話。

㊹ 由醉之言，俾出童羖（音股）：言醉漢嘴裏要是胡說八道，就罰他獻小公羊受懲。童羖：沒角的雄山羊，指小山羊。

㊺ 三爵：《禮記·玉藻》中曰：「君子之飲酒也，受一爵而色灑如也，二爵而言言斯，禮已三爵而油油以退。」孔穎達疏引《春秋傳》：「臣侍君宴，過三爵，非禮也。」不識：不知，指酒後糊塗狀態。

㊻ 矧（音審）：何。又：通「侑」，勸酒。此兩句言不知三杯之禮，哪裡還敢再勸。

【賞析】

　　這是一首描寫貴族飲酒場面的詩，由初始的講究規矩到最後的各種表現，展現了兩千多年前的宴飲場面，詩中也寫到古代飲酒的禮儀，寓有勸誡之意。一說以為本詩作者是衛武公。西周末年幽王在位時，國政荒廢，君臣沉湎於酒，衛武公入朝為王卿士，難免與宴，見其非禮，未敢直諫，只好作此詩悔過用以自警，使王聞之，以稍正其失。此說可信。

　　全詩五章，可分為三層，前兩章為第一層，寫初宴時井然之序，第三、四章為第二層，寫飲酒漸多，場面由序而亂。這兩層都以「賓之初筵」一句起頭，而所描述的喝酒場面卻大相徑庭，暴露出理想狀態與現實境況的尖銳矛盾。末章為第三層，以勸誡作收，是總結性的言辭，連用「不」、「勿」、「無」、「匪」、「矧敢」等表示否定義的詞集中凸現否定意蘊。

　　詩人的寫作技巧非常高明，詩之章法結構非常嚴謹，五章均為十四句，且都是標準的四字句。詩人還運用了大量的疊字修辭、對偶修

辭、重複修辭和頂真修辭,這在整部《詩經》中都是罕見的。此外在表意方面,詩人之意實在「刺」,前兩章卻用「美」為「刺」作映襯,使醜惡的事物在與美好的事物的對比中更顯出其醜惡,欲抑先揚,跌宕有致。而詩人的「刺」即使是在最重要的第三、四兩章中,也並不劍拔弩張、疾言厲色,只是反覆直陳醉酒之態以為警誡,除了爛醉後手舞足蹈的姿勢不惜重言,「載號載呶」、「亂我籩豆」、「側弁之俄」寫醉漢吵吵嚷嚷、弄亂東西、衣冠不正,也都抓住了特徵。並且,詩人還善於通過「既醉而出,並受其福」之類的委婉語、「由醉之言,俾出童羖」之類的戲謔語,來作「綿裏針」式的點染。

孫月峰評此詩曰:「長篇大章,鋪敘詳備,首兩章述禮處甚濃古,三、四寫醉態淋漓,末章申戒,收歸正,構法勻整。後三章稍露跌盪。」姚際恒評曰:「由淺入深,備極形容醉態之妙!」

魚　藻

魚在在藻,有頒①其首。王在在鎬②,豈樂飲酒③。
魚在在藻,有莘④其尾。王在在鎬,飲酒樂豈。
魚在在藻,依于其蒲⑤。王在在鎬,有那⑥其居。

【註釋】

① 頒:大頭貌。

② 鎬:西周都城鎬京。

③ 豈樂:和樂。豈:通「愷」,樂。

④ 莘:尾長貌。

⑤ 蒲:水草名。

⑥ 那:盛大貌。一說安閒貌。

【賞析】

這首詩讚美周王在鎬京飲酒、優遊自得之樂，也極概括地寫到鎬京建築的美盛，言雖簡而意雋永可味。

全詩三章，每章前兩句以「魚在在藻」起興，出語奇崛。一句四字而「在」字兩見，頗具特點。這兩個「在」字實為自問自答，可釋為「魚何在？在乎藻」。全詩節奏以此為基調，歡快跳躍，收放有致。三章中每章第二句對魚的形態描寫，酷似現代電影中的特寫鏡頭，先首，再尾，最後「依于其蒲」則是魚在藻中搖頭擺尾，得其所需的全景式展示。三章並提，由特寫至全景，構成了一組極具情節性和象徵意味的魚藻情趣圖。每章後兩句則是寫王，「王在在鎬」、「飲酒樂豈」，形式上只是語序顛倒，實則暗含活動順序和因果。先秦，酒是富足後的奢侈品，因而也是歡樂的象徵。若無「豈樂」的心緒，則不會去「飲酒」。而在酒過三巡之後，那歡樂的氣氛在酒香彌漫中顯得更為濃烈。宴飲之景、歡樂之情躍然紙上。末章「有那其居」既是對大王居所的無限讚歎，也是對前兩章因果關係上的照應。從視覺效果上看，也正是點和面、局部和全景的關係，與觀魚的空間轉換一致，這樣整首詩比興和鋪排和諧無間，渾然一體。

通觀全詩，「魚」和「王」，「藻」和「鎬」在意象和結構上嚴格對應，起興之意昭然。詩人歌詠魚得其所之樂，實則借喻百姓安居樂業的和諧氣氛。正是有了這一層借喻關係，全詩在歡快熱烈的語言中充分展現了君民同樂的主題。

采 菽

采菽①采菽，筐之筥②之。君子來朝，何錫予之？
雖無予之，路車乘馬③。又④何予之？玄袞及黼⑤。
觱沸檻泉⑥，言采其芹。君子來朝，言觀其旂⑦。
其旂淠淠⑧，鸞聲嘒嘒⑨。載驂載駟⑩，君子所屆⑪。

赤芾在股^⑫，邪幅^⑬在下。彼交匪紓，天子所予^⑭。
樂只君子，天子命之。樂只君子，福祿申^⑮之。
維柞^⑯之枝，其葉蓬蓬。樂只君子，殿^⑰天子之邦。
樂只君子，萬福攸同。平平左右^⑱，亦是率從^⑲。
泛泛楊舟，紼纚維之^⑳。樂只君子，天子葵^㉑之。
樂只君子，福祿膍^㉒之。優哉游哉，亦是戾^㉓矣。

【註釋】

① 菽：大豆。此指豆葉。

② 筥：亦筐也，方者為筐，圓者為筥。這裏作動詞。

③ 路車：即輅車，古時諸侯所乘。古代禮制，天子大路，諸侯路
車，大夫大車，士飾車。作為天子賞賜，賜同姓諸侯以金路，賜
異姓諸侯以象路。乘馬：四馬。

④ 又：還，追加之意。

⑤ 玄袞：畫有卷隆圖案的黑色上公禮服。黼：黑白相間的花紋。此
處亦指禮服。一說為畫有斧形的禮服。

⑥ 觱沸：泉水湧出貌。檻泉：噴湧四流之泉。

⑦ 旂：繪有蛟龍的旗幟。

⑧ 淠淠：旗幟飄動貌。

⑨ 嘒嘒：鈴聲有節奏。

⑩ 載驂載駟：言君子之車，有駕三馬的，有駕四馬的。

⑪ 屆：到，至。

⑫ 芾：蔽膝。股：大腿。

⑬ 邪幅：裹腿。

⑭ 彼交匪紓，天子所予：赤芾、邪幅因為都是天子所賜，所以緊束
在身而不緩解。交：纏繞。紓：緩解。一說此兩句言諸侯不怠慢
不驕狂，天子因此有賞賜。

⑮ 申：加。一說周代官秩，有一命至九命之差。功愈多受賜命之次
數越多，等級越高。此處指多次受賞封。

⑯ 柞：木名，即櫟樹。

⑰ 殿：鎮撫。

⑱ 平平：閒雅之貌。左右：指君子左右之臣。

⑲ 率從：遵從。指左右從君子而來朝。

⑳ 紼：麻製的大繩。纚：竹製的繩索。

㉑ 葵：通「揆」，言天子度量諸侯之德。一說通「賴」，言天子所依賴。一說通「閟」，止，言天子留止諸侯。

㉒ 膍（音皮）：厚賜。

㉓ 戾：安定。

【賞析】

　　這是一首諸侯來朝之詩。詩人當是周室大夫，他目睹諸侯朝見周王而歌其事，言語中對諸侯充滿讚美。詩以采菽、采芹、柞枝、楊舟起興，大約是本於民間村姑、山樵樂相見之歌詠改制而成，以表現一種情緒狀態，並非真出於草野村夫。蓋亦取諧音法，「菽」諧「淑」，善也；「芹」諧「勤」，勤勉也；「柞」諧「祚」，國祚昌明也。

　　全詩五章，首章是諸侯上朝之前，身為大夫的詩人對周天子可能準備的禮物的猜測。第二章寫詩人見到的諸侯來朝之時極為壯觀的場面。第三章全用賦法，鋪排詩人近觀諸侯朝見天子時的情景。第四章是詩人對來朝諸侯卓著功勳的頌揚。末章是大夫美諸侯之辭。前兩句以大纜繩繫住楊木船起興，並讓人聯想到諸侯和天子之間的關係是依賴相互間的利益緊緊維繫在一起的，諸侯為天子殿國安邦，天子則給諸侯以豐厚的獎賞。最後兩句對諸侯安居優遊之態充滿豔羨。

　　全詩雖時有比興，但總體上還是用的賦法。從未見君子之思，到遠見君子之至，近見君子之儀和最後對君子功績和福祿的頌揚，可概見賦體端倪。為讀者再現了一幅先秦諸侯朝見天子時的歷史畫卷。

角　弓

騂騂角弓[1]，翩[2]其反矣。兄弟昏姻[3]，無胥[4]遠矣。
爾之遠矣，民胥然矣[5]。爾之教矣，民胥效矣。
此令[6]兄弟，綽綽有裕[7]。不令兄弟，交相為瘉[8]。
民之無良，相怨一方。受爵不讓，至于已斯亡[9]。
老馬反為駒，不顧其後[10]。如食宜饇，如酌孔取[11]。
毋教猱升木[12]，如塗塗附[13]。君子有徽猷[14]，小人與屬。
雨雪瀌瀌[15]，見晛曰消[16]。莫肯下遺[17]，式居婁驕[18]。
雨雪浮浮[19]，見晛曰流。如蠻如髦[20]，我是用憂。

【註釋】

① 騂騂：弦和弓調和貌。角弓：以獸角裝飾的弓。

② 翩：此指反過來彎曲之貌。弓弦拉緊曰「張」，則兩端向內彎。放
　　鬆弓弦曰「弛」，則弓身伸展向外。這是對兄弟婚姻親疏遠近的比
　　喻。

③ 兄弟：同姓親屬。昏姻：即婚姻。指姻親。

④ 胥：相。

⑤ 胥：皆。然：如此。

⑥ 令：善，此指有愛的美德。

⑦ 綽綽：寬裕舒緩貌。裕：寬大。

⑧ 瘉：病，此指殘害。

⑨ 亡：通「忘」。言只怨人之不讓己，而忘乎己之不讓人。

⑩ 老馬反為駒，不顧其後：老馬當作馬駒使，不念他們將來。此句
　　是對統治者不善養老，過度役使百姓的諷刺。一說此句比喻做事
　　顛倒前後。

⑪ 如食宜饇，如酌孔取：如給飯吃要讓他們吃飽，酌酒最好適量。此
　　兩句是正面教導養老之道。一說此兩句形容做事過分，像吃飯過
　　分貪飽，像喝酒過分貪杯。饇：飽。孔：恰如其分。一說甚多。

⑫ 猱：猿類，善攀援。升：攀。

⑬ 如塗塗附：言猿猴善於攀樹，像把泥沾附在泥上一樣，是非常容易的。

⑭ 徽：美。猷：道。

⑮ 瀌瀌：雪盛貌。

⑯ 晛（音現）：日氣，日光。消：融化。

⑰ 莫肯下遺：言小人不肯示謙恭。遺：通「隤」，柔順貌。

⑱ 居：安。一說通「倨」，倨傲。婁驕：高傲。一說「婁」通「屢」，屢次，多次。此兩句言小人不肯示謙恭，反而屢屢驕傲。一說在上者不肯謙虛待人，人們也安于傲慢常行。

⑲ 浮浮：雪大貌。

⑳ 如蠻如髦：言小人粗野無禮貌。蠻、髦：南蠻與夷髦，古代對西南少數民族的蔑稱。

【賞析】

　　這是一首勸誡周王要親近宗族兄弟與婚姻之國的詩，詩人要求周王自己樹立榜樣，使天下諸侯互相親近，不要爭權奪利，目的顯然是為了鞏固周王朝的統治。

　　全詩八章，首章以角弓不可鬆弛暗喻兄弟之間不可疏遠。「兄弟昏姻，無胥遠矣」，為全詩主題句，以下各章，多方申述，皆以此為本。第二章　說疏遠王室父兄的危害。作為君王而與自家兄弟疏遠，結果必然是上行下效，民風丕變，教化不存。四句皆以語氣詞煞尾，父兄口氣，語重心長。第三章用兄弟之間善與不善的兩種不同結果增強說服的效果。第四章則是通過現實中已成為風氣的「責人不責己」的小人做法，直言王行不善的社會惡果。第五、六兩章以奇特的比喻、切直的口吻從正反兩方面勸誘周王。只有自身行為合乎禮儀，才能引導小民相親為善。「老馬反為駒，不顧其後」，取譬新奇，以物喻人，指責小人不知優老而顛倒常情的乖戾荒唐，一個「反」字凸現出強烈的感情色彩。「如食宜，如酌孔取」，正面教導養老之道。第

六章更是新意新語競出，以猿猴不用教也會上樹，泥巴塗在泥上自然粘牢比喻小人本性無德，善於攀附，如果上行不正，其行必有過之。後兩句「君子有徽猷，小人與屬」，又是正面勸誡，如果周王有美德，小民也會改變惡習，相親為善的。詩的最後兩章以雪花見日而消融，反喻小人之驕橫而無所節制和不可理喻。「莫肯下遺，式居婁驕」和「如蠻如髦」說的是小人，卻暗指周王無道。有鑒於此，詩人不禁長歎「我是用憂」，此「憂」非為自身憂，也非為小人憂，而是為國家為天下而深懷憂患。

菀　柳

有菀①者柳，不尚②息焉。上帝甚蹈③，無自暱④焉。
俾予靖⑤之，後予極⑥焉。
有菀者柳，不尚愒⑦焉。上帝甚蹈，無自瘵⑧焉。
俾予靖之，後予邁⑨焉。
有鳥高飛，亦傅⑩於天。彼人之心，於何其臻⑪。
曷予靖之，居以凶矜⑫？

【註釋】

① 菀：通「苑」，枯病。一說茂盛貌。

② 尚：當作「當」，可。

③ 上帝：指周王。蹈：變化無常。一說傲慢無禮。

④ 暱：病。自暱：言自取其辱。

⑤ 靖：治事。一說平定禍亂。

⑥ 極：通「殛」，這裏形容使詩人受到不可忍受的責罰。

⑦ 愒：休息。

⑧ 瘵（音債）：病。

⑨ 邁：行，指放逐。一說通「厲」，酷虐。

⑩ 傅：至。

⑪ 臻：至。此句言其為惡之心，不知將到何種地步。

⑫ 居：處。凶矜：兇險危困之地。

【賞析】

　　本詩是一位有功之臣獲罪後所作，詩中充滿了怨憤和傷悼。一說以為這是一首揭露周王暴虐無常，諸侯不敢朝見的詩。詩以「菀柳」下不得休息起興，以喻王之道德枯洞，剩下的只有「甚蹈」之行了，其不可依靠甚明。

　　全詩三章，首章詩人現身說法，把與暴君共事的種種險惡表述無遺，正所謂「伴君如伴虎」。次章與首章詩意相似，在反覆詠歎中進一步強化了詩人所要表達的思想。兩章詩或比擬，或勸誡，或直白，但都以「焉」字結句，呼告語氣中傳遞著詩人的無限感慨和怨恨。

　　末章在前兩章感情積蓄的基礎上，由勸誡性的訴說轉向聲淚俱下的控訴：那鳥兒即使飛得再高，也不過就飛到那天頂。但那個人叵測的用心，不知險惡到何等地步。鳥兒高飛是平和的比擬，逆向的起興。從平淡中切入，漸入情境，最後以反詰句「曷予靖之，居以凶矜」作結，單刀直入，讓人眼前凸現出一位正在質問「甚蹈」的「上帝」的受難詩人形象，詩人懷才不遇的悲憤、疾惡如仇的性情和命途多舛的遭遇都化作這句「詩眼」，給讀者以震撼心魄的力量。

都 人 士

彼都人士①，狐裘黃黃②。其容不改③，出言有章④。
行歸于周，萬民所望⑤。
彼都人士，臺笠緇撮⑥。彼君子女，綢直如髮⑦。
我不見兮，我心不說。
彼都人士，充耳琇實⑧。彼君子女，謂之尹吉⑨。

我不見兮，我心苑結⑩。
彼都人士，垂帶而厲⑪。彼君子女，卷髮如蠆⑫。
我不見兮，言從之邁⑬。
匪伊垂之，帶則有餘⑭。匪伊卷之，髮則有旟⑮。
我不見兮，云何盱⑯矣。

【註釋】

① 都人士：京都人士，指當日鎬京貴族。

② 黃黃：通「煌煌」，形容狐裘之盛美。

③ 其容不改：形容神態從容恬靜。

④ 出言有章：猶「出口成章」，形容文思敏捷，口才好。

⑤ 行歸于周，萬民所望：言行為遵循西周禮制，正是人民所望的。

⑥ 台笠：台草編成的草帽。緇撮：黑布冠。一說繫帽子的帶子。

⑦ 綢直：稠密直長。如：乃，其。

⑧ 充耳：耳墜子。琇：一種寶石。實：言琇之堅美晶瑩。

⑨ 尹吉：當時的兩個貴族大姓。

⑩ 苑結：鬱結，指心中憂悶，抑鬱。

⑪ 帶：腰間所繫之帶。厲：通「裂」，即繫腰的絲帶條剩餘的垂下來
　　的部分。

⑫ 蠆（音茱）：即蠍子，其尾部有刺，曲而上翹。此形容向上捲翹的
　　髮式。

⑬ 言：語氣詞。從之：因之。邁：行，言願從之行。

⑭ 匪伊垂之，帶則有餘：言那腰帶不是故意地下垂，是長長的帶子
　　束腰有餘。

⑮ 匪伊卷之，髮則有旟：言那鬈髮不是故意捲曲，是稠密的頭髮高
　　高聳起。旟（音於）：上揚。

⑯ 盱：通「籲」，憂。

【賞析】

西周東遷之後，大批貴族隨之東遷，文化中心移動了東都洛邑，而西都鎬京則遺下一片荒涼。朱熹《詩集傳》曰：「亂離之後，人不復見昔日都邑之盛，人物儀容之美，而作此詩以嘆惜之也。」由詩觀之，本詩是東周初年周人思昔日繁盛，悼古傷今之作。

全詩五章，皆用賦法，平淡的　述中寄寓著濃烈的感情內容。首章開頭便以「彼都人士」彷彿是稱呼又像是　述的句子面對讀者，同時交代了時間、地點、人物。一個「彼」字，浸透了詩人的物換之慨，星移之歎。「狐裘黃黃」是衣著，「其容不改」是容止，「出言有章」是言語，無論哪個方面都雍容典雅，合乎禮儀，那個時候的京都人士是如此可觀可賞，言外之意便是今天見到的這些人物，皆不可同日而語了。本章最後兩句表明重新回到昔日的周都是人心所向，而人們更為嚮往的是民生的安定，禮儀的複歸和時代的昌隆。

雖然「彼都人士」衣著、容止和言語都有可贊之處，但最為直觀且可視作禮儀標誌的則是衣服之美，因此以下各章多層次不厭其詳地描寫昔日京都人士服飾的華美有節，儀容的典雅可觀。第二、三兩章說的是彼時彼地具有典型性的男女貴族人物的形象，草笠和黑布冠是男子的典型頭飾，而密密直直的頭髮則是女子的典型特徵，耳朵上的寶石飾物更是不失貴族氣派。要問他們是何許人，是當時的名門望族尹氏和吉氏。此時這一切都不可得見，不能不令人憂鬱愁懣。愈是憂鬱愁懣，愈是難以忘懷昔日的人物典章，那個時候他們衣帶下垂兩邊飄蕩，鬢髮上翹如蠍尾上衝，都不是隨心所欲，而是合乎當時審美眼光和禮儀制度的精心設計。

全詩無一筆描寫今日人物形容，而是處處落筆於昔日京都男女的衣飾儀態之美，讓讀者在回憶和想像中產生強烈的對比感，準確而深沉地傳遞出詩人不勝今昔盛衰的主觀感受。

采　綠

終朝采綠①，不盈一匊②。予發曲局③，薄言歸沐④。
終朝采藍⑤，不盈一襜⑥。五日為期，六日不詹⑦。
之子於狩，言韔⑧其弓。之子於釣，言綸⑨之繩。
其釣維何？維魴及鱮。維魴及鱮，薄言觀者⑩。

【註釋】

① 綠：通「菉」，草名，即藎草，又名王芻，可以染黃。

② 匊：通「掬」，兩手合捧。

③ 曲局：彎曲，指頭髮彎曲蓬亂。

④ 薄言：語氣助詞。歸沐：回家洗髮。

⑤ 藍：草名，此處當指蓼藍。

⑥ 襜：圍裙。

⑦ 五日為期，六日不詹：言五月之日是約期，六月之日還不回還。
　　詹：至。

⑧ 韔：弓袋，此處作動詞，指女子為丈夫將弓裝入弓袋。

⑨ 綸：釣絲。此處作動詞，指女子幫丈夫整理絲繩。

⑩ 觀者：疑作「爟煮」，舉火烹煮之意。一說多。

【賞析】

　　本詩寫丈夫行役在外，婦人在家的思念之情。全詩婉轉曲折，極盡思婦心理特徵。

　　全詩四章，首兩章寫實，採菉者手在菉，心已不知飛越幾重山水，心、手既不相應，自然採菉難滿一掬。那麼所思所念是什麼，詩人並未直白，而是轉言「予發曲局，薄言歸沐」，捲曲不整的頭髮當然不是因為沒有「膏沐」，而是「誰適為容」。此時又要去梳洗，是因為君子隨時都可能出現在面前。次章「五日為期，六日不詹」交代了原因，既然約定五月之日就回家，在其後的每一天女主人公當然無

心於採菉，留心於歸沐了。但「五日為期，六日不詹」還不僅僅是交代了女主人公反常行為的原因，同時把她心中一股濃濃的怨思傳遞給了讀者。然而在「終朝采綠」這樣難挨的時間裏，女主人公的心中也有甜蜜的聯想，觀下文可知。

第三、四兩章是虛寫，是女主人公對往日夫妻生活的回憶。第三章寫君子漁獵，婦人相隨，夫唱婦隨之樂於此可見。第四章承上一章之「釣」言，所釣魚之多，實贊君子無窮的男性魅力。聞一多《詩經通義》曰：「《國風》中凡言魚，皆兩性間互稱其對方之廋語。」回憶越甜美，如今的寂寞也就更顯強烈，其思念也就越是沉重。陳僅《詩誦》曰：「後兩章追思往日形影不離情事，正不必說到今日歸期杳然，相思不見，業已柔腸寸斷。」一說以為後兩章是寫男子回來後的場景，如此，女子思情可慰，讀者之心亦寬。

黍 苗

芃芃①黍苗，陰雨膏②之。悠悠南行，召伯勞之③。
我任我輦④，我車我牛⑤。我行既集⑥，蓋⑦雲歸哉。
我徒我御⑧，我師我旅⑨。我行既集，蓋雲歸處。
肅肅謝功⑩，召伯營之。烈烈⑪征師，召伯成之。
原隰既平⑫，泉流既清。召伯有成，王心則寧。

【註釋】

① 芃芃：草木繁盛貌。

② 膏：滋潤。

③ 召伯：此指召穆公，姓姬，名虎，周初召公奭之後，為厲王、宣王、幽王三朝大臣。勞：慰問。

④ 我任我輦：言我們挑著擔，我們拉著車。任：挑擔。輦：人力車，此指拉車。

⑤ 我車我牛：言我們趕著牛車一路前行。

⑥ 集：完成。

⑦ 蓋：通「盍」，何不。

⑧ 我徒我御：言我們有的步行有的駕車。

⑨ 我師我旅：言我們有師和旅各級長官。舊以為五百人為旅，五旅為師。一說以為師、旅為官名。

⑩ 肅肅：嚴正貌。一說迅疾貌。謝功：指營謝之功。

⑪ 烈烈：威武貌。

⑫ 平：治，平整土地。

【賞析】

　　這首詩歌頌了召伯率軍平定淮夷之亂和營築謝邑的功勞，詩人尤其感戴其對士卒的關心。

　　全詩五章，首章「芃芃黍苗，陰雨膏之」起興，言召伯能像雨露滋潤禾苗一樣，撫慰每位南行徒役的心。從本詩中，我們可以看到，愛惜士卒，在征戰中與士卒同甘共苦，這種良將作風和傳統其來久遠矣。第二、三章寫徒役兵卒的賣力和功成思歸之心。「我行既集，蓋雲歸哉」是長期離家勞作的征役者思鄉情緒真實而自然的流露。但儘管思鄉之情非常急切，語氣中卻沒有絲毫怨懟之氣，確實是與全詩讚美召伯的歡快情緒相和諧的。第四章寫出營謝之功成和召伯師旅之威武，前兩句和後兩句分別照應第二章和第三章，由此觀之，此詩在結構安排上頗具匠心。末章以原田流水，展示了南方的和平和周王心中的安寧，反映了召伯的無量功德。末兩句為全詩詩眼。

　　陳僅《詩誦》云：「《黍苗》全詩，格局嚴整。召伯南行之績，有營謝、平淮兩役。首章總挈，次章營謝，第三章平淮，是分寫。第四章合寫，仍分兩扇。末章總結，兩役中皆有田制水利事，因又抽出言之，於文為餘波，居然今世八股之式矣，詩中何所不有？」將本詩章法與八股文聯繫起來，雖然有些勉強，但也不能說全無道理。

隰桑

隰桑有阿^①，其葉有難^②。既見君子，其樂如何。
隰桑有阿，其葉有沃^③。既見君子，云何不樂？
隰桑有阿，其葉有幽^④。既見君子，德音孔膠^⑤。
心乎愛矣，遐不謂矣^⑥？中心藏^⑦之，何日忘之？

【註釋】

① 隰桑：生於低濕之地的桑樹。阿：通「婀」，桑枝柔美貌。

② 難：通「娜」，茂盛柔美貌。

③ 沃：葉柔嫩肥潤貌。

④ 幽：「葽」之音轉，盛也。一說通「黝」，青黑色。

⑤ 德音：美譽。一說情話。膠：盛。一說纏綿。

⑥ 遐：何。一說遠。謂：告訴。一說會。此句言為何不跟他表白。
  一說因遠別而不能相會。

⑦ 藏：懷。一說通「臧」，善，猶「愛」。

【賞析】

　　這是一首描寫男女幽會的愛情詩，詩以女子口吻來寫，極寫她對愛人的喜愛及與其感情的深厚。

　　詩的前三章三重疊唱，開頭兩句是起興，詩人眼見窪地上桑林枝葉茂盛，濃翠欲滴，婀娜多姿，美極了。這正是青春美的象徵。何況桑林濃蔭之下，是少女少男幽會的最佳場所。已見意中人，女子心中之喜一時竟難以言表，「云何不樂」的反問直道出心中不盡的狂喜和濃濃愛意。至第三章時，女子稍鎮定，轉為對男子品德的讚美。一說以為「德音」指情話，如此則表現了戀愛中的男女軟語款款、情話纏綿的曖昧場景。末章訴說了愛情苦惱和心理矛盾，本來她深愛著心上人，但又不敢向對方表白自己的愛，她反問自己：既然心裏如此愛著他，何不向他和盤托出呢？她也許多次下過決心，一再自我鼓勵，但

是終究缺乏這種勇氣，至今仍是無可奈何地把「愛」深深藏在心底，然而這已萌芽了的愛情種子自會頑強生長。這章極道愛之至誠，本不欲忘，卻曰「何日忘之」，乃形容之妙處。

白　華

白華菅兮①，白茅②束兮。之子之遠，俾我獨兮。
英英白雲③，露④彼菅茅。天步⑤艱難，之子不猶⑥。
滮池⑦北流，浸彼稻田。嘯歌⑧傷懷，念彼碩人⑨。
樵彼桑薪，卬烘于煁⑩。維彼碩人，實勞我心。
鼓鐘于宮，聲聞于外。念子懆懆⑪，視我邁邁⑫。
有鶖⑬在梁，有鶴⑭在林。維彼碩人，實勞我心。
鴛鴦在梁，戢其左翼。之子無良，二三其德。
有扁⑮斯石，履⑯之卑兮。之子之遠，俾我疧⑰兮。

【註釋】

① 白華：即白花。菅：多年生草本植物，又名蘆芒。一說為蘭。

② 白茅：又名絲茅，因葉似矛而得名。

③ 英英：潔白、輕明之貌。一說盛多貌。白雲：天上的白雲。一說指霧氣。

④ 露：指水氣下降為露珠，兼有沾濡之意。

⑤ 天步：指命運。

⑥ 不猶：由「無謀」，言其拙于生計。

⑦ 滮池：古水名，在今陝西西安市北。

⑧ 嘯歌：號哭而歌。

⑨ 碩人：此指其心中的英俊男子，即女子的丈夫。

⑩ 卬：我。烘：指燒火。煁：越冬烘火之行灶，是一種可移動的小爐灶。桑木在古代是上等木材，徒供行灶烘燎之用，其貴賤顛倒

甚矣。

⑪ 懆懆：愁苦不安貌。

⑫ 邁邁：輕慢貌。一說遠行貌。

⑬ 鷺：水鳥名，頭與頸無毛，似鶴，又稱禿鷺，性貪惡，能與人
　　鬥，好啖魚、蛇及鳥雛。

⑭ 鶴：鶴為高潔之鳥，亦食魚。此當是以鳥求魚喻男子求偶。鶴高
　　遠反遠在林，鷺醜惡反在梁，去魚近。喻所愛男子遠己而去。古
　　學者以為物各得其所，反喻自己和丈夫不得其所。

⑮ 有扁：即「扁扁」，乘石之貌。乘石即乘車時所踩的石頭。

⑯ 履：踩，指乘車時踩在腳下。

⑰ 痕（音其）：因憂愁而得病。

【賞析】

　　這首詩寫女子懷念她遠離家鄉在外的丈夫，因思念過甚，而生怨憤之意。從詩中語氣來看，主人公應是一位貴族婦女。古今學者多以為本詩是幽王廢後時，申後以寫哀怨之作。但仔細品讀，就會發現，這只是一篇懷人的閨怨詩。一說以為這是一首棄婦詩，實在是大誤。詩中稱男子為「碩人」，看不到一點恨意、惡意，至於第七章「之子無良」，不過是因別久生疑而產生的怨望之情，並非實境。

　　全詩八章。首章言男子遠去，使己孤獨。以菅草和白茅相束起興，映射夫婦之間相親相愛正是人間常理。其中的菅草白華和茅草之白有象徵純潔與和諧的愛情意義。次章女子因思念而為男子憂慮。看來她的丈夫是個憨厚的老實人，生活中總是吃虧，這憂慮中正蘊含著她深深的愛。第三章言因思念而憂傷。本章以泉水滋潤稻田反興自己得不到丈夫之愛的痛苦。第四章以桑薪不得其用興女子不能與丈夫廝守之焦慮。第五章以鐘聲遠聞反喻男子遠去而不聞己之思彼。第六章以鶴喻所思之人，申相思之憂愁。第七章因思而生疑，怨男子有二心。第八章以扁石被踩的低下地位與女子之悲苦處境，再言男子遠去，徒使己憂傷。「之子之遠，俾我痕兮」與首章「之子之遠，俾我

獨兮」兩相呼應，有回環往復之妙。

綿　蠻

綿蠻①黃鳥，止于丘阿②。道之云③遠，我勞如何。
飲之食之，教之誨之。命彼後車④，謂之載之⑤。
綿蠻黃鳥，止于丘隅。豈敢憚行⑥，畏不能趨⑦。
飲之食之，教之誨之。命彼後車，謂之載之。
綿蠻黃鳥，止于丘側。豈敢憚行，畏不能極⑧。
飲之食之，教之誨之。命彼後車，謂之載之。

【註釋】

① 綿蠻：小貌。一說文采繁密貌。

② 丘阿：丘陵彎曲處。

③ 云：語氣助詞。

④ 後車：諸侯出行時的從車，又叫副車。

⑤ 謂之載之：言命副車載行役者而行。謂：為。一說告。

⑥ 憚行：怕行路。

⑦ 趨：急行，快走。

⑧ 極：至，指到達目的地。

【賞析】

　　一位長途跋涉的行人，疲於奔命，困於饑渴，路上遇到了一位好心的貴族，把他載到副車上，並給他吃喝，還安慰他、開導他。他很感動，作此詩以表達感激之情。然全詩三章，每章前半部分是落難者的口吻，而後半部分又是相助者的口吻，前後不一，詩中似有深意。

　　陳子展《詩經直解》曰：「全詩三章只是一個意思，反覆詠歎。

先自言其勞困之事，鳥猶得其所止，我行之艱，至於畏不能極，何以人而不如鳥乎？後托為在上者之言，實為幻想，徒自道其願望。飲之食之，望其周恤也；教之誨之，望其指示也；謂之載之，望其提攜也。」此說可信。將每章後四句理解為詩人幻想中的賢大夫的聲音，是說得通的。想必詩人也未必真的行役在路，受困於饑渴，只是以此興己之困頓處境罷了。本來大夫該體恤下情，有憐憫之心，可身當亂世的微臣是無緣見到這樣的賢大夫了，故詩人有此懷想，有此幻念。如此，本詩則隱含「刺」意。

瓠　葉

幡幡瓠葉①，采之亨之。君子有酒，酌言嘗之。
有兔斯首②，炮之燔之③。君子有酒，酌言獻④之。
有兔斯首，燔之炙之。君子有酒，酌言酢⑤之。
有兔斯首，燔之炮之。君子有酒，酌言酬⑥之。

【註釋】

① 幡幡：風吹瓠葉翻動貌。瓠：瓠瓜，又稱葫蘆，果實、嫩葉皆可食。
② 斯首：白頭，兔小者頭白。
③ 炮：將帶毛的動物裹上泥放在火上燒。燔：用火烤熟。
④ 獻：主人向賓客敬酒。
⑤ 酢：賓飲主人所獻酒後，向主人回敬酒。
⑥ 酬：勸酒，賓主同飲。

【賞析】

　　這是一首庶人宴飲朋友之詩，當由朋友唱出。一說以為由主人唱出。宴席上並無珍饈佳餚，反覆吟唱的，不過是一碗瓠葉湯和一隻白

頭野兔，然而席間的氣氛卻很熱烈。

詩首章取瓠葉這一典型意象，極言其宴席上菜肴的粗陋和簡約，瓠葉味苦，則可知所食非美味佳餚，但主人並沒有以微薄而廢禮，而是情真意摯地「采之亨之」，並取酒相待，請客人一同品嘗。詩中多用代詞，加快了節奏，情緒顯得歡快跳躍。

詩後三章以白頭野兔為敘賦對象，從另一面極言菜肴簡陋。先秦時代，在正式宴請客人的場合，據禮當備「六牲」，而兔子是不登大雅之堂的，明瞭這一點，厚薄奢簡盡顯。正如第一章所　述的那樣，主人並沒有因小兔之微薄而廢宴飲之禮，而是或「炮」或「燔」或「炙」，變化烹調手段，使單調而粗簡的原料變成誘人的佳餚，復以酒獻客、酢客、酬客，禮至且意切，在你來我往的觥籌交錯中，可以看出主賓之間確實「有不任欣喜之狀」。

漸漸之石

漸漸^①之石，維其高矣。山川悠遠，維其勞矣。
武人東征，不皇朝矣^②。
漸漸之石，維其卒^③矣。山川悠遠，曷其沒矣^④。
武人東征，不皇出矣^⑤。
有豕白蹢^⑥，烝涉波矣^⑦。月離于畢^⑧，俾滂沱^⑨矣。
武人東征，不皇他矣。

【註釋】

① 漸漸：通「巉巉」，山石高峻貌。

② 皇：通「遑」。不皇：不遑，顧不上。朝：朝夕。

③ 卒：通「崒」，山高峻貌。

④ 沒：盡頭。此句言何時是盡頭。

⑤ 出：脫險。不皇出：只知不斷深入，無暇顧及出來。

⑥ 豕：豬。蹢：蹄。

⑦ 烝：眾多。涉波：過河。朱熹曰：「豕涉波，月離畢，將雨之驗也。」聞一多亦曰：「豕涉波與月離畢並舉，似涉波之豕亦屬天象，《述異記》曰：『夜半天漢中有黑氣相連，俗謂之黑豬渡河，雨候也。』」

⑧ 離：即「羅」，言月行至畢星之間，好像被「天畢」所網羅。月近畢星是大雨的徵兆。畢：二十八星宿之一的畢宿。

⑨ 滂沱：大雨貌。

【賞析】

　　這是一首表現軍旅之苦的詩歌，是一位下級軍士的內心獨白。朱熹《詩集傳》曰：「將帥出征，經歷險遠，不堪勞苦而作此詩也。」

　　全詩三章，有敘事有抒情。第一章寫東征之勞苦，一路艱險，行軍披星戴月。第二章與第一章相仿，寫行軍路途之艱難，軍士面臨懸崖峭壁，生出疲憊和抱怨，同時也透著厭戰的情緒。「不皇出矣」這句蘊藏了更多難言的痛苦，軍情緊迫，不斷深入，戰士們已經無暇估計能否脫險，說明至此已經將生死置之度外。第三章將筆觸伸向天空，描寫氣象。戰士們夜晚行軍，又趕上大雨，實在是苦不堪言。

　　全詩中「武人東征」一句貫穿始終，點明抒情主體和事件。三章描寫行軍之苦情，憂慮一層深過一層。讀罷詩歌，讀者可以感受到軍士們那悲壯的心情和深深的無奈。

苕之華

　　苕①之華，芸②其黃矣。心之憂矣，維其傷矣！
　　苕之華，其葉青青③。知我如此，不如無生！
　　牂羊墳首④，三星在罶⑤。人可以食，鮮可以飽⑥！

【註釋】

① 苕（音條）：蔓生植物，又稱凌霄花。

② 芸：黃盛貌。

③ 青青：通「菁菁」，茂盛貌。

④ 牂（音章）羊：母羊。墳首：大頭。此為羊饑饉之態。此句以一羊之瘦弱來表現陸物之蕭索。清王照圓曰：「舉一羊而陸物之蕭索可知，舉一魚而水物之凋耗可想。」

⑤ 三星：即參星，二十八星宿之一。罶（音柳）：捕魚的竹器。此句言詩人夜裏餓得睡不著覺，到魚梁上希望察看，希望能有魚進罶，而魚罶空無一物，唯有星光照著流水而已。

⑥ 人可以食，鮮可以飽：若說人也可以吃，可人太瘦太少還不夠塞牙。此為傷心餓極之言。

【賞析】

　　這首詩描寫的是饑荒之年百姓困苦淒慘的景象，人們心如死灰，對生活已經絕望。詩以凌霄花起興，以其花開得鮮豔，顯現一派生機來反襯荒年人民難以為生的慘狀。身逢災年，難有活路，人連植物都不如。

　　全詩三章，首章詩人直抒心中那強烈的憂愁。第二章詩人悲歎生不逢時，活著還不如死去，可見這悲慘的現實已經讓人喪失了生存的希望。這兩章中，儘管詩人感情激切，心中的憂憤幾如烈火噴射而出，但是其憂憤的原因卻沒有表明。第三章就是對荒年慘狀的真實描寫，人們沒有東西可吃，已經到想吃人的地步了！吃人是慘絕人寰的，可在封建時代的災荒中卻是屢見不鮮的，因為那本就是個吃人的社會！

何草不黃

何草不黃？何日不行^①？何人不將^②？經營^③四方。
何草不玄^④？何人不矜^⑤？哀我征夫，獨為匪民^⑥。
匪兕匪虎^⑦，率^⑧彼曠野。哀我征夫，朝夕不暇。
有芃^⑨者狐，率彼幽草^⑩。有棧^⑪之車，行彼周道。

【註釋】

① 行：指行軍，行役。
② 將：出征。
③ 經營：奔波，往來。
④ 玄：發黑腐爛。
⑤ 矜：通「鰥」，無妻者。征夫離家，等於無妻。一說指可憐。一說指病苦。
⑥ 獨：豈，難道。匪民：非人，不是人。
⑦ 匪：通「非」。一說為彼。兕：犀牛。
⑧ 率：循，沿著。
⑨ 有芃：猶「芃芃」，獸毛蓬鬆貌。
⑩ 幽草：草叢深處。
⑪ 有棧：猶「棧棧」，形容棧車竹木雜編之貌。

【賞析】

這是一首寫征夫怨憤的詩。朱熹《詩集傳》曰：「周室將亡，征役不息，行者苦之，故作是詩。」陳子展《詩經直解》云：「《何草不黃》，征役不息，征夫愁怨之作。」皆通。

全詩以一征人的口吻淒淒慘慘道來，別有一份無奈中的苦楚。第一、二兩章以「何草不黃」、「何草不玄」比興征人無日不在行役之中，似乎「經營四方」已是征夫的既定命運。既然草木註定要「黃」、要「玄」，那麼征人也就註定要走下去。統帥者絲毫沒有想到：草

黃、草玄乃物之必然本性，而人卻不是為行役而生於世，人非草木，當不能以草木視之。而一句「何人不將」，又把這一人為的宿命擴展到整個社會。可見，此詩所寫決不是個人的悲劇，而是「磧裏征人三十萬」的社會悲劇。這是一輪曠日持久而又殃及全民的大兵役，家與國在征人眼裏只是連天的衰草與無息的奔波。

因此，第三、四兩章作者發出了久壓心底的怨懟：我們不是野牛、老虎，更不是那越林穿莽的狐狸，為何卻與這些野獸一樣長年在曠野、幽草中度日？難道我們生來就與野獸同命？別忘了，我們也是人！不過，怨終歸是怨，命如草芥、生同禽獸的征夫們並沒有改變自己命運的能力，他們註定要在征途中結束自己的一生。他們之所以過著非人的行役生活，是因為在統治者眼中他們根本就不是人，而是一群「戰爭」的工具而已。所以，怨的結局仍然是「有棧之車，行彼周道」。這種毫無希望、無從改變的痛苦泣訴，最大限度地展示了征人的悲苦。

方玉潤《詩經原始》評此詩曰：「蓋怨之至也！周衰至此，其亡豈能久待？編詩者以此奠《小雅》之終，亦《易》卦純陰之象。」

大　雅

　　《大雅》詩歌共31篇，其中大多為西周中期與後期之作，作者皆為周王朝的上層人物，內容多與周王室的歷史、祭祀、政治、軍事等活動有關。就整體風格而言，《大雅》沒有《小雅》的山野之氣，而多華貴之氣，其格調也與《小雅》迥然不同。

文　王

文王在上，於昭于天①。周雖舊邦②，其命維新③。
有周不顯④，帝命不時⑤。文王陟降，在帝左右⑥。
亹亹⑦文王，令聞不已⑧。陳錫哉周⑨，侯文王孫子⑩。
文王孫子，本支⑪百世，凡周之士⑫，不顯亦世⑬。
世之不顯，厥猶翼翼⑭。思皇多士⑮，生此王國。
王國克⑯生，維周之楨⑰；濟濟多士，文王以寧⑱。
穆穆⑲文王，於緝熙敬止⑳。假㉑哉天命，有㉒商孫子。
商之孫子，其麗不億㉓。上帝既命，侯于周服㉔。
侯服于周，天命靡常㉕。殷士膚敏㉖，祼將于京㉗。
厥作祼將，常服黼冔㉘。王之藎臣㉙，無念爾祖㉚。
無念爾祖，聿修厥德㉛。永言配命㉜，自求多福。
殷之未喪師㉝，克配上帝㉞。宜鑒于殷，駿命不易㉟！
命之不易，無遏爾躬㊱。宣昭義問㊲，有虞殷自天㊳。
上天之載㊴，無聲無臭㊵。儀刑㊶文王，萬邦作孚㊷。

【註釋】

① 於：嘆詞，猶「嗚」、「啊」，下文「於緝熙敬止」之「於」亦同。
　　昭：光明顯耀。
② 舊邦：指周是歷史悠久的邦國。周在氏族社會本是姬姓部落，後

與姜姓部落聯盟，在西北發展。周立國從堯舜時代的后稷算起。

③ 命：天命。古以為文王為受天命之君。維：乃。

④ 有周：即周邦。有：名詞詞頭，有強調的意味。不：通「丕」，大。顯：光明，顯赫。

⑤ 帝命：上帝的旨意。不：亦通「丕」。時：穩固，持久。此句言上帝的旨意必將持久不奪。

⑥ 文王陟降，在帝左右：言文王的神靈上下接天臨民，在上帝身邊做他的輔佐。

⑦ 亹亹（音委）：勤勉不倦貌。

⑧ 令聞：美好的名聲。不已：無盡。

⑨ 陳：猶「重」、「屢」。一說通「申」。錫：賞賜。哉：通「在」。一說讀「茲」，即此。此句言上天厚賜周邦。

⑩ 侯：維，是。孫子：子孫。

⑪ 本支：以樹木的本枝比喻子孫繁衍。

⑫ 士：這裏指統治周朝享受世祿的公侯卿士百官。

⑬ 亦世：猶「奕世」，即累世。

⑭ 世之不顯，厥猶翼翼：言世世代代能夠光耀顯赫，正因為文王深遠的謀略。厥：其。猶：通「猷」，謀劃。翼翼：恭謹勤勉貌。

⑮ 思：語首助詞。皇：美，盛。

⑯ 克：能。

⑰ 楨：支柱，骨幹。一說通「禎」，吉祥福慶之意。

⑱ 以：因。此言文王之靈因周邦多賢才而獲得安寧。

⑲ 穆穆：莊重恭敬貌。

⑳ 緝熙：光明。形容文王胸懷坦蕩。敬止：嚴肅謹慎。此句言文王既光明磊落，又能敬畏天命。

㉑ 假：大。一說堅固。

㉒ 有：得有。

㉓ 麗：樹木。不：語氣助詞。億：周制十萬為億，這裏只是概數，極言其多。

㉔ 侯：維，乃。周服：臣服于周。

㉕ 靡常：無常。

㉖ 殷士：歸降的殷商貴族。膚敏：言努力從事。

㉗ 祼：古代一種祭禮，在神主前面鋪白茅，把酒澆茅上，像神在飲酒。將：奉。

㉘ 常服：祭事規定的服裝。黼（音甫）：古代有白黑相間花紋的衣服。冔：殷冕。

㉙ 藎臣：忠臣。指降服于周的殷朝諸侯。

㉚ 無念爾祖：這是勸殷人的話，要他們不要思念祖先，一心臣服于周。

㉛ 聿：發語氣助詞。修厥德：修其德。

㉜ 永言：久長。言：通「焉」，語氣助詞。配命：與天命相合。

㉝ 喪師：指喪失民心。

㉞ 克配上帝：能與天帝之意相稱。

㉟ 駿命：大命，天命。不易：不改變。

㊱ 命之不易，無遏爾躬：言你要讓天命不再變更，不在你身上中斷這大統。

㊲ 宣：布。昭：明。義問：美好的名聲。

㊳ 有：又。虞：審察、推度。殷：正。一說通「依」。此兩句言遠揚你美好的名聲，又要審時度勢符合天命。

㊴ 載：行事。

㊵ 臭：味。

㊶ 儀刑：效法。刑：通「型」。

㊷ 作：則。孚：信服。

【賞析】

　　這是一首周王祭祀先祖文王的詩，朱熹以為詩作者是周公，但詩中明言「文王孫子，本支百世」，顯然是去文王百世之後的詩，斷非文王之子周公所作，詩可能產生於西周中期。

全詩七章，每章八句。首章言文王得天命興國，建立新王朝是天帝意旨；第二章言文王興國福澤子孫宗親，子孫百代得享福祿榮耀；第三章言王朝人才眾多得以世代繼承傳統；第四章言因德行而承天命興周代殷，天命所繫，殷人臣服；第五章言天命無常，曾擁有天下的殷商貴族已成為服役者；第六章言以殷為鑒，敬天修德，才能天命不變，永保多福；第七章言效法文王的德行和勤勉，就可以得天福佑，長治久安。

　　全詩章句結構整齊，每章換韻，韻律和諧，成功地運用了連珠頂真的修辭技巧，語句蟬聯，詩義貫串，宛如一體。余培林《詩經正詁》評曰：「至此詩之旨，四字可以盡之，曰：『敬天法祖。』」

大　明

　　明明在下^①，赫赫在上^②。天難忱斯^③，不易維王^④。天位殷適^⑤，使不挾四方^⑥。

　　摯仲氏任^⑦，自彼殷商。來嫁于周，曰嬪于京^⑧。乃及王季^⑨，維德之行^⑩。大任有身，生此文王。

　　維此文王，小心翼翼^⑪。昭事上帝^⑫，聿懷多福^⑬。厥德不回^⑭，以受方國^⑮。

　　天監^⑯在下，有命既集^⑰。文王初載^⑱，天作之合^⑲。在洽之陽^⑳，在渭之涘^㉑。文王嘉止^㉒，大邦有子^㉓。

　　大邦有子，俔天之妹^㉔。文^㉕定厥祥，親迎于渭^㉖。造舟為梁^㉗，不顯其光^㉘。

　　有命自天，命此文王。于周于京^㉙，纘女維莘^㉚。長子維行^㉛，篤^㉜生武王。保右命爾^㉝，燮伐^㉞大商。

　　殷商之旅，其會^㉟如林。矢于牧野^㊱，維予侯興^㊲。上帝臨女^㊳，無貳爾心^㊴。

　　牧野洋洋^㊵，檀車煌煌^㊶，駟騵彭彭^㊷。維師尚父^㊸，時維

鷹揚㊹涼彼武王㊺，肆伐大商㊻，會朝清明㊼。

【註釋】

① 明明：光彩奪目貌。在下：指在人間。

② 赫赫：顯盛貌。在上：指在天上。此兩句言光明的德行在人間輝煌，顯赫的神靈高居在天上。一說皇天偉大光輝照人間，光彩卓異顯現於上天。

③ 忱：信任。斯：句末助詞。此句言天命無常而難信。

④ 不易維王：言世間最不易的是君王。

⑤ 位：通「立」。適：敵人。一說通「嫡」，殷之嫡，即殷商末代君王紂王。

⑥ 挾：控制，佔有。四方：天下。此兩句言上天設立了殷人的剋星大周，使殷商不能再統治四方。

⑦ 摯：古諸侯國名，故址在今河南汝南一帶，任姓。仲：指次女。摯仲：即太任，王季之妻，文王之母。

⑧ 嬪：成婦曰嬪。京：周京。周部族后稷十三世孫古公亶父（周太王）自豳遷於岐，其地名周。其子王季於此地建都城。

⑨ 乃：就。及：與。王季：古公亶父之子，又稱季曆，文王之父。

⑩ 維德之行：猶曰「維德是行」，此二句言太任和丈夫王季只做有德行的事情。

⑪ 翼翼：恭敬謹慎貌。

⑫ 昭：通「劭」，勤勉。一說光明。事：服侍，侍奉。

⑬ 聿（音郁）：猶「乃」，就。懷：招來。

⑭ 厥：猶「其」。回：邪僻。

⑮ 受：承受，享有。方國：邦國。

⑯ 監：明察。

⑰ 有命既集：言天命已集于周。

⑱ 初載：初立，即初繼承王位時。一說「載」通「年」，即年輕時。

⑲ 作：成。合：婚配。此句言天成其美。

⑳ 洽：水名，又名合水。源出陝西合陽縣，東南流入黃河，現稱金水河。陽：水之北。

㉑ 渭：水名，黃河最大的支流，源於甘肅渭源縣，經陝西，於潼關流入黃河。涘：水邊。

㉒ 嘉：美好，高興。止：語末助詞。一說「止」為「禮」，嘉止，即嘉禮，指婚禮。

㉓ 大邦：指殷商。子：未嫁的女子。傳說殷商帝乙（紂父）曾將妹妹嫁給周文王。一說此處所指為莘國之女太姒，即武王之母。

㉔ 倪（音現）：如，好比。天之妹：天上的美女。

㉕ 文：占卜的文辭。一說禮文。

㉖ 親迎於渭：言周文王親自到渭水邊迎親。以「大邦有子」為太姒者認為此處渭水當指涇水，因為莘國與岐周皆在渭水之北，並不過渭水。

㉗ 梁：橋。此指連船為浮橋，以便渡渭水迎親。

㉘ 不：通「丕」，大。顯：顯耀。光：榮光。

㉙ 于周于京：言在周原之地的京都之中。

㉚ 纘：續。莘：國名，在今陝西合陽縣一帶，姒姓。文王娶莘國之女，故稱太姒。

㉛ 長子：指伯邑考。行：指死亡。伯邑考早年為殷紂王殺害。

㉜ 篤：發語詞。

㉝ 保右：即「保佑」。命：命令。爾：此指武王姬發。

㉞ 燮：讀為「襲」。襲伐：即襲擊討伐。

㉟ 會：通「旝（音快）」，作戰時指揮用的軍旗。一說會合。其會如林，極言殷商軍隊之多。

㊱ 矢：通「誓」，誓師。牧野：地名，在今河南淇縣一帶，距商都朝歌七十餘里。

㊲ 予：指周王朝。侯：乃，才。興：興盛，勝利。此句與下兩句為誓詞，此言接受大命，我大周當興。

㊳ 臨：監臨。女：通「汝」，指周武王率領的將士。

㊴ 無貳爾心：言你們不要心懷二心。

㊵ 洋洋：廣闊貌。

㊶ 檀車：用檀木造的兵車。煌煌：鮮明壯盛貌。

㊷ 駟：四匹赤毛白腹的駕轅駿馬。彭彭：強壯有力貌。

㊸ 師：官名，又稱太師。尚父：即呂尚，世稱姜子牙。

㊹ 時：是。鷹揚：如雄鷹飛揚，言其奮發勇猛。一說戰陣名。

㊺ 涼：輔佐。

㊻ 肆伐：意同「燮伐」，襲伐。

㊼ 會朝：會朝即甲朝，指甲子日的早晨。清明：指天氣晴朗。

【賞析】

　　這是一篇周人自述其先祖伐商的詩史，以文王為中心，先寫文王父母以德相配而生文王，再述文王之德、文王之婚以及文王之德配天而生了有作為的兒子武王，最後說到武王伐商獲得成功。

　　全詩八章。首章先從讚歎皇天偉大、天命難測說起，以引出殷命將亡、周命將興，是全詩的總綱。次章即歌頌王季娶了太任，推行德政。第三章寫文王降生，承受天命，因而「以受方國」。第四章又說文王「天作之合」，得配佳偶。第五章即寫他於渭水之濱迎娶殷商帝乙之妹。第六章說文王又娶太姒，生下武王。武王受天命而「燮伐大商」，與首章遙相照應。第七章寫武王伐紂的牧野之戰，敵軍雖盛，而武王鬥志更堅。最後一章寫牧野之戰的盛大，武王在姜尚輔佐之下一舉滅殷。全詩時序井然，層次清楚，儼然是王季、文王、武王三代的發展史。

　　詩篇以「天命所佑」為中心思想，以王季、文王、武王三代相繼為基本線索，集中突現了周部族這三代祖先的盛德。

綿

　　綿綿瓜瓞①，民之初生②，自土沮漆③。古公亶父，陶復陶穴④，未有家室⑤。

　　古公亶父，來朝走馬⑥。率西水滸⑦，至于岐下⑧。爰及姜女⑨，聿來胥宇⑩。

　　周原膴膴⑪，菫荼如飴⑫。爰始爰謀⑬，爰契我龜⑭，曰止曰時⑮，築室于茲。

　　乃慰乃止⑯，乃左乃右⑰，乃疆乃理⑱，乃宣乃畝⑲。自西徂東，周爰執事⑳。

　　乃召司空㉑，乃召司徒㉒，俾立室家。其繩㉓則直，縮版以載㉔，作廟翼翼㉕。

　　捄之陾陾㉖，度之薨薨㉗，築之登登㉘，削屢馮馮㉙。百堵皆興㉚，鼛鼓弗勝㉛。

　　乃立皋門㉜，皋門有伉㉝。乃立應門㉞，應門將將㉟。乃立塚土㊱，戎醜攸行㊲。

　　肆不殄厥慍㊳，亦不隕厥問㊴。柞棫拔矣㊵，行道兌矣㊶。混夷駾矣㊷，維其喙㊸矣。

　　虞芮質厥成㊹，文王蹶厥生㊺。予曰有疏附㊻，予曰有先後㊼，予曰有奔奏㊽，予曰有禦侮㊾。

【註釋】

① 瓜：大瓜。瓞：小瓜。此處以瓜的綿延和多比喻周民的興盛。

② 初生：言周族始興。一說指周族逃離戎狄侵襲，初獲新生。

③ 自：始。土：居。一說通「杜」，水名。沮漆：沮水與漆水的並稱。古漆沮水有二：一近今陝西邠縣，即后稷的曾孫公劉遷住的地方；一近今陝西歧山，即古公亶父遷住的地方。此句言周民初生之地是在杜水、沮水和漆水之間。一說以為言周族在沮水和漆水之間獲得新生。

④ 陶：當讀為「掏」，即掘土。複：古時的一種窰洞，即旁穿之穴。復、穴都是土室。此句言掘土作室。

⑤ 家室：指宮舍房屋。

⑥ 來朝走馬：言古公亶父早朝馳馬而來。一說「朝」通「周」，言來周原走馬。

⑦ 水滸：水邊。當指水邊。

⑧ 岐下：岐山之下，即周原。

⑨ 爰：乃，於是。姜女：周太王之妻，姜氏，又稱太姜。

⑩ 胥：相，視。胥宇：猶言「相宅」，即考察選擇建築宮室的位址。

⑪ 周：岐山下地名。原：廣平的土地。膴：土地肥沃貌。

⑫ 菫：植物名，又名菫葵，味苦，可食。飴：用米芽或麥芽熬成的糖漿，即麥芽糖。菫菜和荼菜都略帶苦味，現在說雖菫、荼也味甜如飴，足見周原土質之美。

⑬ 始、謀：謀劃。

⑭ 契：刻。龜：指占卜所用的龜甲。龜甲先要鑽鑿，然後在鑽鑿出來的空處用火燒灼，看龜甲上的裂紋來斷吉凶。占卜的結果用文字簡單記述，刻在甲上。契或指鑿龜，也可能指刻記葘言。

⑮ 曰止曰時：占卜的結果。「止」言此地可以居住，「時」言此時可以動工。

⑯ 慰、止：居住，在此定居。

⑰ 乃左乃右：言分左右居住。一說定居後又劃左右隙地的用途。

⑱ 疆：劃定地界。理：整理農田。

⑲ 宣：疏導溝洫。一說指及時耕作。畝：治田壟。

⑳ 周爰執事：言為建立新居，到處都在忙碌著。周：遍。

㉑ 司空：官名，掌管工程建築。

㉒ 司徒：官名，掌管徒役調配。

㉓ 繩：繩墨，準繩。

㉔ 縮：束。版：築牆夾土的板。用繩索將板與木柱固定後，方可填土打築。一說縮版指長的直版。載：承載。指向夾板中填土。一

說「載」通「栽」，立。

㉕ 翼翼：嚴正貌。一說形容廟宇整體建築兩廂對稱排開，像鳥的雙翼張開。

㉖ 捄（音求）：聚土和盛土的動作。陾陾（音仍）：鏟土聲。

㉗ 度：向夾板內填土。薨薨：人聲及倒土聲。

㉘ 築：搗土使之堅固。登登：搗土聲。

㉙ 屢：通「婁」，隆高。削屢：即將高的地方削平。馮馮：削土聲。

㉚ 興：建成。一說動工。

㉛ 鼛（音高）：大鼓名，長一丈二尺。敲鼓是為了使勞動者興奮。此句是說百堵之牆同時興工，聲齊起，鼛鼓的聲音反不能勝過了。

㉜ 皋門：王都的郭門。

㉝ 有伉：伉伉，門高大貌。

㉞ 應門：王宮正門。

㉟ 將將：尊嚴正肅之貌。

㊱ 塚土：大社，祭土地神的壇。

㊲ 戎：兵。醜：眾。攸：語氣助詞，猶「乃」。此句言兵眾出動。出軍必須先祭社，所以詩人將兩件事連敘。一說「戎醜」指所獲的戎狄俘虜。攸行：將俘虜陳列於社前，血祭社神。

㊳ 肆：語氣詞。不殄：不絕。慍：通「禋」，指禋祀上帝。此句言我們不斷地來祭祀上帝。一說指對敵的憤怒不曾消除。

㊴ 隕：失。問：名聲。此句言不做有失聲譽的事。

㊵ 棫：小木，叢生有刺。拔：除淨。

㊶ 兌：通。此二句言柞棫剪除而道路開通。

㊷ 混夷：古種族名，西戎之一種，又作昆夷、串夷、犬夷，也就是犬戎。駾：奔突。疑「駾」與下「喙」誤倒，上言其困窮無力支撐，下言其奔突逃竄。

㊸ 喙：張大嘴喘氣貌，形容困極。

㊹ 虞：古國名，故虞城在今山西省平陸縣東北。芮：故芮城在今陝西省朝邑縣南。質：要求平斷。成：猶「定」。相傳虞、芮兩國國

君爭田，久而不定，到周求西伯姬昌平斷。入境後被周人禮讓之風所感，他們自動地相讓起來，結果是將他們所爭的田作為閒田，彼此都不要了。

㊺ 文王蹶厥生：言文王崛起，霸於一方。

㊻ 予：周人自稱。曰：語氣助詞。疏附：宣佈德澤使民親附之臣。

㊼ 先後：前後輔佐相導之臣。

㊽ 奔奏：奔命四方之臣。

㊾ 禦侮：捍衛國家之臣。

【賞析】

這是一篇周部族的史詩，講述了周太王古公亶父率領周族逃避犬戎追逼，安居周原，振興周族的歷史。周人在先祖公劉時居於豳地，後來由於戎狄的侵襲，難以生存，才由古公亶父率領逃到了岐山下的周原，並在這裏建社、立廟、造宮、建城，使周族走出野蠻，步入文明，這可以說是周族歷史的大轉折。

詩之最後兩章當有錯簡。這裏以為第八章前兩句和第九章前兩句當合為一章，第八章後四句和第九章後四句各獨為一章。

全詩九章，首章言太王避狄難逃生至漆水之景況。雖是逃難，雖然艱辛，卻寫得從容不迫。開頭之「比」，非親見逃難景象是寫不出的。第二章言太王相宅，避難遷國。牛運震曰：「極不得意事，卻寫得雄爽風流。只『來朝走馬』一語，形容精神風采如見。」第三章言卜居岐周。「菫荼如飴」寫土地肥沃，無過於此，且極言農業部族找到這塊土地的喜悅心情。第四章言經營岐周。第五章言建宗廟。第六章寫工地場景。一連串的象聲詞，寫出繁忙景象，也表現周族大眾的歡騰情緒。第七章言立門作社。第八章言路開敵竄。第九章言文王崛起一方。四個「予曰」，古拗橫肆，周人的雄心、信心、壯心都湧現出來，預示著遠大輝煌的前程。

棫樸

芃芃棫樸①，薪之槱之②。濟濟辟王③，左右趣之④。
濟濟辟王，左右奉璋⑤。奉璋峨峨⑥，髦士攸宜⑦。
淠彼涇舟⑧，烝徒楫之⑨。周王于邁⑩，六師及之。
倬彼雲漢⑪，為章⑫于天。周王壽考，遐不作人⑬？
追琢其章，金玉其相⑭。勉勉⑮我王，綱紀四方。

【註釋】

① 芃芃：植物茂盛貌。棫樸：叢生的棫木。一說棫、樸均為灌木的
　　名稱。

② 薪：此指以之為薪。槱（音有）：聚積木柴以備燃燒。這是古代祭
　　天神的一種方式。

③ 濟濟：美好貌。一說莊敬貌。辟王：君王。

④ 左右：周王左右群臣。一說助祭諸侯。趣：通「趨」，趨向。

⑤ 奉：通「捧」。璋：即璋瓚，祭祀時盛酒的玉器。

⑥ 峨峨：盛裝壯美之貌。

⑦ 髦士：俊士。攸：所。宜：適合。

⑧ 淠（音佩）：船行貌。涇：涇水之舟。

⑨ 烝徒：眾人。楫之：舉槳划船。

⑩ 于邁：出征。

⑪ 倬：廣大。雲漢：銀河。

⑫ 章：文章，文采。

⑬ 遐不作人：言怎能不造就更多的俊傑。此處是以疑問句表肯定。
　　遐：通「何」。作人：培育、造就人才。一說使人振奮。

⑭ 追琢其章，金玉其相：言周王精心雕琢自己的言行和服裝，擁有
　　的品質像金玉一樣。

⑮ 勉勉：勤勉不已貌。

【賞析】

　　這是一首讚頌周王的詩，歌頌他能以德化育人才，使國家穩定，四方歸附。先秦時，「國之大事，在祀與戎」，故詩先寫祭祀，再寫征伐，但目的不在寫祭祀與征伐本身，而是突出周王人才之盛。

　　全詩五章，前三章以側面烘托的手法來頌德，後兩章為直接歌頌。首章以棫樸起興，意為灌木茂盛，則為人所樂用，君王美好，則為人所樂從。第二章四句皆為賦，描寫周王祭祀之盛大場景。「髦士攸宜」表明文德之士勝多。第三章言出征事。朱熹《詩集傳》以為舟中之人自覺划動船槳實喻六師之眾自覺跟隨周王出征，云：「言『淠彼涇舟』，則舟中之人無不楫之。『周王於邁』，則六師之眾追而及之。蓋眾歸其德，不令而從也。」方玉潤《詩經原始》亦云：「文王征伐，六師扈從，有似烝徒楫舟，則其作武勇之士也又可見。」此章一表周王之德，再表周室武勇之士甚眾。第四章以雲漢起興，贊周王能培養人才。鄭箋曰：「雲漢之在天，其為文章，譬猶天子為法度于天下。」姚際恒《詩經通義》云：「此章言文王法天之文章，以興文治而作人材也。」「遐不作人」雖是問句，實則是肯定周王能培育人。末章再尋其本，則歸結於周王之德為四方所賴。汪龍《毛詩異義》謂此章「言文王聖德，綱紀四方，無不治理，又總著政教之美，官人之效。經之設文，蓋有次第矣」。

旱　麓

瞻彼旱麓①，榛楛濟濟②。豈弟君子，干③祿豈弟。
瑟彼玉瓚④，黃流在中⑤。豈弟君子，福祿攸降。
鳶飛戾天，魚躍于淵。豈弟君子，遐不作人？
清酒既載⑥，騂牡⑦既備。以享以祀，以介景福。
瑟⑧彼柞棫，民所燎⑨矣。豈弟君子，神所勞⑩矣。
莫莫葛藟⑪，施于條枚⑫。豈弟君子，求福不回⑬。

【註釋】

① 旱麓：旱山山腳。旱：山名，據考證在今陝西南鄭縣附近。

② 榛楛：兩種灌木。濟濟：眾盛貌。

③ 干：求。

④ 瑟：玉鮮潔貌。玉瓚：即圭瓚，天子祭祀時用的酒器。

⑤ 黃：用黃金製成或鑲金的酒勺。流：用黑黍和郁金草釀造配製的酒，用於祭祀，即秬鬯。此句言金勺之中鬯酒滿溢。一說黃流指瓚中的黃色之酒。

⑥ 載：陳設。

⑦ 騂牡：赤色公牛。

⑧ 瑟：眾多貌。

⑨ 燎：焚燒，此指燔柴祭天。

⑩ 勞：慰勞。一說保佑。

⑪ 莫莫：茂密貌。一說草木長大貌。一說眾多而沒有邊際貌。葛藟：葛藤。

⑫ 施：伸展綿延。條枚：樹枝和樹幹。

⑬ 回：奸回，邪僻。此句言求福不以邪道。

【賞析】

　　這是一首歌頌周王祭祖得福，知道培養人才的詩。

　　全詩六章，每章四句，以「豈弟君子」一句作為貫穿全篇的氣脈。首章前兩句以旱山山腳茂密的榛樹、楛樹起興，也帶有比意。鄭玄箋云：「林木茂盛者，得山雲雨之潤澤也。喻周邦之民獨豐樂者，被其君德教。」後兩句如鄭玄箋所說，意為君主「以有樂易之德施於民，故其求祿亦得樂易」，也就是說，因和樂平易而得福，得福而更和樂平易。二章起開始觸及「祭祖受福」的主題。以器、酒之精、醇與周王福祿之美、厚。第三章從祭祀現場宕出一筆，忽然寫起了飛鳶與躍魚，以鳥、魚各得其所與人才各得所用。第四章在第三章宕出一筆後收回，繼續寫祭祀的現場，言牲酒備祭，神靈必賜大福。第五章

接寫燔柴祭天之禮，言民助祭，神來慰。末章言求福得福，以生長茂密的葛藤在樹幹上蔓延不絕比喻上天將永久地賜福給周邦之君民。

　　本詩格調輕快，多用比興，風格接近民歌。

思　齊

思齊大任①，文王之母。思媚周姜②，京室③之婦。
大姒嗣徽音④，則百斯男⑤。
惠于宗公⑥，神罔時怨⑦，神罔時恫⑧。刑于寡妻⑨，
至于兄弟，以御⑩于家邦。
雝雝在宮⑪，肅肅在廟⑫。不顯亦臨⑬，無射亦保⑭。
肆戎疾不殄⑮，烈假不瑕⑯。不聞亦式⑰，不諫亦入⑱。
肆成人有德，小人有造⑲。古之人無⑳，譽髦斯士㉑。

【註釋】

① 思：發語詞。齊：通「齋」，端莊貌。大任：即太任，文王之母。

② 媚：美好。周姜：即太姜，周太王之妻，文王的祖母。

③ 京室：周王室。

④ 大姒：即太姒，文王之妻。嗣：繼承。徽音：美譽。

⑤ 則：乃。百斯男：言子孫眾多。

⑥ 惠：孝敬。一說親順。宗公：宗廟裏的祖先。此句言周文王孝敬祖宗。一說指周室「三母」有婦德，能順從先公先王。

⑦ 神：祖先之靈。罔時：無所。

⑧ 恫：傷痛。

⑨ 刑：通「型」，典型，模範。寡妻：嫡妻。

⑩ 御：治理。

⑪ 雝雝（音庸）：和諧貌。宮：家。

⑫ 肅肅：恭敬貌。廟：宗廟。此兩句言周文王在家庭中和睦，在宗

廟裏恭敬。

⑬ 不顯：偉大，光輝。臨：臨視。指文王光輝的儀容監護著子孫。

⑭ 無射：慈愛。一說通「斁」，不厭倦。指文王用慈愛保護大眾。

⑮ 肆：所以。戎疾：西戎之患。殄：殘害，滅絕。

⑯ 烈假：指害人的疾病。一說大業。瑕：與「殄」義同。

⑰ 不聞亦式：言前所未聞之事亦辦得合度。式：適合。

⑱ 不諫亦入：言不用勸諫就能進入善界。一說雖無諫者亦兼聽。
入：接納，採納。

⑲ 小人：兒童。造：作為。

⑳ 古之人：指文王。無：不厭倦。

㉑ 譽：美名，聲譽。髦：優秀。此兩句言文王育人勤不倦，士子載
譽皆俊秀。

【賞析】

這一首歌頌周文王的詩歌，讚揚了文王的賢能和對周朝的貢獻。

詩歌的第一章讚美了三位女性，分別是文王的生母、祖母和妻子，這體現了中國文化對女子賢德的要求和美化，所謂「母憑子貴」、「妻以夫榮」。第二章先寫文王能夠孝敬祖先，再寫他可以以身作則，經營好夫妻兄弟之間的關係。第三章寫文王治理天下的貢獻，以慈愛呵護世人。第四章寫周朝在文王的統治下天下太平，內無憂，外無患。最後一章講文王勤於培養人才，為王朝作長遠打算。本詩從五個方面全面歌頌了周文王，可謂「修身、齊家、治國、平天下」面面俱到，這樣的描寫避免了人物臉譜化，使讀者心中有一個完整的周文王的賢能形象。

皇　矣

皇①矣上帝，臨下有赫②。監觀四方，求民之莫③。維此二

國④，其政不獲⑤。維彼四國⑥，爰究爰度⑦？上帝耆⑧之，憎其式廓⑨。乃眷西顧：此維與宅⑩。

作之屏之⑪，其菑其翳⑫。修之平之，其灌其栵⑬。啟之辟之，其檉其椐⑭。攘之剔之⑮，其檿其柘⑯。帝遷明德⑰，串夷載路⑱。天立厥配⑲，受命既固。

帝省其山⑳，柞棫斯拔，松柏斯兌㉑。帝作邦作對㉒，自大伯王季㉓。維此王季，因心㉔則友。則友其兄，則篤其慶㉕，載錫之光㉖。受祿無喪㉗，奄有四方。

維此王季，帝度其心。貊㉘其德音，其德克明。克明克類㉙，克長克君㉚。王此大邦㉛，克順克比㉜。比于㉝文王，其德靡悔㉞。既受帝祉，施于孫子。

帝謂文王：無然畔援㉟，無然歆羨㊱，誕先登于岸㊲。密㊳人不恭，敢距㊴大邦，侵阮徂共㉞。王赫斯怒㊶，爰整其旅，以按徂旅㊷。以篤于周祜㊸，以對㊹于天下。

依其在京㊺，侵自阮疆㊻。陟我高岡：無矢我陵，我陵我阿㊼。無飲我泉，我泉我池㊽。度其鮮原㊾，居岐之陽，在渭之將㊿。萬邦之方㉛，下民之王。

帝謂文王：予懷明德㊾，不大聲以色㊾，不長夏以革㊾。不識不知㊾，順帝之則㊾。帝謂文王：詢爾仇方㊾，同爾弟兄㊾。以爾鉤援㊾，與爾臨沖㊾，以伐崇墉㊾。

臨沖閑閑㊾，崇墉言言㊾。執訊㊾連連，攸馘安安㊾。是類是禡㊾，是致是附㊾，四方以無侮㊾。臨沖茀茀㊾，崇墉仡仡㊾。是伐是肆㊾，是絕是忽㊾，四方以無拂㊾。

【註釋】

① 皇：光輝，偉大。

② 臨：從高處俯視。下：下界，人間。赫：顯著。

③ 求：通「捄」。莫：通「瘼」，疾苦。

④ 二國：疑當為「上國」，即殷商。

⑤ 不獲：不得民心。

⑥ 四國：四方之國，指殷商之外的諸侯國。

⑦ 爰：乃。度：圖謀。此句言四方之國認真研究思量自己的出路。一說「究」與「度」皆指居。此句則言四方之國不知到何處才能居住平安。

⑧ 耆：通「稽」，考察。一說通「指」，謂意之所向。

⑨ 憎：憎惡。式：語助詞。式廓：同「規模」，指殷商為政的局面。

⑩ 此：指岐周之地。宅：安居。此句是假想上帝說的話，言這裏才能使我居住神安。

⑪ 作：通「柞」，指拔除樹木。屏：通「摒」，除去。

⑫ 菑：直立而死的樹木。翳：通「殪」，死而仆倒的樹木。

⑬ 灌：灌木。栵：叢生的小木，與灌木有別。

⑭ 檉：河柳，落葉喬木。椐：木名，即靈壽木。

⑮ 攘：除去。剔：剔除。此指清理繁冗枝條，使之更快生長。

⑯ 檿（音演）：木名，俗名山桑。柘：木名，俗名黃桑。

⑰ 帝遷明德：言上帝的心向著有明德之人，故由殷王身上轉移到周王身上。

⑱ 串：與「貫」為疊韻，故亦有貫通意。夷：平坦。載：則。此句承上平治草木，言把草木除掉了，雜木叢生之地變成了平坦貫通的道路。一說「帝遷明德，串夷載路」意謂上天派來明德的周太王，徹底打敗了犬戎部族。

⑲ 厥配：其配。配：指上可配天的君王，即周太王。一說指妃，言天顧太王，賜以賢妃太姜。

⑳ 省：察看。山：指岐山。

㉑ 兌：開通。一說直立。

㉒ 作：興建。邦：國。對：疆界。一說「作對」猶「作配」，意謂擇明君以當國。

㉓ 大伯：即太伯，周太王長子。王季：周太王三子，名季曆，文王之父。太王有三子：太伯、虞仲和季曆（即王季）。太王愛季曆，

太伯、虞仲相讓，因此王季的繼立，是應天命、順父心、友兄弟的表現。寫太伯是虛，寫王季是實。

㉔ 因心：用心。

㉕ 篤：厚益，增益。慶：吉慶，福慶。

㉖ 載：則。錫：通「賜」。光：榮光。

㉗ 喪：喪失。

㉘ 貊：當作「莫」。莫：傳佈。

㉙ 類：分辨善惡。一說團結族類。

㉚ 克長克君：言能為人師長，能為人君王。

㉛ 王：稱王，統治。大邦：指周。

㉜ 順：使民順從。比：使民親附。

㉝ 比於：及至。

㉞ 靡悔：無遺恨，無不明。言王季之德至文王時仍完美無缺。

㉟ 無然：不要如此。畔援：猶「盤桓」，徘徊不進貌。

㊱ 歆羨：猶言「覬覦」，非分的希望和企圖。

㊲ 誕：發語詞。一說為「當」。先登於岸：喻佔據有利形勢。

㊳ 密：古國名，在今甘肅靈台一帶。

㊴ 距：通「拒」，抗拒。

㊵ 阮：古國名，在今甘肅涇川一帶，當時為周之屬國。徂：往，至。共：古國名，在今甘肅涇川北，亦為周之屬國。

㊶ 赫：勃然大怒貌。斯：語氣助詞，猶「而」。

㊷ 按：遏止。徂旅：此指前來侵阮、侵共的密國軍隊。

㊸ 篤：厚益，鞏固。祜：福。

㊹ 對：安定。

㊺ 依：憑藉。京：高丘。一說「依其」猶「殷殷」，強盛之貌。

㊻ 阮疆：阮國邊疆。此兩句言密人憑著地勢高險，出自阮國侵我邊疆。一說言周國強大的軍隊駐在周京，一直挺進到阮國的邊境。

㊼ 無矢我陵，我陵我阿：言不要在登上我們的山陵，這是我們的山坡和上崗。

(48) 無飲我泉，我泉我池：言不要飲用我們的泉水，這是我們的清泉和池塘。此四句是文王發出的警告。

(49) 度：度量，規劃。鮮原：地名，前人以為即畢原。此應分指岐周和畢原。周人經營畢原自王季始。

(50) 將：側，旁。

(51) 方：法則，榜樣。一說通「向」，為萬邦所嚮往。

(52) 予：我，上帝自稱。懷：心向。此句言我嚮往著君王的明德。

(53) 大聲以色：猶言聲色俱厲，言不以聲音與怒色對待下民。大：注重。以：與。

(54) 長：挾，依恃。夏：夏楚，刑具。革：皮鞭。一說指戰爭。此句言對待下民，不依恃刑罰。

(55) 不識不知：言不自我標榜，不自作聰明。

(56) 順：順應。則：法則。

(57) 詢：謀。仇：同伴。方：方國。仇方：與國，盟國。

(58) 弟兄：指同姓國家。

(59) 鉤援：古代攻城的兵器。以鉤鉤入城牆，牽鉤繩攀援而登。

(60) 臨、沖：兩種軍車名。臨車上有望樓，用以瞭望敵人，也可居高臨下地攻城。沖車則從牆下直沖城牆。

(61) 崇：古國名，在今陝西西安、戶縣一帶。墉：城牆。

(62) 閑閑：搖動貌。一說強盛貌。

(63) 言言：高大貌。一說將壞貌。

(64) 執訊：抓獲俘虜。

(65) 攸：所。馘：古代戰爭時將所殺之敵割取左耳以計數獻功，稱「馘」，也稱「獲」。安安：安閒從容貌。

(66) 是：乃，於是。類：出征時祭天。禡：至所征之地舉行的祭祀。

(67) 致：招致。一說送還，已克而不取其地。附：安撫。

(68) 以：因此。無侮：不敢欺侮。言四方諸國不敢欺侮周的與國。

(69) 茀茀：強盛貌。

(70) 仡仡：高聳貌。一說不安貌。

⑪ 肆：通「襲」。

⑫ 忽：滅絕。

⑬ 拂：違背，抗拒。

【賞析】

這是一首頌詩，是周部族開國史詩之一。它先寫西周為天命所歸及古公亶父經營岐山的情況，再寫王季的繼續發展和他的德行，最後重點描述了文王伐密、滅崇的事蹟和武功。

首章言殷商沒落，天意向周。言周之立國是天命所使，當然是誇張的說法。但尊天和尊祖的契合，正是周人「君權神授」思想的表現。第二章具體描述了太王在周原開闢與經營的情景。連用四組排比語句，選用八個動詞，羅列了八種植物，極其生動形象地表現太王創業的艱辛和氣魄的豪邁。第三章又寫太王立業，王季繼承，既合天命，又擴大了周部族的福祉，並進一步奄有四方。第四章集中描述了王季的德音。

從第五章起，開始集中描述文王的功業。第五章先寫上帝對文王的教導，它要文王勇往直前，面對現實，先佔據有利的形勢。接著寫密人「侵阮阻共」，意欲侵略周國，文王當機立斷，發兵抵禦，鞏固周邦。第六章寫雙方的戰鬥形勢進一步發展。密人「侵自阮疆，陟我高岡」，已經進入境內了。文王對密人發出了嚴重的警告，並在「岐之陽」、「渭之將」安紮營寨，嚴正對敵，寫出情況十分嚴峻，使讀者如臨其境。第七章寫戰前的情景，主要是上帝對文王的教導，要他不要疾言厲色，而要從容鎮定；不要光憑武器硬拼，而要注意策略；要按照上帝意志，聯合起同盟和兄弟之國。末章寫伐密滅崇戰爭具體情景。周國取得了徹底的勝利，四方邦國再沒有敢抗拒周國的了。這些內容表現了周從一個小部族逐漸發展壯大，依靠的絕對不是後世所歌頌的單純的禮樂教化，而主要是通過不斷的武力征伐，擴張疆域，從而獲得了滅商的實力。

全詩既有歷史過程的敘述，又有歷史人物的塑造，還有戰爭場面

的描繪，內容繁富，規模巨集闊，筆力遒勁，條理分明，具有較強的形象性和感染力。

靈　臺

經始靈臺①，經之營之。庶民攻②之，不日成之。
經始勿亟③，庶民子來④。王在靈囿⑤，麀鹿攸伏⑥。
麀鹿濯濯⑦，白鳥翯翯⑧。王在靈沼⑨，於牣魚躍⑩。
虡業維樅⑪，賁鼓維鏞⑫。於論⑬鼓鐘，於樂辟雍⑭。
於論鼓鐘，於樂辟雍。鼉鼓逢逢⑮，矇瞍奏公⑯。

【註釋】

① 經始：開始規劃營建。靈臺：古臺名，故址在今陝西安西北。

② 攻：建造。

③ 亟：通「急」，著急。

④ 庶民子來：指庶民之子，意思是說大人小孩都來建造靈臺，表明周王深得民心。一說庶民像兒子一樣一起趕來。

⑤ 靈囿：古代帝王蓄養動物禽獸的園林。

⑥ 麀（音幽）：母鹿。攸：所。伏：伏臥。

⑦ 濯濯：肥美貌。

⑧ 白鳥：指白鷺或白鶴。翯翯（音喝）：潔白光澤貌。

⑨ 靈沼：靈臺裏的池塘。

⑩ 於：美歎聲。牣（音任）：滿。

⑪ 虡：懸掛鐘磬木架的直柱子。業：裝在虡上的橫板。維：與，和。樅：又稱「崇牙」，虡上的載釘，用以懸鐘。

⑫ 賁：大鼓。鏞：大鐘。此兩句言鐘架和崇牙已經架好，大鼓和大鐘已經掛上。

⑬ 論：通「倫」，次序，詩中指鐘鼓排列有序。

⑭ 辟雍：離宮，周朝貴族及子弟舉行禮樂大典和接受教育的地方。

⑮ 鼉鼓：鼉皮蒙的鼓。鼉（音駝）：揚子鰐，一種爬行動物，皮堅厚，可以製鼓。逢逢：鼓聲。

⑯ 矇瞍：盲人，古代樂師常由盲人擔任。公：事。一說通「頌」，指頌歌。

【賞析】

　　本詩描寫的是靈台落成時人們對周王的讚美，重點是寫苑囿之樂，同時也間接地描繪了靈臺之景，這是一個有山有水的美麗的園林，園內各種動物同處，一片生機盎然。

　　全詩充滿了快樂的氣氛。第一章寫靈臺建成的迅速。為了有別於昏君的淫樂，詩中追述了初見靈臺時百姓踴躍參加修建的情形，暗指周王深得民心。第二章寫園內鳥獸自得其樂，這也暗示天下在周王的統治下安居樂業。最後兩章寫鐘鼓奏樂之景，歌頌盛世華章。詩歌通過寫靈臺，間接寫出了天下升平之景，表達了百姓對周王的愛戴。

下　武

下武維周①，世有哲王②。三后③在天，王配于京④。
王配于京，世德作求⑤。永言配命⑥，成王之孚⑦。
成王之孚，下土之式⑧。永言孝思⑨，孝思維則⑩。
媚茲一人⑪，應侯順德⑫。永言孝思，昭哉嗣服⑬。
昭茲來許⑭，繩其祖武⑮。於萬斯年⑯，受天之祜。
受天之祜，四方來賀。於萬斯年，不遐有佐⑰。

【註釋】

① 下武維周：言天下最威武的就是我周邦。一說「下武」指在後繼承。此句言後人能繼承先人偉業的只有周邦。一說「下武」指不

尚武。一說「下武」即世修文德,以武為下。

② 哲王:明哲的君王。

③ 三后:指周的三位先王太王、王季、文王。一說指文王、武王、成王。后,君王。

④ 王:此指武王。配:指上應天命。

⑤ 求:通「逑」,匹配。言王所以配於京者,由其可與世德配合耳。

⑥ 言:語氣助詞。命:天命。

⑦ 孚:使人信服。

⑧ 下土:指天下。式:榜樣,範式。

⑨ 孝思:孝順先人之思,此指所有的美德。王引之《經義述聞》:「孝者美德之通稱,非謂孝弟之孝。」

⑩ 則:法則。一說效法。此句言周王之孝為臣民的模範。

⑪ 媚:愛。一說美好。一人:指周天子。

⑫ 應:當。一說承受。侯:維,語氣助詞。一說「應侯」為武王之子。順德:溫順之德。一說孝順之德。此兩句言美好的君王能承應先人之懿德。

⑬ 昭哉嗣服:言明告子孫要牢記。昭:通「詔」,告。哉:當作「茲」。嗣服:繼任王位者。

⑭ 來許:後進。

⑮ 繩:承。武:足跡。祖武:指祖先的德業。

⑯ 萬斯年:猶「萬其年」,有「使其萬年」的意思。

⑰ 不遐有佐:言不會有什麼差錯。一說言哪愁沒人來輔佐。

【賞析】

　　這是一首歌頌周王的樂歌,至於歌頌的是武王、成王,還是康王,歷來眾說紛紜。這裏取陳子展之說,其《詩經直展》云:「康王即位,諸侯來賀,歌頌先世太王、王季、成王之德,並及康王善繼善述之孝而作。此詩如非史臣之筆,則為賀者之辭。」

　　全詩六章,首章先說周朝世代有明主,接著讚頌太王、王季、文

王與武王。第二章上二句讚頌武王，下二句讚頌成王。第三章讚頌成王能效法先人。第四、五章讚頌康王能繼承祖德。第六章以四方諸侯來賀作結，將美先王賀今王的主旨發揮得淋漓盡致。

　　本詩結構整飭嚴謹，層層遞進，有條不紊。在修辭上，精於頂真，表現出流美諧婉的節奏，使本來刻板的頌歌變得優美諧和。

文王有聲

文王有聲①，遹駿有聲②。遹求厥寧③，遹觀厥成④。
文王烝⑤哉！
文王受命，有此武功。既伐于崇⑥，作邑于豐⑦。
文王烝哉！
築城伊淢⑧，作豐伊匹⑨。匪棘其欲⑩，遹追來孝⑪。
王后烝哉！
王公伊濯，維豐之垣⑫。四方攸同，王后維翰⑬。
王后烝哉！
豐水東注，維禹之績⑭。四方攸同，皇王維辟⑮。
皇王烝哉！
鎬京辟雍，自西自東，自南自北，無思不服。
皇王烝哉！
考卜維王，宅是鎬京⑯。維龜正⑰之，武王成⑱之。
武王烝哉！
豐水有芑⑲，武王豈不仕⑳？詒厥孫謀㉑，以燕翼子㉒。
武王烝哉！

【註釋】
① 聲：美好的聲譽。
② 遹：通「聿」、「曰」，發語詞。駿：大。

③ 厥寧：其寧，指求邦國安定。

④ 觀厥成：言文王要看到大業的完成。

⑤ 烝：歎美君主之詞，有強盛、偉烈之意。

⑥ 于：本作「邘」，古邘國，故地在今河南沁陽。崇：古崇國，故地在今陝西戶縣，周文王曾討伐崇侯虎。

⑦ 作邑：指建新都。豐：故地在今陝西西安豐水西岸。

⑧ 伊：為。淢：通「洫」，即護城河。

⑨ 作豐伊匹：言是新造豐京的配套工程。

⑩ 匪棘其欲：言並非是急著滿足他的私欲。棘：通「急」。

⑪ 追來孝：言追思祖先，以明孝道。

⑫ 王公伊濯，維豐之垣：言想知道王業有多麼恢弘，豐京的垣牆示之昭然。濯：顯著，廣大。

⑬ 四方攸同，王后維翰：言四方諸侯齊到豐京朝賀，文王是他們依賴的靠山。翰：通「幹」，主幹。

⑭ 豐水東注，維禹之績：言豐水悠悠向東流，是當年大禹留下的豐功偉績。

⑮ 皇王：偉大的王。辟：君。一說法則。

⑯ 考卜維王，宅是鎬京：言武王占卜叩問吉凶，能不能定都鎬京。宅：居，營建宮室。

⑰ 正：定。

⑱ 成：完成，成就。一說通「城」，建造。

⑲ 芑：通「圮」，塌壞。此句言豐水東岸有水所圮毀之處。

⑳ 仕：事，言對此有所採取措施。一說通「察」。

㉑ 詒：貽，遺留。厥孫：其孫，指子孫。

㉒ 以燕翼子：言像燕子翼覆其子來為子孫作長遠規劃。

【賞析】

　　這是一首歌頌文王遷豐、武王遷鎬之功的詩。周人由岐而遷於豐、鎬，是勢力向東擴展的標誌，也是周人真正強大起來的標誌，故

詩人歌之。本詩約作於周成王、周康王之際。

全詩八章，前四章歌頌文王經營豐京之功。第五章以豐水作樞紐過渡於鎬京。後三章歌頌武王經營鎬京之功。全詩平平敘述，但中間亦有變化，其敘事與抒情結合，巧妙運用比興手法，用韻也富於變化，使全詩成為歌頌君王功德的傑作。

生民

厥初①生民，時維姜嫄②。生民如何？克禋克祀③，以弗無子④。履帝武敏⑤，歆⑥，攸介攸止⑦，載震載夙⑧。載生載育，時維后稷。

誕彌厥月⑨，先生如達⑩。不坼不副⑪，無菑無害⑫。以赫厥靈⑬，上帝不寧，不康禋祀⑭，居然生子⑮。

誕寘之隘巷⑯，牛羊腓字之⑰。誕寘之平林⑱，會伐⑲平林。誕寘之寒冰，鳥覆翼之⑳。鳥乃去矣，后稷呱㉑矣。實覃實訏㉒，厥聲載路㉓。

誕實匍匐㉔，克岐克嶷㉕。以就㉖口食。蓺之荏菽㉗，荏菽旆旆㉘，禾役穟穟㉙，麻麥幪幪㉚，瓜瓞唪唪㉛。

誕后稷之穡㉜，有相之道㉝。茀厥豐草㉞，種之黃茂㉟。實方實苞㊱，實種實褎㊲。實發實秀㊳，實堅實好㊴。實穎實栗㊵，即有邰家室㊶。

誕降嘉種㊷，維秬維秠㊸，維穈維芑㊹。恒之秬秠㊺，是獲是畝㊻。恒之穈芑，是任是負㊼。以歸肇祀㊽。

誕我祀如何？或舂或揄㊾，或簸或蹂㊿。釋之叟叟(51)，烝之浮浮(52)。載謀載惟(53)。取蕭祭脂(54)，取羝以軷(55)，載燔載烈(56)，以興嗣歲(57)。

卬盛于豆(58)，于豆于登(59)。其香始升，上帝居歆(60)。胡臭亶時(61)！后稷肇祀。庶無罪悔(62)，以迄于今(63)。

【註釋】

① 厥初：其初。

② 時：是。維：為。姜嫄：傳說中有邰氏之女，周始祖后稷之母。

③ 克：能。禋、祀：古代祭上帝的專祭。

④ 弗：通「祓」，除災求福的祭祀。此句言消除不能生子之災。

⑤ 履：踐踏。帝：上帝。武：足跡。敏：通「拇」，大拇趾。此句言高辛氏之帝率領其妃姜嫄向生殖之神高禖祈子，姜嫄踏著高辛氏的足印，亦步亦趨，施行了一道傳統儀式，便感覺懷了孕，求子而得子。而聞一多則以為「履帝武敏」是一種象徵性的舞蹈。所謂「帝」，實即代表上帝之神屍。神屍舞於前，姜嫄尾隨其後，踐神屍之跡而舞，其事可樂，故曰「履帝武敏歆」，猶言與屍伴舞而心甚悅喜也。蓋舞畢而相攜止息於幽閒之處，因而有孕也。

⑥ 歆：心有所感之貌。一說欣，激動驚喜。

⑦ 攸：語氣助詞。介：通「祄」，神保佑。止：通「祉」，神降福。一說指同居休息的親昵之事。

⑧ 載：乃，則。震：通「娠」，懷孕。夙：通「肅」，言嚴肅不再與丈夫同居。一說以為「孕」之誤。

⑨ 誕：迨，到了。彌：滿。此句言薑嫄懷孕十月期滿。

⑩ 先生：初生，指剛生下時。達：「蛋」之音轉。

⑪ 坼：裂開。副：破裂。此句言后稷始生時形如肉蛋，劈裂不開。

⑫ 菑：通「災」。此句言后稷雖形體怪異，但並未帶來什麼災難，也未傷及其母。

⑬ 赫：顯示。此句言上帝以此來顯示他的不凡。一說「赫」通「嚇」，言姜嫄恐懼其生子之異常。

⑭ 上帝不寧，不康禋祀：難道是上帝有所不滿，不安於祭祀。一說「不」通「丕」，此兩句則言上帝心中告慰，全心全意來祭享。

⑮ 居然：竟然。子：當讀為「茲」。此句是為生此怪胎而驚異之辭。

⑯ 寘：棄置。隘巷：狹窄的小巷。

⑰ 腓：通「庇」，庇護。字：愛。一說哺育。

⑱ 平林：平原上的樹林。

⑲ 會伐：言恰好遇到伐木工人，被救起。

⑳ 鳥覆翼之：言鳥用翅膀來覆蓋其身。

㉑ 呱：小兒哭聲。此句言后稷從肉蛋中出來，開始哭叫。

㉒ 實：是。覃：長。：大。此句言后稷的哭聲又長又宏亮。

㉓ 載路：滿路。

㉔ 匍匐：伏地爬行。

㉕ 克：能。岐：知意。一說通「跂」，舉踵，踮起腳跟。嶷：指幼小
聰慧。一說通「仡」，指直立。

㉖ 就：求，尋找。

㉗ 荏菽：豆類總稱。

㉘ 旆旆：植物枝葉高舉，盛長貌。

㉙ 役：當作「穎」。禾穎，即禾穗。穟穟：禾穗豐硬下垂貌。

㉚ 幪幪：麻麥茂盛覆地之貌。

㉛ 瓞：小瓜。唪唪：果實累累貌。

㉜ 穡：耕種。

㉝ 有相之道：有相地之宜的能力。言后稷有勘察分辨的本領，能分
辨出草與禾，從野生植物中找出禾種。

㉞ 茀：拂，拔除。豐草：長勢茂盛的草。

㉟ 黃茂：嘉谷，指優良品種，即黍、稷。孔穎達疏：「穀之黃色者，
惟黍、稷耳。黍、稷，穀之善者，故云嘉穀也。」

㊱ 實：是。方：通「放」，萌芽始出地面。苞：苗叢生。

㊲ 種：苗肥壯。一說苗出地短。褎：禾苗漸漸長高。

㊳ 發：禾莖舒發拔桿。秀：禾初吐穗。

㊴ 堅：穀粒堅硬。好：指穀粒飽滿，結實很好。

㊵ 穎：禾穗末稍下垂。栗：穀之初熟。一說收穫眾多貌。

㊶ 即：當為衍文。有邰家室：以養家室，言莊稼豐收，可以養活家
室。邰：當為「頤」，養。

㊷ 降：賜予。此句言上帝降下好穀種，賜予后稷。

㊸ 秬：黑黍。秠：黍的一種，一個黍殼中含有兩粒黍米。

㊹ 穈：穀之一種，又名赤粱粟。芑：谷之一種，又名白粱粟。

㊺ 恒：遍。恒之：言遍地種之。

㊻ 獲：收割。畝：指成畝成畝的收穫。

㊼ 任：肩挑。負：背負。

㊽ 歸：通「饋」，即給予。肇：郊廟的神位。一說指開始。

㊾ 舂：用杵在臼中搗米。揄：舀，從臼中取出舂好之米。

㊿ 簸：揚米去糠。蹂：通「揉」，將未脫殼的穀粒用手搓之脫皮。

(51) 釋：淘米。叟叟：淘米聲。

(52) 烝：通「蒸」。浮浮：熱氣上升貌。

(53) 惟：考慮。此句言商議祭祀之事。

(54) 蕭：艾蒿。祭脂：以牛腸脂油作祭品。古代祭祀將牛腸脂置於艾蒿上點燃，取其香氣。

(55) 羝：公羊。軷：通「拔」，即剝去羊皮。一說祭行道之神。

(56) 燔：將肉放在火裏燒炙。烈：將肉貫穿起來架在火上烤。

(57) 興：興旺，這裏是使動用法。嗣歲：來年。

(58) 卬：通「仰」，舉也。豆：古代食器。

(59) 登：古代食器，盛肉用。

(60) 其香始升，上帝居歆：言祭品的香氣悠悠上飄，上帝前來享用。

(61) 胡臭亶時：言濃烈的香氣實在美好。胡：大。一說通「何」。臭：香氣。亶：誠然，確實。時：善，好。

(62) 庶：幸而，庶幾。罪悔：罪過。

(63) 迄：至。此句言子孫蒙其福，以至於今。

【賞析】

這是一篇記述周人始祖后稷發跡的神話史詩，主要記述了后稷由其母受孕到出生、發家的全過程，敘述了他對農業生產的偉大貢獻和與農業有關的祭祀活動。在神話裏，后稷是被當作農神的，這首詩所寫的內容既有歷史的成分，也有一部分神話的因素。

全詩八章，除首尾兩章外，各章皆以「誕」字領起，格式嚴謹。首章寫姜嫄神奇的受孕。關於姜嫄受孕，歷來眾說紛紜，皆有一層神秘色彩。第二章寫后稷誕生之奇。第三章寫后稷屢棄不死的靈異。后稷名棄，據《史記·周本紀》的解釋，正是因為他在嬰幼時曾屢遭遺棄，才得此名。此篇對他三次遭棄又三次獲救的經過情形　述得十分細緻。第四、五、六章寫后稷有開發農業生產技術的特殊稟賦，他自幼就表現出這種超卓不凡的才能，他因有功於農業而受封於邰，他種的農作物品種多、產量高、品質好，豐收之後便創立祀典。詩的最後兩章，承第五章末句「以歸肇祀」而來，寫后稷祭祀天神，祈求上天永遠賜福，而上帝感念其德行業績，不斷保佑，他並將福澤延及到他的子子孫孫。全詩末尾的感歎之詞，是稱道后稷開創祭祀之儀得使天帝永遠佑護周民族，正因后稷創業成功才使他有豐碩的成果可以作為祭享的供品，讚頌的對象仍落實在后稷身上，而他確也是當之無愧的。

全詩純用賦法，不假比興，敘述生動詳明，紀實性很強。然而從它的內容看，儘管後面幾章寫后稷從事農業生產富有濃郁的生活氣息，卻仍不能脫去前面幾章寫后稷的身世所顯出的神奇荒幻氣氛，這無形中也使其藝術魅力大大增強。《毛詩序》云：「《生民》，尊祖也。后稷生於姜嫄，文武之功起於后稷，故推以配天焉。」

行　葦

敦彼行葦①，牛羊勿踐履。方苞方體②，維葉泥泥③。
戚戚兄弟，莫遠具爾④。或肆之筵⑤，或授之几⑥。
肆筵設席，授几有緝御⑦。或獻或酢⑧，洗爵奠斝⑨。
醓醢以薦⑩，或燔或炙⑪。嘉餚脾臄⑫，或歌或咢⑬。
敦弓既堅⑭，四鍭既鈞⑮，舍矢既均⑯，序賓以賢⑰。
敦弓既句⑱，既挾四鍭。四鍭如樹⑲，序賓以不侮⑳。

雅 大雅

四四九

曾孫㉑維主，酒醴維醹㉒。酌以大斗㉓，以祈黃耇㉔。
黃耇台背㉕，以引以翼㉖。壽考維祺㉗，以介景福。

【註釋】

① 敦：草叢生之貌。行葦：道邊的蘆葦。

② 方苞：指枝尚包裹未分之時。方體：指蘆葦初具形體。

③ 泥泥：葦葉嫩澤茂盛貌。

④ 莫遠具爾：指關係不疏遠，都是親近之人。爾：通「邇」。

⑤ 肆：陳設。筵：竹席。

⑥ 几：矮腳的桌案。

⑦ 肆筵設席，授几有緝御：言設席、授几都有專人相繼侍候。緝：
繼續。

⑧ 獻：主人對客敬酒。酢：客人拿酒回敬。

⑨ 洗爵：周時禮制，主人敬酒，取幾上之杯先洗一下，再斟酒獻
客，客人回敬主人，也是如此操作。奠斝（音假）：周時禮制，主
人敬的酒客人飲畢，則置杯於小桌上。客人回敬主人，主人飲畢
也須這樣做。奠：置。爵、斝：皆為古酒器，青銅製。

⑩ 醓（音坦）：多汁的肉醬。醢（音海）：肉醬。薦：進獻。

⑪ 燔：燒肉。炙：烤肉。

⑫ 脾：通「膍」，牛胃，俗稱牛百葉。臄：牛舌。

⑬ 歌：此指配著琴瑟唱。號：只擊鼓不歌唱。一說徒歌曲。

⑭ 敦弓：雕弓。堅：堅固，堅勁。

⑮ 鍭（音猴）：一種箭，金屬箭頭，鳥羽箭尾。鈞：合乎標準，指箭
首尾輕重適宜。一說四人所用箭均等齊一。

⑯ 舍矢：放箭。均：通「遍」，指每個人都已射過。一說指射中。

⑰ 序賓以賢：言根據射技高低來排列次序。賢：此指射技。

⑱ 句：通「彀」，張弓引滿。

⑲ 樹：豎立，指箭射在靶子上像樹立著一樣。

⑳ 不侮：指沒因射箭不中而受羞侮。

㉑ 曾孫：主祭者之稱，他對祖先神靈自稱曾孫。

㉒ 醴：甜酒。醹：酒味醇厚。

㉓ 斗：舀酒的器具。大斗柄長三尺。此指用大勺斟酒以痛飲。

㉔ 黃耇：年高長壽。

㉕ 台背：指老年人背上生斑如鮐魚背。台：通「鮐」。一說指老人背
　　佝僂如台。

㉖ 引：牽引。此指攙扶。翼：扶持幫助。此句言引、扶老人。

㉗ 壽考：長壽。祺：吉祥。

【賞析】

　　本詩為周王室與族人飲宴之作。

　　全詩四章，首章以路旁蘆葦起興。蘆葦初放新芽，柔嫩潤澤，使人不忍心聽任牛羊去踐踏它。仁者之心，施及草木，那麼兄弟骨肉之間的相親相愛，更是天經地義的了。這就使得這首描寫家族宴會的詩，一開始就洋溢著融洽歡樂的氣氛。次章正面描寫宴會。先寫擺筵、設席、授几，侍者忙忙碌碌，場面極其盛大。次寫主人獻酒，客人回敬，洗杯捧盞，極盡殷勤。再寫菜肴豐盛，美味無比。第三章言因燕禮而及射禮，兩者往往相伴隨，也是一項有比賽意義的娛樂活動。末章仍寫宴會，重在表明對長者的尊敬之意。先寫主人斟滿美酒，以敬長者，再寫主人祝福長者長命百歲，中間插以長者老態龍鍾、侍者小心攙扶的描繪，顯得靈動而不板滯。方玉潤《詩經原始》評曰：「老者不射，酌大斗飲之，座中乃不寂寞。」這裏同時也表現了周人對生命延續的渴望。

　　本詩描寫的是宴會、比射，既有大的場面描繪，又有小的細節點染，轉換自然，層次清晰。修辭手法豐富多彩，有疊字，有排比，顯得極有氣勢。這些對於增強詩的藝術效果，都起到了很好的作用。

既　醉

既醉以酒，既飽以德^①。君子萬年，介爾景福^②。
既醉以酒，爾殽既將^③。君子萬年，介爾昭明^④。
昭明有融^⑤，高朗令終^⑥，令終有俶^⑦。公尸嘉告^⑧。
其告維何？籩豆靜嘉^⑨。朋友攸攝^⑩，攝以威儀^⑪。
威儀孔時^⑫，君子有^⑬孝子。孝子不匱^⑭，永錫爾類^⑮。
其類維何？室家之壼^⑯。君子萬年，永錫祚胤^⑰。
其胤維何？天被^⑱爾祿。君子萬年，景命有僕^⑲。
其僕維何？釐爾女士^⑳。釐爾女士，從以孫子^㉑。

【註釋】

① 德：恩惠。此句言神屍已感受到主祭者的一片誠意。

② 介：施與。景福：大福。

③ 將：美。一說分齊，指分齊其肉與人食。

④ 昭明：光明。

⑤ 有融：融融，盛長之貌。

⑥ 高朗：高明。令終：善終，好的結果。

⑦ 俶：始。

⑧ 尸：古代祭祀時以人扮作祖先接受祭祀，稱為「尸」。祖先為君主
　諸侯，則稱「公尸」。嘉告：好話，指祭祀時祝官代表屍為主祭者
　致祝福辭。

⑨ 籩豆：兩種古代食器、禮器。靜：善。

⑩ 朋友：此指賓客助祭者。攸攝：所助，所輔。

⑪ 威儀：禮節。

⑫ 孔：甚，很。時：善，好。

⑬ 有：通「又」。

⑭ 匱：虧，竭。一說通「墜」，不墜指奮勉不廢墜。

⑮ 錫：通「賜」。類：指族類。

詩經新賞

⑯ 壼：指家室之中，寬然有餘。

⑰ 祚：福。胤：後嗣。

⑱ 被：加。

⑲ 景命：大命，指天命。僕：奴僕。

⑳ 釐：賜。女士：青年男女，指奴隸。一說指女而有士行者。

㉑ 從：隨從。孫子：此指奴隸的子孫。此句言奴隸的子孫也永作你
　　們的奴隸。

【賞析】

　　本詩是周王祭祀祖先後，祝官代表神屍對主祭者周王的祝辭。周
人的祭祀活動中，有祭祀主人、神屍和祝官（工祝）。神屍代表神靈
接受主人祭祀，他可以傳達神靈的旨意。祝官是祭祀時專門負責傳達
神屍祝福的角色。

　　全詩八章，前兩章講的都是享受了酒食祭品的神屍的心滿意足之
情，他深感主祭者禮數周到，便預祝他萬年長壽，能永遠獲得神所賜
的幸福光明。詩以「既」字領起，用的雖是賦法，但並不平直，相
反，其突兀的筆致深堪咀嚼，方玉潤《詩經原始》評曰「起得飄忽」，
頗為中肯。而「既醉以酒」，表明神屍已享受了祭品。「既飽以德」，
表明神屍已感受到主祭者周王的一片誠心，更為下文祝官代表神屍致
辭祝福作了充分的鋪墊。第三章承上啟下，說明下文均為神屍的具體
祝福之辭。

　　後五章中，除了第四章是答謝獻祭人的隆重禮節，其餘四章都是
祝福的具體內容。從盡孝、治家、多僕幾個方面娓娓道來，顯出神意
之確鑿。詩的中心詞不外「德」、「福」二字，主祭者周王有德行，
他的獻祭充分體現了他的德行，因此神就必然要降福於他。

　　從詩的藝術手法看，善於運用半頂真修辭格是本詩的一個特色。
這種連續的語言形式，表明三章以下各章都是神屍之言，而接連不斷
的語言形式又與天賜幸福的不斷、族類的昌盛不斷、奴僕的繁衍不絕

恰成一致，使內容和形式達到了完美的融合。

鳧鷖

鳧鷖在涇①，公尸來燕來寧②。爾酒既清，爾肴既馨③。
公尸燕飲，福祿來成④。
鳧鷖在沙⑤，公尸來燕來宜⑥。爾酒既多，爾肴既嘉。
公尸燕飲，福祿來為⑦。
鳧鷖在渚，公尸來燕來處⑧。爾酒既湑⑨，爾肴伊脯⑩。
公尸燕飲，福祿來下⑪。
鳧鷖在潀⑫，公尸來燕來宗⑬，既燕于宗，福祿攸降。
公尸燕飲，福祿來崇⑭。
鳧鷖在亹⑮，公尸來止熏熏⑯。旨酒欣欣⑰，燔炙芬芬⑱。
公尸燕飲，無有後艱⑲。

【註釋】

① 鳧（音服）：野鴨。鷖（音醫）：沙鷗。涇：直流之水。
② 燕：燕飲。寧：安寧。一說以為形容公尸的儀態安閒快樂。
③ 馨：香。
④ 成：成就。
⑤ 沙：水邊沙灘。
⑥ 宜：順，安享。
⑦ 為：助。一說由「行」，指福祿來施行。一說通「成」。
⑧ 處：止，居。一說安樂。
⑨ 湑：指酒過濾去滓。
⑩ 伊：語氣助詞。脯：肉幹。
⑪ 下：降臨。
⑫ 潀：港汊，水流匯合之處。

⑬ 宗：通「悰」，快樂。一說指尊敬，尊崇。一說指宗廟。

⑭ 崇：重疊，積聚。一說積而高大。

⑮ 亹：峽中兩岸對峙如門的地方。一說指水邊。

⑯ 熏熏：酒醉貌。一說和悅貌。

⑰ 欣欣：形容酒香之盛。

⑱ 芬芬：形容肉香盛濃。

⑲ 艱：災難，不幸。

【賞析】

　　古代天子諸侯祭祀，第一天為正祭，享祭神靈。次日，為酬謝公屍的辛勞，擺下酒食，請屍來吃，這叫作「賓屍」，這首詩正是行賓屍之禮所唱的歌。

　　全詩五章，除每章的第二句為六言外，其餘均為四言句。其結構有如音樂中的裝飾變奏曲：將一個結構完整的主題進行一系列的變奏，而保持主題的旋律。

　　每章首句以鳧鷖「在涇」、「在沙」、「在渚」、「在潀」、「在亹」起興，喻公屍在適合他所待的地方接受賓屍之禮，其頗為自得而愉悅。用詞的變換，只是音節上的修飾，別無深意。以下寫酒之美，用了「清」、「多」、「湑」、「欣欣」等詞，寫肴之美，用了「馨」、「嘉」、「芬芬」等詞，從不同角度強化祭品的品質優良，借物寄意，由物見人，充分顯示出主人宴請的虔誠。正因為主人虔誠，所以公屍也顯得特別高興，詩中反覆渲染公屍「來燕來寧」、「來燕來宜」、「來燕來處」、「來燕來宗」、「來止熏熏」，正說明了這一點，語異而義同，多次裝飾變奏更突出了主旋律。因為公屍高興，神靈也會不斷降福給主人，這就是詩中反覆強調的「福祿來成」、「福祿來為」、「福祿來下」、「福祿攸降」、「福祿來崇」。只有詩的末句「無有後艱」，雖是祝詞，卻提出了預防災害禍殃的問題。孫月峰評曰：「滿篇歡宴福祿，而以『無有後艱』收，可見古人兢戒慎意。」此即所謂「居安思危」之意。

假　樂

假樂君子[①]，顯顯令德[②]。宜民宜人[③]，受祿于天。
保右命之[④]，自天申之[⑤]。
千祿百福，子孫千億。穆穆皇皇[⑥]，宜君宜王[⑦]。
不愆不忘[⑧]，率由舊章[⑨]。
威儀抑抑[⑩]，德音秩秩[⑪]。無怨無惡，率由群匹[⑫]。
受祿無疆，四方之綱。
之綱之紀，燕及朋友[⑬]。百辟[⑭]卿士，媚[⑮]于天子。
不解于位，民之攸墍[⑯]。

【註釋】

① 假：通「嘉」。假樂：喜樂。君子：指周宣王。

② 顯顯：光明貌。令德：美德。

③ 宜：適合。民：庶民。人：指群臣。

④ 保右：即「保佑」。命：上天的旨意。

⑤ 申：重複。此兩句言上天保佑任命你，不斷賜予你福氣。

⑥ 穆穆：肅敬貌。皇皇：光明貌。

⑦ 宜君宜王：指宜為君王。

⑧ 不愆：不犯錯誤。不忘：不忘古訓。

⑨ 率：遵循。由：從。

⑩ 威儀：儀容舉止。抑抑：通「懿懿」，盛美貌。

⑪ 德音：言談之美。一說美譽或教令。秩秩：有條不紊。

⑫ 群匹：群臣。

⑬ 之綱之紀，燕及朋友：言天下以您為標準，您把安樂賜予朋友。

⑭ 百辟：眾諸侯。

⑮ 媚：愛戴。

⑯ 不解於位，民之攸墍：言對職責從不鬆懈，百姓擁戴這一明君。
　　解：通「懈」，懈怠。墍：擁戴。

【賞析】

　　周宣王的父親周厲王因為荒淫殘暴被國人趕走，周公和召公暫代朝政，太子姬靜由召伯虎收養。後來姬靜即位，即周宣王。本詩就是周宣王行冠禮時的冠辭，疑為召伯虎所作。

　　全詩四章，首章「顯顯令德」開門見山地讚揚了受冠禮者的德行品格。以下稱讚他能尊民意順民心，皇天授命，賜以福祿。這一章看似平實，但在當時周王朝內憂外患、搖搖欲墜的情況下，表達對宣王的無限期待和信賴，實言近而旨遠，語淺而情深。第二章順勢而下，承上歌頌宣王德蔭子孫，受祿千億，落筆於他能「不愆不忘」，一絲不苟地遵循文、武、成、康的典章制度，能夠聽從大臣們的建議勸諫。第三章熱烈地歌頌年輕的宣王有著美好的儀容、高尚的品德，能「受祿無疆」成為天下臣民、四方諸侯的「綱紀」。末章緊接前文之辭，以寫實的手筆勾勒了行冠禮的活動場景。宣王禮待諸侯，宴飲群臣，其情融融，其意洽洽。「百辟卿士」沒有一個不愛戴他、不親近他的。短短的一首詩，圍繞著「德、章、綱、位」讚美了年輕有為、能為天下綱紀的宣王，於有限的詞句內包含了無限的真情，美溢於辭，其味無窮。

　　宣王時已是西周末年，時局非常不穩，有志的朝臣們心憂周朝未來，所以他們將周朝的未來都寄託在宣王身上，所以詩中也飽含了群臣們的憂國之情。

公　劉

　　篤①公劉，匪居匪康②。乃場乃疆③，乃積乃倉④。乃裹餱糧⑤，于橐于囊⑥。思輯用光⑦，弓矢斯張⑧，干戈戚揚⑨。爰方啟行⑩。

　　篤公劉，于胥斯原⑪，既庶既繁⑫，既順乃宣⑬，而無永歎⑭。陟則在巘⑮，復降在原。何以舟⑯之，維玉及瑤⑰，鞞琫容刀⑱。

篤公劉，逝彼百泉⑲，瞻彼溥原⑳。乃陟南岡，乃覯于京㉑。京師㉒之野，于時處處㉓，于時廬旅㉔，于時言言㉕，于時語語㉖。

篤公劉，于京斯依㉗。蹌蹌濟濟㉘，俾筵俾幾㉙，既登乃依㉚。乃造其曹㉛，執豕于牢㉜，酌之用匏㉝。食之飲之，君之宗之㉞。

篤公劉，既溥既長㉟，既景乃岡㊱，相其陰陽㊲，觀其流泉㊳。其軍三單㊴，度其隰原㊵，徹田㊶為糧。度其夕陽㊷，豳居允荒㊸。

篤公劉，於豳斯館㊹。涉渭為亂㊺，取厲取鍛㊻。止基乃理㊼，爰眾爰有㊽。夾其皇澗㊾，溯其過澗㊿。止旅乃密(51)，芮鞫之即(52)。

【註釋】

① 篤：誠實忠厚。一說語氣詞。

② 匪居匪康：即「彼居匪康」。此句當是說公劉與族人在戎狄之間居不得安寧，故下言準備遷徙之事。

③ 埸、疆：田埂地界。此處作動詞，言劃分疆界，治理田疇。

④ 積：露天堆糧之處。倉：倉庫。此句言儲備充足糧食。

⑤ 裹：包裝。餱糧：乾糧。

⑥ 于橐于囊：言將乾糧裝入口袋。橐、囊：兩種不同的古代口袋，有底曰囊，無底曰橐。

⑦ 思：發語詞。輯：和。思輯：和睦團結。用光：以為榮光。

⑧ 斯張：乃張，指拉弓。

⑨ 干戈：盾牌與戈矛，這裏泛指兵器。戚揚：指揮動干戈。

⑩ 方：開始。啟行：出發。

⑪ 胥：地名。原：視察。此句言視察胥地。

⑫ 庶、繁：指居者眾多。

⑬ 順：民心歸順。宣：民心舒暢。

⑭ 而無永歎：言從此不會再歎息憂傷。永歎：長歎。

⑮ 陟：登上。巘：小山。

⑯ 舟：佩帶。一說指以舟渡河。

⑰ 瑤：似玉的石頭。

⑱ 鞞：刀鞘。琫：刀鞘口上的玉飾。容刀：裝著刀。此句言把刀插在玉瑤裝飾的刀鞘裏。

⑲ 逝：往。百泉：地名，在今寧夏固原東南。

⑳ 瞻：瞻仰。溥原：地名，當即《六月》所言大原。

㉑ 覯：看見。京：地名，其地當不出古大原的範圍。

㉒ 京師：京邑。

㉓ 于時：於是。處處：止息，居住。

㉔ 廬旅：寄居。

㉕ 言言：指遷徙新地後眾情激昂，商議謀劃問題。

㉖ 語語：歡聲笑語。

㉗ 依：憑依。

㉘ 蹌蹌：步趨之貌。一說人們往來貌。濟濟：從容端莊貌。一說人多擁擠貌。

㉙ 俾筵俾幾：言在此設下筵席。

㉚ 登：指登上筵席。依：指依憑小幾。

㉛ 造：告。曹：祭豬神。此句言在宰豬之前，先告祭豬神。

㉜ 牢：豬圈。

㉝ 酌之：指斟酒。匏：葫蘆，此指剖成的瓢，古稱匏爵。

㉞ 君之：指為京地君主。宗之：指為宗族之長。

㉟ 既溥既長：言開拓京地廣博綿長。溥：廣。

㊱ 既景乃岡：此句言于高岡之上設立觀影之所，以測歲時變化。景：通「影」。周為農業之國，對歲時氣候必甚重視。

㊲ 相其陰陽：指考察地理陰陽寒暖，以考慮種植之宜。

㊳ 觀其流泉：指察看水的流向，以考慮灌溉之利。

㊴ 其軍三單：即「軍其三單」，言墾辟京師之野三面的土地。軍：通「均」，均田，即除田。單：通「墠」，野土。一說此句言分軍隊為三班，以一軍服役，他軍輪換。單：通「禪」，相襲。

⑩ 度：測量。隰原：低平之地。

⑪ 徹田：開墾田地。

⑫ 度：考察。夕陽：山之西。

⑬ 豳（音賓）：地名，在今陝西彬縣、旬邑一帶。居：其。允荒：確實廣大。此句言在地域開拓中發現了更為廣大的豳地。

⑭ 館：指建築館舍，在此久居。

⑮ 涉渭為亂：言橫渡渭河採取石料。亂：橫流而渡。

⑯ 厲：通「礪」，初為可以磨治石頭的硬石，有了金屬的刀，為磨刀石。鍛：舊以為礦石，此當指加工石器的石料。

⑰ 止基：址基，言打造地基。一說指已打好地基。乃理：治理。

⑱ 爰眾爰有：言人多且物資豐贍。

⑲ 夾：夾岸而居。皇澗：豳地水名。

⑳ 溯：面向。過澗：亦豳地水名。

㉑ 止旅乃密：指前來定居的人口日漸稠密。

㉒ 芮：水名，或作汭水，出吳山西北，東入涇。鞫（音局）：究，窮盡之處。之即：是就。此句言周族興盛，其人口分佈一直到芮水之源。

【賞析】

　　這是一篇關於周族遷徙的史詩。詩中記述了周人先祖公劉率領族人，長途跋涉，經過三次遷徙，最後遷至豳地的過程，是研究周部族發展壯大歷程的重要史料。周人始祖在邰（今陝西武功境內）從事農業生產，后稷的兒子不窋（音逐）失其職守，自竄於戎狄。不窋生了鞠陶，鞠陶生了公劉。公劉回邰，恢復了后稷所從事的農業，人民逐漸富裕。後又相土地之宜，立國於豳之谷。

　　關於公劉遷徙的路線，詩中言之甚備，「于胥斯原」、「于京斯依」、「于豳斯館」三句句式完全相同，豳是地名，理所當然「胥」、「京」也應是地名。這三個地名表示了公劉三次遷徙的地點。前人誤把「胥」理解為動詞，把「京」當作丘阜，遂使詩篇變得毫無章法。

再細察全篇，在胥這個地方是「原」，是視察的意思，說明周人在此地停留時間較短。在京這個地方是「依」，是寄居的意思，說明周人在這裏待的時間稍長些。在豳這個地方是「館」，是居舍的意思，說明周人在此地久居。

全詩六章，均以「篤公劉」發端，從這讚歎的語氣來看，必是周之後人所作。首章寫公劉出發前的準備。第二章言初遷至胥地。第三章言再遷於京。第四章言在京設宴。第五章寫京的地脈形勝。第六章言遷豳之後的情況。全詩　事井然，將公劉開拓疆土、建立邦國的過程，描繪得清清楚楚，彷彿將讀者帶進遠古時代，觀看了一幅先民勤勞樸實的生活圖景。

整篇之中，突出地塑造了公劉這位人物形象。他深謀遠慮，具有開拓進取的精神；他與民眾齊心協力，患難與共；他勤政愛民，凡事皆親力親為。這飽滿的人物形象的塑造，與那極具特色的發端語一樣，飽含了周人對先祖的崇敬愛戴之情。

泂　酌

泂酌彼行潦^①，挹彼注茲^②，可以餴饎^③。豈弟君子，民之父母。
泂酌彼行潦，挹彼注茲，可以濯罍^④。豈弟君子，民之攸歸。
泂酌彼行潦，挹彼注茲，可以濯溉^⑤。豈弟君子，民之攸墍^⑥。

【註釋】

① 泂（音窘）：通「迥」，遠。酌：舀取。行潦：路邊的積水。
② 挹彼注茲：言舀來積水儲存在這裏。挹：舀出。注：灌入。
③ 餴（音分）：蒸米一熟，以水沃之再蒸曰。饎（音西）：炊米為食。
　一說黍稷。
④ 濯：洗。罍（音蕾）：古酒器，似壺而大。
⑤ 溉：洗。一說通「概」，漆尊，一種盛酒漆器。

⑥ 塈（音戲）：愛。

【賞析】

　　這是一首為周王頌德的詩，具體指哪位周王並無確證，其所用場合可能與祭祀有關。詩集中歌頌周王能愛人民，得到人民的擁護。

　　全詩三章，均從遠處流潦之水起興。流潦之水本來渾濁，且又處於遠方，本來很容易被人棄之不用，但如能「挹彼注茲」，舀過來倒進自己的水缸，就可以用來蒸煮食物，洗濯酒器，成為有用之物。這正如遠土之民，只要君王施以仁義，便自然可以使他們感恩戴德，心悅誠服地前來歸附。這裏的關鍵是君王要有高尚敦厚的品德，真正成為「民之父母」。

　　此詩借日常生活中常見的事物起興，且重章疊句，反覆歌詠，正如方玉潤《詩經原始》所云：「其體近乎風，匪獨不類《大雅》，且並不似《小雅》之發揚蹈厲，剴切直陳。」

　　一說以為本詩是祭祀前人們備水時唱的歌，每章前三句是　事，大概是做黃米糕的一個過程，後兩句則是頌歌的內容。此說亦通。

卷　阿

　　有卷者阿①，飄風②自南。豈弟君子，來游來歌，以矢③其音。

　　伴奐④爾游矣，優游⑤爾休矣。豈弟君子，俾爾彌爾性⑥，似先公酋矣⑦。

　　爾土宇昄章⑧，亦孔之厚⑨矣。豈弟君子，俾爾彌爾性，百神爾主矣⑩。

　　爾受命⑪長矣，茀祿爾康矣⑫。豈弟君子，俾爾彌爾性，純嘏爾常矣⑬。

　　有馮有翼⑭，有孝有德⑮，以引以翼⑯。豈弟君子，四方為

則。

顒顒卬卬[17]，如圭如璋，令聞令望[18]。豈弟君子，四方為
綱。

鳳皇[19]于飛，翽翽[20]其羽，亦集爰[21]止。藹藹王多吉士[22]，
維君子使，媚[23]于天子。

鳳皇于飛，翽翽其羽，亦傅[24]於天。藹藹王多吉人，維君
子命，媚于庶人。

鳳皇鳴矣，于彼高岡。梧桐生矣，於彼朝陽[25]。菶菶萋萋[26]，
雍雍喈喈[27]。

君子之車，既庶[28]且多。君子之馬，既閑[29]且馳。矢詩不
多[30]，維以遂[31]歌。

【註釋】

① 有卷：卷卷，彎曲。阿：丘陵。

② 飄風：旋風。

③ 矢：陳。

④ 伴奐：無拘無束之貌。一說謂讀為「盤桓」。

⑤ 優遊：閒暇自得之貌。

⑥ 俾：使。彌：終：盡。性：通「生」，生命。此句言祝其長壽，享
　　盡天年。

⑦ 似：通「嗣」，繼承。酋：通「猷」，謀劃，政策。一說指道。

⑧ 土宇：國土，疆域。昄章：版圖。

⑨ 孔之厚：非常遼闊。

⑩ 百神：天地山川的眾神。主：主祭。

⑪ 受命：指受天命為天子。

⑫ 茀：通「福」。此句言福祿使你永保安康。

⑬ 純嘏（音古）：大福。此句言享受大福習以為常。

⑭ 馮：可為依者。翼：可為輔佐者。

⑮ 有孝有德：有孝敬者，有修德者。一說孝、德皆為善繼先人之

志。

⑯ 引：引導。翼：輔助。

⑰ 顒顒：莊重恭敬貌。卬卬：氣宇軒昂貌。

⑱ 令：美好。聞：聲譽。望：聲望。

⑲ 鳳皇：即鳳凰。

⑳ 翽翽：鳥展翅振動之聲。

㉑ 爰：猶「與」。一說是「於焉」的合音，即在這裏。

㉒ 藹藹：眾多貌。一說賢士之貌。吉士：賢良之士。

㉓ 媚：愛戴。

㉔ 傅：至。

㉕ 朝陽：指山的東面，因其早上為太陽所照，故稱。

㉖ 菶菶（音繃）萋萋：形容梧桐枝葉茂盛。

㉗ 雍雍喈喈：形容鳳鳴聲和諧。

㉘ 庶：眾。

㉙ 閑：嫻熟。

㉚ 不多：或以為很多。不：通「丕」。

㉛ 遂：進獻。

【賞析】

　　本詩當是周王與群臣出遊卷阿時，詩人陳詩以歌頌周王的歌，詩中讚美周王儀容聲譽之美、群臣之賢、扈從之盛大，並勸勉周王要禮賢下士。朱熹《詩集傳》認為是「（召康）公從成王游歌于卷阿之上，因王之歌而作此以為戒」。其說可從。

　　全詩十章，首章發端總敍，以領起全詩，言王來而歌。第二章寫周王悠遊之態，美其能繼先王之道。第三章稱頌周室版圖廣大，美周王能主百神之祭。第四章美周王能永享受天賜鴻福。三言「俾爾彌爾性」，可見詩人祝福之誠。第五、六兩章，稱頌周王有賢才良士盡心輔佐，因而能夠威望卓著，聲名遠揚，成為天下四方的準則與楷模。第二、三、四章主要說的是周王德性的內在作用，第五、六兩章主要

說的是周王德性的外在影響，二者相輔相成，相得益彰。

　　第七、八、九章，以鳳凰比周王，以百鳥比賢臣。詩人以鳳凰展翅高飛，百鳥緊緊相隨，比喻賢臣對周王的擁戴，即所謂「媚于天子」。所謂「媚于庶人」，不過是一種陪襯。然後又以高岡梧桐鬱鬱蒼蒼，朝陽鳴鳳宛轉悠揚，渲染出一種君臣相得的和諧氣氛。十章回過頭來，描寫出遊時的車馬，仍扣緊君臣相得之意。末二句寫群臣獻詩，盛況空前，與首章之「來遊來歌，以矢其音」呼應作結。

　　全詩規模宏大，結構完整，賦筆之外，兼用比興，皆貼切自然，給讀者留下鮮明深刻的印象。

民　勞

　　民亦勞止①，汔可小康②。惠此中國③，以綏四方④。無縱詭隨⑤，以謹無良⑥。式遏寇虐⑦，憯不畏明⑧。柔遠能邇⑨，以定我王⑩。

　　民亦勞止，汔可小休。惠此中國，以為民逑⑪。無縱詭隨，以謹惛怓⑫。式遏寇虐，無俾民憂。無棄爾勞，以為王休⑬。

　　民亦勞止，汔可小息。惠此京師，以綏四國。無縱詭隨，以謹罔極⑭。式遏寇虐，無俾作慝⑮。敬慎威儀，以近有德。

　　民亦勞止，汔可小愒⑯。惠此中國，俾民憂泄⑰。無縱詭隨，以謹醜厲⑱。式遏寇虐，無俾正敗⑲。戎雖小子⑳，而式㉑弘大。

　　民亦勞止，汔可小安。惠此中國，國無有殘㉒。無縱詭隨，以謹繾綣㉓。式遏寇虐，無俾正反㉔。王欲玉女㉕，是用㉖大諫。

【註釋】

① 止：語氣詞。

② 汔：庶幾。一說乞求。小康：小安，稍安。

③ 惠：愛。中國：周天子直接統治的地區，即「王畿」，相對於四方諸侯國而言。

④ 綏：安撫。四方：指四方諸侯之國。

⑤ 縱：縱容，放縱。一說通「從」，聽從。詭隨：詭詐欺騙的人。

⑥ 謹：指謹慎提防。無良：指無良小人。

⑦ 式：發語詞。遏：遏制，抑制。寇虐：暴虐之人。一說為拒命之臣。一說指暴虐和掠奪。

⑧ 惛：通「摻」，執，逮捕。明：法。此句言逮捕不畏法之徒。一說「惛」意謂曾，乃，此句則言怎不畏懼天朗朗。

⑨ 柔：懷柔，安撫。遠：遠方之人。能：親善。邇：近處之人。

⑩ 定：安定。王：指周王朝政權。

⑪ 逑：聚合，人民聚居之所。一說指法則。此句言人民就會聚居在這裏。

⑫ 惛怓（音昏橈）：製造動亂的政敵。一說指喧嚷爭吵之人。

⑬ 無棄爾勞，以為王休：言你不要放棄辛苦工作，來造就天子美好的政績。爾：指執政者。休：美。一說指不要拋棄舊功勞，來為王家謀利益。

⑭ 罔極：沒有準則，沒有法紀的人。

⑮ 作慝：作惡。

⑯ 愒：休息。

⑰ 憂泄：消除憂愁。

⑱ 醜厲：醜惡之人。

⑲ 正敗：政治敗壞。一說指正道敗壞。

⑳ 戎：你，指周王。小子：年輕人。

㉑ 式：作用。

㉒ 有戕：指有被殘害的可能。

㉓ 繾綣：固結不解，指結黨營私之徒。一說指統治階級內部糾紛。

㉔ 正反：政事傾覆。

㉕ 玉女：即「好汝」，愛你。此句言君王啊，我本想要你完美。

㉖ 是用：是以，因此。

【賞析】

　　這是一首周王朝的正直官員規勸周王與同僚的詩。觀詩的內容，當時的周王朝已衰落腐朽之至，朝野烏煙瘴氣，小人橫行，國將不國，詩中描寫平民百姓極度困苦疲勞之狀，勸告周王要體恤民力，改弦更張。《毛詩序》認為本詩是召穆公戒飭周厲王之作。此說可從。

　　全詩五章，句式整齊，結構嚴謹，有明顯的重章疊句趨勢。每章一開頭，皆言人民已經很勞苦了，庶幾可以稍稍休息了。對此，姚際恒《詩經通論》之評可謂抓住要害，其曰：「開口說民勞，便已悽楚。『汔可小康』，亦安於時運而不敢過望之辭。曰『可』者，又見唯此時可為，他日恐將不及也，亦危之之詞。」

　　詩之首章言遏寇虐可安人民而定王室。第二章言遏寇虐可保前功以成王美。前兩章似是對同僚執政者而言，後三章則是對周王而言。第三章言遏寇虐而近有德。第四章言遏寇虐以防王政頹敗。第五章言遏寇虐以防王朝傾覆，並言明作詩之意。

　　至於為什麼每章都有「無縱詭隨」一句，並放在「式遏寇虐」一句前面，鐘惺《評點詩經》解釋說：「未有不媚王而能虐民者，此等機局，宜參透之。」而在他之前，嚴粲《詩緝》也分析說：「無良、憯怓、罔極、醜厲、繾綣，皆極小人之情狀，而總之以詭隨。蓋小人之媚君子，其始皆以詭隨入之，其終無所不至，孔子所謂佞人殆也。」其實，說穿了，抨擊小人蒙蔽君主而作惡，無非是刺國君不明無能的一個障眼法。不便直斥君主，便拿君主周圍的小人開刀，自古皆然。確實，有了昏君，小人才能作大惡，「極小人之情狀」是給周厲王一個鏡子讓他照照自己，其最終目的還是為了勸誡周王。

板

上帝板板①，下民卒癉②。出話不然③，為猶不遠④。
靡聖管管⑤，不實於亶⑥。猶之未遠，是用大諫。
天之方難⑦，無然憲憲⑧。天之方蹶⑨，無然泄泄⑩。
辭之輯矣⑪，民之洽⑫矣。辭之懌⑬矣，民之莫⑭矣。
我雖異事，及爾同寮⑮。我即爾謀⑯，聽我囂囂⑰。
我言維服⑱，勿以為笑⑲。先民有言，詢於芻蕘⑳。
天之方虐㉑，無然謔謔㉒。老夫灌灌㉓，小子蹻蹻㉔。
匪我言耄㉕，爾用憂謔㉖。多將熇熇，不可救藥㉗。
天之方懠㉘。無為誇毗㉙。威儀卒迷㉚，善人載尸㉛。
民之方殿屎㉜，則莫我敢葵㉝？喪亂蔑資㉞，曾莫惠我師㉟？
天之牖㊱民，如壎如篪㊲，如璋如圭㊳，如取如攜㊴。
攜無曰益㊵，牖民孔易㊶。民之多辟，無自立辟㊷。
價人維藩㊸，大師維垣㊹，大邦維屏㊺，大宗維翰㊻。
懷德維寧㊼，宗子㊽維城。無俾城壞，無獨斯畏㊾
敬天之怒，無敢戲豫㊿。敬天之渝(51)，無敢馳驅(52)。
昊天曰明(53)，及爾出王(54)。昊天曰旦(55)，及爾遊衍(56)。

【註釋】

① 板板：反，指違背常道。一說邪僻不正之貌。

② 卒癉（音旦）：勞累痛苦。卒：通「瘁」。

③ 不然：不對，不合理。此句言當權者講話不合理。

④ 猶：通「猷」，謀劃。此句言當權者制定策略不夠長遠。

⑤ 靡聖：不把聖賢放在眼裏，即心無聖人之法度。管管：任意放縱，自以為是之貌。

⑥ 不實：不落實。亶：誠信。此句言當權者不講誠信。

⑦ 天之方難：言上天正降下災難。

⑧ 無然：不要這樣。憲憲：歡欣喜悅貌。

⑨ 蹶：動亂。

⑩ 泄泄：和樂自得貌。一說通「呭呭」，妄呭議論。

⑪ 辭：政令。一說指我。輯：和諧。

⑫ 洽：融洽，和睦。

⑬ 懌（音譯）：敗壞。

⑭ 莫：通「瘼」，疾苦。

⑮ 我雖異事，及爾同寮：言我們雖然職務不同，但畢竟還是同朝為官。異事：指職務不同，分工不同。及：與。同寮：即同僚。

⑯ 即：往就。謀：商議。

⑰ 囂囂（音敖）：傲慢而不肯接受意見之貌。一說多口說話。

⑱ 維：是。服：用，治。此句言我說的都是治國大事。

⑲ 笑：嘲笑。此句言你不要笑我過於厭煩。

⑳ 先民有言，詢於芻蕘（音除饒）：言古人曾經說過：即使是砍柴的樵夫也可徵詢意見。芻蕘：此指割草與打柴的人。

㉑ 天之方虐：言上天降下了惡病瘟疾。

㉒ 謔謔：嬉笑貌。

㉓ 老夫：老者自稱，此指詩人。灌灌：款款，情意誠懇貌。

㉔ 小子：年輕後生，此指嘲笑詩人的同僚。蹻蹻：傲慢貌。

㉕ 匪我言耄：言你們非議我年老糊塗。耄：八十為耄。此指年老昏憒。

㉖ 爾用憂謔：言你們將我戲謔調笑。憂謔：戲謔。

㉗ 多將熇熇（音賀），不可救藥：言你們只會助長病人高燒，到最後不可救藥，病入膏肓。熇熇：火勢熾烈，此處指瘟疾發高燒。

㉘ 懠：憤怒。

㉙ 誇毗：卑躬屈膝，諂媚曲從。

㉚ 威儀：此指君臣間的禮節。卒：盡。迷：混亂。

㉛ 善人載屍：言善人閉口像神屍一般。屍：祭祀時由人扮成的神屍，終祭不言。

㉜ 殿屎：呻吟。

㉝ 葵：通「揆」，猜測。此句言我不敢預測國運何往。一說不敢別有他顧。

㉞ 蔑資：指喪亂不定。一說無財產。

㉟ 惠：施恩。師：此指民眾。此兩句言喪亂局面還未穩定，不曾施給民眾半點恩惠。

㊱ 牖（音有）：通「誘」，誘導。一說開啟。

㊲ 塤（音勳）：古陶制橢圓型吹奏樂器。篪：古竹制管樂器。

㊳ 璋、圭：朝廷用玉制禮器。半圭為璋，合二璋則成圭。《毛傳》曰：「如塤如篪，言相和也。如璋如圭，言相合也。」

㊴ 攜：提。一說通「取」。此句言像取物拎包一樣從容。

㊵ 曰：語氣助詞。益：通「隘」，阻礙。此句言像提物於地一樣，沒有絲毫障礙。

㊶ 牖民孔易：言誘導百姓像這樣必易成功。

㊷ 民之多辟，無自立辟：言束縛百姓的法規太多，請不要再立新法。辟：法。

㊸ 價：通「介」，善。價人：善人。一說指甲士、武士。藩：籬笆。此指國家之藩籬。

㊹ 大師：指廣大的百姓。垣：牆。

㊺ 大邦：指諸侯大國。屏：屏障。

㊻ 大宗：指與周王同姓的宗族。翰：骨幹，棟樑。

㊼ 懷德維寧：言心懷高德國家便能安寧。

㊽ 宗子：周王嫡子。此處當指太子姬靜，即後來的周宣王。

㊾ 無獨斯畏：猶「無使孤獨，孤獨可畏」，即不要讓他孤立無傍。

㊿ 戲豫：遊戲娛樂。

(51) 渝：改變。此指災異。

(52) 馳驅：指放縱自恣。

(53) 昊天：上天。明：光明。

(54) 及：一說通「急」。出王：出往，出行。疑指周厲王事。周厲王遭國人之亂，逃離鎬京，故曰出王。

⑤ 旦：通「明」。
⑥ 遊衍：遊蕩。一說指厲王被逐出鎬京後的生活。

【賞析】

　　本詩相傳為凡伯所作，他身為王朝卿士，深感於周厲王的慘痛教訓，作此詩以警誡之，從詩的內容看，兼有刺厲王和規勸同僚的作用。從詩中「方難」、「宗子」、「出王」等用詞來看，此當是周厲王被逐之後，宣王即位之前，即共和行政間的詩。這在西周歷史上是一個特殊時期，在當時人看來，這是上天對周的懲罰，故詩中要同僚們倍加敬業，聽從善言，以厲王為鑒。

　　全詩八章，詩人開宗明義，首章一開始就用簡練的語言，明確說出作詩勸諫的目的和原因。第二章言天正降災難，不可不察。第三章責問同僚不聽善言。第四章責同僚拒善言。第五章極言善人不得進言，民只愁苦呻吟。第六章言民指易化。第七章勸其懷德。第八章以厲王時為鑒，勸畏天之威。

　　詩人在詩中對當權者作了一系列的揭露和譴責，而對於下民之痛，詩人則傾注了極大的關心和同情。詩人對厲王的暴虐無道採取了勸說和警告的雙重手法，這使全詩在言事說理方面顯得更為全面透徹，同時也表現了詩人憂國憂民的一片拳拳之心，忠貞可鑒。

　　在詩中，詩人不僅把民眾比作國家的城牆，而且提出了「惠師牖民」的主張，這體現出鮮明的民本思想，在當時是很有積極意義的。

蕩

　　蕩蕩上帝，下民之辟①。疾威②上帝，其命多辟③。天生烝④民，其命匪諶⑤。靡不有初，鮮克有終⑥。
　　文王曰咨⑦，咨⑧女殷商。曾是強御⑨？曾是掊克⑩？曾是在位⑪？曾是在服⑫？天降滔德⑬，女興⑭是力。

文王曰咨，咨女殷商。而秉義類⑮，強御多懟⑯。流言以對⑰，寇攘式內⑱。侯作侯祝⑲，靡屆靡究⑳。

　　文王曰咨，咨女殷商。女炰烋于中國㉑，斂怨以為德㉒。不明㉓爾德，時無背無側㉔。爾德不明，以無陪㉕無卿。

　　文王曰咨，咨女殷商。天不湎爾以酒㉖，不義從式㉗。既愆而止㉘，靡明靡晦㉙。式號式呼㉚，俾晝作夜㉛。

　　文王曰咨，咨女殷商。如蜩如螗㉜，如沸如羹㉝。小大近喪㉞，人尚乎由行㉟。內奰㊱于中國，覃及鬼方㊲。

　　文王曰咨，咨女殷商。匪上帝不時㊳，殷不用舊㊴。雖無老成人㊵，尚有典刑㊶。曾是莫聽㊷，大命以傾㊸。

　　文王曰咨，咨女殷商。人亦有言：顛沛之揭㊹，枝葉未有害，本實先撥㊺。殷鑒不遠，在夏後之世㊻。

【註釋】

① 蕩蕩上帝，下民之辟：言驕縱放蕩的上帝，他是下民的君王。
　　辟：君主。一說言心懷坦蕩的上帝，他是下民的主宰。

② 疾威：暴虐。

③ 命：本性。一說政令。辟：邪僻。

④ 丞：眾。

⑤ 諶：誠信。

⑥ 靡不有初，鮮克有終：言其初無不以善來開其端，卻很少能有好收場。

⑦ 咨：感歎聲。

⑧ 女：汝，你。

⑨ 曾是：怎麼這樣。強御：強橫兇暴。

⑩ 掊克：聚斂，搜刮民財。一說指刑罰苛毒，不赦老幼。

⑪ 在位：指處於統治地位。

⑫ 在服：指從事。

⑬ 滔：通「慆」，放縱不法。慆德：傲慢驕橫之德。

⑭ 興：助長。言你助長這種德行。

⑮ 而：爾，你。秉：把持。義類：邪曲。一說善類。此句言你操作著邪惡的力量。一說指你任用邪曲之徒。

⑯ 懟：怨恨。

⑰ 流言以對：言人們用謠言對付你。

⑱ 寇攘：像盜寇一樣掠取。式內：在朝廷內。

⑲ 侯：於是。作、祝：詛咒。即祈求鬼神加禍於他人。一說自為禱祝以求福。

⑳ 屆：盡。究：窮。

㉑ 炰烋：通「咆哮」。中國：國中。

㉒ 斂怨以為德：累積怨恨自以為高尚。

㉓ 不明：無知人之明。

㉔ 時：是。無背無側：背無臣，側無人。一說不知有人背叛，反側。

㉕ 陪：指輔佐之臣。

㉖ 湎：沉湎，沉迷。此句言上天不讓你沉醉酒海。

㉗ 從：聽從。式：任用。一說法式。此句言不應放縱為非作歹。

㉘ 愆：過錯。止：容止。此句言你的行為已經鑄成大錯。

㉙ 靡明靡晦：言不分白天黑夜地胡來。

㉚ 式號式呼：言醉酒後胡亂號叫。

㉛ 俾晝作夜：言把白天當作黑夜。

㉜ 蜩：蟬。螗：又叫蠭，蟬之大而黑色者。蜩螗鳴聲嘈雜，此形容時勢的混亂。

㉝ 沸：開水。羹：菜湯。此句言政局混亂，如水沸，如羹爛。

㉞ 喪：敗亡。此句言大事小事全都敗壞。

㉟ 人尚乎由行：言百事盡敗，卻仍一意孤行。由行：由此而行，學老樣。

㊱ 奰：激怒。一說指壓迫。

㊲ 覃：延及。鬼方：指遠方。

㊳ 時：善。

㊴ 舊：指老臣和舊的典章法度。

㊵ 老成人：指元老舊臣。

㊶ 典刑：通「典型」，指舊的典章法規。

㊷ 曾是莫聽：言竟然不聽這些道理。

㊸ 大命：國家的命運。傾：傾覆，倒塌。

㊹ 顛沛：跌僕，此指樹木倒下。揭：舉，此指樹的根部翹起。

㊺ 本：根。撥：敗。

㊻ 殷鑒不遠，在夏後之世：言殷商的鏡子不遠，夏王的教訓就在眼前。後：夏代一般稱國君為「後」，不稱王。

【賞析】

　　《毛詩序》以為本詩是召穆公所作。召穆公傷懷厲王無道，使周室大壞，天下蕩然無綱紀，遂作此詩。詩假託文王斥責紂王，實為指責厲王。周厲王無道而致亂，對周人來說，確是一段傷心的歷史。為了能夠真正以史為鑒，徹底扭轉國運，使周王朝走上康復的道路，詩人只好假借文王譴責商紂王的罪行，希望當朝者醒悟。

　　全詩八章，首章開篇即揭出「蕩」字，作為全篇的綱領。「蕩蕩上帝」，用的是呼告語氣，下面第三句「疾威上帝」也是呼告體，而「疾威」二字則是「蕩」的具體表現，是全詩綱領的實化，以下各章就圍繞著「疾威」做文章。第一章以後各章，都是假託周文王慨歎殷紂王無道之詞。

　　第二章明斥紂王暗責厲王重用貪暴之臣，連用四個「曾是」，極有氣勢，譴責的力度很大。第三章指出這樣做的惡果必然是賢良遭擯，禍亂橫生。第四章刺王剛愎自用，恣意妄為，內無美德，外無良臣，必將招致國之大難。第五章刺王縱酒敗德。第六章痛陳前面所說紂王各種敗德亂政的行為導致國內形勢一片混亂，借古喻今，指出對厲王的怨怒已向外蔓延至荒遠之國。第七章斥紂王不遵舊日典章，不用老臣。末章借諺語告誡厲王應當亡羊補牢，不要大禍臨頭還懵騰不

覺。末兩句「殷鑒不遠，在夏後之世」實際上也就是「周鑒不遠，在殷後之世」。國家覆亡的教訓並不遠，對於商來說，是夏桀，對於周來說，就是殷紂，兩句語重心長，寓意深刻，有如晨鐘暮鼓，可以振聾發聵。

清代錢澄之《田間詩學》評此詩曰：「托為文王歎紂之詞。言出於祖先，雖不肖子孫不敢以為非也；過指夫前代，雖至暴之主不得以為謗也。其斯為言之無罪，而聽之足以戒乎？」清代陸奎勳《陸堂詩學》云：「『文王曰咨，咨女殷商』，初無一語顯斥厲王，結撰之奇，在《雅》詩亦不多覯。」

抑

抑抑威儀①，維德之隅②。人亦有言：靡哲不愚③，庶人之愚，亦職維疾④。哲人之愚，亦維斯戾⑤。

無競維人⑥，四方其訓之⑦。有覺⑧德行，四國順之。訏謨定命⑨，遠猶辰告⑩。敬慎威儀，維民之則。

其在于今，興⑪迷亂于政。顛覆⑫厥德，荒湛⑬于酒。女雖湛樂從⑭，弗念厥紹⑮。罔敷求先王⑯，克共明刑⑰？

肆皇天弗尚⑱，如彼泉流，無淪胥⑲以亡。夙興夜寐，灑掃庭內，維民之章⑳。修爾車馬，弓矢戎兵，用戒戎作㉑，用遏蠻方㉒。

質㉓爾人民，謹爾侯㉔度，用戒不虞㉕。慎爾出話，敬爾威儀，無不柔嘉㉖。白圭之玷，尚可磨也㉗；斯言之玷，不可為㉘也！

無易由言㉙，無曰苟矣;。莫捫朕舌㉛，言不可逝矣㉜。無言不讎㉝，無德不報。惠于朋友，庶民小子㉞。子孫繩繩㉟，萬民靡不承㊱。

視爾友君子，輯柔㊲爾顏，不遐㊳有愆。相㊴在爾室，尚不

愧于屋漏⁴⁰。無曰不顯，莫予雲覯⁴¹。神之格思⁴²，不可度思，矧可射思⁴³！

辟⁴⁴爾為德，俾臧俾嘉。淑慎爾止⁴⁵，不愆于儀。不僭不賊，鮮不為則⁴⁶。投我以桃，報之以李。彼童而角，實虹小子⁴⁷。

荏染柔木⁴⁸，言緡之絲⁴⁹。溫溫恭人，維德之基。其維哲人，告之話言⁵⁰，順德之行⁵¹。其維愚人，覆謂我僭⁵²，民各有心⁵³。

於乎小子，未知臧否⁵⁴！匪手攜之，言示之事⁵⁵。匪面命之，言提其耳⁵⁶。借曰⁵⁷未知，亦既抱子⁵⁸。民之靡盈⁵⁹，誰夙知而莫成⁶⁰？

昊天孔昭，我生靡樂。視爾夢夢⁶¹，我心慘慘。誨爾諄諄⁶²，聽我藐藐⁶³。匪用為教，覆用為虐⁶⁴。借曰未知，亦聿既耄⁶⁵。

於乎小子，告爾舊止⁶⁶。聽用我謀，庶無大悔⁶⁷。天方艱難，曰喪厥國⁶⁸。取譬不遠⁶⁹，昊天不忒⁷⁰。回遹⁷¹其德，俾民大棘⁷²。

【註釋】

① 抑抑：慎審貌，謙謹貌。一說通「懿懿」，美好貌，軒昂貌。威儀：容止禮節。

② 維：是。隅：通「偶」，相配。此兩句言嫻雅而謙恭的舉止儀容，才能與內在的品德相稱。

③ 靡哲不愚：言任何聰明者都時有愚蠢。

④ 職：只。一說主。疾：此指一般的小毛病、小缺點。

⑤ 戾：乖戾，反常。

⑥ 無競維人：言國家的強大莫過於得到了賢人。無：發語詞。競：強盛。

⑦ 訓：順從。此句言有了賢人四方才能順從。

⑧ 覺：正直。

⑨ 訏謨：大謀略，大計畫。定命：確定為號令。

⑩ 遠猶：遠謀。辰告：按時宣告。一說隨時宣告。

⑪ 興：皆，都。

⑫ 顛覆：顛倒敗壞。

⑬ 荒湛：荒廢沉迷。

⑭ 女：汝。雖：唯，獨。

⑮ 紹：繼承。一說指將來。

⑯ 罔：不。敷：廣求。先王：指先王之道。

⑰ 克共明刑：言怎能奉行昭明的法則。共：通「拱」，執行，推行。
　　刑：法。

⑱ 肆：於是。尚：佑助。

⑲ 淪胥：相率，相隨。

⑳ 維民之章：言勤于政事做百姓的榜樣。

㉑ 用：以。戒：戒備。戎作：指戰事發生。

㉒ 遏：通「剔」，治服。蠻方：邊遠地區的異族。

㉓ 質：謹慎地對待。一說安定。

㉔ 侯：語氣助詞。

㉕ 不虞：不測。

㉖ 柔嘉：和善。

㉗ 白圭之玷，尚可磨也：言白玉圭板上的瑕疵，還可以打磨去掉。

㉘ 為：挽救。

㉙ 易：輕易，輕率。由：於。

㉚ 曰：語氣助詞。茍：馬虎，隨便。

㉛ 捫：按住。朕：我，秦時始作為皇帝專用的自稱。

㉜ 逝：追回，改變。此兩句言雖說沒人按住你的舌頭，可話一旦說
　　出來就無法改變。

㉝ 讎：通「酬」，應答，反映。

㉞ 惠于朋友，庶民小子：友善對待同僚，平民子弟也不可慢待。

㉟ 繩繩：謹慎貌。一說繼續。

㊱ 承：接受，順從。

㊲ 輯柔：和柔。

㊳ 不遐：不至，不會有。

㊴ 相：猶「夫」，提示詞。一說指譬如。

㊵ 尚：尚且。屋漏：屋子的西北角。古人設床在屋的北窗旁，因西北角上開有天窗，日光由此照射入室，故稱屋漏。屋漏處見天光，暗中之事全現，喻神明監察。又據禮制，每有親死者，輒徹其屋之西北角，薪以爨灶煮沐，供諸喪用。時若直雨，則漏，故名。不愧屋漏：言不愧神明。

㊶ 無曰不顯，莫予雲覯：不要以為屋裏不亮，沒人看得見你的言行。雲：語氣助詞。覯：遇見，此指看見。

㊷ 格：至。思：語氣助詞。

㊸ 矧：況且。射：指猜中。一說通「」，厭倦，厭惡。

㊹ 辟：修明。

㊺ 淑：美好。止：舉止行為。

㊻ 不僭不賊，鮮不為則：只要不出現差池錯誤，很少不成為榜樣口碑。僭：超越本分。賊：殘害。

㊼ 彼童而角，實虹小子：那紮著髻角的黃毛小童，真是個糊塗不分是非的小子。虹：通「訌」，惑亂。一說「童」指沒有角的小羊羔，此兩句以無角羊羔自誇有角來巧喻平王之昏聵。

㊽ 荏染：柔軟堅韌之貌。柔木：指椅桐梓漆，四者皆琴瑟之材。

㊾ 言：語氣助詞。緡之絲：給樂器安上琴弦就能成為樂器。

㊿ 話言：古之善言。話：疑為「詁」字之誤。

(51) 順德之行：言能順著道德行事。

(52) 覆：反而。僭：錯誤。一說虛假。

(53) 民各有心：言這世上人心各異。

(54) 臧否：善惡。

(55) 匪手攜之，言示之事：言不但要我用手拉著你走，還要具體指點你的工作。

(56) 匪面命之，言提其耳：言不但要當面來細心教導，還要拉起耳朵大聲講說。

(57) 借曰：假如說。

(58) 既抱子：已經有了兒子，指不再年少無知。

(59) 靡盈：不自滿。一說不緩。

(60) 誰夙知而莫成：言誰能早有所知而反晚成。

(61) 夢夢：昏而不明，糊塗貌。

(62) 諄諄：教誨不倦貌。

(63) 藐藐：輕視貌。

(64) 匪用為教，覆用為虐：言不但不採納我的教誨，反以為笑柄。

(65) 聿：語氣助詞。耄：年老。此指成年，老大不小。

(66) 舊止：舊的典章制度。

(67) 庶：庶幾，希冀之辭。悔：過失。

(68) 天方艱難，曰喪厥國：言國家的氣運正經歷艱難，弄不好就會國破家亡。

(69) 譬：例子，此指亡國的教訓。西周為犬戎所滅，至平王時不過數十年。

(70) 忒：偏差。

(71) 回遹：邪僻。

(72) 棘：通「急」，困急災難。

【賞析】

本詩相傳為衛武公九十多歲為周平王卿士時所作，詩的內容是勸誡平王，並以此自警。清代魏源《詩古微》分析說：「《抑》，衛武公作于為平王卿士之時，距幽(王)沒三十餘載，距厲(王)沒八十餘載。『爾』、『女』、『小子』，皆武公自儆之詞，而刺王室在其中矣。『修爾車馬，弓矢戎兵』，冀復鎬京之舊，而慨平王不能也。」其說可從。

全詩十二章，可分為三個部分，前四章為第一部分。首章說理，言哲愚之別。在衛武公眼中，周平王顯然不是個傻瓜，但現在卻偏生

變得這麼不明事理，眼看要將周王朝引向萬劫不復的深淵。衛武公多麼希望平王能夠做到「抑抑威儀，維德之隅」啊，可惜現實卻令人失望。於是接下去詩人便開始從正反兩方面來作規勸諷諫。第二章衛武公很有針對性地指出求賢與立德的重要性。求賢則能安邦治國，立德則能內外悅服。第三章轉入痛切的批評，言湛樂誤國。第四章轉為正面告誡，要求執政者早起晚睡勤於政事整頓國防隨時準備抵禦外寇。

第五章至第八章為第二部分，詩人進一步申明何事可為，何事不可為。第五、六兩章勸執政者出言要謹慎，要友善地對待臣民。第七章勸敬畏神明，體現了後世儒家「君子慎獨」的思想。第八章勸執政者要慎行修禮。

第九章至最後為第三部分，詩人懇切地告誡平王應該認真聽取自己的箴規，否則就將有亡國之禍。第九章勸從善言。第十、十一兩章責其不聽善言。「匪手攜之，言示之事。匪面命之，言提其耳」，用兩個遞進式複句敘述，極其鮮明地表現出一個功勳卓著的老臣恨鐵不成鋼的憂憤。第十一章連用四組疊字詞，更增強了這種憂憤的烈度。末章以危言自警，詩人再一次用「於乎小子」的呼告語氣作最後的警告，將全詩的箴刺推向高潮。

本詩篇幅長，心思細，是典型的文人作品，而且語氣平和，也是一位謹慎和善老人的特點，它體現了年邁的衛武公身處亂世的憂愁和對周室的無盡忠誠。

桑　柔

菀彼桑柔①，其下侯旬②。捋采其劉③，瘵④此下民。
不殄⑤心憂，倉兄填兮⑥。倬⑦彼昊天，寧不我矜⑧？
四牡騤騤⑨，旟旐有翩⑩。亂生不夷，靡國不泯⑪。
民靡有黎⑫，具禍以燼⑬。於乎有哀，國步斯頻⑭。
國步蔑資⑮，天不我將⑯。靡所止疑⑰，云徂何往？

君子實維⑱，秉心無競⑲。誰生厲階⑳，至今為梗㉑？
憂心慇慇㉒，念我土宇㉓。我生不辰㉔，逢天僤怒㉕。
自西徂東，靡所定處。多我覯痻㉖，孔棘我圉㉗。
為謀為毖㉘，亂況斯削㉙。告爾憂恤㉚，誨爾序爵㉛。
誰能執熱，逝不以濯㉜？其何能淑㉝？載胥及溺㉞。
如彼溯風㉟，亦孔之僾㊱。民有肅心㊲，荓云不逮㊳。
好是稼穡㊴，力民代食㊵。稼穡維寶，代食維好？
天降喪亂，滅我立王㊶。降此蟊賊㊷，稼穡卒痒㊸。
哀恫中國，具贅卒荒㊹。靡有旅力㊺，以念穹蒼㊻。
維此惠君，民人所瞻㊼。秉心宣猶㊽，考慎其相㊾。
維彼不順㊿，自獨俾臧(51)。自有肺腸，俾民卒狂(52)。
瞻彼中林，甡甡(53)其鹿。朋友已譖(54)，不胥以穀(55)。
人亦有言：進退維谷(56)。
維此聖人，瞻言百里(57)。維彼愚人，覆狂以喜(58)。
匪言不能，胡斯畏忌(59)？
維此良人，弗求弗迪(60)。維彼忍心(61)，是顧是復(62)。
民之貪亂(63)，寧為荼毒(64)。
大風有隧，有空大谷(65)。維此良人，作為式穀(66)。
維彼不順，征以中垢(67)。
大風有隧，貪人敗類(68)。聽言則對(69)，誦言如醉(70)。
匪用其良(71)，覆俾我悖(72)。
嗟爾朋友，予豈不知而作(73)。如彼飛蟲(74)，時亦弋獲(75)。
既之陰(76)女，反予來赫(77)。
民之罔極(78)，職涼善背(79)。為民不利，如云不克(80)。
民之回遹，職競用力(81)。
民之未戾(82)，職盜為寇(83)。涼曰不可(84)，覆背善詈(85)。
雖曰匪予，既作爾歌(86)！

【註釋】

① 菀：茂盛貌。桑柔：即柔桑，指柔嫩的桑枝。

② 侯：維。旬：通「玄」，黑，此指樹陰遍佈。

③ 劉：指樹之枝條。一說剝落稀疏。此句言枝條上的嫩葉被抒盡。

④ 瘼：病，疾苦。

⑤ 不殄：不絕。

⑥ 倉兄：通「愴怳」，悲傷失意貌。填：久。

⑦ 倬：光明。

⑧ 寧：何。矜：憐憫。

⑨ 騤騤：馬奔馳不停貌。一說馬強壯貌。

⑩ 旗旐：畫有鷹隼、龜蛇的旗。有翩：翩翩，翻飛貌。

⑪ 亂生不夷，靡國不泯：禍亂爆發還沒有平息，沒有任何一個國家
　　不會遭禍殃。

⑫ 黎：黑。頭黑，言青壯者。此句言青壯年都被拉去征役。一說
　　「黎」指眾。一說通「犁」，言戰亂不止，農業荒廢。皆通。

⑬ 具禍以燼：言皆在禍亂中化為灰燼。一說言征夫皆遭禍而歿。

⑭ 國步：國家命運。頻：危急。

⑮ 蔑資：指喪亂不定。一說無財產。

⑯ 將：扶助。

⑰ 疑：通「凝」，停息。

⑱ 維：通「惟」，思。此句言執政者對此應好好想想。

⑲ 秉心：存心。無競：無爭。此句言不要爭權奪利，要為國相讓。

⑳ 屬階：禍端。

㉑ 梗：病，災害。

㉒ 慇慇：心痛貌。

㉓ 土宇：土地，房屋。

㉔ 不辰：不時。此句言生不逢時。

㉕ 僤：大，疾。

㉖ 覯：遇。痻：災難。

㉗ 孔棘：甚急。圉：邊疆。

㉘ 毖（音畢）：謹慎。

㉙ 斯：乃。削：減少。

㉚ 爾：指周厲王及當時執政大臣。憂恤：憂慮國事，體恤下民。

㉛ 序爵：按等次授予官爵。

㉜ 誰能執熱，逝不以濯：言誰能頂著炎熱酷暑而不去沖澡驅熱。

㉝ 其何能淑：言如何才能使局面好轉。

㉞ 載：則。胥：相率。溺：溺死。此指滅頂之災。

㉟ 溯風：逆風。此言逆風而行。

㊱ 僾：呼吸不暢貌。

㊲ 肅心：進取心。一說肅慎之心。

㊳ 荓：使。不逮：不及。此兩句言凡人皆有進取之心，你卻不讓他們得以實現，這就好比逆風而行。

㊴ 稼穡：指農業勞動。

㊵ 力民：指辛苦盡力耕作的人。代食：指代替無功者食祿。此句說的是一種用人激勵之法。

㊶ 立王：在位之王。此句言周厲王被國人流放於彘之事。

㊷ 蟊賊：吃苗根、苗節的害蟲。

㊸ 稼穡：此指莊稼。痒：病。

㊹ 贅：通「綴」，連屬。

㊺ 旅力：膂力。

㊻ 以念穹蒼：言向上天呼號。

㊼ 維此惠君，民人所瞻：言賢慧的君王受到百姓的瞻仰。

㊽ 秉心：持心，存心。宣猶：光明之道。

㊾ 考慎：慎重考察。相：輔佐大臣。

㊿ 不順：指無道昏君。

(51) 自獨俾臧：言昏君自以為是，只圖自己享樂。

(52) 自有肺腸，俾民卒狂：言無道昏君自有與眾不同的心肝，讓百姓全都遭難發狂。

(53) 甡甡：通「莘莘」，眾多貌。

(54) 譖：通「僭」，相欺而不信任。

(55) 胥：相。穀：善。

(56) 進退維谷：言進退只為利益追尋。一說進退皆是困境。一說「穀」通「欲」，言朋友之間進退維其所欲，不以禮法自持，恣意所為。

(57) 瞻言百里：言聖人能見百里以外的景況。

(58) 覆狂以喜：言愚人反為眼前的禮儀而興奮發狂。

(59) 匪言不能，胡斯畏忌：非不能議論發言，可為何如此忌憚恐慌。

(60) 迪：進。此指奔走鑽營。

(61) 忍心：有殘忍之心的人。

(62) 是顧是復：言盯著官爵利祿，不肯放鬆。顧、復：回頭看，形容十分在意。

(63) 貪亂：欲亂。

(64) 寧為荼毒：言寧受荼毒也要這政權完蛋。一說民之貪亂，皆因惡政之荼毒。

(65) 大風有隧，有空大谷：言狂風必有來路，即空曠的山谷。

(66) 式穀：用善。此兩句言兩人之作為，皆用善道。

(67) 征：往。中垢：陰暗污穢。此句言不順之人行污穢之事。一說「中垢」指蒙受恥辱，言不順之人，行不順之事以得恥辱。

(68) 貪人敗類：言貪贓枉法者必殘害同類。

(69) 聽言：順從心意的話。一說指聖言。對：通「懟」，恨。

(70) 誦言：頌贊之言。如醉：言誦言如美酒，使其陶醉。

(71) 良：指善人良言。

(72) 覆：反。悖：顛沛。一說違理。

(73) 而：爾。而作：你們的所作所為。

(74) 飛蟲：指飛鳥。

(75) 弋獲：被射中捕獲。

(76) 陰：通「諳」，熟悉。此句言我既已清楚你們的底細。

(77) 反予來赫：即「反來赫予」，言你們便對我恐嚇。赫：通「嚇」。

⑱ 罔極：無法則，指百姓不守正道，犯上作亂。

⑲ 職：只。涼：刻薄。一說「職涼」通「職諒」、「職競」，有「簡直是」、「僅只是」之意。善背：背善。此句是說只因為官員常背離善行。

⑳ 為民不利，如云不克：官員做不利百姓事，好像還嫌不理想。

㉑ 競：強，爭。用力：使用暴力。

㉒ 戾：定。一說善。

㉓ 職盜為寇：百姓在動亂中相結為寇。一說貪官像盜賊搶掠百姓。

㉔ 涼：通「諒」，確實。

㉕ 詈：罵。此兩句言我說這樣下去確實不可，他們反而在背地裏大罵於我。

㉖ 雖曰匪予，既作爾歌：言雖然遭到你們的無理誹謗，我還是要作此歌將你們譴責。

【賞析】

本詩為西周卿士芮良夫所作。王符《潛夫論·遏利篇》引魯詩說云：「昔周厲王好專利，芮良夫諫而不入，退賦《桑柔》之詩以諷。」詩旨在刺厲王失政，好利而暴虐，且用人不當，以致民不聊生，指出王朝必將傾覆的弊端和黑暗。詩的創作時間大約在周厲王被逐出鎬京，流亡於彘以後，當時大亂未已，百姓流竄，而朝臣仍然為非作歹。詩人沉痛而懇切地陳辭，忠憤之情溢於言表。

全詩十六章，首章以桑為比，桑本茂密，蔭蔽甚廣，因摘採至盡而剝落稀疏。比喻百姓下民，受剝奪之深，不勝其苦，故詩人哀民困已深，呼天而訴曰：「倬彼昊天，寧不我矜。」詩意嚴肅，為全詩之主旨。次章述征役不息，百姓遭難。詩人對王朝現狀和國運之危尤其傷感。第三章感歎天不助我，人民無處可以安身，不知往何處為好，詩人憤而質問禍亂之根基。第四章感慨生不逢時，見詩人內心殷憂之深。他從人民的角度出發，痛感人民想安居，而從西到東，沒有能安居的處所。

第五章以老臣口氣，誡教君王謀略，要憂國憂民，要論功封賞。第六章勸君王為政要順人心，要以農業為根本，勿奪農時。第七章敘天降災害，禍亂頻仍，詩人自傷救世無力。第八章以賢君作比，斥君之昏，同時勸誡君王要認真選用輔相，不要只知自己享樂，而全不顧百姓死活。

以上八章總說國家產生禍亂的原因，是由於厲王好貨暴政，不恤民瘼，不能用賢，不知納諫，以致民怨沸騰，後八章則是責同僚之執政者，不以善道規範自己，缺乏遠見，只知逢迎君王，加速了國家的危亡，更引起人民的怨恨。

第九章以群鹿起興，傷人世欺詐，朋友之道淪喪。第十章用對比手法，指責執政者缺乏遠見，斥群僚不敢進言。第十一章再用對比手法，斥群僚貪圖官爵利祿，不顧朝政。第十二章以「大風有隧」起興，先言大風之行，必有其隧，君子與小人之行也是各有其道。再以君子與小人之行作比，斥責小人之可憎。第十三章斥執政者不聽忠諫之言。第十四章慨歎同僚朋友，專利斂財，虐民為政，不思翻然悔改，反而對盡忠的詩人進行威嚇。第十五章中，詩人陳述人民之所以激成暴亂的原因，實為執政者之咎，執政者貪利斂財，推行暴政，導致民怨沸騰。末章承前，言民之所以未得安定，是由於執政者以盜寇的手段，對他們進行掠奪，所以他們也不得不為盜為寇。最後兩句，詩人言作詩之由。

這首長詩，運用了比喻、借喻、暗喻、反詰、襯托、誇張、對比、反比、感歎等多種修辭手法，可謂變化多端。且全詩語言樸直而多變化，直陳己意，不事雕飾而寄意深長，從詩中可以看出詩人高超的文字功底以及一位亂世中的老臣的孤獨忠憤之情。

雲　漢

倬彼雲漢，昭回於天[①]。王曰於乎：何辜今之人？天降喪亂，

饑饉薦臻②。靡神不舉③，靡愛斯牲④。圭璧既卒⑤，寧莫我聽⑥！

旱既太甚，蘊隆蟲蟲⑦。不殄禋祀，自郊徂宮⑧。上下奠瘞⑨，靡神不宗⑩。后稷不克⑪，上帝不臨。耗斁下土⑫，寧丁我躬⑬。

旱既太甚，則不可推⑭。兢兢業業，如霆如雷⑮。周余黎民，靡有孑遺⑯。昊天上帝，則不我遺⑰。胡不相畏⑱？先祖於摧⑲。

旱既太甚，則不可沮⑳。赫赫炎炎㉑，云我無所㉒。大命近止㉓，靡瞻靡顧。群公先正㉔，則不我助。父母先祖，胡寧忍予㉕？

旱既太甚，滌滌㉖山川。旱魃㉗為虐，如惔㉘如焚。我心憚暑㉙，憂心如熏㉚。群公先正，則不我聞㉛。昊天上帝，寧俾我遁㉜？

旱既太甚，黽勉畏去㉝。胡寧瘨㉞我以旱？憯㉟不知其故。祈年孔夙㊱，方社不莫㊲。昊天上帝，則不我虞㊳。敬恭明神，宜無悔怒㊴。

旱既太甚，散無友紀㊵。鞫哉庶正㊶，疚哉塚宰㊷。趣馬師氏㊸，膳夫左右㊹。靡人不周㊺，無不能止㊻。瞻卬昊天，云如何里㊼！

瞻卬昊天，有嘒㊽其星。大夫君子，昭假無贏㊾。大命近止，無棄爾成㊿。何求為我㉛，以戾㉜庶正。瞻卬昊天，曷惠其寧㊼？

【註釋】

① 昭：光明。回：旋轉，言銀河在天空回轉。

② 薦：重，再。臻：至。

③ 舉：祭。此句言無神不祭祀。

④ 愛：吝惜，捨不得。牲：祭祀用的牛羊豕等。

⑤ 圭、璧：均是古玉器。周人祭神用玉器，祭天神則焚玉，祭山神則埋玉，祭水神則沉玉，祭人鬼則藏玉。卒：盡。

⑥ 寧：乃。莫我聽：即不聽我祈求懇言。

⑦ 蘊隆：謂暑氣鬱積而隆盛。蟲蟲：熱氣薰蒸貌。

⑧ 自郊徂宮：言從郊祭直到祖廟神靈。

⑨ 奠：陳列祭品。瘞（音益）：指把祭品埋在地下。奠是祭祀天神的禮儀，瘞是祭祀地神的禮儀。

⑩ 宗：尊敬。

⑪ 克：佑。

⑫ 耗：損害。斁（音肚）：敗壞。

⑬ 寧丁我躬：言我竟然碰到這災禍。丁：當，遭逢。我躬：我身。

⑭ 推：退，排除。

⑮ 兢兢業業，如霆如雷：言時刻小心謹慎，就像雷霆隨時會轟頂。

⑯ 孑遺：遺留，剩餘。

⑰ 遺：存問，安慰。一說贈送。

⑱ 畏：通「偎」，愛。

⑲ 摧：就，靠近，依靠。一說摧殘。一說摧毀。此兩句言為何上天無一點惠愛，想依靠先祖竟也不能。一說言為何連先祖也摧殘我們。一說言怎不感到憂愁惶恐，人一旦死去，先祖就不得祭祀而受損。

⑳ 沮：通「阻」。

㉑ 赫赫：天旱無雲之貌。炎炎：暑氣熾熱貌。

㉒ 云：發語詞。無所：無處逃生。

㉓ 大命：壽命。近止：言即將結束。

㉔ 群公：指前代先公神靈。先正：前代賢臣的神靈。

㉕ 胡寧忍予：言怎麼忍心看我受如此苦。

㉖ 滌滌：草木乾枯無餘之貌。

㉗ 旱魃：古代傳說中的旱神。

㉘ 惔：火燒。

㉙ 憚暑：害怕暑熱。

㉚ 熏：灼。

㉛ 聞：通「問」，恤問。

㉜ 遁：逃。一說指難。

㉝ 黽勉：勉力為之，謂盡力事神，急於禱請。去：通「怯」，言心有畏怯，恐其無濟於事。

㉞ 瘨：病，害。

㉟ 憯：曾，乃。

㊱ 祈年：向神祈求豐年的祭祀。孔夙：很早。

㊲ 方：祭四方之神。社：祭土神。莫：通「暮」，晚。

㊳ 虞：助。

㊴ 敬恭明神，宜無悔怒：言我對待神明恭恭敬敬，該不會對我心懷悔怒。

㊵ 友：當作「有」。紀：紀綱，法度。此句言群臣百姓已目無法紀。

㊶ 鞫：窮困。庶正：眾官之長。

㊷ 疚：憂苦。塚宰：官名，掌王室總務。

㊸ 趣馬：掌管國王馬匹的官。師氏：官名，主管教導國王和貴族的子弟。

㊹ 膳夫：主管國王、後妃飲食的官。左右：左右之大夫、士諸官。

㊺ 周：悲傷失意。一說周濟、救濟。

㊻ 能：通「忍」。無不能：言無不忍受著巨大的痛苦。

㊼ 里：猶「已」，止。

㊽ 嘒：星光點點貌。

㊾ 昭假：召來，是周王的口氣。無贏：無餘。一說「昭」指禱。「假」通「嘏」，指告。無贏：無爽，即無差忒。

㊿ 成：指前功。

⑤ 何求為我：言求雨哪裡是為了我自己。

⑤ 戾：定。

⑤ 曷：何，何時。惠：賜。

【賞析】

　　史載西周宣王二年至六年間，天大旱，宣王求神祈雨，詩人寫詩

以記之。詩中充滿了無可奈何的憂慮。一說以為本詩為周宣王自作，以敘寫他畏旱之甚及盼雨心切，抒發了為旱災而愁苦的心情。

　　全詩八章，首章憂旱而訴於天，寫祭神祈雨。第二章言大旱而祀神。這兩章詩意急迫，詩人內心非常焦灼，為了求雨，祭祀已經是無牲不用，禮神的玉器也用盡了，然而神靈們卻不聞不問，毫無佑助之意。故詩人極為無助。第三、四兩章言災情之嚴重，厄運之將至，望上帝和先祖之見憐。第五章寫旱魃繼續肆虐，極言天與神之不憐憫。第六章述失望痛苦之餘的反思。也不是祭神不及，也不是對眾神不恭敬，細細思量，確實沒有什麼罪愆，那又為何降災加害呢？第七章敘君臣上下因憂旱而困窘憔悴。末章周王著力鞭策，勉勵群臣救災，並繼續祈禱上蒼。最後仰天長號，以丞求天賜安寧作結。

　　本詩對這次持久難弭的災禍從旱象、旱情、造成的慘重損失及所引起的心理恐慌等方面作了充分的描寫，摹景極其生動，且運用了誇張的修辭手法。全篇不露一個「雨」字，正見詩人憂之深。從這首詩中，讀者也可看出，從古至今，在巨大的自然災害面前，人類是何等的渺小和脆弱。宣王一代中興之主，身處災難之中，卻像一個為天所拋棄的孤兒，孤立無援，哀號歎息，唯有對虛無縹緲的上帝和神靈絕望地祈禱。

嵩　高

　　嵩高維嶽①，駿極于天②。維嶽降神，生甫③及申。維申及甫，維周之翰④。四國于蕃⑤。四方于宣⑥。

　　亹亹⑦申伯，王纘之事⑧。于邑于謝⑨，南國是式⑩。王命召伯，定申伯之宅。登是南邦⑪，世執其功⑫。

　　王命申伯：式是南邦。因⑬是謝人，以作爾庸⑭。王命召伯：徹⑮申伯土田。王命傅御⑯：遷其私人⑰。

　　申伯之功，召伯是營。有俶⑱其城，寢廟既成⑲。既成藐藐

⑳，王錫申伯：四牡蹻蹻㉑，鉤膺濯濯㉒。

　　王遣申伯，路車乘馬㉓。我圖爾居，莫如南土㉔。錫爾介圭㉕，以作爾寶。往近㉖王舅，南土是保。

　　申伯信邁㉗，王餞于郿㉘。申伯還南，謝于誠歸㉙。王命召伯，徹申伯土疆。以峙其帳㉚，式遄㉛其行。

　　申伯番番㉜，既入于謝。徒御嘽嘽㉝。周邦咸喜，戎有良翰㉞。不顯申伯㉟，王之元舅㊱，文武是憲㊲。

　　申伯之德，柔惠㊳且直。揉㊴此萬邦，聞于四國。吉甫作誦，其詩孔碩㊵。其風肆好㊶，以贈申伯。

【註釋】

① 嵩：山高大貌。嶽：指太嶽山。姜姓為太嶽之後。

② 駿：大。極：至。

③ 甫：即呂國。呂國與申國同宗，皆是太伯、伯夷之後。

④ 翰：通「幹」，築牆時樹立兩旁以障土之木柱。

⑤ 于：為。蕃：即「藩」，藩籬，屏障。

⑥ 宣：通「垣」。

⑦ 亹亹：勤勉貌。

⑧ 纘：通「踐」，任用。一說讚揚。

⑨ 于邑于謝：即「為邑于謝」，在謝地營邑。

⑩ 式：法，榜樣。

⑪ 登：建成。一說升。南邦：指謝邑。

⑫ 執：守成。此句言世代守其成。

⑬ 因：憑藉，依靠。

⑭ 庸：通「墉」，城牆。

⑮ 徹：治理。此指劃定地界。

⑯ 傅御：諸侯之臣，治事之官，為家臣之長。

⑰ 私人：傅御之家臣。

⑱ 有俶：厚貌。

⑲ 寢廟：周代宗廟的建築有廟和寢兩部分，合稱寢廟。

⑳ 藐藐：美盛貌。

㉑ 蹻：強壯勇武貌。

㉒ 鉤膺：即「樊纓」，馬頸腹上的帶飾。濯濯：光澤鮮明貌。

㉓ 路車：諸侯乘坐的一種大型馬車。路：通「輅」。乘馬：四匹馬。

㉔ 我圖爾居，莫如南土：我考慮你的居地，沒有比南方更適宜的了。此句直至本章末，皆為王對申伯所言。

㉕ 介：亦作「玠」，大。圭：玉製的禮器，諸侯執此以朝見周王。

㉖ 近：語氣助詞。

㉗ 信：再宿。此句言申伯再宿而行。

㉘ 郿：古地名，在今陝西眉縣東渭水北岸。

㉙ 謝于誠歸：即「誠歸于謝」。

㉚ 峙：通「偫」，儲備。悵：米糧。

㉛ 遄：迅速。

㉜ 番番：勇武貌。

㉝ 徒御：指隨行人員。嘽嘽：眾盛貌。

㉞ 戎：汝，你，指周宣王。此句是諸侯對宣王所言。

㉟ 不：通「丕」，大。顯：顯赫。

㊱ 元舅：長舅。

㊲ 文武：指申伯之文韜武略。憲：法式，模範。

㊳ 柔惠：溫順恭謹。

㊴ 揉：安撫。

㊵ 孔碩：指篇幅很長。

㊶ 風：曲調。肆好：極好。

【賞析】

　　申伯是周厲王之妻申后的兄弟，周宣王的母舅。周宣王時，申伯久留京師，宣王加封於他，並為他建城池和宗廟，後又封其於謝國故地，建南申國。臨走時，宣王率群臣餞行，大臣尹吉甫作此詩相贈，

旨在歌頌申伯輔佐周室、鎮撫南方侯國的功勞。同時也寫了宣王對申伯的優渥封贈及不同尋常的禮遇。

全詩八章，首章敘申伯降生之異，總敘其在周朝的地位和諸侯中的作用。起首二句「嵩高維嶽，駿極於天」為後人所激賞。方玉潤《詩經原始》曰：「起筆崢嶸，與嶽勢競隆。」又曰：「發端嚴重莊凝，有泰山岩岩氣象。中興賢佐，天子懿親，非此手筆不足以稱題。」次章敘周王派召伯去謝地相定申伯之宅。第三章分述宣王對申伯、召伯及傅御之命。第四章寫召伯建成謝邑及寢廟。第五章是周王期待申伯為天子效命的臨別贈言。第六章敘宣王在郿地為申伯餞行。第七章敘申伯啟程時的盛況。末章述申伯榮歸封地，不負重望，給各國諸侯們作出了榜樣，並點明此詩作意。

本詩中，詩人以王命為線索，以申伯受封之事為中心，基本按照事件發展的經過來進行敘寫。但由於要表示宣王對申伯的寵眷倚重，故詩中又每事申言，不厭句意重複，如召伯為申伯營謝之事，王望申伯鎮撫南邦之事，以及車馬之盛，皆一再提及，這也是本詩的一個顯著特徵。嚴粲《詩緝》說：「此詩每事申言之，寫丁寧鄭重之意，自是一體，難以一一穿鑿分別也。」

烝 民

天生烝①民，有物有則②。民之秉彝③，好是懿德。天監有周，昭假于下④。保茲天子，生仲山甫⑤。

仲山甫之德，柔嘉維則⑥。令儀令色⑦，小心翼翼。古訓是式⑧，威儀是力⑨。天子是若⑩，明命使賦⑪。

王命仲山甫，式是百辟。纘戎祖考⑫，王躬⑬是保。出納⑭王命，王之喉舌。賦政于外，四方爰發⑮。

肅肅⑯王命，仲山甫將⑰之。邦國若否⑱，仲山甫明之。既明且哲，以保其身。夙夜匪解⑲，以事一人⑳。

人亦有言，柔則茹㉑之，剛則吐之。維仲山甫，柔亦不茹，剛亦不吐。不侮矜寡㉒，不畏彊禦。

　　人亦有言，德輶如毛㉓，民鮮克舉之。我儀圖㉔之，維仲山甫舉之，愛莫助之。袞職有闕，維仲山甫補之㉕。

　　仲山甫出祖㉖。四牡業業㉗。征夫捷捷㉘，每懷靡及。四牡彭彭㉙，八鸞鏘鏘㉚。王命仲山甫，城彼東方。

　　四牡騤騤，八鸞喈喈㉛。仲山甫徂齊，式遄㉜其歸。吉甫作誦，穆如清風㉝。仲山甫永懷㉞，以慰其心。

【註釋】

① 烝：眾。

② 物：形體。則：法則。嚴粲《詩緝》曰：「天生烝民具形而有物，稟性而有則。」

③ 秉：順從，保持。彝：恒常之性。

④ 昭假：召來。此句言召集神靈，保佑周天子。

⑤ 仲山甫：周宣王時大臣，因封于樊，排行第二，故稱樊仲、樊仲山甫或樊穆仲。

⑥ 柔嘉：溫柔和善。則：行為準則。

⑦ 令儀：美好的儀態。令色：和顏悅色。

⑧ 古訓：先王遺訓。式：效法。

⑨ 威儀：莊重的禮節。力：努力。

⑩ 若：順。

⑪ 賦：通「敷」，頒佈。

⑫ 纘：繼承。戎：你。祖考：先祖先父。

⑬ 王躬：指周王。

⑭ 出納：指受命與傳令。

⑮ 爰：乃。發：治。一說行。

⑯ 肅肅：嚴肅鄭重。

⑰ 將：執行。

⑱ 若：善，順。否：惡，閉塞。

⑲ 匪解：不懈。

⑳ 事：事奉。一人：指周王。

㉑ 茹：吃。

㉒ 矜寡：即鰥寡，皆為弱者。

㉓ 輶：輕車，此指輕。此句言道德雖輕如羽毛。

㉔ 儀圖：揣度。

㉕ 袞職有闕，維仲山甫補之：言龍袍有破綻，只有仲山甫能補。形容仲山甫能匡正周王之過錯。袞：繡龍圖案的王服。職：偶爾，適值。

㉖ 祖：祭路神。

㉗ 業業：馬高大貌。

㉘ 捷捷：勤快敏捷貌。

㉙ 彭彭：形容馬蹄聲雜遝。一說馬強壯貌。

㉚ 鏘鏘：鈴聲。

㉛ 喈喈：象聲詞，鈴聲。

㉜ 遄：快速。

㉝ 穆：和美。清風：喻詩之清美。

㉞ 永：長。懷：思。

【賞析】

　　周宣王派樊侯仲山甫往齊地築城，臨行時，尹吉甫作此詩相贈。詩雖是送行，卻主在頌揚，故歷舉仲山甫之出生、官守、德性、事業等。最後則表現出對仲山甫的懷思之情。

　　全詩八章，首章起句不凡，頌揚仲山甫應天運而生，非一般人物可比，總領全詩。次章舉仲山甫之德，說他溫柔和善，遵從古訓，深得天子的信賴。第三章舉仲山甫之職，說他能繼承祖先事業，成為諸侯典範，是天子的忠實代言人。第四章言仲山甫之盡職，他洞悉國事，明哲忠貞，勤政報效周王。第五章再言仲山甫之德，說他個性剛

直，不畏強暴，不欺弱者。第六章言仲山甫德高望重，為朝廷補袞之臣。第七章開始轉到正題，寫仲山甫奉王命赴東方督修齊城。末章言尹吉甫臨別作詩相贈，安慰行者，祝願其功成早歸。

　　本詩主要以賦敘事，開篇以說理領起，中間夾敘夾議，突出仲山甫之德才與政績，最後偏重描寫與抒情，以熱烈的送別場面作結，點出贈別的主題。全詩章法整飭，表達靈活，為後世送別詩之祖。從這首詩中，讀者亦能體察到處於西周衰世的貴族，對中興事業艱難的認識與隱憂，以及對力挽狂瀾的輔弼大臣的崇敬與呼喚。

韓　奕

　　奕奕梁山①，維禹甸②之，有倬③其道。韓侯④受命，王親命之：纘戎祖考，無廢朕命。夙夜匪解，虔共爾位⑤，朕命不易。榦不庭方⑥，以佐戎辟⑦。

　　四牡奕奕，孔修且張⑧。韓侯入覲⑨，以其介圭⑩，入覲于王。王錫韓侯，淑旂綏章⑪，簟茀錯衡⑫，玄袞赤舄⑬，鉤膺鏤鍚⑭。鞹鞃淺幭⑮，鞗革金厄⑯。

　　韓侯出祖⑰，出宿于屠⑱。顯父⑲餞之，清酒百壺。其殽維何？炰鱉鮮魚⑳。其蔌㉑維何？維筍及蒲㉒。其贈維何？乘馬路車。籩豆有且㉓，侯氏燕胥㉔。

　　韓侯取妻，汾王㉕之甥，蹶父㉖之子。韓侯迎止㉗，于蹶之里。百兩彭彭㉘，八鸞鏘鏘，不顯其光㉙。諸娣㉚從之，祁祁㉛如雲。韓侯顧㉜之，爛㉝其盈門。

　　蹶父孔武，靡國不到㉞。為韓姞相攸㉟，莫如韓樂。孔樂韓土，川澤訏訏㊱，魴鱮甫甫㊲，麀鹿噳噳㊳，有熊有羆，有貓有虎。慶既令居㊴，韓姞燕譽㊵。

　　溥彼韓城㊶，燕師所完㊷。以先祖受命，因時百蠻㊸。王錫韓侯，其追其貊㊹。奄㊺受北國，因以其伯㊻。實墉實壑㊼，實畝

實藉⁴⁸。獻其貔⁴⁹皮，赤豹黃羆⁵⁰。

【註釋】

① 奕奕：高大貌。一說山勢連綿之貌。梁山：宣王時韓國境內山名。一說在今陝西韓城西北，一說在今河北。

② 甸：治。傳說大禹治水開闢九州。

③ 倬：光明而廣闊。

④ 韓侯：春秋前有兩個韓國，始封國君都是周武王之子。一在今陝西韓城縣南，春秋初為晉國所滅。一在今河北固安縣東北，與燕國接近。此詩之韓國當指在河北者。

⑤ 虔共：敬誠恭謹。共：通「恭」。

⑥ 榦：通「幹」，安定。一說糾正。一說征伐。不庭方：不來朝覲的方國諸侯。周制：方國諸侯應定期朝覲天子納貢，不來朝庭朝覲，稱為不庭，被作為對周王不忠順的罪狀，應予討伐。

⑦ 戎：你。辟：君主，指周王。

⑧ 修：長。張：大。

⑨ 入覲：入朝朝見天子。

⑩ 介圭：大圭，玉器，天子圭一尺二寸，諸侯圭九寸以下。按周禮，王冊封諸侯賜予介圭作為鎮國寶器，諸侯入覲時須手執介圭作覲禮之贄信。這是覲禮禮儀之一。

⑪ 淑：美。旂：繪有蛟龍、日月圖案的旗子。綏章：指旗上圖案花紋優美。一說指引以登車的繩索，上有彩飾。

⑫ 簟茀（音淡勃）：遮蔽車廂後窗的竹席。錯衡：飾有交錯花紋的車前橫木。

⑬ 玄袞：黑色龍袍，周朝王公貴族的禮服。赤舄：貴族所穿紅鞋。

⑭ 鉤膺：馬胸前頸上的帶飾。鏤錫：馬額上的金屬製裝飾品。

⑮ 鞹鞃（音潤宏）：綁在車軾橫木上的獸皮。淺幭（音滅）：覆蓋車軾上的虎皮。

⑯ 鞗（音條）革：馬絡頭的下垂裝飾。金厄：金屬裝飾的車軛。

⑰ 出祖：出行之前祭路神。

⑱ 屠：地名，在今陝西合陽東臨黃河處。

⑲ 顯父：周宣王的卿士。一說官名。

⑳ 炰鱉：烹煮鱉肉。鮮魚：鮮活魚。一說「鮮」與「炰」對應，當釋為「析」。析魚：即膾魚。

㉑ 蔌：蔬菜。

㉒ 筍：竹筍。蒲：水生植物，可食。

㉓ 籩豆：盛果脯的高腳竹器和盛食物的高腳、盤狀陶器。且：多貌。

㉔ 侯氏：指韓侯。一說指韓侯的隨從。燕胥：燕樂。燕：通「宴」。

㉕ 汾王：即周厲王。厲王為國人所逐，流亡汾水之畔的廆地，故稱汾王。

㉖ 蹶父：周宣王卿士，姞姓，以封地蹶為氏。

㉗ 迎止：迎親。周時婚禮新郎去女家親迎新娘。

㉘ 百兩：百輛，這裏極言迎親車輛眾多。彭彭：馬強盛貌。一說隨從車輛盛多貌。

㉙ 不：通「丕」，大。不顯：非常顯赫。光：榮光。

㉚ 諸娣：陪嫁的媵妾。周代婚制，諸侯嫡長女出嫁，諸妹諸侄隨從出嫁為媵妾。

㉛ 祁祁：盛多貌。

㉜ 顧：回頭看。一說為曲顧之禮。古代迎親禮儀之一。婿至女家迎女，出門登車，授女以綏，自禦輪三周，然後下車先女而歸。此時須回頭顧視，謂之曲顧禮。

㉝ 爛：光彩明耀。

㉞ 靡國不到：言蹶父掌軍帶兵，幾乎無國不到。

㉟ 韓姞：即蹶父之女，姞姓，嫁韓侯為妻，故稱韓姞。相攸：觀察合適的地方。此指尋找合適的婆家。相：視。攸：所。

㊱ 訏：廣大貌。

㊲ 甫甫：魚眾多貌。一說魚大貌。

㊳ 麀：母鹿。噳噳：鹿多群聚貌。

㊴ 慶：乃。既：定。令居：美好居所。

㊵ 燕譽：安樂高興。

㊶ 溥：廣大。韓城：韓國都城。

㊷ 燕師：燕國的人眾。周制：各諸侯國都城建築面積、城垣高度等規格及其常備軍人數，據爵位高低而定。韓侯受命為北地方伯，故擴建韓城。韓城與燕國相近，故從燕國徵發人眾前來築城。當時工程都向各地征役。完：修築，建造。

㊸ 以先祖受命，因時百蠻：言自從先祖接受了冊命，靠這眾部族建國立宗。因：依靠。時：是，此。百蠻：指北方少數民族。

㊹ 追、貊：北方兩個少數民族。

㊺ 奄：完全。

㊻ 伯：諸侯之長。

㊼ 實：是，乃。墉：城牆，此作動詞。壑：壕溝，此作動詞。

㊽ 畝：此指劃分田畝。藉：徵收賦稅，正稅法。一說指耕地。

㊾ 貔：一種猛獸名。

㊿ 赤豹黃羆：赤豹和黃羆的皮。

【賞析】

　　西周後期內憂外患，漸趨衰落，宣王力圖振興，調整統治集團內部關係，實行某些開明政策，其中之一就是提高韓侯爵位，令其重修韓城，增加常備軍，加強北方防務，以鞏固北方邊陲。此詩所記述的韓侯受封入覲、迎親、歸國和歸國後的活動。

　　全詩六章，每章內容各有重點，按人物的活動依次敘述，脈絡連貫，層次清楚。首章從大禹開通九州，韓城有大道直通京師起筆，表明北方本屬王朝疆域。通過周王親自宣佈冊命和冊命的內容，說明受封的韓侯應擔負的重要政治任務以及周王所寄予的重大期望。第二章述韓侯覲見和周王給予賞賜，而這一切都依據禮法進行。賞賜的豐厚和等級待遇的提高表明年輕的韓侯一躍而為蒙受周王優寵、肩負重

任的榮顯人物。第三章 述韓侯離京時由朝廷卿士餞行的盛況。一切
依禮制進行，又極盡宴席之豐盛。這些描寫繼續反映韓侯政治地位的
重要及其享受的尊榮。第四章敘述韓侯迎親。此章鋪陳女方高貴的出
身家世和富貴繁華的迎親場面，烘托出熱烈的喜慶氣氛，再現了貴族
婚禮的鋪張場景和風習，也表現了主人公的榮貴顯耀。第五章重點敘
述韓國土地富庶，河流湖泊密佈，盛產水產品和珍貴毛皮。這些敘述
從蹶父選婿引起，以韓姞滿意作結，雖然敘述重點轉移，卻與上章緊
緊鉤連，不顯突兀，收過渡自然之妙。第六章敘述韓侯歸國，成為北
方諸侯方伯，建韓城，施行政，統治百國，作王朝屏障，並貢獻朝
廷，與首章冊命遙相呼應。

　　全詩的主題是頌揚韓侯，詩中渲染他的富貴榮華以及他的權威，
卻沒有溢美之辭，而只是敘述事實，鋪陳事物，或正面描述，或側面
烘托，落筆莊重大方，不涉詔諛，也不作空泛議論，這在頌詩中是特
殊的。

江　漢

江漢浮浮①，武夫滔滔②。匪安匪遊③，淮夷來求④。
既出我車，既設我旟。匪安匪舒⑤，淮夷來鋪⑥。
江漢湯湯，武夫洸洸⑦。經營四方⑧，告成于王。
四方既平，王國庶⑨定。時靡有爭，王心載寧。
江漢之滸，王命召虎：式辟四方，徹我疆土。
匪疚匪棘⑩，王國來極⑪。于疆于理，至于南海。
王命召虎：來旬來宣⑫。文武受命，召公維翰。
無曰予小子⑬，召公是似⑭。肇敏戎公⑮，用錫爾祉⑯。
釐爾圭瓚⑰，秬鬯一卣⑱。告于文人⑲，錫山土田。
于周⑳受命，自召祖命㉑。虎拜稽首㉒：天子萬年！
虎拜稽首，對揚王休㉓。作召公考㉔：天子萬壽！

明明㉕天子，令聞不已，矢㉖其文德，洽㉗此四國。

【註釋】

① 江漢：長江與漢水。浮浮：水漂流貌。

② 滔滔：水流而下貌。一說「滔滔」與「浮浮」位置當互換。滔滔指眾強貌。

③ 安：安逸。遊：遊樂。

④ 懷疑：淮水流域江蘇近海一帶的夷族。求：通「糾」，誅求，討伐。

⑤ 舒：通「豫」，樂。

⑥ 鋪：通「搏」，擊。

⑦ 洸洸：威武貌。

⑧ 經營：指往來奔走。當時江漢之間的小國尚多，淮夷倡亂，或附和或觀望，必非一國，此言經營四方，是說既戰而勝，往來奔走於四方叛亂之國。

⑨ 庶：庶幾，差不多。

⑩ 匪：不要。疚：病，害。棘：通「急」。

⑪ 來極：是極，以為準則。

⑫ 旬：通「巡」。宣：宣示。以下是宣王冊命的內容。

⑬ 小子：年輕人。

⑭ 召公：召公奭，文王之子，召伯虎的先祖。似：通「嗣」。

⑮ 肇敏：盡心竭力。一說長久地繼承。戎：你。一說大。

⑯ 用：以。錫：賜。祉：福祿。

⑰ 釐：通「賚」，賞賜。圭瓚：用玉作柄的酒勺。

⑱ 秬鬯：以黑黍和鬱金香草釀造的酒，用於祭祀降神及賞賜有功的諸侯。卣：帶柄的酒壺。

⑲ 文人：有文德的先人。

⑳ 周：岐周，周人發祥地。一說指王都。一說指在周祖廟。

㉑ 自：用。召祖：召氏之祖，指召康公。此句言宣王用召康公受命

之典冊命召穆公，表示尊重。

㉒ 拜：拜手，低頭雙手至地。稽首：跪下磕頭，手、頭都觸地。

㉓ 對：報答。揚：頌揚。休：美，此處指美好的賞賜冊命。

㉔ 考：郭沫若以為是「簋」的假借。簋：一種古銅製食器。

㉕ 明明：有道之貌。一說勤勉。

㉖ 矢：通「施」，施行。

㉗ 洽：協和。

【賞析】

　　周厲王時因政治混亂，東方淮夷作亂，虢仲征之，未能取勝。宣王即位，親率軍馬駐於江漢之濱，命召伯虎率軍征之。召伯虎取勝歸來，宣王大加賞賜。召伯虎因而作銅簋以紀其功事，並作此詩，以頌其祖召康公之德與天子之英明。本詩與傳世的周代青銅器召伯虎簋上的銘文一樣，都是記敘召伯虎平淮夷歸來周王賞賜之事。

　　全詩六章，前三章敘召公經略江漢之事。第一章言水陸二軍伐淮夷，第二章言成功而歸。這兩章均以「江漢」為喻，借長江、漢水的寬闊水勢，喻周天子大軍浩浩蕩蕩的氣勢。對於淮夷戰事，詩中並未作具體描述，可見此詩重在頌德，不在紀事。第三章言宣王命召伯疆理四方。「至於南海」可以看出一位打算有所作為的英明君主的雄才大略。第四章言宣王命召伯承繼祖業。召伯自稱「小子」，可見他作為一個朝廷老臣說話時恰如其分的謙虛的語氣。第五章言召伯拜受冊命。宣王之賞賜規格極高，可見召伯寵遇之深。第六章言召伯感戴，紀恩銘勳。全詩以「矢其文德，洽此四國」作結，表現出中興君臣的共同願望。

　　陳僅《詩誦》評此詩曰：「飛揚秀髮，精彩百倍。」吳闓生《詩義會通》則評曰：「以美武功為主，而無一字鋪張威烈。後半專敘王命及召公對揚之詞。雍容揄揚，令人意遠。」

常　武

　　赫赫明明[1]，王命卿士，南仲大祖[2]，大師皇父[3]：整我六師，以修我戎[4]。既敬[5]既戒，惠此南國[6]。

　　王謂尹氏[7]，命程伯休父[8]：左右陳行[9]，戒我師旅。率彼淮浦[10]，省此徐土[11]。不留不處，三事[12]就緒。

　　赫赫業業，有嚴[13]天子，王舒保作[14]。匪紹匪遊[15]，徐方繹騷[16]。震驚徐方，如雷如霆，徐方震驚。

　　王奮厥武，如震如怒。進厥虎臣[17]，闞如虓虎[18]。鋪敦淮濆[19]，仍執醜虜[20]。截[21]彼淮浦，王師之所。

　　王旅嘽嘽[22]，如飛如翰[23]。如江如漢，如山之苞[24]。如川之流，綿綿翼翼[25]。不測不克[26]，濯征[27]徐國。

　　王猶允塞[28]，徐方既來。徐方既同[29]，天子之功。四方既平，徐方來庭[30]。徐方不回[31]，王曰還歸。

【註釋】

① 赫赫：顯盛貌。一說威嚴貌。明明：明察貌。一說明智貌。

② 南仲：人名，宣王主事大臣。祖：出行祭祀路神。一說此句言宣王在太祖廟召見南仲。

③ 大師：執掌軍政的大臣。皇父：人名，周宣王太師。

④ 修：整理。戎：兵器。一說當作「武」。

⑤ 敬：通「儆」。

⑥ 惠此南國：言為了施恩給南國百姓。一說馴服柔服南國。

⑦ 尹氏：掌卿士之官。一說即上章皇父。

⑧ 程伯休父：程國諸侯，字休父，宣王時大臣，官至大司馬。

⑨ 陳行：列隊。

⑩ 率：循，沿著。淮浦：淮河岸。

⑪ 省：巡視。徐土：指徐國疆土，故址在今安徽泗縣。

⑫ 三事：三司，指軍中三事大夫。一說指三軍之事。一說指三農之

事。一說指各項事宜。

⑬ 有嚴：嚴嚴，神聖貌。

⑭ 舒：舒緩。保：安。作：起，行。

⑮ 紹：遲緩。遊：優遊。

⑯ 徐方：徐國。繹：絡繹。一說通「驛」，言徐國傳遞之驛見之，知王兵必克，馳走相告，一片騷動。

⑰ 虎臣：猛如虎的武士，形容將帥之勇猛。一說指先鋒部隊。

⑱ 闞如：闞然，虎哮貌。虓虎：咆哮之虎。

⑲ 鋪敦：猛擊。鋪：通「搏」，擊。敦：治，伐。一說鋪指大，敦指屯聚，鋪敦言大軍屯集。淮濆（音墳）：淮水之濱。

⑳ 仍：因。一說屢次。醜虜：對敵軍俘虜的蔑稱。

㉑ 截：斷絕。一說治理。

㉒ 嘽嘽：人多勢眾貌。

㉓ 翰：高飛。

㉔ 苞：指根基。一說通「抱」，言王師駐紮的營盤如山一樣環抱。

㉕ 翼翼：整齊而隆盛貌。

㉖ 不測：不可測度。不克：不可戰勝。

㉗ 濯征：大加征伐。

㉘ 猶：通「猷」，謀略。允：誠。塞：實，周密。

㉙ 同：會同，指歸順。

㉚ 來庭：來王庭，指朝覲。

㉛ 不回：不會再反叛。回：違。

【賞析】

　　本詩讚美周宣王率兵親征徐國，平定叛亂，取得重大的勝利。詩人按照事件的發展來　述，詩篇頗具氣勢。

　　全詩六章，首章言宣王委任將帥並部署戰備任務。次章言宣王通過尹氏向程伯休父下達作戰計畫。這兩章著重記述史實，一一交代重要人物，雖然極為簡括，卻把形勢、任務、目標乃至進軍路線都說清

楚了。這自然是最高統帥宣王的傑作，詩人以最簡潔的筆法，表現了宣王胸有成竹、指揮若定的氣魄與指揮才能。第三章寫進軍。詩人先從「我方」著筆：天子親征，沉穩從容，戰士行軍，不緊不慢，充滿一種勝券在握的堅定信心。而敵方，在詩人筆下則是另一番景象：徐方陣營騷動、震恐，以致如五雷轟頂，倉皇失措。一鎮定，一驚慌，兩相對照，顯示出王師強大的力量，未戰已先聲奪人。第四章寫王師進擊徐夷。詩人以天怒雷震，比喻周王奮發用武；以猛虎怒吼，比喻官兵勇敢，極力突出王師驚天動地的氣勢。以此擊徐，無異泰山壓頂，自然戰無不勝，攻無不克。第五章寫王師的無比聲威。詩人滿懷激情，借助精巧選詞，串聯比喻、排比，飽蘸筆墨，歌唱王師。第六章寫王師凱旋，歸功天子。

　　關於本詩題目，「常武」二字並不見於文中，古今學者對此說法眾多，皆未確定。一說「常」通「尚」，常武即尚武，亦聊備一說。

瞻　卬

　　瞻卬[1]昊天，則不我惠[2]。孔填不寧[3]，降此大厲[4]。邦靡有定，士民其瘵[5]。蟊賊蟊疾[6]，靡有夷屆[7]。罪罟[8]不收，靡有夷瘳[9]。

　　人有土田，女反有之。人有民人[10]，女覆[11]奪之。此宜無罪，女反收之。彼宜有罪，女覆說[12]之。

　　哲夫成城[13]，哲婦傾城[14]。懿[15]厥哲婦，為梟為鴟[16]。婦有長舌，維厲之階[17]。亂匪降自天，生自婦人。匪教匪誨，時維婦寺[18]。

　　鞫人忮忒[19]。譖始竟背[20]。豈曰不極[21]？伊胡為慝[22]！如賈三倍[23]，君子是識[24]。婦無公事[25]，休其蠶織。

　　天何以刺[26]？何神不富[27]？舍爾介狄[28]，維予胥忌[29]。不弔不祥[30]，威儀不類[31]。人之云亡[32]，邦國殄瘁[33]。

天之降罔㉞，維其優㉟矣。人之云亡，心之憂矣。天之降
罔，維其幾㊱矣。人之云亡，心之悲矣。

觱沸檻泉㊲，維其深矣。心之憂矣，寧自今㊳矣？不自我
先，不自我後㊴。藐藐㊵昊天，無不克鞏㊶。無忝皇祖㊷，式救爾
後㊹。

【註釋】

① 卬：通「仰」。一作「昂」。

② 則：竟。惠：愛。

③ 填：通「塵」，長久。孔填：很久。

④ 厲：禍患。

⑤ 士民：士人與平民。瘵：病，此指憂患。

⑥ 蟊賊：傷害禾稼的兩種害蟲。疾：害。此句言蟊賊為害。

⑦ 夷：平。屆：至，極。

⑧ 罪罟：刑罪之法網。一說「罟」通「辜」。罪罟指有罪之人。

⑨ 瘳：病癒。

⑩ 民人：人民。一說指奴隸。

⑪ 覆：反而。

⑫ 說：通「脫」，開脫，赦免。

⑬ 哲：智慧，聰明。成城：建城立國，言開疆拓土，建功立業。

⑭ 傾城：傾敗國家。

⑮ 懿：通「噫」，嘆詞。

⑯ 梟：傳說長大後食母的惡鳥。鴟：惡聲之鳥，即貓頭鷹。

⑰ 階：階梯，此指緣由。

⑱ 匪教匪誨，時維婦寺：言教唆引誘君王誤國的，正是寵婦和內
侍。匪：彼。寺：寺人，內侍（太監）。

⑲ 鞫：窮盡。忮：害。忒：變。此句言處心積慮地害人，且手法層
出不窮。

⑳ 譖：進讒。竟：終。背：違背。此句言讒言首尾相矛盾。一說始

終讓君王背離初衷。

㉑ 極：通「急」，此指憂患。

㉒ 伊胡為慝（音特）：言你為何如此作惡不仁。伊：你。胡：為何。慝：惡。一說此兩句言如此大為惡，豈能不急。伊：是，此。胡：大。

㉓ 賈：商人。三倍：指得三倍的利潤。此句言如商人般追求利益。

㉔ 君子：指在朝執政者。識：通「職」。此兩句言如賈利三倍之人而主君子之事，即當今執政之人都是貪利之徒。

㉕ 無：通「務」，致力於。公事：國事、政事。一說公事即功事，指婦女所從事的紡織蠶桑之事。

㉖ 刺：責罰。

㉗ 富：通「福」，賜福，福祐。

㉘ 介：大。狄：通「逖」，遠。

㉙ 胥：通「斯」，是。忌：怨恨。此兩句言執政者放棄深謀遠慮，只知道對我的忠言猜疑忌恨。

㉚ 吊：撫恤，慰問。此句言執政者不撫恤國之孤弱。一說不吊指不善，此句言政令不善是不祥兆頭。

㉛ 威儀：禮節。類：善。

㉜ 人：此指賢人。云：語氣助詞。亡：逃亡。

㉝ 疹瘝：皆指病。

㉞ 岡：通「荒」。降荒即指降災。

㉟ 優：多。

㊱ 幾：危殆。

㊲ 觱（音畢）沸：泉水上湧貌。檻：通「濫」，氾濫。

㊳ 寧自今：為何從今日開始。

㊴ 不自我先，不自我後：言沒有產生在我生之前，也不推遲到我死之後。此是生不逢時之歎。

㊵ 藐藐：高遠貌。

㊶ 鞏：固，指約束控制。一說「無不克鞏」可讀為「無不可恐」，言

上天可謂。

㊷ 忝：辱沒。皇祖：先祖。

㊸ 式救爾後：以救你的子孫。言要為子孫後代考慮。式：用。

【賞析】

本詩刺幽王失道，褒姒亂國。西周末年，周幽王昏庸荒淫，他寵倖褒姒，起用奸佞，斥逐賢良，以致政亂民病，天怒神怨，國運瀕危。有志之士心懷憂憤，作此詩以記錄這一沉痛的史實。詩言辭悽楚激越，既表現了詩人憂國憫時的情懷，又抒發了他疾惡如仇的憤慨。

全詩七章，首章總言禍亂，詩人向天呼號，哀天降災禍，更哀國君不仁，以致時局艱困，國運危殆，生靈塗炭。本章中的「天」，既指自然的天，亦指人間社會的天，即周幽王。第二章形容政刑顛倒之狀，通過兩個「反」字，兩個「覆」字，揭露了統治者黷貨淫刑的罪狀。第三章言致禍之由，認為女寵是禍亂的根源。第四章言褒姒無中生有，陷人於罪，斥責她干預朝政，禍國殃民。第五章申訴幽王聽信褒姒讒言，不慮國政，忌恨賢臣，致使人亡國瘁。第六章哀賢人之亡，抒發憂時憂國之情，言辭剴切。末章自傷生逢亂世的不幸，希望幽王改悔，以勸誡作結。

本詩塑造了一位疾惡如仇、憫時憂國的詩人形象，面對王朝敗象，他深為痛惜，可又無能為力，他心中壓抑、悲憤、痛苦，所能做的只有長籲短歎，作詩遣懷。在詩中，詩人的個人遭逢、身世悲歎、家國之慨渾然相融，既擴展了詩歌反映的層面，使這首詩具有社會的、史詩的性質，又使人物形象更加鮮明，更加感人。他雖對褒姒痛恨非常，但他指責的重點卻是幽王。紅顏雖多為禍水，詩人亦深知其根本在於天子。

召 旻

旻天疾威，天篤降喪①。瘨②我饑饉，民卒流亡。我居圉③
卒荒。

天降罪罟④，蟊賊⑤內訌。昏椓靡共⑥，潰潰回遹⑦，實靖
夷我邦⑧。

皋皋訿訿⑨，曾不知其玷⑩。兢兢業業，孔填不寧，我位孔
貶⑪。

如彼歲旱，草不潰茂⑫，如彼棲苴⑬。我相此邦，無不潰止
⑭。

維昔之富不如時⑮，維今之疚不如茲⑯。彼疏斯粺⑰，胡不
自替⑱？職兄斯引⑲。

池之竭矣，不云自頻⑳？泉之竭矣，不云自中㉑？溥斯害
矣㉒，職兄斯弘㉓，不烖我躬㉔？

昔先王㉕受命，有如召公㉖，日辟國百里，今也日蹙㉗國百
里。於乎哀哉！維今之人，不尚有舊㉘！

【註釋】

① 篤：厚，重。一說「天」疑為「大」字之誤，「大篤」猶言「大大
的」。
② 瘨：害，降災。
③ 居圉：指城中與邊境。
④ 罪罟：有罪之人，指亂臣賊子。一說指罪網。
⑤ 蟊賊：此指貪財好利的權臣。
⑥ 昏椓：皆指閹人。昏、椓是官名。一說「昏」指亂。「椓」通
「諑」，讒毀。靡共：不供職。
⑦ 潰潰：昏亂貌。回遹：邪僻。
⑧ 靖：圖謀。夷：平。此句言亂臣想斷送國家前途。一說「靖夷」
指平治，此句則言朝政大權被一幫亂臣賊子把持。

⑨ 枲枲：欺誑。訿訿：讒毀。此句言小人讒毀他人之狀。

⑩ 玷：玉上的瑕疵，此指人的污點。此句言小人不自知。

⑪ 賤：職位低。此句言詩人職位卑賤，不能有所作為。一說詩人受小人讒害，一再被貶。

⑫ 潰茂：豐茂。

⑬ 棲苴：掛在樹上的水草。比喻處境窘困。

⑭ 潰：崩潰。此句是詩人預言國之必亡。

⑮ 時：指今時。此句言社會貧富差距極大，平民雖困苦，然富人甚富有。

⑯ 疚：貧病。此句言近年的苦難在今達到高潮。

⑰ 疏：通「蔬」，當指粗食，即以蔬菜居多的飯食。粺：精米。此句言荒年缺糧，連粗糲之食也好似精米一般珍貴。一說此句言窮人粗食，富人食精米。

⑱ 替：廢，退。此句言何不自己引退。

⑲ 職：尚。兄：通「況」，滋益。斯：其。引：延長。

⑳ 頻：當作「濱」，指水邊。

㉑ 中：指泉水的中間。

㉒ 溥：通「普」，普遍。此句言災害已遍佈全國。

㉓ 弘：廣大，發展。

㉔ 烖（音災）同災字。此句言難道不會災及自身。

㉕ 先王：指武王，成王。

㉖ 有如召公：言先王有像召公一樣傑出的大批賢臣。

㉗ 蹙：收縮。時犬戎入侵，諸侯叛離，周室國土日削。

㉘ 舊：指如召公一般的有舊德之臣。

【賞析】

　　關於本詩主題，《毛詩序》以為是「凡伯刺幽王大壞也」，與前一篇《瞻卬》的解題一字不異。這種情況在《毛詩序》中並不多見，說明《召旻》與《瞻卬》的內容是有關聯的。從其內容來看，前篇以

斥女寵為主，此篇則斥小人幹政，兩篇皆是諷刺周幽王的，很可能是同時之作。兩首詩的語氣十分相似，只是本篇的口吻更激切些。

全詩七章，首章責天降饑饉災禍，實刺天子昏庸暴虐。因為周人的天命觀已有「天人感應」的色彩，國家的最高統治者天子的所作所為會影響天的意志，所以「天篤降喪」必然是天子缺德的結果。次章言小人亂政禍國，亦實為刺天子，因為「蟊賊內訌」，鉤心鬥角，敗壞朝綱，是昏王縱容的結果。在上章不遺餘力地痛斥奸人之後，詩中在第三章感慨在群小忌害中生存之艱難，並感歎自己職位太低無法遏制他們的氣焰。第四章以旱象枯草比喻國之敗象。第五章作今昔對比，傷今不如昔。「富」與「疚」的反差令人傷心，更令人對黑暗現實產生強烈的憎恨。第六章警告執政者必將災及自身，告誡幽王當懸崖勒馬，迷途知返，否則小禍積大禍，小難變大難，國家終將覆亡。末章懷念前代賢臣，詩人希望有同當初召公那樣的賢明而有才幹的人物能出來匡正幽王之失，挽狂瀾於既倒，而這又是與此篇斥責奸佞小人的主題是互為表裡的。

孫月峰《批評詩經》評此詩曰：「音調淒惻，語皆自哀苦中出，匆匆若不經意，而自有一種奇峭，與他篇風格又別。淡煙古樹入畫固妙，卻正於觸處收得，正不必具全景。」吳闓生《詩義會同》亦曰：「賢者造亂世，蒿目傷心，無可告愬，繁冤抑鬱之情，《離騷》《九章》所自出也。」

頌

「頌」即宗廟祭祀時所唱的樂歌，其中詩歌都可以伴隨舞蹈，有表演的陣容，「載歌載舞」是它的一個特點。「頌」包括《周頌》31篇、《魯頌》4篇、《商頌》5篇，共40篇，合稱「三頌」。

「頌」的作者已經不可知了，其中內容多宣揚天命，讚揚祖先的功德，也有一些反映當時農業、牧業和漁業生產情況的作品。「頌」多空洞抽象的說教，缺乏形象性和韻律美，語言典雅而欠清新活潑，但其中一些描寫農業生活的詩歌卻寫得頗為生動具體。

周 頌

《周頌》共31篇，大部分是周王朝的祭祀樂章，也有周昭王時的作品。這些頌詞表現的都是西周盛世之德，所以周朝人將其神聖化，對其非常尊崇。除了單純的歌功頌德，《周頌》中還有一部分是春夏之際向神靈祈求豐年或秋冬之際酬謝神靈的樂歌，從中可以看到西周初期的農業生產的情況。

清 廟

於穆清廟①，肅雍顯相②。濟濟多士③，秉文之德④。
對越在天⑤，駿⑥奔走在廟。不顯不承⑦，無射于人斯⑧。

【註釋】

① 於：歎美之辭。穆：莊嚴肅穆。清廟：清靜的宗廟。
② 肅雍：恭敬和順貌。顯：有顯著之德而助祭者。相：助祭者。
③ 濟濟：眾多。多士：眾多參加祭祀的人。一說指祭祀時承擔各種職事的官吏。
④ 秉：秉持，繼承。文：周文王。
⑤ 對越：對是報答，揚是頌揚。在天：指周文王的在天之靈。
⑥ 駿：敏捷，迅速。
⑦ 不顯：偉大。不：通「丕」。承：美盛。
⑧ 射：通「斁」，厭棄。此句言英明的先祖永遠不會被人們忘掉。

【賞析】

這是一首周人在宗廟祭祀文王時配歌舞的詩。它排在《周頌》第一篇，因此一般認為是周開國之初的作品。如張以誠曰：「清廟一啟，萬國之冠冕畢集，蓋新率諸侯以祭，靈爽固是肅然。」一說以為

此詩是洛邑告成時，周公率諸侯群臣告祭文王、致政成王的樂歌。

全詩從描寫宗廟的莊嚴深邃開始，渲染了一種蕭穆的氣氛，接著寫到了祭祀現場百官公卿的高貴威儀，由此追憶周文王寬闊的胸懷和高貴的品德。周人對祭祀尤其重視，表達了他們對先人的感激和崇敬之情，也表明了他們繼承先人事業振興周朝的信心和決心。

維天之命

維天之命，於穆①不已。於乎不顯，文王之德之純②。
假以溢我③，我其收④之。駿惠⑤我文王，曾孫篤之⑥。

【註釋】

① 穆：莊嚴粹美。

② 純：純正。一說大，美。

③ 假：通「嘉」，美好。溢：靜也。此句言美好的東西讓我安寧。又此句《左傳》引作「何以恤人」，意謂用什麼來安定我國。

④ 收：受，接受。

⑤ 駿惠：順。

⑥ 曾孫：後世子孫，指後代周王。篤：篤行，行事一心一意。一說通「敦」，勉也。

【賞析】

這是一首祭祀周文王的頌辭，篇幅不長，充滿了恭敬之意，頌揚之詞。詩之前兩句言文王上應天命，創立了周族大業。而文王之所以獨受上天關懷，在於文王之德。於是三、四句轉向對文王美德的讚頌。五、六句言後世子孫承受文王之德澤。末兩句言當遵行文王之德性。全詩起承轉合，結構甚為嚴謹。

陸化熙《詩通》評此詩曰：「通詩只重在贊文王之德上，以『純』

字作骨，『駿惠』字，『篤』字，俱根『純』字來。」

維　清

維清緝熙①，文王之典②。
肇禋③，迄用有成④，維周之禎⑤。

【註釋】

① 清：清明。緝熙：光明。
② 典：法，典章制度。
③ 肇：開始。禋：祭天。肇禋：言文王始創出師祭天之典。一說謂
　　古代只有有國者才祭天，故「肇禋」實際指開國。一說以為「禋」
　　是「西土」二字的誤合，「肇禋」言周人偉業始於西土。
④ 迄：至於。成：成功。
⑤ 禎：吉祥。

【賞析】

　　這亦是一首祭祀周文王的詩，突出表現了對「文王之典」的無限
尊崇。首兩句是直接讚歎文王之典的光輝。三、四句敘其用，周人至
今沿用，仍賴之以成，可見周人繼承先人遺德之心，同時亦是讚歎文
王之德光耀後世。末句與首句對應，同為讚歎感慨之詞。

　　本詩極短，戴震《詩經補注》評其「辭彌少而意旨極深遠」。一
說以為本詩有闕文。

烈　文

烈文辟公①，錫茲祉福②。惠我無疆，子孫保之。無封靡于

爾邦③，維王其崇之④。念茲戎⑤功，繼序其皇之⑥。無競維人⑦，四方其訓之⑧。不顯維德⑨，百辟其刑之⑩。於乎前王不忘！

【註釋】

① 烈：光明。文：文德。辟公：諸侯。
② 錫：通「賜」。茲：此。
③ 封：大。一說指專利斂財。靡：累，罪惡。一說指奢侈。
④ 王：指周天子。崇：尊崇。
⑤ 戎：大。
⑥ 繼序：指繼承祖業。皇：光大。
⑦ 無競維人：言國家的強大莫過於得到了賢人。
⑧ 訓：導。此句言引導四方歸順。
⑨ 不顯維德：言先祖的偉大在於美德。
⑩ 百辟：眾諸侯。刑：通「型」，效法。

【賞析】

　　這是周王在祭祀祖先的大典上對眾諸侯的演說詞，以樂歌的形勢演奏。周王賜給諸侯封地封國，諸侯幫周王安定四方，所以二者既屬君臣關係，又帶有相輔相成的合作性質。一說以為本詩是武王滅商後分封諸侯時所作。

　　詩中周王對諸侯有安撫和約束兩層意思。周王讚揚諸侯的功績，對諸侯加以肯定，同時也對諸侯加以勸導，希望諸侯推行德政，忠心於周王室。周王語氣平和而又不失威嚴，表達誠摯動人，既體現出天子對諸侯的尊重和讚賞，也體現了天子對諸侯的權威和期望。

天　作

天作高山①，大王荒之②。彼作矣③，文王康④之。
彼徂⑤矣岐，有夷之行⑥。子孫保之！

【註釋】

① 作：造就。高山：指岐山。
② 大王：指周太王古公亶父，周文王的祖父。荒：擁有。一說擴
　　大，治理。
③ 彼：指周太王。作：治理。
④ 康：通「賡」，繼續。
⑤ 徂：通「阻」，險阻。一說指往。
⑥ 夷：平坦。行：大道。一說以為當作「彼沮矣岐，有夷之行」，言
　　沮水之側與岐山之下有平坦之道。

【賞析】

　　本詩是成王時周公祭祀岐山的歌。周興盛於西岐，有「鳳鳴岐
山」之說，所以周人將岐山視為聖地。詩中以岐山象徵周朝國運，山
的開墾、勞作、鋪成大路也與周朝興起、治理和建成統一偉大王朝相
對應。全詩短小含蓄，將聖地、聖人的歌頌融為一體，著力描寫積蓄
力量的進程，概括地敘述了周朝的發展之路，揭示歷史發展的必然趨
勢，表達了周人繼承發展先人意志的偉大決心。

昊天有成命

昊天有成命①，二后②受之。
成王不敢康③，夙夜基命宥密④。
於緝熙！單厥心⑤，肆其靖之⑥。

【註釋】

① 成命：既定天命。

② 二后：指周文王和周武王。

③ 康：安樂。

④ 夙夜：日日夜夜。基：謀劃。命：政令。

⑤ 單：通「殫」，竭盡。厥：其，指成王。

⑥ 肆：所以。靖：安定。

【賞析】

　　這是一首祭祀周成王的樂歌，旨在歌頌成王之德。

　　成王繼承了文王和武王的偉大事業，盡心盡力操勞國事，殫精竭慮，一刻都不敢懈怠，所以在這首祭祀樂歌中，後人對成王充滿了無限敬愛讚美之情，毫不吝嗇溢美之詞。詩的開頭先說周朝承自天命，是對自身王朝正統的肯定和驕傲，追溯文王和武王更體現了周人對先王的銘記和崇敬。

我　將

我將我享①，維羊維牛，維天其右②之！
儀式刑③文王之典，日靖④四方。伊嘏文王⑤，既右饗之⑥。
我其夙夜，畏天之威，于時⑦保之。

【註釋】

① 將：捧。一說祭祀名。享：獻祭品。

② 右：通「佑」，保佑。

③ 儀式刑：三字平列，皆是效法的意思。

④ 靖：平定。

⑤ 伊：語氣助詞。嘏：福。

⑥ 既：盡。右：助。朱熹《詩集傳》則以為神靈「降而在祭牛羊之
　右」。饗：享用祭品。
⑦ 于時：於是。

【賞析】

　　本詩是周王祭天而以文王配享的詩。一說以為本詩是《大武》樂
曲的一章。《大武》共六章，原作于武王伐紂成功告廟之時。一說以
為是成王時為紀念武王滅商的功績而作。武王伐紂前，曾往畢地文王
墓上舉行過祭祀，所以這首詩原來蓋為出兵前祭祀文王的禱詞，後來
伐紂成功，又將該詩確定為《大武》一章的歌詩。此說尚存議。

　　全詩自始至終，都用第一人稱的口氣。前三句祀天，中四句祀文
王，後三句為祭者本旨，賓主次序井然。全詩意思明確，天之佑周，
全在文王之德，周之子孫是不能忘懷文王贏得上天保護這個根本的。

時　邁

時邁其邦①，昊天其子之②。
實右序有周③，薄言震之④，莫不震疊⑤。
懷柔百神⑥，及河喬嶽⑦。允王維后⑧！
明昭⑨有周，式序在位⑩。載戢干戈⑪，在櫜⑫弓矢。
我求懿德，肆于時夏⑬。允王保之！

【註釋】

① 時：語氣助詞。一說指現時。邁：通「萬」。萬邦：指成千上萬的
　諸侯國。
② 子之：以之為子，謂使之為王也。此句言昊天以周王為子，一說
　以諸侯為子。
③ 實：語氣助詞。右：通「佑」，保佑。序：通「予」，我。

④ 薄言：發語詞。震：振興。

⑤ 震疊：震驚。疊：通「慴」，震慴，畏服。

⑥ 懷柔：安撫。百神：泛指天地山川之眾神。

⑦ 及：指祭及。河：黃河。喬嶽：高大的山。

⑧ 允、維：都是語氣助詞。后：王。

⑨ 明昭：光明，顯著。

⑩ 式：發語詞。序：順序，依次。序在位：指合理安排各諸侯。

⑪ 載：乃。戢：收藏。

⑫ 櫜：盛衣甲或弓箭的袋子。此處作動詞。

⑬ 肆：施行。時：這。夏：中國，指周王朝統治的天下。

【賞析】

　　這是周武王滅商後巡視四方，祭祀山川的樂歌，全詩充滿了激動和自豪之情，其內容可分為宣揚國威和廣施恩德兩個方面。

　　詩的開始先歌詠蒼天，謝蒼天保佑周族奪取了天下，這是古代天命思想的體現。在詩中，武王大張旗鼓地祭祀河流山川，展現了王者之氣，在天下樹立了威信。同時他又對天下作出了承諾，那就是從此恢復天下和平，以德治天下，可謂恩威並重。對於國家的治理，武王充滿了幹勁，對於王朝的未來，武王充滿了信心。整首詩短小而精深，層次井然而有序，遣詞古樸而優美。

執　競

執競武王①，無競維烈②。不顯成康，上帝是皇③。
自彼成康，奄有四方，斤斤④其明。
鐘鼓喤喤⑤，磬筦將將⑥，降福穰穰⑦。
降福簡簡⑧，威儀反反⑨。既醉既飽，福祿來反⑩。

【註釋】

① 執競：執服強者。一說言武王持其自強不息之心。一說「執」通「鷙」，指猛。「競」通「勍」，指強。
② 無競：莫強於。烈：武功，指克商之功。
③ 皇：美。一說通「君」。此句言上帝立他們為君。
④ 斤斤：明察貌。
⑤ 喤喤：聲音洪亮和諧。
⑥ 磬：一種石或玉制的打擊樂器。筦：通「管」，竹制管樂器。將將：通「鏘鏘」，金石、管樂相和之聲。一說聲音盛多。
⑦ 穰穰：眾多貌。
⑧ 簡簡：盛大貌。
⑨ 威儀：祭祀時禮節。反反：安詳而有節度。
⑩ 反：通「返」，回歸，報答。一說反覆。

【賞析】

　　這是一首合祭武王、成王、康王的詩。

　　詩的前七句　述了武王、成王、康王的功業，讚頌了他們開國拓疆的豐功偉績，祈求他們保佑後代子孫福壽安康，永遠昌盛。武王得天下，成王、康王致盛世，所以先稱頌武王的武功，其次歌頌成王、康王擁有天下四方。接著此詩又以四件典型的樂器，採用虛實結合的手法，渲染、烘托了祭祀場所的環境氛圍。鐘鼓齊鳴，樂聲和諧，吟誦的祭辭，雖然平直簡約，但是在祭祖這一特定的場所，撫今憶昔，浮想聯翩，仍可體味出理性的文字後面掩藏的那一縷幽思。

　　本詩音調抑揚鏗鏘，運用了大量疊字詞，語氣舒緩深長、莊嚴肅穆，給人一種身臨其境的感覺，體現出廟堂文化深厚的底蘊。

思 文

思文后稷①，克配彼天②。
立我烝民③，莫匪爾極④。
貽我來牟⑤，帝命率育⑥，
無此疆爾界⑦，陳常于時夏⑧。

【註釋】

① 思：語氣助詞。一說思念。文：文德。

② 克：能。配：配享，即一同受祭祀。古人祭天往往以先王配享，
因為人王被視為天子，在配享中便實現了天人之間的溝通。

③ 立：定。一說通「粒」，米食。此處作動詞，養育的意思。烝民：
眾民。

④ 極：中極，表率。一說極致，指無量功德。此句言處處都留下你
的典型。

⑤ 貽：遺留。來：小麥。牟：大麥。

⑥ 率育：普通養育。一說育種。

⑦ 疆、界：皆指疆域。

⑧ 陳：布陳。常：常規，此指農政。時夏：指中國。

【賞析】

　　這是一首周人祭祀先祖后稷的詩，主要歌頌后稷養民之功。

　　后稷乃周人始祖，又以稼穡農業著稱。詩之前四句讚揚了后稷之
德，可配於天，稱頌了他養育萬民之功。五、六句再次稱頌后稷稼穡
之功，正因為他在農業上的貢獻，萬民才得以養育，百族方能綿延。
末兩句言后稷之業於後世天下發揚光大，可見周人對先人的尊崇和繼
承。西周當時已經是君臨天下的政權，「無此疆爾界，陳常于時夏」
自然是這種權威的宣告，但又是秉承天命子育萬民的一種懷柔。

　　本詩語言極其簡練，恰恰反映當時政治之清明，國勢之強盛。周

朝歷代先王的豐功偉績，已家喻戶曉，深入人心，無須贅述。

臣 工

嗟嗟臣工①，敬爾在公②。王釐③爾成，來咨來茹④。
嗟嗟保介⑤，維莫之春⑥，亦又何求⑦？如何新畬⑧？
於皇來牟⑨，將受厥明⑩。明昭上帝，迄用康年⑪。
命我眾人：庤乃錢鎛⑫，奄觀銍艾⑬。

【註釋】

① 嗟嗟：發語語氣詞，重言以加重語氣。臣工：群臣百官。

② 敬：慎重。在公：為國家工作。

③ 釐：嘉獎。

④ 咨：詢問。一說謀劃。茹：調度。一說慰問。

⑤ 保介：田官，保護田界之人。一說為農官。一說為披甲衛士。

⑥ 莫之春：即暮春。莫：通「暮」。

⑦ 亦又何求：言還有什麼事要籌畫。一說言對農人還有什麼要求。

⑧ 新：耕作兩年的田。畬（音愚）：耕作三年的田。

⑨ 於皇：歎美之辭。來牟：麥子。

⑩ 厥：其，指將熟之麥。明：成。一說此句作「將抽其芒」，指麥子
將要抽穗。

⑪ 迄：至，致。用：以。康年：豐年。

⑫ 庤：準備。錢：鏟類的農具。鎛：鋤類農具。

⑬ 奄觀：盡觀，即視察之意。銍艾：兩種鐮刀。

【賞析】

　　本詩是暮春時節周成王到田間觀麥舉行典禮時，樂工們所唱的樂
歌。這種典禮叫作「耨禮」。耨是鋤草的意思，耨禮就是指鋤草時周

王來視察，舉行典禮。

　　全詩前四句是周王對臣工的告誡，接下來是周王問田官具體的農業生產情況以及田官的回答。最後三句是周王的命令。全詩語氣似叮嚀囑咐，具體細緻。

　　周族是一個農業民族，依靠農業而興盛，他們的祖先后稷更是擔任過農師，所以周人非常重視發展農業生產，以農業為立國之本。從詩中我們可以感受到農民期盼豐收的美好願望。

噫　嘻

噫嘻①成王，既昭假②爾。率③時農夫，播厥百穀。
駿發爾私④，終⑤三十里。亦服爾耕⑥，十千維耦⑦。

【註釋】

① 噫嘻：感歎聲。

② 昭假：招請。

③ 率：帶領。

④ 駿：通「畯」，田官。一說指迅速。私：當作「耜」，耕地的工具。

⑦ 終：井田制的土地單位之一。每終占地一千平方里，縱橫各長約三十一點六里，取整數稱「三十里」。一說指盡。

⑥ 服：從事。此句言在整個三十里的公田上耕作。一說還要從事你們私田的耕種。

⑤ 耦：兩人各持一耜並肩共耕。一終千井，一井八家，共八千家，取整數稱「十千」。一說「十千」言人多。

【賞析】

　　周朝制度，周王直接擁有大片土地，由農奴耕種，稱為「藉田」。每年春季，周王率群臣百官親耕藉田，舉行所謂「藉田禮」，

表示以身作則。本詩即為藉田典禮上的頌辭，敘述了成王祭畢上帝及先公先王后，親率官、農播種百穀，並通過訓示田官來勉勵農夫努力耕田、共同勞作的情景。本詩與《臣工》為姊妹篇，前者講暮春情景，此篇言初春耕地。

詩的前四句是周成王向臣民莊嚴宣告自己已招請祈告了上帝先公先王，得到了他們的准許，以舉行此藉田親耕之禮。後四句則直接訓示田官勉勵農夫全面耕作。詩雖短而氣魄宏大，具體地反映了周初的農業生產和典禮實況，從而具有較高的史料價值。

振　鷺

振鷺于飛①，於彼西雍②。我客戾止③，亦有斯容④。
在彼⑤無惡，在此無斁⑥。庶幾夙夜⑦，以永終譽⑧。

【註釋】

① 振：群飛貌。鷺：白鷺。
② 西雍：辟雍，周朝學宮，因在西郊，所以稱「西雍」。一說「雍」通「邕」，四周有水的沼澤地。
③ 客：來朝的諸侯，指杞國和宋國兩國國君。戾：到。止：語氣詞。
④ 斯容：這儀容，指兩國國君也有白鷺高潔的儀容。
⑤ 彼：指在各自封國。
⑥ 無斁（音肚）：指沒有厭惡之行。一說無人厭惡，即受到歡迎。
⑦ 庶幾：差不多，表希望之意。夙夜：指早起晚睡，勤於政事。
⑧ 永：長。終譽：長久的榮譽。

【賞析】

這是一篇周王專門招待來京城助祭的杞、宋兩國國君的樂歌。杞

國和宋國分別是夏朝和商朝的後代，周王希望他們永遠臣服於周朝。周王以客禮招待兩國國君，讚美他們的德行，並對他們寄予厚望。

白鷺潔白無瑕，是當時商人所非常珍視的。本詩以「振鷺」起興，將兩位國君比作白鷺，可見周王對他們的行為是非常滿意的。「亦有斯容」高度概括了二君的儀容。五、六兩句贊二君之德，在國內受到人民擁護，朝周時受到熱烈歡迎。「庶幾」一詞體現出周王微妙的心理，不僅有欣慰和勉勵，還有希望和勸誡。周王的語氣中有一種不容置疑的權威，可表面聽起來又婉轉寬和，兩位國君也易於接受。「以永終譽」是周王的期望，他希望周邦能與各邦各族團結友愛，消釋歷史積怨，彼此和睦相處，共同發展，這也體現了周王的遠見卓識和積極的歷史發展觀。

豐　年

豐年多黍多稌[①]，亦有高廩，萬億及秭[②]。
為酒為醴[③]，烝畀祖妣[④]。以洽百禮[⑤]，降福孔皆[⑥]。

【註釋】

① 黍：小米。稌：稻。

② 萬億及秭：周代十千為萬，十萬為億，十億為秭。言收穫之多。

③ 醴：甜酒。此指用收穫的稻黍釀造成清酒和甜酒。

④ 烝：獻。畀：給予。祖妣：男女祖先。

⑤ 洽：配合。百禮：各種祭禮。一說各種規定。

⑥ 皆：普遍。一說通「嘉」，指美。

【賞析】

每一年的秋冬，周王朝都要舉行對天地群神大規模的「報祭」，既報答群神的保佑之恩，也祈求來年的好收成，豐收年更是如此。本

詩就是「報祭」的頌辭。

　　詩之前三句先說豐年景象。它描寫豐收，純以靜態：許許多多的糧食穀物，貯藏糧食的高大倉廩，再加上抽象的難以計算的數字。這些靜態匯成一片壯觀的豐收景象，自然是為顯示西周王朝國勢的強盛，而透過靜態，讀者不難想像靜觀後面億萬農夫長年辛勞的動態。後四句言獻給神靈的美酒就是用新糧釀造的，周人以此來表示對先祖群神的報答。「百禮」可見周人之虔誠，禮節之面面俱到。末句「降福孔皆」既是對神靈已賜恩澤的讚頌，也是對神靈進一步普遍賜福的祈求。身處難以駕馭大自然、難以主宰自己命運的時代，人們祈求神靈保佑的願望尤其強烈。

　　本詩雖簡短，而豐收喜慶氣象則宛然可見。

有　瞽

有瞽①有瞽，在周之庭②。設業設虡③，崇牙樹羽④。
應田縣鼓⑤，鞉磬柷圉⑥。既備乃奏，簫管備舉。
喤喤厥聲⑦，肅雝⑧和鳴，先祖是聽。
我客戾止，永觀厥成⑨。

【註釋】

① 瞽（音鼓）：盲人。此指周代的盲人樂師。

② 庭：指宗廟的前庭。

③ 業：裝在虡上的橫板。虡：懸掛鐘磬木架的直柱子。

④ 崇牙：業上用以掛樂器的木釘，也稱樅。樹羽：在崇牙上裝飾五彩羽毛。

⑤ 應：小鼓。田：大鼓。縣：通「懸」。

⑥ 鞉：即搖鼓，一柄兩耳，以木貫之，搖之作聲。磬：玉石制的板狀打擊樂器。柷：木制的打擊樂器，狀如漆桶。音樂開始時擊

杬。圉：即「敔」，打擊樂器，狀如伏虎，背上有鋸齒，以木尺刮
之發聲，用以止樂。

⑦ 喤喤：指樂聲宏亮。一說樂聲大而和諧。

⑧ 肅雍：肅穆舒緩。一說和諧。

⑨ 永：終，一直。成：指樂曲終了。一說祭禮完畢。

【賞析】

這是一首周王在宗廟祭祀先祖的樂歌，詩中描述了在廟堂上奏樂
的盛況。

首兩句言盲人樂師已在祖廟庭前就緒。「有瞽有瞽」的表述可見
樂師人數眾多，可見王室樂隊的規模相當龐大，其演奏的場景自然也
十分壯觀。接下來六句詳細描寫了各種樂器的擺設，並列舉了應、
田、鞉、磬、柷、圉、簫管等樂器。樂器如此齊全，其音樂自然十分
美妙。再接下來三句描寫樂聲。動聽的音樂連神靈也傾聽安閒。末兩
句進一步從側面讚美音樂之美，使客人久久欣賞。

全詩結構清晰，層次井然，讀者從中不僅可以得悉周王朝音樂成
就的輝煌，而且對周人「樂由天作」因而可以溝通入神的虔誠觀念也
有了更深刻的瞭解。

潛

猗與①漆沮，潛②有多魚。
有鱣有鮪③，鰷鱨鰋鯉④。
以享以祀，以介景福。

【註釋】

① 猗與：讚美之詞。

② 潛：通「椮」，放在水中供魚棲止的柴堆。

③ 鱣：又叫黃魚、蠟魚。鮪：鱏魚。

④ 鰷：又叫白鰷。鱨：又名黃鱨魚、黃頰魚。鰋：又名鯰魚。

【賞析】

這是一首專用魚類為供品的祭祀詩。此祭祀一年兩次，所供奉魚的品種也不同，所謂「季冬薦魚，春獻鮪也」。

漆、沮二水是周王朝發展史上一個重要的印記。據《史記·周本紀》載，公劉「自漆、沮渡渭，取材用，行者有資，居者有畜積，民賴其慶。百姓懷之，多徙而保歸矣。周道之興自此始」。因此，詩中雖沒有寫出公劉，但祭祀的對象必然是公劉。周人對漆、沮二水美麗富饒的歌頌，對公劉功德的歌頌則潛藏於字裏行間，如同潛的設置，蕩漾著透出波紋的韻味。

為何以魚來祭祀？一說以為魚是宗教崇拜的對象，原本的意義在於祈求多子多孫。民間則因「魚」與「餘」諧音，廣泛流傳「年年有魚（餘）」的年畫。又有人以為公劉時代形成了原始而有效的養魚方法，至本詩祭祀時，漁業已有相當成就。總之，對周人來說，以魚祭祀是表現他們對先祖的尊敬，足以表達他們飲水思源、祈福的誠心。

雍

有來雍雍①，至止肅肅②。相維辟公③，天子穆穆④。
於薦廣牡⑤，相予肆祀⑥。假哉皇考⑦！綏予孝子⑧。
宣哲維人⑨，文武維后⑩。燕及皇天⑪，克昌厥後⑫。
綏我眉壽⑬，介以繁祉⑭，既右烈考⑮，亦右文母⑯。

【註釋】

① 有：語氣助詞。來：指來助祭的諸侯。雍雍：和諧貌。

② 肅肅：嚴肅恭敬貌。

③ 相：助祭的人。維：是。辟公：諸侯。

④ 穆穆：容止端莊肅穆貌。

⑤ 於：讚歎聲。薦：進獻。廣：大。牡：雄性犧牲。

⑥ 相：助。予：周天子自稱。肆祀：陳列祭品而祭祀。一說指肆享之禮，即陳全牲而享之禮。

⑦ 假：大。皇考：對已故父親的美稱。

⑧ 綏：安撫。此有保佑之意。孝子：主祭者自稱。

⑨ 宣哲：明達聰智。人：人材。一說臣子。

⑩ 文武：言文韜武略。后：君王。

⑪ 燕：安。此句言周國治民安，使上天安心而無災異降臨。

⑫ 克：能。昌：興盛。厥後：其後，指後代子孫。

⑬ 綏：賜。眉壽：長壽。

⑭ 介：助。繁祉：多福。

⑮ 右：佑，受到保佑。一說通「侑」，勸酒食之意。烈考：先父。

⑯ 文母：有文德的先母。

【賞析】

　　古代祭祀活動完畢，在撤去祭品時，要演奏一段樂曲。本詩就是周王在祭祀父母後，徹祭時樂曲的頌辭。

　　詩的前六句描寫了祭祀的場景。首兩句言助祭諸侯態度之恭敬，三、四句言周天子態度之端莊，五、六句則言祭品之豐盛。一個祭典，既有豐盛的祭品，又囊括了當時的政治要人，可見其極為隆重。

　　「假哉皇考」以下八句，是祈求已故父王保佑之辭。「宣哲維人，文武維後」言此時臣賢君明，有此條件，自可國定邦安，政權鞏固，使先人之靈放心無虞。「克昌厥後」與《烈文》《天作》中的「子孫保之」意義相似，體現了上古國君對己姓政權綿延萬世的強烈追求。本詩是父母同祭的，因此末句言「既右烈考，亦右文母」，但「文母」的陪襯地位也很明顯，這又是父系社會的必然現象。

載　見

載見辟王[1]，曰求厥章[2]。
龍旂陽陽[3]，和鈴央央[4]。鞗革有鶬[5]，休有烈光[6]。
率見昭考[7]，以孝以享[8]，以介眉壽，永言保之。
思皇多祜[9]，烈文辟公[10]，綏[11]以多福，俾緝熙于純嘏[12]。

【註釋】

① 載：始。辟王：君王，指周成王。

② 曰：發語詞。章：典章制度。

③ 陽陽：鮮明貌。一說通「揚揚」，飛揚貌。

④ 和：掛在車軾前的鈴。鈴：掛在旂上的鈴。一說掛在車衡上的
鈴。央央：和聲之盛貌。

⑤ 鞗革：馬絡頭的下垂裝飾。有鶬（音倉）：鶬鶬，銅飾貌。一說銅
飾撞擊之聲。

⑥ 休：美。烈光：光亮。

⑦ 率：帶領。昭考：指周武王。按周時廟制，太祖居中，左昭右
穆，文王為穆，則武王為昭，故稱昭考。

⑧ 孝、享：皆指獻祭。

⑨ 思：發語詞。皇：天。一說大。一說賜。祜：福。

⑩ 烈：光明。文：文德。辟公：諸侯。

⑪ 綏：安撫。一說賜。

⑫ 俾：使。緝熙：光明。純嘏：大福。

【賞析】

　　這是寫成王新即位，諸侯前來朝見新王，並到武王廟助祭的詩。

　　詩的首兩句言諸侯之來。「龍旂陽陽」四句描寫的是助祭諸侯來
朝的隊伍：鮮明的旗幟飄揚，鈴聲連續不斷響成一片，馬匹也裝飾得
金碧輝煌，熱烈隆重的氣氛，浩大磅　的氣勢，有聲有色，八方彙

集，分明是對周王室權威的臣服與敬意。

　　詩的後半部分，奉獻祭品，祈求福佑，純屬祭祀詩的慣用套路，但其中「烈文辟公」一句頗值得注意。成王初即位，臣下的離心與疑慮往往是同時並存，且成為政局動盪的因素。這裏讚揚諸侯，委以輔佐重任，寄以厚望，便是打消諸侯的疑慮，防止其離心，達到穩定政局的目的。由此可知，全詩始以諸侯，結以諸侯，助祭諸侯在詩中成了著墨最多的主人公，實含詩人之良苦用心。

有　客

有客有客，亦白其馬。有萋有且^①，敦琢其旅^②。
有客宿宿^③，有客信信^④。言授之縶^⑤，以縶其馬^⑥。
薄言追之^⑦，左右^⑧綏之。既有淫威^⑨，降福孔夷^⑩。

【註釋】

① 有萋有且：即「萋萋且且」，指隨從眾多。

② 敦琢：意為雕琢，引申為選擇，指隨從宋大夫都是經過選擇的品德無瑕之人。一說形容隨從有禮節，有修養。旅：通「侶」，指伴隨微子的宋大夫。

③ 宿宿：一夜曰宿，宿而又宿，則是兩夜。

④ 信信：住兩夜曰信。此指連續住幾天。

⑤ 言：語氣助詞。縶（音執）：繩索。

⑥ 縶：此處作動詞，言絆住。此兩句言給他絆馬的繩索，讓他絆住馬，表示要留住客人。

⑦ 薄言：語氣助詞。追：餞行送別。

⑧ 左右：指周王之左右臣子。

⑨ 淫：盛，大。威：德。淫威：大德，引申為厚待。

⑩ 孔：很。夷：大。一說平易。

頌

周頌

【賞析】

　　本詩是周王為客餞行時所唱的樂歌，至於所送行的客人是誰，多以為是宋微子。詩中表現了周王對來客熱情招待的情形，也委婉地暗示了周王對客人的希望。

　　開頭兩句言微子所乘的是白馬。因宋為殷人之後，而殷人崇尚白色，這一細節說明宋國作為周之封國，還能保持殷代制度，故微子來朝助祭于祖廟，謂之「周賓」可也。第三、四句寫微子隨從之眾。第五、六句寫客人的停留，見主人待客甚厚，禮遇甚隆。第七、八句寫留客之意甚堅，甚至想用繩索拴住客人的馬。第九、十句言客人臨去，周王親自送行，周的群臣也參加慰送，可見禮儀周到。末兩句言微子朝周，既已受到大德的厚待，上天所降給他的福祉，也必然更大，以此作頌歌的結語，既以表示周代對殷商後裔的寬宏，亦以勉慰微子，安于諸侯之位，將來必能得到更多的禮遇。

武

於皇武王，無競維烈①。允文文王②，克開厥後③。
嗣武受之④，勝殷遏劉⑤，耆定爾功⑥。

【註釋】

① 無競：莫強。競：強。一說爭，比。烈：功績。此句言沒有比他功績更大的了。

② 允：確實。一說為發語詞。文：文德。

③ 克：能。開：開創。

④ 嗣：後嗣。武：指周武王。受：接受，繼承。

⑤ 遏：制止。劉：殺戮。

⑥ 耆：致，致使。定：成。爾功：其功。

【賞析】

　　本詩是武王克商後所作的《大武》樂曲中的一章，歌頌武王以武功定天下的功勞，表現武王欲偃武修文以安定天下的思想。

　　詩的前兩句是對武王滅商偉業的歌頌，接著詩人筆調一轉，飲水思源，懷念起為克商大業打下堅實基礎的周文王來。文王為武王的成功鋪平了道路，使滅商立周成為水到渠成之事，其功德不能令人忘懷。詩的最後三句，直陳武王繼承文王遺志伐商除暴的功績，並將第二句「無競維烈」留下的懸念揭出。在詩歌的語言運用上深有一波三折之效，使原本呆板的頌詩因此顯得吞吐從容，湧動著一種高遠宏大的氣勢。

　　本詩文辭簡潔質樸，直頌其功，真正寫克商之功的只有一句「勝殷遏劉」。徐光啟評曰：「武王原以武得天下，此詩直述其事，見聖人公天下之心，不為文飾如此。」

閔予小子

　　閔予小子[①]，遭家不造[②]，嬛嬛在疚[③]。
　　於乎皇考[④]，永世克[⑤]孝。念茲皇祖[⑥]，陟降[⑦]庭止。
　　維予小子，夙夜敬止。於乎皇王[⑧]，繼序思不忘[⑨]。

【註釋】

① 閔：通「憫」，可憐。小子：本指青少年，但對先祖也可以自稱「小子」。

② 不造：不幸，指武王去世。

③ 嬛嬛：通「煢煢」，孤獨憂傷，無所依靠的樣子。疚：哀痛。

④ 皇考：對已故父親的尊稱，指武王。

⑤ 克：通「恪」，恪守，遵守。一說能夠。

⑥ 茲：此。皇祖：對已故祖父的尊稱，指文王。

⑦ 陟降：原指升降，詩中指神靈往來。

⑧ 皇王：代指前代君王。

⑨ 序：通「緒」，事業。思：語氣助詞。

【賞析】

　　本詩是周成王登基之日朝拜祖廟，祭告父親武王和祖父文王時所作的樂歌。當時成王還年少，突然一個人面對龐大的王朝，他心中百感交集，有悲痛，有孤獨，也有決心。一說以為本詩的真正作者是輔政的周公。

　　本詩以第一人稱切入，情感逐層深入，真切自然，　述喪親孤獨之艱難時頗為動人，如泣如訴。成王追溯祖輩父輩的偉業，心中有崇敬，也有效仿的信心。

　　最後成王在祖廟許下決心，一定要勤於政事，繼承先人的事業。整首詩讀下來，讀者彷彿能清楚地看到成王那曲折的心路歷程，也見證了成王的成長。

訪　落

訪予落止①，率時昭考②。於乎悠③哉，朕未有艾④。

將予就之⑤，繼猶判渙⑥。維予小子，未堪家多難。

紹⑦庭上下，陟降厥家⑧。休矣皇考⑨，以保明其身⑩。

【註釋】

① 訪：通「方」，當……的時候。一說謀，商討。落：始，此指初即位。止：語氣助詞。

② 率：遵循。時：是，此。昭考：指武王。

③ 悠：遠。一說憂。

④ 艾：閱歷。

⑤ 將：助。此句言群臣扶其就位。

⑥ 判渙：分散，散漫。一說逍遙徘徊。

⑦ 紹：繼。一說通「昭」，昭顯。

⑧ 陟降：提升和貶謫。一說指神靈降臨。厥家：指群臣百官。

⑨ 休：美。皇考：指武王。

⑩ 保：保佑。明：勉勵。

【賞析】

　　本詩是周成王初即位時所作。一說或以為是在周公攝政結束還政之時。在詩中，成王訴說自己年幼，缺少治國經驗，唯有效法先王，遵其大道而行。然猶恐不及，遂又請求諸侯輔佐。

　　成王始即政，對諸侯的控制自然比不上武王時牢固，原先穩定的政治局面變得不那麼穩定而處處隱藏著隨時可能爆發的危機，對諸侯陳實情、表誠意是相當有必要的。當然，只有這些是遠遠不夠的，對於諸侯，更需要的是施以震懾。詩中兩提武王，兩提遵循武王之道，震懾即由此施出。最有力的震懾是詩中表達的遵循武王之道的決心。如果說「率時昭考」還嫌泛泛，「紹庭上下，陟降厥家」就十分具體了。成王所處時局更為嚴峻，他所採取的措施也會更為嚴厲。

　　這首詩其實是一篇周王室決心鞏固政權的宣言，是對武王之靈的宣誓，又是對諸侯的政策交代，真誠而不乏嚴厲，嚴厲而不失風度。一說以為本詩是周穆王向先父昭王悔過的詩，祈求其神靈保佑自己。亦聊備一說。

敬　之

敬①之敬之，天維顯思②，命不易哉③。

無曰高高在上，陟降厥士④，日監在茲⑤。

維予小子，不聰敬⑥止。

日就月將⑦，學有緝熙⑧于光明。
佛時仔肩⑨，示我顯德行⑩。

【註釋】

① 敬：通「警」，警戒。

② 顯：明察。思：語氣詞。

③ 命不易：言天命不容易獲得。一說天命不是一成不變的。

④ 陟降厥士：言上天（周天子）掌管群臣的升降。士：指群臣。一說通「事」。

⑤ 監：監察。茲：此，下土。

⑥ 不聰敬：言聰明之心尚缺少。一說不聰明，做事也不敏捷。

⑦ 就：成就。將：奉行。

⑧ 緝熙：積累光亮，喻掌握知識漸廣漸深。

⑨ 佛：輔助。一說指大。時：是，這。一說善。仔肩：責任。

⑩ 顯：美好。此句言指示我以顯明的德行。

【賞析】

　　這是一首周成王自我規誡、自我戒勉的詩。在詩中，周成王警戒自己要敬天勤學，並告誡群臣，希望群臣輔助。

　　詩之前六句為第一層，成王利用天命告誡群臣，目的在於強調周王室是順承天命的正統，群臣必須牢記這點並對之擁戴服從。後六句為第二層。年幼的成王面對年齡較長的群臣，採取了一種謙恭的姿態，並表達了嚴於律己的意願。成王自稱「小子」，承認自己還很缺乏能力、經驗，表示要好好學習，日積月累，以達到政治上的成熟，負起承繼大業的重任。從詩中可以看出成王在政治上的成熟和老練。

小 毖

予其懲，而毖後患①。莫予荓②蜂，自求辛螫③。
肇允彼桃蟲④，拚飛維鳥⑤。未堪家多難，予又集於蓼⑥。

【註釋】

① 予其懲，而毖後患：言我要警戒前失而慎防後患。懲：警戒。毖
   （音畢）：謹慎。

② 荓（音朋）：使，讓。

③ 辛：酸痛。螫：毒蜂傷人。此兩句言沒有人使蜂蜇我，是我自討
   苦吃。

④ 肇：開始。允：信。桃蟲：鳥名，即鷦鷯。

⑤ 拚：通「翻」，翻飛。此句言桃蟲雖小，飛起來也是鳥。

⑥ 蓼：草名，生於水邊，味辛辣苦澀。詩中比喻陷入困境。

【賞析】

這首詩是周成王針對管蔡之亂的自警詩，當時叛亂已經被平定，
成王在政治上也已經成熟，所以才會有如此深刻的感悟。

全詩語氣沉重，具有深刻的反省和自戒意識，詩中以毒蜂蜇人和
鷦鷯變大鳥作比喻，表現禍患的無常和殘酷，形象地說明了做事不謹
慎所帶來的嚴重後果。對於管蔡之亂的發生，成王充滿了自責，對於
管蔡之亂造成的傷害，成王心中充滿了悲痛，而對於其中的教訓，成
王是真真切切地體會到了。

成王作這首詩的目的就是懲前毖後，告訴自己不忘歷史教訓，謹
言慎行，這感悟對於我們每個人都具有警示作用。

載芟

載芟載柞^①，其耕澤澤^②。千耦其耘^③，徂隰徂畛^④。
侯主侯伯^⑤，侯亞侯旅^⑥，侯彊侯以^⑦。
有嗿其饁^⑧，思媚其婦^⑨，有依^⑩其士。
有略其耜^⑪，俶載南畝^⑫。播厥百穀，實函斯活^⑬。
驛驛其達^⑭，有厭其傑^⑮。厭厭^⑯其苗，綿綿其麃^⑰。
載穫濟濟，有實其積^⑱，萬億及秭。
為酒為醴，烝畀祖妣^⑲，以洽百禮。
有飶^⑳其香，邦家之光^㉑。有椒^㉒其馨，胡考^㉓之寧。
匪且有且^㉔，匪今斯今^㉕，振古^㉖如茲。

【註釋】

① 芟（音山）：割除雜草。柞：砍除樹木。

② 澤澤：通「釋釋」，土解鬆散貌。

③ 千：概數，言其多。耦：二人並耕。耘：除田間雜草。

④ 徂：往。畛：地隴，田界。一說田間小路。

⑤ 侯：發語詞。主：家長。一說君主。伯：長子。一說伯爵。

⑥ 亞：叔、仲諸子。旅：幼小子弟輩。一說亞、旅皆大夫。

⑦ 彊：強壯者。以：雇工。

⑧ 有嗿：眾人飲食聲。饁：送給田間耕作者的飲食。

⑨ 思：語氣助詞。媚：美。

⑩ 依：壯盛貌，指小夥子強壯。一說指送飯的婦女與丈夫相慰勞。

⑪ 有略：略略。略：鋒利。耜：農具名，用於耕作翻土。

⑫ 俶：始。載：事，耕作。一說「俶」指起土。「載」指翻草。南畝：
向陽的田地。

⑬ 實：種子。函：含，被泥土覆蓋。斯：乃。活：生氣貌。

⑭ 驛驛：通「繹繹」，苗生接連不斷貌。達：指禾苗破土而出。

⑮ 厭：形容苗之茁壯。傑：特出，指先長出的苗。

⑯ 厭厭：禾苗整齊茂盛貌。

⑰ 綿綿：茂密貌。麃：穀物的穗。

⑱ 有實：實實，廣大貌。此句指莊稼收穫在場的情景，言場上到處堆積了禾物。

⑲ 烝：獻。畀：給予。祖妣：男女祖先。

⑳ 馦：通「芬」，此指祭品之芬芳。

㉑ 光：榮光。

㉒ 椒：當作「馥」。此指酒味醇香。一說指以椒浸泡製的酒。

㉓ 胡考：長壽，指老人。

㉔ 匪：非。且：上「且」字謂此時，下「且」字謂此事。

㉕ 匪今斯今：言非今年才這般。

㉖ 振古：自古。

【賞析】

　　本詩是周王在秋收後用新穀祭祀宗廟時所唱的樂歌，詩中景象描寫如畫，且具有重要的文獻價值。

　　詩之首四句寫開墾。田野裏，描寫了有的割草，有的刨樹根，一片片土壤翻掘鬆散，「千耦其耘」，遍佈低窪地、高坡田，呈現熱烈的春耕大生產景象。第五至第十句寫參加春耕的人，男女老少全出動，強弱勞力都上場，漂亮的婦女，健壯的小夥，在田間吃飯狼吞虎嚥，展現出一幅生動的畫面。第十一至第十四句寫播種。鋒利的耒耜，從向陽的田地開播，種子覆土成活。第十五至第十八句寫禾苗生長和田間管理。接下去三句寫收穫。詩人用了誇張的手法，以「萬億及秭」形容露天堆積的穀物廣大無邊，表現豐收的喜悅。

　　「載獲濟濟」至「胡考之寧」寫製酒祭祀，是全詩的思想中心，表明發展生產是為烝祖妣、洽百禮、光邦國、養耆老。用現在的話說，就是報答祖先，光大家國，保障和提高人民生活。這也是周代發展生產的根本政策。末尾三句是祈禱之辭，向神祈禱年年豐收。

　　全詩敘述有層次、有重點，在敘述中多用描寫、詠歎，時或運用

疊字、排比、對偶，押韻而七轉韻，都使全詩的行文顯得生動活潑，這在《周頌》中是相當突出的。

良耜

畟畟①良耜，俶載南畝。播厥百穀，實函斯活。
或來瞻女②，載筐及筥③，其饟④伊黍。
其笠伊糾⑤，其鎛斯趙⑥，以薅荼蓼⑦。
荼蓼朽⑧止，黍稷茂止。穫之挃挃⑨，積之栗栗⑩。
其崇如墉⑪，其比如櫛⑫，以開百室⑬。
百室盈止，婦子⑭寧止。殺時犉牡⑮，有捄⑯其角。
以似⑰以續，續古之人⑱。

【註釋】

① 畟畟（音基）：耜刃快速入土貌。

② 或：有人，此指送飯的婦女。瞻：觀看。女：汝。

③ 筐：方筐。筥：圓筐。

④ 饟：指所送的飯食。

⑤ 笠：笠帽。糾：指用草繩編織而成。一說形容笠糾糾繚繚之貌。

⑥ 鎛：鋤草的農具。趙：剗除。一說指鋒利好使。

⑦ 薅：清除田中雜草。荼蓼：兩種野草名。

⑧ 朽：腐爛。

⑨ 挃挃：收割莊稼的摩擦聲。

⑩ 栗栗：莊稼堆積貌。

⑪ 崇：高。墉：城牆。

⑫ 比：排列，此言其廣度。櫛：梳子。

⑬ 百室：指眾多的糧倉。

⑭ 婦子：婦女和孩子。

⑮ 時：是，此。一說善，指肥壯。騂牡：黃毛黑唇的大公牛。

⑯ 捄：獸角長而彎曲。

⑰ 似：通「嗣」，義通「續」。

⑱ 古之人：指祖先。一說指田祖。

【賞析】

　　本詩與上篇一前一後相映成趣，堪稱是姊妹篇。

　　全詩共二十三句，可分為三層。開頭到「黍稷茂止」十二句為第一層，描寫了春耕夏耘的情景，這裏寫了勞動的場面，寫了勞動與送飯的人們，還刻畫了頭戴斗笠的人物形象，真是人在畫圖中。「獲之挃挃」到「婦子寧止」七句為第二層，描寫了秋天大豐收的情景，展示了一幅歡快的畫面。收割莊稼的鐮刀聲此起彼伏，如同音樂的節奏一般，各種穀物很快就堆積成山，從高處看像高高的城牆，從兩邊看像密密的梳齒，於是上百個糧倉一字兒排開收糧入庫。把糧倉都裝滿了，婦人孩子喜氣洋洋。最後四句為第三層，描寫秋冬祭祀的情景。

　　本詩結構脈絡清晰，節奏明快，語言質樸，尤其在狀景方面極具特色，可謂「詩中有畫」。

絲　衣

　　絲衣其紑①，載弁俅俅②。自堂徂基③，自羊徂牛。

鼐鼎及鼒④，兕觥其觩⑤。旨酒思柔⑥，不吳不敖⑦，胡考之休⑧。

【註釋】

① 絲衣：祭服，名，神屍所穿的白色綢衣，又稱純衣。紑（音服）：潔白鮮明貌。

② 載：即戴。弁：皮帽。此指爵弁，其色赤而微黑，與白色的絲衣

配合，成為祭祀的專用服飾。俅俅：冠飾貌。一說恭順貌。

③ 堂：廟堂。基：通「畿」，指廟門內。

④ 鼐：大鼎，用以盛牛。鼎：祭祀時盛熟牲的器具，用以盛羊，亦可作炊具。鼒：小鼎，用以盛豕。

⑤ 兕觥：酒器，又稱爵。觓：兕觥彎曲貌。

⑥ 旨酒：美酒。思：語氣助詞。柔：指酒口感綿柔。

⑦ 吳：大聲說話。一說通「娛」，娛樂必喧嘩。敖：通「傲」，傲慢。

⑧ 胡考：此指長壽者。休：安寧。一說福祿。

【賞析】

　　這是一首「繹賓屍」的樂歌。所謂「繹賓屍」就是在宗廟祭祀的第二天，再舉行一次酬謝神屍的活動，所謂「賓事所祭之屍」。

　　全詩九句，首二句言祭祀之穿戴。穿的是絲衣，戴的是爵弁。三、四句言祭祀之準備。「自堂徂基」點明祭祀場所。五、六句言祭祀之器具。最後三句言祭後宴飲，也就是「旅酬」。這裏突出的是宴飲時的氣氛，不吵不鬧，合乎禮儀。

酌

　　於鑠①王師，遵養時晦②。時純熙矣③，是用大介④。
　　我龍受之⑤，蹻蹻王之造⑥。載用有嗣⑦，實維爾公允師⑧。

【註釋】

① 鑠：通「爍」，輝煌。

② 遵：率領。一說遵循。養：攻取。一說修養。晦：晦冥，黑暗。

③ 純：大。熙：光明。此句言等到光明到來的時候。

④ 介：甲。大介：大動兵甲。

⑤ 龍：通「寵」，光榮，榮耀。此句言周接受天寵而有天下。

⑥ 蹻蹻：勇武貌。造：通「曹」，眾，指兵將。

⑦ 載：乃。有嗣：即嗣位之王。此句言武王始用文王積蓄的武力。

⑧ 爾：指文王。公：通「功」，事業。允：用。師：法。

【賞析】

此詩文句古奧，難解其妙，一說以為是《大武》樂曲中的一章，至於是哪一章，亦有爭論。從詩的內容來看，是歌頌武王之師的，大約作於周初。

桓

綏萬邦，婁①豐年，天命匪解②。
桓桓③武王，保有厥士④。于以四方⑤，克定厥家。
於昭于天，皇以間之⑥。

【註釋】

① 婁：通「屢」。

② 匪解：即「非懈」，不懈怠。

③ 桓桓：威武貌。

④ 士：武士。一說通「土」，指國土。一說通「事」。

⑤ 於：乃。以：有。有四方，即征服四方之國而擁有天下。

⑥ 皇：皇天。一說何。間：監察。一說取代。

【賞析】

據《左傳·宣公十二年》記載，本詩是《大武》樂曲的第六章，詩主要歌頌武王滅商，安定萬邦之功。

詩的前三句言天下一派太平盛世的景象，以「綏萬邦，婁豐年」來證明天命是完全支持周朝的。中間四句言武王克商，安定天下，王

朝穩固。疊字詞「桓桓」領出整段文字,有威武雄壯的氣勢,而「于以四方」與首句「綏萬邦」上下綰合,一強調國泰民安,一強調征服統治,都有周室君臨天下的自豪感。末兩句是禱告上蒼、讓天帝來作證,以加強肯定,同時也是對第三句「天命匪解」的呼應。詩的核心就是揚軍威以震懾諸侯,從而達到樹立周天子崇高權威的目的。

本詩語言雍容典雅,威嚴而出之以和平,呈現出一種歡樂的氛圍,湧動著新王朝的蓬勃朝氣。

賚

文王既勤止①,我應受之②。
敷時繹思③,我徂維求定④。
時⑤周之命,於繹思。

【註釋】

① 勤:勤苦。止:語氣詞。
② 我:周武王自稱。受:接受,繼承。
③ 敷時:普世,指天下所有諸侯。繹思:尋繹而思索。
④ 徂:往,指伐商。一說經營南國。維:乃。一說通「唯」。
⑤ 時:是,此。一說通「承」。

【賞析】

據《左傳·宣公十二年》記載,本詩是《大武》樂曲的第三章,表現武王伐紂勝利後,班師回到鎬京,舉行告廟和慶賀活動,同時進行賞賜功臣財寶重器和分封諸侯等事宜。一說是講武王繼承文王之命而經營南國的事。

詩之首兩句先指出文王的勤於政事的品行,表示自己一定以身作則。接著指出天下平定是他所追求的大目標,為了達到這一目標,告

誠所有諸侯都必須牢記文王的品德，不可荒淫懈怠。末兩句再強調「繹思」，表現了武王深遠的憂慮和倦倦之意。孫月峰評此詩曰：「古淡無比，『於繹思』三字以歎勉，含味最長。」

般

<blockquote>

於皇時周！

陟其高山，隋山喬嶽①，允猶翕河②。

敷③天之下，裒時之對④。時周之命。

</blockquote>

【註釋】

① 隋（音妥）：低矮狹長的山。一說山連綿逶迤貌。喬：高。嶽：高大的山。

② 允：信，實。一說通「沇」，指沇水，為古濟水的上游。猶：又。一說通「汱」，指汱水，在雍州境內。翕：緊挨著。一說通「洽」，指洽水，又作郃水，流經陝西郃陽東注於黃河。河：黃河。

③ 敷：通「普」，遍。

④ 裒時：聚集此地。對：配。指配合祭祀。一說「對」與「封」同源，此指受封。

【賞析】

　　本詩亦是《大武》樂曲中的一章，從詩的內容看，主要是寫武王伐商功成而祭祀山川。孫作雲以為「般」即「還」，指還歸鎬京。

　　全詩語言簡練，但是用了「高」、「喬」、「敷」、「裒」等表示空間之大的字眼，用了最能體現空間感的山峰河流來實化這種象徵，隱喻周室偉大的空間之大，便具有一種雄渾的氣魄，體現了聖王天下一統的恢宏之勢。

魯　頌

　　魯國是周公長子伯禽的封國，在今山東曲阜一帶。周成王因周公輔佐周室有大功，賜伯禽以天子之禮，於是後來的魯詩就有了「頌」之名。

　　《魯頌》共4篇，雖名為「頌」，但並非祭告神靈之歌。《宮》和《泮水》是歌頌魯僖公的，風格類似於「雅」，《駉》和《有駜》風格則類似於「風」。四篇皆作於魯僖公晚年，為春秋中期作品。

駉

　　駉駉①牡馬，在坰②之野。薄言駉者③，有驈有皇④，有驪有黃⑤，以車彭彭⑥。思無疆⑦，思馬斯臧⑧。

　　駉駉牡馬，在坰之野。薄言駉者，有騅有駓⑨，有騂有騏⑩，以車伾伾⑪。思無期⑫，思馬斯才⑬。

　　駉駉牡馬，在坰之野。薄言者，有驒有駱⑭，有駵有雒⑮，以車繹繹⑯。思無斁⑰，思馬斯作⑱。

　　駉駉牡馬，在坰之野。薄言者，有駰有騢⑲，有驔有魚⑳，以車祛祛㉑。思無邪㉒，思馬斯徂㉓。

【註釋】

① 駉（音洞）：馬快跑的樣子。

② 坰：野外放馬之地。

③ 薄言：語氣助詞。一說即「迫焉」，指走近馬群看。

④ 驈：黑身白胯的馬。皇：黃白色的馬。

⑤ 驪：純黑色的馬。黃：黃赤色的馬。

⑥ 以車：以之駕車。彭彭：馬奔跑的聲響。一說馬強壯有力貌。

⑦ 思無疆：言魯君思慮深遠，沒有止境。

⑧ 思：語氣助詞。臧：好。

⑨ 騅：蒼白雜色的馬。駓：黃白雜色的馬，又叫桃花馬。

⑩ 騂：赤黃色的馬。騏：青黑色相間的馬。

⑪ 伾伾：有力貌。

⑫ 思無期：言魯君考慮長遠，沒有期限。

⑬ 才：通「材」，有能力。

⑭ 驒：青黑色而有鱗狀斑紋的馬。駱：白身黑鬃的馬。

⑮ 騮：赤身黑鬃的馬。雒：黑身白鬃的馬。

⑯ 繹繹：善走貌。一說行走相連不絕貌。

⑰ 思無斁：言魯君思無厭倦之時。

⑱ 作：奮起，騰躍。

⑲ 駰：淺黑雜白的馬。騢：赤白雜色的馬。

⑳ 驔：黑身黃脊的馬。魚：兩眼眶有白圈的馬。

㉑ 祛祛：強健貌。一說疾驅之貌。

㉒ 思無邪：思慮正直，沒有雜念。

㉓ 徂：往，行。此句言良馬能走四方。

【賞析】

　　這是一首詠馬詩，詩中描寫了各種馬的形態、色彩和颯爽英姿，詩人通過寫馬是要歌頌魯國的國君魯僖公。古代常以良馬比喻人才，詩讚揚了魯僖公善養良馬，善用人才，且深謀遠慮。

　　雖然本詩的主旨是歌功頌德，但其對魯僖公的讚美點到即止，沒有過分的張揚，溫而不火，流暢自然，尤其馬的形象描繪得生動傳神。全詩先將群馬置於廣闊無邊的原野上，這樣在開篇就有一種遼闊浩大之氣。大篇幅描繪馬的形態可見當時馬在政治上的重要地位。

　　詩共四章，內容相近，重章疊唱，每章都是由寫馬轉為讚美魯僖公，但讚美時仍緊緊扣住詠馬，結尾一絲不苟。全篇脈絡清晰，無半點諂媚之氣，體現了詩人高超的寫作技巧。

有 駜

　　有駜^①有駜，駜彼乘黃^②。夙夜在公，在公明明^③。振振鷺^④，鷺于下^⑤。鼓咽咽^⑥，醉言舞^⑦。于胥樂兮^⑧！

　　有駜有駜，駜彼乘牡^⑨。夙夜在公，在公飲酒。振振鷺，鷺于飛^⑩。鼓咽咽，醉言歸。于胥樂兮！

　　有駜有駜，駜彼乘駶^⑪。夙夜在公，在公載燕^⑫。自今以始，歲其有^⑬。君子有穀^⑭，詒^⑮孫子。于胥樂兮！

【註釋】

① 駜（音必）：馬肥壯貌。

② 乘黃：駕車的四匹黃馬。

③ 明明：通「勉勉」，努力貌。

④ 振振：群飛貌。鷺：鷺羽，舞者所持，或坐或伏，如鷺之下。

⑤ 鷺於下：舞者表演鷺飛翔而下的舞姿。

⑥ 咽咽：有節奏的鼓聲。

⑦ 醉言舞：猶「醉而舞」。

⑧ 於：通「籲」，感歎詞。胥：皆，相。一說「于胥」形容樂意。

⑨ 牡：公馬。

⑩ 鷺於飛：朱熹曰：「舞者振作鷺羽如飛也。」鄭玄曰：「飛喻群臣醉欲退也。」

⑪ 駶：青驪馬，又名鐵驄，詩中疑為魯僖公所乘。

⑫ 載：乃。燕：通「宴」。

⑬ 歲其有：言歲歲為豐年。有：富裕，豐收。

⑭ 穀：一語雙關，字面指五穀，兼有福祿之意。

⑮ 詒：留。

【賞析】

　　本詩敘寫魯僖公君臣在祈年以後的宴飲活動，詩詞旨略粉飾誇

張。為了給宴飲尋求正當的藉口，臣子們不但說到日常為公事奔忙，還說到這種活動是國家興旺發達的表現，模仿《周頌》口吻作的這首詩，並不能掩飾其內在的空虛。

祈年為郊祭，在國都以外，故詩之首二句即反覆詠馬，接著才寫到乘車馬的人，從早到晚忙忙碌碌。再下面就是詩歌的主要部分，即宴飲部分。在宴會上，舞伎手持鷺羽，扇動羽毛，如鷺鳥一般起舞。與宴的人們在飲酒觀舞，不絕的鼓聲震撼著他們的內心，優美翻飛的舞姿調動著他們的情緒，酒酣耳熱，他們不禁也手舞足蹈起來。次章形式與首章基本一致，但描寫更加具體細緻，指出馬為牡馬。另外又寫出了時間變化。「鷺于飛」是舞者持鷺羽散去，舞宴結束，故而飲宴者也帶著醉意返回。末章揭出郊祀之事，以乘推出魯公，顯出其與群臣的不同。最後四句是詩人的祈禱，希望從今以後，有好的收成，並把這福澤傳之子孫。

泮　水

思樂泮水①，薄采其芹②。魯侯戾止③，言觀其旂。
其旂茷茷④，鸞聲噦噦⑤。無小無大，從公于邁⑥。
思樂泮水，薄采其藻。魯侯戾止，其馬蹻蹻⑦。
其馬蹻蹻，其音昭昭⑧。載色⑨載笑，匪怒伊教⑩。
思樂泮水，薄采其茆⑪。魯侯戾止，在泮飲酒。
既飲旨酒，永錫難老⑫。順彼長道，屈此群醜⑬。
穆穆⑭魯侯，敬明其德⑮。敬慎威儀⑯，維民之則。
允文允武⑰，昭假烈祖⑱。靡有不孝⑲，自求伊祜⑳。
明明㉑魯侯，克明其德。既作泮宮㉒，淮夷攸服。
矯矯虎臣㉓，在泮獻馘㉔。淑問如皋陶㉕，在泮獻囚。
濟濟多士，克廣德心㉖。桓桓㉗于征，狄㉘彼東南。
烝烝皇皇㉙，不吳不揚㉚。不告于訩㉛，在泮獻功。

角弓其觩㉜，束矢其搜㉝。戎車孔博㉞，徒御無斁㉟。
既克淮夷，孔淑不逆㊱。式固爾猶㊲，淮夷卒獲㊳。
翩彼飛鴞㊴，集于泮林。食我桑葚，懷㊵我好音。
憬㊶彼淮夷，來獻其琛㊷。元龜象齒㊸，大賂南金㊹。

【註釋】

① 泮（音判）水：魯國水名。戴震《毛鄭詩考證》：「泮水出曲阜縣治，西流至兗州府城，東入泗。《通典》云：『兗州泗水縣有泮水。』是也。」

② 薄：語氣助詞。芹：即水芹菜。芹、藻、茆皆用於祭祀。

③ 戾：臨。止：語氣助詞。

④ 茷茷：通「旆旆」，旗幟飄揚貌。

⑤ 噦噦：鸞鈴聲。

⑥ 無小無大，從公於邁：言魯國官員不分大小，都跟隨魯侯前來會集。

⑦ 蹻蹻：馬強壯貌。

⑧ 昭昭：指聲音洪亮。

⑨ 色：和顏悅色。

⑩ 匪怒伊教：言魯侯不是怒顏對人，而是溫和地教導臣下。

⑪ 茆：即蓴菜。

⑫ 難老：不易老。此句猶言「萬壽無疆」。

⑬ 屈：使屈服。群醜：指淮夷。

⑭ 穆穆：舉止莊重貌。

⑮ 敬明其德：恭敬謹慎以修勉其美德。

⑯ 敬慎威儀：謹慎儀容禮節。

⑰ 允文允武：言魯侯確實有文才武略。

⑱ 昭假烈祖：言魯侯能召請來魯國先祖的神靈。

⑲ 孝：通「效」，效法。

⑳ 伊：此。祜：福。

㉑ 明明：通「勉勉」。一說英明貌。

㉒ 作：建築。泮宮：泮水邊之宮室。

㉓ 矯矯：勇武貌。虎臣：指猛將。

㉔ 馘（音旭）：古代為計算殺敵人數以論功行賞而割下的敵屍左耳。

㉕ 淑問：善於審問。皋陶：堯舜時負責刑獄的官。

㉖ 克廣德心：能推廣其德心。

㉗ 桓桓：威武貌。

㉘ 狄：通「剔」，除。

㉙ 烝烝：興盛貌。皇皇：美盛貌。

㉚ 吳：喧嘩。揚：高聲。

㉛ 訩：訟，此指因爭功而產生的互訴。

㉜ 角弓：兩端鑲有獸角的弓。觩：彎曲貌。此指戰爭結束，弓弛而
不用。

㉝ 束矢：五十支束成一捆的箭。搜：多。此指軍還而束矢眾多，言
無亡矢遺鏃之費。

㉞ 博：寬大。一說眾。

㉟ 徒：指步兵。御：指戰車上的武士。無斁：不厭倦。言將士情緒
高昂。

㊱ 淑：順。逆：達。

㊲ 式：語氣助詞。固：堅定。猶：通「猷」，謀。此句言堅定遵循魯
侯的謀略。

㊳ 卒獲：終於獲勝。

㊴ 翩：鳥飛翔貌。鴞：鳥名，即貓頭鷹，古人認為是惡鳥。

㊵ 懷：歸，回報。

㊶ 憬：覺悟貌。

㊷ 琛：珍寶。

㊸ 元龜：大龜。象齒：象牙。

㊹ 賂：指貝。一說通「璐」，美玉。南金：南方出產的貴金屬。

【賞析】

本詩從字面上看，是歌頌魯侯的文德武功，但與史實不符。《毛詩序》說本詩是歌頌魯僖公的，但是僖公並無平淮夷之壯舉，只有兩次曾為淮夷之事會過諸侯。如此看來，詩之內容明顯誇大，純屬阿諛逢迎之作。一說以為是妄作。然牛運震《詩志》曰：「此魯侯修泮宮而蒞幸燕飲以落之也。色笑伊教、飲酒稱壽，是本色點染；克服淮夷、來琛獻金，是餘情波瀾。妙在詩中不脫泮宮，是老手得道處。淮夷之為魯患久矣，僖公未嘗有克服淮夷之事，詩人特假設而冀望之爾。」此說有理。

全詩八章，前三章 述魯侯前往泮水的情況，每章以「思樂泮水」起句，詩人強調由於魯侯光臨而產生的快樂心情。首章沒有正面寫魯侯，寫的是旗幟飄揚，鑾聲起伏，隨從者眾多，為烘托魯侯出現而製造的一種熱鬧的氣氛和威嚴的聲勢。第二章直接寫魯侯來臨的情況，從服乘、態度體現出君主的特別身份。第三章突出「在泮飲酒」，並歌頌魯侯的功德，一方面祝福他「永錫難老，萬壽無疆」；另一方面則說明這是凱旋飲至，表明魯侯征服淮夷的功績。

第四、五兩章頌美魯侯的德性。其中第四章主要寫文治。第五章主要寫武功。第六、七兩章寫征伐淮夷的魯國軍隊。其中第六章寫出征獲勝，武士能發揚推廣魯侯的仁德之心，儘管戰爭是殘酷的，但在魯人看來，這是對敵人的馴化，是符合仁德的。第七章寫軍隊獲勝後的情況，武器極精，師徒甚眾，雖克敵有功，但士無驕悍，又紀律嚴明，不為暴虐，所以敗者懷德，淮夷卒獲。末章寫被征服的淮夷為魯之盛德感悟，前來歸順，貢獻珍寶。

本詩雖誇耀過當，但就藝術上來說還是具有一定價值的。孫月峰評此詩云：「大體宏贍，然造語卻入細敘事甚精核有致。前三章近《風》，後五章近《雅》。」

閟　宮

　　閟宮有侐①，實實枚枚②。赫赫姜嫄③，其德不回。上帝是依，無災無害。彌月不遲④，是生后稷。降之百福：黍稷重穋⑤，稙稚菽麥⑥。奄有下國⑦，俾民稼穡⑧。有稷有黍，有稻有秬⑨。奄有下土⑩，纘禹之緒⑪。

　　后稷之孫，實維大王⑫。居岐之陽，實始翦⑬商。至于文武，纘大王之緒。致天之屆⑭，于牧之野⑮：無貳無虞⑯，上帝臨⑰女。敦⑱商之旅，克咸厥功⑲。王曰叔父⑳，建爾元子㉑，俾侯于魯㉒。大啟爾宇㉓，為周室輔。

　　乃命魯公，俾侯于東。錫之山川，土田附庸㉔。周公之孫，莊公之子㉕。龍旂承祀㉖，六轡耳耳㉗。春秋匪解㉘，享祀不忒㉙。皇皇后帝㉚，皇祖㉛后稷。享以騂犧㉜，是饗是宜㉝，降福既多。周公皇祖㉞，亦其福女㉟。

　　秋而載嘗㊱，夏而楅衡㊲。白牡騂剛㊳，犧尊將將㊴。毛炰胾羹㊵，籩豆大房㊶。萬舞洋洋㊷，孝孫㊸有慶。俾爾熾而昌㊹，俾爾壽而臧。保彼東方，魯邦是常㊺。不虧不崩，不震不騰。三壽作朋㊻，如岡如陵。

　　公車千乘，朱英綠縢㊼，二矛重弓㊽。公徒㊾三萬，貝胄朱綅㊿。烝徒增增[51]，戎狄是膺[52]，荊舒是懲[53]，則莫我敢承[54]。俾爾昌而熾，俾爾壽而富。黃髮台背[55]，壽胥與試[56]。俾爾昌而大，俾爾耆而艾[57]。萬有千歲，眉壽無有害。

　　泰山巖巖[58]，魯邦所詹[59]。奄有龜蒙[60]，遂荒大東[61]。至于海邦，淮夷來同[62]。莫不率從，魯侯之功。

　　保有鳧繹[63]，遂荒徐宅[64]。至於海邦，淮夷蠻貊[65]。及彼南夷，莫不率從。莫敢不諾[66]，魯侯是若[67]。

　　天錫公純嘏[68]，眉壽保魯。居常與許[69]，復周公之宇[70]。魯侯燕喜[71]，令妻壽母[72]。宜大夫庶士[73]，邦國是有。既多受祉，黃髮兒齒[74]。

徂來^{⑦⑤}之松，新甫^{⑦⑥}之柏。是斷是度^{⑦⑦}，是尋是尺^{⑦⑧}。松桷有舄^{⑦⑨}，路寢^{⑧⑩}孔碩，新廟奕奕^{⑧①}。奚斯所作^{⑧②}，孔曼且碩^{⑧③}，萬民是若^{⑧④}。

【註釋】

① 閟宮：即魯僖公新建之祖廟，供奉列祖列宗之所。一說指姜嫄的廟。閟：閉。宮是國家重要場所，自然不能讓人隨便進入。有侐（音旭）：清靜貌。

② 實實：廣大貌。一說指建築雕琢細緻。枚枚：細密貌。一說指閒暇無人之貌。

③ 姜嫄：周始祖后稷之母。

④ 彌月：滿月。此句言薑嫄十月懷胎期滿而生子。

⑤ 重穋：通「種稑」，先種後熟曰「種」，後種先熟曰「稑」。

⑥ 稙稚：兩種穀物，早種者曰「稙」，晚種者曰「稚」。菽：豆類作物。

⑦ 奄有下國：言種植技術傳遍天下。

⑧ 俾：此指教導。稼穡：種植莊稼，「稼」為播種，「穡」為收穫。

⑨ 秬：黑黍。

⑩ 奄有下土：言各種農作物遍佈天下。

⑪ 纘：繼。緒：業績。

⑫ 大王：即周太王古公亶父。

⑬ 翦：剷除，滅。

⑭ 致：奉行。屆：誅伐。

⑮ 牧之野：即牧野，地名，殷都之郊，在今河南淇縣西南。

⑯ 貳：二心。虞：憂慮。一說誤。

⑰ 臨：照臨，保佑。

⑱ 敦：治，伐。

⑲ 克：能。咸：成。

⑳ 王：指周成王。叔父：指周公旦。

㉑ 建：立。元子：指周公旦長子伯禽。

㉒ 俾：使。侯：為侯。

㉓ 啟：開闢。宇：此指疆域、領土。

㉔ 附庸：指諸侯國的附屬小國。一說指土田附近城垣。

㉕ 周公之孫，莊公之子：周公的子孫、魯莊公之子，即魯僖公。

㉖ 承祀：主持祭祀。一說繼承祭之禮。

㉗ 耳耳：彎盛貌。

㉘ 春秋：指春秋的祭祀。解：通「懈」。

㉙ 享：祭獻。忒：變，差錯。

㉚ 皇皇：顯盛貌。后帝：上帝。一說指群神。

㉛ 皇祖：偉大的先祖。

㉜ 騂犧：赤色的牛為犧牲。騂：牲赤色。

㉝ 饗：用飲食祭神。宜：安。馬瑞辰以為祭祀，「凡神歆祀，通謂之宜」。高亨據《釋言》：「宜，肴也。」以為指以肉獻神。

㉞ 周公皇祖：猶「皇祖周公」。

㉟ 福：賜福。女：汝，指魯僖公。

㊱ 嘗：秋祭名。秋天收穫後，以新穀獻祭祖先，讓祖先先嚐之。

㊲ 楅衡：加在牛角上的橫木。用以控制牛以防觸人。古代祭祀用牲牛必須是沒有任何損傷的，秋祭用的牲牛要在夏天設以楅衡，防止觸折牛角。

㊳ 白牡：白色的公牛。騂剛：赤色的公牛。剛：通「」，公牛。

㊴ 犧尊：酒樽的一種，形為犧牛，鑿背以容酒，故名。將將：通「鏘鏘」，金屬器相碰聲。

㊵ 毛炰：連毛燒烤動物，此指燒熟的小豬。胾：切成的大塊肉。胾（音字）羹：指大羹，不加調料的肉湯。

㊶ 大房：盛大塊肉的食器，形似堂屋。

㊷ 萬舞：舞名，常用於祭祀活動。洋洋：盛大貌。

㊸ 孝孫：指魯僖公。

㊹ 熾：盛。昌：興旺。

㊺ 常：恒定不變，即永守。一說通「尚」，崇尚。

㊻ 三壽作朋：古代常用的祝壽語。三壽：《養生經》：「上壽百二十，中壽百年，下壽八十。」朋：並。一說「三」通「參」，「參壽」即參星之壽，「參壽作朋」即與天地同壽。

㊼ 朱英：矛上裝飾的紅纓。綠縢：將兩張弓捆紮在一起的綠繩。

㊽ 二矛：古代每輛兵車上有兩支矛，一長一短，用於不同距離的交鋒。重弓：古代每輛兵車上有兩張弓，一張常用，一張備用。

㊾ 徒：步兵。

㊿ 貝冑：貝殼裝飾的頭盔。朱綅（音侵）：指頭盔上綴貝殼的紅線。

(51) 烝：眾。增增：眾多貌。

(52) 膺：擊。

(53) 荊：楚國的別名。舒：國名，楚的屬國，在今安徽廬江。

(54) 承：抵抗。

(55) 黃髮台背：皆高壽的象徵。人老則白髮變黃，故曰黃髮。台：通「鮐」，鮐魚背有黑紋，老人背有老人斑，如鮐魚之紋，故云。

(56) 胥：皆。試：通「岱」。此句意為「壽皆如岱」。

(57) 耆：七十歲以上的老者。艾：老。

(58) 巖巖：山高峻貌。

(59) 詹：至。一說通「瞻」，瞻仰。

(60) 龜：龜山，在今山東新泰西南四十里。蒙：蒙山，在今山東蒙陰南。

(61) 荒：通「撫」，有。大東：極東。

(62) 同：會盟。一說朝覲，表示臣服。

(63) 鳧：鳧山，在今山東鄒城西南。繹：繹山，在今山東鄒城東南。

(64) 徐宅：徐人所居，即徐國。

(65) 蠻貊：古代稱南方和北方落後部族。亦泛指四方落後部族。

(66) 諾：應諾，聽從。

(67) 若：順從。

(68) 純：大。嘏：福。

⑥ 常：地名，在今山東薛城南，微山湖邊。據《國語·齊語》載，常地一度為齊所占，齊桓公時返還于魯。許：即許田，在今河南許昌東。曾被鄭國佔有，僖公時，歸還于魯。

⑦ 復周公之宇：恢復周公時的魯國疆域。

⑦ 燕喜：宴飲喜樂。

⑦ 令妻壽母：言魯君有賢慧的妻子和長壽的母親。

⑦ 宜：善，相宜。庶士：諸士。

⑦ 兒齒：高壽的象徵。老人牙落後又生新牙，謂之兒齒。

⑦ 徂來：也作徂徠，山名，在今山東泰安東南。

⑦ 新甫：山名，也作宮山、小泰山，在今山東新泰西北。

⑦ 度：通「剫」，伐木。

⑦ 尋：八尺為尋。此處尋、尺皆作動詞。

⑦ 桷：方椽。有舄：粗大貌。

⑧ 路寢：正室。

⑧ 新廟：指宮。奕奕：美好貌。一說高大貌。

⑧ 奚斯：此句言大夫奚斯主持建造新廟。一說奚斯作此詩。

⑧ 曼：美。碩：大。古人以大為美，故亦有美意。

⑧ 若：順。此句言此順萬民之意。

【賞析】

本詩是魯國公子奚斯為魯僖公修建祖廟時所作的一首長詩，詩以魯僖公修建宮為素材，廣泛歌頌僖公的文治武功，表達詩人希望魯國恢復其在周初時的尊長地位的強烈願望。

全詩九章，首章美魯侯而推本其先世降生之異。第二章推本周業之成而及魯之所由封。第三章追述魯之受封而因頌魯侯之奉祭獲福。第四章敘魯侯備禮樂以奉祭，而願其享福壽以保國。第五章美魯侯內修外攘之功，而祝其昌大壽考之福。第六、七章頌魯境幅員廣大，乃受福之大者。第八章願天賜君以全福。第九章頌魯侯修廟之事，與篇首相呼應。

　　魯國先祖周公旦於建周有大功勞，故魯國建國之初，是第一等大國，土地之大，實力之強，在諸侯中罕有所匹。且在成王時，又命魯公世世祀周公以天子之禮樂，並允許魯國祀帝於郊，配以后稷，以天子之禮。國家實力的強盛和地位的崇高讓魯國人倍感自豪。然而到了僖公時代，由於內憂外患，魯國在諸侯中的威信日益下降，連僖公本人也只能靠齊國的勢力返回魯國。不過，僖公即位之後，確也做了一些事情，除禮制上恢復祭后稷、周公以天子之禮外，也頻繁地參加諸侯盟會，對外用兵，雖並無巨大成就，但也逐漸提高和恢復了其應有的威望。

　　從全詩看，詩人著重從祭祀和武事兩方面反映出魯國光復舊業的成就，而又統一在僖公新修的宮上。宮之祭本是周王室對魯國的特殊禮遇，同時詩人又認為魯國的種種成功也離不開那些受祀先祖在天之靈的庇佑，這樣，詩的末章又描寫作廟情況，和「宮有侐」前後呼應，使全詩成為一個完整的結構。

　　在這首詩中，詩人表達的是周公後裔們對於僖公光復舊物所產生的共鳴，是對於再現過去輝煌的嚮往，這是一個衰落宗族特定時期的真實感情，作為魯國詩人代表的作者抒發了這種感情，它既是充沛的又是複雜的，只有長篇巨制才能容納得下，只有細緻的描寫和深透的論說才能盡情傾吐。這使得本詩成為《詩經》中篇幅最長的一篇。

　　本詩也可看作是最早的專門詠宮殿建築的詩。如果把卒章擴展開來，每一句都詳加敘述和描寫，就是一篇大賦。但詩的前八章卻是寫人，寫魯國之歷史，詩人關懷的重點還是在人的精神即魯君及其先祖之德。所以，如此長詩，真正寫宮寢的只有首章開頭兩句和卒章。這種寫法對我們理解漢代大賦很有啟發，大賦極鋪張寫物之能事，乃是極寫漢帝王之宏德威力。方玉潤《詩經原始》中指出該詩對於漢代辭賦的影響，他說：「蓋詩中變格，早開西漢揚（揚雄）、馬（司馬相如）先聲，固知其非全無關係也。」

商 頌

　　關於「商頌」，有的人認為它產生於商朝，因為其中反映的思想意識具有商朝的時代特色。也有人認為「商頌」實際為「宋頌」，因為春秋宋國乃殷商之後裔，且其中詩歌　事具體、文字簡練、韻律和諧，風格上很像「風」和「雅」，所以創作時間應該比較晚，不像是周朝之前的商朝人所作。又有人以為這些詩初作於商朝，後在流傳於宋國的長時間中很可能又作了加工潤色。

那

猗與那與^①，置我鞉鼓^②。奏鼓簡簡^③，衎我烈祖^④。
湯孫奏假^⑤，綏我思成^⑥。鞉鼓淵淵^⑦，嘒嘒^⑧管聲。
既和且平^⑨，依我磬聲^⑩。於赫湯孫，穆穆^⑪厥聲。
庸鼓有斁^⑫，萬舞有奕^⑬。我有嘉客，亦不夷懌^⑭。
自古在昔^⑮，先民有作^⑯。溫恭^⑰朝夕，執事有恪^⑱，
顧予烝嘗^⑲，湯孫之將^⑳。

【註釋】

① 猗、那：皆形容樂隊美盛。與：通「歟」，嘆詞。

② 置：植，豎立。一說陳設。鞉鼓：一種立鼓。一說指搖鼓。

③ 簡簡：形容鼓聲洪大。

④ 衎：歡樂。烈祖：有功業的祖先。

⑤ 湯孫：商湯之孫，指主祭者。奏假：舉奏升堂之樂。一說祭享。

⑥ 綏：贈予，賜予。思：語氣助詞。成：福。一說成功。

⑦ 淵淵：鼓聲。

⑧ 嘒嘒：管樂之聲。

⑨ 和：音節和諧。平：指樂聲高低大小適中。

⑩ 依：隨著。磬：一種玉製打擊樂器。

⑪ 穆穆：和美莊肅貌。

⑫ 庸：通「鏞」，大鐘。有斁：樂聲盛大貌。

⑬ 萬舞：舞名。有奕：即「奕奕」，舞容盛大貌。

⑭ 亦不夷懌：猶「不亦夷懌」。夷懌：喜悅。

⑮ 自古在昔：皆指從前。

⑯ 先民：前人。作：指作樂祭祖。

⑰ 溫恭：溫和，恭敬。

⑱ 執事：行事。有恪：即「恪恪」，恭敬誠篤貌。

⑲ 顧：光顧。烝嘗：冬祭為烝，秋祭為嘗。

⑳ 將：烹饗。一說奉獻。

【賞析】

　　本詩是殷商後人祭祀先祖的頌歌。與《頌》詩中的大多數篇章不同，本詩主要表現的是祭祀祖先時的音樂舞蹈活動，以樂舞的盛大來表示對先祖的尊崇，以此求取祖先之神的庇護佑助。鄭覲文《中國音樂史》云：「《那》祀成湯，按此為祭祀用樂之始。」

　　這首詩不但本身就是配合樂舞的歌詞，而且其文字內容恰恰又是描寫這些樂舞情景的，因此具有較高的價值。詩首句便用兩嗟歎之詞，下文又有相當多的描繪樂聲的疊聲詞「簡簡」、「淵淵」、「嘒嘒」、「穆穆」，加上作用類似疊聲詞的其他幾個形容詞「有斁」、「有奕」、「有恪」，使其在語言音節上也很有樂感，這當是此篇成功的關鍵。雖然它不像後世的詩歌在起承轉合的內部結構上那麼講究安排照應，但是其一氣呵成的體勢，仍使它具有相當的審美價值。孫月峰評此詩曰：「商尚質，然構文卻工甚，如此篇何等工妙！其工處正如大輅。」

　　此外，詩中寫到了鞉鼓、管、磬、庸、黃、萬舞，以聽者的感受寫想像中神靈的感受，側面表現音樂的盛大和美好，這種寫法非常高明，開後世曲寫、側寫之先河。從以詩證史的角度說，此詩還是研究

音樂舞蹈史的好資料。

烈　祖

嗟嗟烈祖[1]，有秩[2]斯祜。申錫無疆[3]，及爾斯所[4]。
既載清酤[5]，賚我思成[6]。亦有和羹[7]，既戒既平[8]。
鬷假[9]無言，時靡有爭[10]。綏我眉壽[11]，黃耇[12]無疆。
約軧錯衡[13]，八鸞鶬鶬[14]。以假以享[15]，我受命溥將[16]。
自天降康，豐年穰穰[17]。來假來饗[18]，降福無疆。
顧予烝嘗，湯孫之將。

【註釋】

① 嗟嗟：讚歎詞。烈祖：有功業的先祖。此指商朝開國君主成湯。

② 有秩：形容福大之貌。

③ 申：再三。錫：通「賜」。

④ 及爾斯所：猶「以迄於今」，言烈祖賜福無限，直到今時。

⑤ 載：設置。一說盛酒於杯。清酤：清酒。

⑥ 賚：賜予。思：語氣助詞。此句言請賜予我們幸福綿長。

⑦ 和羹：調好的菜湯。

⑧ 戒：齊備。平：成，指準備完畢。

⑨ 鬷（音宗）假：祈禱。

⑩ 時靡有爭：言祭時肅靜沒有爭吵喧鬧之聲。

⑪ 綏：賜。眉壽：高壽。

⑫ 黃耇：義同「眉壽」。朱熹《詩集傳》云：「黃，老人髮白復黃也。
耇老人面凍梨色。」

⑬ 約軧：用皮革套住車軸露出車輪的部分。錯衡：在戰車扶手的橫
木上飾以花紋。

⑭ 鶬鶬：鸞鈴作響。

⑮ 假：通「格」，至，迎神。享：祭。

⑯ 溥：大。將：長。

⑰ 穰穰：禾谷盛多貌。

⑱ 饗：指祖宗神靈來吃所獻的祭品。

【賞析】

　　本詩亦是殷商後人祭祀先祖成湯的頌歌，可能與上一首互相配合，前篇主要寫音樂，此篇主要寫食物。

　　全詩二十二句，分四層鋪寫祭祀烈祖的盛況。開頭四句是第一層，首先點明了祭祀烈祖的緣由，在於他洪福齊天，並能給子孫「申錫無疆」。「嗟嗟」一詞的運用，可謂崇拜得五體投地。接下來八句，寫主祭者獻「清酤」、獻「和羹」，作「無言」、「無爭」的禱告，是為了「綏我眉壽，黃耇無疆」。這種祭祀場面的鋪敘，表現了祭祀隆重肅穆的氣氛，反映出主祭者恭敬虔誠的心態。再接下去八句，寫祭者所坐車馬的奢豪華麗，以此襯托出主祭者身份的尊貴，將祈求獲福的祭祀場面再次推向高潮。結尾兩句祝詞，點明了舉行時祭的是「湯孫」。首尾相應，不失為一首結構完整的詩篇。

玄　鳥

天命玄鳥①，降而生商，宅殷土芒芒②。
古帝命武湯③，正域彼四方④。方命厥后⑤，奄有九有⑥。
商之先后⑦，受命不殆⑧，在武丁⑨孫子。
武丁孫子，武王靡不勝⑩。龍旂⑪十乘，大糦是承⑫。
邦畿⑬千里，維民所止⑭。肇域彼四海⑮，四海來假⑯。
來假祁祁⑰，景員維河⑱。殷受命咸宜⑲，百祿是何⑳。

【註釋】

① 玄鳥：黑色的鳥，指燕子。相傳有娀氏之女簡狄吞燕卵而生子，取名契，契就是商人的始祖。

② 宅：居住。殷土：指商國的土地。芒芒：通「茫茫」。

③ 古：從前。帝：天帝。武湯：即商朝開國之君成湯。

④ 正：通「征」，征服。域：有。一說指疆域。

⑤ 方：通「旁」，廣，遍。厥：其。后：此指各部落的酋長首領。此句言成湯行使政令於天下諸侯。

⑥ 九有：九州，指天下。

⑦ 先后：先王。

⑧ 殆：通「怠」，懈怠。一說危殆。

⑨ 武丁：商高宗，成湯的九世孫，商朝後期一位卓有建樹的國君。

⑩ 武王：即成湯，「武王」是他的諡號。勝：勝任，繼承。此句言武丁能繼承成湯的偉業。

⑪ 龍旂：畫有蛟龍的旗幟。

⑫ 糦：黍稷。一說通「饎」，酒食。是承：供奉。

⑬ 邦畿：疆界。

⑭ 止：居住。

⑮ 肇：開始。域：擁有。

⑯ 來假：來朝奉。

⑰ 祁祁：人眾多貌。

⑱ 景：通「廣」，指東西廣大區域。員：通「運」，指南北廣大區域。此句言東西南北江河是邊疆。一說「景」指景山，在今河南商丘，古稱亳，為商之都城所在。

⑲ 咸宜：此指人們都認為合適，即獲得天下認可。

⑳ 百祿：多福。何：通「荷」，承受。

【賞析】

　　這是一首商人祭祀高宗武丁的樂歌。詩先從商朝歷史說起，提到

「玄鳥生商」的神話故事，接著又讚揚了開國之君成湯的偉大功績，然後才寫到武丁。這體現了古代人尊重祖先，不忘先人的美德。

詩中細緻地歌頌了武丁中興事業的盛美，王朝地域遼闊，四海歸服，百姓安居樂業，天下一片太平，這樣的描寫表達了後人的無比崇敬之情。後人回想祖先的功績和偉業，心中生出無比強烈的自豪感，同時對那樣的年代也充滿了嚮往。全詩成功地運用了對比、頂真、疊字等修辭手法，結構嚴謹，脈絡清晰，其氣勢雄壯，讀來盪氣迴腸。由此來設想這一祭祀場面的話，當是何等的聲勢浩大，音調宏亮。

長　發

濬哲維商①，長發其祥②。洪水芒芒，禹敷下土方③。外大國是疆④，幅隕既長⑤。有娀方將⑥，帝立子生商⑦。

玄王桓撥⑧，受小國是達，受大國是達⑨。率履⑩不越，遂視既發⑪。相土烈烈⑫，海外有截⑬。

帝命不違，至于湯齊⑭。湯降⑮不遲，聖敬日躋⑯。昭假遲遲⑰，上帝是祗⑱，帝命式于九圍⑲。

受小球大球⑳，為下國綴旒㉑，何天之休㉒。不競不絿㉓，不剛不柔。敷政優優㉔，百祿是遒㉕。

受小共大共㉖，為下國駿厖㉗。何天之龍㉘，敷奏㉙其勇。不震不動㉚，不戁不竦㉛，百祿是總。

武王載旆㉜，有虔秉鉞㉝。如火烈烈，則莫我敢曷㉞。苞有三蘗㉟，莫遂莫達㊱。九有有截㊲，韋顧既伐㊳，昆吾夏桀㊴。

昔在中葉㊵，有震且業㊶。允㊷也天子，降予卿士㊸。實維阿衡㊹，實左右㊺商王。

【註釋】

① 濬哲：明智。商：指商的始祖。

② 發：興發。祥：福祥。

③ 敷：治。下土方：即下土四方。

④ 外：邦畿之外。此句把遠方大國作為他的邊疆。

⑤ 輻隕：幅員。長：廣。

⑥ 有娀：古國名。這裏指有娀氏之女。將：壯。此指青春年少。

⑦ 帝立子生商：言帝立其子而造商室。一說「子生」通「子姓」，商人子姓。

⑧ 玄王：商契。契生前只是東方的一個國君，由小漸大，並未稱王，下傳十世至湯建立商王朝，追尊契為王。根據「玄鳥生商」的神話，稱為玄王。桓撥：威武剛毅。一說通「巡發」，即巡視發地。撥：或作「發」，通「蕃」，契居蕃。

⑨ 受小國是達，受大國是達：言接受小國認真治理，成為大國政令通利。鄭箋曰：「玄王廣大其政治，始堯封之商為小國，舜之末年乃益其地為大國，皆能達其教令。」達：通達。

⑩ 率履：遵循禮法。

⑪ 遂：遍。視：巡視，視察。既：猶而。發：通「拔」，治。

⑫ 相土：契的孫子，是商的先王先公之一。烈烈：威武貌。

⑬ 海外：四海之外，泛言邊遠之地。有截：截截，整齊劃一。一說治理。

⑭ 齊：通「濟」，成。

⑮ 降：降生。

⑯ 聖敬：指明智恭敬之德行。躋：升。

⑰ 昭假：向神禱告，表明誠敬之心。遲遲：久久不息。

⑱ 祗：敬畏。

⑲ 式：法式，此指以為楷模。九圍：九州。

⑳ 受：授予。一說接受。球：一種玉器。一說通「捄」，指法。此句言湯授予諸侯瑞玉以作信物。

㉑ 下國：下面的諸侯方國。綴旒：表率，法則。

㉒ 何：通「荷」，承受。休：美福。一說通「庥」，庇蔭。

㉓ 綠：急。一說求。

㉔ 優優：溫和寬厚。

㉕ 遒：聚。

㉖ 共：通「珙」，璧。一說通「拱」，法。一說通「供」，為祭名或祭物。

㉗ 駿：大。厖（音盲）：厚。此句言湯為下國作厚德之君。

㉘ 龍：通「寵」。

㉙ 敷奏：施展。

㉚ 不震不動：言不慌亂，也不動搖。

㉛ 戁、竦：恐懼。

㉜ 武王：即成湯。載：始。旆：旌旗，此作動詞，指起兵。

㉝ 有虔：威武貌。秉鉞：執持長柄大斧。鉞是青銅制大斧，國王近衛軍的兵器，國王親征秉鉞。

㉞ 曷：通「遏」，阻擋。

㉟ 苞：樹幹。蘗（音播）：旁生的枝丫嫩芽。這裏比喻韋、顧、昆吾，皆桀之黨。

㊱ 遂：生。達：長。

㊲ 九有：九州。截：整齊，治理。

㊳ 韋：古國名，為祝融之後，在今河南滑縣東，夏桀的與國。顧：國名，在今河南范縣東南，夏桀的與國。

㊴ 昆吾：古國名，夏桀的與國，與韋、顧、昆吾共為夏王朝東部屏障。據史實，成湯先將韋、顧、昆吾分割包圍，先殲滅左邊的韋，再殲滅右邊的顧。然後兩面夾擊昆吾，最後伐孤立之桀，決戰於鳴條之野，消滅了夏桀的主力。

㊵ 中葉：中世，指成湯時。

㊶ 震：威力。一說通「振」，振興。且：此。業：功業。

㊷ 允：確實，信然。

㊸ 卿士：執政大臣，此指伊尹。

㊹ 實維：是為。阿衡：即伊尹，輔佐成湯征服天下建立商王朝的大

臣。他原來是一個奴隸，成湯發現他的才幹，破格重用。

㊺　左右：指在左右輔佐。

【賞析】

　　本詩是商人祫祭祖先，並以伊尹從祀的樂歌。所謂祫祭，就是把所有祖先集中於太廟，合在一起祭祀，所以詩的內容可說是一篇商人的開國史詩。詩中從有娀氏生子開始，一直說到成湯，而後以成湯為主，反覆歌頌。

　　全詩七章，首章追述商國立國歷史悠久，商契受天命出生立國，所以商國一直蒙承天賜的吉祥。第二章歌頌商契建國施政使國家發展興盛，以及先祖相土開拓疆土的武功。下章即轉入歌頌成湯。第三章歌頌成湯繼承和發展先祖功業，明德敬天，因而受天命而為九州之主。第四章歌頌成湯奉行天意溫厚施政，剛柔適中，為諸侯表率，因得天賜百祿。第五章歌頌成湯的強大武力可以保障天下的安寧，為諸侯所依靠，因得天賜百祿。第六章歌頌成湯討伐夏桀及其從國而平定天下。第七章歌頌成湯是上天之子，上帝降賜伊尹輔佐他建立功業。全詩從頭到尾貫穿著殷商統治階級的天命論思想。

殷　武

　　撻彼殷武①，奮伐荊楚。罙入其阻②，裒③荊之旅。有截其所④，湯孫之緒⑤。

　　維女荊楚，居國南鄉。昔有成湯，自彼氐羌⑥，莫敢不來享⑦，莫敢不來王⑧，曰商是常⑨。

　　天命多辟⑩，設都于禹之績⑪。歲事來辟⑫，勿予禍適⑬，稼穡匪解。

　　天命降監⑭，下民有嚴⑮。不僭不濫⑯，不敢怠遑⑰。命于下國⑱，封⑲建厥福。

商邑翼翼⑳，四方之極㉑。赫赫厥聲㉒，濯濯厥靈㉓。壽考且寧，以保我後生。

陟彼景山㉔，松伯丸丸㉕。是斷是遷㉖，方斫是虔㉗。松桷有梴㉘，旅楹有閑㉙，寢㉚成孔安。

【註釋】

① 撻：勇武貌。殷武：即殷高宗武丁。

② 罙（音迷）：通「深」。阻：先祖。

③ 裒：通「俘」，俘獲。

④ 有截：割劃，治理。其所：其地，指荊楚。

⑤ 緒：功業。言成湯子孫統治了那裏。一說這是成湯子孫的功業。

⑥ 氐羌：散居在今西北陝西、甘肅、青海一帶的邊遠民族。

⑦ 享：獻，進貢。

⑧ 王：指朝覲。

⑨ 常：通「尚」，尊敬，崇尚。一說「綱常」之「常」。

⑩ 多辟：眾多諸侯國君。

⑪ 禹之績：指大禹治理過的九州。績：通「跡」。

⑫ 歲事：每年朝見之時。來辟：來朝。

⑬ 予：施。禍適：猶「過謫」，指譴責。蘇轍曰：「咸以歲事來見王，以祈王之不譴。」

⑭ 監：監察。

⑮ 嚴：畏。一說守法謹嚴貌。

⑯ 僭：越禮。濫：放縱，恣意妄為。

⑰ 怠遑：懶惰偷閒。

⑱ 下國：指商國。一說指各諸侯國。

⑲ 封：大。

⑳ 商邑：指商朝的國都西亳。翼翼：嚴正繁盛貌。

㉑ 極：準則。

㉒ 赫赫：顯盛貌。聲：聲威。

㉓ 濯濯：光輝鮮明貌。靈：威靈。

㉔ 景山：大山。一說山名。

㉕ 丸丸：松柏條直挺拔貌。

㉖ 斷：砍斷。遷：搬運。

㉗ 方：是，乃。一說正。斲：用斧頭砍。虔：砍削。

㉘ 桷：方形的椽子。梴：木長貌。

㉙ 旅楹：排列的楹柱。有閑：閑閑，大貌。

㉚ 寢：此指為殷高宗所建的寢廟。

【賞析】

　　本詩通過殷高宗武丁寢廟落成舉行的祭典，極力頌揚殷高宗繼承成湯的事業所建樹的中興業績。《孔疏》曰：「高宗前世，殷道中衰，宮室不修，荊楚背叛。高宗有德，中興殷道，伐荊楚，修宮室，既崩之後，子孫美之，追述其功，而歌此詩也。」

　　全詩六章，首章言武丁伐楚之功。「采入其阻」一句有搗穴奪壘之勢，正是對武功的崇尚精神。第二章述武丁對荊楚的訓誡，以成湯征服氐、羌的先例來告誡荊楚歸服，可謂是「剛柔並舉」。第三章寫四方諸侯來朝，仍然建立在天命和武功之上。其中言及「稼穡匪解」，可見殷商時期也重視農業生產。第四章進一步申述武丁是受天命的中興之主，百姓只能安分守己，按商朝的政令行動。第五章寫商朝的國都西亳地處中心地帶的盛況，這裏曾是中興之主殷武丁運籌帷幄、決勝千里的地方。末章描寫修建高宗寢廟的情景，用「陟彼景山，松柏丸丸」兩句詩作比興，不但形象生動，而且有象徵意義，象徵殷武丁的中興業績垂之不朽。全詩以征伐起，以作廟結，大有以武定天下之意味。

　　一說以為本詩是春秋宋襄公時的作品，因為史上從無殷高宗伐荊楚之事，倒是宋襄公曾有伐楚之舉，但最終失敗了。宋人為殷人之後，故以昔日先祖之輝煌，以填補今日心理之缺憾。陳戍國《詩經校

注》曰：「宋襄時候的詩人借古喻其當時，借讚頌殷商先王以宣揚宋桓伐楚與宋襄圖霸，這應該算是文學作品中古為今用的最早的一個實例。其實《殷武》詩不過用殷商先人旗號，寫的是宋桓公與齊桓公、魯僖公等伐楚之事，即召陵之會。」此亦聊備一說。